GEISTER DER VERGANGENHEIT

TONY PARK

Übersetzt von
MAYA VON DACH

AUTOR

Tony Park wurde 1964 geboren und wuchs in den westlichen Vororten von Sydney auf. Er arbeitete als Zeitungsreporter, Pressesprecher, Werbeberater und freier Autor. Während 34 Jahren diente er als Reservist in der australischen Armee, davon im Jahr 2002 sechs Monate als Offizier für öffentliche Angelegenheiten in Afghanistan. Er und seine Frau Nicola leben je zur Hälfte in Australien und im südlichen Afrika. Tony Park ist Autor zahlreicher weiterer Romane, die in Afrika spielen.

www.tonypark.net

WEITERE TITEL VON TONY PARK

Far Horizon

Zambezi

African Sky (Deutsche Übersetzung: Afrikanischer Himmel)

Safari

Silent Predator

Ivory

The Delta (Deutsche Übersetzung: Okavango)

African Dawn

Dark Heart

The Prey

The Hunter

An Empty Coast

Red Earth

The Cull

Captive

Scent of Fear

Blood Trail

The Pride

Part of the Pride (In Deutsch: Der Löwenflüsterer), *mit Kevin Richardson*

War Dogs, *mit Shane Bryant*
The Grey Man, *mit John Curtis*
The Lost Battlefield of Kokoda, *mit Brian Freeman*
Walking Wounded, *mit Brian Freeman*
Courage Under Fire *mit Daniel Keighran VC*
No One Left Behind *mit Keith Payne VC*
Bwana, There's a Body in the Bath! *mit Peter Whitehead*
Rhino War *mit Major General Johan Jooste*

Geister der Vergangenheit
Epub: 9781922825087
POD: 9781922825094

DEUTSCHE ÜBERSETZUNG MAYA VON DACH

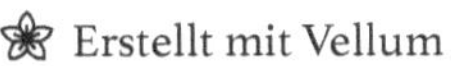 Erstellt mit Vellum

DER ZWEITE BURENKRIEG UND DIE GESCHICHTE VON DEUTSCH-SÜDWESTAFRIKA (HEUTIGES NAMIBIA)

1883 Adolf Lüderitz, ein Kaufmann aus Bremen, Deutschland, gründet an der Atlantikküste Afrikas einen Handelsposten in Angra Pequeña, (später Lüderitz Bay genannt).

1884 Lüderitz bittet um Schutz gegen die britische Expansion, Deutsch-Südwestafrika wird proklamiert.

1899 Ausbruch des Zweiten Burenkriegs zwischen den Burenrepubliken Oranje-Freistaat und Südafrikanische Republik/Transvaal und dem britischen Empire.

1902 Der Zweite Burenkrieg endet mit einem britischen Sieg.

1904 Das Volk der Herero in Deutsch-Südwestafrika erhebt sich gegen Deutschland, um gegen die ungerechte Land- und Arbeitspolitik zu protestieren. Einige Nama-Stämme stellen sich zunächst auf die Seite Deutschlands, schliessen sich dann aber den Herero an. Zehntausende Nama und Herero sterben in Konzentrationslagern an Hunger, Krankheiten und Erschöpfung von Zwangsarbeit.

1907 Der bewaffnete Konflikt zwischen Deutschland und den Nama und Herero endet.

1914 Ausbruch des Ersten Weltkriegs, Südafrika fällt auf Befehl Grossbritanniens in Deutsch-Südwestafrika ein.

1915 Deutsche Truppen kapitulieren in Deutsch-Südwestafrika.

1920 Südafrika erhält ein Mandat über Südwestafrika.

1990 Deutsch Südwestafrika erlangt nach langwierigen Kämpfen die Unabhängigkeit und wird in ›Namibia‹ umbenannt.

2004 Deutschland entschuldigt sich für den Tod von Herero und Nama während des ›Völkermords‹ von 1904-07, schliesst aber eine Entschädigung aus.

2011 Die Schädel von zwanzig Herero und Nama, die während des Völkermords zu Forschungszwecken entwendet wurden, werden aus einem Museum in Deutschland nach Namibia zurückgebracht.

2018 Die Völker der Herero und der Nama erheben vor dem US-Bundesgericht eine Sammelklage gegen die deutsche Regierung und fordern Wiedergutmachung für den Völkermord.

2021 Die Regierungen Deutschlands und Namibias erzielen nach insgesamt sechs Jahre dauernden Gesprächen um eine Wiedergutmachung für den deutschen Völkermord an den Herero und Nama eine erste Einigung: Deutschland anerkennt den Völkermord, entschuldigt sich und will 1,1 Milliarden Euro Wiederaufbauhilfe leisten. Es gibt jedoch auch Kritik am Abkommen.

EINLEITUNG

1915, im Städtchen Aus in Südwestafrika, ehemals deutsche Kolonie, jetzt Protektorat der Union Südafrikas und des Britischen Empire

Diese Geschichte handelt von Afrika und der Liebe – und ist somit doppelt traurig.

Mein Name ist Peter Kohl. Ich bin hier der Lagerarzt und versorge mehr als 1500 meiner deutschen Mitgefangenen. Bevor der Konflikt in Europa begann und sich wie ein Buschfeuer nach Afrika ausbreitete, war ich Arzt und Landwirt. Ich will in diesem Bericht ehrlich sein: Ich habe den zweiten Beruf mehr geliebt.

In Afrika habe ich viel zu viel Blutvergiessen gesehen. Kein Wunder bevorzuge ich die Gesellschaft von Pferden und Rindern gegenüber der von Menschen. Doch ist es eine Ironie, dass ich hier wie eines meiner früheren Nutztiere eingepfercht bin.

Als ich ein freier Mann war, waren der zierliche Springbock, die muskulöse Oryx-Antilope und die schlauen, auf sie lauernden Raubtiere, meine Nachbarn. Tiere und Menschen mussten sich vor dem Wüstenlöwen sowie

der braunen und der gefleckten Hyäne in Acht nehmen, aber wir kannten und respektierten unsere Feinde. Ich vermisse diese einfacheren Zeiten.

In Kriegszeiten versucht jede Seite, die andere zu dämonisieren. So werden die südafrikanischen Soldaten, die auf Geheiss ihrer britischen Herren in diese Kolonie einmarschiert sind, bald damit beginnen, Beweise für die Verfehlungen Deutschlands als Kolonialmacht zu sammeln. Gegenstand ihrer Untersuchungen wird der letzte Krieg sein, der hier, in dieser Ecke Afrikas, geführt wurde. In diesem bekämpften wir Deutschen unsere Nachbarn, die Herero und die Nama, die die Kühnheit besassen, sich gegen den Kaiser aufzulehnen und für ihre Rechte zu kämpfen. Obwohl dieser Konflikt vor neun Jahren endete, kann ich mich an die Ereignisse erinnern, als wären sie gestern geschehen.

Ich schreibe diesen Bericht, weil ich sicher bin, dass ich vor Gericht gestellt werde, weil ich im Jahr 1906 einen Mann ermordete. Obwohl ich nicht möchte, dass diese Geschichte veröffentlicht wird, muss ich sie erzählen. Nicht, um rachsüchtigen Ermittlern zu dienen, sondern um den betroffenen Menschen und des Seelenfriedens ihrer Familien willen.

In Afrika scheinen die Stammeskriege nie enden zu wollen. Vor dem Feldzug gegen die Herero und die Nama haben sich zwischen 1899 und 1902 jenseits der Grenze die weissen Stämme – die Briten und die afrikanischen Buren – gegenseitig umgebracht. Und genau dort, in Südafrika, liegt der Ursprung meiner Geschichte. Ich beginne diese Erzählung jedoch an ihrem Ende: Im Jahr 1906, als ich von meinen Vorgesetzten beauftragt wurde, einen Mann zu töten, der mit meiner Frau geschlafen hatte.

PROLOG
1906, IN DER WÜSTE SÜDLICH DER KLIPDAM FARM, DEUTSCH-SÜDWESTAFRIKA

Sein Blut versickerte ebenso schnell im roten Sand, wie es floss. Sobald die Löwen sein Fleisch verschlungen und die Hyänen seine Knochen zwischen ihren Kiefern zermahlen hätten, gäbe es keinen Beweis mehr dafür, dass er je hier gewesen war oder überhaupt jemals gelebt hatte.

Das Wenige, das von ihm übrigbliebe, würde der Sand unter sich begraben und alle Spuren verwischen. Nur noch klare, vom Wind gezeichnete Wellen wären auf der Oberfläche der Düne zu sehen.

Er versuchte zu sprechen, doch seine Zunge war geschwollen und die Lippen rissig. Die Worte wollten nicht kommen. Vielleicht entrang sich seiner Kehle ein Laut, vielleicht auch nicht.

»Claire ...«

Cyril Blake kroch. Hand vor Hand. Die groben Körner füllten sein Hemd, fanden ihren Weg in seinen Mund, seine Hose, seine Wunde, überallhin. Der Sand verbrannte seine Handflächen. Unter Qualen schaffte er es bis zur messerscharfen Kante der Düne. Er blickte darüber hinaus. Rettung war keine in Sicht, nur ein leerer Weitblick mit ein paar Tieren. Wie eine Kreuzotter glitt er auf die andere Seite, wo er sich halb rutschend, halb rollend den Abhang hinunterfallen liess.

Hinter sich hörte er das Wiehern eines Pferdes und das in deutscher Sprache gebrüllte Kommando eines Offiziers.

Er hatte die lange Nacht und die Kälte zähneklappernd überlebt. Irgendwann lösten Halluzinationen die Schmerzen der Wunde in seinem Bauch ab. Wenn er es jemals nach Australien schaffte, würde ihm niemand glauben, dass der kälteste Ort, an dem er je gewesen war, in einer afrikanischen Wüste lag.

Jetzt erdrückte ihn die Hitze des Tages und Fliegen bevölkerten das Loch in seinem Bauch.

Blake blinzelte den Sand aus den Augen. Das trockene Flussbett, dem er am Vortag bis hierhin gefolgt war, erstreckte sich unter ihm weiter bis zur Grenze. Südafrika lag nur ein paar Dünen entfernt, was in seinem Zustand eine Unendlichkeit bedeutete. Er hatte diesen Ort zuerst verflucht und mit jeder Faser seiner Existenz gehasst, später aber geschworen, ihn nie wieder zu verlassen. Er war von ihm eingesogen, verzaubert, berauscht und gefangen genommen worden. Besessen, wie die Huren und Bergleute mit ihren eingesunkenen Augen, vom Rauch in den Höhlen der Chinesen.

Afrika.

Oryx-Antilopen, von den Buren Gemsböcke genannt, zogen durchs Tal und knabberten am spröden Gras, das dank der spärlichen Feuchtigkeit im Flussbett wuchs. Eine Herde von fünfzig Pferden, immer noch Nase an Schwanz gebunden, trabte verwirrt dem sterbenden Wasserlauf entlang und trieb die stattlichen Antilopen in den Galopp. Er hatte die Pferde auf Claires Bitte hin nach Deutsch-Südwestafrika gebracht, um den Aufstand zu unterstützen. Seine Mission war gescheitert. Nun würde er Claire nie wiedersehen. Er hoffte, jemand habe den Anstand, die Pferde zu befreien, damit sie die Schrecken des Krieges nicht erleben mussten. Vielleicht käme der Mann, der auf ihn geschossen hatte, zurück und holte die Pferde. Er hatte Blake dem Tod überlassen und war nach Klipdam geritten, zweifellos um das auf Blake ausgesetzte Kopfgeld zu kassieren.

Bei der Erinnerung an Claire brachte Blake ein halbes Lächeln zustande, das die Haut seiner Lippen noch stärker aufplatzen liess.

Der Schweiss drang in die neugeschaffene Ritze und stach qualvoll. Er erinnerte sich an den nektarähnlichen Geschmack ihres Mundes.

Ein Schatten schützte ihn einen Moment vor der stechenden Sonne. Er blickte auf und sah einen Mann über sich stehen.

»Claire ...«

»Halten Sie die Klappe«, befahl der deutsche Offizier.

Blake versuchte, sich herumzudrehen, aber bei der Bewegung schossen Schmerzen durch seinen Körper. Er liess sich auf den Rücken fallen und blinzelte in die Sonne.

»Sprechen Sie ihren Namen nicht aus!« Sein Englisch war nahezu perfekt. Blake wusste, dass Peter Kohl ein guter Mann war, ein Arzt. Wie Blake selbst, war der Offizier dazu überredet worden, eine Uniform anzuziehen, um ein Reich zu verteidigen und einen bösen Feind zu besiegen, der es wagte, sich gegen die Krone zu erheben.

Völliger Blödsinn.

Blake wusste, warum der Offizier gekommen war. Er sollte sicherstellen, dass die blutige Aufgabe ordnungsgemäss erledigt war. So waren die Deutschen. Alles musste perfekt, vorschriftsgemäss, vollständig und mit einer Schleife versehen sein, selbst Morde. Du Preez, der Mann, der die Kugel abgefeuert hatte, um ihn zu töten, hielt sich nicht an solche Vorschriften. Du Preez wollte Blake verbluten und langsam unter der Sonne verdorren lassen, weil er dachte, er habe das verdient.

»Claire ...« hustete er.

»Es reicht!« Spucke sprühte aus Peters Mund und sein sonnengerötetes Gesicht verfärbte sich noch dunkler. Der Arzt holte tief Luft und unterdrückte das Zittern in der Hand, die die 65-Millimeter-Pistole der Marke Roth-Sauer 7 hielt. Er zwang sich zur Ruhe, räusperte sich und sprach mit lauter, klarer Stimme. »Cyril Blake, Sie sind der Spionage, der Unterstützung des Nama-Volkes und des Verbrechers Jakob Morengo bei der bewaffneten Rebellion gegen die rechtmässige Regierung von Deutsch-Südwestafrika schuldig.«

»Bitte, sagen ... sagen Sie es mir einfach, Peter«, brachte Blake hervor.

Der Offizier blinzelte und Blake fragte sich, ob dieser Mann weinte, der, wenn er nicht in seiner schweissgetränkten Landespolizeiuniform und seinen abgewetzten Kavallerieschuhen dastand, kranke Kinder behandelte und sich um gebrochene Arme kümmerte.

»Sie ist tot«, sagte er mit lauter, aber zitternder Stimme.

Blake schloss die Augen. »Wie?«

»Ertrunken. Sie war nur wegen Ihnen auf dem Boot. Sie wartete lange auf Sie, Blake, bis sie schliesslich ging. Sie haben meine Frau zu einer Spionin gegen ihr eigenes Volk gemacht und sie entehrt.«

Blake spürte, wie Tränen kommen wollten, aber sein Körper war wohl zu ausgebrannt und seine Augen blieben trocken. Sein Kopf schwirrte. Nicht einmal ein erleichternder Augenblick der Trauer wurde ihm gegönnt.

»Sie ... Sie haben gesehen, was auf der Haifischinsel und an der Eisenbahnlinie, die *Ihr* Volk baut mit unschuldigen Frauen und Kindern passiert. Sie nennen sich Arzt und tragen trotzdem diese Uniform?«

Peter wandte den Blick ab. Wäre Blake nicht nahezu tot gewesen und hätte er die Kraft dazu gehabt, hätte er sich auf ihn gestürzt, aber das war unmöglich.

»Sie sind doch nicht gekommen, um mich zusammenzuflicken und ins Gefängnis von Keetmanshoop zu bringen, oder Peter?«, fragte Blake.

»Nein«, sagte Dr. Peter Kohl, laut genug, dass die wartenden deutschen Soldaten seine Stimme über die Dünen hinweg hörten, »ich bin gekommen, um Sie zu töten.«

Der Arzt zielte sorgfältig, dann feuerte er seine Pistole ab.

ERSTER TEIL

1

NORTH SYDNEY, AUSTRALIEN, IN DER
GEGENWART

Während Nick Eatwell im olympischen Schwimmbad von North Sydney die achtzehnte Runde drehte, fielen die ersten Regentropfen auf seinen Rücken. Er ärgerte sich, weil er für den Rückweg ins Büro keinen Regenschirm mitgenommen hatte.

Es erinnerte ihn an ein Erlebnis, das Jill und er vor ein paar Jahrzehnten, als sie noch nicht lange verheiratet gewesen waren, bei einem Ausflug aufs Land hatten. Damals herrschte eine jahrelange Dürre, doch plötzlich hatte es einen Schauer gegeben. Fette Tropfen hatten den Staub auf der Windschutzscheibe verschmiert. Auf der Brücke des Geländewagens vor ihnen staunte ein Hütehund, der noch nie Regen erlebt hatte, über die mysteriöse Flüssigkeit, die ihn berieselte und versuchte die Tropfen durch Kratzen zu verscheuchen. Genauso überraschend war Jills Tod für Nick gekommen, als sie vor acht Monaten an Brustkrebs gestorben war.

Er konzentrierte sich darauf, sich im Becken zu orientieren und anhand der geschwommenen Runden zu schätzen, wie spät es war. Er versuchte, durch die langweilige Wiederholung und die körperliche Anstrengung seine Trauer zu verdrängen. Die Mittagspause reichte noch aus, um eine heisse Dusche zu nehmen, sich umzu-

7

ziehen und vor zwei Uhr im Büro zu sein. Der Regen wurde stärker, er würde auf dem Rückweg nass werden.

Nick beendete sein Programm und verliess das Schwimmbad. Er schaute auf die Uhr und beschloss, dem Regen zu trotzen. Er lief die Strasse gegenüber dem Bahnhof von Milsons Point hinauf und hüpfte von einer Markise zur nächsten. Der steife Gegenwind, der durch die künstliche Schlucht aus Wohnungen und Bürogebäuden heulte, verlangsamte sein Vorankommen und trieb ihm stechende Regentropfen ins Gesicht. Als er das Büro schliesslich erreichte, waren sein Hemd und seine Hose völlig durchnässt. Er stieg in den Aufzug und die Frau neben ihm schüttelte den Kopf. Er sah genauso aus, wie er sich fühlte: erbärmlich.

Die Türen des Fahrstuhls öffneten sich vor dem Büro von Chapman Public Relations. Die Jungen, die sich dauernd über Stress beklagten und sich, wenn er es wagte, ihre Apostrophe zu korrigieren, beschwerten, er mobbe sie, sassen alle mit gesenktem Kopf am Pult. Man hörte das Klappern von Tastaturen und das Murmeln dringender Gespräche. Jessica, die jung genug war, um seine Tochter zu sein, schaute immer wieder auf die Uhr. Er kam selbst an guten Tagen nicht besonders gern zur Arbeit. Er hatte den Journalismus verlassen, um mehr Geld zu verdienen und die Hypothek früher abzuzahlen. Er hoffte, sich und Jill so ein besseres Leben zu ermöglichen und mehr reisen zu können. Noch bevor Jill starb, hatte er den Schritt bereut. Die Arbeit langweilte ihn und er hatte erkannt, dass Glück nicht gleichbedeutend mit einem grösseren Bankguthaben war.

»Hallo, Nick«, begrüsste ihn Pippa Chapman, die Inhaberin der Firma, die aus ihrem Büro kam und ihn auf dem Weg zu seinem Arbeitsplatz abfing. »Ich habe dich gesucht. Ich bin froh, dass du da draussen nicht ertrunken bist. Hast du eine Minute Zeit?«

Nick war fast immer der Erste, der nach Pippa das Büro betrat und oft der Letzte, der es verliess. Jetzt war er drei Minuten zu spät. Pippa war noch keine fünfunddreissig Jahre alt. Sie hatte immer Stellen in der Werbebranche gehabt und konnte stolz sein auf die Beratungsfirma, die sie aufgebaut hatte. Im Stillen nannte er sie

›pocket rocket‹, Taschenrakete. Er arbeitete früher bei einer Zeitung, die sich im digitalen Zeitalter nur schwer über Wasser halten konnte und war dort – als vergleichsweise alter Journalist – ihr Hauptansprechpartner gewesen. Bei einer der Entlassungsrunden hatte sie ihn mitgenommen. Er war ihr etwas schuldig und sie liess es ihn nie vergessen.

Nick folgte ihr in ihr Büro. An einem sonnigen Tag konnte der Anblick des glitzernden Hafens die Stimmung heben, aber heute widerspiegelte das Wasser nur den trüben Himmel und das triste Grau der Harbour Bridge.

Pippa blieb stehen, den Blick eher nach draussen als auf ihn gerichtet. »Wir haben die Fliesenfirma verloren.«

Nick zuckte mit den Schultern. »Typisches Kleinkunden-Syndrom: Die ganze Welt fordern, dauernd jammern und nur Peanuts zahlen. Wir sind ohne sie besser dran.«

Pippa drehte sich um. Ihr Gesicht verriet ihm, dass er das Falsche gesagt hatte. »Du hast leicht reden, Nick, du musst hier nicht die Löhne zahlen. Der Geschäftsführer sagt, du habest ihn beleidigt.«

Nick breitete seine Hände aus. »Ich habe ihm gesagt, dass ich kein vertrocknetes Sandwich verkaufen könne.«

»Er hat ein brandneues Produkt auf den Markt gebracht.«

»Ja.« Nick nickte. »Und wollte, dass wir ihn ins Frühstücksfernsehen bringen.«

»Du hast es nicht einmal probiert, Nick.«

Er holte tief Luft. »Ich versuchte, ihm beizubringen, dass wir etwas Spannendes daraus machen müssten. Ein wenig Panikmache vielleicht, dass Metalldächer bei starkem Wind gefährlich seien oder dass Ziegel besser für die Umwelt sind oder so einen Mist.«

Pippa richtete sich auf und stemmte die Hände in die Hüften. »Du bist nicht mehr mit dem Herzen dabei, Nick.«

»In Dachziegeln? Meinst du?«

»Das war mein erster Auftrag, als ich mich selbständig gemacht habe, Nick. Die Dachziegel haben mir geholfen, dieses Geschäft aufzubauen und dir einen Job zu geben.« Pippa holte tief Luft, bevor sie fortfuhr: »Nick, wir alle wissen, was für ein schreckliches Jahr das für dich war.«

Aber, dachte er, wollte sie sagen, *der Tod deiner Frau ist kein Grund, unhöflich zu Kunden zu sein.* Und es stimmte natürlich, dass er weder Grund noch Recht hatte, bezüglich der Kunden, für die er arbeitete, wählerisch zu sein. Pippa verwaltete die Firmen- und Führungsangelegenheiten einiger grosser Unternehmen, die momentan Budgetkürzungen vornehmen mussten. Sie konnte es sich nicht leisten, ihre kleineren Kunden links liegen zu lassen. Aber der Mann, der die Fliesenfirma leitete, mochte ihn nicht und verhielt sich unverschämt und fordernd. Er fragte ständig, warum Pippa bei den Kundentreffen nicht dabei war. Der Vorwurf war unangemessen, aber Nick konnte ihn verstehen: Wer hätte nicht lieber eine kluge, attraktive Frau, die sagte, was man hören wollte, als einen ausgebrannten Fünfzigjährigen, der einem die Meinung sagte.

»Es tut mir leid, Nick.«

»Es geht mir besser, Pippa«, sagte er, obwohl er sich dessen nicht sicher war.

»Das mit Jill tut mir wirklich leid, Nick, ist aber nicht der Grund, warum ich mich soeben entschuldigt habe.«

Einen kurzen Moment lang verstand er nicht. »Was ist es dann? Was hast du falsch gemacht?«

»Ich ...«

»Pip, bitte.« Sein Herz begann zu hämmern. »Es tut mir leid. Ich gehe zum Fliesenmann zurück. Ich werde betteln und ihn zurückholen, um uns etwas Zeit zu verschaffen.«

Sie lächelte ihn traurig an und schüttelte langsam den Kopf. »Nick, es tut mir leid. Ich habe heute Morgen auch den Autoauftrag verloren. Wir wussten schon seit Jahren, dass die Fabriken in Australien geschlossen würden, und jetzt ist es passiert. Selbst wenn ich den Auftrag für die Kacheln zurückbekomme, muss ich die Firma verkleinern.«

Er spürte ein Ziehen in der Brust und fragte sich kurz, ob es der Beginn eines Herzinfarkts sei, was aber nicht der Fall war. Vielleicht hätte sie sonst Mitleid mit ihm und würde ihre Entscheidung rückgängig machen.

»Von der ganzen Bande«, fuhr sie kaum hörbar fort, »hast du die meiste Erfahrung und es wird dir am leichtesten fallen, einen anderen Job zu finden. Falls es dich tröstet: Du bist nicht die einzige Person, mit der ich heute Nachmittag sprechen muss. Es tut mir leid, Nick, du bist mir zu hochkarätig. Ich kann mir dich nicht mehr leisten.«

»Wann?«, fragte er. »Du kannst dir eine Kündigungsfrist von ein paar Wochen ausrechnen, wenn du willst. Ich zahle dir alles, was dir zusteht.«

Bestenfalls ein paar Wochen, dachte er, plus den angesammelten Urlaub, den er noch nicht genommen hatte. Er nickte, drehte sich um und begann, Pippas Büro zu verlassen.

»Nick ... vielleicht ergibt sich ja ein freier Auftrag, vielleicht bekomme ich einen neuen Kunden.«

Er nickte, blickte aber nicht zu ihr zurück. Er ging zu seinem Schreibtisch. Er spürte die Augen der jungen Kollegen im Rücken und klappte seinen Laptop auf. Er versuchte, sich auf die halbfertige Medienmitteilung für den Kunden einer Werbefirma zu konzentrieren. Irgendetwas über eine neue, erfahrungsbasierte Marketingkampagne, was auch immer das heissen mochte.

Nick schwankte zwischen Anflügen von Wut und Selbstmitleid. Am liebsten wäre er aufgestanden und in Pippas Büro gegangen, um ihr zu erklären, warum sie ihn, seine Kontakte und seine Erfahrung brauche, aber er konnte es auch aus ihrer Sicht sehen. Sein Fachwissen und seine Erfahrung waren für Pippa eine Zeit lang von unschätzbarem Wert gewesen, aber jetzt war er ein teures Maul, das sie aus einem schrumpfenden Topf füttern musste. Er musste selbst zugeben, dass er nicht gut darin war, neue Aufträge an Land zu ziehen. Nick war Journalist, kein Verkäufer und das wussten alle.

Unfähig, sich zu konzentrieren und nicht bereit, einem seiner jugendlichen Kollegen die Genugtuung zu geben, ihn davonlaufen zu sehen, überprüfte er seinen Posteingang.

Er fand die E-Mail von jemand unbekanntem, doch in der

Betreffzeile stand etwas, das ein Werbemann nicht ignorieren konnte: *Gesucht Nicholas Eatwell – Journalistin braucht Hilfe bei einer Story.* Nick öffnete die E-Mail und stellte fest, dass die Absenderadresse auf ›co.za‹ endete.

* * *

SEHR GEEHRTER HERR EATWELL,

Mein Name ist Susan Vidler, Sie kennen mich nicht. Ich bin eine freiberufliche südafrikanische Journalistin, die sich zu Urlaubs- und Geschäftszwecken in Australien aufhält. Ich recherchiere für die Reportage über einen Australier, der 1902, während des Zweiten Burenkriegs, in einer Einheit namens ›Steinaeckers Reiter‹ diente. Später, 1906, nahm er an einer Revolte gegen die deutsche Kolonie Südwestafrika, das heutige Namibia, teil. Meine Nachforschungen haben ergeben, dass Sie möglicherweise der letzte überlebende Verwandte dieses Mannes, Sergeant Cyril John Blake, sind. Wenn Sie der Sohn der verstorbenen Denis und Ruth Eatwell sind, sind Sie der Mann, den ich suche. Wenn ja, möchte ich gerne wissen, ob Sie irgendwelche Dokumente oder andere Informationen über Sergeant Blake haben, die Sie mir allenfalls zur Verfügung stellen könnten.

Ich danke Ihnen im Voraus,
Susan Vidler

* * *

WER AUCH IMMER DIESE Frau war, sie hatte gut recherchiert, denn seine verstorbenen Eltern hiessen Denis und Ruth. Die Frau gab eine australische Handynummer an. Dankbar für eine Ablenkung von dem, was gerade passiert war, rief er sie an, doch der Anruf ging sofort auf die Sprachbox. Er hinterliess eine Nachricht, in der er sagte, er sei der Mann, den sie suche und seine Nummer angab.

Er beendete den Anruf und schaute auf die Uhr. Drei Stunden, bis er in die Kneipe gehen und sich betrinken konnte. Wenigstens hatte er jetzt einen anderen Grund dafür als Jill, sagte er sich.

2

MÜNCHEN, DEUTSCHLAND, IN DER
GEGENWART

Anja Berghoff schaute von ihrem Schreibtisch in der Bibliothek der Ludwig-Maximilians-Universität aus dem Fenster und sah blauen Himmel. Es war das, was man in München einen warmen Sommertag nennt, und es hätte Anja gefallen, draussen in einem Park zu sitzen. Doch Anja wünschte sich, noch weiter weg zu sein. In Namibia.

In diesem Land war sie geboren. Doch 1990 waren ihre Eltern aus Angst vor der Vergeltung durch die neue Regierung der Südwestafrikanischen Volksorganisation geflohen. Nach den von den Vereinten Nationen überwachten Wahlen und dem Übergang zur Mehrheitsregierung, hatte sich die SWAPO als grossmütig erwiesen. Dennoch weigerte sich ihr Vater, der namibisch-deutscher Abstammung war, zurückzukehren und starb mit der Behauptung, die richtige Entscheidung getroffen zu haben.

Anja sah das anders. Im Alter von zehn Jahren war sie aus Afrika verschleppt worden. Sie war gerade alt genug, um den Verlust von Freunden zu betrauern und die Schönheit des trockenen, aber bezaubernden Landes zu schätzen. Sie wäre lieber in Namibia erwachsen geworden. Deutschland war das Gegenteil von ihrem Geburtsland: kalt, nass, grün und berechenbar. Zu Beginn hatte sie es gehasst.

Natürlich hatte sie mit der Zeit gelernt, ihr europäisches Leben zu schätzen, aber so beeindruckend die Schlösser, Flüsse, Schneefelder und das satte Gras Deutschlands auch waren, sie hielten dem Vergleich mit Namibia nicht stand. Dafür fehlte ihr zu viel: Der afrikanische Nachthimmel voller Sterne, der Anblick eines Gepards, der sich durch das trockene, goldene Gras an seine Beute heranpirscht oder die gespensterhafte Erscheinung eines vom weissen Sand bestäubten Elefanten, der aus der Dunkelheit auf der geheimnisvollen Leinwand eines beleuchteten Wasserlochs der Etosha auftaucht.

Anja liebte die Landschaften und die Tierwelt Namibias und nur die Geschichte des Landes faszinierte sie stärker. Sie forschte für ihren Magisterabschluss in Geschichte und schrieb ihre Abschlussarbeit über die Ursprünge einer weiteren Natursehenswürdigkeit Namibias: Die Wildpferde der Namib-Wüste, die manchmal auch als Geisterpferde bezeichnet wurden.

Durch die Verkettung seltsamer Zufälle stiess sie auf ehemals streng vertrauliche Geheimdienstdokumente, die sie elektronisch von den nationalen Archiven erhielt. Es handelte sich dabei um Kopien von Briefen einer zu Beginn des zwanzigsten Jahrhunderts in Südafrika stationierten Spionin. Interessant für Anja war, dass die Agentin, Claire Martin, genau wie sie selbst in der damaligen kaiserlichen Kolonie ›Deutsch-Südwestafrika‹, also dem heutigen Namibia, gelebt hatte.

Claire Martins Lebensgeschichte las sich wie das Drehbuch eines Films. Sie war als Tochter eines irischen Vaters und einer hochgeborenen preussischen Mutter in Deutschland geboren. Ihr Vater war aus Irland geflohen, nachdem er sich 1867 am Aufstand der Fenianer gegen die Briten beteiligte. Danach diente er auf der preussischen Seite im Deutsch-Französischen Krieg. Mit der Witwe eines preussischen Kameraden verheiratet, zog er mit seiner Familie nach Amerika, wo er auf den Goldfeldern in Kalifornien sein Glück zu machen versuchte. Als dies nicht gelang brachte er seine Frau und seine Tochter zuerst nach Südafrika und in den 1890er Jahren über die Grenze nach Deutsch-Südwestafrika. Dort heiratete Claire den

Besitzer einer deutschen Reederei, der aber bankrottging und sich das Leben nahm.

Anja interessierte sich besonders für Claire Martins späteres Leben als Pferdezüchterin in Südwestafrika. Sie und ihr zweiter Mann, Peter Kohl, besassen dort um 1906 mehrere Farmen und ein Pferdegestüt. Doch Claires frühe Berichte über ihre Zeit als Spionin für den Kaiser im Jahr 1902 boten eine faszinierende Lektüre. Als Frau, die fliessend Deutsch und Englisch sprach, musste sie eine ungewöhnliche und äusserst wertvolle Agentin gewesen sein. In Claires Briefen fand sich kein direkter Bezug zu Anjas Nachforschungen über den Ursprung der Wüstenpferde. Dennoch setzte sich in Anja die Theorie fest, dass während Claires Zeit als Spionin in Südafrika etwas passiert war, das ihr späteres Leben in der deutschen Kolonie jenseits der Grenze stark beeinflusste.

Anja sah, dass Carla, die Bibliothekarin, aus ihrer Mittagspause zurückgekehrt war. Sie liess ihre Notizen und ihren Laptop zurück, ging zur Ausleihtheke und fragte, ob die von ihr bestellten Bücher zurückgegeben wurden und nun erhältlich seien.

»Ja, Anja, ich habe sie hier für Sie.« Carla griff unter den Tresen und schob ihr die Bücher zu. »Was sagten Sie, ist das Thema ihrer Recherche?«

»Die Wüstenpferde von Namibia«, erklärte Anja. »Die meisten Leute glauben, dass sie von Militärpferden abstammen, die während des Ersten Weltkriegs entkamen oder freigelassen wurden. Ich arbeite an einer neuen Theorie, die sagt, dass die Kerngruppe der Pferde, von denen die heutigen Tiere abstammen, schon einige Zeit vorher in die Wüste kam. Mehr verrate ich Ihnen nicht dazu, denn das ist sehr heikel.«

Carla rollte die Augen. »Kein Grund so kratzbürstig zu sein.«

Anja runzelte die Stirn. Sie wurde nicht zum ersten Mal mit diesem Wort beschrieben. Anjas Mutter sagte immer, sie brauche mehr Freunde und Carla war nett und hilfsbereit.

Sie öffnete den Mund, um sich zu entschuldigen, als ein junger Mann an den Tresen trat und um Unterstützung bat. Bestimmt auch ein Student, so wie seine zerrissenen Jeans und sein olivgrüner

Bundeswehrparka aussahen. Carla wandte sich von Anja ab, nahm einen Stapel Ausdrucke in die Hand und reichte sie ihm.

Anja bedankte sich bei der Bibliothekarin, nahm die Bücher und ging zu ihrem Schreibtisch zurück, wo sie den nächsten Brief auswählte. Er enthielt einen weiteren Bericht aus den letzten Monaten des Zweiten Burenkrieges, datiert 1902. In den Briefen wurde immer deutlicher, dass Claire Martin nicht nur in Südafrika war, um für Deutschland Informationen über den Verlauf des Krieges zu sammeln – was an sich schon faszinierend war. Zusätzlich schien sie eine Art verdeckten Waffenhandel zwischen Deutschland und den Buren zu ermöglichen. Dies bot die einzige Möglichkeit, in diesem Krieg, in dem die Briten die Oberhand hatten, das Blatt in letzter Minute zu wenden.

Der Brief war, wie die anderen, an den deutschen Marine-Nachrichtendienst adressiert und über die kaiserliche Botschaft im neutralen Portugiesisch-Ostafrika gesendet worden.

AM VIERZEHNTEN DES Monats traf ich mich im Flachland des östlichen Teils von Transvaal in einem verlassenen Handelsposten am Ufer des Sabie-Flusses mit Kommandant Nathaniel Belvedere. Er ist der Kommandeur eines Bataillons von Amerikanern, die für die Buren gegen die Briten kämpfen. Sie nennen sich die ›George Washington Volunteers‹. Viele von ihnen sind irischer Abstammung und hegen einen tiefsitzenden Hass gegen die Briten.

Belvedere und die Truppe seiner Amerikaner gehörten zu den Buren, die Präsident Paul Krüger bewachten, als er 1900 Pretoria und Südafrika mit dem Zug verliess. Belvedere, ehemaliger leitender Angestellter einer Goldminengesellschaft in Transvaal, war ein enger Vertrauter des Präsidenten und mein Ansprechpartner für den Waffenverkauf. Nachdem wir uns kennengelernt hatten, teilte er mir mit, dass er das Geld nicht bei sich habe, aber wisse, wo sich genügend davon befinde, um die Transaktion abzuschliessen.

Ich muss noch in Erfahrung bringen, wo sich sein Geld befindet.

. . .

ANJA LEGTE den Brief weg und schlug eines der Bücher auf, die Carla ihr gerade gegeben hatte. Es handelte sich um eine deutschsprachige Publikation über ausländische Freiwillige, die bei den Burenstreitkräften gedient hatten. Es gab eine ganze Reihe von ihnen, nicht nur aus Deutschland, sondern auch aus Irland, Holland, Frankreich, Schweden und den USA. Anja blätterte im Inhaltsverzeichnis und fand den Namen Belvedere. Auf der angegebenen Seite fand sie das Foto eines Mannes mit langem blondem Haar, einem hängenden Schnurrbart und einem spitzen Bart. Er stand in steifer Pose und runzelte die Stirn, aber in seinen Augen entdeckte Anja ein Lächeln. Colonel Nathaniel Belvedere sah unbestreitbar gut aus und erinnerte an eine Figur aus dem amerikanischen Wilden Westen. Die wenigen Bilder, die sie von Claire Martin gesehen hatte, sagten Anja, dass auch sie attraktiv gewesen war. Anja überlegte, was für eine Beziehung die beiden aufgebaut hatten.

In Anjas Leben gab es schon seit vier Jahren niemanden mehr, auch nicht in Hinsicht auf Gefühle. Sie hatte fünf Jahre lang mit einem Mann zusammengelebt, der aber ihren Kinderwunsch nicht geteilt hatte. Schliesslich verliess er sie. Sie war jetzt fast vierzig und obwohl es ihr schwerfiel, hatte sie sich schon fast damit abgefunden, dass sie keinen Mann finden und kein Kind bekommen würde. Vielleicht hatte ihre Mutter recht und sie hatte sich nicht genug Mühe gegeben, aber trotz ihrer Sehnsucht nach einer eigenen Familie hatte sich Anja immer mehr an ihren eigenen Raum und ihr freies Leben gewöhnt, welches sie glücklich zwischen Namibia und Deutschland aufteilte.

Vielleicht, so sagte sie sich zum vielleicht tausendsten Mal, traf sie in Namibia einen intelligenten, finanziell abgesicherten Safari-Guide, der während ihrer regelmässigen Besuche gern mit ihr dort lebte. Sie verdrängte den Gedanken aus ihrem Kopf und kehrte stattdessen in die Welt von Claire Martin und dem amerikanischen Offizier zurück.

3

1902, AM FLUSS SABIE, IM OSTEN VON TRANSVAAL, SÜDAFRIKA

Claire nahm ihren breitkrempigen Reiterhut ab, als Nathaniel mit einem Colt .45 Revolver in der Hand die Tür des Farmhauses öffnete. Er grinste und steckte die Pistole wieder in seinen Gürtel. »Ma'am.«

Im Haus war es angenehm warm und Nathaniel nahm ihr den Mantel ab. Im Tiefland von Transvaal war es bedeutend wärmer als in Pretoria, das im Hochland lag, und von wo aus sie zwei Tage zuvor losgeritten war. Der Mai war sonnig und klar gewesen, doch nun gehörte der Sommerregen der Vergangenheit an und die Nächte begannen, kühl zu werden. In der Feuerstelle knisterten gemütlich die Flammen.

Nathaniel trat einen Schritt zurück und seine Augen machten sich unverhohlen und besitzergreifend wieder mit ihrem Körper vertraut. Claire machte einen Schritt auf ihn zu und küsste ihn.

»Bis auf einen Mann, Christiaan, der von den Ställen aus Wache hält, sind wir allein«, flüsterte er ihr ins Ohr, während er mit ihr einen Flur entlang und durch eine Tür zu einem Himmelbett ging. Das Gebäude aus Pfählen und Dagga, einem Gemisch aus Holz und Lehm und mit einem Stroh gedeckt, war einst das Haus eines portugiesischen Händlers, der in einem zweiten Gebäude seinen Laden eingerichtet hatte. Das Anwesen lag an einer der Routen, die von den Goldfeldern weiter oben am Graben nach Lourenço Marques, der Hauptstadt Portugiesisch-Ostafrikas und ihrem Hafen in der Delagoa-Bucht, etwa zweihundertfünfzig Kilometer weiter östlich, führten. »Christiaan schaut in die andere Richtung.«

Claire mochte den Amerikaner und wusste, dass er in sie vernarrt war. Als er über ihr lag, griff sie nach seiner Pistole, die sich in ihren Bauch bohrte. Sie schob sie heraus und legte sie auf den Nachttisch.

»Jetzt bin ich dran.« Er küsste sich an ihrem Mieder hinunter, kniete sich auf den Boden und hob ihre Röcke an. »Ich weiss, irgendwo hier drin.«

Claire legte den Kopf zurück und genoss das Gefühl seiner Finger, die langsam über ihre Wollstrümpfe bis zur nackten Haut ihrer Oberschenkel glitten. Nathaniel fand den Taschen-Derringer, den sie dort in der Schlaufe eines massgeschneiderten Lederstrumpfbandes aufbewahrte. Er zog ihn heraus und als sie über ihre Brüste hinunterblickte, musste sie lachen. Wie ein Hund, der einen Knochen hält, hatte er die winzige Pistole zwischen seinen glänzenden, weissen Zähnen. Er nahm die Pistole aus seinem Mund und legte sie neben seine auf den Nachttisch. Er senkte seinen Kopf wieder.

Sie hielt sich mit beiden Händen an den Pfosten am Kopfende des Bettes fest, ihr Griff wurde fester und ihre Hüften wogten, als Nathaniel die unter ihrem Unterrock verborgenen Liebkosungen fortsetzte. Sie war zu sittsam, ihn zu fragen, wo er sein Repertoire gelernt hatte, aber er war eindeutig ein bereitwilliger und gelehrter Schüler gewesen. Claire versuchte, sich auf das Ziel zu konzentrieren, das sie sich gesetzt hatte: Herauszufinden, wo die Buren die Beute versteckt hatten, mit der sie ihre Waffen bezahlen wollten. Das war nicht einfach. Weder fähig noch willig, die totale Kontrolle zu behalten, schnappte Claire nach Luft und schauderte. Zufrieden, dass er seine Mission erfüllt hatte, stieg Nathaniel zurück auf das Bett und legte sich zu ihr. Er küsste sie und als sie wieder zu Atem gekommen war, rollte sie ihn auf den Rücken. Als beide gesättigt waren, wickelte der nackte Nathaniel sie in ein Laken und führte sie zurück zum

Herd. Er schob einen chinesisch bedruckten Paravent beiseite hinter dem sich eine Badewanne aus Messing verbarg. Er füllte Wasser aus einer Kupferkanne nach.

»Ich dachte schon, du würdest nie kommen«, sagte er.

Claire sah seine Zigarrenkiste auf dem Kaminsims. Sie öffnete sie, nahm eine Zigarre heraus, zündete sie mit einer Flamme aus dem Kamin an und zog an ihr. Claire reichte sie Nathaniel, liess ihr Laken fallen und glitt in die Badewanne.

»Das ist Glück«, sagte sie und griff nach der Seife.

Er ging zu einem seitlichen Stehtisch und entkorkte eine Flasche Whiskey. Er schenkte grosszügig in zwei Gläser ein und kam zu ihr.

Claire nahm ihren Drink und die Zigarre, zog noch einmal daran und blies den Rauch ins Glas. Sie lehnte sich im Wasser zurück, nippte an dem rauchigen Gebräu und liess sich davon wärmen. Nathaniel genoss die Hitze des Feuers in seinem Rücken, nahm seinen Drink, bückte sich dann nach ihrem Laken und band es sich um.

»Schade, ich habe die Aussicht genossen.«

»Sie sind unverbesserlich, Miss Martin.«

»Vielen Dank, Colonel«, sagte sie mit der englischen Entsprechung seines Ranges und reichte ihm die Zigarre zurück. »Sag mir, Nathaniel, warum genau bist du in Südafrika und kämpfst für die Buren?«

Er zuckte mit den Schultern. »Viele meiner Jungs sind Iren. Sie haben noch eine persönliche Rechnung mit den Briten offen. Ich, ich bin Geschäftsmann.«

»Ich hätte angenommen, dass ein Geschäftsmann und *Uitlander* kein Interesse daran hat, sich auf die Seite von Transvaal und des Freistaats zu stellen?« Claire wusste, dass einer der Gründe, warum die beiden Burenrepubliken gegen Grossbritannien in den Krieg gezogen waren, darin bestand, dass Präsident Paul Krüger den britischen und anderen ausländischen Minenarbeitern das Wahlrecht verweigert hatte, um die Kontrolle der Afrikaner über die von den Buren ausgeschiedenen Gebiete zu behalten.

Er lächelte. »Mir war es lieber, zu versuchen, Veränderungen innerhalb der Südafrikanischen Republik herbeizuführen, als dass ein Grosser – in diesem Fall Grossbritannien – dem Kleinen seinen Willen aufzwingt.«

»Die Bilanz deines Washingtoner Bataillons zeigt, dass du sowohl etwas vom Soldatentum als auch vom Geschäft verstehst«, sagte sie. In der Tat wusste Claire eine ganze Menge über Nathaniel Belvedere, doch war es ihre Aufgabe, ihn zum Reden zu bringen.

»Meinen ersten Mann, einen Yankee, habe ich getötet, als ich sechzehn war. Seither habe ich das eine oder andere gelernt. Dennoch habe ich gehofft, nie wieder einen Krieg zu erleben. Die Buren sind grosse Kämpfer, aber ich fürchte, ich werde auch diesmal auf der Verliererseite stehen.«

Claire versuchte, Nathaniels Alter zu schätzen. Er war wohl in den Fünfzigern, aber in bemerkenswert guter Form.

»Du hast für den Erhalt der Sklaverei in Amerika gekämpft, etwas, das die zivilisierte Welt, die Briten, verboten haben. Ist das deine Vorstellung davon, für den ›kleinen Mann‹ einzutreten?«

»Ha!« Nathaniel atmete aus und nahm einen weiteren Schluck. »Wenn du gesehen hast, wie die Briten diesen Krieg führen, wirst du deine Meinung über die Zivilisation ändern, kleine Dame. Aber nein, ich war kein Plantagenbesitzer und die Sklaverei ist mir so oder so scheissegal. Ich war in diesem Krieg, weil der Norden versuchte, die Wirtschaft des Südens zu ersticken. Als ich bis vor drei Jahren hier in Südafrika eine Goldmine betrieb, hatte ich den Eindruck, dass die Engländer dasselbe mit dem alten Paul Krüger und seinen Leuten vorhatten.«

Mit einiger Mühe ignorierte sie seine Bemerkung über die ›kleine Dame‹. Seine Anstrengung von vor einer halben Stunde hatte ihm etwas Spielraum verschafft, doch es gab noch viel zu tun. Sie hob ein Bein und wies auf die Zehen. »Meine Füsse sind wund von meinen neuen Reitstiefeln.«

Nathaniel stellte sein Getränk auf den Kaminsims, steckte sich die Zigarre zwischen die Lippen und nahm ihren tropfenden und seifigen Fuss in die Hand. Als er begann, ihn zu massieren schloss sie ihre Augen in echter Verzückung.

»Und du, Claire, warum bist du wirklich hier? Hasst du die Briten? Hast du eine Rechnung zu begleichen, wie meine irischen Jungs?«

Sie wog ab, wie viel sie ihm sagen sollte. Sie musste einerseits ein Geschäft mit Nathaniel abschliessen, nämlich die Bezahlung für die Waffen, die sie an die Buren geliefert hatte, erhalten, sondern andererseits auch sein Vertrauen gewinnen, damit er ihr verriet, wo die Geldquelle lag. »Geld«, gab Claire zurück, da sie wusste, dass eine gute Lüge, immer auf der Wahrheit basiert.

»Die Wurzel allen Glücks.«

Sie lächelte, hielt aber die Augen geschlossen, als er mit ihrem anderen Fuss begann. Daran könnte sie sich gewöhnen, beschloss sie.

»Du kämpfst also, damit du mehr Geld verdienen kannst, wenn du in den Bergbau zurückkehrst.«

»Das mag sein. Aber was hast du davon, wenn du deutsche Artillerie an die Buren verkaufst?«

»Es ist das Schiff meines verstorbenen Mannes, das die Geschütze nach Portugiesisch-Ostafrika transportiert und es wäre mein Schiff gewesen, wenn die Bank es nicht zurückgefordert hätte. Er betrieb eine kleine Reederei, aber er hat sich übernommen. Ausserdem hatte er ein schreckliches Problem mit dem Glücksspiel – und teuren Mätressen, wie sich herausstellte. Er brachte sich um, bevor ich es für ihn tun konnte und hinterliess mir einen Haufen Schulden.«

»Du bist also ins Waffengeschäft eingestiegen, um das Schiff zurückzukaufen?«

Sie lachte und hoffte, dass es natürlich klang. »Mein Anteil wird nicht *so* hoch sein, wenn ich euch Kanonen verkaufe. Nein, ich hoffe, ich werde genug verdienen, um in Deutsch-Südwestafrika ein Stück Land kaufen zu können. Ich will eine Farm mit Pferden. Ich mag weder die Briten – mein Vater war Ire, ein Fenianer –, noch die Art und Weise, wie sie diesen Krieg führen. Das Land meiner Mutter hingegen, Deutschland, hat meinem Vater eine Heimat gegeben. Dafür leiste ich gern meinen Teil für den Kaiser.«

»Deinen Beitrag? Wie kommt es, dass eine Frau, die so fähig ist wie du, ein illegales Waffengeschäft aushandelt?«

Sie lächelte und hob eine Augenbraue. »Ich habe Freunde in hohen Positionen und in den Docks. Fritz Krupp ist eine Art entfernter Cousin.«

»Aha«, sagte Nathaniel. Sie brauchte ihm nicht zu sagen, dass Fritz Krupp ein Vermögen mit der Entwicklung und Herstellung schwerer Waffen und Kriegsschiffe verdient hatte, die er sowohl an die kaiserliche Regierung als auch an viele ausländische Kunden verkaufte. »Ich kannte einige Admirale und als ich mich anbot, dem Oberkommando der Marine Berichte über den Fortgang des Krieges hier in Südafrika zu schicken sagte niemand: Mach dir keine Mühe, du dummes Mädchen. Als ich Wind davon bekam, dass die Buren mehr Artillerie bräuchten, dachte ich, ich könnte mich als eine Art von Vermittlerin betätigen.«

»Du bist alles andere als ein dummes Mädchen, Claire und die Deutschen waren klug, dein Angebot anzunehmen. Unsere britischen Feinde sind so eingefahren, dass sie wahrscheinlich nicht einmal auf die Idee kämen, dass eine Frau eine Spionin sein könnte.«

Claire lächelte kurz zum Dank für das Kompliment, unterschätzte ihren Feind aber nicht. » Es gibt einige am kaiserlichen Hof, in der Regierung und in der Kolonie Deutsch-Südwestafrika, denen es lieber wäre, wenn die Buren gewinnen würden und die so verrückt sind, zu glauben, dass eine Lieferung von Artillerie in letzter Minute den Tag retten könnte.«

Nathaniel hob die Augenbrauen. »Du glaubst nicht, dass es das wird?«

Sie zuckte mit den Schultern. Sie hatten sich schon zweimal getroffen, um die Logistik des Geschäfts zu organisieren und bei ihrem letzten Treffen hatte Claire sich von Nathaniel verführen lassen. Nach ihrer Begegnung hatte er ihr anvertraut, dass er zwar den Buren gegenüber loyal war, aber insgeheim bezweifelte, dass sie die Briten Dank einer Verstärkung mit Waffen oder Männern besiegen könnten.

»Nicht mehr als du«, sagte sie. »Aber es war nicht schwer, meine familiären Beziehungen zu nutzen, um eine Lieferung von 77-Millimeter-Feldkanonen des Typs FK-96, die für die deutsche Schutztruppe in Windhoek bestimmt waren, nach Lourenço Marques umzuleiten, wo sie derzeit auf dich und deine Leute warten. Fritz hat das Geschäft als familiären Gefallen direkt mit mir gemacht, es gibt also keinen offiziellen Papierkram. Ich werde mir einen Teil des Geldes nehmen und es wird hoffentlich reichen, um die Schulden meines verstorbenen Mannes zu begleichen. Der Rest des Geldes wird auf das Privatkonto meines lieben Cousins in Capri, in Italien, gehen, der dort eine Villa besitzt. Dann werde ich mich von der Schifffahrt verabschieden und mir eine kleine Farm in Südwestafrika kaufen.« ›Eher die halbe Kolonie‹, dachte sie bei sich.

Nathaniel stiess einen Seufzer aus und sie spürte, wie der Druck seiner Finger nachliess. »Es geht dir also wirklich nur ums Geld.«

Sie öffnete die Augen und merkte, dass sie ihn falsch eingeschätzt hatte. Auch wenn er desillusioniert war und sich dem Kampf gegen die Briten aus wirtschaftlichen Gründen angeschlossen hatte, war er im Herzen ein Idealist und Romantiker. Claire hatte nicht angenommen, dass sie sein Herz gewinnen müsse – sie hatte ihm bereits ihren Körper geschenkt.

In Wirklichkeit hatte sie schon bevor sie das Waffengeschäft aushandelte, zugestimmt, für die Deutschen zu spionieren. Der Grund dafür lag bei etwas Anderem, das sie erlebt hatte.

Claire sah ihm in die Augen. Sie musste an seine sentimentale Seite appellieren. »Ich habe eine Freundin – hatte eine Freundin, sollte ich sagen. Als meine Familie zu Beginn des Goldrauschs in Südafrika lebte, war Wilma wie eine Schwester für mich. Sie lernte einen jungen Mann kennen, einen Bauern und sie heirateten. Als der Krieg gegen die Engländer ausbrach, schloss sich ihr Mann einer Kommandoeinheit der Buren an. Wilma war gerade mit ihrem ersten Kind schwanger als britische Kolonialtruppen ihre Farm überfielen, abfackelten, die Hunde abschlachteten und das Vieh mitnahmen. Wilma wurde in ein Konzentrationslager gebracht. Verstehst du, was ich meine?«

»Ja.«

»Wilma schrieb mir und schaffte es, eine der Wachen zu bestechen, um den Brief herauszubekommen. Sie erzählte mir, dass sie das Kind im Lager bekommen hatte, einen kleinen Jungen namens Piet. Sie berichtete mir von den Schrecken, dem Mangel an sauberem Wasser und anständigem Essen, von Ruhr, Masern und anderen Krankheiten. Wilma fragte mich, ob ich versuchen würde, der Welt mitzuteilen, was hier in Südafrika vor sich ging. Ich schrieb Briefe an alle, die mir einfielen, nahm Kontakt zu Zeitungen auf und beschloss, Wilma zu besuchen und eine Petition für ihre Freilassung einzureichen.«

»Und?«

»Und als ich im Lager ankam, waren Wilma und Piet bereits tot. Das Kind starb bei der grossen Masernepidemie im letzten Jahr und kurz darauf wurde Wilmas Mann im Kampf getötet. Ich weiss nicht, ob jemand wirklich an einem gebrochenen Herzen sterben kann, aber vielleicht hat Wilma einfach aufgegeben. Ich kam gerade noch rechtzeitig für ihre Beerdigung.« Nathaniel nahm ihre Hand in seine und schaute ihr in die Augen. Sie sah die Kriegsmüdigkeit in den seinen und noch etwas anderes, Weicheres.

Claire wechselte das Thema und fragte leise: »Ist meine Bezahlung für die Artillerie da, Nathaniel?«

Er wandte den Blick ab. »Nein, aber ich weiss, wo sie ist.«

»Sag es mir. Vielleicht können wir Zeit sparen, zusammen dorthin gehen und es holen.«

Er schüttelte den Kopf, wandte seinen Blick aber wieder ihr zu und liess sich von ihrem erneuten Lächeln anstecken. Noch einmal sank er auf die Knie und seine Hand bewegte sich in die Badewanne und unter das Wasser.

Sie legte ihre Hand auf seine. »Sag mir wenigstens, dass es genug ist, um die Kosten für die Waffen zu decken, Nathaniel.«

Er grinste. »Oh, Claire, es ist mehr als genug da, um ein paar Kanonen zu bezahlen, vertrau mir.«

»Sag es mir, bitte« gurrte sie erneut, dann schloss sie wieder die Augen und räkelte sich mit dem Kopf über die hohe Rückenlehne aus Metall. Sie zog ihre Hand weg. »Ist es weit weg?«

»Nahe. Weniger als einen Tagesritt von hier. Was lang währt, wird endlich gut, meine Liebe.«

»Oh, Nathaniel, es macht mir nichts aus, zu warten.«

Ihr Körper versteifte sich und ihre Beine streckten sich über den Wannenrand, als das Vergnügen wieder von ihrem Körper Besitz ergriff. Als es nachliess und ihr Atem sich beruhigt hatte, öffnete sie die Augen und sah, dass er sie anstarrte.

»Claire ...«

»Ja?«

»Du hast recht. Ich glaube nicht, dass die Buren eine Chance haben, zu gewinnen, selbst wenn sie deine Waffen bekommen.«

»Ich auch nicht«, bestätigte sie.

»Ehrlich gesagt habe ich den Krieg satt. Ich habe ein Dutzend guter amerikanischer Jungs verloren, als ich versuchte, den Standort des Goldes, mit dem sie deine Waffen bezahlen wollten, geheim zu halten.« Er fuhr sich mit der Hand durch sein langes Haar und wandte den Blick von ihr ab.

Sie nickte, sagte aber nichts. Nathaniel hatte ihr beim letzten Mal erzählt, dass seine Freiwilligen-Truppe von einem abtrünnigen Kommando der Buren in einen Hinterhalt gelockt worden war. Deren Anführer, ein alter Bandit namens Hermanus, hatte den Kampf für die Sache aufgegeben und es sich zum Ziel gesetzt, das Versteck der Goldreserven der ehemaligen Republik zu finden.

Nathaniel und seine Männer waren mit leeren Wagen auf dem Rückweg von einer Goldlieferung, als ihre ehemaligen Kameraden sie überfielen. Nur Nathaniel und Christiaan konnten entkommen.

Er dachte über etwas nach, über dasselbe wie sie, hoffte sie, aber sie musste es erst von ihm hören.

»Mit dem Gold, Claire, sogar nur einem Teil davon, könnten wir für immer verschwinden. Niemand würde es je finden. Ich bin wahrscheinlich die letzte lebende Person, die weiss, wo es ist, denn Christiaan stand in der Nähe des Verstecks Wache und ist nicht hineingegangen.«

Hinein? Ihre Gedanken überschlugen sich: Befand sich das Gold in einem Gebäude? Oder in einer Höhle, einem alten Minenschacht? Ihr Herz schlug schneller. Sie beobachtete ihn aufmerksam und fragte sich, ob sie ihre finanziellen Motive übertrieben hatte und er ihr eine Falle stellte. Doch sie erkannte, dass auch er den Atem anhielt, vielleicht um zu sehen, was sie darüber dachte. Claire hatte genug Andeutungen gemacht, dass es ihr um das Geld ging, aber nicht gesagt, dass sie es in Betracht zöge, das Geschäft aufzugeben und einfach das Gold zu stehlen. Alles. »Fahr fort.«

Er grinste sie an. »Ich weiss, wo das Gold ist, Claire und ich habe die einzige Karte, die es gibt.«

* * *

ANJA STRECKTE sich an ihrem Pult in der Universitätsbibliothek und las die nächste Seite des Briefs.

MIR WURDE KLAR, dass Kommandant Belvedere ein kriminelles Unternehmen vorschlug, bei dem wir beide uns mit einem Teil oder der Gesamtheit der Goldreserven von Präsident Krüger davonmachen sollten. Natürlich würde ich nichts dergleichen dulden, aber da dieser Mann kriminelle Neigungen zeigte, tat ich, als ob ich seinem Plan zustimmte und hoffte, er würde mir den Aufenthaltsort des Goldes verraten.

Mein Auftrag war klar: Die strategischen Interessen Deutschlands heimlich zu fördern und dafür zu sorgen, dass die Rüstungsgüter zu den Truppen gelangten, für die sie bestimmt waren.

Kommandant Belvedere bot mir für den Abend ein angemessenes Quartier auf dem Handelsposten an. Schon vor dem Morgengrauen wurde ich geweckt.

DIE SAMMLUNG von Claires Briefen an ihre Spionagemeister war nicht vollständig. Das Reichsarchiv befand sich in Berlin und viele der Unterlagen waren verbrannt, als das Gebäude, wie ein Grossteil der Stadt, während des Zweiten Weltkriegs bombardiert wurde.

In diesem Teil des Berichts fand sich ein Hinweis auf Waffen. Claire war Teil eines Komplotts, bei dem es darum ging, die Buren mit Artilleriewaffen zu versorgen.

Anja hatte mittlerweile fast alle ihre Briefe gelesen und wenn sie nicht bald einen Hinweis darauf fand, dass Pferde in die Wüste des Nachbarlandes entlassen wurden, blieben ihre Nachforschungen der letzten Wochen nicht mehr als ein faszinierender Umweg und eine Sackgasse.

KOMMANDANT BELVEDERES PFERD wieherte neben dem Fenster und liess ihn Gefahr wittern. Er befürchtete einen Überfall vor der Morgendämmerung — eine bei den britischen Kolonialtruppen beliebte Taktik — und bestand darauf, dass ich das Bauernhaus verliess und durch die Dunkelheit zum Gipfel eines nahegelegenen Hügels ritt. Er sagte, dass er später, wenn alles sicher sei, zu mir stosse und gab mir seinen Colt.

Ich zog schnell die Herren-Reitkleider an, die ich zur Tarnung bei meinen spärlichen Habseligkeiten trug, verliess das Haus so leise wie möglich und ging zum Stall. Ich fand Belvederes Burenwache, Christiaan, schlafend, weckte ihn unsanft und befahl ihm, sich im Haus des Händlers zu melden. Der Mann schaffte es, ungesehen zum Haus zu gelangen, aber als ich aus der Stalltür schaute, sah ich Männer, die sich in der Dunkelheit näherten. Aus Angst, gesehen zu werden, wenn ich ein Pferd herausnähme, verliess ich das Gebäude zu Fuss und versteckte mich im Gebüsch.

4

NORTH SYDNEY, AUSTRALIEN, IN DER GEGENWART

Der Nachmittag zog sich quälend in die Länge und Nick verliess die Arbeit erst um viertel vor fünf.

Es war ihm egal. Er hatte keinen Job mehr.

Susan Vidler, die Südafrikanerin, von der er eine E-Mail erhielt, rief ihn kurz nach dem Absenden seiner Nachricht zurück. Sie sagte, es sei kein Problem, sich mit ihm irgendwann nach drei Uhr im Commodore Hotel in North Sydney zu treffen. Er hielt es für besser, sich mit einer Fremden zu unterhalten und vielleicht etwas über einen seiner Vorfahren zu erfahren, als in die Wohnung zurückzugehen, alte Fotos von Jill und sich durchzusehen und bis zur Bewusstlosigkeit zu trinken.

Das Commodore war ein beliebtes Lokal und er war früh losgefahren, um sicher zu sein, dass er einen Tisch bekam, bevor die übliche Meute es füllte, die nach der Arbeit kam. Er nahm die Treppe von der Blues Point Road zur Veranda hinauf, bestellte sich an der Bar ein Bier und suchte sich einen Sitzplatz.

Er zog sein Handy heraus und checkte Facebook und die E-Mails.

»Nick?«

Er blickte auf und sah in ein sehr hübsches, von glattem blondem Haar umrahmtes Gesicht.

»Ja, Susan, richtig?«

»Howzit?« Sie streckte eine Hand aus.

Nick stand auf. »Hi.«

»Da habe ich aber gut geraten«, sagte sie.

»Darf ich Ihnen einen Drink anbieten?«

»Das wäre *lekker*, wunderbar, danke. Sauvignon blanc?«

»Kommt sofort.« Nick ging zur Bar und dachte, dass heute wenigstens etwas nicht schiefging.

Er kehrte an den Tisch zurück. Susan sass mit zurückgeschobenem Stuhl und gekreuzten Beinen unter einem kurzen schwarzen Rock da. »Danke.«

»Schön Sie kennenzulernen«, sagte er und nippte an seinem Bier.

»Gleichfalls. Ich bin froh, dass wir uns treffen können. Ich muss sagen, es war ein ziemlicher Aufwand, Sie aufzuspüren.«

»Nun, ich glaube, ich habe noch nie etwas über diesen Verwandten gehört, für den Sie sich interessieren. Wie war noch einmal sein Name?«

»Blake«, sagte sie. »Sergeant Cyril Blake. Er, oder besser gesagt, sein Deckname, Edward Prestwich, wird in einem Buch über die Geschichte Namibias erwähnt.«

»Jetzt bin ich wirklich verwirrt. Sie sagten etwas über diesen Mann, der in Deutsch-Südwestafrika diente? Das ist doch das heutige Namibia, oder?«

»Ja.«

»Aber Australier haben nie dort gekämpft, soviel ich weiss.«

Susan lehnte sich, die Ellbogen auf den Tisch gestützt, ein wenig vor. Ihr Gesicht wurde lebhaft und er bemerkte zum ersten Mal das fast durchscheinende Blau ihrer Augen.

»Da haben Sie Recht, aber Cyril Blake landete 1906 in Deutsch-Südwestafrika. Dort kämpfte er mit den Nama, die sich zusammen mit den Herero gegen die deutsche Kolonialregierung erhoben.«

»Warum hat Blake sich ihnen angeschlossen?«

»Das ist eine der Fragen, auf die ich eine Antwort zu finden versuche. Es könnte sein, dass er mit ihrer Sache sympathisierte oder einen Grund hatte, die Deutschen nicht zu mögen. Es war sicherlich nicht Blakes Krieg. Allerdings scheint er auch ein geschäftliches Interesse an all dem gehabt zu haben.«

»Geschäftlich?«

Sie nippte an ihrem Wein und nickte. »Blake war Pferdehändler. Pferde waren auf beiden Seiten sehr knapp und es gibt Hinweise darauf, dass Blake Pferde an die Nama verkaufte. Offenbar gab es einen regen grenzüberschreitenden Handel zwischen der britisch kontrollierten Kapkolonie, einem Teil des heutigen Südafrika, und Deutsch-Südwestafrika.«

Nick war sowohl von der Geschichte als auch von Susan fasziniert. Sie war vielleicht zehn Jahre jünger als er, also keine grossäugige Jungreporterin direkt von der Universität und auf der Jagd nach ihrer ersten grossen Story. Er warf einen Blick auf ihre linke Hand. Sie trug keinen Ehering. Eine Vision von Jill liess Nick lächeln. Sie hatte ihr geblümtes Kopftuch umgebunden und sagte ihm, er solle sich eine neue Frau suchen, wenn sie weg sei. Sie versuchte, einen Scherz daraus zu machen, indem sie ihm lachend sagte, er solle mindestens ein Jahr warten. Trotzdem hatte er ein schlechtes Gewissen, weil er Susan prüfend betrachtete.

Er räusperte sich. »Also, wie haben Sie mich gefunden? Mit einer Online-Suche?«

»Ja und nein. Ich kannte den Namen Ihres Urgrossonkels durch andere historische Nachforschungen und fand seine Einberufung für den Burenkrieg online beim australischen Nationalarchiv. In seinen Papieren war seine Mutter als nächste Angehörige aufgeführt. Ich machte sie ausfindig und fand über sie die Geburtsurkunden der beiden Brüder Ihres Urgrossonkels.«

»Ich erinnere mich, dass meine Tante mütterlicherseits mir einmal von drei Brüdern auf ihrer Seite der Familie erzählt hatte, die in den Krieg zogen. Einer starb im Ersten Weltkrieg in Frankreich, einer, mein Urgrossvater, diente in Palästina in der leichten Kavallerie. Der dritte muss also Cyril gewesen sein.«

Susan nickte. »Ich habe die Heiratsurkunde Ihrer Grosseltern online beim Zivilstandsregister von New South Wales gefunden.

Dann stöberte ich die Geburts- und Heiratsurkunde Ihrer Grossmutter auf.«

»Beeindruckend«, sagte Nick.

Susan lächelte, nahm einen Schluck von ihrem Wein und hob eine Handfläche. »Nach dieser Zeit wurde es schwieriger. Aufgrund von Datenschutzgesetzen kann man online weder Geburtsurkunden von Personen, die vor weniger als hundert Jahren in New South Wales geboren wurden, noch Heiratsurkunden aus den letzten fünfzig Jahren finden. Also habe ich ›Trove‹ durchsucht, wo gerade alte australische Zeitungen mit optischer Zeichenerkennung gescannt werden. Dort habe ich eine Erwähnung Ihrer Grosseltern gefunden. Sie sind in einer Heiratsanzeige als die Eltern der Braut aufgeführt: Von ihrer Mutter, Ruth.«

»Erstaunlich.«

»Sie oder ein anderer Nachkomme von Blake waren schwieriger zu finden. Bei der Suche nach weiteren Hinweisen bin ich aber auf eine Website namens ›Ryerson Index‹ gestossen, die von der ›Sydney Dead Persons Society‹ aufgeschaltet wird ...«

»Das ist nicht Ihr Ernst.«

Susan nickte. »Doch, doch. Dort findet man weit zurückreichende Todesanzeigen aus dem *Daily Telegraph* und dem *Sydney Morning Herald* und darunter fand ich die Ihres Vaters, Denis Eatwell. Mein herzliches Beileid.«

»Er hatte ein gutes, langes Leben.« *Im Gegensatz zu Jill.* Er wurde das Schuldgefühl, mit Susan in einem Pub zu sitzen, nicht los, war aber beeindruckt von dem Aufwand, den sie betrieben hatte, um ihn zu finden.

»So haben Sie mich also gefunden, alles über das Internet?«

Sie schüttelte den Kopf. »Nein, am Ende hat mir das Schicksal unter die Arme gegriffen. Der Ryerson-Index listet nur den Namen und das Datum der Anzeige auf, den Text aber nicht und Trove ist nicht in der Lage, die Zeitungen aus der Zeit, in der Ihr Vater starb, zu scannen. Ich musste sogar persönlich in die Staatsbibliothek von New South Wales gehen und die Ausgabe des *Sydney Morning Herald* mit der Todesanzeige Ihres Vaters auf Mikrofilm nachschlagen.«

Er lehnte sich in seinem Stuhl zurück. »Sind Sie eigens dafür nach Sydney geflogen?«

Sie lachte. »Nein, ich hatte vor, Freunde zu besuchen. Da meine Nachforschungen mich nach Sydney führen, scheint es wohl irgendwie vorherbestimmt zu sein oder so. In der Todesanzeige, die ich vor ein paar Tagen gefunden habe, sind Sie als Denis' einziger Überlebender aufgeführt. Danach war die Spurensuche nicht mehr so spannend – ich habe mich an das gute alte Facebook gewandt. Es gibt nicht viele australische Nick Eatwells. Als ich herausfand, dass Sie nicht in Westaustralien leben, habe ich Ihnen eine E-Mail geschickt und hier sind wir nun.«

»Das ist an sich schon eine tolle Geschichte, aber, verzeihen Sie mir, glauben Sie wirklich, dass sich der ganze Aufwand gelohnt hat – wenn man bedenkt, dass ich nicht viel über diesen Typen weiss? Und wird irgendjemand eine historische Reportage über all das bringen?«

»Die Geschichte ist aktueller, als Sie wahrscheinlich denken«, erklärte sie. »Auch wenn der Aufstand mehr als hundert Jahre zurückliegt, hat er noch heute Auswirkungen auf Afrika und Deutschland. Seit langem gibt es Forderungen aus Namibia, dass die deutsche Regierung eine Entschädigung zahlen solle. Die Deutschen besiegten die Herero und Nama nicht nur im Kampf, sondern errichteten auch ein Netz von Konzentrationslagern, in denen Zehntausende von Menschen an Hunger und Krankheiten sowie bei der Zwangsarbeit starben. Das schlimmste Lager befand sich auf der Haifischinsel an der Atlantikküste, wo Schreckliches geschah. Häftlinge von der Insel wurden unter anderem beim Bau einer Eisenbahnlinie, die vom Hafen von Lüderitz bis zur Stadt Keetmanshoop führte, eingesetzt und mussten sich buchstäblich zu Tode schuften.«

»Und was denken Sie darüber?«

Susan zuckte mit den Schultern. »Ich bin nicht unbedingt der Meinung, dass die Menschen in einem fortschrittlichen, liberalen Land wie Deutschland für die Taten des Kaiserregimes vor einem Jahrhundert zur Verantwortung gezogen werden sollten, kann aber auch den Standpunkt der Einheimischen verstehen. Auf jeden Fall wird eine knallharte Geschichte, die zeigt, wie abscheulich die Deutschen damals gehandelt haben, in beiden Ländern auf Interesse stossen. Sie könnte bei den Medien sowohl als Neuigkeit wie auch als Sonderbericht gefragt sein.«

»Hmm«, brummte Nick, nicht ganz überzeugt. »Die Tatsache, dass ein Australier in diesem Krieg gekämpft hat, wird in Deutschland wohl kaum grosse Reaktionen auslösen.«

»Wenn die Leute sowohl hier in Australien wie auch in Deutschland herausfinden, dass Cyril Blake 1906 auf Befehl der deutschen Regierung umgebracht wurde, vielleicht schon.«

Nick spürte das Kribbeln in seinen Fingerspitzen. Er kannte es von früher, hatte es aber seit vielen Jahren nicht mehr gefühlt. Es tauchte auf, wenn er einer guten Geschichte auf der Spur war, die es schaffen konnte, Verkaufszahlen von Zeitungen in die Höhe zu treiben, den Menschen auf der Strasse Stoff zum Reden zu bringen und Politiker oder grosse Unternehmen zu verärgern. Er sah das Funkeln in den blauen Augen auf der anderen Seite des Tisches und wusste, dass Susan es auch spürte. Das war es, was sie hierher, in einen Pub in North Sydney, brachte.

»Die Deutschen müssen sich von diesem Kerl bedroht gefühlt haben.«

Susan nickte. »In den Archiven gibt es kaum etwas über ihn. Ich habe in Kapstadt nachgesehen, online in Berlin und sogar hier in Australien. Es gibt wenig auf dem Papier , das uns etwas darüber verrät, wer Cyril Blake war und warum er tat, was er tat. Wir wissen mehr über seinen Tod als über sein Leben.«

»Wirklich?«, sagte Nick.

»Das deutsche Militär hat ihn hintergangen. In diesem Buch über die Geschichte Namibias steht, dass dein Urgrossonkel von ein paar burischen Spionen reingelegt wurde, die ihn mit dem Versprechen eines Viehgeschäfts nach Deutsch-Südwestafrika lockten. Sie überfielen ihn, verwundeten ihn und liessen ihn zum Sterben in der Wüste zurück. So sehr hassten sie die Vorstellung, dass dieser fremde, weisse Mann mit den Rebellen reitet.«

Nick atmete aus. »Das ist ja grauenhaft.«

»Die Deutschen schickten am nächsten Tag eine Militärpatrouille aus, um nach ihm zu sehen. Aus den damaligen Berichten geht hervor, dass Ihr Vorfahre nicht nur die eisige Nacht in der Wüste überlebt hatte, sondern sogar noch am Leben war. Ein deutscher Offizier richtete ihn dann aber kaltblütig hin.«

»Das ist eine Menge zu verdauen.« Nick brauchte einen Moment, um diese schockierende Enthüllung zu verarbeiten. Es war eine Sache, von einem Vorfahren zu erfahren, der im Krieg, im Kampf, gefallen war. Noch viel schlimmer war aber die Vorstellung, er sei in eine Falle gelockt und, obwohl wehrlos, ermordet worden. Nick war klar, dass die deutsche Regierung nicht einmal heutzutage wollte, dass eine solche Tat wieder ans Tageslicht gezerrt wurde.

»Wie kann ich Ihnen nun weiterhelfen?«

Susan zuckte mit den Schultern. »Ich habe mich gefragt, ob Sie oder Ihre Familie etwas von ihm oder über ihn haben, irgendwelche Papiere oder Briefe vielleicht.«

Nick runzelte die Stirn. »Ich habe eben das erste Mal von ihm gehört.« Er überlegte, was er über seine eigene Abstammung wusste, und stellte nach kaum einer halben Minute fest, dass es nicht viel war.

Susan griff in ihre grosse, braune Lederhandtasche, zog eine Mappe heraus und schob sie über den Tisch. »Wie wäre es, wenn ich uns noch etwas zu trinken hole, während Sie sich dieses Zeug ansehen, Nick?«

»Okay, danke.« Er nahm die Mappe. Das Interesse im Journalisten in ihm war geweckt, aber er kam sich auch ein wenig komisch vor, weil eine Fremde seinen Stammbaum durchforstete und mehr über seine Herkunft wusste als er selbst.

Susan ging zur Bar und Nick öffnete den Ordner. Er fand darin Stammbäume und Ausdrucke von verschiedenen Ahnenforschungs-Webseiten. Sie hatte offensichtlich einige Zeit damit verbracht, das alles zusammenzutragen. An die vordere Innenseite der Mappe war der Ausdruck einer Art Zusammenfassung ihrer Ergebnisse geheftet.

Dieser Cyril Blake war der Bruder seines Urgrossvaters mütterlicherseits, also sein Urgrossonkel. Er hatte nie geheiratet und überhaupt gab es mütterlicherseits nur sehr wenige Nachkommen. Nick selbst hatte weder Geschwister noch Cousins und Cousinen. Seine Mutter, die vor drei Jahren gestorben war, hatte nur eine Schwester, seine Tante. Er blickte von dem Blatt Papier auf.

»Was denken Sie gerade?« Susan stellte ein Bier für ihn und ein weiteres Glas Wein für sich auf den Tisch und nahm wieder Platz.

Die Kneipe füllte sich und es wurde immer lauter. »Ich habe eine Tante, die sich sehr für diese ganzen Familiengeschichten interessiert, vielleicht weil es auf ihrer Seite der Familie so wenige von uns gibt.«

»Das ist mir aufgefallen«, sagte Susan. »Glauben Sie, Ihre Tante weiss etwas über Cyril?«

Nick atmete laut. »Nun, wenn jemand etwas weiss, dann sie. Sie ist besessen von unserer Geschichte.«

Susan sah auf ihre Uhr. »Ich will Sie nicht aufhalten, Nick, wenn Sie nach Hause zu Ihrer Familie müssen oder so.«

Er lehnte sich in seinem Stuhl zurück. »Zu Hause wartet niemand auf mich. Meine Frau ist vor acht Monaten an Krebs gestorben.«

Susans Gesicht verfinsterte sich und sie legte ihre Hand auf seine. »Oh, nein, Nick, das tut mir leid.«

Er nickte. Wenigstens weinte er nicht mehr, wenn er diese Worte sagte. Er sah zu ihr auf. »Ich rufe meine Tante für Sie an.«

»Danke, das weiss ich wirklich zu schätzen.«

»Was ist mit Ihnen?«

»Was meinen Sie?«, fragte sie zurück.

»Wartet hier oder in Südafrika jemand mit dem Abendessen im Ofen auf Sie?«

»Nein.« Sie nippte an ihrem Wein. »Ich reise allein und bin geschieden.«

»Das tut mir leid«, sagte Nick.

»Das muss es nicht, mir tut es auch nicht«, sagte Susan. »Haben Sie Hunger? Vielleicht können wir zusammen etwas essen gehen?«

»Klar.« Nach dem Tag, den er hinter sich hatte, konnte Nick sich nicht vorstellen, wo er lieber sitzen würde als mit dieser hübschen, ziemlich faszinierenden Frau am Tisch. Alles, was auf ihn wartete, waren eine leere Wohnung und ein Fernseher und er war sich sicher, dass Jill, auch wenn es noch kein Jahr her war, nichts dagegen hätte, wenn er mit jemandem zu Abend ass. »Klingt nach einer guten Idee. Wenn Sie spanisches Essen mögen, in der Blues Point Road gibt es ein nettes Tapas-Lokal.«

»Ich liebe es. Dann kann ich Ihnen mehr über die Geschichte erzählen, die ich gerade schreibe. Ich glaube, es könnte sogar den Stoff für ein Buch enthalten. Eine Hauptdarstellerin scheint es übrigens auch zu geben.«

»Wirklich?«

»Ich bin mir nicht sicher, was genau zwischen den beiden passiert ist, aber der Name einer halb deutschen, halb irischen Frau, Claire Martin, ist bei meinen Recherchen ein paar Mal aufgetaucht. Sie wurde in Deutschland geboren, zog aber in den späten 1890er Jahren nach Deutsch-Südwestafrika. Es sieht aus, als hätten sich ihre und Cyrils Wege gekreuzt.«

»Hört sich an, als könnte da sogar ein Film drin liegen.«

Sie lächelte. » In der Mappe finden Sie die Fotokopie des Berichts eines Nachrichtenoffiziers der britischen Armee, Captain Llewellyn Walters, der im Burenkrieg mit Ihrem Vorfahren diente. Sie waren auf einem Streifzug, der die Gefangennahme eines Burenführers, eines Amerikaners, zum Ziel hatte.«

Nick blätterte durch die Seiten, bis er den im Jahr 1902 von Captain The Honourable Llewellyn Walters in sauberer Handschrift geschriebenen Bericht fand.

Sergeant Blake und ich bezogen auf einem Hügel am Sabie-Fluss Stellung. Wir hatten guten Blick auf den Handelsposten, wo Nathaniel Belvedere, der Oberst der Buren und die deutsche Spionin Claire Martin verabredet sein sollten. Wir beabsichtigten, das Haus in der Morgendämmerung, wenn die Bewohner noch schliefen, zu überfallen. Sergeant Blake wirkte unruhig und nervös, sein Verhalten grenzte an Ungehorsam ...

5

1902, AM FLUSS SABIE, IM OSTEN VON TRANSVAAL, SÜDAFRIKA

Für Blakes Geschmack waren zu viele Dinge nicht in Ordnung. Wenn aber Dinge nicht in Ordnung waren, starben die falschen Leute.

Zu Hause in Australien hatte Blake nie einen Beruf erlernt, aber drei Jahre in Südafrika hatten ihn das Wichtigste gelehrt: Wie man tötet und wie man überlebt. Er war geschickt in seiner Arbeit, er war noch am Leben.

»Das gefällt mir nicht«, murmelte er zum englischen Offizier.

»Wenn ich Ihre Meinung hören will, Sergeant Blake, frage ich Sie danach«, antwortete Captain Walters im Flüsterton. Er hielt das Fernglas an seine Augen, als der erste Schimmer blassen, orangefarbenen Lichts den Himmel hinter den kahlen, baumlosen Hügeln erhellte.

Blake war kalt und nass vom Tau. Die dünne Pferdedecke, die er sich über den Rücken und die Schultern gelegt hatte, hatte sein Lee-Enfield-Gewehr trocken gehalten und dazu beigetragen, seine Silhouette zu verhüllen, konnte ihn aber nicht warmhalten. Die durchnässte, khakifarbene Uniform und das feuchte Unterhemd klebten an seiner Haut.

Captain The Honourable Llewellyn Walters lag auf einem

gewachsten Mantel mit schwarzem Seidenfutter und trug einen massgeschneiderten Mantel. Dessen Farbe war gleich wie die der Uniform des australischen Sergeanten, aber da endete die Ähnlichkeit auch schon. Walters' Hemd war neu und gestärkt, seine Krawatte in einen perfekten Windsor-Knoten geknüpft, der Waffenrock frisch gewaschen und gebügelt, seine Reithose makellos und die Stiefel glänzten. Blakes Kleider dagegen waren geflickt und abgenutzt und die Ledersohlen seiner Stiefel mussten bald ersetzt werden. Bei Steinaeckers Reitern gab es keine Kleiderkontrollen und es war wichtiger, wie ein Mann sich im Busch verhielt und schoss, als was er trug.

»Wo sind die Wachen?« flüsterte Blake.

»Gott sei Dank gibt es keine, Sergeant«, antwortete Walters.

Ein britischer Sergeant hätte seinem Kommandanten keine Fragen gestellt und ihn korrekt mit Sir angesprochen, aber Blake wusste, dass Walters ihn nicht wegen seiner Manieren oder seiner Ehrerbietung gegenüber Vorgesetzten für diesen Job ausgewählt hatte. Bei Steinaeckers Reitern, der Einheit, in der Blake nach zwei Jahren Kampf gegen die Buren gelandet war, war von solchem militärischen Blödsinn nur wenig zu spüren. Der Krieg hatte sich in den letzten drei Jahren verändert und die britischen Taktiken zum Glück auch. Walters schien noch aus der Zeit zu stammen, in der die Tommies in schnurgeraden Kolonnen in die vermeintlichen Schlachten marschierten. Doch die listigen Buren lagen in den *Koppies*, den Felshügeln, auf der Lauer oder umkreisten die Engländer auf ihren robusten Ponys und schossen sie zur Hölle. Steinaeckers Reiter und einige andere irreguläre Pferdeeinheiten waren aufgestellt worden, um die Buren mit ihren eigenen Waffen zu schlagen. Der Krieg wurde von mobilen Patrouillen geführt, die den Feind aufspürten und jagten. Blakes Einheit war etwas sesshafter, weil sie den Auftrag hatte, die Grenze zum neutralen Portugiesisch-Ostafrika zu überwachen und zu verhindern, dass Waffen, Munition und anderer Nachschub von den Seehäfen am Indischen Ozean zu den zunehmend isolierten Buren gelangten.

Blake war in seiner Zeit in Südafrika dem Tod oft begegnet, diese Erfahrung hatte aber sein Herz gegenüber den Buren nicht verhärtet.

Im Gegenteil, sein Respekt ihnen gegenüber war weitaus höher als bei seiner Ankunft auf diesem blutgetränkten Kontinent.

Anfangs hatte er den Geschichten geglaubt, in denen die Buren als gnadenlose Schurken, die auf Krankenwagen schossen und Gefangene hinrichteten, dargestellt wurden. Als gierige Holländer, die das Reich um das Gold bringen wollten, das rechtmässig dem Mutterland gehörte. Jetzt sah er sie als das, was sie waren: In der Mehrheit einfache Bauern, die für ihr Recht auf Selbstbestimmung kämpften. Er war nicht unbedingt der Meinung, dass sich das Land vom Reich abspalten sollte, betrachtete seine Feinde aber auch nicht als leibhaftige Teufel. Dennoch, je besser er seine Feinde verstand, desto leichter fiel es ihm, sie auszuschalten.

»Wenn dieser Kerl ein so hochrangiger Burenoffizier ist, sollte man erwarten, dass er eine Eskorte hat und Wachen aufstellt«, bemerkte Blake und sprach seine Bedenken leise, aber bestimmt aus. »Da stimmt etwas nicht. Vielleicht ein Hinterhalt.«

»Wenn ich gewusst hätte, dass Sie ein Feigling sind, Sergeant Blake, hätte ich Sie nicht mitgenommen.«

Walters starrte durch den Feldstecher geradeaus.

»In Ordnung. Dann wollen wir mal loslegen«, sagte Blake. Er rollte sich auf die Seite, warf sich die Lee Enfield über die Schulter und zog die C96 Mauser aus dem Holster an seiner Hüfte. Diese halbautomatische Pistole trug wegen ihres langen Holzgriffs den Spitznamen ›Besenstiel‹ und wurde von den Deutschen an die Buren verkauft. Der Offizier, der sie ursprünglich besessen hatte, brauchte sie nicht mehr – er lag in einem Grab bei Bloemfontein. Für den Nahkampf, etwa bei der Räumung von Gebäuden, mochte Blake die C96, weil in ihrem Magazin zehn statt nur sechs Kugeln wie bei einem Webley-Revolver steckten. Wenn er sie im offenen Gelände einsetzen musste, hatte sie eine grössere Reichweite als die britische Standard-Dienstpistole. Trotz seiner Bedenken gegen den Überfall wollte er sich nicht von einem Pommy-Offizier vorführen lassen.

»Vergessen Sie nicht, dass ich den Colonel lebend will.« Walters stand auf und bürstete einen Grashalm ab seiner tadellosen Kavalleriehose. »Ich habe Informationen, dass der Amerikaner möglicherweise mit einer Frau zusammen ist. Sie soll ebenfalls in Gewahrsam genommen werden.«

Bert Hughes, ein weiterer Australier, den Blake für die Mission ausgewählt hatte, war mit allen drei Pferden auf der anderen Seite des Hügels und hatte den Befehl, sofort zu kommen, wenn er Schüsse hörte.

Blake hätte sich mindestens ein halbes Dutzend mehr Männer gewünscht, aber Walters hatte darauf bestanden, der Oberst der Buren sei allein. Warum der Colonel isoliert und vielleicht gar noch in weiblicher Begleitung durch das Buschland galoppierte, wollte Walters nicht verraten.

In diesen Tagen waren für Steinaeckers Reiter Begegnungen mit Buren-Kommandos selten, denn an diesem Teil des Flusses war der Feind seit Monaten nicht mehr gesichtet worden. Die grösste Bedrohung kam normalerweise aus dem rauen Land, in dem Fieber grassierte und wo menschenfressende Löwen, unberechenbare Büffel und durchtriebene Krokodile lebten.

»Er ist ein Feind der Krone, der den Buren die Treue geschworen hat. Das ist alles, was Sie wissen müssen, Sergeant.«

Blake liess den Schlapphut bei seiner Decke liegen. Die markante Silhouette der umgeschlagenen Krempe würde ihn sofort verraten, wenn sie von einem Ausguck aus entdeckt würden. Die beiden Männer bewegten sich langsam vorwärts und hielten auf der Rückseite des weiss getünchten Stangen- und Daggahauses hinter dem Stall an. Blake schaute durch ein unverglastes Fenster hinein und sah drei ungesattelte Pferde. Er hob drei Finger zu Walters, der verstehend nickte.

Walters steckte seinen Revolver wieder ein und griff in das Kartenetui aus poliertem, braunem Leder, das an seiner Schulter hing. Er zog ein silbernes Zigarettenetui heraus, steckte sich eine massgefertigte Zigarette in den Mund und zündete sie mit einem Streichholz an.

Blake schüttelte den Kopf. Der Kerl war ein verdammter Idiot aus der britischen Oberschicht, aber er hatte Stil. Einmal mehr fragte er sich, warum er diese lächerliche Aktion unternahm.

Walters steckte das Zigarettenetui und die Streichhölzer wieder ein und zog eine Dynamitstange aus einem Leinensack, den er um die Schulter trug. »Sollen wir?«

Walters' Akzent und seine adlerhaften Gesichtszüge wiesen ihn als Angehörigen einer Schicht und eines Landes aus, denen Blake sonst nie begegnet wäre. Aber die Augen waren kalt und hart. Wie die von Blake.

»Ich bin bereit, wenn Sie es sind, alter Junge«, sagte Blake und tat sein Bestes, um einen Aristokraten nachzuahmen.

Walters runzelte die Stirn über die Unverschämtheit und zog seine Pistole wieder. In vorsichtshalber gebückter Haltung gingen sie an verschlossenen Fenstern vorbei zur Vorderseite des Hauses des Händlers.

Der Engländer hielt den Docht des Dynamits an die glühende Spitze seiner Zigarette und die Lunte flackerte auf. Er platzierte den Sprengstoff am Fuss der massiven, schwarz gestrichenen Holztür des Bauernhauses, worauf er und Blake sich um die Ecke des Gebäudes zurückzogen.

Nach der Explosion schob Blake als Erster die zerbrochenen Reste der Tür beiseite. Beissender Rauch und Staubnebel erfüllten das kleine Haus.

Blake bewegte sich, hielt die Mauser hoch und schwang seinen Arm herum, als er den ersten Raum betrat. Ein Stuhl und die Scherben einer blau-weissen Porzellanvase lagen zusammen mit einem Bündel aufgeweichter Wildblumen verstreut auf dem Boden.

Er drehte sich um und betrat den Flur. Ein grosser, schlanker Mann in einfachen, fadenscheinigen Kleidern und den gekreuzten Patronengürteln eines Buren trat aus einem Zimmer. Er hob die Schrotflinte in seinen Händen an die Schulter und schwang deren Lauf in Blakes Richtung. Blake wusste nichts mehr über den Gesuchten Nathaniel Belvedere, als seinen Namen, den militärischen Rang und dass der Mann langes, blassblondes Haar und einen Bart hatte. Blake feuerte zweimal und beide Schüsse trafen den dunkelhaarigen Mann in die Brust. Der Bure prallte gegen den Türrahmen und landete rücklings auf dem Boden. Blake folgte dem Körper durch die Tür und sah, dass der Raum leer war. Er kehrte in den Korridor zurück, aber jetzt war Walters vor ihm und stürmte auf die nächste Tür zu.

Walters trat gegen die geschlossene Tür und sie flog auf.

»Runter!« schrie Blake, als eine Kugel an Walters Kopf vorbeizischte und in die Wand schlug.

Walters fiel auf ein Knie. Sowohl er als auch Blake richteten ihre Pistolen auf den stämmigen, blonden Mann, der nackt und mit einem Mauser-Gewehr in der Hand vor ihnen stand. Er wollte die Waffe entsichern, merkte aber, dass er in der Falle sass und liess das Gewehr auf die Matratze des Himmelbetts fallen, das den Raum beherrschte.

»Lassen Sie mich wenigstens etwas anziehen, Partner?«, erkundigte sich der Mann und lächelte Walters an.

Der Mann trug ein Ziegenbärtchen und das blonde Haar reichte ihm bis fast zu den Schultern. Der Amerikaner lächelte, als er nach der Hose griff, die über der Stange am Fussende des Bettes hing.

»Langsam reicht«, sagte Walters. »Durchsuchen Sie das andere Gebäude, Sergeant Blake.«

»Wo ist die Frau?«, fragte Blake den Gefangenen.

»Welche Frau?«, fragte der Mann, während er seine Moleskin-Hose zuknöpfte.

»Abdrücke in beiden Kissen und drei Pferde im Stall.«

Der Mann zuckte mit den Schultern. »Sie irren sich. Es ist sonst niemand im Haus.«

Blake bemerkte, dass das Schlafzimmerfenster offen war. Der Baumwollvorhang blähte sich, als ihn ein kalter Windstoss erfasste.

»Beeilen Sie sich, Blake«, befahl Walters und folgte seinem Blick. »Finden Sie sie!«

»Wir haben unseren Gefangenen. Er ist derjenige, hinter dem Sie her waren, nicht wahr?«

Walters Gesicht wurde zornesrot, als er sich Blake zuwandte. »Ich sagte, finden Sie die verdammte Frau, Sergeant!«

Blake war überrascht darüber, wie schnell sich das Benehmen des Offiziers geändert hatte, ganz zu schweigen von seinen Schimpfwörtern. Er nickte und schritt aus dem Schlafzimmer in den Flur hinaus.

Von der vorderen Veranda des Bauernhauses – die Buren nannten sie ›Stoep‹ – konnte Blake sehen, wie Bert mit den beiden anderen Pferden im Schlepptau über die Hügelkuppe galoppierte.

Als er zum weiss getünchten Stall blickte, sah er ein Pferd durch die offene Tür stürmen.

Blake hob seine Pistole und gab in schneller Folge zwei Schüsse ab. Einer davon verfehlte den Reiter völlig, der andere streifte seinen grauen Wollmantel.

Der Reiter trug eine Hose und einen breitkrempigen Burenhut. Er hielt einen Revolver in der einen Hand, drehte sich halb im Sattel um und gab als Antwort einen wilden Schuss ab. Das Pferd galoppierte davon. Blake verfluchte sich dafür, dass er gezögert und sich mit dem Offizier gestritten hatte. Offensichtlich hielt sich ein dritter Mann in der Nähe versteckt und schlich, während sie das Haus durchsuchten, in die Ställe.

Blake steckte seine Pistole in den Holster und entsicherte seine Lee Enfield. Er hob den Gewehrkolben an die Schulter, lehnte sich in Erwartung des vertrauten Rückstosses gegen die Waffe und legte den Finger um den Abzug. Das Pferd und der Reiter waren etwa hundert Meter entfernt. Er zielte auf die Mitte des Rückens des Reiters.

Langsam begann er abzudrücken.

Als das Pferd den vollen Lauf erreicht hatte, riss der Luftzug den Hut vom Kopf des Reiters und eine Welle leuchtend roter Haare purzelte in einem strömenden Fluss hervor.

»Scheisse!«, fluchte Blake. »Die Frau.«

Er liess den Lauf des Gewehrs sinken.

Der Knall eines weiteren Schusses hallte über die Hügel. Blake drehte sich um und sah, dass Bert den Verschluss seines Gewehrs betätigte und eine neue Patrone einlegte.

»Feuer einstellen!«, befahl Blake.

Berts Kugel erwischte den Hengst am linken Hinterbein und das geschmeidige, schwarze Tier wankte zuerst, dann stürzte es. Die

Reiterin wurde nach vorn geschleudert und landete hart auf dem steinigen Boden.

Blake rannte laut fluchend auf die regungslose Reiterin zu. Er hasste den Anblick verletzter Pferde, aber wenigstens hatte Bert der fliehenden Frau nicht in den Rücken geschossen.

»Stehen Sie auf«, sagte er, als er sich der Frau näherte, die mit dem Gesicht nach unten dalag.

Das Pferd, das immer wieder versuchte, aufzustehen, wieherte. Blake hob sein Gewehr wieder an die Schulter und gab einen Schuss ab. Die Qualen des Pferdes waren vorbei.

»Tut mir leid, Kumpel«, sagte er.

»Stehen Sie auf!«, wies er die Frau erneut an. Er war wütend über den Tod des Tieres. Er presste das Gewehr gegen seine Schulter. Die Pistole, die sie bei sich getragen hatte, ein amerikanischer Colt .45, lag ein paar Meter von ihr entfernt im Gras.

Schnell wie ein aufgeschreckter Leopard drehte sich die Frau plötzlich um und ihr Arm schnellte nach oben. Blake wich instinktiv zur Seite und liess sich auf die Knie fallen, als er eine winzige Pistole in ihrer Hand sah.

Sie feuerte und er spürte einen brennenden Schmerz in seinem linken Oberarm.

In einer einzigen fliessenden Bewegung nahm er das Gewehr von der Schulter, schwang es herum, drehte es in den Händen und. schlug mit dem Gewehrkolben hart auf den rechten Arm der Frau.

»Autsch!«, jammerte die Frau, liess die einschüssige Derringer-Pistole in den Staub fallen und hielt sich mit der gesunden Hand den schmerzenden Arm. »Das tut weh, verdammt noch mal. Sie hätten mir den Arm brechen können.«

»Stehen Sie auf oder ich erschiesse Sie.« Blake hielt die Waffe auf sie gerichtet und bückte sich, um erst die Derringer und dann den Colt aufzuheben. Weder ihre Worte noch ihr Akzent klangen für ihn afrikanisch.

Er warf einen Blick auf seinen eigenen Arm. Die Kugel hatte die Haut nur gestreift, aber er würde die Tunika und das Unterhemd einmal mehr flicken müssen.

»Fahren Sie zur Hölle, Sie gottverdammter, kindermordender britischer Bastard«, sagte die Frau.

»Sie tun mir Unrecht. Ich bin Australier.« Er griff nach unten, packte ihren Unterarm und zog die Frau auf die Beine. Sie sträubte sich dagegen.

»Da hast du dir wirklich einen Hingucker gefangen, Sarge«, bemerkte Bert, als Blake die Frau mit vorgehaltener Waffe zurück zum Eingang des Bauernhauses führte.

Die Frau stützte ihren schmerzenden Unterarm mit der linken Hand ab. Blake packte sie an der Schulter und drehte sie zu sich. Als er ihr ins Gesicht schaute, sah er, dass Bert recht hatte. Sie hatte glatte, helle Haut und ihre grünen Augen waren mit goldenen Flecken gesprenkelt. Sie sprühten vor purem Hass und ihre Wangen waren gerötet wie zwei afrikanische Sonnenuntergänge. Das lange, rote Haar reichte ihr fast bis zur Taille.

»Wie heissen Sie?«, erkundigte sich Blake.

»Ich bin Claire Martin und ich bin amerikanische Staatsbürgerin. Sie haben kein Recht, mich anzugreifen oder gefangen zu halten.«

»Was meinst du, Bert?«, fragte Blake.

»Hat sie das Loch in deine Tunika geschossen?«, erkundigte sich Bert.

»Ja.«

»Dann ist sie eine Burenfrau«, stellte Bert fest, »genau wie die, die die ›Queenslander‹ letzten Monat gefangen haben. Sie war wie ein Mann angezogen und so. Schweden, Iren, die deutsche Brigade, Männer oder Frauen, das spielt für mich keine Rolle, Sarge. Das sind alles Buren und die würden uns alle gnadenlos umbringen, sobald sie uns sehen.«

»Es gibt keinen Grund für Obszönitäten vor einer Dame, Bert, selbst wenn sie versuchen würde, uns zu töten«, wies ihn Blake zurecht. »Wir nehmen Sie in Gewahrsam, Misses Martin. »

»Ich heisse Miss Martin, Sie britischer Lakai.« Sie spuckte vor ihm auf den Boden. »Und Sie können mich am Arsch lecken.«

6

———

NORTH SYDNEY, AUSTRALIEN, IN DER GEGENWART

Nick bemerkte, dass sein Bier erst halb leer war, während Susan, die ihm beim Lesen zusah, ihr Getränk fast ausgetrunken hatte.

»Lassen Sie sich Zeit«, sagte sie.

»Fast fertig.« Er blätterte auf die letzte Seite der Kopien des von Captain Walters geschriebenen Dokuments.

Als ich aus dem Stall kam, in dem ich den Gefangenen, Oberst Belvedere, gefesselt hatte, verhörten Sergeant Blake und Trooper Hughes Miss Martin auf grobe Art und Weise. Man verdächtigte sie der Spionage und unter dem Vorwand, sie zu befragen, verletzten die Kolonialisten unnötigerweise ihre Ehre. Ich forderte sie auf, dies zu unterlassen, woraufhin Blake mich in rüder und unverschämter Weise aufforderte, mich um meine eigenen Angelegenheiten zu kümmern.

Blake ging an mir vorbei in den Stall. In Begleitung von Trooper Hughes versuchte ich, die verzweifelte Dame zu beruhigen und während ich mit ihr sprach, hörte ich aus dem Inneren des Stalls zuerst einen Schrei, dann einen einzelnen Pistolenschuss.

Als ich das Gebäude betrat, lag der Amerikaner, Oberst Belvedere, mit einer Schusswunde zwischen den Augen tot auf dem Boden.

»Verdammte Scheisse«, sagte Nick.

»Ja, tatsächlich.« Susan trank ihren Wein aus.

Nick dachte darüber nach, was er über diesen Mann, der mit ihm blutsverwandt war, gelesen hatte. Obwohl er mit dem Verlust seines Jobs einen harten Tag hinter sich hatte, dachte er, sein Leben sei, abgesehen von Jills Tod, frei von Sorge und Unglück gewesen. Er hatte nie beim Militär gedient und obwohl seine Familie in früheren Generationen an Kriegen beteiligt gewesen war, schockierte ihn die beiläufige Weise, in welcher die Kampfhandlungen und das scheinbar kaltblütige Töten in diesem Dokument beschrieben wurden.

»Geht es Ihnen gut?«, erkundigte sich Susan.

Ihm wurde klar, dass er meilenweit weg gewesen war. »Ähm. Ja. Ich denke schon.«

»Hey«, sagte Susan und lächelte, als wolle sie die Stimmung aufhellen, »ich habe Hunger. Wollen wir jetzt essen gehen?«

»Klar«, sagte Nick, obwohl sich sein Magen tonnenschwer anfühlte.

Als sie das Commodore verliessen ging die Sonne gerade unter. Sie schlenderten die Blues Point Road hinunter, an Sandsteinhäusern vorbei und mit Blick auf den Hafen. Zur Zeit des Burenkrieges war dies ein Arbeitervorort gewesen, doch heute gab es hier Cafés und Boutiquen und um diese Zeit machten die Büromenschen den Einheimischen Platz, die spazieren gehen oder etwas essen wollten.

Nick ging mit Susan in ein spanisches Delikatessengeschäft mit einer Tapasbar namens Delicado. Die Kellnerin, die ihn vom Sehen her kannte, begrüsste ihn und führte sie zu einem Tisch im ersten Stock.

»Das sieht lecker aus«, sagte Susan, als sie die Speisekarte durchblätterte.

»Ja. Die Tapas schmecken gut. Also, mein Vorfahre hat einen

Mann kaltblütig umgebracht.« Es fiel ihm schwer, sich vom Höhepunkt des Berichts, den er im Pub gelesen hatte, zu lösen.

Susan sah auf. »Wir wissen es nicht genau. Es gibt Lücken in seiner persönlichen Geschichte und ich fand nichts, was Cyril Blake selbst zu seiner Verteidigung geschrieben hat. Und eben so wenig darüber, was er während des Burenkriegs und in der Zeit danach in Südwestafrika, als er gegen die Deutschen kämpfte, getan hat. Was gibt es Gutes auf der Speisekarte? Ich bin froh, wenn Sie für uns bestellen.«

Nick gab der Kellnerin ein Zeichen und bestellte eine Auswahl an Tapas mit einer Flasche Pinot Gris.

»Sie machen mich noch betrunken«, bemerkte Susan.

»Ist das ein Problem?«

Sie lachte. »Nein.«

Nick war mittlerweile gebannt von der Geschichte, die Susan mitgebracht hatte. »Wir wissen also nicht, ob dieser Cyril Blake ein Kriegsverbrecher oder ein heldenhafter Freiheitskämpfer war?«

Susan breitete ihre Hände aus. »Vielleicht beides? Wir wissen, dass er nie nach Australien zurückgekehrt, sondern nach dem Ende des Burenkrieges in Afrika geblieben ist. Ausserdem wurde er 1906 in Upington, Südafrika, wegen des Besitzes von gestohlenem Vieh angeklagt, aber nicht verurteilt.«

»Toll, also ist er auch ein Viehdieb?«, fragte Nick.

»Ihr Land hat scheinbar nichts dagegen, Leute mit einer bewegten Vergangenheit zu verherrlichen, Nick. Soweit ich weiss, ist zum Beispiel Ned Kelly ein lokaler Held und dann gibt es noch Breaker Morant, der Kriegsgefangene der Buren erschossen hat.«

»Er hat auf Befehl gehandelt, heisst es«, sagte Nick.

Susan verdrehte die Augen. »Eines ist sicher: Die deutsche Regierung kann den Fleck in ihrer Geschichte, den der Krieg in Südwestafrika hinterlassen hat, nicht ignorieren. Tausende von Herero und Nama wurden getötet. Wir wissen, dass sich Ihr Urgrossonkel, was auch immer er in Südafrika getan hat, am Ende dem Aufstand gegen die Deutschen angeschlossen hat. Für die Menschen, für die er sich einsetzte, ist er wohl ein Held gewesen.«

»Oder einfach ein gewöhnlicher Kerl, der zur falschen Zeit am falschen Ort war.«

Tatsache war, dass Nick sich sowohl von der Geschichte als auch von dieser attraktiven Frau in den Bann gezogen fühlte. Er hatte fast vergessen, dass er gerade seinen Job verloren hatte. »Ich kann kaum glauben, dass unsere Familie nie etwas davon erfuhr. Das ist so ... bizarr. Ich frage mich, warum er sich überhaupt für einen Krieg in Afrika gemeldet hat.«

»Wie viele Briten und ihre Verbündeten ging Cyril Blake wohl voller patriotischem Eifer nach Südafrika. Ich studierte seine Einberufungspapiere und aus diesen geht hervor, dass er ursprünglich bei den ›New South Wales Lancers‹ diente. Anlässlich des Jahrestages der Krönung von Königin Victoria reiste seine Einheit nach London, um an einer Militärparade teilzunehmen. Während sie auf dem Rückweg nach Australien waren, wurde den Buren der Krieg erklärt. Anstatt nach Hause zu segeln, gingen die Lancers in Kapstadt von Bord, um sich dem Kampf anzuschliessen.«

»Blake war also während dem grössten Teil des Krieges dort?«

»Ja und irgendetwas oder vielleicht irgendjemand in Afrika hielt ihn dort fest.«

»Vielleicht war er in Ungnade gefallen und hatte das Gefühl, nicht nach Hause zurückkehren zu können, oder er war auf der Flucht?«, rätselte Nick.

Susan zuckte mit den Schultern. »Ich weiss es nicht. Als ich Sie anschrieb, hoffte ich, dass Sie vielleicht etwas haben, das mir mehr über Blake verraten könnte. Upington, wo Cyril vor Gericht stand, liegt am Rande der Kalahari-Wüste, gleich hinter der Grenze zur früheren deutschen Kolonie, dem heutigen Namibia. Wir wissen also, dass er vier Jahre nach dem Ende des Zweiten Burenkriegs, 1906, in der Nähe des Aufstands gegen die Deutschen war, aber nicht, wie oder warum er darin verwickelt war.«

Der erste Gang wurde ihnen serviert und während sie assen, verstummte ihr Gespräch. Nick war hungrig und Susan schien das Essen zu geniessen.

»Was ist mit der Frau?«, fragte er schliesslich.

»Claire Martin. Ja, sie taucht ganz zu Beginn des Nama-Aufstands im südlichen Teil des heutigen Namibia wieder auf, nicht weit von dem Ort, an dem sich Blake auf der anderen Seite der Grenze, in Südafrika, aufhielt. Claire und ihr zweiter Mann, der Arzt Peter Kohl, besassen in der Nähe von Keetmanshoop ein Gestüt, wo sie Pferde züchteten. Sie waren wohlhabend – Pferde waren damals sehr gefragt und auch einige Rinderfarmen in der gleichen Gegend gehörten ihnen. Es könnte sein, dass Cyril Blake Teil eines zu dieser Zeit florierenden, grenzüberschreitenden Handels war.«

»Ganz schön viel, was ich da erfahre«, sagte Nick, »und das ausgerechnet heute.«

»Was heisst das?«, fragte Susan.

Er erzählte ihr, was bei der Arbeit passiert war.

»Sie sollten Urlaub machen«, schlug sie vor, »nach Südafrika kommen und mehr über Cyril Blake erfahren.«

Nick lachte. »Ich habe noch nie daran gedacht, nach Afrika zu reisen. Morgen rufe ich meine Tante an und frage, ob sie etwas über ihn weiss.«

»Gut.« Susan hob ihr Glas. »Ich hoffe, wir haben Glück.«

Sie stiessen mit ihren Gläsern an und beschlossen, sich zu duzen.

»Wie lange bleibst du in Australien?«, erkundigte er sich.

»Noch eine Woche. Ich habe ein paar alte Schulfreunde besucht, die – wie so viele Südafrikaner – hierhergezogen sind. Ich fliege am Donnerstag zurück nach Johannesburg.«

Er nickte. Das Bier und der Wein hatten ihn entspannt und der Gedanke, allein in seine leere Wohnung zurückzukehren, gefiel ihm nicht. Es dauerte nicht lange, bis die Kellnerin wieder mit Essen kam und den letzten Pinot Gris in die Gläser der beiden goss. Bald waren sie fertig.

»Das war grossartig«, lobte Susan. »Eine gute Empfehlung.«

Das Kerzenlicht liess ihre Augen strahlen und einen Moment lang sah er lauter sich bietende Möglichkeiten. »Sag, wie ist Afrika?«.

Sie grinste. »Gefährlich.«

»Das sagen doch alle, wegen der Kriminalität und so.«

»Was ich meine«, sie lehnte sich über den Tisch, um den Abstand zwischen ihnen zu verringern, »ist, dass du, wenn du nach Afrika kommst, vielleicht süchtig wirst und am Ende viel Zeit und Geld dafür verwendest, immer und immer wieder zurückzukommen. Es könnte dein Leben verändern.«

»Um ehrlich zu sein, könnte ich gerade jetzt eine Veränderung brauchen«, gab Nick zurück und spürte, dass er es ernst meinte.

Sie schaute auf die Uhr und er fühlte einen kleinen Stich im Herzen. »Ich sollte jetzt gehen.«

Er trank seinen Wein aus und bemühte sich, seine Enttäuschung nicht zu zeigen. »Klar, kein Problem.«

»Nein«, vielleicht ahnte sie, was er fühlte, denn sie hob eine Hand, »es ist nicht so, dass ich nicht ausgehen möchte, aber ich habe einer Freundin versprochen, morgen früh um halb sechs mit ihr laufen zu gehen.«

»Aha.«

»Ich bereue es jetzt schon.« Susan winkte dem Kellner zu.

»Ich übernehme das«, sagte Nick.

»Nein, bitte, lass mich die Hälfte bezahlen.«

Er hielt eine Hand hoch. »Auf gar keinen Fall. Ausserdem hoffe ich, dass es ein nächstes Mal geben wird. Dann kannst du bezahlen. An einem schöneren Ort.«

Sie lachte wieder und er registrierte, dass ihm der Klang gefiel. »Abgemacht.«

Während Nick die Rechnung bezahlte, rief Susan mit ihrem Telefon ein Taxi.

»Ist in zwei Minuten da«, sagte sie, während er seine Brieftasche wegsteckte und aufstand.

Nick hatte das Treffen, die Unterhaltung und auch das Abendessen genossen. Es war schade, sie gehen zu sehen, aber das vorgesehene Gespräch mit seiner Tante stellte sicher, dass er mit Susan in Verbindung bleiben würde und wäre es nur, um ihr zu sagen, dass es nicht klappte. Er hatte sich, abgesehen von den Schuldgefühlen wegen Jill, viel mehr mit seinem Vorfahren auseinandergesetzt, als er ursprünglich angenommen hatte. »Jetzt hoffe ich, dass meine Tante mit etwas Interessantem aufwarten kann.«

»Ich auch. Oh«, fügte Susan hinzu, »Was ich dir noch sagen wollte: Eine deutsche Akademikerin namens Anja Berghoff hat ebenfalls über Claire Martin und die Zeit und die Gegend, in der Cyril Blake getötet wurde, geforscht. Ich habe sie kontaktiert, aber sie war sehr zurückhaltend, was ihre Forschung angeht, und wollte mir keinerlei Auskunft erteilen.«

Nick dachte einen Moment lang nach. »Vielleicht hilft es, wenn ich sie kontaktiere, weil sie daran interessiert ist, von einem Nachfahren von Blake zu hören?«

»Das wäre *lekker*. Du hast Recht, Nick, vielleicht ist sie dir gegenüber aufgeschlossener. Aber sag ihr nicht, dass du früher Journalist warst – ich glaube, sie misstraut unserer Berufsgattung. Ich schicke dir ihre Mailadresse.«

»Cool«, sagte er und wünschte, sie müsste nicht gehen.

»Nun ... «, Susan streckte ihre Hand zum Gruss aus und er nahm sie. Zu seiner Freude beugte sie sich vor und gab ihm einen Kuss auf die Wange. Nick tat das gleiche.

»Gute Nacht«, wünschte Nick.

Susan hielt seine Hand noch ein paar Sekunden lang fest. »Es hat mich sehr gefreut, dich kennen zu lernen, Nick. Ich hoffe, deine Tante weiss etwas, denn ich würde dich gerne wiedersehen.«

Sie gingen auf den Fussweg hinaus und das Auto kam. Nick öffnete ihr die Tür.

»Und dazu ein Gentleman«, sagte sie, als sie einstieg. Sie schlängelte sich hinein, wobei ihr Rock ein wenig hochrutschte und etwas von ihrem Oberschenkel preisgab. »Nochmals vielen Dank.«

»War mir ein Vergnügen.«

Nick schloss die Tür und sah zu, wie der Wagen davonfuhr. Susan sah zu ihm und lächelte durch das Seitenfenster.

7

MÜNCHEN, DEUTSCHLAND, GEGENWART

D as Telefon surrte in Anjas Tasche. Sie nahm es heraus und schaute auf den Bildschirm. Es war ihre Mutter. Sie liess den Anruf auf die Voicemail gehen.

Ihr Magen knurrte und mahnte sie, dass es Zeit sei, die LMU-Bibliothek zu verlassen und sich ein Sandwich zu besorgen. Sie hatte gerade zu packen begonnen, als ihr Telefon erneut summte.

Anja seufzte. Ihre Mutter war ein wenig vergesslich geworden und hatte wohl etwas verlegt. Anja ging durch die Bibliothek zum Empfangsbereich, wo sie ihr Telefon benutzen durfte. Als sie dort ankam, war das Klingeln bereits verstummt und sie war versucht, zu ihrem Schreibtisch zurückzugehen. Doch dann meldete es sich zum dritten Mal.

»Hallo, Mama, entschuldige, ich war auf der Toilette.«

»Hmm, mich ignorieren trifft es wohl eher ... der Gasmann ist da.«

Anja atmete hörbar aus. »Warum rufst du mich an, um mir das zu sagen?«

»Weil Sie, Fräulein Neunmalklug, anscheinend diejenige sind, die das Gaswerk angerufen und denen gesagt hat, sie sollen kommen und ein Leck im Keller inspizieren.«

Anja war augenblicklich besorgt. »Mama, ich habe das Gaswerk nicht angerufen.«

»Aber der Mann hat gesagt, dass er mit dir gesprochen hat, er hat dich die ›junge Frau des Hauses‹ genannt. Er hat mich zwar nicht alt genannt, aber ich fand seinen Ton trotzdem ziemlich beleidigend.«

»Mama, hör mir zu« Anjas Puls raste jetzt, »wo ist dieser Mann?«

»Natürlich draussen, vor dem Haus. Hast du geglaubt, ich lasse einfach jeden rein? Du weisst doch, dass es diese Betrüger gibt, die sich an alte Damen heranmachen und ...«

»Ja, das weiss ich, Mama, darüber haben wir neulich gesprochen, weisst du noch?«

»*Natürlich* erinnere ich mich«, sagte ihre Mutter und erhob ihre Stimme. »Was glaubst du, warum ich dich anrufe, wenn nicht, um nachzufragen?«

»Ist er noch da?«

»Ich weiss es nicht. Ich nehme es an.«

»Ist die Tür verschlossen?«, fragte Anja.

»Natürlich ist sie verschlossen. Hältst du mich für eine Närrin?«

Anja biss sich auf die Lippe. »Konntest du ihn gut sehen?«

»Ich gehe jetzt zum Guckloch, um nachzuschauen.«

»Sei vorsichtig, Mama.« Sie wartete und fragte sich, ob sie ihrer Mutter raten solle, die Polizei anzurufen und sich danach wieder bei ihr zu melden.

»Er ist weg«, sagte ihre Mutter.

Anja atmete erleichtert auf. »Ruf bitte die Polizei an, Mama, erzähl ihnen, was passiert ist. Ich komme jetzt sofort nach Hause.«

»Bitte hab nicht das Gefühl, dass du kommen musst, Anja.«

Ein paar Polizisten waren bei Anjas Mutter, als Anja, etwas ausser Atem von ihrer rasanten Fahrradfahrt durch den Englischen Garten und über die John-F.-Kennedy-Brücke, nach Hause kam. Die Polizisten schienen gerade fertig zu sein und wollten sich verabschieden. Sie lehnten die Einladung ihrer Mutter, auf einen Kaffee zu bleiben, höflich ab.

»Wir werden uns in der Nachbarschaft umhören, Frau Berghoff, ob noch jemand Besuch von diesem Kerl bekommen hat«, sagte die Beamtin, deren Nachname laut ihrer Mutter ›Gunther‹ lautete.

»Haben Sie bei der Gasgesellschaft nachgefragt?«, erkundigte sich Anja.

Frau Gunther schenkte Anja ein sehr schmallippiges Lächeln, das ihr wohl sagen sollte, dass die Polizei nicht dumm sei. »Ja, die hatten heute niemanden unterwegs. Ich fürchte, so etwas kommt nur allzu oft vor.«

»Meine Mutter sagte, der Mann habe ihr gesagt, dass die ›junge Frau des Hauses‹ das Gaswerk angerufen habe«, sagte Anja zu der Beamtin.

»Das habe ich ihnen alles schon erzählt«, sagte ihre Mutter.

»Ja.« Gunther nickte. »Das ist auch eine gängige Masche. Ihre Mutter sagte, Sie wären heute Morgen weggegangen, zur Universität, glaube ich.«

»Ja. Ich bin dort Studentin und Tutorin.«

Die Polizistin fuhr fort. »Indem er Sie erwähnte, wollte der Betrüger Ihrer Mutter signalisieren, dass er wusste, dass eine zweite Frau im Haus gewesen war und dadurch glaubwürdiger erscheinen. Wahrscheinlich hatte er das Haus schon seit einiger Zeit beobachtet. Ihre Mutter hat das Richtige getan, indem sie Sie angerufen hat.«

»Siehst du, Anja«, sagte ihre Mutter mit einem sehr selbstzufriedenen Gesichtsausdruck, »doch nicht so einfältig.«

Die Polizistin zuckte mit den Schultern. »Wahrscheinlich ist der Kerl sehr kurz im Haus gewesen und schnell wieder gegangen. Er wird nach Bargeld, Schmuck oder kleinen Wertgegenständen wie Handys oder Tablets gesucht haben.«

Das war ein schwacher Trost, dachte Anja. So nervig ihre Mutter auch sein konnte, sie wollte sie unbedingt beschützen. Sie legte ihren Arm um die Schulter der älteren Frau. »Konntest du der Polizei eine Beschreibung geben?«

»Ja«, sagte ihre Mutter.

Die Polizistin schlug ihr Notizbuch wieder auf, mehr zum Schein als aus Notwendigkeit. »Dunkel, wie ein Türke oder ein Syrer.«

»All diese Flüchtlinge«, sagte ihre Mutter. »Wenn du mich fragst ...«

»Ich bin sicher, die Polizisten müssen nun an die Arbeit, Mama und mit deinen Nachbarn reden.«

»Richtig«, sagte Gunther.

Anja bedankte sich und die beiden Beamten gingen.

»Ich weiss nicht, warum du schon wieder nach Namibia willst«, sagte ihre Mutter, als sie die Tür hinter ihnen schloss und verriegelte. »Die Leute dort haben ein perfektes Land ruiniert. Sie sind alle korrupt.«

»Ja, Mama.« Anja hätte Namibia ihrer Mutter gegenüber gerne verteidigt, ihr von einem Land erzählen, das sein Bestes tat, um die Korruption auszumerzen und den Kindern eine gute Ausbildung zu ermöglichen. Touristen liebten das Land mit seinen weiten, offenen Landschaften, den guten Strassen und der reichen Tierwelt. Es wäre reine Zeitverschwendung, dachte Anja, hängte ihren Mantel auf und nahm den Schal ab.

»Ich gehe in den Keller, um etwas zu arbeiten, Mama«, sagte sie. Dort war das Arbeitszimmer ihres Vaters gewesen und sie vermutete, dass er es manchmal, genau wie sie, als Rückzugsort geschätzt hatte.

»Gut, wenn du lieber über Pferde liest, als mit deiner Mutter zu reden.«

Anja seufzte und ging die Treppe hinunter. Trotz all ihrer Fehler und ihres latenten Rassismus hatte ihre Mutter ihren Vater geliebt und seinen Schreibtisch und sein Arbeitszimmer mehr oder weniger so gelassen, wie er es hinterlassen hatte. An der Wand hing ein Foto, das ihre Eltern mit der zweijährigen Anja am Wasserloch des Okaukuejo-Camps im Etosha Nationalpark zeigte. Ein staubweisser Elefant stand nicht mehr als zehn Meter hinter ihnen. Daneben ein Bild von ihrem Vater das sie liebte: Vielleicht in seinen Dreissigern, ohne Hemd am Strand von Swakopmund, wohl an einem der seltenen Tage, an denen das Wasser warm genug zum Schwimmen war.

Sie setzte sich in seinen alten ledernen Bürostuhl, öffnete ihren Rucksack, holte einige der kopierten Dokumente heraus und begann zu lesen, wo sie aufgehört hatte.

·　·　·

1902, Ost-Transvaal, Südafrika

ZUM ERSTEN MAL seit langer Zeit hatte Claire Martin Angst.

Offensichtlich unerwartet war eine zweite britische Patrouille aufgetaucht und zwei britische Offiziere stritten sich um sie. Sie wusste, welcher von beiden gewinnen sollte.

»Sie ist *meine* Gefangene. *Meine* Männer haben sie gefangen genommen«, beharrte der jüngere, schmächtige Captain mit den bösen Augen, Walters.

Der andere Offizier, ein Major, hatte graues Haar und einen Schnauzbart, den er sich beim Sprechen glattstrich. Er hatte sich ihr als Peter Appleton vorgestellt. »Ja, Kamerad. Und wir haben gesehen, was Ihre Männer mit Kriegsgefangenen machen, nicht wahr?«

Nachdem sie ihr Pferd erschossen und sie gefangen genommen hatten, liessen die beiden Australier sie gefesselt am Boden liegen und machten sich auf die Suche nach dem Hauptmann. Von dort, wo sie sie zurückgelassen hatten, konnte Claire nicht sehen, was genau passierte, aber es schien, dass alle Männer, einschliesslich Nathaniel, in den Stall gegangen waren. Sie hatte einen einzigen Schuss gehört.

Major Appleton und seine neun Männer waren eingetroffen, als Captain Walters und der andere Australier, der, wie sie glaubte, Bert hiess, aus dem Stall kamen. Gemeinsam schleppten sie den Sergeanten heraus, der sie gefangen genommen hatte. Es war verwirrend. Zuerst hatte sie gedacht, sie hätten den Sergeanten erschossen, aber es schien, als wäre er bewusstlos geschlagen worden.

Als Major Appletons Soldaten Nathaniels Leiche aus dem Stall zerrten, stiegen ihr unwillkürlich Tränen in die Augen. Sie hatte vermutet, dass er tot sei. Claire war seine Geliebte gewesen, hatte ihn aber nicht geliebt. Trotz dieses feinen Unterschieds trauerte sie um ihn. Sie zwang sich, nicht vor dem Feind zu weinen.

»He, was ist das?«, scherzte ein Cockney-Soldat, als er den Kopf des toten Amerikaners zur Seite drehte und die blutige Stelle untersuchte, an der sein Ohr gewesen war.

Claires Magen krampfte sich zusammen. Nathaniel war, bevor er erschossen wurde, verstümmelt worden.

»Genug davon, Soames, du gefühlloser Trottel«, bellte Appleton. »Nicht vor der Dame.«

»Wie ich schon sagte, Sir«, fuhr Walters fort, »die Frau ist meine Gefangene.«

»Sie *war* Ihre Gefangene, Captain. »*War* ist das entscheidende Wort. Sie lag allein und unbeaufsichtigt auf dem Boden, als ich ankam, während Sie und Ihre ... Ihre *Kolonisten* in dieser Scheune weiss Gott was trieben.«

»Major Appleton.« Claire schniefte dramatisch und sah zu dem berittenen Offizier im Sattel auf. »Dies war ein sehr schlimmes Erlebnis für mich, das verstehen Sie sicher.«

»Natürlich, Madam, natürlich. Darf ich fragen, woher Sie kommen?«

Claire kratzte ihren kaum mehr vorhandenen amerikanischen Akzent hervor und sagte: »Amerika, Sir. Ich bin Witwe – mein Mann kam hierher, um auf den Goldfeldern zu arbeiten. Mein Cousin«, sie tupfte sich die Augen ab und warf einen Blick auf Nathaniels Leiche, »begleitete mich als eine Art Anstandsdame, bis ich genug Geld hätte aufbringen können, um nach Hause zurückzukehren.«

»Es tut mir leid für diese schreckliche Situation, Madam, aber Sie werden sicher verstehen, dass gewisse offene Fragen von den zuständigen Behörden geklärt werden müssen. Ich werde Sie vorläufig in Gewahrsam nehmen müssen.«

»Natürlich, Major, ich verstehe das. Aber können Sie bitte die Fesseln lösen, damit ich mich besser um mich selbst kümmern kann?« Sie hob ihre gefesselten Handgelenke flehend zu ihm und blinzelte.

»Bei Ihrer Ehre, Madam, ich lasse die Fesseln lösen, Ihr Reittier bleibt aber für die Rückkehr zum Lager an meinem angebunden.«

»Natürlich, Major, bei meiner Ehre als amerikanische Bürgerin«, gab sie zurück.

»Kümmern Sie sich darum, Jenkins«, sagte Appleton zu einem der Kavalleristen.

Der Soldat, der abgesessen war, zog sein Bajonett heraus und befreite Claires Hände. Sie rieb sich energisch die geröteten Handgelenke und warf Nathaniel zum Abschied einen letzten, langen Blick zu.

»Sir ...«, warf Walters ein. »Diese Frau ist keine Amerikanerin, sondern eine Buren-Sympathisantin aus der Kolonie Deutsch-Südwestafrika. Sie hält Sie zum Narren und ist meine Gefangene.«

Claire hatte Mühe, einen erschrockenen Blick zu unterdrücken. Er wusste eine ganze Menge über sie. So wie Captain Walters sich verhielt, vermutete Claire, dass er ein besonderes Interesse an Nathaniel hatte. Bestimmt wollte er ihn gefangen nehmen und verhören. Aber dass Walters etwas über ihren Hintergrund wusste, überraschte sie. Jemand, der vom Rüstungsgeschäft wusste, musste geredet haben.

»Genug, Captain! Zum letzten Mal.« Major Appleton glättete erneut seinen Schnurrbart. »Die Dame kommt mit uns und Sie werden uns folgen und Ihren Bericht über diese ... diese tatsächlich sehr merkwürdige Sache abgeben. Erklären Sie es mir noch einmal – es wird nicht das letzte Mal sein, dass Sie das heute tun müssen. Jenkins, bringen Sie die Dame ins Haus, falls sie sich vor dem Ritt frisch machen will.«

»Es geht mir gut, danke, Major.« Claire wischte sich über die Augen. Sie wollte ihren Kummer überspielen, dennoch flossen ein paar echte Tränen für Nathaniel. Gleichzeitig fragte sie sich, ob er während des kurzen Verhörs etwas verraten hatte. Nein, sagte sie sich, sonst wäre Walters weggeritten. Er war hier, weil er sie brauchte und wenn er sie befragen wollte, dann entweder wegen der Artilleriegeschütze, die sie den Buren versprochen hatte, oder wegen der Art und Weise, wie sie sie bezahlen würden. Wäre er nur ein pflichtbewusster Offizier, der seine Aufgaben erfüllte, hätte er dem Major von der für Südafrika bestimmten Lieferung deutscher Artilleriewaffen erzählt. Weil er das nicht getan hatte, vermutete Claire, dass er genau wie sie wissen wollte, wo der Schatz war, mit dem die Waffen bezahlt werden sollten.

»Ich war gerade dabei, den Gefangenen in der Scheune zu befra-

gen, als Sergeant Blake hereinplatzte.« Walters wies mit einer Kopfbewegung auf den immer noch besinnungslosen Australier, den zwei
Polizisten auf den Rücken eines Pferdes legten. Seine Hände waren
gefesselt. »Sergeant Blake sagte zu mir: Ich zeige Ihnen, wie man die
Zunge des ›alten Piet‹ lockert, Sir und schlug dem Gefangenen mehrmals ins Gesicht.«

Claire beobachtete Walters mit zusammengekniffenen Augen. Sie
hatte noch nie eine derartige Bemerkung über ›Old Piet‹, den britischen Spitznamen für einen Buren, gehört.

»Ich verstehe«, sagte Major Appleton trocken. »Fahren Sie fort,
Walters.«

»Als der Mann sich weigerte, zu sagen, welche Einheit er befehligte – unser Nachrichtendienst hatte uns informiert, dass ein Burenoberst amerikanischer Abstammung dieses Haus besuchen würde,
zog der Sergeant ein Messer und ...«

»Nicht vor der Dame, Walters. Ich denke, wir können aus dem
Zustand der Leiche ableiten, was dann geschah.«

»Natürlich, Sir«, sagte Walters. »Jedenfalls wurde der Mann vor
Schmerzen fast ohnmächtig. Ich wollte meine Pistole ziehen und
Blake befehlen, die Folter sofort zu beenden, aber er wandte sich
gegen mich. Er zielte mit dem Gewehr auf mich, Sir und ich legte
meine Pistole nieder.«

»Hmm, nicht gut, Walters, nicht gut, aber bitte fahren Sie fort.«

Sergeant Blake sagte: »Aus diesem hier werden wir nichts heraus-
bringen können, er ist zu zäh«, und erschoss den armen Mann.
Währenddessen griff ich nach meiner Pistole und versuchte, mich
auf ihn zu stürzen.«

»Weiter, Walters, weiter «, ermutigte Major Appleton ihn.

»Ich weiss wirklich nicht, ob ich ihn hätte erschiessen können,
bevor er mich erwischte, Sir, aber glücklicherweise betrat in diesem
Moment Trooper Hughes hier, das andere Mitglied meiner
Patrouille, die Scheune und schlug den Sergeanten mit seinem
Gewehr nieder.«

Bert nickte nur, sein Gesicht war finster.

Claire starrte Walters weiterhin an. Er log nach Strich und Faden.

Als der Major ihr den Rücken zuwandte, erwiderte Walters kurz ihren Blick und hob in theatralischer Mimik eine Augenbraue. Sie spürte einen kalten Schauer über ihren Rücken laufen.

»Es tut mir leid, dass Sie das alles hören mussten, Miss Martin«, entschuldigte sich Major Appleton, als wäre sie ein zartes Gänseblümchen, das bei einer steifen Brise geknickt würde. »Wir befinden uns im Krieg und im Krieg geschehen unangenehme Dinge. Folter und Hinrichtung im Schnellverfahren sind aber nicht in den Vorschriften der Königin vorgesehen. Bitte nehmen Sie mein Beileid für den Verlust Ihres ...«

»Cousins«, ergänzte Claire gleichmütig.

»Ja, Cousin. Natürlich, ich entschuldige mich«, sagte Appleton und wandte sich an seine Männer. »Soames, Harris, Smith, fackelt die Gebäude ab und lasst nichts für die Buren übrig.«

»Sir!« platzte Walters heraus. »Der Tote war ein hoher Burenoffizier. Ich muss das Haus und die Wirtschaftsgebäude durchsuchen und herausfinden, welche Dokumente sich in seinem Besitz befunden haben. Sobald ich damit fertig bin, zünde ich alles an.«

Der Major runzelte die Stirn. Claire schien, dass ihm der Tonfall des unverschämten jungen Captains überhaupt nicht gefiel. Walters wollte etwas aus dem Handelsposten und sie fragte sich, ob es die kleine Keramikflasche sei, die Nathaniel ihr vor ihrer Flucht gegeben hatte. Bisher war sie noch nicht dazu gekommen, sie zu öffnen, hatte sie aber an einem Ort versteckt, an dem kein englischer Gentleman es je wagen würde, danach zu suchen. »Nein, Captain, Sie haben im Hauptquartier noch einiges zu erklären. Sie begleiten uns jetzt und können heute Nachmittag oder morgen zurückkommen, um weiter zu schnüffeln. Die Ersatzpferde nehmen wir mit, sonst sieht es hier nicht aus, als gäbe es viel, das den Buren helfen könnte.«

Appleton, von dem Claire vermutete, dass er Gefallen an ihr gefunden hatte, wies seine Männer an, eines von Nathaniels Pferden für sie bereitzustellen. Sie brachen auf und Claires Gedanken rasten, als die Kolonne unter der warmen Morgensonne über das offene Feld trabte. Sie war sich der Blicke von Walters bewusst, der sie von hinten beobachtete. Sie nahm an, dass sie und Nathaniel verraten worden waren, fragte sich aber, wie viel der Hauptmann und die beiden Australier wirklich wussten.

Die Ankunft des Majors war ein Glücksfall für sie gewesen. Sie überlegte, ob sie dem Verhör, wie Nathaniel, hätte widerstehen können – falls er tatsächlich geschwiegen hatte. Sie redete sich ein, dass sie stark sein konnte, aber allein der Anblick des Blutes auf Walters' Handschuhen hatte sie zittern lassen, ganz zu schweigen von dessen Reptilienaugen.

Sie glaubte Walters' Geschichte nicht. Sie hatte Nathaniels durchdringenden Schrei gehört, bevor der Sergeant die Scheune betreten hatte. Der unbeholfene Australier hatte sich bei ihrem Pferd entschuldigt, weil er es aus seinem Elend befreit hatte, also war er kaum die Art von Mann, der einen Kriegsgefangenen kaltblütig folterte und hinrichtete. Für einen kolonialen Lakaien hatte er freundliche Augen, erinnerte sie sich.

Claire schaute zu ihm hinüber, der auf einem Pferd neben ihr lag. Er schien ruhig, als würde er schlafen. Sein Gesicht und seine Hände waren gebräunt, sein Kinn mit schwarzen Stoppeln bedeckt. Sie schätzte ihn auf höchstens dreissig, vielleicht so alt wie sie selbst und sein dichtes Haar war immer noch tiefschwarz. Sie fragte sich, was mit ihm geschehen würde. Sie bezweifelte, dass das britische Militär einem australischen Sergeanten mehr Glauben schenken würde als einem englischen Gentleman der Oberschicht und das verhiess nichts Gutes.

»Major Appleton«, sagte Claire so freundlich sie konnte.

Er drehte sich zu ihr um. »Miss Martin?«

»Es ist mir peinlich Major, aber ich muss dem Ruf der Natur folgen.«

Er griff mit einer freien Hand nach seinem Schnurrbart. »Natürlich.«

Er hielt sein Pferd an und befahl seinen Männern und Walters, weiterzugehen, während er Claire und ihr Pferd zu einem grossen Termitenhaufen führte. »Sie können absteigen, Miss Martin, aber tun Sie mir den Gefallen und versuchen Sie nicht, zu fliehen.«

»Sie haben mein Wort, Sir«, sagte sie.

Claire stieg ab und ging hinter den Ameisenhaufen. Sie hatte überlegt, ob sie versuchen sollte, weg zu galoppieren, aber das Pferd, das man – vielleicht absichtlich – für sie ausgesucht hatte, war in schlechtem Zustand und sie glaubte nicht, dass sie den berittenen Soldaten entkommen konnte. Nichtsdestotrotz musste sie so schnell wie möglich fliehen und dem Oberkommando der deutschen Marine und ihrem Cousin Fritz mitteilen, dass das Rüstungsgeschäft nun in Gefahr sei. Das würde ihr ausserdem den Rücken freihalten, damit sie ihre eigene Mission verfolgen konnte, bei der sie weit mehr verdienen würde als eine Provision für die Lieferung einer Ladung gebrauchter Waffen an ein paar zum Tode verurteilte Rebellen. Sie hockte sich hin und zog das Keramikfläschchen heraus.

Sie entkorkte es und drehte es um. Ein Stück dünnes, fest zusammengerolltes Papier rutschte heraus, das Claire schnell entfaltete. Wie sie gehofft hatte, war es die Karte, die Nathaniel erwähnt hatte. Sie erkannte die Stadt Komatipoort, von der sie wusste, dass sie im Südosten, an der Grenze zu Portugiesisch-Ostafrika lag und eine verschnörkelte Linie mit Kreuzschraffuren, von der sie sicher war, dass es sich um eine Eisenbahnlinie handelte.

»Miss Martin?«, rief Major Appleton.

»Ich komme, Major.« Schnell rollte sie die Karte wieder zusammen, steckte sie zurück in die kleine Flasche und versteckte sie wieder. Sie stand auf und als sie um den Ameisenhaufen herumging, sah sie sich Captain Walters auf seinem Pferd gegenüber, der ihr den Weg versperrte. Appleton wartete höflich ausser Sichtweite hinter den Bäumen. Der Hauptmann war offensichtlich wie befohlen weitergegangen, dann aber durch das Gebüsch zurückgeritten, um sie zu überraschen. Ein paar Sekunden früher und er hätte gesehen, wie sie die Karte versteckte. Ihre Wangen brannten.

Walters blickte auf sie herab. »Ich weiss, dass Sie für die Deutschen arbeiten, Claire. Ich weiss, was Sie vorhaben, und ich behalte Sie im Auge.«

Walters griff in die Zügel seines Pferdes, gab dem Tier die Sporen und ritt davon. Claire schauderte.

8

MÜNCHEN, DEUTSCHLAND, IN DER GEGENWART

Von der Seite des gescannten Briefes, den Anja las, war nur ein Teil vorhanden. Ihre Fotokopie zeigte seine angebrannten Ränder in hartem Schwarz.

MIR IST NICHT KLAR, wie viel Hauptmann Walters über meine Mission oder mein Treffen mit Kommandant Belvedere weiss. Hinter dem Überfall auf den Handelsposten steckt aber bestimmt der Plan, den Amerikaner – und vermutlich auch mich – gefangen zu nehmen. In den Reihen der Buren gibt es also höchstwahrscheinlich einen Verräter. Ich vermute, dass Belvedere in der kurzen Zeit, in der der Hauptmann mit ihm allein war, seine Zunge im Zaum hielt. Sicher bin ich mir dagegen, dass der Hauptmann eine Möglichkeit suchen wird, mich über meine Mission zu befragen.

ANJA LÄCHELTE über die komplizierten Formulierungen. Claire, eindeutig eine beeindruckende Frau, drückte ihre Angst darin aus. Dieser Captain Walters hatte sich als absolut rücksichtslos erwiesen, wenn man davon ausging, dass er, und nicht der australische Sergeant, den amerikanischen Colonel kaltblütig erschossen hatte.

65

Anja legte das Papier weg und fragte sich, welche Bedeutung diese Information für ihre eigenen Nachforschungen haben könnte. Den Namen des Mannes, Sergeant Cyril Blake, hatte sie schon gelesen. Er wurde 1902 in Zusammenhang mit Claire Martin erwähnt und tauchte vier Jahre später, auf dem Höhepunkt der Nama-Rebellion, als Pferdehändler und Sympathisant der Rebellen wieder auf.

Anja hatte durch die südafrikanische Journalistin Susan Vidler, die sich mit ihr in Verbindung gesetzt hatte, über Blake gehört. Diese hatte mit Hilfe von Google in der namibischen Zeitung ›New Era‹ einen Artikel über Anjas Recherchen gefunden. Auf einer früheren Reise hatte eine junge Namibierin Anja angesprochen, als sie gemeinsam aus einem Versteck am Wasserloch in Garub bei Aus, im Süden des Landes, die Wüstenpferde beobachteten. Sie hatte Anja nicht gesagt, dass sie Journalistin sei und so war Anja äusserst überrascht, eine Woche später in der Zeitung über ihre Doktorarbeit zur Herkunft der Wildpferde zu lesen. Seitdem hatte sie gelernt, ihre Arbeit weitgehend für sich zu behalten.

Anja glaubte, Vidler verfolge klare Ziele: Einerseits, sich mit dieser Reportage einen Namen zu machen und andererseits Druck auf die deutsche Regierung auszuüben. Ihr Bericht würde zeitgleich mit der neuen Kampagne der Nama und der Herero erscheinen, in der diese von den Deutschen eine Entschädigung zur Wiedergutmachung für das Leid, das ihren Völkern während und nach den Kolonialaufständen zugefügt worden war, forderten. In Amerika lebende Hereros hatten bei einem Gericht in den Vereinigten Staaten sogar eine Sammelklage gegen die deutsche Regierung eingereicht.

Susan Vidler hatte herausgefunden, dass der Name eines Australiers, der in einigen Geschichtsbüchern als Kämpfer auf der Seite des Nama-Volkes, erwähnt wurde, Edward Prestwich, nur ein Pseudonym war. Sie war überzeugt, dass der Mann eigentlich Cyril Blake hiess und erkundigte sich bei Anja, ob er bei ihren Nachforschungen aufgetaucht war. Das war zu diesem Zeitpunkt nicht der Fall.

Anja war weder an Politik interessiert noch daran, die Ergebnisse ihrer Forschung mit weiteren Journalisten zu teilen. Irgendwann würde ihre Arbeit veröffentlicht, aber sie wollte sich Zeit lassen und sich nicht von einer aufdringlichen Reporterin herumkommandieren lassen.

Anja hörte Schritte auf der Treppe und die Tür zum unterirdischen Arbeitszimmer ihres Vaters öffnete sich knarrend.

»Das Abendessen ist in zehn Minuten fertig«, beschied ihre Mutter.

»Ich komme, Mama.«

Anja klappte ihre Mappe zu und ging nach oben, wo ihre Mutter ihr ein einfaches Gericht mit Hühnchen und Kartoffeln servierte, so wie ihre Mutter es mochte.

»Ich weiss nicht, warum du immer wieder dorthin zurückgehen musst«, klagte ihre Mutter, als sie sich zum Essen setzten. Anja hatte sich gefragt, wie lange es wohl dauerte, bis ihre Mutter etwas gegen die bevorstehende Rückreise nach Namibia einwenden würde. »Du solltest dir hier in Deutschland einen netten Mann suchen und sesshaft werden. Weisst du, dass Hans, der Sohn von Frau Müller, geschieden ist? Er wäre eine gute Partie, hat keine Kinder und arbeitet in einer Bank. Du könntest deinen Nebenjob als Nachhilfelehrerin aufgeben.«

Anja stöhnte innerlich auf. Sie mochte ihren Job und ihr Vater hatte ihr in seinem Testament ausdrücklich Geld dafür vermacht, dass sie studieren konnte, solange sie es wünschte. Weder sie noch ihre Mutter waren anspruchsvoll.

»Anja?«

»Ja, Mama?«

Ihre Mutter schaute hinunter auf ihr Essen und rückte dann das Besteck auf dem Teller zurecht. Sie schien Anjas Blick nur widerwillig zu erwidern. »Du magst doch Männer, oder?«

Anja rollte mit den Augen, was genügte, um ihre Mutter zu beruhigen. Sie waren sich ähnlich, beide aufbrausend. »Ich weiss, du machst dir Sorgen, dass ich mein ganzes Leben lang an der Universität bleiben werde. Ich habe dir schon gesagt, dass ich das nicht vorhabe.«

»Was willst du dann tun? Hier einen Job finden? Oder wirst du mich komplett verlassen und für immer in Namibia bleiben?«

»Du weisst, dass ich nur für einen Monat gehe, Mama, um meine Forschungen zu vervollständigen und beim Überwachungsprojekt der Wildpferde mitzuhelfen. Wie ich dir schon sagte, sind die Pferde vom Aussterben bedroht, weil die Tüpfelhyänen ihre Fohlen reissen, bevor sie ausgewachsen sind. Es ist eine wichtige Arbeit und ...«

Ihre Mutter schlug in einer für sie untypischen Demonstration heftiger Aggression auf den Tisch. »Nein! Dein Vater hat nicht sein ganzes Leben lang gearbeitet, um deine Ausbildung und dein Studium zu finanzieren, damit du deine Zeit damit verbringst, allein in der Wüste zu sitzen und Pferde zu zählen, ohne Mann und einen richtigen Job.«

Anja ballte die Fäuste.

»Es wird Zeit, dass du für immer nach Hause kommst«, sagte ihre Mutter.

»Ich *habe* ein Zuhause«, sagte Anja leise, aber eindringlich. »Es ist Namibia, ob dir das passt oder nicht. Dort habe ich die Staatsbürgerschaft, weil du mich dort geboren hast, und dort will ich leben.«

Ihre Mutter schien zu weinen, doch Anja konnte keine Tränen erkennen. »Tatsächlich. Meine schlimmste Befürchtung. Du würdest mich einfach im Stich lassen?«

Anja seufzte. »Ich will dich nicht verlassen, Mama, aber ich habe das Recht, selbst über meine Zukunft zu entscheiden, darüber, was ich aus meinem Leben mache und wo ich leben will. Ich bin eine erwachsene Frau und kein Kind mehr.«

»Aber verstehst du denn nicht?«, ihre Mutter griff über den Tisch, »du bist *mein* Kind und ich will dich einfach in meiner Nähe haben, wenn ich älter werde und meine Zeit ...«

Wie immer, wenn ihre Mutter diesen Weg einschlug, fühlte sich Anja in die Enge getrieben. Ihr war klar, wie sehr ihre Mutter ihren Vater vermisste und dass sie kaum Freunde hatte, weil sie eine eigensinnige alte Frau war. Da waren diese Charakterzüge wieder, dachte sie. Eine befreundete Psychotherapeutin hatte ihr einmal gesagt, dass das, was die Menschen an anderen nicht mochten, manchmal ihre eigenen Schwierigkeiten widerspiegelte. Sie fühlte sich wie eine Gefangene und hätte am liebsten geschrien.

»Du magst die Pferde mehr als die Menschen«, stellte ihre Mutter fest. »Du fühlst dich bei ihnen wohler als bei einem Mann oder deiner eigenen Mutter.«

Anja dachte darüber nach und kam zum Schluss, dass sie und ihre Mutter sich endlich in etwas einig waren.

9

NORTH SYDNEY, AUSTRALIEN, IN DER GEGENWART

Nick wachte mit einem leichten Kater auf, der sich aber bei der Erinnerung an den Abend mit Susan schnell verflüchtigte. Unwillkürlich lächelte er.

Er duschte, zog sich ein Polohemd und eine Jeans an und ging von seiner Einzimmerwohnung zum Bahnhof von North Sydney, wo er in den Zug nach Granville, in Sydneys Westen, stieg. Innert einer halben Stunde veränderte sich das Bild, das er sah. Die beiden Vororte, in denen er und seine Tante, Sheila MacKenzie, wohnten, waren so unterschiedlich, wie zwei Orte sein können, die nahe der gleichen Stadt und im selben Land liegen. Um einen klaren Kopf zu bekommen, verzichtete er auf den Bus. Er war nicht mehr von Bürohochhäusern und teuren Grundstücken am Hafen umgeben, wie im Ort, in dem er wohnte, sondern sah Fabriken und Reihenhäuser. Dies war typisch für Vororte weiter im Landesinneren, die traditionell die erste Station für die Wellen von Einwanderern, die in Australien einen Neuanfang gesucht hatten, gewesen waren. Hier konnte er in den Schaufenstern, Cafés und Imbissbuden, sowie in den Gesichtern der Menschen, die am Samstagmorgen ihren Geschäften nachgingen, fast das gesamte Spektrum der multikulturellen Gesellschaft Australiens finden.

Er war erst ein einziges Mal in der Wohnung seiner Tante gewesen – sie hatte diese nach ihrer letzten Scheidung gekauft, als sie und ihr Ex-Mann das gemeinsame Haus verkauft hatten, weil beide sich verkleinern mussten. Die Strasse war begrünt und sowohl die Reihenhäuser aus dem frühen zwanzigsten Jahrhundert wie auch die Gebäude aus der Zeit der Föderation, waren grösstenteils in gutem Zustand oder wurden gerade renoviert. Er klopfte an die Tür.

»Ah, mein Lieblingsneffe.« Sheila, ein Stück kleiner als er, hob sich auf die Zehenspitzen, um ihn auf die Wange zu küssen.

»Dein einziger Neffe.«

»Der immer bei der Wahrheit bleibt.«

»Wart ab«, sagte er und zwang sich zu einem Lächeln »ich habe noch einiges auf Lager.«

»Komm rein und erzähl.«

»Ich habe meinen Job verloren.«

»Es tut mir leid, das zu hören, Nick, Liebling, besonders nach, na ja … Willst du ein Bier?«

Er schaute auf seine Uhr. Es war elf Uhr dreissig vormittags. »Sicher. Und was möchtest du trinken?«

»Prickelnde Perlen, es ist Samstag.«

»Prima.« Er ging in die Küche, öffnete den Kühlschrank und wählte eine der vier kalten Flaschen Champagner. Während sie Gläser bereitstellte, liess er den Korken knallen und schenkte ein.

Sheila hob ihr Glas. »Auf die Zukunft. Möge sie für uns beide besser sein.«

»Darauf stossen wir an«, bekräftigte er. »Aber heute ist es die Vergangenheit, die mich interessiert.«

»Komm, wir gehen nach draussen.« Sheila führte ihn durch die kleine Küche in einen schmalen Hof mit einer Pergola, die von den Ranken eines Passionsfruchtstrauchs beschattet wurde. »Dein Anruf hat mich neugierig gemacht. Wann immer ich früher versucht habe, dir etwas über die Familiengeschichte zu erzählen, sind deine Augen trüb geworden.«

»Schuldig im Sinne der Anklage. Doch nun habe ich eine Frau getroffen.«

»Aha. Ich dachte, du wärst zu gutaussehend, um Single zu bleiben.«

Nick lachte. »So ist es nicht. Sie ist eine südafrikanische Journalistin. Sie fragt nach einem Ur-ur- oder-was-auch-immer Onkel von uns, der im Burenkrieg gekämpft hat.«

Sie nickte. »Cyril Blake.«

»Du bist grossartig.«

»Das fandest du auf meiner Geburtstagsfeier nicht, als ich versuchte, dir unsere Familie näherzubringen«, sagte sie und nippte an ihrem Champagner.

»Nun, jetzt bin ich interessiert.«

»Sie ist hübsch, stimmts?«

Nick lächelte. »Vielleicht. Aber ich bin auf jeden Fall an Cyril Blake interessiert. Wusstest du, dass er sowohl gegen die Deutschen als auch gegen die Buren gekämpft hat?«

»Ja, Neffe, das wusste ich tatsächlich. Ich habe sogar mit deiner Grossmutter über ihn gesprochen, bevor sie starb. Die Demenz hatte bereits eingesetzt, aber sie konnte mir noch ein wenig über ihn erzählen. Sie berichtete mir, dass er gegen die Deutschen gekämpft hatte und vermisst wurde.«

»In Afrika«, sagte Nick.

Sheila sah überrascht aus. »Nein, ich glaube nicht, dass Australier während des Ersten Weltkriegs in Afrika gegen die Deutschen gekämpft haben. Aber es gab Veteranen des Ersten Buren-Kriegs, die sich wieder meldeten und an der Westfront kämpften, also nahm ich an, dass Cyril einer von ihnen war.«

Nick schüttelte den Kopf. »Nein, 1906 oder so war er im Krieg, den die deutschen Kolonialmächte in Südwestafrika - Namibia - und die einheimische Bevölkerung führten.«

Sheila setzte ihren Champagner ab. »Aber dort haben doch keine Australier gekämpft. Das ist erstaunlich, Nick und wirklich spannend.«

Zum ersten Mal musste er seiner Tante, was die Familiengeschichte betraf, zustimmen. »Ich nehme nicht an, dass du irgendwelche wirklich alten Familiensachen hast, oder?«

Sheila legte einen Finger an ihre Lippen. »Vielleicht, ich weiss es nicht. Kurz bevor deine Grossmutter ins Pflegeheim zog, habe ich von ihr eine Kiste bekommen. Darin sind alle möglichen Papiere und ich habe es noch nicht geschafft, sie alle durchzusehen. Ich versuche zwar, die gesamte Familiengeschichte aufzuarbeiten, aber bis jetzt bin ich nur bis zur Mitte des neunzehnten Jahrhunderts gekommen.«

»Was für Sachen sind das?«

»Briefe, alte Fotos, Erinnerungsstücke. Auch Medaillen von deinem Grossvater sind dabei.«

»Tatsächlich?«

Sie rollte mit den Augen. »Ja, wirklich, Nick. Bei dieser Familiengeschichte geht es nicht nur darum, das Internet nach Geburts- und Sterbeurkunden zu durchforsten.«

»Ich weiss«, sagte er. »Ich habe gehört, dass man echte Detektivarbeit leisten muss und nicht alles nur einen Mausklick entfernt ist.«

»Stimmt, ist aber nicht das, was ich meine, Liebling«, sagte sie. »Es gibt in diesem Haus, echte, greifbare Verbindungen zu unserer Vergangenheit, viele davon in Pappschachteln, verstehst du? Das ist *unsere Geschichte*, Nick, es sind unsere Leute, nicht nur ein Stammbaum auf einem Stück Papier.«

Er fühlte sich jetzt schuldig, weil er sich aus so vielen Gesprächen herausgewunden hatte, die seine Tante mit ihm über ihre Herkunft zu führen versucht hatte. Er interessierte sich wirklich für Cyril Blake und begann zu ahnen, wie seine Tante süchtig danach werden konnte, ihre Familiengeschichte zu erforschen. Nachdem er die Person, die ihm am nächsten stand, verloren hatte, fragte er sich, ob es auch darum ging, eine Familie zu haben, in der man Halt fand.

»Gibt es irgendwelche Papiere, die Blake gehörten?«, fragte Nick.

Sheila schürzte ihre Lippen. »Ich bin mir nicht sicher. Es gibt ein Bündel, das interessant sein könnte.«

»Erzähl mir davon.«

»Ich zeige es dir lieber. Schenk uns doch noch einen Drink ein und wenn du etwas essen willst, bestell uns vielleicht eine Pizza? Am Kühlschrank hängt eine Speisekarte.«

Sie standen auf und Nick suchte sich hinten im Kühlschrank ein

Bier. Den Champagner hob er für seine Tante auf und füllte ihr Glas wieder. An einem Magneten fand er die Karte, rief die angegebene Nummer an und bestellte eine Pizza Supreme und Knoblauchbrot. Sheila kam die Treppe herunter und trug einen Umzugskarton. Sie trafen sich im Wohnzimmer.

»Kann ich dir helfen?«

»*So* alt bin ich noch nicht.«

Sie setzten sich beide in die Sessel und Sheila stellte den Karton auf den Couchtisch zwischen ihnen. »Ich glaube, hier ist es.«

Sheila hob den Deckel der Schachtel ab und begann vorsichtig auszupacken. Schwarz-weiss-Fotografien kamen zum Vorschein, einige in alten, braunen Lederrahmen, andere mit Schnur umwickelt in Bündeln. Nick sah Umschläge mit verblassten, kunstvollen Kupferstichen darauf und gefaltete Urkunden.

Sheila kramte tiefer in der Schachtel, nahm sich aber die Zeit, alles, was sie ehrfürchtig herausnahm, sorgfältig zu stapeln. Nick griff sich eine Handvoll Fotos. Neben steifen, förmliche Hochzeitsfotos gab es die von einem Mann in einer leichten Reiteruniform. Ein Patronengurt lag über seiner Brust und ein Schlapphut mit einer Emu-Feder beschattete sein Gesicht.

»Dein Urgrossvater in Palästina.«

Nick starrte in das junge, unschuldige, vom Krieg noch unberührte Gesicht. Es schien, als wisse Sheila nicht nur die Namen dieser Menschen, sondern kenne sie persönlich.

»Hier!«

Er legte die Bilder ab und sah auf. Sheila lächelte und ihre Augen funkelten. »*Das* ist, woran ich gedacht hatte.«

Sie reichte ihm eine Mappe und Nick öffnete sie. Er fand Seiten aus fadenscheinigem Briefpapier darin und versuchte zu lesen, was darauf stand. Er stellte fest, dass sie nicht in Englisch geschrieben waren.

»Deutsch«, sagte Sheila. »Ich bin das Zeug vor Jahren mit deiner Grossmutter durchgegangen«, fuhr sie fort und nippte am Champagner. »Da hat sie von deinem Urgrossonkel erzählt, der im Burenkrieg war und dann gegen die Deutschen gekämpft hat - ich nahm an, in Frankreich. Sie vermutete, das hier seien Briefe oder militärische Dokumente, die Cyril einem toten Deutschen abgenommen habe. Sie sagte, sie habe sie im Besitz ihrer eigenen Mutter gefunden.«

»Wow«, sagte Nick. »Ich frage mich, was da drinsteht.«

»Ich auch und es steht schon lange auf meiner Pendenzenliste, sie übersetzen zu lassen, aber ich sparte mir diese Aufgabe für den Zeitpunkt auf, an dem ich die Verwicklung der Familie in den Krieg erforschen wollte.«

»Meinst du, ich könnte ...«

»Neffe, wenn du mir helfen würdest, diese Briefe oder was auch immer es ist, zu übersetzen, wäre ich dir ewig dankbar.«

Nick zog die erste Seite aus dem Papierstapel. Das Schreiben war auf Deutsch, aber zuoberst stand ein Datum, das eindeutig die Jahreszahl 1915 enthielt. Zweifellos hatte seine Grossmutter deshalb angenommen, dass die Papiere aus dem Ersten Weltkrieg stammten. Aber es passte immer noch nicht zu Blake, der 1906 in einer deutschen Kolonie in Afrika starb.

»Ich habe dafür genau die richtige Person im Kopf«, sagte Nick. »Lili, eine deutsche Praktikantin bei meiner Arbeit – na ja, dort, wo ich bis gestern gearbeitet habe.«

»Klingt gut«, sagte Sheila. »Und es ist grossartig, dich im Team zu haben. Komm wir genehmigen uns noch einen Drink, um das zu feiern.«

* * *

Am Montagmorgen duschte Nick, rasierte sich und zog sich für die Arbeit an. Als er erfahren hatte, dass er entlassen wurde, hätte er Pippa beinahe gesagt, er käme in der folgenden Woche nicht mehr zur Arbeit. Sie könne ihm einfach seine Abfindung auszahlen und er sei weg.

Nach seinem Treffen mit Sheila hatte er seine Wut unter Kontrolle. Als er vernünftig darüber nachdachte, wurde ihm klar, dass er schon seit einiger Zeit nicht mehr gerne in Pippas PR-Firma arbeitete. Er war sich nicht sicher, was er beruflich machen wollte, aber er erkannte jetzt, dass dies die Chance sein könnte, die er brauchte, um etwas zu ändern. Seine Möglichkeiten und Aussichten waren zwar nicht grenzenlos, aber er rechnete damit, ohne grossen Aufwand einen anderen Job finden zu können. Er würde seine Fühler ausstrecken und sich im Internet umsehen müssen, aber die Gespräche mit Susan und seiner Tante hatten ihm etwas gegeben, auf das er sich in der Zwischenzeit konzentrieren konnte.

Er kam frühzeitig bei der Arbeit an, wo er alle Papiere scannte, die seine Tante ihm gegeben hatte. Er druckte alles doppelt aus und speicherte die Dokumente als PDF-Datei. Im Schreibwarenschrank fand er einen frankierten Umschlag, in den er die Originale steckte, um sie an Sheila zurückzusenden und legte ihn ins Fach der ausgehenden Post.

Als Lili, die Praktikantin, eintraf, ging er zu ihrem Schreibtisch und fragte sie, ob sie Interesse daran hätte, einige Papiere für ihn zu übersetzen.

Lili warf einen Blick auf Pippa in ihrem Büro und senkte den Blick. »Es ist vielleicht nicht angebracht«, bemerkte sie in ihrem förmlichen Englisch, »dass ich eine solche Aufgabe während der Arbeitszeit übernehme, Nick, obwohl du mir immer geholfen hast und mir leidtust.«

Er musste über die für sie charakteristische Unverblümtheit lachen. »Danke. Wie wäre es, wenn ich dich zum Mittagessen einlade, Lili, und wir dann darüber reden?«

Wieder sah sie sich um, als fürchte sie, Pippa könne etwas mitbekommen. »Du weisst, dass ich nur fünfundvierzig Minuten Zeit habe.«

Er zwinkerte ihr zu. »Ich sorge dafür, dass es sich für dich lohnt. Ich bezahle dich gerne dafür, dass du mir damit hilfst, Lili.«

Die Praktikantin strahlte. »Oh, dann sieht die Sache anders aus.«

Pünktlich um 12.30 Uhr verliessen Nick und Lili, die die Uhr im Büro aufmerksam beobachtet hatte, ihren Arbeitsplatz und machten sich auf den Weg zum historischen Greenwood Hotel, gegenüber dem Bahnhof von North Sydney, wo andere Büroangestellte bereits Tische für das Mittagessen reserviert hatten.

»Weisst du, dass man diesen Ort ›die Wäscherei‹ nennt?«, fragte Nick, als sie eintraten.

»Warum?«, fragte Lili.

»Weil hier die ›Anzüge‹ herumhängen.« Sie schien den Witz nicht zu verstehen und er wollte keine Zeit mit Erklärungen verschwenden. Sie setzten sich an einen Tisch im Innenhof, sahen sich die Speisekarte an und entschieden sich für ihre Mahlzeiten, wobei Nick Lili versicherte, dass das Mittagessen auf seine Kosten gehen würde.

Nick holte die Mappe mit den deutschen Papieren aus seiner Tasche und legte sie auf den Tisch. »Könntest du bitte, während ich das Essen bestelle, einen Blick auf diese Unterlagen werfen?«

»Natürlich.«

Als er zurückkam, studierte Lili die handgeschriebenen Blätter aufmerksam.

»Irgendetwas Interessantes?«, fragte er.

Lili las noch ein paar Zeilen, dann schaute sie auf. »Ich glaube schon. Das sind so eine Art Memoiren oder vielleicht ist es sogar ein Roman. Doch der Autor sagt, er will nicht, dass es veröffentlicht wird. Es ist sehr interessant – ich will weiterlesen.«

Er nickte. »Meine Tante sagte, meine Grossmutter habe gedacht, es könnten Briefe von einem deutschen Soldaten aus dem Ersten Weltkrieg an ein Familienmitglied gewesen sein.«

Lili schüttelte den Kopf und überflog noch immer die ersten Seiten. »Nein, Nick, das ist kein Brief, es liest sich eher wie eine Geschichte oder eine Art historischer Bericht. Ihren Namen nach liegen die Orte in Deutsch-Südwestafrika, dem heutigen Namibia. Ich war als Kind mit meinen Eltern dort auf Safari.«

»Ja!«

Lili sah auf und lächelte. »Bist du aufgeregt, Nick?«

»Ja, bin ich.«

»Schön!«, bemerkte sie, »ich habe dich nie glücklich gesehen, seit ich in der Firma bin.«

Er zog eine Grimasse. War seine Unzufriedenheit mit der Arbeit so offensichtlich gewesen? Kein Wunder, dass er der erste war, den Pippa gefeuert hatte. »Was steht da noch, Lili?«

»Dieses Deckblatt ist eine Notiz des Autors. Siehst du das Datum, 1915?«

Nick nickte. »Ja, das ist meiner Tante und mir aufgefallen und deshalb dachte meine Grossmutter, es stamme aus dem Ersten Weltkrieg.«

»Der Autor sagt, er schreibe dieses Manuskript 1915, aber es handelt von Ereignissen, die 1906 stattfanden. Es müssen Seiten fehlen, oder sie sind durcheinander, denn die Geschichte scheint in der Mitte oder so zu beginnen.«

»Bitte, lies mir etwas vor, wenn du kannst«, bat Nick.

»OK.« Lili nahm einen Schluck von ihrem Wasser und ihre Augen wanderten über die Linien. »Dieser Mann, Blake, scheint ohnmächtig geworden zu sein. Als er wieder zu sich kam, fand er sich in einer Zelle eingesperrt ...«

10

SÜDAFRIKA, 1902

Blake wünschte sich, tot zu sein. Der Schmerz und die Übelkeit trafen ihn wie ein Pferdetritt, als er sich aufzusetzen versuchte. Er rollte sich auf die Seite und übergab sich.

Die Wände der Zelle waren aus weiss getünchtem Stein. Der Boden, mittlerweile fleckig, bestand aus Rinderdung und Wasser, einer lokalen Baumischung, die sich wie glänzender Beton verfestigte. Durch ein winziges, vergittertes Fenster hoch oben an der Wand drangen schwache Lichtstrahlen in die Düsternis. Sein Bett bestand aus einer Steinplatte mit einer Strohmatratze. Der Raum stank nach abgestandener Pisse und jetzt auch nach frischer Kotze.

Er blickte auf seine Füsse hinunter. Die Schnürsenkel seiner Stiefel waren weg, genau wie sein Waffenrock, der Gürtel und seine Hosenträger – alles, womit er sich hätte aufhängen können, dachte Blake.

Die Stahltür der Zelle öffnete sich knarrend und der Wachmann, ein schottischer Korporal, trat ein. »Aufwachen! Du hast Besuch.«

Blake blinzelte. Das tat weh. Der Wärter trat zur Seite und Bert Hughes kam herein, ebenfalls ohne Kittel, Gürtel und Hosenträger.

»Ihr habt zehn Minuten Zeit, mehr nicht«, sagte der Wärter, schloss und verriegelte die Tür.

Bert stellte sich vor ihn hin. »Jesus, du siehst schrecklich aus.«

»Ich fühle mich noch schlimmer«, sagte Blake. »Bist du auch eingesperrt?«

Bert nickte. »Ja, ich stecke auch in der Scheisse. Walters kam mit einem Angebot zu mir.«

Blake berührte behutsam die Wunde an seinem Kopf. »Was für ein Angebot? Er ist ein Mörder, Bert.«

»Ja, stimmt. Er sagt, dass er nicht will, dass du gegen ihn aussagst. Er will, dass wir ihm helfen, die Yankee-Frau zu kriegen. Walters sagt, sie sei eine Gaunerin und sitze auf einem Haufen Geld, den sie und ein paar Buren vor ein paar Wochen aus einem Geldtransporter gestohlen haben.«

»Davon habe ich nichts gehört, zumindest nicht in unserer Gegend«, sagte Blake. »Warum sollte ich irgendetwas glauben, was dieser Bastard sagt? *Er* ist ein Ganove, Bert.«

»Ja, aber er sagt, die Sache sei vertuscht worden. Ergibt Sinn, oder? Typische Armee-Verarsche. Wie auch immer, Walters sagt, seine Eier stehen in der Schusslinie, weil er der für den Konvoi verantwortliche Offizier war. Um seinen Kopf aus der Schlinge zu ziehen, muss er das Geld zurückbekommen. Er will uns am Finderlohn beteiligen, wenn wir die Frau dazu bringen, uns zu sagen, wo sie und der amerikanische Colonel das Geld versteckt haben. Ausserdem wird er dem Major sagen, er habe sich geirrt, als er angab, du hättest den Amerikaner kaltblütig umgebracht.«

»*Ich* habe ihn nicht umgebracht, Bert. Das weisst du.«

»Ja, aber Walters wird uns helfen, wenn wir ihm helfen. Er sagt, er wird ein gutes Wort für dich einlegen und du bist heute Nachmittag hier raus.«

»Blödsinn. Ich bin hier, weil er mich reingelegt hat. Ich traue ihm nicht. Sag den Wachen, dass ich einen Anwalt will, am besten einen australischen. Wo ist die Frau?«

»Sie haben sie in eines der Lager für die Frauen und Kinder der Buren gebracht – das hier in der Nähe«, antwortete Bert.

»Verdammte Scheisse«, murrte Blake und schüttelte wieder den Kopf, »dort sterben die Leute.«

»Was sagen Sie zu Walters Vorschlag, Sarge? Werden Sie tun, was er will? Wenn nicht, sind wir beide erledigt.«

Blake schüttelte den Kopf. »Scheiss auf ihn. Er hat Angst und er weiss, dass ich hier sicher bin. Sobald sie mir einen Verteidiger geben, werde ich vor dem Gericht sagen, was wirklich passiert ist.«

Bert seufzte. »Sie werden nicht darüber nachdenken, Sarge? Walters sagt, es gäbe eine *Menge* Geld zu finden und selbst wenn er das meiste davon zurückgibt, werden wir alle gut davonkommen. Er wird einfach sagen, dass die Buren etwas davon ausgegeben haben.«

Blake schaute ihm in die Augen und schüttelte langsam den Kopf. Dann blickte er auf Berts Stiefel hinunter.

»Wache?«, rief Bert. »Ich muss hier raus!«

Bert stand auf und drehte sich, so dass er Blake den Rücken zuwandte. Gerade als er hörte, wie der Schlüssel ins Schloss gesteckt wurde, sah Blake, dass Bert seine rechte Hand langsam vor sich bewegte.

Schnürsenkel, dachte Blake. Bert hatte sie noch in seinen Stiefeln. Also war er kein richtiger Gefangener.

Blake sprang vom Bett auf und schlang seinen linken Arm um Berts Hals. Mit seiner freien Hand packte Bert den Arm und Blake sah, was er befürchtete: In Berts Gürtel steckte ein Messer mit schmaler Klinge. Bert wehrte sich mit einem Tritt, aber Blake riss ihn zu Boden und verstärkte den Druck auf Berts Hals. Um zu versuchen, sich aus dem Würgegriff zu befreien, brauchte Bert beide Hände. Blake griff nach dem Messer unter ihm und seine Fingerspitzen berührten den Griff, als Bert sich drehte und unter ihm bockte. Blake zog die Waffe heraus, doch sie rutschte ihm aus der Hand und schlitterte über den Zellenboden.

In diesem Moment schwang die Tür auf und der schottische Wachmann stand mit erhobener Pistole da.

Blake zog den benommen wirkenden, nahezu bewusstlosen Bert in die Höhe und benutzte ihn als Schutzschild. Bert kam wieder zu sich, taumelte vorwärts und stiess gegen den Korporal, der, vielleicht versehentlich, einen Schuss abgab. Berts Körper dämpfte den Schuss, der in ihn einschlug. Blake hob das Messer vom Boden auf und schlug dem erschrockenen Wachmann mitten ins Gesicht.

Der Korporal fiel, Berts Gewicht auf sich, rückwärts und sein Kopf schlug mit einem dumpfen Schlag im Korridor auf dem Boden auf. Blake hielt inne. Er rollte Bert vom Kerkermeister herunter. Sein australischer Kamerad war tot, das Herz glatt durchschossen, und der Korporal bewusstlos.

Blake überlegte schnell. Walters hatte Bert geschickt, um ihn zu töten. Der Wärter hatte ihn in seine Zelle gebracht, liess aber die Schnürsenkel in Berts Stiefeln. Das bedeutete, dass der Korporal zumindest teilweise mitschuldig war. Jetzt klebte Berts Blut an Blakes Händen und sein Wort stünde gegen das von Walters. Man würde ihn nicht nur wegen der Tötung des Burenoffiziers, sondern auch wegen des Todes eines australischen Soldaten und des Angriffs auf den schottischen Korporal anklagen. Diese Aussichten gefielen ihm nicht.

Blake schnappte sich den Schlüsselbund vom Gürtel des Wachmanns und ging den Korridor entlang. Er kam zu einem Raum mit der Aufschrift ›Waffenkammer‹ über einer Stahltür und fand beim dritten Versuch den richtigen Schlüssel. Drinnen fand er seine Mauser-Pistole, sein Gewehr, den Waffenrock, seinen Gürtel und die Schnürsenkel. Schnell zog er sich an und spürte in der Tasche seine Streichhölzer. Er kehrte in seine Zelle zurück und zündete die stinkende Strohmatratze an. Das Feuer würde sich nicht über die Zelle hinaus ausbreiten und der Korporal lag im Korridor auf dem Boden, so dass er unter dem aufsteigenden Rauch saubere Luft atmen konnte.

Blake verliess das Gebäude. Er konnte jetzt sehen, dass es eine alte Polizeistation war. Dahinter befand sich ein britisches Zeltlager. Die Umzäunung bestand aus von Sandsäcken und Wellblechwänden durchsetztem Stacheldraht. An einem Versorgungswagen war sein Pferd Bluey angebunden. Er ging zu ihm und band ihn los. »Hast du mich vermisst, mein Junge?«

Er setzte seinen Fuss in den Steigbügel, stieg auf den Hengst und ritt auf das Tor zu. Ein Wächter im Schottenrock blickte zu ihm auf.

»In diesem Gebäude brennt es, Soldat!« bellte Blake. »Lösen Sie sofort den Alarm aus! Ich hole den Sanitätsoffizier.«

»Aber, Sergeant ...«

»Tun Sie, was ich sage. Sofort, Mann!«

»Ja, Sergeant.«

Blake rammte die Fersen in Blueys Flanke und galoppierte davon. Hinter ihm begann eine Glocke zu läuten.

Während er ritt, dachte er über die Kette von Ereignissen nach, die dazu führten, dass er eingesperrt worden und aus dem Gewahrsam entkommen war. Beim Überfall war es offensichtlich um mehr als die Gefangennahme eines Burenobersts gegangen und die Geschichte über den verschwundenen Lohnwagen stimmte nicht. Der getötete Amerikaner musste jedoch Informationen gehabt haben, die Walters bereit war, aus ihm herauszufiltern. Blake konnte, wenn es einen guten militärischen Grund dafür gab, ein wenig unerlaubten Druck verstehen – nur bekam man aus einem toten Mann keinerlei Informationen.

Der Handelsposten, auf dem der Überfall stattgefunden hatte, war weniger als einen Tagesritt vom nächsten Stützpunkt entfernt. Blake fragte sich jetzt, aus welchem Grund Walters den Amerikaner tötete und ob er wirklich vorgehabt hatte, ihn lebend zu fassen. Wenn man vorhat, einen Mann der Militärpolizei zu übergeben, schneidet man ihm davor nicht das Ohr ab.

Blake empfand den Krieg schon vorher als schmutzig, aber mit dem Auftauchen von Walters hatte er einen neuen Tiefpunkt erreicht.

Er wusste praktisch nichts über den Mann. Vor einigen Tagen war Walters in Steinaeckers Lager an der Sabie-Brücke eingetroffen und es hiess, er sei ein Nachrichtenoffizier aus Kitcheners persönlichem Stab. Am nächsten Tag hatten Blake und Bert Hughes den Befehl erhalten, sich für einen Sondereinsatz zu melden. Blakes Truppenkommandeur hatte erklärt, dass Captain Walters die beiden besten

Schützen und Reiter brauche, die Steinaeckers Pferdetruppe zu bieten habe.

Blake rekapitulierte. Ein britischer Hauptmann war hinter einem amerikanischen Oberst her, der Dienst für die Buren leistete und nicht nur ohne Leibwache reiste, sondern auch ohne das Bataillon, das er angeblich befehligte. Der Hauptmann suchte nach so wichtigen Informationen, dass er bereit war, dafür zu foltern und zu töten. Ausserdem korrumpierte er Bert, indem er ihm einiges dafür bot, Blake zu töten, falls dieser sich nicht auf den vorgeschlagenen Plan einlassen würde.

Ein Quäntchen Wahrheit musste in dem, was Bert ihm von Captain erzählt hatte, liegen. Bei dieser Sache, so vermutete Blake, ging es um Geld. Verdammt viel Geld, wenn man bedachte, was der Hauptmann alles dafür getan hatte.

Blake fand sich in einem schmutzigen Kampf gegen einen cleveren, gut vernetzten und rücksichtslosen Feind wieder. Jetzt war er ein gesuchter Mann und musste einen Weg finden, seine Unschuld – oder Walters' Schuld – zu beweisen. Zunächst musste er mehr über den toten amerikanischen Colonel erfahren. Ausserdem musste er das andere Teil dieses verwirrenden Puzzles finden: die Frau.

11

CONDOR-FLUG DE2294 VON MÜNCHEN NACH
WINDHOEK, NAMIBIA, IN DER GEGENWART

Anja wandte sich von dem Paar neben ihr ab und schaltete ihre Leselampe an Bord des Airbus A330-200 ein. Sie wusste, dass sie versuchen sollte, während des Fluges zu schlafen, aber die Berichte von Claire Martin beanspruchten wieder einmal ihre ganze Aufmerksamkeit.

Anja hatte, während sie packte, weitere Fragen ihrer Mutter abgewehrt.

Sie würde ihre Mutter vermissen – mit der Zeit. Im Moment nippte sie an ihrem Weisswein und öffnete die Ringmappe, in der sie die Fotokopien der historischen Spionageberichte fein säuberlich geordnet hatte. Sie war ein wenig traurig, als sie bis zum letzten Dokument blätterte, das sie gelesen hatte, denn sie langte bald am Ende an. Möglicherweise, bevor Claire Martin nach Deutsch-Südwestafrika zurückkehrte. Anja fand die Berichte interessanter und unterhaltsamer als jeden Roman, den sie im Flughafenbuchladen hätte kaufen können, obwohl sie bisher keine brauchbaren Informationen enthielten, die ihre Theorie über den Ursprung der Wüstenpferde stützten. Sie machte es sich bequem und begann zu lesen.

·   ·   ·

DER MAJOR, der mich vor Captain Walters gerettet hatte, übergab mich an einen jüngeren Offizier, einen Leutnant. Diesem Mann erzählte ich, ich sei eine amerikanische Zivilistin, meine Tarngeschichte. Allerdings hat mir das nichts genützt.

1902, Ost-Transvaal, Südafrika

»IN DEN WAGEN, MISS«, sagte der Leutnant und sah auf sein Klemmbrett. »Martin, Miss C. Wir bringen Sie in ein Internierungslager.«

»Dazu haben Sie kein Recht« beharrte Claire und stemmte die Hände in die Hüften. Sie strich sich eine lose Haarsträhne aus dem Gesicht und blieb regungslos stehen. Innerlich zitterte sie. Von dem, was ihrer Freundin Wilma passiert war, wusste sie, dass für viele Frauen der einzige Weg aus einem dieser Lager über eine billige Holzkiste führte.

»Steigen Sie bitte in den Wagen, sonst bringen die Wachen Sie mit Gewalt hinein«, sagte der junge Offizier.

»Wagen Sie es nicht, mich anzufassen« zischte Claire den beiden Männern zu, die sie aus dem Schatten des Wagens heraus anglotzten.

Sie trug immer noch ihre helle Wildlederhose, Lederreitstiefel und das blaue Arbeitshemd. Der oberste Knopf hatte sich vom Hemd gelöst und so sehr sie sich auch bemühte, das Hemd zusammenzuhalten, jedes Mal, wenn sie beide Hände benutzen musste, blitzte blasse Haut hervor. Als sie sich in den Wagen hievte, bemerkte sie, wie einer der Wachmänner auf ihr Dekolleté starrte. Sie warf dem Wachmann einen stummen, verachtenden Blick zu und er wandte sich mit plötzlich rotem Gesicht ab.

Einer der Wachmänner sass ihr gegenüber auf der Rückbank des Wagens, eine Lee Enfield zwischen den Knien. Der andere Soldat sass vorne neben dem Fahrer. Mit einem Peitschenknall ruckte der Wagen vorwärts.

Der Leutnant zwang sich zu einem knappen Lächeln und winkte. Claire spuckte aus dem hinteren Teil des Wagens, am Wachmann vorbei, der angewidert den Kopf schüttelte.

Claire war wütend, vor allem auf sich selbst. Sie hatte keine Möglichkeit gefundenen, aus dem Zellenblock, in dem sie die Nacht verbracht hatte, auszubrechen. Nachdem man sie hereinbrachte, wurde sie eine Stunde lang von Major Appleton verhört. Von ausserhalb des Wachraums, in dem das Verhör stattfand, hörte sie die laute Stimme von Captain Walters. Er war derjenige, vor dem sie sich wirklich fürchtete. Major Appleton dagegen hatte, seinen einfachen Fragen nach zu urteilen, keine Ahnung von ihrem Auftrag oder der Sache mit Nathaniel. Irgendwann stürmte Appleton aus dem Raum und beschimpfte den Captain: »Ich erinnere Sie noch einmal daran, dass dies *meine* Gefangene ist und ich mit ihr verfahre, wie ich es für richtig halte. Sie behaupten zwar, dass Sie auf Anweisung von Kitchener handeln, aber solange ich keine entsprechenden Papiere sehe, werden Sie mich diese Angelegenheit in Ruhe zu Ende bringen lassen, Hauptmann.«

Der Hinweis auf Lord Kitchener, den Oberbefehlshaber der britischen Armee, machte sie stutzig. Wenn der Überfall inszeniert worden war, um Nathaniel – und möglicherweise auch sie – gefangen zu nehmen, war die Tatsache, dass ihre Mission gefährdet war, das geringste Problem. Hauptmann Walters hatte zu ihr gesagt, er wisse, dass sie eine deutsche Spionin sei. Aber er hatte es nicht für nötig befunden, Appleton darüber zu informieren oder über das Waffengeschäft, in das Claire verwickelt war. Walters schwieg zu all dem und das machte sie noch sicherer, dass er, genau wie sie, mehr an der Zahlung interessiert war, die Nathaniel leisten sollte, als an den Waffen selbst.

Am Morgen hatte es im Zellenblock gebrannt. Der Rauch war durch den Korridor und unter ihrer Zellentür durchgekrochen. Sie hatte geschrien und auch aus einem anderen Teil des Wachhauses waren Hilferufe zu hören. Man trieb sie und die beiden anderen Gefangenen – einen englischen und einen schottischen Soldaten –

auf den Exerzierplatz. Unter den Wachen herrschte grosse Bestürzung und sie war sich sicher, gehört zu haben, dass einer der Männer sagte, ein Gefangener sei geflohen und ein anderer getötet worden. Sie fragte sich, was aus dem verprügelten australischen Sergeanten geworden war und ob er es vielleicht sei, der geflohen war. Aber dies war im Moment ihre geringste Sorge.

»Wo ist das Lager, in das Sie mich bringen?«, fragte sie den Schotten, der ihr gegenübersass.

»Das erfahren Sie noch früh genug. Und bekommen bald Gesellschaft«, antwortete er.

»Gesellschaft?«

»Sie werden schon sehen.«

Etwa eine Stunde später bog der Wagen von der Schotterhauptstrasse ab und kämpfte sich knarrend und ruckelnd einen zerfurchten Feldweg hinauf. Er wurde langsamer und Claire hörte Hufgetrappel.

»Die Farm ist gleich da vorne«, sagte eine englische Stimme zum Fahrer des Wagens und Claire sah einen berittenen britischen Kavalleristen sein Pferd anspornen und davonreiten.

Sie roch Rauch und winzige Ascheflocken segelten in den Wagen. Als er wendete und schliesslich zum Stehen kam, erschrak Claire über den Anblick der Verwüstung, der sich ihr bot.

Das Strohdach eines steinernen, weiss getünchten Bauernhauses stand in Flammen. Die Hitze der knisternden, orangenen Flammen stach ihr in die Wangen.

Eine junge Burenfrau, das abgemagerte Gesicht unter einer Haube, stand auf dem Hof vor dem Haus und starrte ins Feuer. Zwei Kinder, ein Junge von etwa fünf Jahren und ein kleines Mädchen, das kaum laufen konnte, klammerten sich an ihren langen Rock. Als die Dachsparren zusammenbrachen, hob sie einen knochigen Arm vor das Gesicht, um sich vor der Hitze zu schützen. Drei britische Soldaten umringten sie und befahlen ihr mit auf sie gerichteten Gewehren, zu gehen. Sie hob zwei Taschen auf und wandte sich von ihrem brennenden Haus ab.

Drei riesige, sandfarbene Hunde, Boerboels, wie Claire erkannte, waren mit Ketten an einen Stahlpflock gebunden und bellten die Soldaten und das Feuer wild an.

Claire sah dort, wo die Hitze des Feuers die Tränen verdunsten liess, weisse Streifen auf den schmutzigen Wangen der Frau. Diese schob ihre Kinder vor sich her und warf einen Blick über die Schulter. Zwei weitere englische Soldaten schütteten mit Schaufeln in den Händen ein Loch zu. Einer der Männer liess sein Werkzeug fallen und griff in die frische Erde. Er schüttelte den Schmutz von einem weiss gestrichenen Holzkreuz und rammte es in den Boden.

Die Frau kam zum Wagen und Claire reichte ihr eine Hand, um ihr auf den Wagen zu helfen. Sie nahm sie mit einem Nicken. Claire sah, dass ihre Augen vom Weinen, dem Rauch oder beidem rotgerändert und das Weisse blutunterlaufen waren. Ihre Pupillen starrten stumpf und leblos auf die weisse Plane des Wagens und es war Claire, die die Kinder aus den Händen eines britischen Soldaten entgegennahm. Schliesslich warf einer der Soldaten die beiden Taschen der Frau auf die Ladefläche des Wagens.

Die Frau zuckte zusammen, als ein Schuss ertönte, schwieg aber. Es folgten ein zweiter, dann ein dritter Schuss. Die Hunde hörten, einer nach dem anderen, zu bellen auf.

»Treibt das Vieh zusammen«, rief ein berittener Offizier den Soldaten zu, »und fackelt den Mais ab. Ihr kennt das Prozedere. Lasst nichts für die Bastarde der Burenkommandos übrig.«

Als sich der Wagen in Bewegung setzte, drehte sich die Frau um und blickte auf das frisch zugeschaufelte Grab.

Claire griff zu ihr hinüber und legte eine Hand auf ihr Knie. »Wie kann ich helfen?«

Die Frau drehte den Kopf und starrte Claire an. »Es war mein Kind, in dem Grab.«

»Nein! Haben sie ...?«

»Nein«, sagte die Frau und schüttelte den Kopf. »Sie haben es nicht umgebracht, es kam vor fünf Wochen tot zur Welt. Aber das Grab war noch frisch, verstehen Sie?«

Claire schüttelte den Kopf, unsicher, was die Frau meinte.

»Die Tommies sagten «, erklärte sie in einem Englisch mit starkem Akzent, »dass die Leute auf manchen Farmen Waffen vergraben, um sie zu verstecken und sie dann als Gräber markieren. Sie sagten, sie müssten das überprüfen.«

»Oh, mein Gott.«

Die Frau starrte sie nur an, die Augen und die Seele leer. Claire sah zu ihrem Bewacher, der sein Gesicht von ihnen abwandte, hoffentlich aus Scham. Obwohl sie wegen des Geldes in diesem Geschäft war, sympathisierte sie mit den Buren. Sie verabscheute diese Männer, die das Hab und Gut einer Familie verbrannten, plünderten und das Grab eines Kindes schändeten, um die Interessen eines Imperiums zu unterstützen. Schon ihr Vater war gezwungen gewesen, aus Irland zu fliehen, weil er es gewagt hatte, sich denen zu widersetzen, die ihn und sein Volk unterdrückten.

Das kleine Mädchen begann zu weinen. Claire hob es hoch und setzte es auf ihre Knie. Sie zog das Kind fest an ihre Brust und schaukelte es im Rhythmus des Schwankens des Wagens hin und her. Die Wachen waren still.

»Ihr Englisch ist gut«, lobte Claire die Frau so munter wie sie konnte.

»Meine Mutter war Engländerin. Ich bin froh, dass sie nicht mehr lebt und das alles mit ansehen muss. Das Komische daran ist, dass sie nicht damit einverstanden war, dass ich Gerrit geheiratet habe.«

»Ist Ihr Mann ...?«

»Am Leben? Soviel ich weiss schon. Ich bete, dass er lebt. Er ist auf Kommando.« Sie blickte den Wachmann trotzig an, der bei der Erwähnung der Buren den Kopf hob. »Sind Sie verheiratet?«

»Nein. Jedenfalls nicht mehr. Übrigens, ich bin Claire.«

»Gerda. Verzeihen Sie, aber so wie Sie gekleidet sind, sehen Sie aus, als gehörten Sie auch zum Kommando.«

»Nein, ich bin nur eine unschuldige *amerikanische* Bürgerin. Eine Neutrale«, sagte sie für die Ohren des Wachmanns. Als dieser hinten aus dem Wagen starrte und so tat, als würde er nicht zuhören, zwinkerte Claire Gerda verschwörerisch zu. Sie freute sich, den

Ansatz eines Lächelns auf dem schmalen Gesicht der jungen Frau zu sehen.

»Man hört, es gäbe Frauen, die mit den Männern reiten. Wenn ich jünger wäre und keine Kinder hätte, wäre ich auch auf dem Veld«, sagte Gerda.

»Das habe ich auch schon gehört.«

»Wenn Sie nicht mit einem Buren verheiratet sind, warum nehmen sie Sie mit ins Lager?«

Claire wollte vor dem Soldaten nicht über ihre Lage sprechen, also sagte sie: »Ich weiss es nicht. Ich bin nicht an diesem Krieg beteiligt.«

»Jeder in diesem Land ist am Krieg beteiligt.« Gerda schaute hinten aus dem Wagen und starrte auf die Rauchwolke am Horizont. Sie war alles, was von ihrem Zuhause und der Ruhestätte ihres Kindes übriggeblieben war. »Sie sind in Afrika und damit sind Sie Teil davon.«

* * *

CLAIRE ROCH DAS LAGER, bevor sie es sah. Der üble Geruch stammte von einer Mischung aus Kot, Urin, Rauch und Branntkalk. Sie versuchte, durch den Mund zu atmen, aber das half kaum. »Ich habe mich vor diesem Tag gefürchtet«, sagte Gerda und zog ihre beiden Kinder an sich. Das kleine Mädchen, Henriette, spürte die Angst seiner Mutter und begann zu weinen. Claire wusste von Wilmas Geschichte, dass Gerda guten Grund hatte, sich Sorgen zu machen, besonders um das Wohlergehen ihrer Kinder.

Kitchener befahl seinen Männern Ende 1900, Bauernhöfe niederzubrennen und burische Frauen, Kinder und ältere Menschen zusammenzutreiben. Man nannte es Konzentrationslager. In der Theorie sollten die Buren ihres Unterstützungsnetzes beraubt und zur Kapitulation gezwungen werden, indem ihre Farmen verbrannt und ihre Frauen, Kinder und älteren Verwandten in Lagern zusammengezogen wurden. Die Kommandos lebten jedoch gut von dem, was das Land hergab und der Verlust ihrer Angehörigen bedeutete nur, dass sie keinen Grund mehr hatten, in einem bestimmten Gebiet zu bleiben oder regelmässig zurückzukehren, um nach dem Rechten zu sehen.

Kurz bevor sie zum Lager selbst kamen, sah Claire eine Frau, die in einem Feld mit frischen Gräbern stand. Die meisten der Erdhügel, stellte Claire mit plötzlichem Entsetzen fest, waren zu kurz, um Gräber von Erwachsenen zu sein. Dies war ein Kinderfriedhof. Die Frau starrte teilnahmslos auf die Neuankömmlinge.

Die Flügel des mit Stacheldraht vergitterten Holztores schwangen auf und der Wagen fuhr knarrend auf das Gelände. Hunderte von Zelten, einst weiss, jetzt rostrot von Schlamm und Staub, waren auf dem sanft abfallenden Hügel aufgereiht, dem jeder natürliche Schatten genommen worden war. Ein paar dünne Frauen, die schwere Eimer trugen, hielten in ihrer Arbeit inne und blickten den Neuankömmlingen ausdruckslos unter ihren Hauben entgegen.

»Steigen Sie bitte vom Wagen ab, meine Damen.«

Claire blickte nach unten und sah einen Hauptmann der britischen Armee, der eine Hand ausstreckte. Der Mann war für einen untergeordneten Offizier alt– er sah aus wie ein Mittvierziger – und Claire fragte sich, ob er aus den Reihen der Soldaten befördert worden war. Er trug keinen Hut und sein schütteres, dunkles Haar war mit Pomade auf geröteter, schuppiger Kopfhaut festgeklebt. Er lächelte, aber das Grinsen erinnerte Claire an das einer Hyäne, die auf den richtigen Moment wartet, um die Zähne in ein totes Beutetier zu schlagen.

»Ich komme allein zurecht, danke«, murmelte Claire und ignorierte die Geste des Mannes.

Als Gerda vom Wagen herunterkletterte, griff der Hauptmann nach ihrem Arm, aber sie schüttelte seine Hand ab.

»Aber, aber, meine Damen. Sie brauchen nicht so aufmüpfig zu sein«, sagte er. »Ich bin Hauptmann Davies, der Vize-Kommandant des Lagers.«

Eine grauhaarige Frau in einem geflickten und fleckigen, blassblauen Kleid huschte zum Heck des Wagens. Sie sagte etwas auf Afrikaans, das Gerda zum Grinsen brachte, Claire aber nicht verstand. Gerda antwortete in der gleichen Sprache.

»Verzeihen Sie mir, meine Liebe. Wir haben hier im Lager nicht viele Engländerinnen«, wandte die Frau sich in stark akzentuiertem Englisch an Claire.

»Ich bin keine Engländerin.«

»Oh, umso besser. Vielen Dank, Captain, ich bin sicher, dass wir ab hier allein zurechtkommen werden. Ich bin Hilda«, sagte sie zu Claire gewandt.

»Claire.«

Der Hauptmann sah verärgert aus. Er strich eine imaginäre lose Strähne seines fettigen Haars aus dem Gesicht, drehte sich auf dem Absatz um und marschierte davon.

»Er inspiziert gern die Neuen«, sagte Hilda zu Claire, als der Captain ausser Hörweite war. »Seien Sie in seiner Nähe vorsichtig, meine Liebe. Er und einige andere Tommies aus dem Heerlager oben an der Strasse denken, wir seien alle so ausgehungert nach Männern, dass wir sogar für dreckige Schweine wie sie unsere Unterröcke heben würden. Leider haben sie damit nicht immer unrecht – einige der jungen *Meisies,* der Mädchen hier, schleichen sich abends durch die Lücken im Zaun, um Lebensmittel, Medikamente und andere Kleinigkeiten einzuhandeln. Kommen Sie, ich zeige Ihnen Ihr Zelt.«

Während dem Gehen schaute Claire sich den Stacheldrahtzaun an, der das Lager umgab. Er war vielleicht vier Meter hoch aber in einem schlechten Zustand, stellte sie fest. Hilda hatte davon gesprochen, dass junge Mädchen hinausschlüpfen konnten, also sollte es für sie nicht allzu schwer sein, einen Weg nach draussen zu finden.

»Pfui, dieser Gestank!«, sagte Gerda und erklärte, immer noch auf Englisch, damit Claire es verstand: »Es gibt hier nur zehn Toiletten für mehr als zweitausend Menschen.«.

»Mein Gott«, sagte Claire.

»Als ich vor fünf, nein, sechs Monaten hier ankam, war es schlimmer. Die Tommies hatten uns einen offenen Graben gegraben und ein paar Bretter darübergelegt. Wir bauten Häuschen, aber es herrscht immer ein Mangel an Holz und Kalk. Die ersten Toiletten waren schlecht platziert, am Fusse dieses Hangs – der Boden ist mit Dreck verseucht, der bei Regen aufsteigt.«

»Ich verstehe«, sagte Claire.

Ein bärtiger Mann, vielleicht in den Vierzigern, ging an ihnen vorbei. Er musterte Claire von oben bis unten, aber Hilda ignorierte ihn geflissentlich.

»*Hensopper*«, *sagte* Hilda und spuckte in den Staub. »Von ›Hände hoch‹ und aufgeben, weisst du? Von denen gibt es hier auch jede Menge. Männer, die sich ergeben haben oder nicht kämpfen wollen. Die Briten halten sie hier fest, wo sie vor unseren Männern sicherer sind. Auch sie versuchen, die jungen Frauen zu bezahlen.«

Claire sah sich um. Es schien nur wenige Wachen zu geben. »Wie sieht es mit Aufsehern aus, Hilda?«

Hilda zuckte mit den Schultern. »Nicht so viele. Der Zaun ist voller Löcher und es gibt nicht allzu viele Soldaten hier. Die meisten von uns können nirgendwo hin – unsere Höfe und Ernten wurden niedergebrannt und unser Vieh gestohlen. Selbst wenn wir fliehen wollten: wir müssen essen. Die meisten von uns warten also einfach hier.«

Hilda führte sie durch eine Gasse zwischen Reihen schmutziger Zelte. »Es ist unmöglich, dem Schmutz hier zu entkommen und wenn es regnet, steht man knöcheltief im Schlamm und weiss Gott was noch. Da drüben ist das Krankenhauszelt. Dort findet man alles: Cholera, Dysenterie, Masern, Pocken. Die Krankheiten treffen die Kinder am härtesten. Viele haben dieses verfluchte Zelt nicht lebend verlassen.«

Claire erinnerte sich an den Friedhof und die Reihen der kleinen Gräber. Ab und zu trat eine Frau aus einem Zelt, um sich die Neuankömmlinge anzusehen oder blickte von ihrer Näh- oder Wascharbeit auf, aber die meisten nahmen sie gar nicht zur Kenntnis. Claire dachte an Wilma und das arme Baby Piet. Jetzt konnte sie die Angst und Verzweiflung nachempfinden, die Wilma bei der Ankunft an einem solchen Ort gefühlt haben musste. Claire war entschlossen, zu fliehen und sie war fit genug dafür. Es würde ihr aber das Herz brechen, diese Frauen und Kinder ihrem Schicksal zu überlassen.

»Man sagt, dass bereits mehr als hunderttausend von uns wie Vieh im ganzen Land eingepfercht sind. Ich weiss nicht, ob das wahr ist.« Hilda rückte näher an Claire heran, so dass Gerda es nicht hören konnte und sagte: »Aber ich weiss, dass die Kleinen am meisten leiden. Die Masernepidemie hat letztes Jahr viel zu viele Kinder dahingerafft. Sie sind unterernährt und können die Krankheit nicht abwehren.«

Claire nickte und dachte wieder an den kleinen Piet.

Gerda musste etwas von dem, was sie sagte, gehört haben. Sie drückte ihre nun schlafende Tochter fest an die Brust und zog ihren Sohn näher zu sich heran. Claire spürte, wie ihr ein Schauer über den Rücken lief. Krankheit war ein übler verborgener Feind, vor dem man sich kaum schützen konnte. Sie *musste* von diesem Ort weg, bevor er sie einholte.

Hilda sprach auf Afrikaans mit Gerda. Zu Claire sagte sie: »Ich habe ihr gesagt, sie soll das Wasser für die Kinder abkochen. Allerdings ist die Suche nach Brennmaterial zum Feuermachen eine unserer grössten Herausforderungen hier.«

Claire schlug nach summenden Schmeissfliegen, die ihr Gesicht umrundeten. Zwischen zwei Zelten spielte eine Gruppe von Kindern auf dem Boden mit etwas, das sie mit Stöcken anstupsten. Claire blieb stehen, um einen Blick darauf zu werfen.

»Ach, *voetsek*! Lasst das sein, Kinder«, befahl Hilda. Die Kinder stocherten auf einer Schlange herum – zu ihrem Glück schien sie tot zu sein. Sie gingen weiter.

»Hier ist euer Zelt.«

Hilda hielt eine schmuddelige Segeltuchklappe auf und Claire trat in das Glockenzelt. Drinnen war es heiss und stickig. Die Plane roch nach Schimmel und der vereinte Gestank von Schweiss und Urin peinigte ihre Sinne zusätzlich. Eine Frau in den Zwanzigern – abgemagert wie die meisten im Lager – sass auf einer mit Stroh gefüllten Matratze und stillte einen Säugling. Das vielleicht sechs Monate alte Baby hätte pummelig und pausbäckig sein müssen. Stattdessen waren seine Glieder dünn und schlaff. Sein Kopf schien zu gross für seinen Körper, winzige Rippen zeichneten sich durch die gespannte, durchscheinende Haut ab und sein Bauch war obszön aufgebläht. *Ein Junge,* dachte Claire.

»Hallo, ich bin Claire«, stellte sie sich vor. Die stillende Mutter sah so langsam zu ihr auf, als raubte ihr die blosse Bewegung Kraft. Sie nickte halbwegs, sagte aber nichts.

»Das ist Kobie«, sagte Hilda. »Sie teilt sich das Zelt mit ihrer jüngeren Schwester, Magrietta. Wo ist sie, Kobie? Wo ist Magrietta?«

Die Frau zuckte nur mit den Schultern.

»Magrietta ist jung, erst neunzehn oder zwanzig. Sie ist ein Wildfang. Der Vater reitet im Kommando, ist ein Anführer und ihre Mutter, Gott hab sie selig, ist im Januar verstorben« erklärte Hilda. »Ich lasse euch zwei allein, damit ihr euch kennenlernen könnt. Gerda und die Kinder bringe ich in einem anderen Zelt unter. Dort drüben in der Ecke steht ihr Bett und Sie finden eine Tasse, eine Schüssel und ein paar andere Dinge, die Sie vielleicht brauchen können. Es gibt auch ein sehr schönes Kleid dort. Ich wollte es heute für mich selbst mitnehmen, aber ich denke, es ist wichtiger, dass Sie etwas Anderes zum Anziehen haben.«

Claire wollte nicht fragen, wem das Kleid, das Bett und die anderen Sachen gehört hatten. Sie konnte sich denken, dass die frühere Besitzerin sie nicht mehr brauchte. »Danke«, sagte sie. Sie winkte Gerda und den Kindern zum Abschied zu.

Kobie hatte ihr Baby von der Brust genommen und der Säugling war, auf ihrem Bauch liegend, in einen unruhigen Schlaf gefallen. Die junge Mutter hatte gerade noch genug Kraft, ihre Bluse zuzuknöpfen, bevor auch sie einnickte.

Claire ging zur Zeltklappe und schaute nach draussen. Es war niemand in der Nähe. Sie schloss die Plane wieder und hob das Kleid der toten Frau, das ihr überlassen worden war, auf. Es mochte einmal recht modisch gewesen sein, aber die Schösse und Rüschen waren abgerissen und der Rock an mehreren Stellen geflickt und gestopft.

Sie zog die Reitstiefel aus und schlüpfte aus Hose und Unterhose, da sie beides waschen musste. Dann zog sie auch das Hemd und das Unterhemd aus und schob ihre Kleider zu einem Haufen. Sie hob das Baumwollkleid über den Kopf und liess es über sich fallen. Es fühlte sich auf ihrer nackten Haut kühl an und sie stellte fest, dass sie das Gefühl, keine Unterwäsche zu tragen, genoss. Widerstrebend zog sie ihre Reitstiefel wieder an. Hier im Lager hatte sie weniger Angst davor, von einem britischen Soldaten durchsucht zu werden. Es war an der Zeit, Nathaniels Karte aus ihrem Versteck zu holen.

Claire warf noch einmal einen Blick zu Kobie hinüber, um sich zu vergewissern, dass sie noch schlief. Sie ging in eine Ecke des Zelts und kauerte sich nieder.

»Verskoon my«, sagte eine Frauenstimme.

Claire blickte erschrocken auf, als eine junge Frau durch die Zeltklappe hereinkam. Sie zog schnell ihre Hand unter ihrem Kleid hervor und spürte, wie ihre Wangen brannten. »Ähm ... verzeihen Sie. Tut mir leid, ich spreche kein Afrikaans.«

»Verskoon ... Ich meine, entschuldigen Sie«, sagte die Frau. »Aber Sie dürfen nicht im Zelt zur Toilette gehen.«

»Nein, nein. Ich habe mich nicht erleichtert, ich habe ...«, stammelte Claire. »Ohhh! Nun, das andere ist schon in Ordnung«, erwiderte die Frau und ein breites Lächeln ging über ihr hübsches Gesicht, »nur warte ich normalerweise, bis die Laterne abends gelöscht ist.«

Claire, die sich keineswegs für prüde hielt, war über die Offenheit des Mädchens erstaunt. »Nein, ich habe nur mein ...«

»Von wo ich gestanden bin, sah es nicht aus, als gäbe es da etwas zurecht zu ziehen!«

Claires Verlegenheit schlug schnell in Empörung um. Sie holte tief Luft, um sich zu beruhigen. »Sie müssen Magrietta sein.«

»Was hat diese alte Kuh Hilda über mich gesagt? Hat sie mich ein Flittchen genannt? Sie reden wie ein Kanadier, den ich getroffen habe. Aber ich dachte, die arbeiten nur für die Engländer.«

»Ich bin Amerikanerin und nein, Hilda hat Sie nicht so genannt, obwohl sie sagte, Sie wären eine Nervensäge.« Trotz ihrem Ärger war es Claire unmöglich, dem blonden Mädchen mit dem fröhlichen Gesicht böse zu sein. Magrietta hatte es geschafft, genug zu essen zu besorgen, um ihre Grübchen zu behalten und diese wurden durch blaue Augen und ein schelmisches Grinsen hervorgehoben. Sie trug

einen Strauss kleiner gelber Blumen und eine prall gefüllte Kattun-
Tasche, die klirrte, als sie sie absetzte.

»Amerikanisch! Wie exotisch. Kämpft Ihr Mann für uns?«

»Ich bin nicht verheiratet. Aber ich habe Freunde, die bei den
Buren gedient haben.«

»Männliche Freunde?«

»Ja.«

»Gibt es einen Besonderen?«

Claire war wieder überrascht von der Direktheit des Mädchens.
Sie vermutete, dass junge Leute an einem solchen Ort schnell
erwachsen würden. »Keinen Bestimmten«, sagte sie und konnte sich
ein Lächeln nicht verkneifen.

Magrietta kicherte. »Ich glaube, wir werden beste Freundinnen.«

Claire wagte einen Versuch. »Sag mal, Magrietta, weisst du, wie
man unbemerkt aus diesem Lager herauskommen kann?«

»Natürlich, aber das geht am besten im Dunkeln. Entlang des
Zauns gibt es Stellen, an denen man leicht durch die Löcher im
Draht schlüpfen kann. Es gibt Leute, die mit den Soldaten aus dem
Lager oben an der Strasse Handel treiben. Nicht so oft mit den
Engländern, aber es gibt auch andere – Kanadier, Australier,
Neuseeländer.«

Claire dachte wieder an den australischen Feldwebel. »Treibst du
Handel?«

»Manchmal.« Sie öffnete ihre Stofftasche, holte zwei braune Glas-
flaschen heraus und liess sie aneinander klimpern. »Medikamente.
Die Krankenschwester in der Klinik sagt mir, was sie braucht – was
sie nicht bekommen kann, wenn sie die Engländer fragt. Ich tausche
mit den Soldaten die Medikamente und manchmal auch Milch und
Essen für Kobie und das Baby.«

Claire wollte Magrietta fragen, womit sie tauschen konnte, überlegte es sich dann aber anders. Unter den spärlichen Habseligkeiten
im Zelt fand sie keinerlei Anzeichen von Reichtum.

Auch Claire hatte nichts Materielles zum Tauschen, benötigte
aber eine ganze Menge – ein Pferd, einen Sattel, Proviant, Kleidung,
Geld, eine Waffe und Munition. Die Briten hatten ihr bei ihrer

Gefangennahme alles, was sie zur Erfüllung ihrer Mission brauchte, abgenommen. Ausser der handgezeichneten Karte, die Nathaniel ihr gegeben hatte.

»Zeigst du mir, wo du Handel treibst?«, bat Claire.

»Natürlich, aber ... ähm, du solltest dich vielleicht erst waschen und dir ein paar Bänder ins Haar stecken.«

12

CONDOR FLIGHT DE2294 VON MÜNCHEN NACH WINDHOEK, NAMIBIA, IN DER GEGENWART

Anja legte die Papiere hin und rieb sich die Augen. Das Licht war an und die Flugbegleiter bereiteten die Kabine auf die Landung vor. Als Geschichtsstudentin hatte sie gewusst, dass Grossbritannien während des Burenkrieges zum ersten Mal Konzentrationslager betrieben und bei Farmen die Taktik der verbrannten Erde angewandt hatten. Doch die erschütternden Berichte von Betroffenen darüber in den Händen zu halten, war etwas Anderes. Als sie von der Exhumierung von Gerdas totgeborenem Baby bei der Suche nach versteckten Waffen las, musste sie weinen und die Flugbegleiterin erkundigte sich nach ihrem Befinden.

Das Flugzeug befand sich im Landeanflug und Anja schaute aus dem Fenster. Nicht mit der Aufregung des älteren Ehepaars neben ihr, das sich auf seine Safari freute, sondern mit einer seltsamen Mischung aus Liebe und einem Hauch von Traurigkeit.

So viel Blut und so viele Tränen waren über diesen trockenen Weiten vergossen worden, über riesigen Flächen von Nichts, dass es schwer vorstellbar war, wie Namibia so werden konnte, wie es heute war: trotz vielerlei Völkergruppen relativ harmonisch und für afrikanische Verhältnisse einigermassen wohlhabend.

Die Ankunft auf dem Hosea Kutako International Airport in Windhoek war eine gute Einstimmung auf einen Besuch in ihrem Heimatland. Die meisten, wenn nicht sogar alle Flughäfen, die Anja je angeflogen hatte, lagen in Industriegebieten oder waren von billigen Wohnhäusern umgeben, weil niemand, der es sich leisten konnte, andernorts zu wohnen, unter einer Flugschneise leben wollte. Doch Namibias Ankunftsort war so weit das Auge reichte von Sand und Kameldornbäumen umgeben.

»Werden wir hier Tiere sehen?«, fragte die ältere Frau neben ihr auf Deutsch, als sie auf der Landebahn aufsetzten und über die Lautsprecheranlage in Namibia willkommen geheissen wurden.

»Möglicherweise auf der Fahrt nach Windhoek« antwortete Anja höflich. »Vielleicht ein paar Antilopen.«

»Keine Löwen?« Die Frau begleitete ihre Frage mit einem Lachen, aber Anja war sich sicher, dass ein Schimmer Hoffnung mitschwang.

»Sie lächelte. »Nein. Aber hier draussen leben ganz sicher Leoparden, vor allem in den Felsen und vielleicht ein paar Geparden.«

Das Gesicht der Touristin glühte. »Wirklich?«

»Ja, aber es ist unwahrscheinlich, dass Sie sie zu Gesicht bekommen. Fahren Sie in den Etosha-Nationalpark?«

»Natürlich«, sagte der Mann, der neben der Frau sass.

»Dann werden Sie dort sicher Löwen sehen und vielleicht auch Leoparden und Geparden.«

Sie grinsten beide. »Danke.«

Anja, die hier gelebt hatte, sah schon hunderte Male Löwen. Dennoch war es für sie immer noch ein Nervenkitzel, Grosskatzen in freier Wildbahn zu sehen. Auch wenn sie die Nonchalance einer Einheimischen an den Tag legte, sah sie keine Veranlassung, sich Touristen gegenüber verächtlich oder herablassend zu verhalten.

»Gehen Sie auch auf Safari?«, fragte die Frau.

»Ich wohne im Süden, in der Namib-Wüste, man könnte also sagen, ich lebe auf Safari«, sagte Anja.

»Super! Sind Sie Reiseführerin?«

»Das war ich früher, aber jetzt forsche ich über die Wildpferde der Namib. Haben Sie schon von ihnen gehört?«

»Oh, ja und wir hoffen, sie auf unserer Tour zu sehen«, sagte die Frau. »Vielleicht treffen wir Sie dort?«

»Wer weiss.«

Anja ersetzte die SIM-Karte des deutschen Anbieters in ihrem Telefon durch die namibische MTC-Karte. Wenige Sekunden nachdem sie sie eingesteckt hatte, piepte das Telefon und zeigte ein paar Nachrichten. Beim Überprüfen ihrer E-Mails fand Anja eine Nachricht von jemandem, dessen Namen sie noch nie gehört hatte. Sie öffnete die Mitteilung von einem Nicholas Eatwell.

LIEBE FRAU BERGHOFF,

Sie kennen mich nicht, ich habe Ihren Namen und Ihre E-Mail-Adresse von Susan Vidler erhalten.

DIESE VERDAMMTE FRAU, dachte Anja. Die Journalistin war neugierig und Anja traute ihr nicht. Es war klar, dass sie versuchte, Anja in ihre Geschichte hineinzuziehen, die darauf abzielte, Druck auf die Politiker in Namibia und Deutschland auszuüben.

Selbst durch den Filter der ›Normen‹ der damaligen Zeit betrachtet, glaubte Anja, dass es keine Entschuldigung für die grausame und unmenschliche Art und Weise gab, mit der die deutschen Behörden den Krieg gegen die Aufständischen der Nama und Herero zu Beginn des zwanzigsten Jahrhunderts geführt hatten. Dass unschuldige Frauen und Kinder inhaftiert wurden und sich zu Tode schuften mussten oder die Tötung von Kriegsgefangenen, die sich ergeben hatten, war ebenso abscheulich, wie die britische Politik des Zusammentreibens von Burenfamilien und die späteren Gräueltaten der Nazis. Anjas Überzeugung ging jedoch nicht so weit, dass Deutschland Reparationen für Taten zahlen müsste, die mehr als ein Jahrhundert zuvor begangen worden waren. Sie war medienkundig genug, zu wissen, dass Susan Vidler sie als Rechtsextremistin bezeichnen würde, wenn sie diese Meinung ihr gegenüber vertreten würde.

Es gab noch einen weiteren Grund, warum sie nicht mit der Journalistin sprechen wollte. Erst vor kurzem waren die Wildpferde in den namibischen Medien Gegenstand einer Kontroverse. Der Bestand der Pferde war in den letzten Jahren aufgrund einer langanhaltenden Dürre und des Raubzugs von Tüpfelhyänen erheblich zurückgegangen. Die Meinungen darüber, ob mehr Pferde starben, weil die Dürre sie geschwächt hatte oder weil die Zahl der Hyänen gestiegen war – oder vielleicht wegen beidem, gingen auseinander. Im Rahmen des Forschungsprogramms, für das Anja sich freiwillig gemeldet hatte, beobachteten sie und andere die Anzahl beider Arten. Die namibische Regierung hatte sich auf die Seite der Pferde geschlagen und zunächst versucht, Hyänen zu fangen und umzusiedeln, sowie ausgewählte Tiere zu töten. Auf beiden Seiten dieses natürlichen Kampfes gab es leidenschaftliche Verfechter und Anja wollte nicht in den öffentlichen Konflikt hineingezogen werden.

Sie las weiter.

Susan schlug vor, dass ich mich mit Ihnen in Verbindung setze. Sie erzählte mir, dass Sie die Periode der namibischen Geschichte erforschten, in welcher im südlichen Namibia, nahe der Grenze zu Südafrika, die kolonialen Aufstände der Nama und Herero stattfanden.

Anja konnte das Interesse des Mannes nicht erkennen und befürchtete, es handle sich um einen weiteren Journalisten. Sie wollte gerade zum Ende springen und die Nachricht löschen, als ihr ein Name ins Auge fiel.

Ich bin der Nachfahre eines Mannes namens Cyril Blake, eines Australiers, der in Südwestafrika gegen die Deutschen gekämpft haben soll. Da ich weiss, dass Sie den Konflikt in Bezug auf Wüstenpferde erforschen, habe ich mich gefragt, ob Sie auf irgendeine Erwähnung von Blake gestossen sind. Ich interessiere mich seit Kurzem aus persönlichen Gründen für seine Geschichte.

DAS FLUGZEUG WAR zum Stehen gekommen und die vordere Türe stand offen. Die Leute um sie herum drängelten, um ihr Handgepäck zu holen und Anja musste das Telefon weglegen und ihren Tagesrucksack nehmen.

Als sie langsam durch die Kabine ging, dachte sie darüber nach, was der Mann geschrieben hatte. Sie hatte gerade angefangen, über Blake zu lesen, den Claire Martins in ihren Berichten an ihre Vorgesetzten der Marine-Spionage erwähnte. Natürlich war sie an dieser neuen Verbindung zu der Geschichte interessiert, aber dass der Mann von Susan an sie verwiesen worden war, weckte bei ihr sofort Misstrauen gegenüber seinen Motiven.

Warum hatte er ›aus persönlichen Gründen‹ geschrieben? Warum war es ihm wichtig, dies zu erwähnen, wenn er, wie er sagte, nach Informationen über einen Vorfahren suchte? Zweifellos schob Frau Vidler diesen Nick Eatwell als suchenden Nachfahren eines 1906 von den Deutschen getöteten Weissen vor, um weiter Zwietracht zwischen Namibia und Deutschland zu säen.

Während sie darauf wartete, dass ein Ehepaar mit einem Baby sein umfangreiches Handgepäck aus dem Gepäckfach zusammensuchte, tippte und schickte Anja eine kurze Antwort an Nick Eatwell. Darin sagte sie, ›danke aber nein danke‹ und wünschte ihm Erfolg bei der Suche nach seinem Vorfahren.

Schliesslich trat sie durch die Tür und auf die Freitreppe, die zum Rollfeld führte und spürte sofort, dass sie zu Hause war. Die Luft war heiss und trocken und der Duft des Buschs mischte sich in den Geruch aufgewirbelten Kerosins.

Sie holte ihr Gepäck ab und brachte die Zoll- und Einreiseformalitäten hinter sich. In der Ankunftshalle wartete ihr bärenhafter Onkel, den alle, die ihn kannten ›Oom‹, Afrikaans für Onkel, nannten.

»Hallo, Oom Otto.«

»Ach, ich habe dich vermisst«, sagte er und umarmte sie.

»Gleichfalls, Oom Otto. Was ist so passiert, während ich weg war?«

Obwohl sie protestierte, dass sie ihn selbst tragen könne, nahm er ihr den schweren Rucksack ab und sie verliessen den Terminal. Otto legte ihr Gepäck auf den Rücksitz seines Hilux Pick-up mit Doppelkabine. »Ach, das Übliche. Eine Seite der Politik bezeichnet die andere als korrupt, zu viele Menschen kommen bei Verkehrsunfällen ums Leben und die Deutschen schicken wieder eine Delegation, um ihr Bedauern über die Vergangenheit auszudrücken.«

Sie nickte. »Ja, alles wie immer.«

»Dein Land Rover ist startklar – na ja, so startklar wie ein Land Rover eben sein kann.« Er lachte.

»Immer noch ein eingefleischter Toyota-Mann.«

»Natürlich. Sie sind ... -«

»Ja, Oom Otto, ich weiss, *sie sind sehr zuverlässig.*«

»Genau. Was ist schlecht daran?« Er strich sich selbstzufrieden über den Schnurrbart.

»Zuverlässigkeit wird überbewertet«, sagte Anja und lachte innerlich darüber, wie er sie mit überrascht hochgezogenen Augenbrauen ansah, »Image ist alles.«

Otto klopfte sich mit der freien Hand auf den Oberschenkel. »In einem hast du Recht, es sind gute Fahrzeuge, um an der Küste zu fischen, denn das viele Aluminium rostet nicht.«

Damit war die Debatte beendet. Otto wusste, im Gegensatz zu seiner Schwester, Anjas Mutter, wann und wie er sich würdevoll zurückziehen konnte. »Mama lässt lieb grüssen.«

Er lachte laut. »Ja, *sicher.* Wie geht es ihr?«

Anja zuckte mit den Schultern. »Mama ist wie immer.«

Otto schaute wieder zu ihr hinüber und fuhr, viel zu schnell, in Richtung Windhoek. »Sie liebt dich, Anja und will nur das Beste für dich: einen netten Mann, einen guten Job.«

»Ich habe schon das für mich Beste, Oom Otto.«

Er nickte. »Wir beide wissen das und müssen nur noch meine Schwester davon überzeugen, dass wir Recht haben.«

»Was uns nie gelingen wird.« Anja seufzte. Sie und ihr Onkel konnten über ihre Mutter schmunzeln, doch eigentlich wusste Anja, dass ihre Mutter sich wirklich um sie sorgte. Ein kleiner Teil von Anja stimmte ihrer Mutter sogar zu, dass es vielleicht gar nicht so schlecht wäre, mit einem Mann zusammen zu sein. Doch auch wenn Anja sich manchmal überlegte, sesshaft zu werden, wusste sie, dass dies niemals in Deutschland geschehen konnte.

Sie war hier zu Hause, in diesem rauen, leeren, manchmal feindseligen Land mit brennendheissen Wüsten und einsamen, windgepeitschten Küsten.

NORTH SYDNEY, Australien, in der Gegenwart

NICK TRAF FRÜH IM ›THE GREENS‹ ein, einem alten Rasen-Bowling-Club in North Sydney, der sich als hippes Restaurant mit Innen- und Aussenbereich, Bar und Nachtlokal neu erfunden hatte. Er war mit Susan verabredet. Er hatte ihr mitgeteilt, dass er von seiner Tante ein altes Manuskript eines Dr. Peter Kohl bekommen habe. Susan hatte sich sehr interessiert angehört.

Lili kam mit ihrer Übersetzung gut voran und Nick freute sich, Susan die Neuigkeiten zu berichten.

Der Tisch für zwei Personen, den er reserviert hatte, stand am Rande des Bowling-Platzes im Schatten und als Sitzgelegenheit diente eine Couch. Es schien ihm sehr lauschig und einen Moment überlegte er sich, um einen formelleren Rahmen zu bitten, entschied sich dann aber dagegen.

Susan kam pünktlich um fünf Uhr. Sie sah gut aus, trug ein blaues Wickelkleid und passende Sandalen mit Absätzen. Er winkte ihr, als sie den Club betrat und sich auf den Weg nach draussen machte. Er stand auf und sie küsste ihn auf die Wange.

»Du scheinst etwas besser gelaunt als beim letzten Mal, als ich dich gesehen habe«, bemerkte sie.

Er zuckte mit den Schultern. »Wenn ich ehrlich bin, war ich in diesem Job nicht glücklich. Dich zu treffen und mich mit dieser alten Geschichte zu befassen, versetzt mich in meine Zeit als Journalist zurück und mir wird klar, dass ich das mehr vermisst habe, als ich dachte. Irgendwann werde ich einen anderen Job finden müssen, aber ich denke, dass eine Veränderung in meinem Leben wahrscheinlich notwendig war.«

Susan lächelte. »Das ist eine wirklich positive Sichtweise der Dinge.«

»Danke. Ein Drink?«

»Sicher. Einen Pinot Gris vielleicht? Davon gibt es in Südafrika wenig und ich fliege morgen nach Hause.«

»Oh.« Seine Enttäuschung war echt. »Dann werde ich uns eine Flasche besorgen.«

Nick ging zur Bar, bezahlte den Wein und kehrte mit einem Eiskübel und zwei Gläsern zurück. »Ich finde es schade, dass du gehst.«

Susan lächelte. »Das ist lieb von dir. Mir geht es genauso.«

Nick schenkte ein und sie stiessen mit den Gläsern an. »Ich dachte, du hättest gesagt, du wärst noch eine Woche hier in Sydney?«

»Ja, aber ich habe einen Notruf aus Südafrika bekommen. Ich arbeite nebenbei auch ein bisschen in der Werbung, wie du. Ein Kunde und Freund von mir, aus der Immobilienbranche, hat eine dringende Sache, bei der er Hilfe braucht.«

»Wie dringend können Immobiliengeschäfte sein? Kannst du nicht von hier arbeiten?«

Sie zuckte mit den Schultern. »Er arbeitet an einem grossen neuen Wohnprojekt, gegen das es eine Menge Widerstand der Nachbarschaft gibt. Nichts, was nicht aus dem Weg geräumt werden kann.«

»Es ist schade, dass du gehst, denn ich habe dank meiner Tante etwas Spannendes gefunden.«

Sie nahm einen Schluck Wein. »Das hast du gesagt. Ein Manuskript, ja?«

Nick lehnte sich auf dem Sofa etwas näher zu ihr. »Meine Tante hatte ein altes, in deutscher Sprache verfasstes Dokument, von dem sie annahm, es sei ein Tagebuch aus dem Ersten Weltkrieg. In Wirklichkeit sind es eine Art Memoiren eines Arztes namens Peter Kohl und gehen bereits auf die Zeit meines Ur-Ur-Was-auch-immer-Onkels im Burenkrieg zurück.«

Susan richtete sich auf. »Nick, das ist wirklich interessant. Peter Kohl war der deutsche Armeeoffizier, der Cyril Blake tötete.«

»Ja, genau. Es scheint, als hätte Blake eine irisch-deutsche Frau getroffen ...«

»Claire Martin«, unterbrach ihn Susan.

»Ja, genau. Sie haben sich in Südafrika kennengelernt und irgendwelche Ränke miteinander geschmiedet.«

Susan zog die Augenbrauen hoch. »Fahr fort.«

»Ja. Er erzählt die andere Version eines Vorfalls, der auch im Bericht, den du mir gezeigt hast, erwähnt ist. Aber in Dr. Kohls Darstellung foltert und tötet der englische Offizier Walters den amerikanischen Colonel Belvedere beim Überfall auf den Handelsposten. Wenn diese Version stimmt, wurde mein Vorfahre falsch beschuldigt. Er wurde verhaftet und eingesperrt, konnte aber entkommen und dort, wo ich nun lese, versucht er seine Unschuld zu beweisen.«

Susan schaute fasziniert drein. »Wow, das ist ein erstaunlicher Fund. Sprichst du Deutsch?«

Nick erklärte Susan, dass er Lili das Manuskript zur Übersetzung gegeben habe. Sie habe gehofft, vor ihrer Rucksackreise, zu der sie bald aufbrechen wollte, damit fertig zu werden, habe es aber nicht geschafft.

»Schade, dass ich nicht länger in Australien bleiben kann, um den Rest der Geschichte von dir persönlich erzählt zu bekommen.«

»Ja, aber ich schicke dir eine E-Mail, wenn Lili fertig ist.«

Sie sahen sich in die Augen und während einigen langen, angespannten Sekunden sagte keiner von ihnen etwas. Nick fragte sich, ob auch ihr Herz schneller zu schlagen begonnen hatte. Susan biss sich auf die Unterlippe.

»Es ist komisch«, sagte sie schliesslich. »Wenn meine Nachforschungen einen etwas anderen Weg genommen hätten, wäre ich vielleicht auf deine Tante gestossen und nicht auf dich. Ich hätte sie sehr gern kennengelernt. Wohnt sie weit weg von hier?«

»Granville, das liegt genau auf der anderen Seite von Sydney.«

»Sie ist mütterlicherseits, also keine Eatwell, oder? Sonst hätte ich sie gefunden.«

»Stimmt«, sagte Nick. »Sie ist eine MacKenzie.«

Susan lächelte. »Ich bin sicher, sie ist reizend, aber ich bin froh, dass meine Schnüffelei mich zu dir geführt hat.«

Nick grinste innerlich und räusperte sich. »Willst du jetzt ein Muster des Berichts sehen?«

»Ja, bitte.«

Nick öffnete seinen Rucksack und zog die Arbeit, die Lili an diesem Morgen mit zur Arbeit gebracht hatte, heraus.

»Bevor Blake aus dem Gefängnis floh, schickte Walters seinen australischen Patrouillenkameraden zu ihm, der Blake dazu bringen sollte, seine Aussage zu ändern. Als Blake sich weigerte, versuchte der Mann, ihn zu töten und in einem Handgemenge wurden der andere Soldat getötet und ein Wachmann niedergeschlagen.«

»Menschenskind!«

Nick lächelte. »Er scheint wirklich ein harter aber ehrlicher Kerl zu sein. Er bricht also aus dem Gefängnis aus, schnappt sich sein Pferd und reitet zurück zum Handelsposten am Sabie River, wo sich der Amerikaner und die Frau, Claire Martin, versteckt hatten.«

»Ich kenne diese Gegend, das Lowveld. Es ist wunderschön. Wenn du jemals nach Südafrika kommst, solltest Du dorthin fahren.«

»Ich merke mir das«, gab Nick zurück und begann, laut zu lesen.

13

1902, AM SABIE-FLUSS, IM OSTEN VON
TRANSVAAL, SÜDAFRIKA

Zum zweiten Mal lag Blake bäuchlings unterhalb des niedrigen Hügelzugs und beobachtete den verlassenen Handelsposten mit dem kleinen Haus und dem Stall.

Jemand war hier gewesen. Vor der Eingangstür des Hauses lagen zwei Säcke. Beide waren offen und ihr Inhalt, Kleider, wie es schien, lag verstreut auf dem Boden. Plünderer vielleicht? Blake hielt das für unwahrscheinlich – im Umkreis eines Tagesrittes gab es keine Siedlungen von Shangaan-Stämmen und auch Buren-Kommandos waren keine in der Gegend.

Blake prüfte noch einmal den umliegenden Busch und vergewisserte sich, dass niemand in der Nähe war. Er liess sein Pferd an einem Strauch angebunden und näherte sich den Gebäuden vorsichtig, die Mauser-Pistole im Anschlag.

Im leeren Stall sah er den umgestürzten Stuhl und fand die aufgeschlitzten Fesseln, mit denen der Amerikaner festgebunden gewesen war. Von seinem fehlenden Ohr fehlte jede Spur, was nicht verwunderlich war, denn auf dem Boden sah er die Spuren von Hyänen. Bestimmt hatte der Geruch von Blut die Tiere angelockt.

Als er das Hauptgebäude betrat, bemerkte er sofort, dass das Haus in einem schlimmeren Zustand war, als er es verlassen hatte. Es herrschte ein wildes Durcheinander. Die Küchenschränke standen offen, Töpfe, Pfannen, das einfache, aber solide Geschirr und Gläser waren auf dem Steinboden verstreut und dazwischen lag umgekippt eine massive Holzanrichte. Die Vase, die ihm am Morgen des Überfalls aufgefallen war, lag in Scherben neben den vertrockneten Blumen. Über dem Ort lag ein Hauch von Vergänglichkeit.

Wozu brauchte es Wildblumen, wenn dies ein sicherer Zufluchtsort für flüchtige Kommandosoldaten war? Oder war da etwas zwischen dem Amerikaner und der Frau? Hatte der Mann die Blumen als liebevolle Begrüssung hingestellt?

Blake betrat den Korridor und durchlebte noch einmal den Moment, in dem er den Buren erschoss. Er hatte instinktiv gehandelt, schnell und gefühllos wie ein Leopard, der sich auf ein Impala stürzt.

Instinkt konnte man keinem Soldaten beibringen, man hatte ihn oder nicht und er erhöhte die Chancen, im Busch oder im offenen Hochland zu überleben.

Die Tür zum Hauptschlafzimmer war geschlossen.

Langsam ging er aus dem Flur zurück in die Stube. Er trat durch die Vordertür und schlich sich an der Aussenwand entlang, wobei er sich bei jedem Fenster duckte. Wer auch immer zurückgekehrt war, um das Haus zu durchwühlen, hatte die Fensterläden geöffnet, sich aber die Zeit genommen, die Schlafzimmertür zu schliessen. Die offenen Fenster bedeuteten, dass der Eindringling bei Tageslicht dort gewesen war. Vielleicht war er – oder sie – immer noch dort.

An der Rückseite des Hauses angekommen, liess sich Blake auf alle Viere fallen und kroch bis unter das offene Schlafzimmerfenster, durch das die Frau vermutlich entkommen war. Langsam und vorsichtig hob er den Kopf, die Pistole im Anschlag, bereit, wenn es nötig wäre, über die Fensterbank zu schiessen.

Er spähte hinein. Das Schlafzimmer war leer, aber nicht so, wie er es verlassen hatte.

Am Fussende des Bettes war eine grosskalibrige Schrotflinte festgebunden, deren zwei Läufe direkt auf die Tür gerichtet waren. Eine Schnur führte vom Abzug über die untere Sprosse des schmiedeeisernen Bettgestells und hinauf zum Türgriff. Wer die Tür öffnete, bekam eine Ladung Bleischrot ab. Es war eine raffinierte Falle, die das Geheimnis des Handelspostens und der Leute, die in ihm ein und aus gingen, noch vergrösserte.

Blake untersuchte die Fensterbank sorgfältig, um sicherzustellen, dass keine weiteren Überraschungen auf ihn warteten und kletterte dann hinein.

In einer Ecke des Zimmers befand sich ein Kleiderschrank und auf beiden Seiten des Himmelbetts eine kleine Kommode. Die Möbel waren aus Tamboti gefertigt, einem Baum, dessen Holz ebenso giftig wie schön war. Wie in der Küche standen auch hier alle Schubladen und Schranktüren offen.

Blake löste die Schnur vom Türgriff und befreite die Schrotflinte vom Fussende des Bettes. Er nahm die Waffe mit in die Küche und schaute aus dem Fenster. Ein einsamer Reiter näherte sich und Blake wusste, dass es Walters war.

Er blieb in Deckung, als der Hauptmann sein Pferd beim Stall zügelte und abstieg. Als er an der Stalltür vorbeikam, zog Walters seine Pistole, dann ging er um das Bauernhaus herum zur Vordertür und betrat das Gebäude.

Blake kletterte aus dem Küchenfenster, versteckte sich hinter dem Nebengebäude und wartete.

Nach ein oder zwei Minuten kam Walters nach draussen. Er ging um das Haus herum zum Schlafzimmerfenster und spähte hinein. Blake schlich sich hinter Walters und rammte dem Offizier den Doppellauf der Schrotflinte in den Nacken. »Suchen Sie das hier?«

Langsam drehte Walters den Kopf. »Ich habe gehört, dass Sie geflohen sind.«

»Offensichtlich. Sie haben mir einen netten Empfang bereitet.« Blake nahm Walters seinen Webley-Revolver ab und steckte die Waffe in seinen Gürtel. »Es wird Zeit, dass wir uns ein wenig unterhalten, Sportsfreund. Lassen Sie uns reingehen.«

»Ich kann alles erklären, Blake.«

»Ich schwöre, Sie werden es erklären. Dem Polizeikommandanten.«

»Es geht um Geld, Blake. Mehr Geld, als Sie sich überhaupt vorstellen können.«

»Das hat Bert gesagt. Gehen Sie weiter. Da rein.«

»Blake, hören Sie mir einfach zu –«

Blake schwenkte die Schrotflinte und schlug dem Offizier mit dem Kolben auf den Hinterkopf, allerdings nicht so hart, dass er bewusstlos wurde.

»Verdammt, wofür war das denn?« jammerte Walters.

»Für Bert und den amerikanischen Burenoberst. Eigentlich sollte ich Sie umbringen.«

»Sie wollen doch nicht einen echten Mord zu Ihrer Liste der bisher unbewiesenen Verbrechen hinzufügen, oder? Ich kann all Ihren Ärger mit einem überzeugenden Wort an den Polizeikommandanten beenden, Blake. Ich werde ihm sagen, dass Hughes den Buren umgebracht hat. Die Ware, nach der ich suche, können wir beide gemeinsam finden und aufteilen. Lassen Sie uns reden.«

»Sie haben Bert Hughes geschickt, um mich zu töten«, sagte Blake.

»Ich habe ihn geschickt, um Ihren kolonialen Dickschädel zur Vernunft zu bringen.«

Blake hörte den Knall eines Gewehrschusses und eine Kugel schlug neben ihnen in die Wand des Farmhauses. Blake liess sich auf den Bauch fallen und schaute in die Richtung, aus der der Schuss gekommen war. Walters sah seine Chance zur Flucht und sprintete davon.

»Runter, Sie Idiot!«, brüllte Blake.

Auf dem sonnenverbrannten Hof spritzte Staub auf, als der Schütze Walters' Lauf verfolgte. Der Offizier rannte zu seinem angebundenen Pferd und zog ein Gewehr aus dem Halfter am Sattel. Doch statt auf den Feind zu zielen, betätigte er den Abzug und schoss auf Blake.

»Scheisse!«, fluchte Blake. Er richtete die Schrotflinte auf Walters, drückte zweimal ab und feuerte aus beiden Läufen. Blake erblickte einen bärtigen Mann, der von Deckung zu Deckung rannte.

Die Distanz war für eine Schrotflinte gross und Walters war mit dem Aufsitzen auf sein Pferd beschäftigt. Blake hatte inzwischen die Aufmerksamkeit des Burenschützen auf sich gezogen und die Kugeln schlugen in die Erde um ihn herum und die Mauer über seinem Kopf ein. Ein weiteres Gewehr mischte sich ins Feuergefecht.

Das Geräusch von Hufschlägen von der anderen Seite des Gebäudes verriet Blake, dass der Engländer weg ritt.

Auf der anderen Seite des Feldes, hinter dem Stall, näherten sich drei Reiter dem Bauernhaus. Einer hielt etwa hundert Meter entfernt kurz an und feuerte einen Schuss nach dem anderen auf Blake, um das Vorrücken seiner Kameraden zu decken. Blake sah, dass diese Männer wussten, was sie taten und dass er in der Falle sass. Er ging in die Knie und hielt die Flinte in beiden Händen über seinen Kopf.

Die Buren riefen sich gegenseitig etwas in Afrikaans zu und zwei von ihnen galoppierten an Blake und dem Bauernhaus vorbei, vermutlich, um den fliehenden Offizier zu verfolgen.

Der dritte Rebell galoppierte auf das Haus zu, lenkte sein Pferd mit dem Druck seiner Knie, hob das Mauser-Gewehr an die Schulter und richtete den Lauf auf Blake.

Sein sonnenverbranntes Gesicht war schmutzig, der rothaarige Bart ungepflegt und seine Augen blickten wach und wild. Der Mann trug weder Mantel noch Umhang, sondern nur ein ärmelloses Kleidungsstück aus einem alten Getreidesack über einem langärmligen Unterhemd, das wohl einmal weiss gewesen war. Zwei Bänder mit Munition kreuzten sich vor seinem drahtigen Oberkörper.

Blake liess die Schrotflinte fallen und starrte dem Mann in die Augen. Er fragte sich, ob er an der Stelle des Buren, eines Abtrünnigen, der von dem, was das Feld bot, lebte, Gefangene machen würde. *Wahrscheinlich nicht*, entschied Blake und wappnete sich für den Einschlag der Kugel.

Blake wollte in die Brusttasche seines Kittels greifen, hielt aber inne, als er sah, wie sich der Finger des Buren am Abzug seines Mausergewehrs verkrampfte. »Ich nehme nur eine Zigarette, in Ordnung?«

Der Bure nickte und Blake zog das Päckchen langsam heraus. Er machte einen Schritt auf das Pferd zu und bot seinem Feind die

Schachtel an. Der Mann stank so stark, dass Blake durch den Mund atmen musste.

Der Bure wartete ein paar Sekunden lang mit steinerner Miene und starrte auf die Schachtel in Blakes ausgestreckter Hand. Blake schüttelte zwei Zigaretten heraus, zündete beide gleichzeitig an und reichte dem Mann zu Pferd eine davon.

»Gut, was?«, fragte Blake und hielt die Zigarette in die Höhe, während er den Rauch ausstiess.

Der Bure schloss für eine Sekunde die Augen und genoss den Nikotinstrom. Er atmete langsam durch die Nase aus. »*Dankie.*«

»Bitte«, antwortete Blake.

»Sie sind kein Engländer.«

»Nein, Australier.«

Der Reiter nickte und rauchte seine Zigarette weiter. Das Gewehr lag jetzt in seinem Schoss, aber er hielt es immer noch auf Blake gerichtet.

Als sie ihre Zigaretten zu Ende geraucht hatten, kamen die beiden anderen Buren zum Farmhaus geritten. Die drei Männer unterhielten sich auf Afrikaans und stiegen ab. Der erste Mann hielt ihn weiterhin in Schach.

»Australier, Hermanus«, sagte sein Bewacher zu dem älteren Mann, der ihn mit einem vorwurfsvollen Blick bedachte. Blake vermutete, dass der ältere Mann der Kommandant war und es nicht mochte, dass sein Name genannt wurde.

»Was haben Sie hier gemacht?«, fragte ihn der Mann namens Hermanus in gutem, aber mit einem starken Akzent gefärbten Englisch.

Sein Haar war schneeweiss und fiel ihm bis zum Kragen. Er trug einen gelblichen Walrossschnauzer und lange Koteletten. In einem anderen Leben hätte er ein freundlicher Grossvater sein können, aber die Pistole in seiner Hand und das zwölfzöllige britische Bajonett, das an seinem Gürtel hing, erzählten eine andere Geschichte. Er trug eine Weste aus Leopardenfell und eine grob genähte Lederhose, die aus dem Rücken einer Antilope gefertigt war. Auf dem Kopf trug er einen breitkrempigen Strohhut, wie ihn eine Bäuerin bei einem

Sonntagspicknick tragen könnte, doch das Hutband aus Zebrafell verlieh ihm ein männliches Aussehen.

Das waren harte Männer, dachte Blake. ›Bitter-Enders‹ wurden sie genannt, jene Buren auf Kommando, die sich niemals ergeben würden – bis zum bitteren Ende. Abgeschnitten von ihren Frauen und ihren Farmen, ohne Versorgungslinien, lebten sie vom Land.

»Hermanus, ja?«, versuchte es Blake. Der Mann starrte ihn an. »Ich bin Blake. Ich habe mich nur umgesehen.«

»Umschauen nach was? Warum reiten zwei Engländer hierher, um sich einen leeren Handelsposten anzusehen?« antwortete Hermanus.

»Ich bin allein gekommen und ich bin Australier.«

»Wir haben es gesehen. Du und der Engländer, ihr habt gekämpft. Warum hat er versucht, dich zu erschiessen?«

»Spielschulden.«

Hermanus hob seine Pistole und spannte den Hahn mit dem Daumen. »Zeit zu bezahlen.«

Blake spürte, dass man sich mit dem alten Mann nicht anlegen sollte. »Ich war auf der Suche nach Beweisen.«

»Beweise wofür?«

»Nach etwas, das bestätigt, wer ein Verbrechen begangen hat. Einer Ihrer Männer, ein hoher Offizier, wurde hier getötet«, sagte Blake.

»Ist das ein Verbrechen? Ihr tötet unsere Leute jeden Tag, sogar unsere Frauen und Kinder. Warum also ist der Tod eines Amerikaners ein Verbrechen?« Hermanus senkte seine Pistole ein wenig.

»Ich habe nichts von einem Amerikaner gesagt, aber Sie wissen offensichtlich, von wem ich spreche. Wissen Sie, wie er getötet wurde?«

Hermanus zuckte mit den Schultern. »Was macht das schon aus?«

»Er wurde gefoltert. Er hatte Informationen, die jemand unbedingt haben wollte, der jegliche Kriegsregeln brach, um sie zu bekommen. Der Mann, der gerade entkommen ist, ist der Mörder.« Blake hatte keine Skrupel, Walters als Schuldigen zu nennen. Der Hauptmann hatte versucht, ihm etwas anzuhängen und ihn dann töten zu lassen. Ausserdem hatte Blake nichts zu verlieren, wenn er diesen verzweifelten Männern die Wahrheit sagte. Sie sahen aus, als würden sie ihn töten, wenn sie das Gefühl hatten, er sei für sie nicht mehr nützlich.

Hermanus sagte nichts.

Blake schaute dem Mann tief in die Augen. »Da waren eine Frau und ein jüngerer Mann bei dem Amerikaner.«

»Erzählen Sie mir von ihren Schicksalen.«

»Der andere Mann ist tot«, sagte Blake.

»Und die Frau?«

»Gefangen und unverletzt. Vorerst.«

Der alte Mann wandte sich an seine Gefährten und schien zu übersetzen, was Blake gesagt hatte, dann unterhielten sich die drei einige Minuten lang in ihrer Muttersprache. Die Nachricht von der Gefangennahme der Frau schien sie zu beunruhigen.

»Wo haben sie sie hingebracht?«, fragte Hermanus Blake.

»Sie brachten sie in das Wachhaus, in dem ich inhaftiert war, aber ich erfuhr, dass sie in das nahe gelegene Konzentrationslager verlegt werden sollte. Ich bin heute Morgen geflohen.«

»Geflohen?«

»Diese Frau hat gehört, wie der englische Offizier Ihren Freund gefoltert hat, sie hat seine Schreie gehört. Sie kann bestätigen, dass ich mit dieser Sache nichts zu tun habe. Aber die Briten glauben, dass ich es war, und wollen mich hinrichten lassen. Auf der Flucht bin ich momentan sicherer.«

»Was kümmert es mich, was mit Ihnen passiert?«, fragte Hermanus. »Ich sollte Sie jetzt einfach umbringen.«

Blake schaute dem alten Mann in die Augen. »Ich vermute, Sie wollen die Frau. Ich will sie auch und im Gegensatz zu Ihnen kann ich an sie herankommen.«

»Wer sagt, dass wir die Frau wollen?«

»Warum solltet ihr aus den Bergen kommen, um einen Handelsposten ohne Vorräte zu überfallen? Es gab etwas an diesem Ort, für das die Leute bereit sind, zu töten. Oder jemanden. Worum es geht, ist für mich unwichtig, aber ich will meine Freiheit.«

»Sie können Ihre Freiheit haben. Sie nützen uns nichts und anders als Sie vielleicht denken, erschiessen wir keine Gefangenen. Aber wir werden Ihnen Ihre Kleider und Ihr Pferd wegnehmen. Ziehen Sie sich aus.«

Dann können sie mich genauso gut erschiessen, dachte Blake. Ohne Pferd und Kleider würde er hier draussen im Busch nicht lange überleben. Selbst wenn die Löwen ihn nicht erwischten und ihn wie durch ein Wunder eine britische Patrouille fand, würde er noch vor Ende der Woche an einem Seil baumeln oder dem Erschiessungskommando gegenüberstehen. »Nein.«

»Auch gut«, bemerkte Hermanus. Er hob seinen Revolver, bis der Lauf auf Blakes Auge gerichtet war und spannte den Hahn.

»Überlegen Sie es sich. Ich bin ein australischer Feldwebel. Ich kann mich dorthin durchfragen, wo die Frau festgehalten wird, und sie befreien. So wie ihr ausseht, werdet ihr nicht in die Nähe der Zivilisation kommen.«

Hermanus liess seine Pistole sinken und sprach wieder mit den anderen auf Afrikaans.

»Sie sagen, Sie werden uns in eine Falle führen.«

»Ihr habt gesehen, wie der Brite auf mich geschossen hat. Im Moment stehe ich auf eurer Seite. Aber im Unterschied zu euch lässt man mich in das Lager, in welchem sie die Frau festhalten, hinein, und habe zumindest eine halbe Chance, mit ihr wieder herauszukommen. Ihr könnt jetzt losreiten und mich hierlassen, wenn ihr wollt – aber lasst mir meine Kleider.«

Hermanus schaute ihm in die Augen. »Sie können Ihre Kleider behalten. Sie werden mit uns zu dem Lager reiten, in dem die Frau festgehalten wird – sie hat etwas, das wir brauchen. Wenn sie dort ist, werden Sie sie zu uns bringen. Wenn Sie scheitern, werde ich Sie töten.«

* * *

DAS KONZENTRATIONSLAGER und ein nahegelegenes Armeebiwak lagen einen halben Tagesritt weiter südlich. An der Strasse, die zwischen den beiden Lagern verlief, befand sich ein Blockhaus, aber Blake und Paul, der jüngste des Buren-Trios, wurden wortlos durchgewunken.

Paul trug jetzt eine Uniform der britischen Armee, die aus einzelnen Teilen der Kleidung der verschiedenen Mitglieder des Buren-Kommandos stammten. Es war gut, dass es dunkel war, dachte Blake, denn wenn sich ein Sergeant Major dem jungen Paul bis auf fünfzig Meter näherte und den Zustand seines Waffenrocks, seiner Hosen oder seiner Stiefel sah oder roch, würde er auf der Stelle diszipliniert werden. Schon Blakes Uniform war schmuddelig, vom Busch abgewetzt und geflickt, doch im Vergleich zu Paul sah er wie einer der diensthabendenden Wachmänner beim Buckingham Palace aus.

Paul hatte sich den Bart abrasiert und sein Kinn wirkte totenbleich im Kontrast zu den braungebrannten Wangen und der Nase. Blake ritt mit der Pistole im Halfter – seine Munition war konfisziert worden – und Paul trug die Lee Enfield, die er einem toten Soldaten des Empire bei einer früheren Begegnung abgenommen hatte.

An der Abzweigung zum Konzentrationslager gab es einen weiteren Kontrollpunkt. Paul blieb im Schatten hinter Blake zurück, der sein Pferd zügelte.

»Guten Abend, Sergeant«, sagte der Wachposten, ein schlaksiger britischer Soldat.

»Tag, Kamerad«, sagte Blake. »Anstrengende Nacht?«

»Samstag, Sarge. Am Wochenende sind die Damen unten an der Strasse immer für ein bisschen Spass zu haben. Auch heute sind ein paar Kerle in diese Richtung unterwegs.«

»Dann sollte ich sicherstellen, dass nichts Unangemessenes vor sich geht, oder?«

»Richtig, Sarge. Sollten Sie aber etwas Unanständiges wollen, fragen sie am besten nach einer Dame namens Magrietta.«

»Ich werde es im Hinterkopf behalten. Ich bin eigentlich in einer offiziellen Angelegenheit hier. Ich muss mit einer Frau sprechen, die gerade im Lager angekommen ist.«

Der Wächter nickte. » Heute sind ein paar Mädchen gekommen. Eine mit Kindern und die andere alleinstehend.«

Blake zog die Augenbrauen hoch. »Rothaarig? Hübsch?«

»Ja, das ist sie. Ein Freund von mir sagte, der Captain habe sie mit Magrietta zusammen untergebracht. Wir haben gehofft, dass sie genauso am Handel interessiert ist, wie ihre Zeltgenossin«, zwinkerte er, »wenn Sie wissen, was ich meine, Sarge.«

»Ich glaube schon. Wo kann ich diese Damen finden?«

»Folgen Sie dem Grenzzaun bis zur südlichen Ecke. Der Zaun ist in erschreckendem Zustand – die Leute kommen und gehen, wie es ihnen gefällt. Dort wird der Handel abgewickelt. Gute Nacht, Sarge.«

»Ich tue mein Bestes, Kumpel.«

Blake dachte, dass wenn der Rotschopf Fluchtpläne habe, ein Spaziergang mit der berüchtigten Magrietta ein logischer Weg sei, den sie verfolgen würde. Für ihn wäre es wohl einfacher, sie dort zu finden, wo die Häftlinge ihre ›Geschäfte‹ abwickelten, als sich mit dem schmuddeligen Paul im Schlepptau ins eigentliche Lager hinein zu schummeln.

Die beiden folgten einem Pfad, der an der Aussenseite des Lagerzauns entlangführte. Auf der anderen Seite des Zauns sah er die Reihen der Zelte. In der Ferne hörte er, wie eine Geige gespielt wurde und eine Frau sang. Das Lied klang schwermütig und Blake machte sich keine Illusionen darüber, dass sich irgendjemand hinter dem Zaun amüsieren könnte. Diese Lager waren widerwärtig. Wenn er ein Bure wäre, dessen Frau und Kinder eingesperrt waren, würde ihn das nicht dazu bringen, sich zu ergeben, sondern er würde, wie Paul und Hermanus und die anderen ›Bitter-Ender‹, bis zum Tod für die Befreiung seiner Familie kämpfen.

Blake hob eine Hand und signalisierte Paul, anzuhalten. Der junge Bure sprach nur sehr wenig Englisch. Blake stieg ab und Paul folgte seinem Beispiel.

»Binden wir die Pferde hier an«, schlug er vor und führte Bluey in den Schutz einer Baumgruppe. »Von hier gehen wir zu Fuss.« Blake zeigte das Gehen pantomimisch mit den ersten beiden Fingern seiner rechten Hand und Paul nickte.

Vor ihnen gingen drei Soldaten langsam am Stacheldraht entlang und warfen alle paar Schritte einen Blick ins Lager. Dahinter ignorierten einige der Frauen die gaffenden Soldaten, andere lächelten schüchtern oder winkten sogar.

Als sie sich dem Ende des Zauns näherten, bemerkte er, wie eine Frau sich bückte und durch den Stacheldraht schlüpfte. Auf der anderen Seite bot ihr ein britischer Offizier seinen Arm und sie gingen gemeinsam einen grasbewachsenen Abhang hinunter.

Blake nahm seinen Schlapphut ab und versuchte, sein verfilztes Haar zu glätten. Er hatte sich seit der Inhaftierung durch Walters nicht mehr gewaschen und war sich seines Körpergeruchs sehr bewusst. Paul roch natürlich, nachdem er monatelang in der Steppe gelebt hatte, immer noch wie die verwesende Beute eines Löwen. *Wir können froh sein, wenn wir den Rotschopf überhaupt dazu bringen können, mit uns zu reden*, dachte er.

14

NORTH SYDNEY, AUSTRALIEN, IN DER GEGENWART

»Was?«, fragte Susan und beugte sich mit grossen Augen vor. »Du kannst hier nicht aufhören.«

Nick zuckte mit den Schultern und grinste. »Bis hierhin ist Lili gekommen, es ist ein ›Cliffhanger‹. Ob es wohl ein deutsches Wort dafür gibt?«

»So ein Mist«, schimpfte Susan. »Ich will wissen, wie es weitergeht.«

Nick sammelte die ausgedruckten Seiten ein, klopfte sie auf den Tisch, um sie auszurichten und steckte sie in seine Tasche zurück. »Wollen wir essen? Die machen hier tolle Burger, wenn du etwas Ungesundes möchtest.«

»Ungesund ist gut.«

Nick versuchte, auf den Boden zu kommen und redete sich ein, dass Susan nicht mit ihm flirtete. »Ich besorge uns Speisekarten.«

»Burger klingt gut. Ich bin beim Essen unkompliziert. Wenn mir gefällt, wie sich etwas anhört oder wie es aussieht, schlage ich gerne alle Vorsicht in den Wind und greife zu.«

»Okay.« Er stand auf, ging zur Bar und bestellte für beide.

»Schon ziemlich nervig«, sagte Susan, als er kam und liess sich auf der Couch nach hinten fallen.

»Ich?«

»Sozusagen«, lächelte sie. »Es war weit hergeholt, dass du oder deine Familie etwas über Cyril Blake wissen könnte, geschweige denn, irgendwelche Aufzeichnungen von ihm oder über ihn haben. Und jetzt, an meinem letzten Abend in Australien, kommst du mit dem Zeug.«

Als Nick sich wieder hinsetzte, waren ihre Schenkel so nah beieinander, dass sie sich fast berührten. »Was sollen wir also tun? Lili dazu bringen, heute Abend Überstunden zu machen?«

Susan lachte. »Armes Mädchen, ich bin mir sicher, dass ihre Chefin sie so schon hart genug arbeiten lässt.«

»Da hast du recht«, sagte er. »Dieser Arbeitsplatz ist – oder in meinem Fall war – hart wie eine Salzmine.«

»Im Ernst, Nick, ich kann es kaum erwarten, den Rest des Manuskripts zu lesen.«

Nick runzelte die Stirn.

»Was ist los?«, fragte sie.

»Es ist nur …«

Sie liess seinen unvollendeten Satz ein paar Augenblicke lang stehen.

»… Es wäre schön gewesen, wenn du hättest bleiben können, um bis zum Ende zu hören.«

Sie nickte, hob ihr Glas und sie prosteten sich zu. »Ich habe die Zeit mit dir sehr genossen, auch wenn es nur zweimal war.«

»Mir geht es genauso.«

Das Schweigen, das sich einstellte, war freundschaftlich und ein Hauch von Bedauern schwang darin, zumindest von seiner Seite. Er fragte sich, was sie wohl gerade dachte. Susan blickte über das Bowling-Green hinaus auf den Hafen von Sydney und Nick folgte ihrem Blick. Zwischen den Hochhäusern am Horizont war das silbrige Wasser gerade noch zu erkennen.

»Was wirst du mit dir anfangen, während du entscheidest, wie du dein Leben gestalten willst?«, fragte Susan.

»Ich weiss es nicht. Ehrlich gesagt, als ich darüber nachdachte, wie du diese Geschichte recherchierst und welche Auswirkungen ein historischer Bericht auf die aktuelle Politik haben könnte, wurde ich ein bisschen neidisch.«

Susan lachte. »Wir wissen doch beide, dass sich mit Journalismus kein Geld verdienen lässt. Und vergiss nicht, um meine Rechnungen bezahlen zu können, muss ich nebenbei immer noch ein bisschen in der Werbung arbeiten.«

»Das sagtest du. Dein Kunde in Kapstadt?«

Sie nickte und nippte an ihrem Wein. »Aber lass uns nicht über die Arbeit reden. Es ist, zumindest vorläufig, mein letzter Abend in diesem schönen Land. Ein Teil von mir freut sich darauf, nach Südafrika zurückzukehren, aber diesen Ort habe ich in kürzester Zeit lieben gelernt – auch wenn es hier für mich zu viele Regeln und Vorschriften gibt.«

»Ich verstehe dich. Aber es ist schon seltsam.«

»Was denn?«, fragte Susan.

»Durch diesen längst verstorbenen Vorfahren fühle ich mich irgendwie mit Afrika verbunden, obwohl ich noch nie dort war.«

»Ich habe einmal ein Interview mit dem Autor Bryce Courtenay gelesen«, sagte Susan. »Wusstest du, dass er in Südafrika geboren, aber Australier geworden ist?«

Nick nickte.

»Zusammengefasst sagte er, dass es, da dort Überreste der ersten bekannten Menschen gefunden worden sind, sei, als stammten wir alle von Afrikanern ab. Als stecke in jedem von uns ein Stück des Kontinents«, berichtete Susan.

Nick dachte darüber nach. »Erzähl mir mehr von Afrika.«

Sie seufzte. »Wo soll ich anfangen?«

»Was fehlt dir, was freust du dich am meisten wieder zu sehen?«

»Nichts – das ist es, was ich vermisse. Auf einem *Koppie* zu stehen, einem Hügel aus Granitfelsen und dreihundertsechzig Grad rundum zu schauen, ohne einen anderen Menschen zu sehen. Und zu wissen, dass das Leben einmal so war, so sein sollte, so sein könnte.«

»Es gibt viele solche Orte in Australien, echte Wildnis«, sagte er und spielte den Teufelsadvokaten.

Susan lächelte. »Ja, aber ohne Löwen.«

»Touché. Ist es nicht gefährlich, im Busch?«

»Ja und nein, je nachdem, wo man ist und was man tut. Die Dummen überleben nicht, Nick. Es weckt diesen Sinn dafür, im Moment zu leben, den man hier in Australien vermisst. Du könntest am Ufer des Sambesi in Simbabwe, wo das Gelände nicht umzäunt ist, zelten und wenn du mitten in der Nacht aufstehst, von einem Löwen getötet werden. Oder, was wahrscheinlicher ist, tagsüber auf dem Weg zur Toilette von einem Büffel angegriffen werden.«

»Beängstigend.«

Sie nickte. »Das ist es. Und lustig. Es macht sehr viel Spass.«

»Ich glaube, ich verstehe das«, sagte er.

»Afrika ist so, wie Australien sich gerne sieht. Wir sind näher am Land und stärker mit dem Busch in Kontakt, freier, abenteuerlustiger, leichtsinniger. Aber es ist nicht alles rosig. Hier in Australien gibt es zu viele Gesetze, in Afrika dagegen haben wir nicht genug und die, die es gibt, werden eher wie, sagen wir Richtlinien, gehandhabt.«

Er lachte.

»Afrika ist traurig. In Südafrika kommen jedes Jahr Tausende von Menschen auf den Strassen um und auf dem gesamten Kontinent sterben *Hundert*tausende an Malaria – weit mehr als an Ebola oder anderen exotischen Krankheiten, von denen man liest. Es gibt Kriege und Putsche, Armut, Korruption und Verbrechen, Morde und Chaos und trotzdem ...«

»Du malst hier kein sehr attraktives Bild.«

Sie hob die Hand. »Hör mir zu. Und doch ... trotz all dieser schrecklichen Dinge geht das Leben weiter, Nick. Gewöhnliche, gute Menschen werden mit Schwierigkeiten und Traumata konfrontiert, die sich die Menschen in Australien und anderen Ländern nicht vorstellen können, aber sie geben nicht auf, beschweren sich nicht und brechen nicht zusammen. Sie, besonders die Leute der Basis, kommen zusammen, suchen Lösungen und machen einen Plan, um sich gegenseitig zu helfen.«

Sie sprach voller Leidenschaft und ihre Augen leuchteten. Es war seltsam, wie sie in einem Atemzug die Schwächen und Stärken des Kontinents zusammenfasste.

»Du machst perfekte Werbung für den südafrikanischen Tourismus«, sagte er.

Sie lachte. »Du musst kommen und es dir selbst ansehen.«

Er sagte nichts, denn er war sich ziemlich sicher, dass es keine direkte Einladung war, aber im Laufe des Wochenendes hatte sich ein Gedanke in seinem Kopf festgesetzt. Ohne Arbeit und klare Perspektive riskierte er, in eine Depression zu verfallen, wenn er über seine Zukunft nachdachte und sich wegen Jills Tod quälte. Er hatte Geld und schon lange hatte er sich selbst eine Reise nach Übersee versprochen und Jill hatte ihn, bevor sie starb, darin unterstützt. Er hatte befürchtet, von Schuldgefühlen geplagt zu werden, wenn er ihre Ersparnisse für einen Urlaub ausgab, den er und Jill für ihr späteres Leben geplant hatten.

Das Essen kam und während sie ihre Burger verzehrten, plauderten sie über Nebensächliches. Sie mussten lauter sprechen, als ein DJ Musik aufzulegen begann und Retro-Musik aus den sechziger und siebziger Jahren spielte.

Als sie mit dem Essen fertig waren, war auch die Weinflasche leer.

Nick nickte ihr zu. »Was meinst du zu einer Zweiten?«

»Dann machst du mich zur Alkoholikerin. Dabei dachte ich, wir Südafrikaner seien trinkfest.«

»Kaffee?«

»Was trinkst du?«

»Ein Bier, glaube ich.«

»Ich nehme noch ein Glas Weisswein, aber lass mich es holen.«

»Nein, das übernehme ich.« Nick ging an die Bar und als er mit den Getränken zurückkam, hatte eine Band zu spielen angefangen.

»Danke«, sagte Susan und musste ihre Stimme erheben, um die Musik zu übertönen.

»Weisst du«, sagte Nick und setzte sich wieder hin, »ich habe über meinen Urgrossonkel nachgedacht. Wenn das Manuskript bestätigt, dass er 1906 im Aufstand gegen die Deutschen gekämpft hat und dass er eine Art Held war, könnte das für die Medien hier in Australien von Interesse sein.«

»Das sehe ich auch so«, sagte Susan. »Willst du mir helfen, den Artikel zu schreiben?«

Er lächelte. »Du bist eine Gedankenleserin.«

»Das würde mich sehr freuen, Nick, zumal ich weiss, dass du ein guter Journalist bist. Ich habe dich gegoogelt, damit ich weiss, was du früher so geschrieben hast, als du für *The Australian* gearbeitet hast.«

»Ja, wohlverstanden, in der Vergangenheit.«

Sie streckte die Hand aus und berührte seinen Arm. »Nein, Nick, das habe ich nicht gemeint. Ich wollte damit nicht andeuten, dass es mit dir bergab gegangen ist. Ich weiss, dass es für dich in letzter Zeit schwierig war. Vielleicht ist das hier genau das Richtige für dich – eine Pause, bevor du einen neuen Job annimmst, und die Chance, ein paar Nachforschungen anzustellen.«

»Meinst du?« Das war es, was er sich erhofft hatte. Allerdings hatte er gezögert, sich in ihre Geschichte einzumischen.

»Heutzutage müssen Medienorganisationen ihre schrumpfenden Ressourcen oft zusammenlegen und Nachrichtendienste arbeiten ständig miteinander an Geschichten. Wir können das Gleiche tun. Das könnte eine grosse Geschichte oder sogar ein Buch werden, das sich weltweit gut verkaufen würde.«

»Danke, Susan, das ist ein sehr freundliches Angebot von dir.«

Susan streckte ihre Hand aus. »Wie wäre es, wenn wir das als Partner angehen, je fünfzig Prozent der Arbeitsbelastung und die gleiche Aufteilung bei allem, was wir verdienen?«

Nick war verblüfft. Das war ein grosszügiges Angebot aus dem Stegreif. Aber er brauchte nicht länger als eine Sekunde darüber nachzudenken. »Ich habe nichts zu verlieren und hoffe, dass ich wirklich helfen kann.«

»Das tust du bereits«, bekräftigte Susan.

Sie schüttelten sich die Hände und stiessen auf ihre Abmachung an.

»Wie wäre es, wenn wir das Geschäft mit einem Tanz besiegeln würden?«, schlug er vor.

»Das ist ein bisschen dreist, Nick«, gab sie mit ernster Miene zurück.

Er fühlte sich dumm, weil er den Bogen überspannt hatte. »Entschuldigung ...«

»Ich scherze nur«, sagte sie grinsend. »Lass uns tanzen, ich liebe Rock'n'Roll!«

Susan sprang auf und führte ihn an der Hand auf die Tanzfläche.

Seine spontane Aufforderung an Susan, zu tanzen, hatte ihn selbst überrascht. Er hatte es für seine Hochzeit gelernt, war aber nie ein guter Tänzer gewesen Susan dagegen schien ein Naturtalent zu sein. Das nächste Musikstück verlangte nach ein paar altmodischen Schritten und er zog sie zu sich, obwohl er sich dabei nicht wohl fühlte. Es war aufregend. Sie roch gut, mit nur einem Hauch von Parfüm, und beide schwitzten in Sydneys warmer Abendluft.

Das Musikstück war zu Ende. Susan grinste und fächelte sich mit den Händen das Gesicht. »Weiter!«

Nick freute sich, weiter zu tanzen. Als er sie herumwirbelte stellte er fest, dass er so ausgelassen war, wie seit Monaten nicht mehr. Er vergass alles und konzentrierte sich auf den Moment, die hübsche Frau in seinen Armen und ihre beiden Körper, die sich in fast perfektem Gleichklang zum Takt bewegten. Einen Moment lang fühlte sich das Leben gut an.

»Das war toll«, sagte sie, als das nächste Lied zu Ende war, »aber ich brauche Wasser und muss zur Toilette.«

»Ich auch, aber zuerst ...« Er holte sein iPhone heraus und wischte darüber, um die Kamerafunktion aufzurufen.

»Nein«, wollte Susan protestieren, aber er streckte bereits seine Hand aus und machte ein Selfie von ihnen beiden.

Als Susan zurückkam, sassen sie da und tranken den letzten Schluck.

»Ich fand das einen grossartiger Abend, Nick. Ich habe keine Lust, morgen früh in den Flieger zu steigen.« Sie sah ihm tief in die Augen, als sie den letzten Schluck Wein trank.

Nick fragte sich, ob sie dasselbe fühlte wie er. »Wo übernachtest du heute?«

»Im Four Seasons, in der Stadt.«

»Die haben eine tolle Bar«, sagte Nick. »Ich könnte dich zum Hotel begleiten und einen kurzen Drink nehmen.«

»Ein richtiger Gentleman.« Ihre Augen funkelten, als sie lächelte und Nick spürte sein Herz schneller schlagen.

Er bestellte einen Uber zur Miller Street und sie verliessen The Greens und liefen durch den St. Leonards Park dorthin. Nicks Wohnung lag ganz in der Nähe, aber er dachte, wenn er vorschlug, dorthin auf einen Drink zu gehen, wirke dieses zu aufdringlich. Ausserdem waren ein oder zwei Drinks in der Stadt für ihn in Ordnung.

Ein Volkswagen Polo kam an und sie stiegen beide hinten ein. Der Fahrer ordnete sich in den Verkehr ein und steuerte auf die Harbour Bridge zu. Susan tastete noch immer nach ihrem Sicherheitsgurt.

»Kann ich dir helfen?«, fragte Nick.

Susan bewegte ihre Hand leicht und Nick suchte nach dem Gurtschloss. Susan sass darauf und als sie wegrückte, gruben sich seine Finger in die warme Haut ihres Oberschenkels. Er fand die Schnalle und schloss den Gurt. Er lächelte und bemerkte, dass sie ihm in die Augen sah. Auf dem Rücksitz des kleinen Autos war es eng und sie waren sich bereits sehr nahe.

Durch den Wein ermutigt, lehnte sich Nick ein wenig näher zu Susan und sie kam ihm entgegen. Sie blinzelte und er leckte sich über die Lippen. Jetzt oder nie, dachte er.

Nick schloss die Lücke zwischen ihnen und Susan neigte ihr Gesicht zur Seite, damit sich ihre Lippen perfekt treffen konnten. Ihr erster Kuss war sanft, aber nicht zaghaft, sondern eher prüfend. Es schien ihr genauso gut zu gefallen wie ihm, denn ihre Lippen öffneten sich.

Er rückte so nah an sie heran, wie es mit den engen Gurten möglich war. Nick öffnete die Augen und sah in die von Susan, die ihn anlächelten.

Sie lösten sich voneinander. »Deine Lippen sind weicher, als ich dachte«, sagte sie.

»Ist das gut?«

»Sehr.«

Sie küssten sich wieder und erforschten sich weiter. Die Hände wanderten über Arme, Schultern und Schenkel, bis der Uber-Fahrer vor Susans Hotel hielt und sie mit einem Grinsen verabschiedete.

Susan schritt über den polierten Boden an der Rezeption vorbei und Nick folgte ihr, fasziniert und zunehmend erregt. Für ihn war es lange her. Er fühlte einen Stich von Schuldgefühlen, sagte sich aber, dass nichts daran falsch sein könne. Sie hielt bei den Aufzügen und drückte auf den Aufwärtsknopf, dann warteten sie Seite an Seite, die Hände vor sich verschränkt.

Allein im Fahrstuhl gab Nick nach, schob sie gegen die verspiegelte Wand und küsste sie heftiger und gieriger als vorher. Susan krallte sich in den Rücken seines Hemdes und berührte ihn durch seine Hose. Nick fuhr mit einer Hand ihren Oberschenkel hinauf, doch seine Finger konnten nicht lange auf der weichen, kühlen Haut verweilen, bis sie das Höschen erreichten. Sie presste sich an ihn.

Als der Gong ihre Etage anzeigte, stürmten sie hinaus und den Korridor entlang zur Zimmertür. Als Susan drei Versuche brauchte, um das Schloss mit ihrer Schlüsselkarte zu öffnen, versteckten sie ihre Ungeduld hinter Lachen.

* * *

SUSAN HATTE DAS NICHT GEWOLLT. Sie war nicht nach Australien gekommen, um einen Mann zu finden, jedenfalls nicht so. Indem sie Nick Eatwell, den Nachfahren von Cyril Blake, ausfindig machte, hatte sie ihren Auftrag erfüllt, dachte sie. Aber sie hatte sich nicht in ihn verlieben wollen.

Verdammt, dachte sie bei sich.

Sie waren übereinander hergefallen und das konnte nur auf eine Art und Weise enden. Nick schien ein anständiger Kerl zu sein, wenn auch ein wenig vom Pech verfolgt. Sie hatte mehr erreicht, als sie sich hätte vorstellen können, nicht nur bei der Suche nach ihm, sondern auch bei der Entdeckung, dass seine Tante mit dem alten Manuskript möglicherweise äusserst wichtige Informationen aufbewahrte. Jetzt überraschten sie ihre Gefühle für ihn. Sie dachte an das Gespräch, das sie mit ihrem Kunden in Kapstadt geführt hatte und fühlte sich schrecklich.

Im Hotelzimmer fragte sie sich, ob sie zu früh zu weit gegangen war und zog sich ein wenig zurück.

»Was ist los?«, fragte er, fast keuchend.

»Es ist nur ...« Dann bremste sie sich. Sie durfte ihm jetzt nicht die ganze Sache erzählen. Erstens weil er dann das Manuskript nicht mit ihr teilen würde und zweitens, weil sie ihn zu sehr mochte.

Er atmete hörbar aus. »Es ist in Ordnung, Susan. Wenn du es langsamer angehen willst, können wir stattdessen auch für einen Schlummertrunk in die Bar gehen.«

Verdammt noch mal. Sie war *nicht* diese Art Mensch und er ein wirklich netter Kerl. Sie sah ihn an. Sie fand ihn attraktiv. Er war in guter körperlicher Verfassung und wenn er nicht gerade in Schwierigkeiten steckte, war er lustig und einnehmend. Dass er das Manuskript gefunden hatte, schien seine Laune zu heben und sie war ein Teil davon, was ihr ein gutes Gefühl gab.

Zur Hölle damit, dachte Susan.

Sie kam wieder zu ihm und küsste ihn. Nach einer Weile legte sie den Kopf in den Nacken und er spielte mit seinen Lippen an ihrem Hals, bevor er das Band, das ihr Kleid zusammenhielt, löste.

Seit dem Scheitern ihrer Ehe hatte sie sich in ihre Arbeit vertieft. Eigentlich war ihre Arbeit sogar einer der Gründe für die Trennung von Ian, ihrem Ex-Mann, gewesen. Susan hatte einen Grossteil der letzten zwölf Monate auf Reisen verbracht und Ian hatte es satt. Als sie herausfand, dass er eine Affäre hatte, beanspruchte sie die moralische Überlegenheit für sich, doch kurz darauf liess sie sich selbst auf eine Liebschaft ein, mit Scott Dillon, ihrem Werbe-Kunden, einem Immobilienmagnaten.

Scott sah gut aus, aber sie musste die Erfahrung machen, dass er, was Beziehungen anbelangte, ein Schwein war. Er freute sich über das Scheitern ihrer Ehe, doch dann begann er mit seiner Buchhalterin zu schlafen. Jetzt tat ihr die Art von Aufmerksamkeit, die Nick ihr schenkte, gut und es war lange her, dass Ian oder Scott sie so begehrt hatten.

Susan wurde noch etwas anderes klar, als sie mit ihren Fingern durch Nicks Haar fuhr und das Gefühl genoss, das seine Zunge und Lippen auf ihren Brüsten auslösten. Sie musste diesem Auftrag entkommen – und zwar für immer. Am liebsten hätte sie Nick alles erzählt, aber damit wäre der Moment verdorben. *Wenn alles vorbei ist, werde ich ihm alles sagen,* beschloss sie.

Ihr Kleid stand vorne offen und sie bewegte sich aus ihm heraus. Weit unter ihr lagen die beleuchtete Sydney Harbour Bridge und das Opernhaus und auf dem Wasser funkelten Lichtreflexe. Susan hob Nicks Kopf an und küsste ihn erneut auf den Mund.

Sie ging um ihn herum und zum Fenster, das fast bis zur Decke reichte.

Nick folgte ihr und als sie einen Blick über die Schulter warf, sah sie, dass er hektisch das Hemd aufknöpfte, dann den Reissverschluss öffnete und aus seiner Hose und Unterwäsche stieg.

Er hielt inne, bückte sich, nahm seine Brieftasche aus der Hose und zog das folienverschweisste Päckchen heraus.

Sie lächelte und winkte mit einem Finger, als er sich den Schutz überrollte. »Komm her.«

»Das brauchst du nicht zweimal zu sagen.«

Sie betrachtete die Aussicht, als seine Finger den Gummizug ihres Höschens fassten und es herunterzogen. Susan zappelte ein wenig, einerseits um ihm beim Ausziehen zu helfen, andererseits um ihn zu reizen. Sie hob einen Fuss an und stützte ihn auf den Sims, der am unteren Rand des Fensters entlanglief.

Nick rieb sich an ihr und sie presste sich nach hinten an ihn. Mit den flachen Händen auf dem Glas legte sie den Kopf zurück, als er in sie eindrang. Sie fragte sich, ob der spätabendliche Jogger, der unter ihr auf dem Gehweg des Cahill Expressway lief, nach oben blickte und sie, halbnackt und ans Fenster gepresst, sah.

Der Gedanke erregte sie ebenso sehr wie die Gefühle, die ihren

Körper durchfluteten, als Nick ihre Hüften umfasste. Er fühlte offensichtlich genauso wie sie. Damit eröffnete sich für sie beide eine Chance, der Welt, in der sie sich befanden, zu entfliehen.

Während dieser wenigen kostbaren Minuten war Susan jemand anderes – jemand Gutes.

15

WINDHOEK, NAMIBIA, IN DER GEGENWART

Am Morgen des nächsten Tages musste Oom Otto sehr früh zu einer Tour aufbrechen und um seine Gäste kennen zu lernen, traf er sie am Abend zu einem Essen. Sie waren in ›Joe's Beerhouse‹, der Nummer eins der Touristenlokale der Hauptstadt verabredet, das auch bei den Einheimischen beliebt war. Anja nahm Ottos Einladung zu einem Drink an, aber nicht zum Abendessen.

Otto hatte sie im Gasthaus in der Nelson Mandela Avenue, wo sie ein Zimmer gebucht hatte, abgesetzt. Wie üblich lieh ihr Otto seinen Ersatzwagen. Der Land Rover Defender war mit einem Dachzelt und allem, was sie für ihren Aufenthalt in der Wüste brauchte, ausgestattet, vor allem mit einem Kühlschrank. Das Fahrzeug stand bereits vor dem Gasthaus, wo einer von Ottos Freunden es abgestellt hatte.

Anja nahm ihre Kopien von Claire Martins Berichten mit nach draussen an die frische Luft und fand eine freie Sonnenliege am Swimmingpool im ummauerten Garten. Dank der fesselnden Lektüre fiel es ihr leicht, den Nachmittag über wach zu bleiben. Im Bericht erzählte Claire über das Leben im Konzentrationslager der Buren.

. . .

1902, Ost-Transvaal, Südafrika

IN DER DUNKELHEIT war das Lager ein anderer Ort. Jetzt, da die Sonne untergegangen war, fand Claire den üblen Geruch, der das Lager umgab, weniger auffällig. Wahrscheinlich trug die Tatsache, dass sie sich mit einer starken Laugenseife gewaschen hatte, dazu bei. Sie hatte ihren eigenen Körpergeruch den ganzen Tag über sehr deutlich wahrgenommen. Allerdings waren die Unterwäsche und die Reitkleider vom Waschen noch feucht, so dass sie weiterhin nur das Baumwollkleid und ihre Stiefel trug. Sowohl ihr eigener Zustand wie auch der des Lagers befahlen ihr, schnellstens zu fliehen – nicht nur um ihre persönliche Mission zu erfüllen, sondern um zu überleben. An diesem schmutzigen Ort zu bleiben, hiesse zu sterben.

»Jetzt siehst du sehr hübsch aus«, sagte Magrietta, zog die Zeltklappe zurück und trat ein.

Claire legte einen Finger an ihre Lippen und deutete auf Kobie und das Baby. »Sie ist eben eingeschlafen.«

Magrietta ging zu ihrer Matratze und griff darunter. Sie zog ihren Kattunbeutel hervor, entnahm ihm eine Stricknadel und reichte sie Claire. »Steck dir damit dein Haar hoch, dann siehst du noch viel schöner aus«, flüsterte sie.

Claire tat, was Magrietta vorschlug und sie verliessen das Zelt. Die Nachtluft war angenehm kühl und der klare Himmel mit glitzernden Lichtpunkten übersät. Magrietta griff wieder in ihre Tasche, dann stupste sie Claire an und drückte ihr eine Flasche in die Hand.

Claire nahm einen Schluck aus der offenen Flasche. »*Mampoer!* In Amerika nennt man diesen Fusel ›Moonshine‹. Du bist ein sehr verdorbenes Mädchen, Magrietta.«

»Dies ist ein sehr schlechter Ort.«

Claire stimmte ihr zu und nahm einen grossen Schluck von dem aus Marulafrüchten gebrannten Schnaps. »Gut«, krächzte sie und reichte die Flasche zurück.

»Hier durch, gehen wir!«, sagte Magrietta und deutete auf den Zaun vor ihnen. »Schau, das ist Hettie. Sie ist fast jede Nacht hier.«

Ein grosses Mädchen mit rabenschwarzem Haar stand auf ihrer Seite des Zauns und unterhielt sich mit drei uniformierten Briten, die auf der anderen Seite standen. Das Mädchen lachte kokett und fächelte sich mit einem Strohhut das Gesicht.

»Ein Stückchen weiter, bei diesem dunklen Fleck, befindet sich die Lücke im Zaun«, erklärte Magrietta.

Claire nickte und strich sich eine Haarsträhne aus dem Gesicht. »Wie funktioniert es?«

»Wir reden eine Weile. Die Männer bringen Dinge zum Tauschen mit. Trinken, Essen, Kleidung, Wertsachen, medizinische Hilfsmittel. Wir reden noch etwas mehr, dann ...«

Claire konnte sich den Rest denken. »Gibt es einen bestimmten Ort, an den ihr geht?«

Magrietta drehte ihren Kopf weg, damit Claire ihr Gesicht nicht sehen konnte. »Es gibt einen kleinen Bach, nicht weit entfernt. Mit einem schönen, grasbewachsenen Ufer. Wir gehen dorthin, um zu reden, aber das ist alles.«

»Natürlich.«

»Schau mal, da kommen ein paar Tommys.«

Claire sah sie. Als sie sich im Lichtschein der Zelte näherten, musterte sie ihre Uniformen und Regimentsabzeichen. Es waren junge Männer mit schlechten Haarschnitten, wahrscheinlich gerade aus dem Teenageralter heraus, Ihrem Aussehen nach Infanteristen. Ihr fiel das Abzeichen des Lancashire-Regiments auf. Nicht nur Infanterie, sondern wahrscheinlich auch arme Arbeiterkinder aus Nordengland.

»Lass uns weitergehen«, bat Claire.

»Warum?«

»Ich suche einen Offizier, vorzugsweise Kavallerie.«

»Du hast ja Allüren und Wünsche«, schalt Magrietta.

»Was ich will, wird einiges kosten.«

»Ich habe das Gefühl, dass du bekommst, was du willst.«

»Normalerweise schon, Magrietta.« Claire lächelte.

»Was ist mit den beiden?«

Die beiden britischen Offiziere schlenderten am Zaun entlang, rauchten und plauderten und versuchten, entspannt zu wirken. Claire bemerkte, wie alle paar Schritte der eine oder andere einen kurzen Blick durch den Zaun auf die Frauen warf, die ihren Weg mit den Augen verfolgten. In den Blicken einiger der Frauen spiegelte sich unverhohlener Hass. Andere und nicht nur junge, lächelten oder nickten stumm zum Gruss.

»Ein schöner Abend, meine Damen«, sagte derjenige, der am nächsten am Zaun stand, als sich Claire und Magrietta näherten.

Claire musterte ihn von oben bis unten, bevor er die Gelegenheit hatte, dasselbe mit ihr zu tun. Er war ein junger Leutnant mit gewelltem, blondem Haar und blauen Augen, dessen ansonsten hübsches Gesicht durch ein fliehendes Kinn beeinträchtigt wurde. Seine Uniform war gut geschnitten und die Kavallerie-Stiefel auf Hochglanz poliert. *Ein Husar, tadellos,* dachte Claire, *der hat Geld.*

»Das ist es in der Tat« antwortete Claire.

»Eine klare Nacht, der Himmel ist voller Sterne. Der perfekte Abend für einen – »

»Spaziergang?«, fragte Claire.

Der Offizier, der gut drei oder vier Jahre jünger war als Claire, schien verblüfft und sie spürte, dass er leicht zu manipulieren wäre. Er begann zu sprechen, musste sich aber räuspern, als er nur ein Quietschen herausbrachte. »Tatsächlich. Ein Spaziergang wäre ... sehr erfreulich.«

Magrietta machte angesichts Claires schneller Arbeit grosse Augen. »Ich bin bald zurück« murmelte Claire leise zu Magrietta.

»Etwa zwanzig Meter weiter finden Sie eine Lücke im Zaun, Miss ...«, erklärte der Leutnant.

»Smith. Jane Smith. Sie sind also schon einmal hier gewesen?«

Das Gesicht des Offiziers rötete sich. Claire ging in die Richtung, in die er gezeigt hatte und er beeilte sich, mit ihr Schritt zu halten. Als er das kaputte Stück Zaun erreichte, schob er zwei Litzen Draht zur Seite und reichte ihr die Hand, um ihr durchzuhelfen. Seine Handfläche war schweissfeucht und sein Händedruck so schlaff wie der eines schwächlichen Kindes. Claire schauderte und stählte sich für den Rest ihres Auftritts. »Danke ...«

»Roderick«, sagte er, wobei das R wie ein W klang.

»Was für ein schöner Name. Man sagt, es sei herrlich, abends am Fluss spazieren zu gehen.«

Der Offizier reichte ihr den Arm. » Ich zeige es Ihnen gern.«

Darauf wette ich, dachte Claire und legte ihre Hand in die Armbeuge des Fremden.

Sie überliessen Rodericks Begleiter sich selbst und gingen bis an den Bach, wo sie sich nebeneinander auf das grasbewachsene Ufer setzten. Frösche quakten und irgendwo in der Nähe unterhielt sich murmelnd ein anderes Paar.

Roderick beugte sich vor. Seine Schüchternheit war verschwunden und er küsste sie, wobei sich seine Zunge schnell wie die einer Viper in ihrem Mund bewegte. Trotz all seiner Raffinesse und dem feinen Schnitt seiner Uniform stank er wie ein Soldat: nach Schweiss und Pferd. Seine Hand lag jetzt auf ihrer rechten Brust.

Sie empfand nichts für ihn. Claire legte eine Hand auf ihn und spürte dass sein Glied hart war und sich gegen die eng geschnittene Reithose abzeichnete. Sie umfasste es und zeichnete die Konturen mit ihrem Daumen nach. Roderick biss sich auf die Unterlippe und schloss die Augen. Sie unterdrückte ein Lächeln und hörte auf..

Er öffnete die Augen. »Was ist?«

Sie nahm ihre Hand ganz weg und löste sich aus seiner Umarmung. »Ich brauche etwas, Roderick.«

»Was? Geld?«

»Roderick, was denken Sie nur?«

»Tut mir leid ..., furchtbar leid. Ich wollte nicht andeuten, dass ...«

»Ein Pferd.«

»Ein Pferd?«

»Ja. Was ich in diesem erbärmlichen Lager wirklich vermisse, ist das Reiten. Ich sehne mich danach, draussen im Veld zu sein und den Wind in meinen Haaren zu spüren. Es ist so ... belebend. Sie hatte zwei der Knöpfe am Mieder des Kleides geöffnet und er konnte die Wölbung ihrer Brüste und die Umrisse ihrer Brustwarzen, die sich durch den feinen Stoff abzeichneten, deutlich sehen.

»Es tut mir leid, aber mit einem Pferd kann ich Ihnen wirklich nicht helfen.« Er griff in einen Beutel, den er um den Hals trug. »Etwas gutes Rindfleisch, vielleicht?«

Claire schüttelte den Kopf, beugte sich vor und griff mit der rechten Hand zum Saum ihres Rocks. Sie hob ihn langsam an und liess ihre Finger ihren hohen, braunen Reitstiefel hochgleiten, bis ihr Knie zu sehen war.

»Oh, Jane.« Er holte tief Luft. »Ein Pferd? Wirklich?«

»Sie müssen mir helfen, Roderick. Ich werde noch verrückt, wenn ich hier eingesperrt bin. Ich möchte nur spüren, wie es ist, sich frei zu fühlen. Ich zahle es Ihnen zurück, das verspreche ich. Auf jede Weise, die mir möglich ist.« Sie strich sich eine Haarsträhne aus dem Gesicht und lächelte ihn an.

»Nein, ausgeschlossen. Wenn der Lagerkommandant davon erfährt, werde ich sicher bestraft«, sagte er und beugte sich näher zu ihr.

Claire fuhr fort, ihren Rock hochzuziehen, bis sie sicher war, dass er die dunkle Spalte zwischen ihren Beinen sehen konnte und dass sie nackt war. Dann hielt sie inne. »Wenn Sie mir nicht helfen können, Roderick, dann ...«

Sie liess ihr Bein unbedeckt und bewegte ihre Hand zum Mieder. Sie spielte mit dem dritten Knopf und schmollte. Trotz seiner Worte konnte sie hören, wie seine Entschlossenheit abnahm. »Sind Sie sicher, dass Sie nicht mit mir ... reiten wollen?«

Er atmete aus, lang und schwer. »Na gut. Lassen Sie uns gehen, aber schnell.«

Roderick sprang aufs Pferd und streckte eine Hand aus. Claire ergriff sie und er zog sie hoch. Er liess eine Hand in seinen Schritt fallen, um seine pralle Erektion zu bedecken und Claire musste sich abwenden, um nicht zu lachen.

»Halt!«

Claire und Roderick drehten sich beide um und sahen zum Pfad hinauf, der zum Lager führte. Dort waren zwei britische Offiziere auf

Pferden. Einer von ihnen hielt eine Grubenlampe vor dem Gesicht, so dass seine Gesichtszüge im Dunkeln lagen. Die Hand des anderen bewegte sich nach oben und Claire sah eine Pistole darin.

»Claire Martin! Keine Bewegung, Sie sind verhaftet.« Sie erkannte Captain Walters, den Offizier aus dem Bauernhaus, an seiner Stimme.

Eilig drängte sich Claire an Roderick vorbei und rannte zu den Bäumen.

Walters hob seine Pistole und zielte sorgfältig auf sie.

»Nein!« schrie Roderick.

Walters feuerte.

Claire rannte und die Kugel streifte ihr wallendes Kleid, traf aber ihren Körper nicht. Die Bäume wichen einem gepflügten Feld, auf dem vermutlich frisches Gemüse angepflanzt werden sollte, um die spärliche Verpflegung im Konzentrationslager zu verbessern. Claire zog ihren Rock hoch, um schneller laufen zu können und spürte die kühle Nachtluft an ihren nackten Waden und Oberschenkeln.

Walters' Pferd sank im weichen Boden ein und wurde langsamer, aber Claire, die schnell ermüdete, hatte keine Chance, ihm zu entkommen. Ihre Lungen brannten und die Füsse fühlten sich wie Blei an, als sie über die lockeren Schollen des offenen Feldes lief. Sie warf einen Blick über die Schulter und sah, dass sie den Engländer nicht abgehängt hatte. Sie befand sich auf freiem Feld und erwartete jede Sekunde, den Knall der Pistole erneut zu hören.

Der Bauer hatte eine Reihe tiefer gepflügt als die anderen, vielleicht als Entwässerungsgraben. Claire blickte noch immer nach hinten, als ihr Fuss die paar Zentimeter tiefer trat. Sie verlor das Gleichgewicht und stürzte auf die frisch gepflügte Grassode.

Walters gab seinem Pferd die Sporen und als Claire sich umdrehte, sah sie seine Kontur, die sich über ihr abzeichnete.

»Bleiben Sie liegen, Sie kleines Biest.« Walters stieg ab und fiel, bevor sie aufstehen konnte, auf sie.

»Sie gehören jetzt mir. Und Sie *werden* mit mir reden.«

Claire spuckte ihm ins Gesicht.

Walters liess eine ihrer Hände los und schlug ihr mit dem Handrücken auf den Kiefer. Sie keuchte erschrocken auf. Walters hob seine Hand für einen weiteren Schlag.

»Nein, hören Sie auf! Bitte, ich flehe Sie an«, schrie sie.

Walters unterbrach den Schlag und wischte sich stattdessen mit dem Ärmel seines Mantels das Gesicht ab. Er starrte, wie sie selbst, auf ihr aufgeknöpftes Kleid hinunter und sah, wie sich ihre halb entblössten Brüste mit jedem Atemzug hoben und senkten. Sie schaute an ihm vorbei und sah, dass sein Pferd, das er nicht angebunden hatte, davonlief.

»Gefällt Ihnen, was Sie sehen?«, fragte sie.

Er ignorierte den spöttischen Tonfall.

»Was haben Sie mit diesem Offizier unten am Fluss gemacht?«

Sie entspannte sich ein wenig unter ihm und spürte, wie sich sein Griff um ihr Handgelenk etwas lockerte. *Gut*, dachte sie. »Was denken Sie denn?«

Er hob die Augenbrauen. »Sind Sie eine Spionin oder eine Hure, oder beides?«

»Weder noch. Ich bin eine Geschäftsfrau und weiss, wie ich verhandeln muss, um das zu bekommen, was ich will. In diesem Fall Medikamente und Lebensmittel für die armen Frauen und Kinder im Lager. Ihr Briten solltet euch schämen.«

»Pah! Wenn Sie mit mir verhandeln wollen, Miss Martin, dann habe ich wohl die Oberhand.«

Claire wiegte ihren Kopf hin und her. »Ich bin aus demselben Grund hier wie Sie, Captain Walters.«

Er starrte sie an. »Sie haben nichts, womit Sie verhandeln könnten. Sagen Sie mir, wo es ist, und ich werde Ihr Leben verschonen.«

»Sie werden mich nicht töten, denn wenn Sie das tun, werden Sie nie bekommen, was Sie wollen. Arbeiten Sie mit mir zusammen, Hauptmann und es wird sich für Sie lohnen. Ich kann mir einen kleinen Anteil davon nehmen und gebe Ihnen im Gegenzug eine Kleinigkeit.«

Sie konnte sehen, dass er überrascht war, denn er hatte mehr Gegenwehr erwartet. »Ein bisschen was?«

»Ich bin nackt unter diesem Kleid, Hauptmann. Ich habe keinen

Pfennig bei mir, also gibt es nur eine Sache, mit der ich Sie davon überzeugen kann, dass ich mit Ihnen und nicht gegen Sie arbeiten will. Wenn Sie nicht auf Ihrem grossen Schlachtross herangaloppiert wären, würde ich es jetzt, gerade während wir hier reden, gut einsetzen.«

Seine Oberlippe kräuselte sich zu einem Grinsen.

»Zeigen Sie mir, was Sie haben.« Er hielt die Pistole an ihr Gesicht und spannte den Hahn. Er löste den Griff der anderen Hand von ihrem Handgelenk und fuhr mit den Fingern über ihre Brüste hinunter zu ihrem Bauch. »Es ist eine Karte, ja?«

»Erlauben Sie mir« flüsterte sie. Sie öffnete ihre Beine ein wenig und bewegte eine Hand zum Saum ihres Kleides hinunter. Walters' Augen waren wieder auf ihre Brüste gerichtet und ihre andere Hand fuhr zu ihrem Haar.

Walters griff nach unten und fummelte an den Knöpfen am Schlitz seiner Hose. Claire lächelte, als sie die Stricknadel aus ihrem hochgesteckten Haar zog. Sie hielt sie in ihrer Handfläche verborgen und drückte sie gegen die Unterseite des Handgelenks, während sie ihr Haar freischüttelte.

»Sagen Sie mir, wo sie ist und ich werde nachsichtig mit Ihnen sein, Mädchen«, sagte er.

»Wer hat etwas von Nachsicht gesagt?«, fragte sie.

Er grinste schlüpfrig und sein warmer Atem strich über sie. Er steckte seine Pistole ein.

Claires Arm schnellte hoch und sie stiess die Spitze der Stricknadel in Walters' Hals.

Walters schrie auf und umklammerte die hervorstehende Nadel. Seine Schreie verwandelten sich in ein gequältes Glucksen, als er von ihr herab auf den Boden rollte. Claire sprang auf und trat dem sich windenden Engländer so fest sie konnte in den Unterleib. Er krümmte sich wie ein Fötus, um die Schläge abzuwehren und versuchte gleichzeitig, die Stahlnadel herauszuziehen.

Claire schaute sich nach Walters' Pferd um, sah aber, dass es sich noch weiter entfernt hatte. Sie hob wieder ihre Röcke und rannte so schnell sie konnte über die weiche Erde. Sie atmete schwer und hörte das Pfeifen und Wimmern einer Kugel, die nur wenige Meter neben ihrem Kopf vorbeiflog. Ihr Herz raste; sie hatte noch nie getötet oder versucht, jemanden umzubringen. Eine Art von Lust hatte sie vorübergehend übermannt, als sie ihm die Nadel in die Haut stach. Dieser Wahn wurde jetzt aber von der puren Angst abgelöst, Walters könne sie erwischen. Sie schaute über die Schulter.

Walters fluchte in ihre Richtung. Mit der linken, blutverschmierten Hand an seinem Hals schoss er erneut, diesmal tiefer. Ein Schwall Erde stieg in der Nähe ihres rechten Fusses auf.

Claire rannte weiter. Sie hörte Hufgetrappel, aber die Pistole wurde erneut abgefeuert. So schnell konnte Walters sein Pferd nicht wieder einfangen, weiterreiten und erneut schiessen. Claire riskierte einen weiteren Blick nach hinten und sah, dass der Hauptmann aufgehört hatte, auf sie zu schiessen. Stattdessen drehte er sich um und hob seine Pistole, um auf einen anderen Reiter zu zielen, der über das Feld auf ihn zugeritten kam.

Claire hatte die Baumgrenze fast erreicht und als sie dort war, ging sie hinter einem Baum in Deckung und beobachtete, wie der Reiter auf Walters zustürmte. Dem britischen Offizier musste die Munition ausgegangen sein oder er hatte eine Ladehemmung. Er begann zu rennen.

Dem Mann auf dem Pferd war anscheinend auch die Munition ausgegangen. Claire beobachtete, wie er seine Pistole mit der freien Hand wie ein amerikanischer Cowboy um den Finger drehte, bis er sie wie eine kleine Keule in der Hand hielt.

Der Reiter peitschte die Zügel auf beiden Seiten des Sattels auf den Hals des Pferdes und das Tier begann zu galoppieren. Ein weiterer berittener Mann erschien hinter ihm.

Mit Genugtuung beobachtete Claire den panischen Ausdruck auf Walters' Gesicht, als er in ihre Richtung rannte. Der Reiter hob den Arm und schlug mit der Pistole zu. Claire zuckte zusammen, als Walters mit einem dumpfen Knall nach vorne zur Erde kippte. Er stand nicht wieder auf.

Zu ihrer Überraschung erkannte sie nun, dass es sich bei dem Mann, der gerade auf Walters eingeschlagen hatte, um den australischen Sergeant Blake handelte. Der zweite, jüngere Mann in britischem Khaki, ritt ihm nach.

Hinter den beiden stand ein Offizier mit gezogener Pistole und Claire erkannte Roderick, den Mann, den sie zu verführen versuchte und der beobachtet hatte, wie Blake Walters niedergeschlagen hatte. Jetzt schoss Roderick.

Claire war sicher, dass Roderick Blake, der langsamer wurde, als er sich ihr näherte, erwischen würde. Doch dann liess sich der Reiter, der mit Blake ritt, zurückfallen, wendete sein Pferd, packte Roderick und zerrte ihn aus dem Sattel. Zusammen stürzten die Männer von ihren Pferden. Der Kampf zwischen ihnen war kurz. Roderick gewann schnell die Oberhand und erschoss seinen Gegner.

Roderick feuerte einen wilden Schuss auf Blake ab, der zu fliehen schien. Claire trat hinter dem Baum hervor und stand geradewegs vor ihm. »Geben Sie mir Ihren Arm!«, rief Blake, während sich der Abstand zwischen ihnen schnell verringerte.

Claire zögerte.

»Ihr Arm!«, rief er erneut.

Ein weiterer Schuss ertönte hinter ihm und Blake duckte sich instinktiv tiefer in den Sattel. Claire hob ihre Hand.

Blake steckte die Pistole weg und beugte sich nach rechts. Er packte sie am Unterarm und sie hielt sich an ihm fest. Er schwang sie hoch und um sich herum, wobei er sich auf die andere Seite des Sattels lehnte, um ihr Gewicht auszugleichen. Sie landete hinter ihm auf dem Hinterteil des Pferdes und schlang ihre Arme um seine Taille. Er spornte sein Pferd wieder zum Galopp an.

Hinter ihnen wurden zwei schnelle Pistolenschüsse abgefeuert, aber beide Kugeln verfehlten das Ziel.

»Jetzt hat er keine Munition mehr«, sagte Blake.

Ein Blick über die Schulter zeigte Claire, dass Roderick die Verfolgung aufgegeben hatte und zu Captain Walters eilte, vermutlich um erste Hilfe zu leisten.

»Festhalten!«, rief Blake, als sie sich einem umgestürzten Baum näherten. Das Pferd nahm den Sprung mit Bravour und Claire wurde bei der Landung hart in Blakes Rücken geschleudert. »Sind Sie in Ordnung?«

»Mir geht es gut«, sagte sie, »reiten Sie weiter!«

»Ich habe nicht die Absicht, hier zu bleiben. In welche Richtung?«

»Nach Osten«, sagte sie. »In die Richtung von Komatipoort und der Grenze.«

16

WINDHOEK, NAMIBIA, IN DER GEGENWART

Anjas Telefon klingelte. Zögernd legte sie den Bericht von Claire Martin ab. Es war Oom Otto.

»Anja, wir sind alle hier, kommst du auch zu Joe?«

Anja schaute auf die Uhr. Sie war so in die Briefe vertieft, dass sie das Zeitgefühl verloren hatte. Erst jetzt bemerkte sie, dass die Sonne fast untergegangen war. »Tut mir leid, Oom Otto, ich komme sofort.«

So sehr sie ihren lieben Onkel Otto auch mochte, sie hätte sich viel lieber mit einem Bier in ihrem Zimmer zusammengerollt und ins Jahr 1902 zurückversetzt, als sich mit einem Haufen ausländischer Touristen zu unterhalten.

Doch die Ermahnungen ihrer Mutter kamen ihr wieder in den Sinn. Sie solle mehr ausgehen und ein geselliges Leben pflegen. Wer weiss, überlegte sie, als sie ihre Papiere einsammelte und zurück in ihr Zimmer stapfte, vielleicht lernte sie ja einen netten alleinstehenden Mann aus Namibia kennen und liess sich hier nieder. Das würde ihre Mutter ärgern. Sie lächelte in sich hinein.

Anja duschte schnell und ging dann zügig die Nelson Mandela Avenue entlang zu Joe's. Das Gebäude sah mit seiner drahtgesicherten Backsteinmauer von aussen eher wie eine Fabrik oder ein

Lagerhaus aus, als sie jedoch um den Parkplatz herumging, konnte sie hören, wie die Bar darin zum Leben erwachte.

Es war noch nicht einmal sieben, aber der Laden war schon fast voll. Joe's war weniger eine Bar, als vielmehr eine Ansammlung von Ess- und Trinkbereichen inmitten eines regelrechten Durcheinanders von Antiquitäten und Schnickschnack. Das zusammengewürfelte Dekor reichte von hölzernen Toilettensitzen, die auf Barhocker montiert waren, bis zu einem echten Fiat Topolino, der bedrohlich über einem der Eingänge hing. Das Kleinauto war von ein paar europäischen Reisenden zurückgelassen worden, die es quer durchs Land bis zu Joe's geschafft und ihr Gefährt dann dem Pub vermacht hatten.

Anja entdeckte Ottos dicke, graue Locken und bahnte sich einen Weg durch eine Wagenladung von Touristen in Khaki und Leopardenmustern, die darauf warteten, von einer gehetzten Kellnerin bedient zu werden.

Anja wollte ihm gerade etwas zurufen, als zu ihrer Linken ein Mann zwischen zwei Tischen hervortrat und sie, offensichtlich in die andere Richtung schauend, anrempelte. Bier schwappte auf ihre linke Hand.

»Hey«, sagte sie und schüttelte ihre Finger.

»Oh je, das tut mir leid.« Anja blickte ins Gesicht des Mannes, der jetzt in die richtige Richtung schaute. Er war schlank und grösser als sie, sein gepflegtes, schwarzes Haar war dicht und gewellt. Er wirkte fit und war gut gekleidet, nicht wie ein Tourist, sondern in engen Jeans, einem rosa Polo und teuren Turnschuhen. »Bitte verzeihen Sie.«

»Schon in Ordnung«, sagte sie. »Sie haben nicht viel über mich geschüttet.«

»Nein, aber ich fühle mich jetzt schrecklich. Lassen Sie mich Ihnen eine Serviette holen. Es tut mir so leid.«

Er klang südafrikanisch, gebildet, als wäre er auf einer teuren Schule gewesen. Was auch immer sein Hintergrund sein mochte, er sah auffallend gut aus.

»Wirklich, es ist kein Problem. Entschuldigen Sie mich.« Anja schaffte es schliesslich, sich an dem höflichen Fremden, der sich noch einmal entschuldigte, vorbei zu drängen und sich ihren Weg durch das Touristengewühl zu Otto zu bahnen.

»Hallo, Anja!« Otto war ein Enthusiast und begrüsste sie immer, als wäre es nicht nur zwei Stunden, sondern zwei Jahre her, seit sie sich das letzte Mal gesehen hatten. »Komm, lern meine neuen Freunde kennen.«

Anjas introvertiertes Inneres zuckte zusammen. Als Reiseleiter war Otto zum einen Teil Showman, zum anderen Lebemann. Er hatte sich bereits die Namen der zehn Personen in seiner Gruppe gemerkt, wofür Anja eine Woche gebraucht hätte.

Wäre dies nicht die einzige Gelegenheit gewesen, Zeit mit Otto zu verbringen, bevor sie wieder in die Wüste fuhr, hätte sie sich nicht die Mühe gemacht. Eine Wiederholungsbesucherin aus Deutschland erzählte Anja bereits von der lebensverändernden Erfahrung, die sie damals im Etosha Nationalpark gemacht hatte, als sie Zeugin ihrer ersten Löwenjagd geworden war. Anja hatte noch nicht einmal die Gelegenheit gehabt, sich etwas zu trinken zu holen und die Frau war nur Zentimeter von ihrem Gesicht entfernt.

»Entschuldigen Sie die Störung, eine Sonderlieferung. Ein Friedensangebot.«

Anja folgte dem von einem bewundernden Lächeln begleiteten Blick der Touristin und schaute nach hinten. Es war der gutaussehende Mann, der sie eben angerempelt hatte und er trug zwei Gläser, eines mit Rot-, das andere mit Weisswein.

»Es tut mir leid, ich wusste nicht, ob oder welche Sorte Wein Sie mögen, aber ich habe geraten und etwas Schönes bestellt. Ich werde nicht hierbleiben, aber vielleicht können Sie mir eins davon abnehmen und ich behalte das andere.«

Anja war verblüfft. Wäre der Mann nicht so attraktiv und sein Lächeln so echt gewesen, hätte sie ihn abgewiesen. Nun wusste sie nicht, was sie sagen sollte.

»Wenn Sie das Glas Wein von diesem Mann nicht annehmen, werde ich es tun«, sagte die Touristin.

Anja merkte, dass sein Eindringen ihr eine Möglichkeit bot, der Frau zu entkommen. »Okay, Weisswein, bitte.«

Otto eilte zu ihnen zurück. »Oh, Anja, wie ich sehe, hast du Scott schon kennengelernt.«

Der gutaussehende Mann lächelte sie an und hielt ihr die Hand hin.

Sie nahm und schüttelte sie, dann sah sie zu Otto. »Ihr beide kennt euch?«

»Gerade kennengelernt«, sagte Scott und lenkte ihre Aufmerksamkeit wieder auf sich. »Otto war allein und wartete auf seine Gäste, als ich ankam. Ich habe seinen Ausweis als Reiseleiter gesehen und die Gelegenheit genutzt, ihn nach guten Angelplätzen an der Küste zu fragen.«

»Oh«, sagte Anja.

»Meine Nichte ist mit ihrer Mutter nach Deutschland abgehauen, aber sie ist eine von uns, eine Einheimische «, sagte Otto. »Anja, Scott, entschuldigt ihr mich bitte? Ich muss weiter die Runde machen.«

»Ich komme mit und helfe«, sagte die Frau, die mit Anja gesprochen hatte.

»Danke«, sagte Anja zu Scott. »Sie haben mich vor einem Schicksal bewahrt, das vielleicht schlimmer ist als der Tod – es sei denn, Sie wollen mir jetzt Ihre Löwengeschichten erzählen.«

Er lachte und zeigte dabei seine perfekten Zähne. Oh, ich habe nicht annähernd genug Löwengeschichten, aber ich hoffe, dass ich mit ein paar Angelerlebnissen nach Südafrika zurückkehre.«

Anja nippte an ihrem Getränk. »Sie sind hier im Urlaub? Verzeihen Sie, aber Sie sind nicht wie ein Tourist gekleidet.«

»Nun, ich komme aus Kapstadt, also, nein, wir laufen normalerweise nicht mit Schlapphüten und Leopardenfell-Hutbändern herum. Eigentlich bin ich geschäftlich hier und arbeite an Plänen für eine neue Wohnsiedlung ausserhalb von Windhoek.«

Anja zwang sich zu einem Lächeln. »Wirklich?«

Er lachte. »Schauen Sie nicht so interessiert.«

»Es tut mir leid.«

»Ist schon gut«, sagte er, »die meisten Leute bekommen glasige Augen, wenn ich ihnen erzähle, dass ich ein Bauunternehmer bin.«

»Tut mir leid, nein, das klingt interessant«, sagte Anja. Lieber hätte sie sich eine ruhige Ecke gesucht, in die sie sich zurückziehen und lesen konnte, aber Scott sah extrem gut aus und seine Augen hatten ein wunderschönes Blau.

»Und was machen Sie, Anja? Sie kommen mir auch nicht wie eine Touristin vor.«

»Teilzeit-Tutorin und Vollzeit-Doktorandin an der Uni in München «, sagte sie.

»Worum geht es in Ihrer Doktorarbeit?«

»Sie nimmt Bezug auf die Geschichte Namibias«, sagte sie und ihre Instinkte zwangen sie wieder zur Zurückhaltung. »Nichts Aufregendes.«

»Ich weiss, was Sie meinen! Als ob die Immobilienbranche nicht schon genug wäre, finden meine Freunde auch mein Hobby ziemlich langweilig. Ich interessiere mich für Militärgeschichte, insbesondere für die Konflikte des frühen zwanzigsten Jahrhunderts in Südafrika und Deutsch-Südwestafrika.«

»Das *ist* interessant«, sagte sie und es fiel ihr schwer, die Fassung zu bewahren.

Er hob die Augenbrauen. »Finden Sie? Darf ich fragen, welche Epoche oder welchen Teil des Landes Sie studieren und was Ihr Interessegebiet ist?«

»Eher Naturgeschichte«, sagte sie, wieder auf der Hut.

»Das klingt spannend. Eines Tages möchte ich eine Tour durch den Süden des Landes machen. Ich interessiere mich für den Nama-Aufstand gegen die Deutschen. Darüber wird nicht so viel berichtet wie über den Krieg gegen die Herero und genauso wenig über die Feldzüge des Ersten Weltkriegs, als Südafrika überfallen wurde.«

»Ich bleibe in der Nähe von Aus«, sagte Anja schnell und wollte das Gespräch nun in Gang halten. Scotts Attraktivität und sein Interesse an einer Zeit, auf die sie sich gerade so sehr fokussierte, liessen die Barrieren, die sie normalerweise vor Fremden aufbaute, einbrechen. »Sie sollten sich die Soldatengräber in der Nähe des alten deutschen Kriegsgefangenenlagers ansehen.«

Er nickte enthusiastisch. »Das steht auf jeden Fall auf meiner

Liste. Ich komme so oft wie möglich nach Namibia, vielleicht sehe ich Sie ja dort?«

»Ja, vielleicht.« Ihr verschlug es die Sprache und sie sah zu Boden.

»Haben Sie schon etwas vor? Wollen Sie mit mir essen? Oder schliessen Sie sich etwa Otto und seiner Touristenbande an?«

»Äh, nein, danke. Ich meine, ja, gern, zum Abendessen.« Sie war über sich selbst erschrocken und fühlte sich nervös, weil sie so vorschnell der Einladung eines Fremden zustimmte, wollte ihn aber nicht in der Menge verschwinden lassen.

»Grossartig. Ich werde uns einen Tisch besorgen, bevor sich das Lokal füllt.«

Während Scott sich mit einer Kellnerin unterhielt, bahnte sich Anja einen Weg durch die Touristen. »Tut mir leid, Oom Otto, Scott hat mich eingeladen, mit ihm zu Abend zu essen.«

Otto zwinkerte ihr zu. » Ich finde, das ist eine gute Idee und freue mich, dass du dich mit jemand anderem als einem alten Mann wie mir unterhältst, Anja. Er ist sympathisch, oder? Ich dachte, ihr zwei habt vielleicht etwas gemeinsam. Geniesst den Abend. Wenn ich mit meinen Kunden in der Nähe von Aus vorbeikomme, halte ich nach dir Ausschau.«

Sie lächelte ihn an. »Ich werde auf dein Fahrzeug achten. Ich würde deinen Touristen gerne etwas über die Pferde erzählen, wenn wir uns sehen.«

»Danke, ich bin sicher, das würde ihnen gefallen.«

Otto ging zu seinen Kunden und Scott kam zu ihr zurück. »Sie haben für uns einen Tisch in einer ruhigen Ecke gefunden.«

»Super«, gab Anja zurück.

Die Kellnerin kam mit den Speisekarten und führte sie zu ihrem Tisch. Sie setzten sich und Scott war nun von traditionellen, aus Schilf geflochtenen Fischreusen, alten deutschen Strassenschildern aus der Kolonialzeit Windhoeks und antiken Strassenlaternen einge-rahmt. Selbst hier in der Bar war klar ersichtlich, dass das moderne Namibia seine abwechslungsreiche und manchmal unruhige Vergan-genheit nicht vergessen hatte.

Scott sah sich die Speisekarte an. »Ich denke, ich werde das

Eisbein in Angriff nehmen. Otto meinte, es sei ein ziemliches Unterfangen.«

Anja lächelte. »Ich habe schon massivere Männer als Sie an diesem Gericht scheitern sehen.«

»Dann nehme ich diese Herausforderung an.«

Die Kellnerin kam zurück und sie bestellten. Anja wählte ein Oryx-Filet. »Das sind so schöne Antilopen, dass ich fast ein schlechtes Gewissen habe, sie zu essen, aber sie werden für ihr Fleisch gezüchtet.«

»Wollen wir uns eine Flasche Wein teilen?«

»Klar«, stimmte sie zu. Anja war schon ein wenig beschwipst, aber sie genoss es bis anhin. Scott wählte einen südafrikanischen Zandvliet Shiraz von der Weinkarte und lächelte.

Anja merkte, dass sie nicht das ganze Essen über nur in seine Augen starren konnte und beschloss, es zu riskieren und ein wenig über ihr Studium zu erzählen. Es war selten, dass man ausserhalb der Universität Menschen traf, die sich wirklich für Geschichte interessierten.

»Ich beschäftige mich mit den Wüstenpferden Namibias und ihrer wirklichen Herkunft«, sagte sie etwas abrupt, aber Scott sah interessiert aus.

»*Wirklich* herkommen?«

Als die Kellnerin ihnen den Wein brachte, lehnte er sich in seinem Stuhl zurück. Er wirkte locker und selbstbewusst und Anja bemerkte das anerkennende Lächeln der Kellnerin.

»Ja«, sagte Anja. »Ausserdem arbeite ich ehrenamtlich für das Wildpferde-Forschungsprojekt und helfe bei den Untersuchungen von Wüstenpferdefohlen.«

»Das klingt faszinierend«, bemerkte Scott, »aber um auf die Herkunft der Pferde zurückzukommen: Ist die gängigste Theorie nicht, dass sie von Militärpferden abstammen, die während des Ersten Weltkriegs entweder freigelassen wurden oder entkamen?«

»Ja. Die meisten Leute glauben, dass britische Pferde aus einem Lager in der Nähe von Garub, im Süden Namibias entwichen. Ein deutsches Militärflugzeug bombardierte das Lager – es gibt Hinweise darauf, dass die Pferde ihr Ziel waren – und als der Sprengstoff detonierte, brach eine grosse Herde von Pferden aus ihren Gehegen aus und verstreute sich in der Wüste. Die meisten wurden nicht wieder eingefangen.« Anja hielt inne. »Ich selber vermute aber, dass ihr Ursprung weiter zurückliegt.«

Scott hob die Augenbrauen. »Bis in die Zeit der Herero- und Nama-Kriege?«

»Vielleicht«, bestätigte sie und hielt sich gerade noch rechtzeitig zurück.

Das Essen kam und sie unterbrachen die Unterhaltung, um zu essen. Anja war aufgeregt, weil sie versehentlich mehr über den Inhalt ihrer Forschung erzählte als geplant. Aber Scott war entwaffnend.

Er hatte etwa die Hälfte seines riesigen Eisbeins geschafft, schob dann aber den Teller weg. »Puh. Ich gebe noch nicht auf, aber es ist Halbzeit für mich.«

Sie lachte.

Scott wischte sich den Mund mit einer Serviette ab. »Ich fände hier in Namibia gerne primäres Quellenmaterial über die Kriege des Nama-Volkes. Vielleicht mündliche Erzählungen, die von Generation zu Generation weitergegeben werden. Ich möchte in die Berge und Wüsten gehen, wo der Krieg stattfand.«

»Es ist eine erstaunliche Landschaft«, sagte Anja zwischen zwei Bissen. »Sie ist öde und unwirtlich. Es ist heiss und trocken, gebirgig, felsig. Ein unglaublich hartes Land für Menschen, um dort zu überleben, geschweige denn zu kämpfen. Den Deutschen fehlte es an Vorräten, vor allem an Wasser und frischen Nahrungsmitteln und sie waren nicht auf die Hitze und den Staub vorbereitet.«

»Die Nama-Kämpfer hingegen«, sagte Scott und nahm den Faden wieder auf, »kannten das Land genau, konnten darin und davon leben, waren leicht bewaffnet und bewegten sich schnell. Sie wendeten die klassische ›Hit-and-Run-Taktik‹ an, wie sie auch die Buren benutzten: Sie schlugen überraschend zu und zogen sich sofort zurück.«

»Genau«, bestätigte Anja, »aber am Ende waren sie wie die

Bauern der Buren-Kommandos erfolglos. Nicht zuletzt, weil ihre Familien, die sie unterstützten, zusammengetrieben und inhaftiert wurden.«

»Es gibt einige interessante Parallelen. Dass die Deutschen alles über Konzentrationslager von den Briten lernten, ist schon ironisch, nicht wahr?«

Anja nickte.

»Entschuldigung, ich hoffe, ich habe Sie nicht gekränkt?«

»Nein, das ist schon in Ordnung«, sagte sie. »Es ist einfach erfrischend, jemanden zu finden, der meine Interessen teilt.«

Scott füllte ihr Weinglas nach und schenkte sich ein weiteres Glas ein. »Sie sagen, Sie leben in München?«

»Ja. Jetzt ist dort Sommer, aber das Wetter hier ist mir allemal lieber.«

»Ich glaube, ich würde die Wüste hart finden«, sagte Scott. »Als Kapstädter bin ich ein ziemlich mildes Klima gewöhnt.«

Anja fand, er übertreibe mit seinen Bedenken über das Leben in der Wüste. Sie sah, dass Scott sehr fit war. Er wirkte eher wie ein robuster Outdoor-Typ oder ein Fitness-Freak als wie ein Geschäftsmann, aber Anja versuchte, nicht zu sehr in Stereotypen zu verfallen.

Scott warf einen langen Blick auf die Reste seines Eisbeins, dann schob er den Teller weiter von sich weg. »Ich fürchte, ich muss mich geschlagen geben.«

»Ich bin nicht weit davon entfernt.« Anja kaute das letzte Stück ihres Oryx-Fleischs und Scott goss die Reste der Weinflasche in ihre Gläser.

»Es freut mich sehr, dass ich Sie kennengelernt habe, Anja«, sagte er, »aber ich glaube, ich sollte früh schlafen gehen. Ich muss meine Reise unterbrechen und morgen früh für einige dringende Geschäftstermine, die sich ergeben haben, zurück nach Kapstadt fliegen. Aber ich komme zurück, sobald ich fertig bin.«

»Ich brauche auch eine frühe Nacht«, sagte sie.

»Wo wohnen Sie?«, fragte er.

»In einem Gasthaus in Klein Windhoek, nicht weit von hier.«

»Kann ich Sie nach Hause begleiten oder ein Auto für Sie organisieren?«

Anja spürte, wie ihr Herz schneller schlug und ihr Atem in der Brust zu stocken schien. Das war alles so schnell passiert. »Ich ... Ich habe ein Auto, das wartet.«

Er hielt seine Hände hoch. »Entschuldigung, ich wollte nicht dreist sein. Es war schön, mit Ihnen zu plaudern, Anja.«

»Ja, für mich auch, danke.« Sie stand auf und ging hinaus. Scott winkte ihr nach und ging zu einer der Bars.

Ein Türsteher fragte, ob er ein Auto für sie organisieren könne und sie bejahte. Er winkte einem Fahrer zu, der innerhalb von Sekunden bei ihr anhielt. Als Anja in den Wagen stieg, versetzte sie sich im Geiste einen Tritt. Sie hatte gerade einen gutaussehenden Mann kennen gelernt, der sich für Namibia und seine Geschichte interessierte und nicht einmal daran gedacht, sich nach seinem Nachnamen zu erkundigen, geschweige denn, ihm ihre Telefonnummer zu geben oder nach seiner zu fragen!

Kein Wunder, war sie immer noch ein Single.

Anja schreckte auf, als jemand an die Scheibe des Wagens klopfte. Sie drehte sich zum Fenster und sah Scott. Sie kurbelte die Scheibe herunter und er reichte ihr einen Untersetzer von Joe's Beerhouse. »Ich habe hier meine Telefonnummer draufgeschrieben, nur für den Fall.«

Anja nahm ihn und lächelte. »Danke.«

Der Fahrer sah sie an und sie nickte. Als das Auto wegfuhr, fragte sich Anja, ob sie diesen einnehmenden Fremden wiedersehen würde oder gerade den Fehler ihres Lebens gemacht hatte.

17

FLUGHAFEN SYDNEY, AUSTRALIEN,
GEGENWART

»Was machst du denn hier?«, fragte Susan mit grossen Augen und einem breiten Lächeln, als Nick ihr von hinten auf die Schulter tippte. Sie stand in der Warteschlange des Check-in Schalters für die Business-Klasse für den Qantas-Flug nach Johannesburg.

»Ich habe beschlossen, nach Südafrika zu kommen«, sagte er.

»Du bist verrückt.«

»Einmal im Leben, ja.« Bei ihrer Bemerkung wurde ihm klar, dass er schon viel zu lange nichts mehr Hals über Kopf getan hatte. Susan nach Afrika zu folgen, war Höchstklasse der Spontanität. Er lächelte in sich hinein.

Sie gab ihm einen leichten Schlag auf den Arm. »Weisst du, der Zettel, den du heute Morgen neben mir aufs Bett gelegt hast, war zwar nett und versprach, dass wir uns bald wiedersehen würden – aber es fühlte sich trotzdem ein bisschen so an, als würdest du dich heimlich davonschleichen, während ich schlafe.«

»Ich wollte dich überraschen«, schmunzelte er.

»Nun, das ist dir gelungen!«

Sie checkten ein und gingen nach der Sicherheitskontrolle und dem Schalter der Einwanderungsbehörde über die Rolltreppe zum

156

Qantas Club hinauf. Susan suchte zwei freie Liegen, Nick ging zur Bar und kam mit zwei Gläsern Champagner zurück. Er gesellte sich zu ihr und sie erhoben ihre Gläser. »Auf das Leben ganz im Moment«, sagte sie.

»Eher auf den verdammten Wahnsinn«, sagte er, während sie mit den Gläsern anstiessen.

Susan nippte an ihrem Sekt. »Nick, wo willst du in Südafrika hin?«

Er hielt seine freie Hand hoch. »Keine Sorge. Erwarte nicht, dass ich während meines Aufenthalts in Afrika an deiner Schürze hänge. Aber ehrlich gesagt, weiss ich es noch nicht und weisst du was? Es ist mir auch egal. Ich denke, dass ich mir ein paar der Orte ansehe, an denen Cyril Blake gedient hat. Nach dem, was du gesagt hast, liegt das meiste davon in der Nähe des Krüger-Nationalparks, richtig?«

Sie nickte und nippte an ihrem Champagner. »Ja. Das ist ein grossartiger Ort, um auf Safari zu gehen. Du kannst dir ein Auto mieten und selbst herumfahren, wenn du möchtest.«

»Klingt ein bisschen furchteinflössend«, zweifelte er.

»Entspann dich, Nick.« Sie strich ihm über die Hand. »Selbst südafrikanische Durchschnittsfamilien reisen in den Krügerpark auf Safari und fahren mit der Familienlimousine durch den Busch.«

»Ich werde mutig sein. Du fliegst weiter nach Kapstadt, oder?«

Susan seufzte. »Ja. Ich muss mich mit meinem Kunden treffen, aber um ehrlich zu sein: Ich habe vor, unsere Geschäftsbeziehung zu beenden.«

»Hast du es satt, Pressemitteilungen zu schreiben?«

»So etwas in der Art«, sagte sie und blickte aus dem Fenster der Lounge auf die Flugzeuge, die über die Startbahn rollten. Sie sah ihn wieder an. »Und nach Krüger?«

Nick zuckte mit den Schultern. »Ich hoffe, dass Lili bis dahin mehr von den Papieren übersetzt hat, die meine Tante fand. Mit ein bisschen Glück erzählen sie die ganze Geschichte, wie Blake nach Südwestafrika kam und wie und warum er sich den Nama-Rebellen angeschlossen hat. Ich glaube, in dieser fantastischen Geschichte steckt noch viel.«

Sie nickte. »Das nehme ich auch an.«

»Was hast du auf dem Herzen, Susan? Am Anfang warst du so aufgeregt.«

Sie trank ihren Drink aus. »Ich bin ziemlich überrascht davon, wie sich die Dinge entwickelt haben, Nick.«

Er sah ihr in die Augen. »Du und ich?«

»Ja.«

»Bereust du es?«, fragte er. Er wollte einfach nur weg, irgendwohin, egal wohin, aber Susan hatte einen grossen Anteil an seiner ungestümen Entscheidung, aus einer Laune heraus nach Afrika zu reisen. Er wollte sich nicht wie ein kompletter Idiot vorkommen, befürchtete dies aber, wenn sie ihm sagte, dass weder er noch der gestrige Abend ihr etwas bedeutete und dass sie ihn in Südafrika nicht treffen wolle.

Stattdessen griff sie wieder nach ihm und nahm seine Hand. »Nick, nein, ich bedaure nicht, was passiert ist. Es ist nur, na ja, die Dinge in Südafrika sind für mich kompliziert. Mit der Werbearbeit, die ich in Kapstadt mache, bin ich gebunden. Ich würde liebend gern mit dir auf Reisen gehen, aber der Kunde will mich um sich haben, wenn ich in Südafrika bin. Ich kann vielleicht nicht sofort losfahren, aber ich melde mich bei dir, sobald ich kann.«

»Das hört sich an, als wäre es wirklich nicht einfach «, sagte er, war aber auch ein bisschen erleichtert.

»Stimmt. Aber wie ich schon sagte: Sobald ich in Kapstadt bin, serviere ich den Kunden ab und mache mich bereit.

Vielleicht ... «

»... könntest du dich mir irgendwo unterwegs anschliessen?«

Sie lächelte. »Möglicherweise, ja.« Ihre Stimmung schien sich aufzuhellen.

»Möchtest du noch einen Drink?«

Sie schien die Idee zu überdenken. »Vielleicht, aber zuerst muss ich auf die Toilette.«

»Okay.« Nick nahm eine Ausgabe von ›The Australian‹, die jemand zurückgelassen hatte und blätterte durch den Nachrichtenteil.

Sein Telefon surrte.

Nick nahm es aus der Tasche und sah, dass Susan ihm gerade eine Nachricht geschickt hatte, was ihm seltsam vorkam. Er öffnete sie.

Duschraum am Ende des Korridors, links. Dreimal klopfen.

Er grinste, trank seinen Drink aus, nahm seine Tasche und ging zu

ihr.

18

WINDHOEK, NAMIBIA, GEGENWART

Anja war besorgt. In ihrem Zimmer im Gasthaus brannte Licht.

Sie war umweltbewusst und liess nie einen Wasserhahn laufen oder ein Licht länger als nötig brennen. Konnte sie das vergessen haben? Niemals.

Vielleicht war ein Dienstmädchen da gewesen und hatte die Laken heruntergezogen, während sie bei Joe war.

›Nein‹, sagte sie sich. ›Das Gasthaus ist für einen Aufdeckservice und Pralinen auf den Kissen nicht nobel genug‹. Sie ging nicht direkt auf ihr Zimmer, sondern zur Rezeption, fand das kleine Büro aber geschlossen. Sie drückte einen Knopf an der Sprechanlage mit der Aufschrift ›Nachtdienst‹.

»Hallo, Nachtdienst?«, meldete sich eine Stimme.

»Hallo«, sagte Anja, »hier ist Frau Berghoff aus Zimmer acht. Ich glaube, dass jemand in meinem Zimmer ist, ein Eindringling.«

»Ein was?«

»Ein Dieb vielleicht. Das Licht ist an.«

»Ah, dann müssen Sie es angelassen haben«, sagte der Manager. »Das passiert doch ständig.«

»Nein, bei mir absolut nicht. Bitte kommen Sie.«

Es gab eine Pause. »In Ordnung. Geben Sie mir fünf Minuten. Ich komme.«

Anja wartete und wurde nervös. Sie tastete ihre Taschen ab und öffnete ihren kleinen Tagesrucksack, während sie wartete. Darin befanden sich ihr gesamtes Bargeld, ihre Kreditkarten, ihr iPad und ihr Reisepass sowie eine tragbare Festplatte mit einer Sicherungskopie von allem, was auf ihrem Laptop war. Sie hatte sich in Namibia nie unsicher gefühlt, ging aber mit ihren Wertsachen genauso vorsichtig um, wie sie es auf Reisen in Europa getan hätte.

Sie schaute auf die Uhr. Nach sieben Minuten Fusswippen tauchte der Nachtmanager auf, sein weisses Hemd hing halb aus der schwarzen Hose. Er trug einen hölzernen Schlagstock bei sich.

»Alles klar, los geht's.«

Anja stellte sich hinter den Mann, der mit seinen massigen Unterarmen beruhigend bullig wirkte. Sie stiegen die Treppe zu ihrem Zimmer hinauf, das sich im oberen Stockwerk eines der beiden Zimmerblöcke befand. Oben angekommen blieb der Mann stehen und hielt eine Hand hoch.

»Was ist?«, flüsterte Anja.

»Die Tür ist offen.«

Anja schluckte und spürte, wie ihr Herzschlag schneller wurde. »Ich würde niemals eine Tür unverschlossen lassen.«

Der Mann holte ein Handy aus seiner Hosentasche und blätterte durch seine Kontakte. »Hier ist die Nummer der Polizei. Machen Sie sich bereit, sie anzurufen. Warten Sie hier.«

Mit seinem kleinen Knüppel in der Hand schlich der Manager langsam den Rest der Treppe hinauf. Als er an der Tür war, rief er laut. »Rauskommen, wer auch immer da drin ist!«

Es kam keine Antwort. Anja hielt den Atem an und presste den Finger auf den grünen Rufknopf.

Der Manager schob die Tür mit der Spitze des Schlagstocks einen Spalt breit auf. Sie knarrte in den ungeölten Scharnieren. Anja ging die Stufen hinauf, bis sie direkt hinter dem Mann stand. Er drehte sich und zuckte zusammen, als er sah, wie nah sie war.

»Sie haben mich erschreckt.«

»Ich *Sie*?«, fragte sie. »Ich habe schreckliche Angst.«

Der Mann trat in den Raum, stiess die Tür zum Badezimmer auf, die sich gleich rechts im Raum befand und steckte seinen Schläger und den Kopf hinein.

»Niemand«, sagte er.

Anja folgte ihm hinein. So erleichtert sie auch war, dass kein Einbrecher hier war, das Zimmer war ein einziges Durcheinander. Ihre Tasche war geöffnet und alle Kleider auf das Bett geworfen worden. Einige lagen auf dem Boden.

»Er hat die Matratze verschoben«, sagte der Mann und deutete mit dem Schlagstock, »um zu sehen, ob Sie etwas darunter versteckt haben. Haben Sie das?«

»Nein.« Anja ging durch den Raum. Wie sie befürchtet hatte, war ihr Laptop nicht mehr in der Tasche ihres Hauptgepäcks. »Verdammt. Mein Computer.«

»Geben Sie mir bitte das Telefon.«

Sie drückte es dem Portier in die Hand und er rief die Polizei an. Er hatte halbwegs erklärt, was passiert war, dann schwieg er und blickte auf sein Telefon.

»Was ist los?«, fragte Anja und machte eine Pause vom Sortieren ihrer Kleidung.

»Verdammtes MTC – das Netz ist zusammengebrochen.« Er versuchte es erneut. »Kein Signal.«

Sie überprüfte ihres. »Ich habe auch keins.«

»Ich muss zurück ins Büro gehen und über das Festnetz anrufen. Wollen Sie mitkommen?«

Anja sah sich das Chaos an, das der Dieb hinterlassen hatte. In ihr wuchs das Gefühl, verletzt worden zu sein. »Nein, danke. Ich werde meine Sachen sortieren und packen.« Sie hatte genug Zeit in Afrika verbracht, um zu wissen, dass die Polizei kein Ermittlungs-team mit zum Tatort bringen würde, also hatte sie keine Skrupel, sich um ihre Sachen zu kümmern. » Bitte nehmen Sie es mir nicht übel, aber ich werde heute Nacht nicht hierbleiben. Sobald ich gepackt habe, komme ich in Ihr Büro. Ich übernachte in einem der grösseren Hotels.«

»Wie Sie wollen.« Der Mann machte auf dem Absatz kehrt und ging die Treppe hinunter.

So viel zum Thema Kundenbetreuung, dachte Anja.

Sie würde weder das Gasthaus noch seine Sicherheit auf TripAdvisor positiv bewerten.

Anja stemmte die Hände in die Hüften und betrachtete das Chaos. Sie spürte einen Kloss im Hals, sagte sich aber, dass sie jetzt stark sein müsse. Sie brauchte eine vollständige Bestandesaufnahme und musste herausfinden, ob noch etwas Anderes als ihr Computer gestohlen worden war.

Sie faltete jedes einzelne Kleidungsstück und stellte sich dabei die Finger eines fremden Mannes auf ihren Sachen vor, besonders auf ihrer Unterwäsche. Anja hob ihren Rucksack vom Boden auf, legte ihn aufs Bett und spürte, wie ihr die Tränen kamen. Der Dieb hatte das Innenfutter der einzelnen Fächer aufgeschlitzt. Was um alles in der Welt hatte er gedacht, habe sie da drin versteckt?

Sie trocknete sich trotzig die Augen und dachte an Claire Martin, die einen Krieg durchgemacht hatte und in einem stinkenden Konzentrationslager eingesperrt gewesen war, aber dennoch immer weitergemacht hatte. Anja holte tief Luft und versuchte, ihre Situation zu relativieren. Sie stapelte ihre Habseligkeiten und sah sich im Zimmer um – alle Ausdrucke von Claire Martins Briefen fehlten. Anja fluchte. Das ergab keinen Sinn. Warum wurden gerade sie gestohlen? Dass ihr Laptop verloren war, tat weh, aber wenigstens hatte sie die Festplatte in ihrem Rucksack. Der materielle Verlust war durch eine Reiseversicherung abgedeckt, die vermutlich für ein neues Gerät aufkommen würde.

Vor allem war sie unverletzt, sagte sie sich. Einbrüche gab es zu jeder Tages- und Nachtzeit und in jedem Land der Welt; Anja hatte einfach nur Pech und ihre Situation hätte viel schlimmer sein können. Sie setzte sich auf das Bett, griff zum Telefon auf dem Nachttisch und wählte die Nummer der Rezeption. »Ich bin's, Anja Berghoff, wissen Sie etwas Neues?«

»Die Polizei wird in etwa zwanzig Minuten hier sein. Sie bitten Sie, zu warten. Ich habe im Hilton angerufen und ein Zimmer für Sie gebucht. Die deutsche Besitzerin unseres Gasthauses hat mir gesagt, sie komme für Ihre Unterbringung dort auf. Wenn Sie mit den Polizisten fertig sind, organisiere ich Ihnen ein Auto, das sie hinbringt.«

Anja war verblüfft und gerührt über die Freundlichkeit und das Verständnis der unbekannten Frau. »Danke, ich warte hier im Zimmer auf die Polizei.«

* * *

Anja schaute von ihrem iPad auf, weil die Tür zu ihrem Zimmer knarrte. Sie sprang auf und stürzte zur Tür, doch diese flog auf und traf ihren Arm. Bevor sie schreien konnte, war ein Mann bei ihr, wirbelte sie herum, drehte ihr den linken Arm schmerzhaft hinter den Rücken und presste eine Hand auf ihren Mund. Eine weisshäutige Hand, mit vom Alter fleckiger Haut. In der Nähe der Stelle, wo Daumen und Zeigefinger zusammentreffen, bemerkte Anja eine Narbe. Sie sah den Mann nur für einen kurzen Moment und nahm schwarze Kleider und eine Skimaske wahr. Anja hörte Schritte und erkannte, dass eine zweite Person das Zimmer betrat. Sie schrie in die Handfläche ihres Peinigers, worauf dieser ihren Arm noch stärker drehte.

Ihr Treten und Kratzen zeigte keine Wirkung, sondern verstärkte den Schmerz in ihrem Arm. Gerade als sie versuchte, die Schienbeine des Mannes zu traktieren, packte der zweite Mann sie an den Knöcheln und zusammen hoben sie Anja aufs Bett.

Gott, nein, dachte sie.

»Schweig!« Der Mann, der sie zuerst gepackt hatte, verschloss ihr den Mund mit einer Hand. In der anderen hielt er eine schwarze, gedrungene Pistole, deren Lauf er ihr mit so viel Druck zwischen die Augen presste, dass es schmerzte. Sie blickte mit grossen Augen zu ihm auf. »Streck deine Hände aus, oder ich bringe dich um.«

Sie wollte sich auf keinen Fall unterwerfen, hatte aber Angst, dass man sie töten würde.

»Dreh sie um«, wies der Mann mit der Waffe seinen Komplizen an. »Wenn du schreist, stirbst du.«

Er löste die Hand von ihrem Mund, drehte sie um und der zweite Mann riss ihr die Arme auf den Rücken. Sie hörte, wie Klebeband von einer Rolle gezogen und abgerissen wurde, dann wurden ihr die Hände gefesselt. Den Druck der Pistole spürte sie jetzt im Nacken.

»Bitte, was wollen Sie?«

»Durchsuch ihre Tasche, schnell!«, befahl der erste Mann.

»Geldbörse mit Bargeld, zwei Kreditkarten, Telefon, iPad, Festplatte«, zählte der andere auf.

»Gut, nimm alles.« Der Bewaffnete drückte ihr den Lauf noch fester in den Hinterkopf und Anja schrie vor Schmerz auf. »Sag mir die PINs für deine Kreditkarten.«

Sie hasste den Gedanken, dass sie ihr das ganze Geld und noch schlimmer, ihre verbliebene Speicher-Festplatte wegnahmen, aber das Wichtigste war, am Leben zu bleiben und diese Männer nicht zu verärgern. Die Karten konnte sie sperren lassen und für gestohlenes Geld haftete sie nicht. Sie nannte ihnen die vierstellige Nummer.

»Für beide Karten gleich?«

»Ja.«

Er drückte noch fester. »Wirklich?«

»Ja, ja, es ist dieselbe Zahl für beide Karten. Bitte tun Sie mir nicht weh. Meine Festplatte ... Können Sie sie und die ausgedruckten Papiere, die Sie genommen haben, bitte hierlassen? Die sind doch für Sie wertlos.«

Der Mann lachte kurz auf. »Da gibt es nichts zu betteln. Hör jetzt auf zu jammern, sonst geben wir dir etwas Anderes.«

»Nein, bitte nicht.«

»Pst«, sagte der Mann mit der Waffe, »nicht so laut. Wir wissen, dass die Bullen bald kommen. Wenn du tust, was wir sagen, geht es schnell und schmerzlos. Wie lauten die Passwörter für deinen Computer und die E-Mail?«

»Was?«

»Stell keine Fragen, Schlampe. Zieh ihr die Jeans runter«, sagte er zu seinem Komplizen.

Anja spürte die Hände des anderen Mannes auf ihrem Po, dann

griff er unter sie, tastete nach der Schnalle ihres Gürtels und dem Knopf ihrer Jeans. Sie war beinahe gelähmt vor Angst.

»Ja, ich sagen es Ihnen!«

»Natürlich, du bist ja nicht dumm, oder?«

Anja hörte ein dumpfes, fernes Geräusch und der Mann, der an ihrer Jeans gearbeitet hatte, bewegte seine Hände.

»Die Bullen nähern sich über die Nelson Mandela Avenue«, stellte der zweite Mann fest.

Der Bewaffnete griff nach einer Handvoll ihrer Haare. »Glaubst du, wir laufen sofort weg, weil die Polizei auf dem Weg ist? Die Zeit reicht lange, um dich zu töten. Frag dich selbst, ob es irgendetwas auf deinem Computer gibt, für das sich das Sterben lohnt.«

Sie gab ihm die Passwörter.

»Gut.«

Der Bewaffnete zerrte ihren Kopf an den Haaren hoch und der zweite Mann klebte ihr ein Stück Klebeband über den Mund. Sie fesselten ihre Knöchel eilig, dann verliessen sie den Raum. Tränen liefen Anja über das Gesicht und sickerten in die billige Nylonbettdecke. Durch ihren Kopf stürmten Vorstellungen davon, dass die Männer zurückkommen und sie angreifen oder töten würden.

Sie wusste nicht, wie lange es dauerte, bis die Polizei und der Nachtportier in ihrem Zimmer eintrafen, aber es erschien ihr unerträglich lang.

Endlich schnitten eine Detektivin und ein uniformierter Beamter ihre Fesseln auf und die Polizistin wies den Nachtportier an, ihr eine Tasse Kaffee oder etwas Stärkeres zu holen. Anja bat um Tee und einen Brandy und gab ihre Aussage über den Vorfall und die gestohlenen Gegenstände bei der Detektivin zu Protokoll.

Während sie auf die Getränke wartete, rief Anja bei der Bank in München an und liess ihre Kreditkarten sperren. Der Kundenbetreuer teilte ihr zu ihrer Erleichterung mit, dass die Diebe noch nichts von ihrem Geld abgehoben oder ausgegeben hatten.

Die Detektivin sah auf ihre Notizen. »Sie sagen, die Männer haben nach Ihrem E-Mail-Passwort gefragt?«

Anja nickte.

Die Detektivin tippte mit ihrem Stift auf ihr Notebook. »Das ist neu für mich, aber im Zeitalter des Identitätsbetrugs weiss man nie, worauf die Kriminellen als nächstes aus sind.«

»Ich muss das Passwort so schnell wie möglich ändern«, sagte Anja und kämpfte mit den Tränen. »Aber sie haben mein iPad, den Laptop, das Portemonnaie und alle meine Karten, mein Telefon und meine Festplatte mitgenommen. Ich habe das Gefühl, es sei alles weg, was ich gehabt habe, alles Wichtige in meinem Leben.«

Die Polizistin streckte ihre Hand aus und nahm Anjas Hand in ihre; die rührende Geste liess Anja beinahe wieder weinen.

»Seien Sie dankbar dafür, dass Sie nicht ernsthaft verletzt worden sind«, tröstete die Detektivin.

»Warum könnte sich jemand für Ihre Doktorarbeit interessieren?«

Anja dachte über die Frage nach. »Ich weiss es nicht. Die Leute sagen, ich sei übervorsichtig, wenn es um meine Forschungsarbeit geht. Ich hätte nie gedacht, dass sie es wert ist, dass ich dafür angegriffen werde.«

»Worüber forschen Sie?«, fragte die Polizistin.

»Über die Wüstenpferde in der Namib, den Zweiten Burenkrieg und die Kriege gegen die Völker der Herero und der Nama.«

Die Detektivin schürzte ihre Lippen. »Wenn wir Verbrechen untersuchen, suchen wir nach Motiven. Können Sie sich vorstellen, dass jemand mit Ihrer Arbeit Geld verdienen kann?«

Anja zuckte mit den Schultern. »Nein, ich wüsste nicht wie. Ich gebe Acht auf sie, aber ist sie einen Diebstahl wert? Wohl kaum. Die Forschungsunterlagen sind in den deutschen Archiven leicht zu finden.«

»Was können Sie mir über die Männer sagen, die Sie angegriffen haben? Grösse? Statur? Rasse? Augenfarbe.«

»Mindestens einer war weiss, mit braunen Augen, glaube ich. Sie trugen schwarze Kleidung, Skimasken und einer von ihnen Handschuhe«, sagte Anja. »Mittelgross, schätze ich, beide sehr kräftig, muskulös. Sie standen hinter mir oder hielten mich mit dem Gesicht nach unten, fast die ganze Zeit.«

Die Detektivin blickte von ihrem Notizbuch auf. »Fast?«

Anja nickte. »Ich konnte die Hand des einen Mannes ganz kurz sehen. Auf seiner Haut gibt es Leberflecke, wie bei älteren Menschen üblich, und eine Narbe.« Sie beschrieb die Stelle und die Detektivin machte sich Notizen.

Anja konnte keinen Sinn hinter dem Überfall erkennen. Die beiden Männer, die sie ausraubten, waren keine hungernden Bedürftigen. Nachdem sie ihr Zimmer durchwühlten, versteckten sie sich irgendwo, wahrscheinlich auf dem Gelände des Gasthauses, und warteten in aller Ruhe auf ihre Rückkehr. Ihr wurde bewusst, dass die Männer schnell und rücksichtslos handelten und die Tortur sie erschreckte. Dennoch behandelten sie sie nicht übermässig brutal, sondern wandten gerade genug körperliche und psychische Gewalt an, dass Anja ihnen gab, was sie wollten. Kurz gesagt arbeiteten sie professionell. Das erklärte sie der Polizistin und wiederholte so genau wie möglich, was die Männer gesagt hatten.

»Ich nehme an, sie wollten Ihre Passwörter für das E-Mail-Konto und den Computer, um Ihre Bankdaten herauszufinden.«

»Ich kann die Konten löschen.«

»Anja«, sagte die Detektivin, beugte sich näher zu ihr und senkte die Stimme ein wenig, »gibt es irgendetwas Belastendes auf Ihrem Computer, etwas, von dem Sie nicht möchten, dass jemand es sieht? Manchmal ist Erpressung ein Motiv.«

Sie schüttelte den Kopf. »Nein. Vielleicht haben sie mich mit jemand anderem verwechselt? Vielleicht hatten sie den Auftrag, das Hotelzimmer eines reichen deutschen Touristen zu durchsuchen, doch fanden nur ein paar Kreditkarten, mit denen wenig abgehoben werden kann und einen Laptop voller Notizen und dem Entwurf meiner Doktorarbeit?«

Die Detektivin lehnte sich zurück, klappte ihr Notizbuch zu und gab Anja eine Visitenkarte. »Rufen Sie mich bitte an, wenn Ihnen noch ein Grund einfällt, warum diese Männer gerade Sie überfallen haben oder was sie mit Ihren Papieren und Ihrem Computer tun könnten.

»Mache ich.«

Als die Polizisten Anjas Zimmer verlassen hatten, löste sich Anjas Spannung und sie begann zu weinen.

19

JOHANNESBURG, SÜDAFRIKA, IN DER GEGENWART

Nick wachte auf und hatte keine Ahnung, wo er war.

Dank schwerer Vorhänge war es im Zimmer dunkel, aber er hörte das entfernte Summen des Verkehrs. Er tastete nach einem Lichtschalter in der Nähe des Betts und realisierte, dass er in Johannesburg war.

Seine Finger streiften das Telefon. Er drückte auf den Knopf und der Bildschirm leuchtete auf. Es war vier Uhr morgens und der Jetlag liess ihn nicht länger schlafen. Hellwach schwang er die Beine aus dem Bett. Dank dem Leuchten des Geräts fand er den Lichtschalter.

Nach der Landung war er mit dem kostenlosen Shuttlebus zum nahegelegenen Kasinokomplex gefahren und hatte sein Zimmer im Hotel ›Peermont Metcourt‹ bezogen, einem guten Ort für eine Zwischenübernachtung. Bei einem guten Abendessen in einem Steakrestaurant im ›Emperors Palace‹ wartete er darauf, von Susan zu hören, dass sie gut in Kapstadt angekommen sei. Er zwang sich, so lange wie möglich aufzubleiben.

Nick stand auf, duschte, rasierte sich und zog frische Kleidung an. Er hatte das Hotelzimmer und einen Mietwagen auf Susans Empfehlung hin online über den Qantas Club gebucht. In Gedanken liess er ihr Liebesspiel im Duschraum Revue passieren. Er vermisste sie bereits. Wieder kam ihm Jill in den Sinn. Sie war seine Seelenverwandte gewesen, aber er konnte die Gefühle, die für Susan aufgekommen waren, nicht leugnen. Vielleicht war es nur Lust oder Verliebtheit, aber dass er sie getroffen hatte, gab ihm etwas, auf das er sich freuen konnte.

Bevor sie Sydney verlassen hatten, hatte Susan ihm gezeigt, wie er seine ersten vier Nächte im Krüger-Nationalpark online buchen und bezahlen konnte. Für die erste Nacht hatte sie für ihn eine Unterkunft im Skukuza Rest Camp gefunden, das in der Nähe des Flughafens des Parks lag, danach standen auf seinem Reservationspapier zwei Nächte im Satara Camp und eine in Pretoriuskop. Namen, die ihm noch nichts sagten.

Susan hatte nicht viel Zeit – sie musste sich beeilen, um ihren Anschlussflug nach Kapstadt zu erreichen. Nachdem sie ihr Gepäck abgeholt und sich zum letzten Mal geküsst hatten, versprach sie ihm, bald zu ihm zu kommen.

Nick fragte sich, ob er verrückt sei. Vielleicht. Aber wenn das Wahnsinn war, dann wollte er mehr davon. Er fühlte sich aufgedreht und gleichzeitig entspannt, vom erdrückenden Gefühl befreit, auch nur einen weiteren Tag in einem Job verbringen zu müssen, den er nie wirklich gemocht hatte. Er fragte sich, ob sich der Ruhestand auch so anfühle. Er war realistisch genug, um zu wissen, dass er sich irgendwann einen neuen Job suchen musste, aber der Gedanke, einen guten Teil seiner Abfindung zu verprassen, störte ihn im Moment nicht.

Nick hatte ein Sachbuch mit dem Titel ›Steinaeckers Reiter‹ auf sein Kindle ebook-Gerät heruntergeladen, das von der Einheit handelte, in der Cyril Blake während des Burenkrieges gedient hatte. Während er im Hotelrestaurant im Erdgeschoss frühstückte und Kaffee trank, überflog er das Buch. Es wurde ihm schnell klar, dass Steinaeckers Reiter in jeder Hinsicht aussergewöhnlich gewesen waren.

Ludwig von Steinaecker, den seine Männer ›Old Stinky‹ nannten, schien ein ebenso bunter Vogel zu sein, wie die Räuber, Jäger, Goldgräber, Händler und Wechsler, die er befehligte. Er trug einen neun

Zentimeter langen Schnauzbart, vielleicht, um seine kleine Statur zu kompensieren und sein Mund war voller gezackter, gelber Zahnstümpfe. Er liebte aufwendige, mit silbernen Tressen und Schärpen verzierte Uniformen.

Nick beendete das Frühstück und holte seine Tasche aus seinem Zimmer. Nach dem Bezahlen seiner Rechnung, wartete er ein paar Minuten auf den Shuttlebus des Hotels, der ihn zurück zum Flughafen brachte. Er checkte im Inlandterminal für den Flug nach Skukuza ein und machte sich auf den Weg zur Abflughalle. Mit einem weiteren Kaffee in der Hand suchte er sich einen Platz und rief Susan an.

»Howzit«, sagte sie. »Hast du mich vermisst?«

»Ja, habe ich wirklich.« Er konnte sich ein Lächeln nicht verkneifen. »Was tust du? Bist du am Fahren?«

»Ja, mein Auto hat Bluetooth. Ich fahre gerade zu diesem Treffen mit meinem Kunden und beende meinen Auftrag.«

Der Verlust seiner sicheren Einkommensquelle hatte in ihm neuen Respekt vor finanzieller Sicherheit geweckt und er hoffte, dass Susan wusste, was sie tat. »Mach das nur, wenn du dir sicher bist ...«

»Das Geld, das ich verdiene, ist die Menge an Scheiss nicht wert, den ich tun und ertragen muss. Ausserdem ist mir jetzt, wo ich wieder einer richtig guten Geschichte auf der Spur bin, klargeworden, dass ich viel lieber in den Journalismus zurückkehren möchte, statt in der Werbung zu arbeiten.«

Er fragte sich, was genau Susan für diesen Mann tun musste und was für ein Mensch er war. Sie hatte ihm gesagt, dass sie nur ein paar Probleme aus dem Weg räumen müsse, aber ihr plötzlicher Flug zurück nach Südafrika und ihr Verweis auf den ›Scheiss‹, den sie ertragen müsse, liessen die Besprechung mit ihrem Kunden ernster klingen, als sie es ursprünglich beschrieben hatte. Nick fühlte seinen Beschützerinstinkt erwachen. »Willst du, dass ich ihn auspeitschen lasse?«

Sie lachte nicht über seinen Versuch, witzig zu sein. »Sobald ich fertig bin, buche ich einen Flug nach Skukuza.«

»Grossartig«, gab er zurück und freute sich aufrichtig.

»Ich muss dir etwas Wichtiges sagen.«

Er leckte sich über die Lippen. »Okay. Etwas Gutes, hoffe ich.«

Sie hielt inne. »Wichtig. Aber, ja, ich hoffe, etwas Gutes auf lange Sicht. Ich erkläre es dir, wenn ich dich sehe. Ich mag dich wirklich, Nick.«

Er atmete aus. »Ich dich auch. Susan, geht es dir gut?«

»Ich bin nervös. Vielleicht ein bisschen bange, aber es ist richtig so. Ich musste nach Südafrika zurückkommen, um das persönlich zu regeln, aber danach ist es mir egal, wohin der Weg führt. Ich freue mich, dich zu sehen, Nick.«

»Das hört sich alles sehr geheimnisvoll und ein bisschen drama-tisch an«, sagte er und versuchte, das Gespräch locker zu halten.

»Es ist ernst, Nick, aber ich weiss, was ich tue und möchte, dass du mir vertraust. Nick, ...«

»Ja?«

»Pass bitte gut auf dich auf.«

»Ich werde versuchen, weder von einem Löwen gefressen noch von einem Elefanten zertrampelt zu werden. Oh, und du hast gesagt, dass Büffel auch sehr gefährlich sind, nicht wahr?«

Sie hielt wieder inne. »Ich mache keine Witze, Nick. Afrika kann gefährlich sein. Pass auf dich auf und mach keine Dummheiten, bis ich bei dir bin, okay?«

»In Ordnung, ich warte, bis ich dich sehe, um etwas Dummes zu tun. Darauf kannst du dich verlassen.«

»Nick ...«

»Ja?«

»Ich ...«

Er spürte, wie sich sein Magen zusammenzog und fragte sich, ob sie ihm gleich sagen würde, dass sie ihn liebe. Sein Verstand drehte sich mit seinem Innersten im Takt. Liebte er sie? Ihr Liebesspiel war sensationell gewesen, als wären ihre Körper füreinander geschaffen und durch ihren journalistischen Hintergrund hatten sie viel gemein-sam. Jetzt, wo er darüber nachdachte, wurde ihm klar, dass es aus seiner Sicht mehr als nur eine Affäre war. Nicht einmal seine Gedanken an Jill konnten ihn umstimmen.

»Was ist los, Susan?«, fragte er.

»Ich ... Sobald ich das hier erledigt habe, gehe ich in die Bar des Vineyard Hotels in Kapstadt. Der Barmann dort ist ein guter Freund von mir. Ich trinke einen Mojito und rufe dich an. Du solltest dort auch mal hingehen.«

Sie sagte das so sachlich, dass er einfach zustimmte.

Es gab eine Pause, dann sagte Susan leise: »Nick. Ich bin gleich im Büro, ich hänge jetzt besser auf.«

»Okay.« Nick dachte über ihr Gespräch nach, besonders über Susans Tonfall. »Ich mache mir Sorgen um dich, Susan» platzte er heraus.

»Das brauchst du nicht. Wenn ich das hier hinter mich gebracht habe, geht es mir gut. Dann komme ich zu dir, Nick. Sei vorsichtig.«

»Was meinst du mit ›vorsichtig sein‹?«

Aber Susan hatte das Gespräch beendet.

Nick ärgerte sich. Er trank seinen Kaffee aus und versuchte, Susan zurückzurufen, aber der Anruf ging direkt auf die Mailbox. Er schloss daraus, dass sie in ihre Besprechung gegangen war. Er las unkonzentriert in einer Zeitung und redete sich ein, sich keine Sorgen zu machen. Bald war es Zeit, für den Flug nach Skukuza im Krüger-Nationalpark zum Gate zu gehen.

Eine Rolltreppe führte ihn in den Wartesaal für Flüge zu Destinationen innerhalb von Südafrika hinunter, von wo Busse die Passagiere zu den Flugzeugen brachten. Nick nahm Platz und wartete auf den Aufruf seines Flugs. Er nahm seinen Kindle heraus und schaltete ihn ein.

»Wie ist es, auf einem dieser kleinen Dinger zu lesen?«

Nick blickte von seinem Gerät auf und sah den rundlichen Mann an, der neben ihm sass. Er trug ein khakifarbenes und blaues Hemd, Arbeitsshorts und Wüstenstiefel. »Es ist schon okay. Ich mag Papierbücher zwar immer noch lieber, aber E-Books sind gut für unterwegs.«

Der Mann schnaubte und sagte mit einem starken Afrikaans-Akzent: »Ich selbst lese» nur Papierbücher. Ich mag es, wie sich ein Buch anfühlt und wie es riecht. Woher kommen Sie?«

»Australien.«

»Ich habe Verwandte in Perth, aber die Hälfte der Südafrikaner hat Familie in Ihrem Land. Mein Name ist Danie.«

»Nick.« Sie gaben sich die Hände.

»Was lesen Sie da?«

»Es ist ein Buch über eine Einheit im Burenkrieg, ›Steinaeckers Reiter‹. Sie waren in der Gegend des Krügerparks stationiert«, sagte Nick.

Danie nickte. »Ich habe von ihnen gehört. Oh, und übrigens, wir nennen es den Anglo-Buren-Krieg, denn zum Tango gehören immer zwei, wie man sagt, né?«

Nick lächelte und nickte. »Das wusste ich nicht, aber danke.«

»Im Camp in Mopani, im Norden von Krüger, gab es eine Ausstellung über ›Steinaeckers Reiter‹. Einer ihrer Stützpunkte befand sich dort oben und Archäologen haben dort Ausgrabungen gemacht und einiges gefunden. Eine Menge alter Whiskey- und Gin-Flaschen, soweit ich mich erinnere.« Er lachte.

»Ja«, sagte Nick, »nach dem Wenigen, was ich bisher gelesen habe, scheinen sie ein ziemlich rauer Haufen gewesen zu sein.«

»Soviel ich weiss, verbrachten sie mehr Zeit damit, Elefanten wegen dem Elfenbein zu jagen und nach Oom Pauls Gold zu suchen, als damit, gegen die Buren zu kämpfen.«

»Welcher Paul?«, fragte Nick.

»Oom – das ist unser Wort für Onkel, ein Ausdruck des Respekts in Afrikaans – und Paul war Paul Krüger, der damalige Präsident unserer Republik. Er zog sich in einem Zug vor den Briten nach Mosambik zurück und soll die Goldreserven von Transvaal mitgenommen haben. Nur ist das Gold dabei verschwunden. Viele Leute glauben, dass Oom Paul oder seine Begleiter es irgendwo im Lowveld, wo der Krügerpark liegt, versteckt haben. Hin und wieder behauptet jemand, das Gold oder zumindest einen Teil davon gefunden zu haben.«

»Faszinierend«, sagte Nick. Diese Geschichte hatte alles – bunte Charaktere, Spione, einen Krieg und jetzt sogar einen verlorenen Schatz. Was Danie gesagt hatte, brachte ihn zum Nachdenken über die Zwickmühle, in die sein Vorfahre Cyril geraten zu sein schien. Er konnte es kaum erwarten, weitere Übersetzungen von Lili zu erhalten, aber in der Zwischenzeit freute er sich auf seine Reise in den Krügerpark.«

Ihr Gespräch wurde von einem Mitarbeiter des Bodenpersonals von South African Airlink unterbrochen, der ihren Flug aufrief. Sie nahmen ihr Handgepäck und gingen zum Bus, der sie zu ihrem Flugzeug bringen sollte.

Nick hätte Susan gern noch einmal angerufen, hielt sich aber zurück. Er wollte weder abhängig noch überbesorgt erscheinen.

Der Flug war kurz, weniger als fünfundvierzig Minuten und nach der Landung in Skukuza, im Krüger-Nationalpark, füllte Nick den Papierkram aus, um einen Mietwagen abzuholen und ins Reservat einzureisen.

Er verliess den Flughafen mit seinem Toyota Corolla. Bald erreichte er den Fluss und musste einen Moment warten, bis er an der Reihe war, auf die einspurige, niedrige Betonbrücke über den Sabie zu fahren. In der Mitte der Brücke gab es ein paar Parkbuchten und er fuhr in eine hinein, um einen Halt einzulegen und sich umzuschauen. Es war ein fast unwirkliches Erlebnis. Zu seiner Linken hatte eben ein Nilpferd mit den Ohren gewackelt und war dann untergetaucht und ein riesiges, vielleicht drei Meter langes Krokodil sonnte sich auf der Sandbank neben einem Schilfgürtel. Zum ersten Mal seit seiner Ankunft hatte er das Gefühl, wirklich in Afrika zu sein.

Er kurbelte das Fenster herunter und fuhr, die frische Luft geniessend, den betonierten Damm entlang weiter. Eine anmutige Giraffe überquerte vor ihm die Strasse. Er war zu langsam, um ein Foto zu machen, aber sein Herz schlug ein wenig schneller, als er dieses prächtige Geschöpf in freier Wildbahn sah.

Nick navigierte zum Skukuza Rest Camp, wo ihn ein grosses, strohgedecktes Empfangstor willkommen hiess. Er hielt auf dem Parkplatz, stieg aus und checkte im Empfangsgebäude ein. Die diensthabende Frau druckte die Buchung mit der Liste aller Nächte aus, die Susan für ihn reserviert hatte. Mit einer fotokopierten Karte des Camps, machte er sich auf den Weg zu seinem ›Rondavel‹, einem hübschen, runden Häuschen für Selbstversorger, direkt am Ufer des Sabie.

Der Fluss, den er gerade überquert hatte, glitzerte wie polierte Bronze vor ihm und auf der anderen Seite wanderte ein einsamer Büffel gemächlich durch das Schilf. Das Camp von Skukuza befand sich mehr oder weniger an der Stelle, an der Steinaecker damals sein Hauptquartier an der Sabie Brücke aufgebaut hatte. Er stellte sich vor, wie Cyril Blake mehr als ein Jahrhundert früher an genau dieser Stelle stand und denselben Anblick genoss. Seine Nackenhaare sträubten sich.

Das Innere seiner Unterkunft war einfach aber ordentlich. Auf der Veranda gab es eine kleine Küche mit einem Kühlschrank hinter einer Sicherheitstür aus Metall. Ein Schild wies darauf hin, dass Paviane und kleinere Affen, grüne Meerkatzen genannt, im Lager ein Problem darstellten und der Kühlschrank eindeutig eines ihrer bevorzugten Ziele war. Nick schaltete die Klimaanlage ein und sie begann zu rattern und zu summen. Er nahm seinen Laptop und das Telefon mit auf die Veranda, schaltete den Computer ein und verband sich mit dem Internet.

Während seine E-Mails langsam geladen wurden, rief er Susan an. Er war ein wenig enttäuscht, dass sie nicht schon telefoniert hatte.

Der Anruf ging wieder auf die Sprachbox.

»Hi, ich bin's, Nick«, sagte er. »Ich hoffe, mit deinem Kunden ist alles gut gelaufen. Ich bin in Suzuki, Skukusy oder wie auch immer man das ausspricht. Auf der Fahrt hierher habe ich ein Nilpferd und ein Krokodil gesehen und beim Flug hierher einen Elefanten von oben. Grossartig. Ich freue mich darauf, dich bald wiederzusehen und von dir zu hören. Bye.«

In seinem Mail-Posteingang war eine Nachricht von Lili. Noch bevor er sie öffnete, sah er, dass sie einen Anhang hatte und freute sich auf die nächste übersetzte Folge. Er beschloss, einen Happen zu essen und sich mit Proviant einzudecken, bevor der Laden im Camp schloss.

Nick ging zum Laden hinüber, einem grossen strohgedeckten

Gebäude, dessen Angebot zu achtzig Prozent aus Souvenirs und zu zwanzig Prozent aus Lebensmitteln zu bestehen schien. Er fand ein Steak, Bier, Brot und Milch sowie die Zutaten für einen Salat. Zurück in seinem Haus verstaute er die Lebensmittel im Kühlschrank.

Er legte sich auf eines der Betten im Rondavel, um ein Zehnminuten-Nickerchen zu halten, schlief dann aber tief und lange. So fiel sein Wunsch, bald auf Erkundungsfahrt durch den Nationalpark zu gehen, dem Jetlag zum Opfer. Als er aufwachte und nach draussen schaute, stand die Sonne schon fast am Horizont. Nick holte ein Bier, ein Windhoek Lager, das, wie er vermutet hatte, aus Namibia stammte. Irgendwann würde ihn Blakes Geschichte dorthin führen und mit etwas Glück konnte Nick auf seiner Reise den Spuren des alten Soldaten folgen.

Beim ersten Schluck hörte er flussabwärts ein lautes, hupendes Geräusch. Um einen besseren Blick zu haben, ging er auf den Steg, der vor seinem Rondavel dem Fluss entlang verlief. Es dauerte einen Moment, bis er die Lärmquelle ausmachen konnte, aber Ringe auf der glatten Flussoberfläche verrieten das Flusspferd. Zuerst sah man kaum erkennbare Beulen im Wasser, die dann langsam zu einer riesigen Kreatur wuchsen. Das Flusspferd kletterte mit glatten, glitzernden Flanken aus dem Wasser. Nick hatte irgendwo gelesen, dass die Tiere abends aus dem Wasser kommen, um an Land Gras zu fressen.

Der Anblick, das Geräusch und die Zeitlosigkeit der Umgebung verstärkten das Gefühl, dass er sich nicht nur in einem anderen Land, sondern in einer anderen Welt und einer anderen Zeit befand.

Von irgendwo in der Ferne hörte er ein unheimliches »Wuu-uup.«

»Haben Sie das gehört?«

Nick drehte sich um und sah seinen Nachbarn. Er stand mit einer Dose Bier in der einen und einer Zange in der anderen Hand am rauchenden *Braai,* wie die Südafrikaner den Grill nennen.

»Ja«, sagte Nick. »Was ist es?«

»Eine Hyäne«, erklärte der Mann.

»Wow.«

Der Mann kam hinüber. »Howzit, ich bin Chris.«

»Nick.« Sie schüttelten sich die Hände. »Ist es normal, dass sie dieses komische Geräusch machen?«

Chris nickte. »Manche Leute sagen, dass sie lachen, aber eigentlich gackern sie, wenn sie aufgeregt sind. Vielleicht sehen Sie eine, sie patrouillieren hier am Zaun entlang.«

Nick lächelte und nickte. »Das sind Aasfresser, oder? Also nehme ich an, solange ich nicht tot bin, bin ich sicher.«

»Nein, nein«, sagte der Mann, offensichtlich ein Einheimischer im Urlaub, »Eigentlich sind Hyänen sehr effiziente Jäger, stehlen aber oft Beute. Wussten Sie, dass sie in einer matriarchalischen Gesellschaft leben? Das rangniedrigste Weibchen im Clan ist dem ranghöchsten Männchen übergeordnet.«

Nick gluckste. »Klingt wie dort, wo ich früher gearbeitet habe.«

»Wie lange bleiben Sie im Park?«, fragte Chris.

»Ein paar Tage. Wenn eine Freundin mitkommt vielleicht auch länger. Und Sie?«

»Ich bleibe noch ein paar Tage hier«, sagte Chris. Er begann, das grillierte Fleisch auf einen Teller zu stapeln. »Geniessen Sie es.«

»Gleichfalls, einen schönen Abend«, sagte Nick.

Nick ass, legte sich auf sein Bett und schickte noch eine Nachricht an Susan. Dann holte ihn der Jetlag wieder ein und er schlief bei noch brennendem Licht ein.

Ein Ton seines Telefons weckte ihn. Desorientiert setzte er sich auf und sah, dass es zehn Uhr abends war. Er blickte auf sein Telefon und erkannte beim Blick auf das Display sofort, dass er eine Nachricht von Susan erhalten hatte. Erleichtert und mit ein wenig Herzklopfen öffnete er sie.

Es tut mir so leid, dass ich diese Nachricht schreiben muss, Nick. Entschuldige, dass ich auf deine Anrufe und Sprachnachrichten nicht geantwortet habe, aber ich brauchte Zeit zum Nachdenken und muss dir sagen, dass ich dich nicht durch den Krügerpark begleiten werde. Es war wirklich schön, dich in Sydney zu treffen, aber ich muss jetzt erst einmal eine Bestandsaufnahme meines Lebens machen und herausfinden, was mir wichtig ist, sowohl beruflich als auch privat. Ich denke, deshalb ist es das Beste, wenn ich mich verabschiede. Liebe Grüsse, Susan.

Nick las die Nachricht immer wieder. Er konnte es nicht fassen.

Er rief Susan an, aber der Anruf ging direkt auf die Mailbox. Er hinterliess eine Nachricht und dann noch eine.

»Susan, hier ist Nick« versuchte er es erneut. »Bitte ruf mich an. Ich kann verstehen, wenn du aufhören willst, aber ich will sichergehen, dass es dir gut geht. Ruf mich an.«

Er sass eine ganze Weile ungläubig da, starrte auf sein Telefon und wünschte, dass es klingelte. Während des Wartens trank er zwei weitere Dosen Bier und seine Zweifel schlugen in Wut um.

In Australien war es jetzt Morgen und sein Telefon meldete, dass eine Mail eingetroffen war. Er hoffte, dass Susan ihm auf diesem Weg eine Nachricht schickte, fand aber nichts von ihr. Dagegen bemerkte er die immer noch ungeöffnete E-Mail von Lili. Um sich abzulenken und zu beruhigen, las er den letzten Teil des Manuskripts.

20

1902, OST-TRANSVAAL, SÜDAFRIKA

Fern von der Strasse ritt Blake eine weitere Stunde schnell durchs offene Veld. Er wusste, dass es Kontrollpunkte, Blockhäuser und umherstreifende Patrouillen gab. Claire klammerte sich an seinen Rücken und er nahm an, dass ihr kalt war. Sie trug ein einfaches Leinenkleid mit nur wenigen Unterröcken, soweit er das beurteilen konnte.

Er liess sich von den Sternen leiten und ritt, weil es ihm das Beste schien, in Richtung Südosten. Er dachte sich, dass sie bald die Ost-West-Eisenbahnlinie erreichen würden, die nach Komatipoort führte wohin Claire gehen wollte. Dieser Ort war so gut wie jeder andere. Die Stadt lag an der Grenze zwischen Transvaal und Portugiesisch-Ostafrika und beherbergte einen weiteren Aussenposten von Steinaeckers Reitern. Obwohl er auf der Flucht vor den Briten war, hoffte er, Hilfe von einem oder mehreren seiner Kameraden zu bekommen. Einige der Aussenseiter unter Old Stinkys Kommando waren bereits vor dem Gesetz geflohen. Mit Claire als Zeugin könnte er Steinaecker oder einen anderen Offizier vielleicht dazu bringen, sich seines Falls anzunehmen und seinen Namen reinzuwaschen. Sie brauchten Lebensmittel, ein Pferd für Claire, mehr Munition und Informationen darüber, was dieser Captain Walters vorhatte. Ein wenig hoffte

Blake, dass der Schlag auf den Kopf des Mannes ihn getötet hatte. Gleichzeitig wusste er, dass, wenn Walters gestorben war und bewiesen werden konnte, dass er ihn getötet hatte, seine Bestimmung für ein Erschiessungskommando garantiert war.

Bei einem schmalen Bach stiegen sie ab und Blake liess Bluey trinken, so viel er wollte. Der Mond stand hoch und die Wellen glitzerten silbern. Er kniete nieder und füllte seine Feldflasche.

Dann drehte er sich zu Claire, reichte ihr die Wasserflasche und sagte: »Zeit für ein paar Antworten.«

»Ich bin nicht vor den Briten geflohen, um Fragen eines ihrer Bediensteten zu beantworten.« Sie nahm die Wasserflasche und trank gierig daraus.

»Sie sind nicht geflohen, ich habe Sie gerettet.«

Sie wischte sich den Mund ab. »Ich kenne Sie nicht und bin Ihnen nichts schuldig.«

»Nun, ich habe Ihnen das Leben gerettet, also denke ich, dass zumindest ein Dankeschön angebracht wäre.«

Ihr entschlüpfte ein Lächeln. »Nun gut. Ich danke Ihnen. Ich brauche selbst ein Pferd.«

»Sind alle Amerikaner so fordernd?«

»Ja und weil ich halb Irin und halb Deutsche bin, bin ich ausserdem stur und effizient. Also, ein Pferd?«

»Ich habe eine Idee, wo wir ein Reittier für Sie finden können. Aber erklären Sie mir zuerst, warum alle hinter Ihnen her sind?«, fragte Blake.

»Ich glaube, die eigentliche Frage ist, warum Sie mich verfolgen«, konterte sie.

Er wusste, dass sie nichts erklären würde. Sie verbarg aber eindeutig etwas, für dessen Entdeckung andere Menschen bereit waren, zu töten.

»Captain Walters, der Mann, der versuchte, Sie auf dem Feld zu töten und der Ihren Freund misshandelte und erschoss, bezichtigt mich, Ihren amerikanischen Freund getötet zu haben.«

Sie schluckte und reichte ihm die Wasserflasche zurück. »Was hat das mit mir zu tun?«

»Sie können meine Unschuld bezeugen. Sagen Sie den Behörden, dass ich in die Scheune ging, um Walters zu stoppen, als ich merkte, dass er den Colonel foltert.«

»Ich kann den britischen Behörden nichts sagen«, sagte sie.

»Warum nicht?«

»Weil sie mich hängen werden. Deshalb war dieser Mann, Walters, hinter mir her. Er denkt, ich sei eine Spionin und Sympathisantin der Buren.«

»Und warum denkt er das?«

»Ich habe keine Ahnung, ich bin nur eine unschuldige Zivilistin.«

Noch mehr Lügen, dachte Blake, *aber hier geht es bestimmt um mehr als die Jagd der Briten nach einer Buren-Sympathisantin.* Es reichte nicht aus, um zu erklären, warum ein britischer Offizier einen Feind folterte und ermordete, Bert korrumpierte und Blake reinlegte. »Wenn es sein muss, werde ich Sie mit Gewalt festhalten.«

Sie schenkte ihm ein spöttisches Lächeln. »Sie haben keine Munition in Ihrer Mauser C96, sonst hätten Sie sie bei Walters benutzt. Wenn Sie ihn getötet hätten, wäre unser Ärger vorbei und wir könnten getrennte Wege gehen. So aber haben Sie ihn mit Ihrer kleinen Besenstielpistole wahrscheinlich nur niedergestreckt.«

»Sie kennen sich mit Schusswaffen aus.«

»Ich habe zufällig einen Cousin in diesem Geschäft.«

»Wenn ich ohne Sie als Zeugin zurückkomme, werden mich die Briten hängen«, sagte Blake.

»Und mich werden sie hängen, wenn ich mit Ihnen auftauche. Hören Sie, es tut mir leid, Sergeant, wer immer Sie sind ...«

»Blake.«

»Nun, Mr. Blake, es tut mir leid, aber ich muss dieses Land verlassen und zurück nach Deutsch-Südwestafrika. Aber wenn Sie mir helfen, nach Portugiesisch-Ostafrika zu gelangen, komme ich in Lourenço Marques mit Ihnen zur britischen Botschaft und mache dort eine Aussage.«

Blake rieb sich das stoppelige Kinn. »Wir sollten uns stellen, einen Anwalt nehmen und die Dinge erklären.«

»Ich habe Ihnen gesagt, dass sie mich hinrichten werden. Ich bin fertig mit diesem schmutzigen kleinen Krieg. Ich will raus. Ich gehe nach Portugiesisch-Ostafrika und wenn ich dorthin laufen muss«, erklärte Claire.

»Wenn die Briten Sie nicht kriegen, werden es die Löwen tun und zwar bevor Sie die Grenze erreichen«, sagte Blake.

Sie streckte die Hand aus und legte sie auf seinen Unterarm. Sie sah ihm in die Augen, in denen er nun statt Trotz Verzweiflung sah. Er spürte, wie seine Haut kribbelte. »Dann kommen Sie mit mir, bitte. Zu zweit haben wir eine bessere Chance.«

Blake bezweifelte es. Er war sich sicher, dass er mit der Frau langsamer vorankommen würde und wenn sie nicht für ihn bürgte, war sie kaum mehr als überflüssiger Ballast. Doch diese kleine Berührung hatte seinen Puls zum Rasen gebracht.

Vielleicht sah Claire Blakes Zögern und beschloss, es für den Moment ruhen zu lassen. »Wie lange sind Sie eigentlich schon in Südafrika?«

»Seit den Anfängen, 1899.« Blake schnallte eine Satteltasche ab, suchte darin und fischte eine Stange Biltong heraus. Er schnitt das getrocknete Rindfleisch in zwei Hälften und reichte Claire einen Teil. Sie nickte dankend und begann, daran zu knabbern.

»Aber warum? Das ist doch nicht Ihr Krieg.«

»Das dachte ich damals auch und es ging mir nur darum, in den Kampf zu ziehen. Jetzt ...? Ehrlich gesagt, ich weiss es nicht. Die Buren kämpfen für ihr eigenes Land und das verüble ich ihnen nicht, aber wenn sich alle gegen das Empire auflehnen würden, gäbe es kein Empire mehr.«

»Und was wäre daran so falsch?«

»Zu Hause in Australien sind wir gerade erst eine Föderation geworden, aber ich weiss nicht, ob ich den Leuten, die gewählt wurden, zutrauen kann, ein Land richtig zu führen.«

»Und Sie glauben, dass Grossbritannien sich selbst oder sein Empire gut führt?«

»Grossbritannien brachte Bildung, Strassen und Eisenbahnen nach Australien und an Orte wie diesen«, sagte Blake.

»Und Pocken, Syphilis, Rum, Waffen und diese schrecklichen

Lager, in denen Frauen und Kinder wie Kriminelle eingesperrt, aber noch schlechter behandelt werden!«

»Na gut«, gab Blake nach und hob unterwürfig die Hände; sie hatte nicht ganz Unrecht. Er kramte erneut in der Satteltasche.

»Und was halten Sie davon, Farmen niederzubrennen und Frauen und Kinder zusammenzutreiben und einzusperren?«

»Ich habe noch nie eine Farm niedergebrannt, aber ich lüge nicht und sage, dass ich es nicht gesehen habe. Ich bin mit nichts davon einverstanden.«

Was Blake da sagte, grenzte an Verrat, aber er fühlte sich erleichtert, dass er seine Bedenken über die Kriegsführung äussern konnte, die er bisher weitgehend für sich behielt.

»Warum kämpfen Sie dann weiter für die Briten?«

»Ich kämpfe nicht für die Briten. Ich kämpfe für meine Kameraden, für die jungen Leute, die immer noch glauben, es sei ein grosses Abenteuer, hierher zu kommen. Ich kämpfe, um meine Jungs am Leben zu erhalten und weil ich zu viele gute junge Männer gesehen habe, die in ihrer Blütezeit von den Buren getötet wurden.«

»Sie sprechen wie ein echter Mann.«

»Ich denke, das bin ich auch.«

»Sie wären noch mehr ein Mann, wenn Sie Ihre Waffe niederlegen und versuchen würden, diesen Menschen zu helfen.«

Blake schüttelte den Kopf. »Sie sind genauso schuldig wie ich. Sie sagen, ich gehöre nicht hierher, aber das tun Sie auch nicht – Sie sind nur eine weitere Fremde, die den Krieg am Laufen hält.«

Sie baute sich vor ihm auf, die geballten Fäuste in die Seite gestemmt und den Mund nach unten gezogen, wie ein wütender Honigdachs – und diese Tiere sind äusserst grimmig. Er dachte, sie würde ihn ohrfeigen, aber sie schien sich zu beherrschen, atmete tief durch und nickte leicht. » Ich nehme an, Sie haben recht«, gab sie zu.

Blake war überrascht. Er hatte damit gerechnet, dass dieses Geplänkel noch viel länger andauerte. »Wir müssen etwas schlafen.«

»Es wird kalt, aber wir können kein Feuer machen.«

Er war beeindruckt. Sie wusste, dass die Flammen und der

Geruch von Rauch sie verraten würden. Er schnallte die Decke hinter dem Sattel los und warf sie ihr vor die Füsse.

»Ich werde es schaffen«, sagte sie.

»Daran zweifle ich nicht, aber so wie es aussieht, habe ich ein paar Schichten mehr Kleidung an als Sie.«

Claire errötete und verschränkte die Arme vor der Brust.

Blake band das Pferd an einer verkrüppelten Akazie fest und liess sich auf dem Boden nieder. Er löste die Satteltaschen und warf Claire eine davon zu, damit sie sie als Kopfkissen benutzen konnte. In der Ferne heulte ein Schakal. Blake zog seinen Kragen hoch und legte ihn um den Hals, lehnte sich zurück und zog seinen Schlapphut über das Gesicht. Er hörte Claires Schritte, als sie über die Kiesel am Ufer des Baches ging, um ihr privates Geschäft zu erledigen. Es war seltsam, mit einer Frau im Busch unterwegs zu sein.

Blake wachte kurz vor der Morgendämmerung, der kältesten Zeit des Tages, auf. Seine Uniform war nass vom Tau und sein Rücken schmerzte. Er setzte sich auf und zog sich den durchnässten Hut aus dem Gesicht. Er war allein.

»Scheisse!« murrte er.

Bis auf die Satteltasche, die er als Kopfkissen benutzt hatte, war alles weg – die andere Tasche, die Decke, Bluey. Er war hungrig, also nahm er das letzte Biltong aus seiner Tasche und kaute darauf herum. Als die Sonne aufging, war er satt.

Die verdammte Frau hatte ihn im Stich gelassen – und das, nachdem er sie gerettet hatte.

Er hatte es bitter nötig, sich zu waschen und zog sich aus. Das Gespräch vom Vorabend ging ihm nicht aus dem Kopf. Es wurde ihm klar, dass es ihm immer schwerer fiel, den Krieg und seine eigene Rolle darin zu rechtfertigen, nachdem er miterlebt hatte, wie Walters Belvedere kaltblütig ermordete und er die Schrecken des Konzentrationslagers gesehen hatte. Claire gegenüber seine Bedenken zu äussern, hatte die Zweifel nur noch verstärkt. Ihm war klar, dass der Krieg irgendwann zu Ende sein würde und er konnte diesen Tag kaum erwarten. Wenn er aber ehrlich war, musste er sich fragen, was er sonst tun könne, denn er kämpfte schon so lange.

Blake liebte Afrika und das war einer der Gründe, warum er geblieben war. Er fühlte sich zu dem weiten, offenen Land des Hochplateaus hingezogen, das geradezu danach schrie, wieder bewirtschaftet zu werden. Die lockende Anziehungskraft des dichten Busches im östlichen Teil des Transvaals mit seinem Grosswild, den exotischen Völkern und der schier unberührten Wildheit, hatte ihn in ihren Bann gezogen.

Vom Aussehen her war dieses ganze Land Australien nicht unähnlich – Kapstadt erinnerte ihn sogar an Sydney –, aber das Land barg grössere Geheimnisse und versprach mehr Aufregung und Abenteuer als seine Heimat. Das Angebot der Frau, ihn nach Portugiesisch-Ostafrika zu begleiten, brachte ihn tatsächlich in Versuchung. Es klang nach einem exotischen Ziel. Wenn er die Grenze überquerte, konnten die britischen Behörden ihn wegen Desertion erschiessen, doch deren Ansicht nach hatte er dann bereits mehrere Kapitalverbrechen begangen. Aber das war jetzt alles nur noch Theorie, denn die einzige Chance, seinen Namen reinzuwaschen, war zusammen mit seinem gestohlenen Pferd verschwunden.

Er keuchte, als er nackt in den eiskalten Bach watete. Er tauchte den Kopf unter das Wasser, rieb sich den Sand aus den Haaren und atmete tief ein. Dann blieb er, bis zur Hüfte im Wasser, stehen und liess sich von der Morgensonne den Rücken wärmen. Er schirmte seine Augen ab und blickte nach Norden. Zwei Reiter näherten sich im Galopp über das Veld. Er stieg aus dem Wasser und griff nach seiner Pistole, obwohl sie leer war. Er machte keine Anstalten, in Deckung zu gehen, als die inzwischen vertrauten Gestalten sich ihm näherten.

Hermanus, der alte Buren-Kommandant, zügelte sein Pferd und vermied es, Blakes unverhüllte Nacktheit anzustarren.

»Wo ist die Frau?«, wollte Hermanus wissen.

»Vielleicht können Sie mir das sagen?«, erwiderte Blake.

»Was meinen Sie damit?«

»Sie ist irgendwann in der Nacht mit meinem Pferd abgehauen.«

»In welche Richtung?«

»Ich denke, Sie kennen die Antwort auf diese Frage «, gab Blake zurück.

Hermanus blickte nach Osten. »Nehmen Sie die lächerliche Pistole runter, Mann, ich weiss doch, dass da keine Kugeln drin sind.«

Blake liess die Waffe sinken. Hermanus sprach mit dem jüngeren Buren in ihrer eigenen Sprache.

»Wo ist Paul?«, fragte Hermanus Blake.

»Ich habe ihn in der Nähe des Lagers verloren. Der gute Junge hat eine Kugel abbekommen.«

Hermanus grunzte. »Warum seid ihr nicht zum vereinbarten Treffpunkt gekommen?«

»Wir wurden verfolgt«, sagte Blake. Eigentlich war sich Blake sicher gewesen, den Buren ebenso entkommen zu sein wie den Briten.

»Diese verdammte Frau.« Hermanus seufzte.

»Das können Sie laut sagen.«

Während Hermanus sein Gewehr auf Blake gerichtet hielt, stieg der andere Bure ab und sammelte Blakes Uniform, Unterhose und Stiefel ein.

»He, wartet. Ihr könnt mich doch nicht nackt hierlassen.«

»Seien Sie dankbar, dass ich Sie nicht erschiesse«, brummte Hermanus. »Kom, kêrel«, wies er den jüngeren Mann an, der die Uniform mit sichtlichem Vergnügen in einen Getreidesack stopfte und wieder auf sein Pferd stieg. Hermanus gab seinem Reittier die Sporen und die beiden Männer galoppierten in Richtung Osten.

Blake setzte sich auf einen Felsen und schüttelte den Kopf.

21

KRÜGER-NATIONALPARK, SÜDAFRIKA, IN
DER GEGENWART

Es war noch dunkel, als Nick, ziemlich verkatert, aufwachte. Er tastete auf dem Nachttisch nach seinem Telefon, drückte die Home-Taste und sah, dass es vier Uhr morgens war.

Jetlag, überlegte er, war nicht nur schlecht. Er hatte sich vorgenommen, früh aufzustehen. Das Tor des Skukuza-Camps wurde bei Tagesanbruch geöffnet, dann wollte er dort sein und den Park erkunden.

Er stieg aus dem Bett, duschte und machte sich in der Küche auf der Veranda eine Tasse Kaffee. Um diese Zeit am Morgen war es kühl. Die Finger um die dampfende Tasse gelegt, blickte er auf den Sabie-Fluss hinaus. Er war niedergeschlagen. Susan hatte ihm in der Nacht nicht geantwortet und es schien, als sei er, egal wie lange er blieb, sowohl im Krügerpark wie auch sonst in Südafrika, auf sich allein gestellt.

Er ging wieder hinein und fand das Kartenbuch, das er am Vortag gekauft hatte. Während er darauf wartete, dass das Tor geöffnet wurde, plante er seine erste Fahrt durch den Krügerpark. Er wollte nicht nur Tiere sehen, sondern ein Gefühl für die Landschaft entwickeln, die Blake auf dem Pferderücken durchstreift hatte. Obwohl Susan ihm den Laufpass gegeben hatte, war er immer noch daran

189

interessiert, mehr über seinen Urgrossonkel zu erfahren und wollte weitermachen.

Im Buch über Steinaeckers Reiter hatte Nick von der Selati-Eisenbahnlinie gelesen, die einst durch den Park führte und er beschloss, der historischen Eisenbahnlinie zu folgen, wenn er Spuren davon finden könnte. Während des Goldrauschs wurde sie als Versorgungs- und Handelsverbindung zwischen den Goldfeldern in Sabie und den Häfen an der Küste von Portugiesisch-Ostafrika gebaut. Diese Strecke war eine teure Torheit und das beste Beispiel für den Tribut, den Einfallsreichtum von Betrügern und korrupten Politikern fordern. Der Auftrag für den Bau der Strecke wurde nach der Länge der zu verlegenden Strecke erteilt. Um den Preis in die Höhe zu treiben wählten die Konstrukteure nicht die direkteste Line, sondern bauten zahlreiche und kilometerlange Kurven ein. Die Strecke wurde zu einer der teuersten der Welt, war aber unpraktisch und kurzlebig. Die Goldfelder hielten nicht, was sie versprachen und der Personenverkehr durch das tierreiche Tiefland wurde allzu oft durch Zusammenstösse mit Grosswild unterbrochen. Schliesslich legte man die Selatilinie still.

Nick hörte ein seltsames Geräusch, das sich wie eine Mischung aus dem Heulen eines Babys und dem Kreischen eines Vogels anhörte. Er ging wieder hinaus und beobachtete eine pelzige Gestalt, die über sein Dach hüpfte. Auf den hintersten Seiten der Kartenbroschüre gab es Abbildungen von Tieren, Vögeln und Reptilien des Krügerparks, mit deren Hilfe er den lärmenden Übeltäter identifizierte: einen kleinen Primaten namens Buschbaby. Für ihn sah es in Grösse und Körperbau ähnlich aus wie die Opossums, die nachts durch Sydneys Gärten und über die Dächer streifen.

Als sich der Himmel allmählich von schwarz zu grau verfärbte, machte er sich zum Aufbruch bereit und vergewisserte sich, dass er seine Karte, die Kamera, das Fernglas, Kleinigkeiten zum Essen und Wasser für die Fahrt dabeihatte. Den Warnungen entsprechend, vergewisserte er sich, dass alle Fenster gut verriegelt waren, dann schloss er die Haustür ab.

Nick stieg ins Auto und fuhr los. Am Tor stellte er fest, dass er bei weitem nicht der einzige Frühaufsteher war: In einer Schlange warteten bereits etwa ein Dutzend Autos mit laufenden Motoren darauf, dass die Flügel des Tores geöffnet wurden.

Endlich konnte er aus dem Skukuza-Camp hinausfahren und folgte einer Strasse in Richtung Südosten. Er kurbelte die Fenster seines Corolla herunter und genoss die Kühle der frischen Morgenluft und den klaren, blauen Himmel. Wenn es einen Tag wie den gestrigen gab, würde es bald heiss werden.

Nach einer Kurve überquerte fünfzig Meter vor ihm eine Elefantenherde die Strasse und er hielt an. Er vermutete, dass die grossen Elefantenweibchen ihre Jungen beschützten. Eine besonders massige Elefantenkuh blickte ihn lange an, warf ihren mächtigen Kopf herum und flatterte mit den Ohren.

Nick verspürte einen Adrenalinstoss, als ein mittelgrosser Nachzügler mit erhobenem Rüssel ein paar Schritte auf ihn zu rannte und schrill trompetete. Als Nick sicher war, dass die gesamte Herde die Strasse überquert und sich in den Busch verzogen hatte, fuhr er vorsichtig vorwärts. Er blickte nach rechts und sah, dass die Elefanten mit den Bäumen verschmolzen waren und friedlich frassen.

So schön diese Sichtung war, konnte er sie doch nicht in vollen Zügen geniessen, da er sie mit niemandem teilen konnte. Er war acht Monate lang allein gewesen, bevor er sich, wenn auch nur kurz, den Gedanken erlaubt hatte, wieder eine Partnerin zu haben Die Aussicht, die Safari und seine Zeit in Afrika mit einer hübschen, intelligenten Frau zu verbringen, machte diese Reise nicht nur zu einer spontanen Torheit, sondern zu etwas, das er wirklich hatte geniessen wollen. Susans nüchterne Nachricht hatte diese Hoffnung zunichte gemacht und er fühlte sich so einsam wie schon lange nicht mehr.

Offenbar hatte Nick Susan und das, was sich mit ihr entwickelt hatte, völlig falsch eingeschätzt. Vielleicht hatte sie ihre Zeit in Sydney nur als einen Flirt betrachtet. Möglicherweise war sie zunächst von einem Wirbelwind von Gefühlen erfasst worden, überlegte es sich aber nach der Rückkehr nach Südafrika anders.

Susan hatte ihm gesagt, er solle vorsichtig sein und auf sich aufpassen. Ob sie ihm damit signalisierte, er solle sein Herz hüten? Vielleicht hatte sie doch schon einen Partner. Oder ob bei dem Treffen mit ihrem Kunden etwas passierte, das sie umstimmte? Susan hatte ihm gesagt, sie würde ihm etwas erklären, wenn sie sich wiedersahen. Hatte sie einfach kalte Füsse bekommen? Nick stiess einen Seufzer aus.

Er kam an eine Abzweigung, die mit ›Mathekenyane‹ beschriftet war und zu einem grossen Granitfelsen führte, auf dessen Gipfel ein anderer Frühaufsteher stand. Nick zweigte ab und fuhr auf den Hügel. Er stellte fest, dass Aussteigen bei diesem Aussichtspunkt ausnahmsweise erlaubt war. Die anderen Besucher fuhren weiter und er konnte die weite Aussicht ganz für sich allein geniessen. Der Rundumblick weit über den braunen afrikanischen Busch war überwältigend. Um den Lärm eines vorbeifahrenden Wildbeobachtungsfahrzeugs und der sich darauf lautstark unterhaltenden Touristen in Khakikleidern auszuschalten, hielt er sich die Ohren zu. So konnte er sich beinah vorstellen, wie Blake allein auf einem Pferd zu sitzen und nach listigen Buren und gefährlichen Raubtieren Ausschau zu halten.

Nick fuhr in Richtung des Crocodile Bridge Camp weiter, das in der Nähe der Stadt Komatipoort und der Grenze zu Mosambik lag und wo es einen weiteren Aussenposten von Steinaeckers Reitern gegeben hatte.

Auf einer Kiesstrasse sah er einen Damm, der eindeutig von Menschen geschaffen worden war. Das mussten die Überreste der einstigen Eisenbahnlinie sein, deren Gleise schon vor langer Zeit weggerissen worden waren. Ob Cyril auf dieser Bahnstrecke geritten war?

Trotz seiner nagenden Wut und Sorge um Susan tat er sein Bestes, um die langsame Fahrt zu geniessen.

Das Crocodile Bridge Camp wirkte behaglicher und war viel kleiner als Skukuza. Hier war die Temperatur höher und die Luft fühlte sich stickiger an. Auf der anderen Seite des Flusses konnte er Zuckerrohrfelder sehen. Beim Tor des Camps fand er heraus, dass er den Park verlassen und am selben Tag, ohne weitere Formulare auszufüllen, zurückkehren konnte.

»Wie weit ist es bis Komatipoort?«, erkundigte er sich bei der Frau hinter dem Empfangstresen.

»Ziemlich nahe, vielleicht zwanzig Minuten.«

Das genügte ihm. Bei dieser Gelegenheit konnte er in der Stadt etwas zu essen und zu trinken kaufen. Nick fuhr über den Fluss aus dem Park. Auf der niedrigen Betonbrücke hielt er inne, um einen Büffel zu beobachten, der durch das seichte Wasser watete. Danach führte die Strasse zwischen Farmen mit ausgedehnten Zuckerrohrfeldern nach Komatipoort.

Abgesehen von Johannesburg, von dem er nur wenig gesehen hatte, war dies seine erste Erfahrung mit Afrika ausserhalb eines Hotels oder Nationalparks. Der Verkehr floss langsam, aber es gab keinen Stau, sondern die Fortbewegung an sich schien mühsam und gemächlich. An einer Kreuzung mit vier Stopps überlegte er, wem er Vorfahrt gewähren musste. Die Nähe zu Mosambik war deutlich zu spüren. Die Schilder von Geschäften und Werkstätten waren in Englisch und Portugiesisch geschrieben und an Ständen wurden Meeresfrüchte verkauft, vor allem Krabben. Eine Frau schlenderte mit einer riesigen, gestreiften Tasche auf dem Kopf anmutig und scheinbar mühelos über den Gehweg und vor einer schäbigen Bar tummelten sich junge Männer. Durchs Fenster stieg ihm der Geruch von gekochtem Huhn und Chili ›Peri-Peri‹ in die Nase.

Nick parkte den Wagen bei einem Einkaufszentrum mit einem Spar-Supermarkt. Sein Magen knurrte und er beschloss, sich vor dem Einkaufen zu stärken. Im ›Wimpy Burger‹-Restaurant setzte er sich an einen Tisch, bestellte ein getoastetes Sandwich und überprüfte während dem Warten seine Nachrichten. Eine weitere Abschrift von Lili hellte seine Laune ein wenig auf. Interessanterweise gab es auch eine E-Mail von Anja Berghoff, der deutschen Doktorandin, die er auf Susans Anregung hin kontaktiert hatte. Als er sie fragte, ob sie Informationen über Blake und Claire Martin habe, hatte sie ihn höflich, aber bestimmt abgewimmelt. Was sie jetzt wohl von ihm wollte?

. . .

Sehr geehrter Herr Eatwell,

ich habe Ihr Angebot, die Informationen, die Sie über Ihren Vorfahren, Sergeant Cyril Blake haben, zu teilen, noch einmal überdacht. Ich habe einen Rückschlag mit meinen eigenen Nachforschungen erlitten. Der grösste Teil meines kürzlich gefundenen Primärquellenmaterials ging verloren und es wird einige Zeit dauern, es wieder zu sammeln. Mittlerweile befinde ich mich in Namibia und beabsichtige, meine Feldforschung wie geplant fortzusetzen. Ich würde sehr gerne erfahren, was Sie entdeckt haben.

Mit freundlichen Grüssen, Anja Berghoff

DER TON WAR WIEDER FÖRMLICH, aber diesmal klang es eher, als ob sie ihn brauche. Er fragte sich, was mit ihren Recherchen passiert war und wie sie verloren gegangen waren. Am Ende ihrer E-Mail stand eine Telefonnummer, deren Vorwahl vermutlich zu Namibia gehörte. Zuerst dachte er, er würde sie später anrufen, doch da sie verzweifelt schien, beschloss er, sie in einer Textnachricht dazu aufzufordern, ihn anzurufen.

Dann öffnete er Lilis neueste Übersetzung.

22

―――――

1902, OST-TRANSVAAL, SÜDAFRIKA

»Ich staune, dass Sie noch am Leben sind«, sagte Claire, auf den nackten Blake hinunterschauend.

»Sie kommen zurück.« Seine Stimme klang ruhig, doch sie wusste, dass er überrascht war.

Blake lag auf einem grossen, flachen Felsen neben dem Fluss und sonnte sich wie eine Echse in der warmen Nachmittagssonne. Er bemühte sich nicht, seine Nacktheit zu verbergen. Claire sass auf einem neuen Pferd, an dem Bluey angebunden war und hatte ihr Kleid wieder gegen praktischere Männerkleider getauscht.

»Möchten Sie sich nicht anziehen?«, erkundigte sie sich.

»Ihr Burenfreund Hermanus ist heute Morgen aufgetaucht und hat meine Uniform gestohlen. Dafür hat er mir freundlicherweise meine leere Pistole gelassen. Er ist genau wie die Briten auf der Suche nach Ihnen. Ich musste nicht einmal lügen, als ich sagte, ich hätte keine Ahnung, wohin Sie gegangen sind. Wo waren Sie?«

»Ich schlich mich davon, ohne dass Sie aufgewacht sind, und jetzt ritt ich direkt zu Ihnen, während Sie schliefen. Dass Sie nicht schon vor Jahren von den Buren getötet wurden, ist ein Wunder.«

»Wer sagt, dass ich geschlafen habe?« Sie machte keine Anstalten, den Blick von ihm abzuwenden, doch sah sie einen Teil seines

195

Körpers bewusst nicht an. Sie hatte schon einen langen Blick darauf geworfen.

»Ein Gentleman hätte sich bedeckt, wenn er bemerkte, dass sich eine Dame nähert.«

»Eine Lady wäre nie so nahe herangekommen, ohne sich anzukündigen. Aber ich nehme nicht an, dass Sie hinter einem Gentleman her sind.« Sie rümpfte die Nase. »Wer sagt, dass ich überhaupt hinter etwas her bin?«

»Sonst wären Sie nicht zurückgekommen und Sie haben selbst gesagt, dass Sie Hilfe brauchen, um durch den Busch nach Lourenço Marques zu kommen. Dafür brauchen Sie keinen Gentleman, sondern jemanden, der weiss, wo man die Grenze überquert, ohne erwischt zu werden.«

Claire brummte und löste den Kattunbeutel von ihrem Sattel. Sie hasste es, wenn ein Mann Recht hatte, was zum Glück nicht oft vorkam. Doch so sehr es sie schmerzte, dies zuzugeben, brauchte sie im Moment wirklich Hilfe. Nur weil sie ihre Grenzen ebenso gut kannte, wie ihre Fähigkeiten, war sie noch am Leben.

Sie war noch nie im malariaverseuchten Busch von Transvaal gewesen und nun führe ihr Weg mitten durch den dichten Busch, in dem eine Vielzahl gefährlicher Tiere lebte. Ausserdem gab es in diesem heimtückischen Land abtrünnige Buren, Banditen, Wilderer und wilde Swasi- und Shangaan-Stämme. Es war kein Ort für eine alleinstehende Frau, nicht einmal für eine vom Kaliber Claires. Nathaniels Karte würde sie noch tiefer in den Busch führen, von der Hauptstrasse von Osten nach Westen weg und einer stillgelegten Nebenstrecke der Eisenbahnstrecke entlang. Sie würde die Hilfe eines Mannes wie Blake brauchen. Sein Mut, seine Muskeln und seine Besenstielmauser würden sich als nützlich erweisen.

»Ich brauche ein weiteres Pferd, ein zusätzliches Gewehr und jemanden, der weiss, wie man damit umgeht«, sagte sie.

»Da haben Sie den richtigen Mann gefunden, Misses.« Blake rollte sich vom Felsen und öffnete die Tasche, die sie ihm zugeworfen hatte. Zufrieden mit dem groben Wollhemd, der Moleskinhose, den Reitstiefeln und dem breitkrempigen Hut nickte er.

»Miss« korrigierte ihn Claire, ohne zu wissen, warum sie sich die Mühe machte.

Blake zog die Hose an und schlüpfte in die Stiefel. Beides sass eng.

»Ich bin froh, dass Sie Zivilkleidung mitgebracht haben. Wie haben Sie sie bezahlt?«

»Ich habe sie gestohlen«, sagte sie. »In einer britischen Uniform hätten wir Sie nicht durch das portugiesische Ostafrika tingeln lassen können.« Er hob die Augenbrauen und schloss die Knöpfe.

Claire zerrte an Blueys Zügeln und zog ihn zu sich. Sie griff ins Halfter am Sattel, zog ein Gewehr heraus und warf es Blake zu, der es mit einer Hand auffing. Während er die Waffe untersuchte liess sie ihren Blick auf seiner breiten Brust verweilen.

»Doppellauf Holland & Holland. Ich bin beeindruckt, dass Sie zu einer solchen gekommen sind. Haben Sie Ihre weiblichen Reize dafür eingesetzt?«

Sie runzelte die Stirn über seine offensichtlich zweideutige Anspielung. »Nichts dergleichen. Ich habe ein Geschäft gefunden, dessen griechischer Ladenbesitzer sturzbesoffen war«

Claire griff in ihre Satteltasche und zog einen ledernen Patronengurt voller glänzender, fetter Messingpatronen für das Gewehr heraus. Das sind .577 Nitro Express«, sagte sie und warf ihm den Gürtel zu. »Eine dieser Kugeln tötet einen Elefanten.«

Blake schnappte ihn sich, legte ihn über und zog das lederbezogene Rückstosskissen des grossen Jagdgewehrs an seine Schulter. Er visierte über die Läufe. »Sie kennen sich mit Waffen und Munition aus. Die hier ist gut für gefährliches Wild, aber um präzis zu schiessen muss man nah dran sein, weniger als hundert Meter.«

»Dort, wo wir hingehen, gibt es viel gefährliches Wild.«

»Daran zweifle ich nicht.« Blake hielt inne und schien seine Möglichkeiten abzuwägen. »Hören Sie, ich weiss nicht, was Sie vorhaben, aber es sieht aus, als wäre ich vorerst aus dem Krieg raus. Kommen Sie mit mir zum britischen Konsulat und helfen mir, diesen Schlamassel, in den mich Walters gebracht hat, zu klären, wenn ich Sie unversehrt nach Lourenço Marques bringe?«

»Ja, bestimmt«, bestätigte sie.

Blake nickte. »Dann haben Sie jetzt einen Scharfschützen und einen Reiter.«

Claire lächelte und warf ihm eine Schachtel mit Patronen zu. »Oh und ich habe Ihnen etwas Munition für Ihre Besenstiel-Mauser besorgt.«

Er grinste. »Ich bin beeindruckt.«

»Das ist ein Geschäft, Mr. Blake. Nicht mehr und nicht weniger. Sie bringen mich nach Lourenço Marques und ich werde bei den Briten ein gutes Wort für Sie einlegen.«

»Von mir aus«, sagte er und zog seinen neuen Hut tiefer über die Augen, um sie vor der Nachmittagssonne zu schützen.

Sie ritten, bis es dunkel wurde und Blake ein Feuer anzündete, um die Löwen fernzuhalten. Seiner Meinung nach waren sie weit genug von einer Strasse oder der Eisenbahnlinie entfernt, um das Risiko einzugehen.

»Wie ist es dort im Busch, wo Sie patrouillieren?«, fragte sie ihn über die Flammen hinweg.

»Präsident Paul Krüger hat das ganze Gebiet 1899 zum Reservat erklärt. Es ist voll von Wild. Wir werden da unten nicht hungern, aber es ist gefährliches Land. Es gibt auch viele Löwen. Den schlimmsten Teil des Busches sollten wir in ein paar Tagen durchqueren können. Sobald wir die Lebombo-Berge – die Grenze zu Portugiesisch-Ostafrika – überquert haben, werden wir wieder nach Süden zur Eisenbahnlinie und zur Strasse nach Lourenço Marques reiten.«

Claire nickte. Blake starrte schweigend ins Feuer. *Er ist ein stattlicher Kerl*, dachte sie, *aber weit mehr als nur ein trinkfester, unflätiger Soldat. Er hat eindeutig Mitgefühl mit den Unschuldigen in diesem Konflikt und riskierte bereits sein Leben, um mich zu retten, egal aus welchem Grund.* Sie erinnerte sich daran, dass er gesagt hatte, er kämpfe viel eher für die Soldaten, seine Kameraden, als für eine Sache. Das gefiel ihr. Sie kämpfte jetzt sowohl um ihr Überleben wie auch für Reichtum und fragte sich, was schlimmer sei: Alles zu riskieren, um etwas zu stehlen oder sein Leben für eine Sache zu riskieren, an die man nicht wirklich glaubt.

»Worüber denken Sie nach?«, fragte sie nach einer Weile.

»Ein Mann kann nicht als Verbrecher oder noch schlimmer als Feigling gebrandmarkt durchs Leben gehen.«

»Ist es nicht besser, ein lebender Feigling zu sein als ein toter Held?«

»Ah. Jetzt reden Sie von Leben und Tod«, sagte er. »Das ist eine ganz andere Sache. Ich habe zu viele gute Männer sterben sehen, weil sie Helden sein wollten. Ich finde, es ist nichts falsch daran, sich umzudrehen und zu fliehen, wenn es das Vernünftigste ist, was man tun kann. Die Buren kämpfen so und sind verdammt gut darin. Ein paar Schüsse abfeuern und dann verschwinden.«

»Aber Sie kämpfen ja nicht mehr, also ist es hinfällig.«

»Stimmt, aber irgendetwas sagt mir, dass ich das hier noch nicht an den Nagel hängen sollte«, bemerkte Blake und schlug auf die Holland & Holland.

Sie schliefen, wurden aber noch vor dem Morgengrauen geweckt, weil sich von beiden Seiten ihres kleinen Lagers zwei Löwen riefen. Eilig packten sie ihre Sachen und ritten los und erreichten gegen Mittag den Crocodile oberhalb von Komatipoort. Der Fluss war etwa fünfzig Meter breit, braun und brodelnd. Blake stieg ab und führte Bluey ans sandige Ufer, dessen Boden nach einem sanften Einstieg steil abfiel.

»Zu tief zum Durchwaten«, sagte er.

»Es muss in der Nähe eine Brücke geben.«

»Bei Komatipoort. Aber das Blockhaus dort ist von unseren Jungs besetzt. Können Sie schwimmen?«

Claire biss sich auf die Unterlippe, nickte dann aber. Sie war keine gute Schwimmerin, wollte aber vor dem Australier keine Schwäche zeigen.

»Ich gehe zuerst mit meinem Pferd rüber und komme dann zu Ihnen zurück.«

»Ich komme schon zurecht.«

Blake zuckte mit den Schultern und ging, das Ufer mit seinen Augen absuchend, etwa fünfzig Meter flussaufwärts.

»Was schauen Sie?«

»Ich suche Schleifspuren.«

»Was?«

»Von Krokodilen. Wenn ein Krokodil ins Wasser geht oder herauskommt, zieht es den Schwanz über den Boden.« Er ging ein paar Schritte, blieb stehen und zeigte auf etwas. »Ja. Hier, sehen Sie?«

Claire trat zu ihm und starrte auf die Krallenabdrücke im Schlamm und die langgezogene, verschlungene Spur, die der Schwanz hinterlassen hatte.

»Nehmen Sie Ihr Gewehr und geben Sie mir Deckung. Achten Sie auf die Augen – das ist alles, was Sie von ihm sehen werden, wenn Sie Glück haben.«

»Wenn *Sie* Glück haben, meinen Sie.«

Blake setzte sich in den Sand, zog die Stiefel aus und band sie am Sattel von Bluey fest. Er knöpfte sein Hemd auf und begann, seine Hose zu öffnen, was er sich aber anders zu überlegen schien.

»Hören Sie nicht meinetwegen auf, Mr. Blake, ich schaue nicht hin«, sagte Claire und wandte sich ab.

Blake zuckte mit den Schultern, zog die Hose aus und schnürte seine Kleider zu einem Bündel, das er ebenfalls am Sattel befestigte. Er zog das Jagdgewehr aus der Halterung, ergriff Blueys Zügel mit der gleichen Hand und stürzte sich, ohne zu zögern, ins Wasser.

Claire drehte sich um, suchte den Fluss nach Krokodilen ab und bewunderte insgeheim, wie einfach das Durchschwimmen des Flusses aussah.

Er kämpfte sich aus dem Wasser und nach einem Blick auf seinen Körper mit breiten Schultern und muskulösen Pobacken wandte sie sich ab. Gut war er zu weit weg, um die Farbe in ihren Wangen zu bemerken.

»Okay, ich bin angezogen«, rief er.

Er trug seine Hose und die Stiefel, das Hemd, mit dem er sich abgetrocknet hatte, hing zum Trocknen über den Sattel seines Pferdes. Das Jagdgewehr wirkte in seinen grossen Händen wie ein Spielzeug. Sein normalerweise gewelltes, schwarzes Haar lag glatt an seinem Gesicht, das nun weniger wild, sondern eher kultiviert aussah.

»Jetzt sind Sie dran, wegzusehen, Mr. Blake.«

Er drehte sich um.

Claire zog sich bis auf ihr gestohlenes Unterhemd und die Unterhose aus und befestigte Kleider und Gewehr am Sattel, wie Blake es getan hatte. Sie watete ins Wasser, aber ihr Pferd war weniger willig als Blakes. Sie drehte sich um. Als sie an sich herunterschaute bemerkte sie, dass das halblange, seidene Spitzenhöschen an ihren Schenkeln klebte. »Drehen Sie sich noch nicht um!« Schliesslich lockte sie das Pferd ins Wasser. »In Ordnung, Mr. Blake.«

Das Pferd schlug um sich und Claire bemühte sich, nicht in Panik zu verfallen, aber als sie zu schwimmen anfing, schluckte sie Wasser und musste erbärmlich husten. In diesem Moment warf das Pferd den Kopf hin und her und wieherte. Die Bewegung riss sie erneut unter Wasser. Sie schlug mit dem freien Arm wild um sich und brachte den Kopf schliesslich über Wasser. »Ich bin okay«, rief sie, spürte aber, dass sie die Kontrolle zu verlieren begann.

Blake drehte sich um und sah, wie schwer die Flussdurchquerung Claire von Anfang an fiel. Ab und zu tauchte ihr Kopf unter die Wasseroberfläche und wenn sie wiederauftauchte, hustete und spuckte sie. Er ging ein paar Schritte näher zum Rand des Wassers, legte das Gewehr in den Sand und begann, die Stiefel wieder auszuziehen.

»Bei mir ist alles gut«, wiederholte sie.

Blake ignorierte sie und watete bis zu den Knien ins Wasser. Dann blieb er stehen, fluchte, drehte sich um und rannte ans Ufer zurück.

Er hob das Gewehr auf.

»Was ist?«, rief Claire.

Blake hob das schwere Gewehr mit einer einzigen fliessenden Bewegung an seine Schulter und drückte ab. Die Waffe schlug gegen seine Schulter und keine drei Meter vor Claires Gesicht spritzte eine Wasserfontäne in die Höhe. Sie kreischte und fuchtelte stärker mit den Armen. Dabei sah er, dass ihr die nassen Zügel aus der Hand gerutscht waren.

»Krokodil!«, schrie er.

Blake hatte die Augen des Tieres verfolgt, aber jetzt waren sie verschwunden. Er bezweifelte, dass er es mit seinem ersten Schuss getroffen hatte. Es hatte wohl das Pferd im Visier und war jetzt abgetaucht.

»Vergessen Sie das Pferd, Claire. Schwimmen Sie!«

Er schritt am Ufer entlang und sah, wie die Krokodilschnauze die Wasseroberfläche in der Nähe des Pferdebeins durchbrach. Blake schoss erneut, was einen weiteren Schwall Wasser aufsteigen liess.

Die Schüsse erschreckten Claires Pferd und das verängstigte Tier strampelte wild. Claire ging wieder unter.

Der Munitionsgurt war am Sattel festgebunden, also liess Blake das leergeschossene Gewehr fallen, rannte das Ufer hinunter und tauchte ins Wasser. Als er an die Oberfläche kam, sah er, dass sich das Pferd zwischen ihm und Claire befand. Das Krokodil tauchte wieder auf, aber zu Blakes Entsetzen war das Ungeheuer plötzlich hinter Claire.

Blake holte aus und schnitt dem Pferd den Weg ab. Das verwirrte Tier drehte um und schwamm neben Blake auf Claire zu. Blake packte das Pferd an der Mähne und liess sich von ihm zu ihr tragen. Claire hörte auf zu schwimmen und sah sich um.

»Weiter!«, befahl Blake.

»Etwas hat mein Bein gestreift!«, schrie sie und ihr Mund füllte sich mit Wasser, als sie unter die Wasseroberfläche glitt.

Blake griff über den Sattel, packte die Mauser und stiess sich dann vom Pferd ab. Er kämpfte sich zu ihr hin. »Ich komme!«

Er war sich des massiven Krokodils zu seiner Rechten bewusst, das mühelos, mit einer kleinen Bugwelle vor sich, Kurs auf die treibende Frau nahm, um sie abzufangen. Blake erreichte Claire jedoch zuerst. Er trat an ihrer Seite Wasser, packte sie an den Haaren und zog sie an die Wasseroberfläche. »Schwimmen Sie, verdammt noch mal!« befahl er ihr und stiess sie in Richtung Ufer. Er folgte ihr, bis seine Füsse den sandigen Boden berührten.

Blake drehte sich um und sah die Augen wieder. Er ging rückwärts zum Ufer, stolperte und fiel über Claire, die hustend auf allen Vieren nach oben kroch und Wasser ausspuckte.

Blake drehte sich um und nahm Claires Gewehr, als sich das Krokodil mit weit aufgerissenem Maul wieder aus dem Wasser stiess.

Obwohl die Waffe noch immer an seiner Hüfte lag, drückte Blake ab und die Mauser sprang in seinen Händen. Die Kugel drang dem Krokodil ins weiche Fleisch des Oberkiefers und trat an der Spitze der Schnauze wieder aus. Der Kopf kippte zur Seite und das Reptil rollte zurück ins Wasser.

Blake benutzte die Waffe, um sich aufzurichten. Seine Hände zitterten. Er ging unsicher das Ufer hinauf.

Claire kam auf die Beine und starrte ihn mit halb offenem Mund an. Alle Farbe war aus ihrem Gesicht gewichen. Er liess die Mauser fallen und schloss sie in seine Arme. Sie drückten sich fest aneinander.

»Jetzt ist alles in Ordnung«, sagte er.

Als sich sein Herzschlag verlangsamte, wurde er sich der Wärme ihres Körpers bewusst und der harten Brustwarzen, die sich durch die nasse Seide gegen seine Brust pressten. Er hatte schon viel zu lange keine mehr Frau gehalten. Allein dieses Gefühl, das sie ihm gab, liess ihn sich besser fühlen und sie begehren.

Als ob sie sich an sich selbst erinnerte, versteifte sich Claire in seiner Umarmung und legte ihre Handflächen auf seine Brust. »Bitte! Mr. Blake«, hustete sie erneut. »Ich danke Ihnen, aber entschuldigen Sie mich!«

Sie drehte sich um und stürmte auf das grasbewachsene Ufer zu. Sie setzte sich hin, zog die Knie an die Brust und schlang die Arme um ihre Beine. Blake stand, die Hände in die Hüften gestemmt, im Sand. Als er ein Plätschern hörte, drehte er sich um und sah gerade noch, wie Claires Pferd unter der Wasseroberfläche verschwand.

Blake holte Claires durchnässtes Kleiderbündel, das sich während des Krokodilangriffs gelöst und am Ast einer Platane verfangen hatte. Er brachte es ihr. »Wenigstens haben wir die nicht verloren. Lassen Sie uns weitergehen.«

Sie sah zu ihm auf, holte tief Luft und nickte. Blake sah Tränen in ihren Augen.

»Sind Sie in Ordnung?«, erkundigte er sich.

Claire wandte den Blick von ihm ab, als ob sie sich für ihre Schwäche schämte.

»Ich liebe Pferde. Mein Traum ist es, eines Tages einen grossen Hof zu haben, ein Gestüt, und sie zu züchten.« Sie blickte auf den Fluss, in dem ihr Reittier verschwunden war und die Tränen begannen zu fliessen.

Blake ging zu ihr, nahm sie in die Arme und sie schluchzte an seiner Brust.

23

KOMATIPOORT, SÜDAFRIKA, IN DER GEGENWART

Nick sah sich vor dem einstöckigen Einkaufszentrum um. Er versuchte sich vorzustellen, wie ein Kampf mit einem der Krokodile, die er im Sabie gesehen hatte, verlaufen würde.

Cyril Blake hatte sich, ohne zu zögern, in den Fluss gestürzt und das Tier fast im Nahkampf besiegt. Er musste etwas für Claire gefühlt haben – oder war es einfach der Instinkt eines Soldaten, jemanden in Not zu beschützen?

Nick fragte sich, ob er den Mut gehabt hätte, so etwas zu tun.

Er ging zu seinem kleinen Auto und machte sich auf den Weg zurück zum Krügerpark. Nach ein paar Minuten klingelte sein Telefon und er hielt am Strassenrand. Mit klopfendem Herzen fischte er es aus der Tasche, in der Hoffnung, es sei Susan, die ihm sage, sie habe ihre Entscheidung überdacht. Stattdessen war es eine unbekannte Nummer.

»Hier spricht Nick.«

»Mr. Eatwell?«

»Ja, wer ist am Apparat?«

»Hier ist Anja Berghoff, Mr. Eatwell. Ich möchte fragen, ob Sie die Informationen, die Sie über Ihren Verwandten Cyril Blake haben, der 1906 in Deutsch-Südwestafrika kämpfte, weitergeben würden.«

205

Warum sollte ich? war der erste Gedanke, der Nick durch den Kopf schoss. Die Frau war in ihrer Mailantwort geradezu unhöflich zu ihm gewesen und er glaubte nicht, dass bei der Übersetzung ihr Tonfall verändert worden war. »Warum ist das jetzt so wichtig?«

»Weil ..., weil mein gesamtes Forschungsmaterial verloren ist.«

Er hörte ihre Stimme kippen. »Das haben Sie in Ihrer E-Mail geschrieben. Wie ging es denn verloren?«

»Nun, um genau zu sein, ich habe es nicht einfach verloren – es wurde mir gestohlen. Letzte Nacht, in Windhoek.«

»Hatten Sie keine Sicherungskopie davon auf einer tragbaren Festplatte oder per E-Mail?« Es war die Art von Frage, die die Leute immer stellten, wenn jemand eine Datei oder Fotos verlor. Er wusste ganz genau, dass er der letzte war, der Kritik üben konnte – er war ein hoffnungsloser Fall, was die Sicherung seiner Arbeit anging.

Sie schniefte. »Mein Laptop und meine Festplatte wurden gestohlen und die Kriminellen zwangen mich, ihnen mein E-Mail-Passwort zu geben. Die Diebe haben sich Zugang zu meinem Konto verschafft und alles gelöscht.«

»Das ist sehr seltsam.« Es klang nicht nach einem opportunistischen Verbrechen. »Sie sagen, man hat Sie gezwungen?«

»Zwei Männer kamen in mein Hotelzimmer, raubten es aus, während ich weg war und als ich zurückkam, griffen sie mich an. Sie haben mich gefesselt und mir gedroht, mich umzubringen. Meine Kreditkarten und Bankkonten liess ich sehr schnell sperren, doch die haben sie nicht angerührt.«

»Verdammte Scheisse.« Susans letzte Worte, eine Warnung, vorsichtig zu sein, kamen ihm wieder in den Sinn und er fragte sich, ob sie mehr gemeint hatte, als nur wegen der wilden Tiere vorsichtig zu sein. »Wer will denn sowas?«

Anja schnäuzte sich die Nase. »Ich weiss es nicht. Aber sie haben gedroht, mich zu töten.«

»Wegen etwas Material über Wüstenpferde?«

»Ja, aber mein aktuelles Forschungsmaterial umfasste viel mehr als das. Es reichte zurück bis zum Konflikt in Deutsch-Südwestafrika und dem Zweiten Buren-Krieg. Ich habe das Leben einer Frau namens Claire Martin aufgezeichnet, die mit meiner Studie über die Ursprünge der Wüstenpferde zusammenhängt.«

»Claire... ja.«

»Wird sie in Ihren Unterlagen erwähnt?«

»Ja.« Ihre Stimmung hatte schnell von nahezu verzweifelt zu fordernd gewechselt. »Susan Vidler hat mir Ihre E-Mail-Adresse gegeben. Sie sagte aber auch, Sie hätten sie brüskiert, als sie Sie um Informationen bat.«

»Diese Journalistin war unhöflich und will nur eine Sensationsstory.«

Nick war sich nicht sicher, was er im Moment von Susan hielt, aber er ärgerte sich über Anjas unverblümte Kritik. Doch es klang beidseitig sehr ähnlich. »Wie auch immer. Haben Sie versucht, Susan anzurufen oder ihr eine Mail zu schicken, seit Sie all Ihre Daten verloren haben?«

Es folgte eine kurze Pause. »Ja. Beides. Aber sie hat mir nicht geantwortet und wenn ich sie anrufe, geht sie nicht ran. Das ist nicht verwunderlich, da ich in der Vergangenheit auch nicht auf ihre Anrufe und E-Mails reagiert habe. Sie ignoriert mich.«

Dich und mich, dachte Nick. »Also sind Sie zu mir gekommen.«

»Ja. Das ist nicht leicht für mich, Mr. Eatwell, Nick. Ich weiss, ich hätte höflicher zu Ihnen sein können, aber ich habe sehr hart an meiner Doktorarbeit gearbeitet und jetzt ist sie weg. Bitte verstehen Sie, ich habe dieses Material während Monaten zusammengetragen und Susan wollte, dass ich es ihr einfach gebe, damit sie einen Artikel schreiben kann. Ich war mir nicht einmal sicher, ob die Informationen, die ich über Claire Martin hatte, mir bei meiner Dissertation helfen würden. Sie zu finden, war aber wie eine archäologische Ausgrabung – man fegt Schicht um Schicht weg und hofft, etwas Wertvolles zu entdecken.«

»Okay«, sagte er unsicher.

»Es tut mir leid, Nick. Bitte nehmen Sie meine Entschuldigung an. Ich komme gerade nicht mehr weiter. Können Sie mir bitte helfen?«

Seine frühere Wut schmolz. Er spürte, dass Anja Berghoff sich nicht jeden Tag entschuldigte.

Bevor er antworten konnte, fuhr sie fort. »Bitte. Was immer ich wiederfinde, können Sie sich ansehen, wenn es Ihnen hilft. Darf ich fragen, was Sie haben?«

»Es ist eine Art Manuskript, das ein deutscher Arzt namens Peter Kohl lange nach dem Krieg gegen die Nama schrieb. In seinem Vorwort gibt er an, dass er es 1915, während des Ersten Weltkriegs, als Gefangener der Südafrikaner und der Briten verfasst hat.«

»Das ist sehr interessant!«

»Sie klingen richtig aufgeregt«, sagte Nick.

»Oh, ja. Peter Kohl war der zweite Ehemann von Claire Martin. Ihr erster Mann hatte sich umgebracht. Wenn Peter Kohl über Ihren Vorfahren schreibt, dann muss er ihn gekannt haben«, sagte sie. »Wie spät ist es bei Ihnen?«

»Ungefähr die gleiche Zeit wie bei Ihnen, nehme ich an?«

»Oh«, sagte sie und klang überrascht. »Sie sind in Namibia?«

»Südafrika. Ich sehe mir im Krügerpark an, wo mein Vorfahre während des Burenkrieges gekämpft hat. Ich wollte eigentlich mit einer Freundin reisen.«

Ein paar Sekunden lang herrschte Schweigen. »Mit Susan Vidler?«

Sie hat einen schnellen Verstand, dachte Nick, aber er hatte nicht wirklich Lust, einer Fremden zu erklären, dass er gerade abserviert worden war. »Ja, das war eine Möglichkeit. Ich meine, wir hatten keine festen Pläne, aber sie sagte, wir würden uns wiedersehen.«

»Hmm.« Anja sagte nichts mehr.

»Was?«

»Das ist seltsam«, sagte Anja. »Ich werde, wie es scheint, wegen meiner Recherchen ausgeraubt und Sie wollten sich mit einer Journalistin treffen, die sich für das Material interessiert, das wir beide haben und jetzt ruft sie keinen von uns beiden zurück.«

»Glauben Sie, dass das irgendwie zusammenhängt?«

»Ich weiss es nicht, aber mir ist gerade noch etwas Anderes eingefallen. Kurz vor meiner Abreise nach Afrika wollte jemand ins Haus meiner Mutter eindringen, wohl um etwas zu stehlen. Ein Mann, der sich als Mitarbeiter einer Gas-Firma ausgab.«

Nick schaute auf die Uhr. Er rechnete aus, dass er wieder losfahren musste, um das Skukuza-Camp rechtzeitig zu erreichen. Die Übernachtungsgäste mussten bei Sonnenuntergang zurück sein und das Tor wurde geschlossen. »Ich muss fahren.«

»Wo sind Sie jetzt?«

»In einer Stadt namens Komatipoort. Kennen Sie die?«

»Ja, ja«, sagte Anja. »Claire Martin erwähnte sie in den Dokumenten, die ich habe – hatte. Wissen Sie, dass sie für die deutsche Regierung spionierte?«

»Ich habe angenommen, dass sie eine Art Spionin war«, sagte Nick. Er wollte mehr wissen, fragte sich aber, ob sie mit ihm spiele. »Ich muss auf die Strasse, Anja. Da wo ich herkomme, darf man nicht Autofahren und gleichzeitig mit dem Handy telefonieren und mein billiger Mietwagen hat kein Bluetooth.«

»Das ist in Deutschland auch so«, sagte sie. » Während der Fahrt telefonieren ist verboten, aber hier in Afrika macht es jeder. Vielleicht gibt es deshalb so viele Unfälle. Aber wenn Sie mehr über Claire Martin wissen wollen, erzähle ich Ihnen gerne, was ich weiss. Haben Sie vor, nach Namibia zu kommen?«

»Ich weiss es nicht«, sagte er wahrheitsgemäss. Die ganze Reise war eine unausgegorene Idee gewesen, doch Susan hatte in Aussicht gestellt, an den Ort im Süden Namibias, nahe der Grenze zu Südafrika zu reisen, an dem Cyril Blake getötet worden war. »Vielleicht.«

»Ich kenne die Gegend, in der Blake 1906 starb«, sagte Anja, als hätte sie seine Gedanken gelesen. »Claire Martin und ihr Mann hatten damals mehrere Farmen nicht weit von dort.«

Er biss nicht an. »Ich muss jetzt los. Ich werde über Ihre Bitte nachdenken, Anja.«

»Noch eine Frage, Nick, bitte. Wer hat noch ein Exemplar Ihres Manuskripts?«

»Meine Tante – sie hat das Original. Und eine junge Frau in Australien, die für mich übersetzt.«

»Vielleicht mache ich mir ja umsonst Sorgen, aber sagen Sie ihnen doch, dass sie vorsichtig sein sollen. Danke, Nick, ich hoffe, ich höre von Ihnen. Ich habe eine neue E-Mail-Adresse, da die Diebe meine alte gehackt haben. Ich werde sie Ihnen per SMS schicken und vielleicht könnten Sie mir eine elektronische Kopie des Manuskripts schicken, wenn Sie eine haben?«

»Ich habe eine PDF-Kopie.«

»Gut. Es ist richtig, unsere Informationen zu teilen«, sagte sie.

Warum hast du es dann nicht getan, als du die Gelegenheit dazu hattest? fragte er sich.

Nick beendete den Anruf, legte den Gang ein und raste zum Eingangstor von Crocodile Bridge, als sein Telefon mit der Nachricht piepte, die Anja ihm gerade versprochen hatte.

Eine Stunde später lief ein grosser Löwe vor ihm über die Strasse. Nick war wie gebannt vom Anblick der kräftigen Muskeln und der üppigen rot-goldenen Mähne. Als die Raubkatze ihn durch das offene Fenster des kleinen Wagens zu mustern schien, jagte ihm der intensive Blick aus den gelben Augen einen Schauer über den Rücken. Am Rand seines Blickfelds nahm er eine Bewegung wahr und schaute genauer hin. Auf der gegenüberliegenden Seite der Stelle, von der das Männchen gekommen war, erschien eine gelb-braune Löwin aus dem langen Gras. Sie ging auf den Löwen zu und legte ihren Kopf an seinen. Als der grosse Junge nicht reagierte, hob sie eine Pfote und schlug ihm ins Gesicht. Das Männchen knurrte. Die Löwin drehte sich um, präsentierte sich ihm und liess sich vor Nicks Auto auf den Asphalt sinken. Er schritt hinter sie, ging in die Hocke und drang in sie ein, wobei er sich in ihren Hals verbiss. In Sekundenschnelle war es vorbei und das Weibchen stand knurrend auf, warf Nick einen verschlagenen Blick zu und verschwand im goldenen Gras.

Nick schaute auf die Uhr. Trotz der Spannung, die er bei der Beobachtung spürte, musste er weiterfahren. Er dachte an Susan und wie schön es gewesen wäre, etwas so Grossartiges und Berührendes mit ihr zu teilen.

24

SYDNEY, AUSTRALIEN, IN DER GEGENWART

In Sydney war es Mitternacht und nach einem Glas zu viel im ›Manly Wharf Hotel‹ fühlte sich Lili beschwipst und schwindlig.

Da an diesem Abend keine Fähre mehr fuhr, hatte sie den Bus von Manly in die Stadt genommen und war dort in einen Zug umgestiegen, der sie nach Newtown zurückbringen sollte, wo sich ihre WG befand. Obwohl die Limite ihrer Kreditkarte nach der Party heute Abend wahrscheinlich schon überschritten war, bereute sie es, keinen Uber genommen zu haben. Das zusätzliche Geld, das Nick ihr für die Übersetzung zahlte, kam ihr beim Feiern sehr gelegen.

Lili öffnete den Reissverschluss ihres Rucksacks und nahm das Bündel fotokopierter Seiten heraus. Lili fand die Stelle, wo sie stehengeblieben war und begann zu lesen.

1902, Ost-Transvaal, Südafrika

BLAKE RITT LANGSAM und schonte Bluey, der nun wieder sie beide und ihre spärlichen Habseligkeiten tragen musste.

Anfangs hielt sich Claire hinten am Sattel fest, um das Gleichgewicht während des Rittes zu halten, später legte sie ihre Arme aber um seine Taille. Das war nur vernünftig, denn ihre Reitkleider waren durchnässt. Als die Nachmittagsbrise auffrischte, kuschelte sie sich, um sich zu wärmen, enger an seinen Rücken. Er genoss die Wärme ihres Körpers, die er durch sein Hemd hindurch spürte.

»Halten wir doch an«, schlug Blake vor. »Wir könnten ein Feuer machen.«

»Nicht wegen mir«, sagte sie. »Ich weiss, dass es riskant ist.«

Er fuhr sich mit der Hand über das Gesicht. »Dann für mich. Ich bin todmüde.«

Aus der Ferne hörte man einen Löwen, dessen zweisilbiges Brüllen gleichzeitig kläglich und furchterregend klang. Scheinbar waren die Katzen in diesem Teil des Landes überall.

»Ich habe gehört, dass man einen Löwen mehrere Kilometer weit hören kann«, sagte Claire in beiläufigem Tonfall, in welchem Blake dennoch Unsicherheit hören konnte.

Blake stieg ab, band Bluey an einen Baum und schnallte die Bettrolle vom Sattel ab. »Das hängt von der Landschaft ab. In diesem dichten Buschland kommt der Schall nicht allzu weit. Der Kerl ist wahrscheinlich ganz in der Nähe, nicht viel mehr als einen Kilometer entfernt.«

Claire fröstelte. Blake sammelte ein paar Blätter und Zweige und Claire suchte nach totem Holz. Blake kniete sich hin, schlug einen Feuerstein an und entfachte pustend eine Flamme.

Claire legte das gesammelte Brennmaterial ab. »Ob das Feuer hilft?«

»Ihn fernzuhalten? Vielleicht. Jedenfalls schadet es nicht. Gehen Sie nicht zu weit weg, sonst kommen Sie vielleicht nicht mehr zurück.«

»Danke, Sie sind sehr beruhigend.«

Er legte das Holz in die Flamme. Sobald das Feuer richtig brannte, stand er auf, bewunderte sein Werk und wärmte seine Hände. »Jetzt bräuchten wir eine Flasche Rum.«

Claire schlang ihre Arme um sich. »Mir ist kalt.« Blake rollte die

Decke aus dem Bettzeug und warf sie ihr zu. Sie fing sie auf und wickelte sie um sich. »Ich kann nicht aufhören zu zittern.«

»Ziehen Sie die feuchten Sachen aus«, forderte Blake sie auf. »So machen sie auch die Decke nass und es wird Ihnen nie warm.« Er drehte sich weg. »Sagen Sie mir, wenn ich mich umdrehen kann.«

»Ja, es ist gut«, sagte sie nach ein paar Augenblicken.

Blake lächelte zum ersten Mal seit der Flussüberquerung. Gott, sah sie schön aus, mit ihrem zerzausten Haar und den blassen Schultern, die unter der Decke hervorlugten, in die sie eingewickelt war. Claire starrte ins Feuer.

Auch er begann die Kälte zu spüren. Dort, wo sie sich an ihn gelehnt hatte, war sein Rücken feucht und kalt. Er krempelte die Ärmel seines Hemds herunter und knöpfte den obersten Knopf zu. Dann suchte er noch mehr trockenes Holz und schürte das Feuer.

»Das war mutig von Ihnen, in den Fluss zu springen, um mir zu helfen«, sagte sie. »Mutig, aber dumm.«

»Gern geschehen. Warum dumm?«

»Sie brauchen mich nicht, um dorthin zu kommen, wo Sie hinwollen.«

»Ich brauche Sie, um meinen Namen reinzuwaschen«, sagte er.

»Aber Sie haben Ihr Leben riskiert, um eine praktisch Fremde zu retten. Ich weiss nicht, ob ich an Ihrer Stelle das Gleiche getan hätte.«

»Der Krieg bringt einen dazu, dumme Dinge zu tun. In meiner Armee würden wir lieber sterben, als einen Mann in Gefahr sich selbst zu überlassen und wegzulaufen.«

»Ah, dann sollte es mir wohl eine Ehre sein, einem Mann gleichgestellt zu werden und der Rettung würdig zu sein. Männer. Das ist der Grund, warum so viele von euch aus Kriegen nicht nach Hause kommen. Tapfer, aber dumm. Frauen sind klüger, wissen Sie?«

»Rücksichtsloser, meinen Sie?«

Sie dachte eine Weile über diese Bemerkung nach. »Manche Leute denken, wir seien zu weich, das schönere Geschlecht und all dieser Mist, aber ja, ich würde Ihnen wahrscheinlich zustimmen. Ich glaube nicht, dass wir Dinge aus einer falschen Vorstellung von Fairness tun. Wir beschützen unsere Leute, wie eine Löwin dies tun würde, aber wir behalten das Ziel im Auge, den Weg, der vor uns liegt. Ausserdem kämpfen wir Frauen nur selten in richtigen Armeen, also hat die Geschichte kaum gezeigt, wie wir uns in militärischen Situationen verhalten würden. Ich kenne eigentlich nur Jeanne d'Arc und Boudica und die haben sich allem Anschein nach ganz gut geschlagen.«

Blake starrte ins Feuer und nickte. »Sind Sie eine Kämpferin, Miss Martin?«

»Wenn ich kämpfe, dann für den Frieden.«

»Diese beiden Wörter passen für mich nicht so richtig zusammenpassen.«

»Natürlich tun sie das. Wie Liebe und Hass, Feuer und Eis, Tag und Nacht. Man kann das eine nicht ohne das andere haben. Gott, jetzt könnte ich einen Brandy gebrauchen, ich friere immer noch.«

Blake schürte das Feuer, aber mittlerweile zitterte auch er. »Wir können es nicht die ganze Nacht so brennen lassen, weil es in diesem Tal überall Buren- und Britenpatrouillen gibt und wir zu nah bei Komatipoort sind.«

Claire griff nach ihren nassen Kleidern, die sie auf einem Felsen neben sich drapiert hatte. Dabei entblösste sie einen schlanken Arm und die Wölbung ihrer rechten Brust. »Die Kleider sind immer noch kalt und werden auch noch nass vom Tau.«

»Am besten rollen Sie sich in die Decke und schlafen ein wenig.«

»Was ist mit Ihnen?«

Er zuckte mit den Schultern. »Ich komme schon klar.«

Claire legte sich hin und rollte sich auf die Seite, so dass sie von Blake abgewandt lag, dann schlug sie eine Seite der Decke zurück.

Er starrte auf ihren glatten Rücken, dessen Haut im Licht des Feuers blassgolden schimmerte, dann folgte sein Blick der Wölbung ihrer Hüften und der Rundung ihrer Pobacken. »Beeilen Sie sich, Mr. Blake, es ist kalt, aber kommen Sie nicht auf dumme Gedanken. Behalten Sie Ihre Kleider an und wir werden beide die Nacht überleben.«

Er liess sich auf den Boden sinken, zog die die Decke über sich und wollte sich, als er sich eingenistet hatte, weder von der Wärme ihres Rückens entfernen noch seinen Arm zwischen sie legen. Stattdessen griff er langsam über ihren Körper und zog sie in eine Umarmung.

Sie zitterte. »Mir ist immer noch kalt.«

»Sie können mein Hemd anziehen.«

Während er dalag, wuchs sein Verlangen nach ihr wortwörtlich und er befürchtete, dass sie ihn ohrfeigte, wenn sie ihn spürte. Er rollte sich auf den Rücken und begann, sein Hemd aufzuknöpfen.

»Nun, wenn Sie mich nicht halten wollen, nehme ich Ihr Angebot einer weiteren Schicht an.« Sie drehte sich um und sah ihn an. Er fummelte an einem der Knöpfe herum. »Lassen Sie mich das machen.«

Er liess seine Hände sinken und spürte, wie ihre Finger über das Haar auf seiner Brust strichen, als sie den Knopf öffnete. Sie machte unaufgefordert mit dem nächsten Knopf weiter und schaute auf das, was sie tat, nicht in seine Augen.

»Wären Sie im Fluss für mich gestorben, Blake?«, fragte sie mit leiser Stimme.

»Im Moment würde ich wohl so ziemlich alles für Sie tun«, sagte er. Er streckte seine Hand ganz langsam aus, wie er es bei einem wilden Tier tun würde, um es nicht zu erschrecken. Sie zuckte nicht zurück und als zuerst sein Handrücken und dann seine Finger ihre Wange streichelten, sah sie ihn an, bewegte sich aber nicht. »So weich«, sagte er. Sie nickte fast unmerklich, also fuhr er fort. »Afrika kann einen mit Naturschönheit erfüllen, die man nicht für möglich gehalten hätte und im nächsten Moment stösst man auf eine brennende Farm oder die blutigen Folgen einer Schiesserei. Was aber fehlt, ist das hier, etwas Zartes.«

»Wenn es Ihnen um Zärtlichkeit geht, sprechen Sie vielleicht mit der falschen Frau, Sergeant Blake.«

Sie lächelte, leckte sich aber über die Lippen und verriet damit ihre Nerven. Er fragte sich, ob sie sein Herz hören könne. Blake bewegte seine Hand, wieder langsam, um den Moment nicht zu unterbrechen, bis seine Finger hinter ihrem Nacken lagen. Er zog sie an sich und sie rutschte näher. Einen Moment lang dachte er, er sei zu weit gegangen, aber dann war sie auf ihm.

Sie rollten miteinander und ihre Münder fanden sich. Ihre Finger fuhren unter sein Hemd und den Rücken hinauf und hinunter und er zog sie an sich und schämte sich seiner Lust nicht mehr. Sie presste ihren nackten Körper an ihn und griff zwischen sie, um seine Hose aufzuknöpfen. Die Nachtluft war so kalt, dass sie die Decke über ihre Köpfe zog, so dass nicht einmal mehr das Feuerlicht sie leiten konnte. Es waren Finger und Handflächen, Münder und Lippen, die sich erkundeten und sie half ihm, aus der Hose zu schlüpfen. Sie lachten, während sie sich abtasteten, bis er die Stelle fand, die so glatt wie Moos auf einem polierten Flussfelsen war und so heiss und feucht, wie ein Sommer in Transvaal.

Der Löwe brüllte wieder in der Ferne und die Aufregung darüber schien sie eher anzuspornen, als sie zu erschrecken. Sie verloren sich in ihren Empfindungen, als er in sie eindrang, sie ihn packte und sie sich liebten. Ihr Körper war schlank und stark unter der weichen, blassen Haut und sie begegnete seiner Kraft mit ihrer eigenen. Sie biss ihn, wie er es bei einer Löwin und ihrem Partner gesehen hatte und der kurze, scharfe Schmerz schickte ihn über die Grenze.

Blake sah zu ihr auf. Ihr rotes Haar glühte wie die Flammen hinter ihr, die Sterne umrahmten ihr Gesicht und sie rang nach Atem.

Er zog sie zu sich heran und schlang seine Arme um sie.

»Ja«, flüsterte er ihr ins Ohr, »ich würde für dich sterben.«

25

SKUKUZA REST CAMP, KRÜGER-
NATIONALPARK, IN DER GEGENWART

Drei Minuten vor der Schliessung schaffte es Nick zum Tor von Skukuza. Kurz vor dem Camp hielt ein grosser Elefantenbulle ihn und drei andere Autos auf und führte sie während fast einer Viertelstunde in einer frustrierend langsamen Karavane zum Camp.

Als Nick in seinem Rondavel ankam, begrüsste ihn ein streng dreinblickender Mann in Nationalpark-Uniform und eine Frau spritzte Seifenwasser aus seinem Zimmer auf die Veranda.

»Hallo, wie geht es Ihnen?«, sagte der Mann ohne wirkliches Interesse.

»Gut, danke und Ihnen?«, sagte Nick. »Was ist denn passiert?«

»Paviane. Sie haben wohl Ihr Fenster offengelassen.«

»Auf keinen Fall. Ich habe das Schild gelesen und alle Fenster und Türen geschlossen und verriegelt.«

»Es kann passieren, dass man ein Fenster übersieht und das genügt. Ich zeige es Ihnen.«

Nick trat über den Eimer und ärgerte sich über die schmutzigen Spuren, die seine Schuhe auf dem frisch geputzten, noch feuchten Boden hinterliessen, als er dem Parkwächter ins Haus folgte.

»Sehen Sie hier, wie sie den Metallrahmen des Fensters verbogen haben?«

Nick trat näher heran und sah, dass eine der Glasscheiben fehlte, und jetzt vermutlich von der Reinigungsfrau zusammengefegt wurde.

»Die Paviane greifen danach«, demonstrierte der Mann, »und wenn das Fenster so weit offen ist, dass sie ihre Finger hineinstecken können, biegen sie es, bis das Glas zerbricht.«

»Ja, aber ich habe es nicht offengelassen.«

Der Mann nickte langsam und lächelte, als wolle er andeuten: Das sagen alle.

Nick ärgerte sich nicht nur darüber, dass der Mann ihm nicht glaubte, sondern auch darüber, dass die Paviane anscheinend seine Tasche durchwühlt hatten. Seine Kleidung und seine Habseligkeiten waren auf dem Bett aufgehäuft worden.

»Sie haben Glück«, bemerkte der Mann.

»Warum?«

»Normalerweise scheissen sie überall hin. Diese hier sind wohl gestört worden, bevor sie ihr schmutziges Geschäft verrichten konnten.« Er lachte.

Nick fühlte sich unwohl. Sicher könnten Paviane einen raffinierten Weg gefunden haben, um hereinzukommen, aber der Diebstahl von Anjas Forschungsergebnissen und Susans eindringliche Warnung gingen ihm nicht aus dem Kopf. Als der Mann gegangen und die Frau mit dem Putzen fertig war, überprüfte er das Zimmer. Es schien nichts zu fehlen. Er faltete und sortierte seine Kleider und packte alles wieder ein, wobei er sich fragte, ob er zu sehr unter Verfolgungswahn litt. Um sich zu beruhigen, ging er wieder nach draussen und kramte einige fast vergessene Pfadfinder- und Campingkenntnisse aus seiner Erinnerung, um ein Feuer zu machen. Er dachte an ein verregnetes Wochenende mit Jill in einem geliehenen Zelt an der Südküste von New South Wales, nicht lange nachdem sie sich kennengelernt hatten. Er hatte erfolglos versucht, mit durchnässtem Holz und feuchtem Papier eine Flamme zu entfachen. Die Erinnerung daran machte ihn wieder traurig und verunsicherte ihn.

Immerhin erwachte das Feuer hier schön zum Leben. Nick holte sich ein Bier aus dem Kühlschrank und schaute noch einmal ins Innere des Häuschens. Er konnte auf dem polierten Betonboden, der Bettdecke, auf dem Fenstersims oder an den Wänden keine Anzeichen dafür entdecken, dass Paviane darin gewesen waren. Er sah weder etwas Zerrissenes oder schmutzige Hand- oder Fussabdrücke noch stinkende Visitenkarten, wie sie der Mitarbeiter des Nationalparks angesprochen hatte. Er fragte sich, ob nicht eher ein Mensch seine Sachen durchwühlt und die Unordnung und das offene Fenster hinterlassen hatte und es bewusst so aussehen liess, als seien Affen dafür verantwortlich.

Nick holte sein Handy heraus und dachte weiter über die Männer nach, die Anja überfallen und bedroht hatten. Er wusste nicht, warum die Papiere einer Akademikerin so wertvoll sein konnten, aber es sah ganz so aus, als ob es die Diebe darauf abgesehen hätten. Susan hatte ihm gesagt, er solle vorsichtig sein – aber gab es etwas, das sie ihm nicht gesagt hatte?

Er sah auf seine Uhr und rechnete nach: In Sydney war es zwei Uhr morgens. Er dachte an Sheila, seine Tante. Er wollte sie nicht unnötig beunruhigen, aber die Geschichte über den Raubüberfall bei Anja ging ihm nicht aus dem Kopf.

Nick holte sich noch ein Bier, nahm seinen Laptop nach draussen, setzte sich hin und schaltete ihn ein. Er dachte an Anja Berghoff. Anfangs hatte er sich über ihre Unhöflichkeit geärgert, aber nachdem er mit ihr gesprochen hatte, fühlte er mit ihr. Sie hatte einen Überfall und einen Angriff über sich ergehen lassen müssen und ihr gesamtes Forschungsmaterial verloren.

Er beschloss, Anja auf den neuesten Stand zu bringen. Er sah, dass er ihre neue E-Mail-Adresse erhalten hatte und schickte ihr einen Scan des Originalmanuskripts und Lilis bisherige Übersetzungen.

Als nächstes öffnete er Facebook. Seine Tante war süchtig nach der Social-Media-Plattform. Er öffnete die Messenger-Box und sah, dass der Punkt neben ihrem Profilbild trotz der späten Stunde grün leuchtete. Er klickte sie an und das Dialogfeld ihres letzten Chats öffnete sich. Er sah, dass sie nur fünf Minuten zuvor online gewesen war.

»Hi, Tantchen, bist du wach?« tippte er.

Die sich kräuselnden Punkte neben ihrem Namen verrieten ihm, dass sie gerade eine Nachricht tippte. *»Leider ja, ein kleines Drama zu Hause.«*

Nick schloss Facebook auf dem Computer, nahm sein Handy in die Hand und drückte auf den Sprachanruf bei Messenger.

»Hallo?«, sagte Sheila.

»Tantchen, ist alles in Ordnung? Geht es dir gut?«

»Ja und nein«, sagte Sheila.

Nicks Magen krampfte sich zusammen. »Was ist los?«

»Nun, *mir* geht's gut – ich bin im Wohnwagen am Norah Head.« Sheila hatte ihren Wohnwagen in einem Park an der Nordküste von New South Wales stehen. Aber vor ein paar Stunden rief mein Nachbar Russell an und sagte, dass in mein Haus eingebrochen worden sei.«

»Verdammte Scheisse.«

»Genau. Russell kam halb besoffen aus der Kneipe nach Hause und bemerkte, dass das Seitenfenster offenstand. Er hörte Geräusche im Haus und rief die Polizei. Er wartete draussen, beobachtete meine Wohnung und sah den Einbrecher weggehen. Er versuchte, ihn aufzuhalten, aber der Kerl schlug ihm ins Gesicht. Die Polizei kam und rief einen Krankenwagen – Russell hat eine gebrochene Nase – aber der Einbrecher war längst weg.«

»Hat er etwas mitgenommen?«

»Komisch«, sagte Sheila, »Russells Frau Bev hat das Haus für mich kontrolliert, als sie vor kurzem aus dem Krankenhaus zurückkam. Bev sagte, der Einbrecher habe das Haus auf den Kopf gestellt, aber der Fernseher sei noch da. Russell sagte, der Kerl habe nichts bei sich gehabt, vielleicht, weil er gestört wurde.«

»Und was ist mit deinem ganzen Stammbaumzeug?«

Sheila schnaubte. »Der Mistkerl hat meinen Aktenschrank zerstört. Bev sagte, dass der Boden im Arbeitszimmer knöcheltief mit Papier bedeckt sei.«

»Das Manuskript?«

»Das habe ich dabei«, sagte Sheila. »Das Paket kam gerade an, als ich an die Küste fuhr. Warum fragst du?«

Nick atmete aus. »Ich will ja nicht paranoid klingen, aber ich glaube, der Gauner hatte es darauf abgesehen. Eine deutsche Frau, die über dieselben Dinge forscht, wurde hier in Afrika mit vorgehaltener Waffe überfallen und gezwungen, alle ihre Dokumente und Passwörter herauszugeben und mein Bungalow hier im Krügerpark wurde heute verwüstet. Die Ranger hier meinten, es seien Paviane gewesen, aber ich bin mir da nicht so sicher.«

»Wegen alter Dokumente? Echt jetzt? Warum?«

»Keine Ahnung» sagte Nick. »Ich kann mir nicht vorstellen, was in diesem Zeug sein könnte, das so wertvoll ist, aber ich werde versuchen, es herauszufinden. In der Zwischenzeit denke ich, dass du vorsichtig sein musst. Erzähl den Bullen, was ich dir erzählt habe.«

»Sie werden denken, ich sei verrückt«, sagte sie.

»Vielleicht, aber ich mache mir Sorgen um dich.«

»Was ist mit dem Mädchen, das die Übersetzung für dich gemacht hat?«

»Lili.« Nick hatte das Gleiche gedacht. »Ich rufe sie jetzt sofort an.«

NEWTOWN, **Sydney, in der Gegenwart**

LILIS TELEFON KLINGELTE.

Sie war gerade in Newtown aus dem Zug gestiegen. Die Gegend des Vororts war bei Studenten, Hipstern und Nachtschwärmern beliebt und um sie herum tobte das pulsierende Nachtleben. Sie duckte sich in die Nische eines kleinen Wohnblocks, um den Anruf so gut es ging vom Verkehrslärm und der Live-Musik aus dem Pub nebenan abzuschirmen.

»Hallo!«

»Lili, hi, ich bin's, Nick.«

»Hallo, wer ist da bitte? Ich kann dich nicht hören.«

»Lili, ich bin's, Nick!«

»Nick? Bist du in Afrika? Ich hatte heute den letzten Tag bei der Arbeit. Fertig mit der Salzmine, wie du es nanntest ...«

»Lili, bitte, hör mir zu. Geht es dir gut? Ist alles in Ordnung? Ist etwas Ungewöhnliches passiert?«

Sie dachte über die Frage nach. Obwohl sie festgestellt hatte, dass ihr Englisch nach ein paar Drinks noch flüssiger war, arbeitete ihr Verstand nur langsam. »Ungewöhnlich? Nein, ist nur dieser Telefonanruf. Und ich habe heute mein Praktikum beendet. Ich hatte gehofft, dass Pippa mich weiter beschäftigen würde, aber jetzt muss ich wohl losziehen und mitten im Nirgendwo Obst pflücken oder ...«

»Lili, hast du das Manuskript dabei?«

»Ja, natürlich. Ich habe die Kopie, die du mir gegeben hast, in einer Mappe. Und gerade im Zug ein wenig gelesen.«

»Ist irgendetwas in deinem Haus in Enmore oder wo auch immer es ist passiert?«

»Newtown. Es ist alles in Ordnung, danke der Nachfrage, aber warum fragst du, Nick?«

»Wo bist du jetzt?«

»Fast zu Hause.«

»Tu mir bitte einen Gefallen. Ich weiss, es hört sich verrückt an, aber ruf bitte einen deiner Mitbewohner an und frag ihn, ob bei euch zu Hause alles in Ordnung ist.«

»Es ist Freitagabend, Nick«, lachte Lili. »Wahrscheinlich sind sie alle am Feiern.«

»Es ist mir ernst, Lili.«

»Ich verstehe nicht, wovon du sprichst. Was meinst du mit ›ob alles in Ordnung ist‹? Du bist so komisch, Nick.« Sie begann zu gehen. »Ich bin jedenfalls fast zu Hause.«

»Lili, hör mir zu, sei vorsichtig. Vielleicht bist du in Gefahr. Ich befürchte, dass jemand versuchen wird, in dein Haus einzubrechen, wenn er es nicht schon getan hat. In das Haus meiner Tante wurde heute Nacht deiner Zeit eingebrochen und eine deutsche Frau, eine Wissenschafterin, mit der ich in Kontakt stehe und die über Claire

Martin geforscht hat, wurde hier in Afrika ebenfalls ausgeraubt. Irgendetwas ist im Gange. Jemand versucht, das Manuskript in die Hände zu bekommen, alle Unterlagen über Blake und Claire Martin. Du musst das ernst nehmen.«

»Okay, okay, Nick. Ich gehe jetzt nach Hause. Ich bin fast da.«

»Lili, wenn niemand zu Hause ist, bleib nicht dort. Geh zu jemandem, bei dem du bleiben kannst und …«

Die Verbindung brach ab.

Lili blieb stehen und schaute, leicht schwankend, auf ihr Handy. Sie hatte tatsächlich zu viel Schnaps getrunken. Sie wartete eine Minute und versuchte dann, Nicks Nummer anzurufen, doch die Verbindung kam nicht zustande.

Lili dachte darüber nach, was Nick gesagt hatte, über seine Tante und den Überfall auf die Forscherin. Das war sicherlich nur ein Zufall? Das hier war Australien, sagte sie sich, nicht die Wildnis Afrikas. So sehr es ihr auch Spass machte, das Manuskript zu lesen, sie konnte sich doch nicht vorstellen, dass es für irgendjemanden von finanziellem Wert sein könnte.«

Sie bog in ihre Strasse ein, die von Reihenhäusern gesäumt war, von denen man fast alle renoviert hatte. Die Wohnung, die sie sich mit drei anderen Frauen und einem jungen Mann teilte, sah von aussen dunkel aus. Wie sie Nick gesagt hatte, war es nicht ungewöhnlich, dass an einem Freitagabend, selbst zu dieser späten Stunde, alle unterwegs waren.

Sie steckte ihren Schlüssel ins Schloss, öffnete die Tür, stand still und lauschte. Das Haus war dunkel, aber sie konnte niemanden hören, der in Schubladen oder Schränken wühlte.

Lili schüttelte den Kopf, knipste den Lichtschalter an und sah sich um. Im Flur, in der Küche und im Wohnzimmer war alles in Ordnung. Sie fühlte sich besser, also zog sie ihre Schuhe aus und ging die Treppe hinauf. Sie hielt inne, um einen Blick in Emmas wie immer ordentlich aufgeräumtes Zimmer zu werfen. Lili scherzte jeweils, dass Emma ebenso gut Deutsche hätte sein können. Das Zimmer von Jason sah aus, als hätte eine Bombe eingeschlagen, aber das war völlig normal. Lili lächelte. Wenn ein Einbrecher dort gewesen wäre, würde es nie jemand erfahren.

Sie öffnete die Tür zu ihrem Schlafzimmer, liess ihre Schuhe fallen und wollte sich gerade die Hand vor den Mund halten, als ihr jemand dabei zuvorkam.

26

AUS, NAMIBIA, IN DER GEGENWART

Anja sass in der Klein-Aus Vista Lodge in der Nähe der kleinen Siedlung Aus und checkte die E-Mails auf dem neuen iPad, das sie in Windhoek gekauft hatte, als die Nachricht von Nick eintraf. Obwohl sie nur gute Erinnerungen an Namibias Hauptstadt hatte, war sie froh, nun rund sechshundert Kilometer südlich davon und zurück in der Wüstenlandschaft Südnamibias zu sein.

Das eingescannte Manuskript war alles an Primärquellenmaterial, das ihr im Moment zur Verfügung stand. Sie öffnete das Dokument, fand schnell heraus, wo Lili in ihrer Übersetzung stehengeblieben war, und begann zu lesen.

1902, Komatipoort, Südafrika,

ALS SIE DEN Stadtrand von Komatipoort erreichten, durchbrach der schrille Pfiff einer Dampflokomotive das morgendliche Vogelgezwitscher. Blake war im Lager von Steinaeckers Reitern an der Sabie-

Brücke stationiert gewesen, hatte aber den Aussenposten hier an der Grenze schon ein paar Mal besucht und kannte den Ort recht gut.

»Das ist die Stadt, oder das, was man so nennt«, sagte Blake.

Claire sah die gedrungene Form eines Standard-Blockhauses der britischen Armee, das aus Holz, Blech und gepresster Erde bestand. Irgendwo dahinter befand sich der Grenzposten.

Blake erkundete die Lage zu Fuss und warf einen Blick nach Osten und Westen, um sicherzugehen, dass sich weder ein Zug noch eine Fusspatrouille näherte. Als alles ruhig schien, folgten sie einem Weg, der die Haupteisenbahnlinie kreuzte. Er stieg wieder auf das Pferd und Claire folgte ihm.

»Wo beginnt die Selati-Linie?«, erkundigte sich Claire.

Blake schaute über seine Schulter, als sie weiter trabten. »Diese Strecke ist schon seit Jahren stillgelegt, das heisst, eigentlich wurde sie gar nie in Betrieb genommen. Die Firma, die sie gebaut hat, ist vor etwa acht Jahren bankrottgegangen. Warum fragst du?«

»Ich habe ein kleines Problem«, sagte sie.

Blake schüttelte den Kopf. »Das gefällt mir nicht und es ist mir auch egal, wir schleichen uns heute Nacht über die Grenze.«

»Nun«, erwiderte Claire, »ich muss einen kurzen Umweg über die Selati-Linie machen.«

»Dort oben gibt es nichts ausser Löwen und Fieber«, gab er zurück, »also keine Umwege.«

»Blake ...«

»Claire ...«

Wenn sie an den vergangenen Abend dachte, fiel es ihr schwer, ein Grinsen zu unterdrücken oder nicht zu erröten. Es war einfach aufregend gewesen, sich unter dem Sternenhimmel zu lieben und sein Körper hatte sie die ganze Nacht über warmgehalten.

Nathaniel war ein Meister der Technik gewesen, aber in Blake hatte sie genau die richtige Mischung aus Kraft und Zärtlichkeit gefunden. Sie konnte erkennen, dass er Frauen mochte und sich mit ihnen auskannte, aber er hatte nichts von der Unverfrorenheit oder Überheblichkeit des Amerikaners. Blake hatte eine Traurigkeit an sich, die zweifellos von den Kriegsjahren herrührte und es hatte sich angefühlt, als klammere er sich an sie, wie ein Ertrinkender an einen Rettungsring. Er hatte sie festgehalten und als er in ihr war die Augen so fest geschlossen, als brauche er sie, um etwas Schrecklichem zu entkommen. Als er die Augen öffnete und sie ansah, fühlte es sich an, als käme sie nach Hause. Sie gestand sich ein, dass alles an ihm ihr gefiel.

Claire atmete tief ein. Sie würde ihm vertrauen müssen, doch nach der letzten Nacht glaubte sie, dass sie das konnte. Sie brauchte ihn, nicht zuletzt wegen seiner körperlichen Kraft. »Ich kann dir garantieren, dass es sich für dich lohnt, wenn du mit mir zur Bahnstrecke kommst.«

»Mir ist wichtiger, meinen Namen reinzuwaschen und nicht vor einem Erschiessuungskommando zu enden.«

Sie schüttelte den Kopf. »Vertrau mir. Wenn du bei mir bleibst, kannst du die besten Anwälte des Landes engagieren.«

»Letzte Nacht ...«, sagte er.

»... war einfach grossartig«, flüsterte sie ihm ins Ohr. »Jetzt verdirb es nicht mit dummen Worten und tu, was man dir sagt, wie jeder gute Soldat. Bring mich zur Bahnlinie.«

»Nein.«

Claire runzelte die Stirn in seinen Rücken und dachte nach. Um einen Mann zu etwas zu bringen, musste man ihn glauben lassen, es sei seine Idee.

»Blake, wenn du überall auf der Welt hingehen könntest und tun, was du am liebsten möchtest, wo und was wäre das?«

Trotz des abrupten Themenwechsels brauchte er nicht einmal Zeit, um nachzudenken. »Als ich in Sydney lebte, sah ich den wohlhabenderen Engländern beim Segeln im Hafen zu. Ich wünschte mir, ein Boot zu bauen und segeln zu lernen, um rund um die Welt zu reisen.«

»Da oben, an der Eisenbahn-Ausläuferlinie, liegt dein Boot.«

Er lachte. »Du bist verrückt.«

»Nein, bin ich nicht. Da ist ...«

Blake hob die Hand, griff in den Lederbehälter an der Seite seines Sattels und zog die doppelläufige Holland & Holland heraus. Er nahm zwei dicke Patronen aus dem Gürtel, öffnete den Verschluss, lud die Waffe und klappte das Gewehr wieder zu.

Claire spähte über seinen breiten Rücken und sah einen Mann in britischer Uniform, der schnell und ohne zu zögern auf sie zu ritt.

Der Reiter wedelte mit einem weissen Stofffetzen über seinem Kopf. »Es ist vorbei, es ist vorbei!«

Blake zügelte sein Pferd und auch der Mann wurde langsamer, als er sich ihnen näherte.

»Legen Sie die verdammte Waffe weg« brüllte der Mann. »Ihr habt aufgegeben.«

»Er hält dich für einen Buren, weil du zivil gekleidet bist«, sagte Claire in Blakes Ohr.

Blake nickte. »Ich bin Australier«, rief er.

Der Mann zügelte sein Pferd, als er sie einholte. Claire konnte den Alkohol im Atem des Reiters schon von Weitem riechen.

»Australier? Warten Sie, ich kenne Sie doch. Blake, nicht wahr?«

Dieser nickte und liess das Jagdgewehr sinken.

»Ich bin Toner«, sagte der Mann, »Daniel. Ich war letztes Jahr für ein paar Monate an der Sabie-Brücke.«

»Ah, ja«, sagte Blake. »Was sagten Sie, ist es vorbei?«

»Ja, Sarge, der Krieg ist vorüber. Wir können alle nach Hause gehen. Die Buren des ›alten Piet‹ haben endlich aufgegeben. Wir haben heute die Nachricht erhalten, dass die Afrikaner in Vereeniging einen Friedensvertrag unterzeichnet haben. Es ist, verdammt noch mal, vorbei!«

Blake atmete aus, während Claires Gedanken rasten. Es gab bestimmt noch andere Leute, die dem ehemaligen Präsidenten Paul Krüger nahestanden und das geheime Versteck des Goldes der Republik kannten. Nach dem Ende der Feindseligkeiten würden auch sie bestimmt nach dem Schatz suchen. Sie musste also schnell handeln.

Toner zog die Augenbrauen hoch. »Was machen Sie in Zivil, Sarge?«

»Lange Geschichte«, sagte Blake. »Wie lauten Ihre Befehle, Dan?«

»Befehle? Mein Befehl lautet, mehr Grog zu besorgen. Kommen

Sie runter zum grossen Haus an der Grenze und feiern Sie mit, alter Junge.«

»Ja, das können wir.«

»Die Dame ist herzlich willkommen«.

»Danke«, sagte Claire über Blakes Schulter.

»Machen Sie sich schon mal auf den Weg, Dan«, sagte Blake.

Toner grinste und nickte, dann ritt er an ihnen vorbei weiter.

»Nun ja, nach all diesen Jahren ist das eine Wendung für die Geschichtsbücher. Umso wichtiger ist es nun für mich, schnellstens zur Selati-Linie hinaufzureiten«, nahm Claire das Thema wieder auf.

Blake sah sie an. »Und warum?«

»Wenn da unten an der Grenze die Party des neuen Jahrhunderts stattfindet«, erklärte Claire, »werden morgen alle einen Kater haben. Das wird es uns leichter machen, nach Portugiesisch-Ostafrika durchzuschlüpfen. Wenn du also nicht mit einem Haufen betrunkener Soldaten feiern willst, schlage ich vor, erst einmal einen kleinen Umweg zu machen.«

Sie umarmte und drückte ihn.

»Hat das etwas mit deiner Mission zu tun?«, fragte er.

»Da oben an der Abzweigung wartet ein Schatz, Blake und wir holen ihn uns. Wenn wir jetzt nicht handeln, wird ihn jemand anderes holen.«

»Ein Schatz? Ich dachte, es ginge hier um Geld. Bist du eine Diebin?«

Claire schürzte ihre Lippen. »Eher eine Freibeuterin oder eine Piratin nach alter Schule. Betrachte es als Kriegsbeute.« Sie hielt ihre Hände weit auf. »Ich will, was mir versprochen wurde. Ich war mitten in einem Waffengeschäft, um deutsche Kanonen an die Buren zu liefern und stehe jetzt, wo der Krieg vorbei ist, mit leeren Händen da. Schau, Blake, mein Vater musste wegen der gierigen und ungerechten Politik der Briten aus Irland fliehen und mein Mann hat sich wegen Spielschulden umgebracht. Das ist meine Chance auf ein halbwegs anständiges, ehrliches Leben.«

»Du willst nur das, was dir zusteht?«

Sie lächelte. »Vielleicht noch eine kleine Provision obendrauf.

Ich sorge dafür, dass es sich auch für dich lohnt. Sozusagen, um deine Unkosten zu decken. Auch für dein Boot ist bestimmt genug da.«

Er kniff die Augen zusammen, als er einige lange Augenblicke lang in ihre schaute. »Sehr gut.«

»Oh, noch etwas, Blake.«

»Ja?«

»Wir müssen uns einen grossen Wagen mit ein paar starken Pferden leihen.«

Jetzt verdrehte er die Augen, aber sie wusste, dass sie ihn am Haken hatte. Sie belohnte ihn mit einem Lächeln und einem Zwinkern und obwohl er den Kopf schüttelte, konnte er sich ein Lachen nicht verkneifen. Vielleicht erlaubte ihm das Ende des Krieges, sich zu entspannen und ihr zu folgen, oder er fühlte sich genauso zu ihr hingezogen, wie sie sich zu ihm.

Blake konnte aus dem Gedächtnis zu Steinaeckers Lager in Komatipoort navigieren, das als ›das Grosse Haus‹ bekannt war. Wie Toner ihnen gesagt hatte, hörte man aus dem Gebäude den Lärm eines grossen Festes. Es gab nicht einmal eine Wache am Tor oder bei den Ställen. Blake und Claire nahmen sich ein paar kräftige, wenn auch schon etwas in die Jahre gekommene Pferde und einen Planwagen, der aussah, als habe man ihn von einem Burengehöft mitgenommen. Claire nahm sich vor, einen Weg zu finden, die Pferde und den Wagen zurückzugeben. Wenn nicht an Steinaeckers Truppen, dann an die rechtmässigen Besitzer.

Blake ritt voraus, und sie nahm die Zügel der Wagenpferde in die Hand. Sie verliessen das Lager und folgten zuerst der Hauptstrecke der Ost-West-Eisenbahn, dann den Gleisen der stillgelegten Selati-Strecke auf ihrem kurvenreichen Kurs in Richtung Nordwesten. Sie waren verrostet und zwischen den Schwellen aus Bleiholz wuchs Gras und gelegentlich ein junger Baum. Neben der Strecke verlief eine Schotterstrasse, die für den Bau und den Unterhalt angelegt worden war. Sie war an einigen Stellen unterspült und an anderen durch umgestürzte Bäume blockiert und diese Hindernisse mit dem Wagen zu umfahren dauerte eine Weile.

»Ich hoffe, wir verfolgen nicht nur das Hirngespinst eines Goldesels«, rief Blake aus dem Sattel nach hinten.

»Wenn du dich an mich hältst, *Mister* Blake, wirst du deinen Esel, seine goldenen Münzen und dein Boot bekommen.«

Er lächelte und wandte sein Gesicht der Sonne zu. »Das klingt viel besser als Sergeant. Aber die Armee hat lange Arme und ein noch besseres Gedächtnis. Ich brauche immer noch deine Hilfe, um meinen Namen reinzuwaschen, Claire.«

»Du hilfst mir bei meiner winzigen Besorgung und es wird mir ein Vergnügen sein, für dich zu bürgen, Blake.«

Claire fuhr den Wagen mit der Karte neben sich. Sie hatte ihr Bestes getan, um die Geschwindigkeit abzuschätzen und errechnet, dass der erste Orientierungspunkt, bald in Sicht kommen sollte.

Tatsächlich, sie sah ihn. Vor ihr machte die Strecke eine scharfe Kurve nach rechts – einer der vielen unnötigen Umwege. In der Kurve befand sich ein markanter *Koppie*, ein felsiger Hügel, auf dessen Gipfel ein grosser Affenbrotbaum wuchs.

»Wir müssen die Linie hier verlassen, Blake«, rief sie nach vorn.

Er wartete, bis der Wagen ihn eingeholt hatte und Claire fand den schmaleren, noch holprigeren Weg, der rechts um den Koppie herumführte.

Irgendwo weiter vorne im Busch trompetete ein Elefant. Blake hob seine rechte Hand, Claire holte ihn ein und zog an den Zügeln, um die Pferde anzuhalten.

»Was ist los?«, fragte Claire.

»Elefanten hassen Löwen. Wann immer sie sie sehen oder riechen, trompeten sie und versuchen, sie zu verjagen.«

»Ach du meine Güte!«

Wie auf ein Stichwort rannte eine Löwin den Weg entlang auf sie zu. Blakes Pferd scheute und bäumte sich auf den Hinterbeinen auf. Er presste die Knie zusammen, hielt sich fest und wies sein Pferd an, ruhig zu bleiben.

»Schon gut, Claire«, sagte Blake. »Bleib ruhig auf dem Wagen sitzen, dann tun sie dir nichts.«

Er hatte leicht reden, dachte Claire und ihr Herz klopfte, als eine zweite, dritte und vierte grosse Katze, gefolgt von einem halben Dutzend kleiner Junger um sie herum durch das Gebüsch trottete.

Claire wusste genau, dass vor und wahrscheinlich auch hinter ihnen weitere Gefahren lauerten.

* * *

DER GEFREITE DANIEL Toner war auf dem Weg zu einem Handelshaus am Stadtrand von Komatipoort, in welchem durstige Transportreiter und anderen Reisende sich und ihre Pferde versorgten, bevor sie in die eigentliche Stadt ritten. Als Dan dort ankam, war der Laden verlassen und verschlossen. Da er aber den Befehl hatte, mehr Grog mitzubringen und der Krieg zu Ende war, nahm er das Gesetz selbst in die Hand und schoss das Vorhängeschloss von der Eingangstür. Drinnen bediente er sich mit so viel Whiskey und Gin, wie er in seine Satteltaschen stopfen konnte, plus eine Flasche für unterwegs.

Auf dem Rückweg zu Steinaeckers Lager stiess er auf zwei britische Offiziere und vier zerlumpt aussehende Buren. Er schwenkte seine weisse Fahne über seinem Kopf.

»Es ist vorbei!«

Dan nahm einen Schluck aus seiner Flasche und zügelte das Pferd. Er rülpste. »Hallo, Sir«, sagte er zum britischen Hauptmann an der Spitze des gemischten Trupps.

»Gefreiter«, sagte der Offizier.

»Der Krieg ist vorbei, Sir, die Buren haben einen Friedensvertrag unterzeichnet ...«

»Offensichtlich«, sagte der Hauptmann und deutete auf die Männer hinter ihm. »Diese Männer haben sich mir unterworfen.«

Dan sah sich die Buren an. Der Älteste von ihnen trug einen Mantel aus Leopardenfell. Zu seinem Erstaunen trugen die Buren immer noch Gewehre in der Hand und Pistolen im Gürtel. Vielleicht hatte der Hauptmann ihnen die Munition abgenommen oder ihnen erlaubt, die Gewehre zu behalten, wenn sie versprachen, den Krieg als beendet zu betrachten. Toner selbst war jedoch angewiesen worden, alle Buren zu entwaffnen, die er auf der Strasse traf. Es war anzunehmen, dass einige der so genannten ›Erbitterten‹, oder ›Bitter-Enders‹, den Befehl, die Waffen niederzulegen, nicht befolgen würden.

»Möchten Sie, dass ich diese Männer zu unserem Lager begleite, Sir?«, fragte Daniel.

»Nein. Sie kommen mit mir. Ich suche zwei Personen: Einen australischen Sergeanten und eine rothaarige Frau. Sie ist Irin, spricht aber wie ein Yankee.«

Daniel schaute zur Seite. Er kannte Blake nicht gut, aber er war ein Soldat aus den eigenen Reihen und dieser Unbekannte ein Offizier. Seine unmittelbare Loyalität galt Blake. »Ich erinnere mich nicht, so ein Paar getroffen zu haben, Sir.«

Der Offizier zog einen Webley-Revolver aus dem Holster, spannte den Hahn und zielte Dan zwischen die Augen. »Erzählen Sie nicht so eine verdammte Scheisse, Gefreiter, Sie lügen! Wo sind sie und wo wollen sie hin? Über die Grenze?«

Daniel blickte zum anderen Offizier, dem jüngeren Leutnant, der sein Pferd an die Seite des Hauptmanns gelenkt hatte.

»Captain Walters, ist das wirklich nötig? Der arme Kerl sagt ...«

Der Hauptmann drehte sich im Sattel, sein Gewehr bewegte sich mit ihm und er schoss dem Leutnant in die Brust. Der junge Offizier stürzte vom Pferd und landete mit einem dumpfen Aufprall im Staub. Er stöhnte und Blut schäumte aus seinem Mund, als der Hauptmann ein zweites Mal schoss, diesmal in den Kopf.

»Ja, Roderick, das war nötig.«

Dan sah sich nach dem schnellsten Fluchtweg um, aber die Buren hoben ihre Gewehre und richteten sie auf ihn. »Lass deine Waffen fallen, *Engelsman*«, befahl der Anführer im Leopardenfell.

Dan löste sein Lee-Enfield-Gewehr aus dem Sattel und warf es zu Boden.

»Jetzt, Gefreiter«, sagte Hauptmann Walters und zielte wieder auf die Stelle zwischen Dans Augen, »ein australischer Mann und eine rothaarige Frau. Die Zeit drängt.«

»J-ja, Sir ... Ich sah sie zweimal. Zuerst sassen sie zusammen auf einem Pferd und waren auf dem Weg in die Stadt. Danach schlief ich eine Weile im hohen Gras am Strassenrand, in der Nähe der Selati-Linie, Sir. Als ich aufwachte, hörte ich das Geräusch eines Pferdes und eines Wagens und sah sie. Der Mann ritt und sie lenkte den Wagen der Nebenstrecke entlang.«

»Wie lange her?«

»Ungefähr eine Stunde, Sir, mehr nicht.«

»Guter Mann.«

Dan seufzte vor Erleichterung. »Danke, Sir.«

Walters feuerte.

27

SKUKUZA REST CAMP, KRÜGER-
NATIONALPARK, IN DER GEGENWART

Nick konnte kaum schlafen. Er hatte immer wieder versucht, Lili anzurufen, sie aber nicht erreicht.

Er war frustriert, weil er weder Lilis Adresse noch die Namen ihrer Freunde kannte. Möglicherweise hatte Pippa die Anschrift, aber als Nick online nach Pippas Festnetznummer suchte, konnte er sie nicht finden. Er versuchte immer wieder, Pippa auf dem Handy zu erreichen, doch das klappte nicht. Möglicherweise war sie in ihrem Haus auf dem Land, in der Nähe der Weinstadt Mudgee, nordwestlich von Sydney. Dass es dort keinen Empfang gab, hatte er einmal am Wochenende erfahren, als er sie wegen eines Notfalls bei einem Kunden zu kontaktieren versuchte.

Noch immer wirkte der Jetlag nach und um vier Uhr morgens war Nick hellwach. Er hatte sich sehr gewünscht, die Gegenden zu erkunden, in denen Blake gedient hatte, doch nun reichte es ihm nicht, nur die Sehenswürdigkeiten zu besichtigen. Irgendetwas stimmte definitiv nicht und Nick war sich sicher, dass Susan ihm einige Antworten geben könnte.

Nach allem, was bei seiner Tante und mit Anja geschehen war und jetzt, da er Lili nicht erreichen konnte, fragte er sich, ob auch

Susan etwas Schlimmes zugestossen sei. Was auch immer mit ihr geschehen war, er wollte sie persönlich sehen.

Er fand im Internet einen Platz auf dem nächsten Flug vom Flughafen Skukuza nach Kapstadt, um 11.20 Uhr. Weil er nicht wusste, wohin er danach fliegen würde, kaufte er ein Einzelticket.

Als die Sonne aufging spazierte er, um seine Nerven zu beruhigen, im Camp herum. Er folgte dem Sabie und beobachtete eine Gruppe Grüner Meerkatzen, die in der Sonne sassen, sich gegenseitig pflegten und sich wie kleine Menschen, die einen neuen Tag beginnen, streckten und gähnten. Dann spazierte er über den Campingplatz und war neidisch auf die einheimischen Familien und ausländischen Paare, die einen ruhigen Urlaub genossen.

Er schlängelte sich zu dem grossen Empfangsgebäude und hielt an, um am Automaten Geld abzuheben. Sein Telefon klingelte.

»Nick?«, hörte er Pippas Stimme. »Ich habe deine Nachrichten bekommen, alle fünf. Bist du in Afrika?«

»Ja, in Südafrika.«

»Ich bin für ein Abendessen in Mudgee. Du willst wissen, ob ich Lilis Adresse habe?«

»Ja, bitte. Ich glaube, ihr ist etwas zugestossen, Pippa.«

»Wie kommst du darauf?«

»Sie hat mir eine Geschichte übersetzt. Nun wurde eine Frau, die sich für dasselbe Thema interessiert, hier in Afrika überfallen und ausgeraubt. Ausserdem ist jemand in mein Häuschen eingebrochen und hat versucht, mich auszurauben.«

»Aber hier ist Australien, nicht Afrika, Nick. In Südafrika werden ständig Leute überfallen, das sagen alle *Saffer*, die Südafrikaner, die ich kenne.«

»Auch ins Haus meiner Tante, die auch über das Material verfügte, das Lili, die Frau hier und ich haben, ist jemand eingedrungen und hat alles durchsucht. Anja, die hier überfallen wurde, hat ausserdem den Versuch eines Mannes vereitelt, das Haus in Deutschland, in dem sie mit ihrer Mutter wohnt, auszurauben. Pippa, hör zu, es dauert zu lange, bis ich dir alles erklärt habe. Hast du die Adresse von Lili?«

»Ja, im Büro habe ich eine Kopie ihrer Dokumente. Aber nicht dabei.«

»Mist«, gab Nick zurück. »Besteht die Möglichkeit, dass du ins Büro fährst?«

»Ich kann nicht einfach die Strasse runterfahren, Nick. Die Fahrt von hier ins Büro dauert fünf Stunden, es ist Samstagabend und ich bin auf dem Weg zum Abendessen.«

»Wann bist du wieder zu Hause?«

»Am Sonntagnachmittag oder am frühen Abend.«

»Kannst du dann bitte hingehen?«

»Nick ...«

»Bitte, Pippa. Ich rief Lili an und sprach mit ihr, während sie nach einem langen, fröhlichen Abend nach Hause unterwegs war. Dann fiel das Signal hier aus. Später konnte ich sie nicht mehr erreichen, obwohl ich jetzt offensichtlich Empfang habe. Sie wusste, wie besorgt ich um sie war und sie hat mich nicht zurückgerufen.«

»Sie ist kaum aus dem Teenageralter heraus, Nick, ein junges Mädchen auf Arbeitsurlaub. Wahrscheinlich schläft sie noch ihren Kater aus. Oder sie will dich nicht in Südafrika anrufen, weil sie sich Sorgen um die Kosten macht?«

»Warum kommt dann nicht ihre Sprachbox?«

»Leere Batterie?«, schlug Pippa vor.

Das waren plausible Antworten, aber Nick machte sich Sorgen um Lili und er ärgerte sich, dass es ihm nicht gelang, Pippa davon zu überzeugen, wie berechtigt diese waren.

»Du musst etwas tun, Pippa.«

»Beruhige dich, Nick.«

»Sag mir nicht, ich soll mich beruhigen. Das Leben einer jungen Frau ist möglicherweise in Gefahr. Vielleicht ist sie verletzt.«

»Ja und du könntest einfach überreagieren. Ich habe jetzt genug davon.«

»Warte ...«

Pippa beendete das Gespräch. Nick ging fluchend zu seinem Bungalow am Flussufer zurück. Er spürte, dass sie ihn für einen Spinner hielt und vielleicht stimmte das sogar. Möglicherweise standen die Verbrechen dieser Serie in keinerlei Zusammenhang, was aber sehr viel Zufall wäre.

Er schaute über seine Schulter zurück. Es folgte ihm niemand.

Nick erinnerte sich, dass Anja erzählt hatte, ihre Angreifer hätten ihr Hotelzimmer durchwühlt und seien später zurückgekommen. Was, wenn die Person, die seine Hütte durchsucht hatte, irgendwo auf ihn wartete? Er verlangsamte das Tempo und blieb in Sichtweite seines Mietwagens und des Rundhäuschens stehen.

Alles war ruhig. Sein Nachbar war nirgends zu sehen.

Nick erinnerte sich, dass der Mann gesagt hatte, er bleibe noch zwei Nächte im Park. Vielleicht hatte er etwas Verdächtiges bemerkt? Er ging zu seiner Hütte und packte seine Tasche.

Als er wieder hinausging, nahm er sein Notizbuch und seinen Stift mit. Er wollte seinen Namen, seine Nummer und die Bitte um einen Anruf auf einen Zettel schreiben und diesen unter der Tür des Nachbarn durchschieben. Wenn Chris ihn anrief, wollte er ihn über den angeblichen Überfall der Paviane ausfragen und ob er jemanden bemerkt habe, der sich verdächtig verhielt. Als Nick zum Rondavel seines Nachbars kam, sah er eine Frau in Nationalpark-Uniform, die mit dem Fuss einen Eimer und einen Wischmopp herumschob.

»Entschuldigung«, sagte er, »ich möchte nur eine Nachricht für den Mann hinterlassen, der hier übernachtet.«

»Tut mir leid, Sir, dieser Mann hat ausgecheckt«, sagte die Putzfrau.

»Ich dachte, er bleibe noch ein paar Tage?«

»Der Mann sagte, er müsse wegen eines Notfalls in seinem Geschäft früher nach Hause fahren.«

»Oh, danke«, sagte Nick.

Nick überprüfte ein letztes Mal, ob er nichts vergessen hatte, dann fuhr er zum Eingangstor, bog aber im letzten Moment auf den Parkplatz vor der Rezeption ein. Er stieg aus und ging zum Reservierungsschalter.

»Guten Morgen«, wandte sich eine junge Frau mit kunstvoll geflochtenem Haar an ihn.

»Guten Morgen«, gab Nick zurück und legte seine Buchungsbe-
stätigung auf die Theke. »Vielleicht können Sie mir helfen. Ich habe
hier im Camp gewohnt. Mein Nachbar reiste heute Morgen notfall-
mässig ab und ich muss ihn unbedingt kontaktieren. Können Sie mir
vielleicht seine Kontaktnummer geben? Ich nehme an, Sie haben sie
bei seiner Reservierung.«

»Es tut mir leid, Sir«, sagte die Frau, »ich darf solche Informationen nicht herausgeben.«

Nick hatte mit dieser Antwort gerechnet und sich bereits eine
Geschichte zurechtgelegt. »Der Mann hat seine Gasflasche und
seinen Kocher vergessen und ich möchte ihn wissen lassen, dass ich
sie habe.«

»Wir haben hier ein Fundbüro, Sir, Sie können die Gasflasche bei
uns abgeben.«

»Er war mir sehr behilflich und ich möchte nicht, dass er nach
Skukuza zurückkommen muss. Ausserdem würde es Ihnen die Mühe
ersparen, sich mit ihm in Verbindung zu setzen. Er war in Nummer
einundneunzig.«

Die Frau runzelte die Stirn und Nick hoffte, dass sie seine Lüge
nicht sofort durchschaut hatte, aber er lächelte sie freundlich an und
sie begann, mit kunstvoll verzierten, glitzernden Fingernägeln, auf
ihre Tastatur zu tippen.

»Einundneunzig. Herr Human.«

Nick erinnerte sich an den Vornamen des Mannes. »Ja, Chris.«

Die Frau schüttelte den Kopf. »Nein, Charl. Das ist ein Afrikaans-
Name.«

»Ja, ja, natürlich. Ich habe mich wohl verhört.« *Blödsinn*, dachte
Nick. Er hatte sich als junger Journalist beigebracht, sich die Namen
der Leute zu merken. Er spürte einen Adrenalinstoss. Sein Nachbar
hatte ihm einen falschen Namen genannt – da war er sich jetzt
genauso sicher wie dabei, dass er das Fenster des Rondavels vor dem
Verlassen geschlossen hatte. Irgendetwas passte da nicht zusammen.

»Natürlich«, sagte die Frau. Sie tippte weiter auf ihrer Tastatur
und schaute auf ihren Bildschirm. Sie lächelte. »Ich bin sicher, dass

er heute oder morgen zurückkommt, um seine vergessenen Sachen zu holen. Er übernachtet heute Nacht in einem anderen Camp, nicht weit entfernt.«

Fast hätte Nick der Frau erzählt, dass Chris – mit richtigem Namen Charl – ihm gesagt hatte, dass er noch ein paar Tage in Skukuza bleibe. Auch in diesem Punkt hatte er also gelogen. »Können Sie mir sagen, wo er als nächstes übernachtet?«

Der Mund der Frau klappte wieder auf. Nick vermutete, dass sie abwog, wie viele Informationen sie noch preisgeben sollte.

»Dann kann ich vielleicht zu seinem Camp fahren oder ihn auf halber Strecke treffen« schlug Nick vor.

Die Frau sah ihn an und schien ihn für harmlos zu halten. »Hier steht, dass er am zweiundzwanzigsten und dreiundzwanzigsten im Satara-Camp und am vierundzwanzigsten in Pretoriuskop sein wird, dann endet seine Buchung.«

Nick schluckte, denn die Camps stimmten genau mit seinen eigenen Buchungen überein. Charl kannte also Nicks genaue Reiseroute, doch hatte er ihn angelogen.

»Stimmt etwas nicht?«

»Was? Oh, nein.« Nick dachte, ihm sei alle Farbe aus dem Gesicht gewichen und seine Beine fühlten sich etwas wackelig an. »Vielen Dank.«

Nick verliess das Empfangsgebäude und ging zu seinem Auto zurück. Vom Camp bis zum Flughafen Skukuza waren es nur ein paar Kilometer und auf der Strecke fuhr er an einer Gruppe Giraffen vorbei, die ihn über die Wipfel der niedrigen Bäume hinweg, von denen sie Knospen knabberten, neugierig ansahen.

Einige Kilometer weiter rannten zwei einander jagende Impala Böcke über die Strasse und zwangen ihn zu plötzlichem Bremsen. Ihm wurde klar, dass er trotz der Unruhe in seinem Kopf und der Sorge um Lili auf seine Umgebung achten und sich konzentrieren musste.

Sei vorsichtig, hatte Susan ihn gewarnt.

Die niedrige Brücke über den Sabie war frei und er hielt an, um noch einmal auf die alte Brücke zu schauen, über die die unglückselige Selati-Eisenbahnlinie geführt hatte.

Hier gab es damals und vielleicht auch noch heute etwas, in das Blake und Claire Martin verstrickt waren. Zwei Menschen auf der Flucht, aber nicht nur wegen der Verbrechen, die sie in Ausübung ihrer Kriegspflichten begangen hatten. Da war etwas, für das der englische Geheimdienstoffizier Llewellyn Walters bereit gewesen war, zu töten. Und ebenso versteckte sich etwas in den Papieren, die Anja und er hatten, für welche jemand bereit war, sie auszurauben und mit Gewalt zu bedrohen.

Am Flughafen parkte er, gab die Schlüssel für seinen Mietwagen im Avis-Büro ab und checkte ein. Während er darauf wartete, ins Flugzeug nach Kapstadt einzusteigen, überprüfte Nick seine E-Mails. Er fand zwei von Anja mit Rohübersetzungen der beiden Kapitel, die an die letzten von Lili anschlossen.

Im ersten ging es um Blake und Claire, die auf der stillgelegten Selati-Eisenbahnstrecke unterwegs waren – derselben Strecke, die er in umgekehrter Richtung zum Crocodile Bridge Camp und nach Komatipoort gefahren war. Das Kapitel endete damit, dass der Soldat, den die beiden auf ihrer Reise getroffen hatten, vom skrupellosen Captain Llewellyn Walters getötet wurde.

Der kleine Abflugbereich des Terminals war auf der Seite zur Landebahn hin offen und bot einen Blick auf ein geschmackvolles Wasserspiel. Vom Strohdach über ihm hingen zahlreiche kleine Holzvögel. Es war so ruhig und schön, wie ein Flughafengebäude nur sein konnte und er las gerade über kaltblütige Morde, die am Tag des Kriegsendes begangen wurden. Er bestellte am Kiosk einen Cappuccino und ein getoastetes Sandwich.

Nick öffnete seinen Computer und während er darauf wartete, dass er zum Leben erwachte, dachte er noch einmal darüber nach, dass Charls Reiseroute genau mit seiner eigenen übereinstimmte. Zusammen mit allem anderen, was geschehen war, war dies ein zu grosser Zufall.

Das letzte Teil fügte sich ins Puzzle. Nur eine einzige Person ausser Nick wusste, dass seine Tante und Lili das Manuskript hatten und dass er in Kontakt mit Anja Berghoff stand. Diese Person kannte auch seine genaue Reiseroute im Krügerpark, denn sie hatte ihm bei der Buchung geholfen.

Susan Vidler.

28

1902 SÜDAFRIKA

Claires Magen knurrte, aber sie war zu aufgeregt, um auch nur daran zu denken, den spärlichen Vorrat an Lebensmitteln in den Satteltaschen zu plündern. Der Weg endete, als sie sich einen besonders felsigen Abschnitt am Fusse eines Hügels aus beeindruckend grossen Felsbrocken hinaufkämpften. Sie konnten hier nicht mehr mit dem Wagen weiterfahren.

Claire kam zum Schluss, dass die auf Nathaniels Karte eingezeichnete Höhle ganz in der Nähe sein musste, denn selbst mit einer grossen Anzahl Männer musste es schwer gewesen sein, das Gold von den Wagen zum Versteck zu transportieren.

»Das Ende der Strasse?«, fragte Blake.

»Ja, von hier aus müssen wir zu Fuss gehen«, stimmte Claire zu, »und dabei sehr vorsichtig sein. Ich übernehme die Führung.«

Blake stieg ab und nahm sein Gewehr. »*Koppies* wie diese sind gutes Leopardengebiet. Bist du sicher, dass du vorangehen willst?«

Claire betätigte den Verschluss ihres Gewehrs. »Ich komme schon klar, danke.« Blake band Bluey an den Wagen und folgte Claire. Seine Augen und sein Gewehrlauf bewegten sich in einem ständigen Bogen von links nach rechts und vor und hinter ihnen. Claire ging so zügig, wie sie sich traute, den Blick gesenkt, auf ihre Füsse achtend und die handgezeichnete Karte prüfend.

Sie hob die freie Hand und Blake blieb hinter ihr stehen.

»Was ist?« flüsterte er.

Sie deutete auf einen Steinhaufen am Boden, der wie eine natürliche Ansammlung von Steinen aussah, wenn man nicht wusste, wonach man suchen musste. » Auf den nächsten zehn Metern besteht Gefahr. Wir müssen den Weg verlassen und ein Stück weiter rechts durchgehen.«

Blake kam zu ihr und Claire zeigte ihm ein paar Kreuze auf der Karte.

»Was bedeuten die Kreuze?«

»Ich brauchte einen Moment, bis ich mich erinnerte«, sagte Claire, »aber in der Nacht vor eurem Überfall machte Nathaniel eine Bemerkung darüber, dass sein Vorgesetzter im Amerikanischen Bürgerkrieg eine grausame Waffe entwickelt habe, eine Art unterirdische Torpedos.«

»Was zur Hölle soll das sein?«

»Vergrabener Sprengstoff, der explodiert, wenn jemand auf eine versteckte Metallplatte tritt.«

Blake liess sich auf die Knie nieder und untersuchte den Boden neben dem Steinhügel sorgfältig. Mit dem Zweig eines nahen Baums bürstete er sehr vorsichtig etwas Erde weg. Genau wie Claire gesagt hatte, wurde eine verrostete Metallplatte sichtbar.

Blake gab einen leisen Pfiff von sich. »Sag mir noch einmal, dass es das wert ist.«

»Ja, glaub mir, das ist es ganz bestimmt. Dein Boot, mein Gestüt und eine bessere Zukunft warten ...«

»Wenn uns nicht die Beine weggesprengt werden.«

Claire marschierte wieder los und folgte dem Pfad, der steil in den *Koppie* hinaufführte. Sie blieb bei einem Granitblock stehen, streckte die Hand aus und zeigte auf seine Oberfläche.

»Was ist das? Malereien?«, fragte Blake neugierig.

Sie nickte. »Ja, sie sind auf der Karte verzeichnet. Sie stammen von den Buschmännern und sind vielleicht tausend Jahre alt.«

Beide hielten inne und betrachteten die detaillierten, sofort erkennbaren Zeichnungen von Kudu- und Rappenantilopen, Löwen, Giraffen, Elefanten und Nashörnern. Die Tiere waren alle originalgetreu und im richtigen Grössenverhältnis wiedergegeben, die Menschen dagegen überlebensgross und abstrakt dargestellt. Claire ging um den Felsbrocken herum.

»Hier ist es.«

Blake gesellte sich zu ihr, suchte ein weiteres Mal die Felsen über und unter ihnen nach Angreifern oder Verfolgern ab und folgte ihr dann in die Dunkelheit.

»Hast du ein Streichholz?«, fragte sie.

Er hielt sein Gewehr in der Armbeuge und zündete ein Streichholz an. Claire nahm ein Bündel alter Binsen, das sie mit Bindfaden zusammengebunden hatte und hielt es an die Flamme. Die rudimentäre Fackel fing Feuer und erhellte das Innere der Höhle, in der sie nun Dutzende übereinandergestapelte Holzkisten sehen konnten. Blake beugte sich vor, um die Beschriftung zu lesen.

»Munition, Artilleriegranaten.«

»Gib mir deine Mauser«, sagte Claire. Blake sah sie zweifelnd an, doch dann zog er die Pistole aus dem Holster. »Das ist doch nicht die Stelle, an der du mich tötest, oder?« Claire lächelte, nahm die Pistole und spannte sie mit der Leichtigkeit und Zuversicht einer geübten Soldatin. Sie richtete sie auf das Vorhängeschloss einer Kiste, die zuoberst auf dem Stapel stand.

»Claire! Du bringst uns noch um, wenn die Dinger hochgehen!« Claire feuerte, bevor er sie aufhalten konnte und der Knall des Schusses in dem engen Raum quälte ihre Trommelfelle. Sie schlug die Reste des Schlosses mit dem rauchenden Lauf der Pistole weg und öffnete die Kiste. Blake, der nun die Fackel in der Hand hielt, spähte hinein und bürstete etwas von dem Stroh, das als Polstermaterial verwendet worden war, weg.

»Verdammt!«

Die Goldbarren darin reflektierten das warme Orange der Flammen.

Blake sah auf und liess seinen Blick über die gestapelten Kisten schweifen. »Wie viel ist hier drin?«

»Man hat mir gesagt, dass es ungefähr zweihunderttausend Pfund sind«, erklärte Claire. »Krügers Gold wurde in zehn Sendungen aufgeteilt und dies hier ist nur eine davon. Die anderen Ladungen wurden jeweils mit einem Trupp vertrauenswürdiger Buren, die sie bewachen sollten, an verschiedene geheime Orte geschickt. In diesem Fall waren es loyale amerikanische Freiwillige. Und falls du dich wunderst: Diese kleine Ladung wiegt ungefähr eine Tonne.«

»Verflixt«, sagte Blake und sah ihr in die Augen. »Willst du eine Tonne Gold klauen?«

Claire lächelte. »Ich bin nicht zum Fischen hier, Blake. Paul Krügers Regierung ist am Ende, aber du irrst dich, wenn du glaubst, dass ich das alles den Engländern überlasse. Dieses Zeug gehört niemandem, Blake. Es ist Beute, Kriegsbeute, nenn es, wie du willst. Bleibt nur die Frage: Bist du dabei?«

Er leckte sich über die Lippen. »Ja, Ich bin dabei.«

»Dann lass uns loslegen.«

Blake hob die nächstgelegene Kiste hoch, dann hielt er inne. »Wie sollen wir das alles über die Grenze bringen?«

Claire runzelte die Stirn. » Du weisst, dass ich eine Spionin war, Blake? Ich habe an der Grenze und an den Docks in Delagoa Bay schon einige Leute geschmiert.«

»Wofür sollte das Gold verwendet werden?«

»Für Krupps in Deutschland hergestellte Siebenundsiebzig-Millimeter-Kanonen. Fritz Krupp ist ein Cousin von mir. Die Buren wollten sie auf dem Landweg durch den Busch transportieren. Nichts für ungut, Blake, aber ihr Jungs von Steinaeckers Reitern habt den Ruf, ein Haufen betrunkener Faulenzer und Wilderer zu sein und so dachten sich die Buren, sie könnten die Kanonen ohne allzu grosse Schwierigkeiten vor euren Nasen durch transportieren.«

Blake schüttelte den Kopf, lächelte aber. »Wer ausser dir weiss noch, dass das hier in dieser Höhle ist?«

»Niemand«, sagte Claire. »Nathaniel und sein Mann am Handelsposten waren die einzigen Überlebenden des Trupps, der diese Goldladung auf direkten Befehl von Präsident Krüger hierherbrachte. Nathaniels Männer gerieten in den Hinterhalt einer Bande von Buren, einem Kommando von *Erbitterten*, eher Bankräuber als Patrioten. Angeführt wurden sie von einem wild aussehenden Kerl in einem Leopardenfellmantel namens ...«

»Hermanus.«

Claire nickte. »Du kennst ihn?«

»Er ist der Mann, der im Lager nach dir gesucht hat.«

»Das passt. Hermanus hoffte, wenigstens einen von Nathaniels Jungs zu fangen, aber sie kämpften wie Tiger und schalteten die meisten der Desperados aus. Nathaniel konnte mich benachrichtigen und ich traf ihn in dem Handelsposten, den du und Walters überfallen habt. Nathaniel war zäh und mutig, Blake.«

»Ich weiss«, bekräftigte Blake. »Er hat der Folter widerstanden.«

Sie nickte. »Um mir Zeit zu geben, zu entkommen.«

»Und was ist mit Walters?«, fragte Blake.

»Dieser Bastard ist falsch«, sagte Claire, »er ist der leibhaftige Teufel. Ich habe gehört, er streife durch das Veld und suche nach Krügers Gold. Er sagt den Leuten, er sei in offizieller Mission unterwegs, aber so wie er Nathaniel behandelt hat ... Er arbeitet genauso wenig für die Interessen der Krone wie ich. Die Frage ist also, welche Bande von Dieben den Schatz am meisten verdient – wir, Hermanus und seine Halsabschneider oder Walters?«

Blake beantwortete die Frage nicht. Er machte sich mit der ersten Kiste Gold auf den Weg, durch den schmalen Gang, der zum Eingang der Höhle führte. Sie hatten noch viel zu tragen, etwa fünfzig Kisten, schätzte er.

Claire war ihm vorausgegangen und hatte die brennende Fackel in einen Spalt in der Wand gesteckt, um ihnen Licht für den Transport der Kisten zu geben. Blake bemerkte einen unregelmässig geformten Gegenstand in einer natürlichen Felsnische am Eingang des Ganges. Er war mit einem Öltuch bedeckt. Blake setzte die Kiste ab und hob die wasserdichte Hülle ab.

»Claire«, rief er leise nach hinten, »komm und sieh dir diese Schönheit an.«

* * *

HERMANUS STAND auf dem überwucherten Weg, der parallel zur Selati-Linie verlief und blickte vor sich zu Boden, wo sein Spurenleser, Adriaan, hinzeigte.

Adriaan war erst neunzehn Jahre alt, aber schon drei Jahre im Krieg. Er war genauso skrupellos wie die anderen vier Männer des Kommandos und ihr bester Fährtenleser.

»Sie sind hier abgebogen, Oom«, deutete Adriaan.

Der Boden war felsig und Hermanus tat nur so, als könne er sehen, worauf der Junge zeigte.

»Geh voran.«

Adriaan nickte. Seine Augen suchten den Boden vor sich ab und er umklammerte seine Mauser.

Hermanus gab Wikus, der mutig, forsch und doppelt so alt wie Adriaan war, ein Zeichen, dem Jungen zu folgen. Er spähte über die Schulter des Jungen, während dieser der Fährte folgte.

Sie kamen zu einem Planwagen, an dem ein Pferd angebunden war. Hermanus schob sich an Adriaan und Wikus vorbei, aber die beiden drängten sich, genau wie Frik und Willem, im Kreis um ihn, um einen Blick in den hinteren Teil des Wagens zu werfen.

Hermanus versuchte, die hinterste Kiste anzuheben. »Die ist zu schwer für Munition.«

»Gold?«, fragte Frik.

Adriaan untersuchte den Boden. »Ein Mann und eine Frau, Oom. Sie kommen und gehen, hin und her Sie sind müde, ihre Füsse schleifen beim Tragen der schweren Kisten. Und auf den Steinen sind Schweisstropfen.«

»Sie sind bestimmt nicht allzu wachsam«, bemerkte Wikus.

»Abmarsch, gleiche Reihenfolge«, sagte Hermanus, »und sei vorsichtig, Wikus. Diese Frau hat schon viele Leute überlistet, sogar diesen Teufel von einem Engländer.«

Wikus schnaubte. »Und wir haben ihn erledigt.«

Sie hatten Walters in der Nähe der Stelle, wo die Selati-Linie auf die Hauptgleise traf, an einen Baum gebunden zurückgelassen.

Hermanus hatte Walters gesagt, sie würden ihn abholen, damit er sie beim Überwinden der Grenze und bei möglichen Kontrollpunkten des britischen Militärs unterstützen könne. Hermanus hatte ihm dafür einen Teil des Goldes versprochen, wenn sie es fänden. In Wirklichkeit plante Hermanus, Walters zu töten, sobald sie die Grenze in portugiesisches Gebiet sicher passiert hatten.

Adriaan ging langsam den steinigen Weg entlang und bemühte sich weiter, die Zeichen auf dem schwierigen Boden zu lesen.

* * *

LLEWELLYN WALTERS STAND an einen Bleiholzbaum gefesselt, den Rücken am Stamm, die Arme und Hände dahinter verschränkt. Er zweifelte keinen Moment daran, dass Hermanus und seine Burenbrigaden ihn töteten, sobald sie dachten, dass er ihnen nicht mehr von Nutzen sei.

Er hörte Stimmen.

»Hallo!«

Zwei Shangaan-Jäger kamen um eine Biegung des gewundenen Weges, der der Eisenbahnlinie folgte. Der eine trug einen *Assegai*, einen kurzen Dolch, der andere hatte ein in die Jahre gekommenes Martini-Henry-Gewehr über den Rücken gehängt.

Nachdem die Männer zunächst über seine missliche Lage gekichert hatten, kamen sie zu ihm und der Mann mit dem Speer schnitt das Seil durch, mit dem er am Baum festgebunden war.

Walters rieb sich die von seinen Versuchen, das Seil zu lösen, wunden Handgelenke und schüttelte seine Hände, um den Kreislauf wieder in Gang zu bringen. Er nickte dem Shangaan mit dem Speer dankend zu und fragte pantomimisch, ob er die Waffe anschauen dürfe. Der Jäger lachte und reichte ihm den Speer. Sobald er ihn in den Händen hielt, hob Walters dessen Spitze und stiess sie von unterhalb des Brustkorbs nach oben ins Herz des Mannes.

Während dieser nach hinten taumelte, mühte sich sein Begleiter ab, das schwere Gewehr über den Kopf zu ziehen. Doch Walters zog den Assegai aus dem Körper des sterbenden Mannes und rammte ihn dem Schützen in den Hals. Beide Händen an seiner Kehle, stürzte dieser zu Boden. Walters befreite ihn von seinem Gewehr und machte sich auf den Weg.

* * *

WENN BLAKE weniger wachsam gewesen wäre, hätte er nicht fast drei Jahre Krieg überlebt. Ob bewusst oder unbewusst, seine Augen suchten immer nach Anzeichen von Gefahr, selbst wenn sein Rücken und seine Arme gegen das Gewicht der Kisten protestierten.

Als er den felsigen Pfad verliess, sah er eine Bewegung vor sich. Er liess sich auf ein Knie fallen und setzte die letzte Kiste Gold ab, die er auf den Wagen laden musste. Er blickte über die Schulter und sah, dass Claire, den Blick auf ihre Füsse gerichtet, den Abhang vor dem Höhleneingang hinunterging. Sie war stark und fit, aber ihre letzte Last zu schleppen, fiel ihr schwer. Er blickte zu ihr und schnippte mit den Fingern, um ihre Aufmerksamkeit zu erregen, während er die Mauser C96 aus dem Holster zog. Claire sah ihn nicht, dafür trat ein Mann in sein Blickfeld, der den Weg vor sich studierte. Als er das nächste Mal aufblickte, entdeckte er Claire. Er öffnete den Mund, um etwas zu rufen, aber Blake hatte ihn bereits im Visier und feuerte zweimal kurz nacheinander. Mit beiden Kugeln in der Brust fiel der Mann rückwärts. Chaos brach aus.

Claire liess die Kiste mit dem Gold fallen und rannte zurück zum Höhleneingang, um Deckung zu suchen. Blake stand auf und rannte vorwärts, was, wie er hoffte, das Letzte war, womit seine Feinde rechneten. Er hörte ein Krachen und spürte ein Rauschen neben sich, als eine Kugel nahe bei seinem Kopf vorbeiflog.

Blake tauchte und rollte sich ab, kroch zum nächstgelegenen Baum und sprang dann auf, um nach einem Ziel Ausschau zu halten. Er sah einen Mann rennen und feuerte einen Schnellschuss ab, der aber sein Ziel verfehlte.

Ein anderer Mann mit einem Gewehr tauchte hinter einem Baum auf und schoss. Blake antwortete mit zwei Schüssen, von denen mindestens einer den Mann traf, aber nicht ernsthaft, denn ein paar

Sekunden später spürte Blake, wie ein weiterer Schuss aus derselben Richtung an ihm vorbeizischte.

Er kroch zwischen den Felsen durch, um dem Feuer des Mannes zu entgehen und sich einen Beobachtungspunkt und neue Ziele zu suchen. Seine halbautomatische Pistole hatte den Vorteil, dass er schneller schiessen konnte als seine Gegner mit ihren Repetiergewehren. Er zwang sich, aufzustehen und feuerte sein Magazin leer, während er auf die beiden Männer zulief, die beide aus ihrer Deckung hervortraten und auf ihn zielten.

Im Laufen erhaschte er einen kurzen Blick auf den in seinem Leopardenfellmantel unverkennbaren Hermanus. Aber der alte Schurke war zu schlau, um so lange stehen zu bleiben, dass Blake ihn anvisieren konnte.

Da er keine Munition mehr hatte, kehrte Blake um und rannte den Weg zurück. Bei der Stelle mit dem kleinen Steinhaufen machte er einen gewaltigen Sprung und atmete erleichtert aus, als er sicher landete und zur Höhle weiterlaufen konnte. Hinter sich hörte Blake die Buren auf Afrikaans schreien und betete, dass ihr Blutdurst gestillt war.

Hinter einen Felsbrocken geduckt rannte Blake zum Höhleneingang, der für jeden, der den Pfad heraufkam, noch immer ausser Sichtweite war.

* * *

HERMANUS UMGING den Pfad und kletterte auf einen freistehenden Felsbrocken, der ihm den Vorteil von ein paar Metern Höhe bot. Die Spitze des Felsens war glatt und flach und er legte sich hin.

Adriaan, der Junge, lag am Boden, wahrscheinlich tot.

»Frikkie, geh vorwärts, Mann«, rief Wikus vom Boden aus. »Ich gebe dir Deckung.«

Da brach der Boden auf.

* * *

BLAKE KAUERTE SICH HIN, als der Untergrund-Torpedo explodierte. Als er aufblickte, sah er, dass nicht mehr viel übrig war von dem Mann, der eben auf die teuflische Waffe trat.

Unten herrschte Verwirrung und der Vormarsch der Buren war gestoppt. Blake stand auf und bewegte sich mit nachgeladener Mauser wieder den Weg hinunter.

Ein Mann, der ziemlich benommen aussah, stolperte in sein Blickfeld. Er musste dicht hinter dem Buren gewesen sein, der die Tretmine ausgelöst hatte. Trotzdem hob er sein Gewehr und zielte auf Blake, war aber zu langsam. Blake gab zwei Schüsse ab, von denen einer sein Ziel traf und den Mann zu Boden schleuderte. Blake suchte sich ein neues Ziel.

* * *

HERMANUS ZIELTE SORGFÄLTIG auf Sergeant Blake, dann drückte er ab.

Der Australier fiel mit einem Schuss im Bauch rückwärts. Blake hob seine Pistole und feuerte ein paar Schüsse in Hermanus' Richtung ab.

Hermanus war ein Mann, der keine Tiere leiden sehen mochte und er empfand das gleiche Mitleid für Blake. Der Mann war ein würdiger Gegner gewesen. Er betätigte den Verschluss seines Mauser-Gewehrs, zielte auf den Kopf des Mannes und schoss erneut.

Blake bewegte sich nicht mehr.

Hermanus rutschte vom Felsen herunter und bahnte sich seinen Weg an seinen Männern vorbei. Wikus lebte noch, aber wohl nicht mehr lange. Hermanus blieb bei ihm stehen, sah in Wikus' flehende Augen und erlöste seinen Freund mit einem Kopfschuss.

Er ging an der Leiche des jungen Adriaan vorbei – was für eine Schande – und an den rauchenden Überresten von Frik. Er spürte, wie Wut in ihm aufstieg, hielt sie aber unter Kontrolle.

»Kommen Sie raus, Claire«, rief er.

Er erhielt keine Antwort.

Er erreichte Blake und kam dabei an Willems Leiche vorbei. Hermanus hatte nicht gesehen, wie Willem zu Boden ging, nahm aber an, dass Claire ihn bei der Schiesserei erwischt hatte. Sie war nicht zu unterschätzen. Er sah, dass seine Kugel den Kopf des Australiers getroffen hatte, denn dessen Gesicht war blutverschmiert. Hermanus stupste Blakes Körper mit dem Zeh seines rauen, handgefertigten *Veldskoen* an, aber dieser reagierte nicht.

»Claire?«

»Ich komme nirgendwo hin!«, schrie sie zurück.

»Claire, meine Männer und Blake sind tot, es gibt nur noch Sie und mich. Um das Gold über die Grenze zu bringen, müssen wir mindestens zu zweit sein. Sie haben mein Wort als Gentleman, dass ich Ihnen nichts antun werde. Ich brauche Sie, Claire.«

Hermanus kniete neben Blakes Körper und hob die Mauser-Pistole auf, die dem Unteroffizier aus der Hand gefallen war. »Ich komme jetzt nach vorn, Claire und werfe Ihnen mein Gewehr zu. Ich möchte, dass Sie als Zeichen des guten Willens dasselbe tun und dann reden wir. Sind Sie einverstanden?«

Er bewegte sich langsam vorwärts und steckte Blakes Pistole in den Seilgürtel, der seine zerlumpte Hose hielt. Bald konnte er diese armseligen Kleider gegen etwas Prächtigeres tauschen. Er bewegte sich zwischen riesigen Felsblöcken hindurch und sah nun den Durchgang, der zu einer dunklen Öffnung vor ihm führte.

»Ich werfe jetzt mein Gewehr weg, Claire.«

Er warf sein Gewehr so, dass es neben den Eingang klapperte.

»Langsam«, sagte Claire aus der Dunkelheit zurück. »Ich will Sie mit den Händen hinter dem Kopf sehen.«

»Sehr gut«, erwiderte Hermanus, »aber werfen Sie Ihr Gewehr und das von Blake weg.«

Er hörte zufrieden, wie sie die Waffen entlud, dann kam sie in Sicht, eine Mauser und eine Holland & Holland mit Doppellauf in den Händen. Dieses grosse Jagdgewehr wäre eine nützliche Ergänzung für seine Sammlung, dachte Hermanus.

Hermanus zog Blakes C96-Pistole an seinem Rücken heraus und hielt sie schussbereit hinter dem Kopf in der Hand. »Ich komme jetzt rein.«

»Langsam, denken Sie daran«, sagte Claire.

Er hatte sich vorgestellt, sie am Leben zu lassen, damit sie ihm half, die Reste des Goldes hinunterzuschaffen, aber sie war so gefährlich wie eine in die Enge getriebene Leopardin. Es ist besser, dachte er, sie zu töten.

Hermanus erreichte den Eingang der eigentlichen Höhle und trat in die Dunkelheit. Er blinzelte und wusste, dass es einen Moment dauern würde, bis sich seine Augen an die Finsternis gewöhnt hatten.

»Ich bin hier«, sagte Claire.

Sie stand so nahe, dass er sie nicht zu sehen brauchte, um sie zu töten. Er begann, seine Hände zu bewegen und die Pistole in Anschlag zu bringen. Als sich seine Augen an die Dunkelheit gewöhnt hatten, nahm er eine blitzende Bewegung in einer natürlichen Nische rechts vom Eingang wahr.

»Genau wie ich dachte«, sagte Claire.

Hermanus drehte sich um und blickte in den Lauf eines Maxim-Maschinengewehrs, das auf einem Stativ montiert war und hinter dem Claire Martin sass. Das Letzte, was er auf der Erde sah, war das grimmige Gesicht der Frau, die den Abschussmechanismus herunterdrückte und seinen Körper zurück aus dem Höhleneingang blies.

* * *

CLAIRE STIEG ÜBER HERMANUS' zerfetzte Überreste und versuchte, nicht auf die Leiche des Buren-Kommandanten zu schauen. Sie tröstete sich mit dem Wissen, dass nur entweder er oder sie überleben konnte. Hermanus hatte sich bereits als Verräter und Mörder erwiesen, als er Nathaniels Truppe amerikanischer Freiwilliger überfallen und getötet hatte. Sie lief zu Blake, kniete neben ihm nieder und bettete seinen Kopf in ihren Schoss. Er atmete noch.

Sie wischte das Blut von seinem Gesicht und stellte fest, dass die Kugel Blakes Kopf an der Schläfe gestreift hatte, aber nicht eingedrungen war. Besorgniserregender als die Tatsache, dass er bewusstlos war, war das Loch in seiner Seite. Sie nahm das Jagdmesser aus seinem Gürtel, schnitt ein Stück seines Hemdes ab, ballte den Stoff in ihrer Hand zusammen und presste die Kugel in die

Wunde, um das Blut zu stillen. Sie hackte noch mehr von seinen Kleidern ab und knotete die Stücke aneinander, um einen Verband daraus zu machen, den sie um seinen Körper legte.

Mit zitternder Unterlippe und obwohl sein Blut Flecken auf ihren Kleidern hinterliess, zog sie ihn zu sich heran und küsste ihn auf die Wange. »Bitte stirb nicht, mein Liebster.«

Nun musste sie Blake, der nicht gerade klein war, auf den Wagen bringen. Sie kauerte sich hin und schaffte es, ihn zur Seite zu rollen und sich auf die Schultern zu heben. Sie schwankte unter seinem Gewicht und wäre ein paar Mal fast gestürzt auf den losen Steinen, schaffte es aber schliesslich keuchend, ihn ins Heck des Wagens zu legen.

Sie rannte zurück, holte die am Boden liegenden Waffen, einschliesslich Blakes wertvoller Besenstielpistole und warf sie in den Wagen. Aus ihrer Angst und dem Zorn schöpfte sie neue Kraft und Entschlossenheit und hievte die letzten beiden Goldkisten, die sie und Blake hinuntergetragen hatten, auf den Wagen. Sie prüfte, ob Blakes Pferd Bluey gut an den Wagen gebunden war, bevor sie auf den Bock kletterte und losfuhr.

Der schwer beladene Wagen ruckelte und schwankte und einmal kam Blake kurz zu sich, fiel dann aber wieder in die Bewusstlosigkeit zurück. Sie näherte sich der Stelle, an der sie von der Hauptstrasse abgebogen waren.

Plötzlich trat Hauptmann Llewellyn Walters den entgegenkommenden Pferden in den Weg und feuerte einen Schuss über ihre Köpfe in die Luft.

Claire sank das Herz und sie wusste nicht, ob sie schreien oder weinen sollte.

»Wo ist der Australier?«

»Hinten, verwundet«, sagte Claire, die keinen Grund sah, den Engländer anzulügen. »Er ist bewusstlos und hat eine Schusswunde im Bauch. Er ist keine Gefahr für Sie und wird es wahrscheinlich auch nicht schaffen.«

»Sie haben das Gold.«

»Nein, nur Kisten mit Munition.«

Walters lachte. »Ich sollte Ihnen danken, dass Sie das Verladen für mich übernommen haben. So wie der Wagen auf den Federn liegt, mache ich mir gar nicht erst die Mühe zu fragen, ob Sie alles mitgenommen haben. Was ist mit den Buren?«

»Sie können die Strecke hinaufgehen und selbst nachsehen, wenn Sie wollen«, sagte Claire und warf den Kopf hin und her. »Aber wahrscheinlich haben die Geier sie schon gefunden.«

Walters grinste und richtete sein Gewehr auf sie. »Der Krieg ist vorbei, Claire. Jetzt können wir Freunde sein. Sie werden Hilfe brauchen, um Ihre Fracht aus Südafrika herauszubringen.«

»Oh und Sie werden mir dabei helfen, ja?«

»Auf dem Wagen ist mehr als genug Platz für zwei Personen. Lassen wir die Vergangenheit ruhen.«

»Sie wollten mich vergewaltigen, als Sie die Gelegenheit dazu hatten und Sie haben Belvedere getötet.«

Er zuckte mit den Schultern. »Es herrschte Krieg.«

»Das rechtfertigt alles, ja?«

»Wir sind keine Feinde mehr. Steigen Sie jetzt vom Wagen herunter, es gibt einen guten irischen *Cailín*.«

Sie ärgerte sich über seinen herablassenden Ton und seine Worte, behielt aber ihre Zunge im Zaum. Sie waren beide Verbrecher und für den Diebstahl von so viel Gold würde sie genauso hängen wie er. Doch Walters hatte Nathaniel ein Ohr abgeschnitten, bevor er ihn ermordet hatte und er hatte Blake im Gefängnis eine Falle gestellt, um ihn töten zu lassen. Wenn sie auf jemanden wütend war, dann auf diesen Mann.

Eine zuckende Bewegung im Gebüsch erregte ihre Aufmerksamkeit. Sie blickte über ihre Schulter. Blake lag sicher auf der Ladefläche des Wagens, aber ein blutiger Arm hing hinten heraus.

Sie sah wieder etwas. Einen verschwommenen Fleck, blassbraun wie britisches Khaki, gut getarnt im bereits trockenen Frühwinterlaub.

»Ich muss nach Blake sehen. Oder vielleicht möchten Sie das tun? Entweder, um sicherzustellen, dass er Ihnen nicht auflauert oder um ihn von seinem Elend zu erlösen. Ein Soldat den anderen.«

»Ihr Iren habt ein grosses Herz, nicht wahr?«

Sie behielt die Hände oben, blickte aber zur anderen Seite des Wagens. Auf der dem Gleis gegenüberliegenden Seite bewegte sich erneut etwas, näherte sich schleichend, mit einer Präzision, Heimlichkeit und einem Gefühl der Dringlichkeit, das die besten Soldaten im Veld in den Schatten stellte.

»Was gucken Sie so, Mädchen?« Walters ging zum hinteren Teil des Wagens, senkte sein Gewehr und hob die Plane, mit der Blake zugedeckt war.

Claire sah ihre Chance. Sie liess die Hände sinken und schlug die Zügel auf die Hinterteile der beiden Pferde, die sofort vorwärts sprangen. Im selben Moment duckte sie sich zur Seite.

Walters schoss. Doch weil er nur eine Hand benutzte, ruckte sein Gewehr hoch und die Kugel pfiff über Claires Kopf hinweg. Hätte sie noch aufrecht gesessen, wäre sie in ihren Rücken gedrungen.

Als sie sich einer Biegung des Weges näherte, riskierte Claire einen Blick zurück.

Die erste der Löwinnen, die sie und Blake auf der Fahrt zur Höhle gesehen hatten, lag auf Walters. Er schrie.

29

———

Nick genoss den spektakulären Blick auf den Tafelberg, als der Pilot der Embraer von SA Airlink die Maschine in eine Kurve brachte und zum Anflug auf den internationalen Flughafen von Kapstadt ansetzte.

Nick las Anjas Übersetzung von Blake und Claire Martins Geschichte während des Fluges. Nun war ihm klar, dass Claire einen Zehntel von Paul Krügers verschwundenem Goldschatz gefunden und gestohlen hatte. Falls es im Manuskript weitere Informationen darüber gab, wo ein weiterer Teil des Schatzes versteckt sein könnte, erklärte dies den Wert des Manuskripts.

Nach der Landung machte sich Nick auf den Weg zur Gepäckausgabe. Bei einer kurzen Internetrecherche während des Wartens, fand er heraus, dass eine Tonne Gold heute mehr als sechzig Millionen US-Dollar wert war. Das ist einen Raub wert, dachte er. Als Nächstes gab er ›Krügers Gold‹ ein und fand eine Flut von Treffern. Das Internet war voll von Berichten über mögliche Verstecke des verschwundenen Goldes und gescheiterte Versuche, es zu finden. Es gab Leute, die behaupteten, Beweise für das Gold gefunden zu haben. Die Distanzen zwischen den angegebenen Orten war riesig. So wurde ein Stausee in der Nähe von Pretoria genannt, verschiedene, Hunderte Kilometer voneinander entfernt liegende Stellen im Krügerpark oder die ›Bourkes Luck Potholes‹ im Steilhang am Rande des Lowvelds.

Als seine Tasche angerollt kam, steckte er sein Handy weg.

Am Flughafen von Skukuza hatte sich Nick online einen Mietwagen gebucht. Er nahm sein Gepäck, machte sich auf den Weg aus der Ankunftshalle und fuhr mit einem Golfbuggy-Taxi durch einen Tunnel, der zu den Autoverleihfirmen führte.

Er musste Susan finden. Aber ausser ihrer Handynummer, die er schon zwanzig oder dreissig Mal probiert hatte, wusste er so gut wie nichts über die Frau, in die er sich verliebt hatte.

Nick hatte Susan immer wieder gegoogelt, aber nur sehr wenig gefunden, was ihm weiterhalf. Aus seiner Sicht als Journalist sah es aus, als ob sie oder jemand anderes das Internet von ihrer Präsenz gesäubert hätte. Er wusste, dass sie in den frühen 1990er Jahren als Journalistin für lokale Zeitungen gearbeitet hatte, aber das war vor der Zeit, in der praktisch alles im Internet auftauchte, was für Zeitungen geschrieben wurde.

Susan hatte ihm erzählt, dass sie in den letzten Jahren für verschiedene Beratungsfirmen der Werbebranche gearbeitet habe. Er fand einen Online-Bericht, der dies bestätigte. Vor sieben Jahren hatte sie eine Auszeichnung für eine Kampagne für BMW-Motorräder erhalten. Ansonsten gab es keinen Hinweis auf sie oder von ihr angebotene Dienstleistungen. Er erinnerte sich an ihre Aussage, dass sie hauptsächlich als Auftragnehmerin für andere Unternehmen tätig sei. Dies mochte erklären, warum sie nicht in den Mitarbeiterprofilen anderer Agenturen aufgeführt war.

Ausserdem hatte Susan erzählt, sie arbeite als freiberufliche investigative Reporterin, aber er konnte unter ihrem Namen keine aktuellen Artikel finden. Vielleicht sollte ihr Bericht über die Forderung nach Wiedergutmachung durch die deutsche Regierung der grosse Wurf werden. Als er jedoch nach ›Reparationen von Deutschland für Namibia‹ googelte, erhielt er mehr als 130'000 Ergebnisse. Mit einer solchen Geschichte liess sich also kaum Aufmerksamkeit erregen.

Oder vielleicht war sie eine Lügnerin.

Während er den Anweisungen seines Navigationssystems durch den dichten Kapstädter Verkehr folgte, versuchte er, sich an all die Gespräche zu erinnern, die er mit Susan geführt hatte. Über sie beide, Cyril Blake und über Nicks eigene Freunde, Verwandte und Bekannte.

Wenn er jetzt darüber nachdachte, kamen ihm ihre Fragen wie unverbindliche, wenn auch sehr ausführliche, Plauderei vor. Er hatte die ständigen Fragen darauf zurückgeführt, dass sie Journalistin war und dass sie jemanden kennengelernt hatte, zu dem sie sich scheinbar hingezogen fühlte.

Susan hatte sich für Sheilas Leidenschaft für Ahnenforschung interessiert und er hatte ihr auch den vollen Namen und den Wohnort seiner Tante genannt. Auch über Lili hatte Susan etwas wissen wollen und Nick hatte ihr ohne Vorbehalte alles erzählt, was er wusste.

Auf eine weiteren Empfehlung Susans hin hatte Nick ein Zimmer im Vineyard Hotel gebucht. Für den Fall, dass sie jemals zusammen dorthin kommen würden, hatte sie gesagt. Das war jetzt sehr unwahrscheinlich.

Er wünschte sich, er könnte wenigstens mit ihr reden.

Er erinnerte sich an ihr letztes Gespräch und spielte es im Geiste noch einmal durch. *Der Barmann im Vineyard ist ein Freund von mir. Wenn ich dort ankomme, wird er einen Drink für mich zubereiten und ich rufe dich an*, hatte sie zu ihm gesagt. Komisch, was ihm im Gedächtnis geblieben war, dachte Nick. Er hatte sich in Susan verliebt, erinnerte sich aber an nichts über ihre Familie oder Freunde, ausser an die Erwähnung des Barmanns.

Nick fand das Hotel, dessen Gebäude der Tafelberg von hinten zu überragen schien. Ein Portier empfing ihn lud sein Gepäck aus und führte ihn zu seinem Zimmer, während ein Parkwächter den Miet-wagen wegbrachte. Sobald er sein Zimmer besichtigt hatte, machte sich Nick auf den Weg zurück durch den Empfangsbereich und zur Bar.

Nick nahm Platz und bestellte ein Bier.

»Gerade angekommen?«, fragte der Barmann.

»Ja, aus Skukuza im Krügerpark.«

»Direkt von der Safari. Schön«, sagte der junge Mann.

»Ja, zu zweit wäre es noch schöner gewesen, aber eine Freundin hat mir abgesagt.«

»Tut mir leid, das zu hören.«

»Mir auch. Sie hat mich versetzt.«

»Das tut weh «, sagte der Barkeeper, griff nach einem Weinglas und begann es zu polieren.

»Ja, tatsächlich«, sagte Nick. »Ehrlich gesagt mache ich mir Sorgen um sie. Meine Freundin sollte mich anrufen und mir sagen, wann sie einen Flug von Kapstadt nach Skukuza nehmen würde, aber alles, was ich bekam, war eine sehr kurze, knappe SMS, in der sie mir mitteilte, dass sie nicht komme und dass unsere Freundschaft vorbei sei.«

»Seltsam.«

»Ja«, sagte Nick. »Sie hat mir erzählt, sie komme oft in dieses Hotel.« Nick nahm sein Handy heraus, öffnete die Kameraanwendungen und blätterte durch die Bilder, bis er das Foto fand, das er nach dem Tanzen von sich und Susan gemacht hatte. Er vergrösserte es, wobei er sich selbst aus dem Bild herausschnitt, und reichte es dem Barkeeper, damit er es sich genauer ansehen konnte. Erkennen Sie sie?«

Als er das Bild kurz betrachtete, begannen die Augen des Barkeepers vor Wut zu blitzen. Er knallte das Telefon in Nicks Richtung auf den Tresen. »Ach, ... Sie sind ein Reporter.«

»Hey«, sagte Nick und steckte sein Handy ein, »ich wollte nur wissen ...«

»Können Sie sie nicht in Ruhe lassen?«, fragte der Barmann mit auf dem Tresen geballten Fäusten. »Es ist mir egal, ob Sie hierbleiben. Ihr Leute werdet alles versuchen um ...«

»Sie kennen Susan?«, sagte Nick.

»Ja. Und ich habe bereits mit der Polizei und einigen Journalisten gesprochen. Ich habe sie weggeschickt, weil sie keine Gäste waren. Zu Ihnen muss ich höflich sein, weil Sie ein Hotelgast sind.«

»Die Polizei ...? Hören Sie ...« Nick schaute auf das Namensschild des Barmanns. »Zack?«

Der Barmann verschränkte die Arme. »Ja.«

Nick holte das Handy aus der Tasche und zeigte Zack das Foto in seiner ursprünglichen Form. »Auf diesem Bild kann man besser erkennen, dass Susan und ich uns kannten. Ich sollte vor ein paar Tagen von ihr hören, aber sie hat nicht angerufen. Ich habe eine SMS von ihr bekommen, in der sie mit mir Schluss gemacht hat. Ich weiss nicht, was zwischen euch beiden gelaufen ist und es ist mir auch egal, aber ...«

»Wir waren Freunde«, sagte Zack und liess die Schultern hängen. »Ich bin schwul.«

Nick sah nun, dass Zacks Wut verflog, oder besser gesagt, von anderen Gefühlen überlagert wurde. Seine Lippen begannen zu zittern und seine Augen röteten sich und glitzerten.

»Sie kannten sie?«, fragte Zack.

»Ja, wir haben uns in Australien getroffen. Ich versuche nur, herauszufinden, wo sie ist und ob es ihr gut geht. Ich würde mich gerne mit ihr unterhalten, aber sie geht nicht ans Telefon. Sie sagte, sie liebe die Mojitos hier ...«

Zack atmete aus, senkte den Kopf und sah dann wieder auf. Eine Träne kullerte über seine Wange. »Mein Gott, du weisst es wirklich nicht, oder?«

Nick spürte, wie sich sein Magen zusammenzog. »Was?«

»Susan ist tot.«

ZWEITER TEIL

30

1906, UPINGTON, SÜDAFRIKA, VIER JAHRE NACH BEENDIGUNG DES ZWEITEN BURENKRIEGS

Blake war so weit vom Rest der Welt entfernt, wie er nur sein konnte und verdiente dennoch genug, um sich einen Drink, eine Frau und ein Bad leisten zu können. Das genügte ihm.

Im kleinen Turm der holländisch-reformierten Kirche, dem ältesten und solidesten Gebäude der zusammengewürfelten Ansammlung rauer, einstöckiger Lehm- und Fachwerkbauten, läutete eine Glocke. Sie säumten die Schröder-Strasse, die sich durch Felsstreifen und den roten Kalahari-Sand zog. Die weiss getünchte Kirche war vor etwa dreissig Jahren vom alten Pfarrer Schröder erbaut worden. Angeblich war er auf Geheiss der örtlichen Nama gekommen, um ihnen Bildung und Religion zu bringen. Blake hatte die Erfahrung gemacht, dass den Missionaren Trunkenheit, Krankheit und Tod dicht auf den Fersen folgten.

Blake führte eine Herde von zwanzig Pferden, die jeweils Nase an Schwanz angebunden waren. Die Ketten, mit denen er die Tiere jede Nacht anband, waren jetzt um ihre Hälse geschlungen und ihre Metallglieder klirrten bei jedem Schritt. Die Strasse war leer, denn alle vernünftigen Menschen und Tiere verzogen sich irgendwo in den Schatten, um der Mittagssonne zu entgehen.

Blake ignorierte das Geläut und ritt zum Hotel Upington weiter, dem zweitgrössten Haus der Stadt.

Die Hauptstrasse war breit genug, um einen Ochsenkarren zu wenden, aber damit endete die Pracht. Ein Betrunkener sass im Schatten eines Wagens auf dem Boden und schlief an eines der Räder gelehnt. Ein anderer wenig empfindlicher Bewohner Upingtons, ein Esel, wieherte, als wolle er Blakes Ankunft ankündigen. Dieser Ort, überlegte er, war das genaue Gegenteil von dem, in welchem er in Südafrika gedient hatte. Das Buschland entlang der Grenze zu Portugiesisch-Ostafrika war im Sommer dicht und smaragdgrün und wimmelte von wilden Tieren, Upington dagegen befand sich mitten in einer Wüste. Der Oranje-Fluss, der sich langsam, wie eine fette Puffotter, durch die leblose Landschaft schlängelte, bildete seine Wasserquelle und war der einzige Grund für die Existenz der Stadt. Ein Saum von Grün klammerte sich an seine Ufer, doch dahinter lag das wasserlose Nichts.

Willem ›Rassie‹ Erasmus, der Hotelbesitzer, trat ins helle Licht. Mit seinem Bowlerhut, dem sauberen weissen Hemd und der Fliege gab er ein Bild unpassender Eleganz ab. »Meneer Prestwich, wieder auf die Minute pünktlich.«

Blake schenkte Rassie als Antwort auf den ewigen Scherz ein schiefes Grinsen. Zeit bedeutete in der Wüste nichts und Rassie hatte genauso wenig Ahnung, wann Blake wieder in Upington sein würde, wie Blake selbst. »Ein Drink, Rassie, für mich und die Pferde.« »Ein feiner irischer Whiskey?«

Blake lächelte und nickte, denn er wusste, dass es hinter Rassies Bar nichts Feines gab. Das Wort *irisch* reichte jedoch, um ihn an Claire denken zu lassen. Mittlerweile geschah dies seltener, aber gelegentlich erinnerte ihn ein Wort oder ein Blick auf rotes Haar daran, wie die Begegnung mit ihr in dem verlassenen Handelsposten sein Leben verändert hatte.

Als Blake 1902 im portugiesischen Krankenhaus in Lourenço Marques das volle Bewusstsein wiedererlangte, registrierte er zuallererst den falschen Namen, mit dem ihn eine Krankenschwester ansprach.

»Sie sind Edward« hatte sie lächelnd gesagt und dabei langsam, in akzentreichem Englisch und etwas zu laut gesprochen, als ob sie ihn für einfältig hielt. »Edward Lionel Prestwich, Mitglied von Steinaeckers Reitern. So steht es in den Papieren, die Sie bei sich trugen, als die Dame Sie herbrachte.« Blakes Sinne waren klar genug, um zu erkennen, dass Claire ihm eine neue Identität beschafft hatte. Von ihr selbst gab es dagegen keine Spur.

Die Krankenschwester erzählte ihm, dass ihn Dr. Machado, ein renommierter Arzt, obwohl er dem Tod nahe gewesen sei, operiert und gerettet habe. Er hatte vage Erinnerungen an

Claires Gesicht, das, genau wie sein Bewusstsein, immer wieder auftauchte und verschwand. Eine andere lebhafte Erinnerung Blakes an die Zeit unmittelbar nach seiner Operation, war die an Feuer und Rauch. Er hatte es für einen Albtraum gehalten, doch die Krankenschwester erzählte ihm, im Krankenhaus habe es gebrannt und Dr. Machado sei ums Leben gekommen, als er einen Patienten aus einer lichterloh brennenden Station zu retten versuchte.

Claire war es gelungen, seine Besenstiel-Mauser und Bluey zu retten und in einem Stall in der Nähe des Krankenhauses für ihn zurückzulassen. Sie selbst verschwand aber, ohne ihm zu hinterlassen, wohin oder wie er mit ihr Kontakt aufnehmen konnte.

Der mittellose Blake erholte sich und bekam Arbeit auf einem Frachtschiff, das von Lourenço Marques nach Kapstadt fuhr. Er erinnerte sich, dass Claire ihm verraten hatte, dass sie in Portugiesisch-Ostafrika ein Schiff zum Kap nehmen würde. Er wollte nicht nur Claire finden, sondern auch seinen Namen reinwaschen, doch dazu brauchte er Geld. Er setzte sich mit einem Anwalt in Verbindung und erfuhr, dass Hauptmann Llewelyn Walters an dem Tag, an dem Blake in der Höhle angeschossen worden war, nur knapp einen Löwenangriff überlebt hatte. Walters hatte sich erholt und war ironischerweise – schliesslich war er ein Kriegsverbrecher – Oberst der berittenen Kap-Polizei geworden. Um den Fall weiterzuverfolgen, wollte der Anwalt Geld und so begann Blake, bei einem alten Kameraden von Steinaeckers Reitern zu arbeiten, der nach Kriegsende auf die Farm seiner Familie am Kap zurückgekehrt war.

Als Blake fast genug gespart hatte, um die Kosten zu bezahlen, änderte der Anwalt seine Meinung. Er teilte Blake mit, er glaube nicht mehr daran, beweisen zu können, dass Walters der Mörder und Blake unschuldig sei. Ausserdem riet er Blake in eindringlichem Flüsterton, Kapstadt zu verlassen. Blake war noch nie vor einem Kampf davongelaufen und wollte dies auch bei Walters nicht tun, aber er hatte sich nach einer Geschäftsmöglichkeit umgesehen. Auf der Farm war er für die Pferde zuständig und hatte gehört, dass sich beim Pferdehandel mit den Bewohnern der benachbarten Kolonie Deutsch-Südwestafrika gutes Geld verdienen liess. Die einheimischen Völker, die Herero und die Nama, lehnten sich 1904 gegen ihre Kolonialherren auf und seither herrschte Krieg. Sowohl die Rebellen als auch das deutsche Militär, die Schutztruppe, brauchten Pferde und in der Kapkolonie wimmelte es von den Reittieren Tausender britischer und kolonialer Soldaten, die ohne ihre Reiter nach Hause gekommen waren.

Als Pferdehändler Edward Prestwich verdiente Blake nun gutes Geld. Er hätte dem Anwalt die Taschen füllen können, doch dieser war bei einem Raubüberfall in einer Seitenstrasse nahe des Kapstädter Hafens ermordet worden. Während Blake sich immer noch an die schwindende Hoffnung klammerte, seinen Namen reinzuwaschen und Claire zu finden, stellte er fest, dass ihm sein neues Leben gefiel.

Noch stärker als das Geld zog ihn die grosse Leere Afrikas an. Sein Arbeitsgebiet lag in einem abgelegenen Winkel des afrikanischen Kontinents, wo das kühle Wasser des Atlantiks an eine tückische Küste schlug, hinter der sich weite Sandwüsten erstreckten. So rau und unbarmherzig die Landschaft war, die Stille half ihm, die Erinnerungen an den Krieg zu vertreiben und den Schmerz und die Verbitterung darüber zu dämpfen, von Claire benutzt worden zu sein.

Als Blake vor dem Upington Hotel abstieg, dachte er, er werde vom Krieg verfolgt, oder möglicherweise sei es umgekehrt. Die Stadt im abgelegenen Norden der britisch beherrschten Kapkolonie, nahe der Grenze zum deutschen Gebiet, war ein Zentrum des Pferdehandels. Leuten wie Blake, die das Risiko für lohnenswert hielten, bot sich ausserdem ein netter Nebenverdienst mit Rindern, die die Rebellen von deutschen Farmen stahlen.

»Dawie!«, rief Rassie und ein Nama-Mann in geflickter, abgetragener Kleidung trabte aus dem hinteren Teil des Hotels heran. Die Heimat der Nama erstreckte sich beidseits der Grenze. Im Gegensatz zu den dunkelhäutigen Stämmen, denen Blake im Transvaal, im Osten des Landes, begegnet war, hatte Dawies Volk einen hellbraunen Teint. Die Nama waren traditionelle, nomadische Viehzüchter. Die meisten von ihnen waren zum Christentum konvertiert und hatten die Sprache und Kleidung der niederländischen Siedler übernommen.

»Nimm Kaptein Prestwichs Pferde und binde sie hinten an. Hol Futter und Wasser.« Mit dem Titel ›Kaptein‹, den der Gastwirt benutzte, bezeichneten die Nama einen Anführer oder Häuptling.

Blake winkte Dawie grüssend zu und band sein Pferd an den dafür vorgesehenen Pfosten.

Ein *Burgher*, einer der örtlichen Bauern, fuhr in einer von zwei Pferden gezogenen Kutsche vorbei. Er erwiderte Blakes Gruss nicht, sondern wandte sich ab. Jeder hier wusste, dass Edward Prestwich damals nach Südafrika gekommen war, um gegen die Buren zu kämpfen und obwohl der Krieg seit vier Jahren vorbei und die Briten siegreich waren, hatte man dies nicht überall vergessen.

Blake nahm seinen Filzschlapphut ab und klatschte ihn gegen seine Hose, was eine kleine Staubwolke auslöste. Er wollte sich den Schmutz aus der Kehle waschen und danach seinen Körper und vielleicht auch den von jemand anderem in einem Bad einweichen.

»Komm, probiere den neuen Whiskey«, forderte ihn Rassie auf.

Blake betrat das Hotel, in dem es nach Alkohol, Rauch sowie nach ungewaschenen Körpern, Sünde und Krankheit stank. Im Vergleich zu den Trockengebieten, die er in der letzten Woche durchritten hatte, war es allerdings eine Oase.

Rassie stellte zwei zerkratzte Gläser auf den hölzernen Tresen und schenkte für sie beide ein. Sonst war niemand in der Bar. »Wirst du die Pferde gegen Vieh tauschen, Eddie?«

»Nein. Die Deutschen werden mich für diese feinen Reittiere grosszügig bezahlen.«

Rassie schnaubte. »Eher Gäule. Aber wenn du ein paar Rinder auftreibst, denkst du daran, dass der alte Rassie viele hungrige Kunden zu füttern hat, nicht wahr? Vielleicht hat dein Freund, der ›Schwarze Napoleon‹, ein paar schöne, fette Tiere, die zum Schlachten bereit sind?«

Blake erhob sein Glas auf den Barmann. Rassie versuchte immer Informationen zu erhalten, aber Blake hatte gelernt, sich nicht in die Karten schauen zu lassen und nichts auszuplaudern. Er war schon einmal verhaftet worden, weil er angeblich mit illegalem Vieh handelte. Obwohl die Anklage keinen Erfolg hatte, weil ein Zeuge nicht zum Gerichtstermin erscheinen konnte, war er jetzt vorsichtiger.

Die Pferde waren für den ›Schwarzen Napoleon‹, Kaptein Jakob Morengo, den Anführer des Nama-Clans bestimmt. Die Nama, Erzfeinde des Kaisers, nannte man in Deutsch-Südwestafrika ›Bondelswarts‹. Die Deutschen gaben Morengo, dem erfolgreichsten Guerillaführer im Süden ihrer Kolonie, seinen Spitznamen aufgrund seiner taktischen Fähigkeiten.

Rassie nippte an seinem Getränk. »Vor zwei Tagen kam ein Offizier der Landespolizei aus Keetmanshoop und erkundigte sich nach einer Viehherde, die jenseits der Grenze verschwunden war.«

Blake kippte seinen Whiskey in einem Zug hinunter und stellte das Glas auf den Tresen. Er scherte sich nicht um die Landespolizei, das waren kaum fähige deutsche Teilzeitpolizisten. Rassie füllte sein Glas auf. »Nun, du weisst, dass ich es diesmal nicht war. Ich habe ein gutes Alibi.«

Rassie lächelte. »Ich frage dich nicht, woher du deine Pferde hast.«

Blake zuckte mit den Schultern. »Legal und billig. Auch nach vier Jahren ist das Kap noch mit Pferden aus dem Krieg überfüllt.«

»Warum bist du eigentlich nicht zusammen mit all den anderen Tommy-Sympathisanten nach Australien zurückgekehrt, Eddie? Das hast du mir nie erzählt.«

Blake wischte sich mit dem Handrücken über die Lippen. Das war eine gute Frage und eine, die er aufgegeben hatte, für sich selbst zu beantworten. »Ich weiss es nicht. Afrika, geht einem unter die Haut.«

Rassie schüttelte den Kopf und gackerte. »Nein. Dornen gehen unter die Haut, Fliegeneier, Würmer, Kugeln. Hier wirst du einfach gekocht. Gebraten wie ein Stück Fleisch, bis du aussen schwarz und innen rosa bist. Du hast zu viel Zeit in der Wüste verbracht, Eddie, dein Gehirn ist geröstet.«

»Vielleicht.« Der zweite Whiskey wirkte und vertrieb die Schmerzen des langen Ritts. Morgen früh würde er noch mehr leiden, diesmal an Kopfschmerzen, aber das war es wert.

»Wie lange bleibst du, Eddie?«

»Eine Woche, vielleicht zwei.«

»Dein Palast wartet auf dich«, sagte Rassie.

Blake lachte. Hinter dem Pub hatte er eine grobe Lehmhütte mit Strohdach, in der er seine spärlichen Besitztümer aufbewahrte. Sie kam einem festen Zuhause am nächsten, seit er sein Zelt an der Sabie-Brücke verlassen hatte. Auf der Farm am Kap hatte er sich nie zu Hause gefühlt.

»Danke. Kannst du Dawie bitten, mir ein Bad einzulassen?«

Rassie blinzelte. »Natürlich. Oder soll ich dir ein Mädchen holen?«

Blake schüttelte den Kopf. »Danke, aber ich brauche wohl erst etwas Schlaf. Vielleicht morgen.«

»Sicher. Da war eine neue Frau in der Stadt, vor vielleicht vier Tagen.«

»Will sie hier ein Vermögen verdienen?«

Rassie schüttelte den Kopf und schenkte sich noch einen Drink ein. »Nein, eine *weisse* Frau. Sie ritt mit einem Nama-Führer.«

»Sie kam von jenseits der Grenze?« Blakes Neugier war geweckt. Frauen waren in der Grenzstadt rar und eine solche Nachricht konnte es mit der vom Ende der Belagerung von Mafikeng während des Krieges aufnehmen.

Rassie nahm einen Schluck. »Sie erzählte wenig, fragte aber viel.

Sie wollte wissen, wo sie ein paar Pferde kaufen könne, und erkundigte sich nach Rindern. Sie sagte, eine ihrer Herden sei von den Nama gestohlen worden und ihre Theorie war, dass sie über die Grenze gebracht und dort verkauft worden seien.«

Blake verzog die Lippen zu einem halben Lächeln. »Wie ist sie wohl auf diese Idee gekommen?«

Rassie blickte himmelwärts. »Das weiss nur der liebe Gott.«

»Auch wenn die Nama es nicht auf deutsche Frauen abgesehen haben, ist sie entweder sehr mutig oder sehr dumm, wenn sie hierher reitet, um ein paar Kühe und Pferde zu kaufen.«

»Sie war keine Deutsche«, sagte Rassie. »Dawie meinte, sie habe mit ihrem Diener Deutsch gesprochen, aber für mich sprach sie ein Englisch mit einem seltsamen Akzent. Ich habe in Kapstadt einmal einen Amerikaner getroffen, einen Matrosen von einem Schiff. Es klang so ähnlich, aber nicht so stark.«

»Hmm«, sagte Blake und mimte Gleichgültigkeit. Er setzte das Glas vorsichtig auf der Barplatte ab, um zu verhindern, dass seine Hand zitterte. »Und wie sah sie aus?«

»Rotes Haar. Die Haut wäre schön marmorhell gewesen, wenn sie nicht so lange geritten wäre. Im Gegensatz zu diesen häuslichen *Fräuleins*, die die Deutschen nach Swakopmund und Lüderitz schiffen, um ihre kleine Kolonie zu bevölkern, sah sie aus, als hätte sie viel Zeit in der Sonne verbracht.«

Blake leckte sich über die Lippen. Sein Mund war schon wieder ganz ausgetrocknet und sein Herz schlug schneller. Er atmete tief ein, um sich zu beruhigen und konzentrierte sich darauf, seine Worte lässig zu formulieren. »Kennen Sie ihren Namen?«

Rassie schüttelte den Kopf. »Leider nicht.«

Rassie hatte bestimmt versucht, diesen zu erfahren, sagte sich Blake. Er war zu neugierig, um dies nicht zu tun. Oder hatte die Frau ihre Identität absichtlich verheimlicht?

»Hat sie ihr Vieh gefunden?«

»Du sagst, *ich* stelle zu viele Fragen, Eddie« schmunzelte Rassie. »Aber um deine Frage zu beantworten: Nein, aber ich habe mir erlaubt, ihr zu sagen, dass ich einen Mann kenne, der auf dem Weg vom Kap hierher ist und Pferde und Vieh mitbringen könnte. Schade, dass du nur die Gäule mitgebracht hast. Diese fremde Frau könnte interessiert sein.«

»Wo ist sie?«

Rassie zuckte mit den Schultern. »Vielleicht wieder jenseits der Grenze, wo sie herkommt, oder sie versucht es auf einer der örtlichen Farmen.«

Blake trank noch einen Schluck mit Rassie und zwang sich, Belangloses zu plaudern, obwohl er eigentlich nur mehr über die rothaarige Frau wissen wollte. Vielleicht zog er voreilige Schlüsse, wenn er sich vorstellte, die Frau sei Claire und er versuchte, sich einzureden, selbst in dieser Ecke Afrikas gäbe es eine beachtliche Anzahl von Bäuerinnen mit dieser Haarfarbe, obwohl ihm spontan keine einzige einfiel.

Rassie wies Dawie an, Wasser für Blakes Bad zu holen.

Als er ausgetrunken hatte, löste Blake seine Satteltaschen, hievte sie sich auf die Schulter und ging zu seiner Hütte. Sie hatte so viel Charme wie eine Gefängniszelle, war aber ein Ort, an dem er sich ausruhen konnte, wenn er in Upington war. Er schnallte seinen Pistolengürtel ab, hängte die Mauser auf und schälte sich aus seiner staub- und schweissverkrusteten Kleidung.

Dawie musste gewusst haben, dass er unterwegs war, denn im holzbefeuerten Kessel stand bereits genug heisses Wasser für ihn bereit.

Blake liess sich in die Blechwanne sinken und genoss die brennende Hitze, die in seine müden Gelenke und schmutzigen Poren eindrang. Er schöpfte eine doppelte Handvoll Wasser, schloss die Augen und liess es über sein Haar fliessen.

Die Tür knarrte.

»Lass einem Mann etwas Privatsphäre, Dawie.« Blake hörte, wie sich die Tür wieder schloss, spürte aber, dass noch jemand im Zimmer war. Er nahm den Geruch von Seife wahr und der kam definitiv nicht von Dawie. Als er den Kopf drehte, sah er sie.

Liesl liess sich hinter ihm auf die Knie fallen, legte die Hände auf seine Schultern und küsste ihn auf die Wange. »Hallo, Blake. Wie geht es Ihnen?«

Er bedeckte ihre Hände mit seinen. Für einen kurzen Moment hatte er sich erlaubt, zu hoffen, es sei Claire, die hereinkam, nachdem sie ihn gesucht und schliesslich gefunden habe.

Als er Liesl sah, spürte er etwas wie Erleichterung. Er wusste nicht, welche Gefühle zuerst aufgewallt wären, wenn es Claire gewesen wäre. Während den letzten vier Jahren hatte er mit einem halben Dutzend Frauen versucht, die Erinnerung an Claire zu verdrängen, aber Liesl war bei weitem die hübscheste. »Gut und dir? Ich hoffe, dass niemand gesehen hat, wie du dich hineingeschlichen hast.«

»Dawie schon, aber er weiss über uns Bescheid. Das hat er mir gesagt, bevor du weggegangen bist. Er denkt, du bist ein guter Mann.«

»Hah. Ich wusste schon immer, dass er ein schlechter Menschenkenner ist.« Liesl nahm ein Stück Seife vom Boden neben der Badewanne und schäumte einen Waschlappen ein. »Das sind Sie, Blake. Sie helfen uns. Haben Sie Pferde mitgebracht?«

»Ja. Aber stell mich nicht als eine Art Heiligen dar, Liesl. Ich verkaufe die Pferde an deinen Onkel.« Liesl war die Nichte von Morengo, dem ›schwarzen Napoleon‹, aber das verschwieg sie diesseits der Grenze.

»Hmm-mm.« Sie griff um ihn herum und begann, seine Brust zu waschen. »Und ich weiss von meinem Onkel, dass Sie nicht wirklich Geld verdienen. Sie übernehmen das Vieh, das Onkel Jakob stiehlt, verkaufen es und behalten einen Anteil des Gelds. Die Pferde geben Sie ihm umsonst.«

»Woher hast du diesen ganzen Unsinn?«

»Von Onkel Jakob. Er mag Sie auch.«

»War Morengo hier, in Upington?«

Liesl nahm seinen rechten Unterarm in die Hand, hob ihn an und schrubbte ihn von der Fingerspitze bis zur Achselhöhle. »Ja, kurz. Er hoffte, dich zu treffen.«

»Warum will Morengo mich persönlich sehen?« Die Deutschen hatten dreitausend Mark auf Jakob Morengo ausgesetzt, also war der

Mann vorsichtig. Die meisten seiner Geschäfte wickelte Blake mit Morengos Untergebenen ab.

Liesl bewegte ihren Mund näher an sein Ohr und sagte leise: »Onkel Jakob hat erfahren, dass die Deutschen einen Angriff auf seinen Stützpunkt in Narudas planen. Neben den Pferden, die Sie mitgebracht haben, braucht er noch weitere, sowie Munition und Lebensmittel. Ausserdem wollte er einige Frauen mit Babys, sowie alte und gebrechliche Menschen in Sicherheit bringen.«

»Jakob hat überall Spione, also hat er wahrscheinlich recht mit den Deutschen.«

Liesl griff nach seinem anderen Arm. Diesmal waren ihre Bewegungen langsamer und sie wich nicht von ihm zurück. Er spürte ihren Atem in seinem Nacken, als sie ihn wusch. Zum Glück bedeckte das Wasser ihn bis zur Taille.

»Ja, Spione, *überall*. Ich bin letzte Woche, als du weg warst, einer deutschen Patrouille gefolgt und habe beobachtet, wie sie drei Pferde vom Spangenberg-Hof gestohlen haben.«

Blake streckte die Hand aus und umfasste ihr schlankes Handgelenk mit seiner rechten Hand. Er drehte seinen Kopf so, dass er ihr in die Augen sehen konnte. »Mach das *nicht* noch einmal, Liesl.«

Das Mädchen schmollte. »Ich bin jetzt neunzehn – alt genug, um meinen Teil beizutragen. Ich habe die Soldaten in ihrem Lager gezählt und bin nahe genug herangekommen, um sie reden zu hören. Ausserdem habe ich den Namen des Mannes herausgefunden, der die Patrouille anführte.«

Als er sich drehte, schwappte Wasser über den Wannenrand und ihr langes Kleid wurde nass. Er liess ihre Hand los, wedelte aber mit einem Finger vor ihr. »Du musst *sofort* mit diesem Unsinn aufhören. Wenn die Deutschen dich dabei erwischen, werden sie dich erschiessen, oder noch schlimmer.«

Liesl reckte ihr Kinn vor. Sie hatte den Blick eines eigensinnigen Kindes, die Augen einer Karakal Katze und den Körper einer Frau. »Es geht hier nicht nur darum, Geld zu verdienen, Blake. Ich bin die Nichte eines Kapteins und werde mein Leben nicht als Dienstmädchen in einer Bar voller betrunkener Bauern verbringen.«

»Hier bist du sicher, Liesl.«

»Ja, sicher, aber eine Sklavin, wenn auch nicht eine der Deutschen. Jedenfalls werde ich nicht mehr spionieren.«

Er atmete aus und liess sich wieder in die Wanne sinken. »Gut.«

»Ich schliesse mich Onkel Jakobs Truppen an. Ich werde kämpfen und möchte, dass Sie mir ein schönes Pferd besorgen.«

Blake klopfte gegen den Wannenrand. »Ich werde dir nicht dabei helfen, dich umzubringen, Liesl.«

Liesl sagte nichts mehr. Sie seifte den Waschlappen wieder ein und drückte Blake sanft nach vorne, damit sie seinen Rücken schrubben konnte. Als sie fertig war, liess er sich wieder hinunter ins Wasser gleiten, schloss die Augen und dachte, er habe sie in ihre Schranken gewiesen.

Er erinnerte sich an das erste Mal, dass er sie gesehen hatte. Sie überquerte mit einer Reihe anderer Flüchtlinge die Grenze von Deutsch-Südwestafrika. Ihre Kleider bestanden aus Lumpen und ihre Arme und Beine waren skelettartig dünn. Trotz all seines Murrens hatte Rassie ein anständiges Herz und hatte Liesl als Dienstmädchen bei sich aufgenommen.

Eines nachts, als sie in der Bar Gläser einsammelte, packte ein betrunkener Farmer namens de Waal sie um die Taille. Blake erhob sich und forderte den Mann auf, sie loszulassen. Als er das nicht tat und sich stattdessen von hinten gegen sie presste, schlug Blake ihn bewusstlos.

Liesl war seither voller und grösser geworden. Sie hatte mehr als einem kirchentreuen Bürger den Kopf verdreht und Blake hatte Rassie vorgeschlagen, sie besser ausser Sichtweite arbeiten zu lassen und die wenigen Zimmer zu putzen, die zum Hotel gehörten. Blake und Liesl waren Freunde geworden und ihre Freundschaft hatte sich schliesslich zu etwas Tieferem entwickelt. Eines Abends, nachdem er in der Bar zu viel getrunken hatte, erzählte er ihr seine Geschichte und verriet ihr seinen richtigen Namen. Dabei stellte er fest, dass es ihm half, seine Last mit jemandem zu teilen. Er begann, ihr kleine Geschenke zu bringen, wenn er mit Pferden aus dem Süden kam, Stoffe, Seife, einen Spiegel oder Bänder. Nachdem er erfuhr, dass sie lesen konnte, brachte er ihr auch Bücher mit, was sie am meisten liebte.«

»Blake, mich von dir zu verabschieden macht mich traurig.«

Er öffnete seine Augen. »Liesl, du weisst nicht, wie der Krieg ist.«

Sie hörte auf, ihn zu waschen. »Ich habe gesehen, wie meine Leute von ihrem Land vertrieben und in die Wüste gejagt wurden, wo sie verhungerten. Einige meiner Freunde wurden im Kampf getötet.«

»Nicht Frauen.«

»Nein. Doch! Die Deutschen töten Frauen durch Zwangsarbeit. Oder sie sterben in diesen Lagern, von denen die Leute erzählen, an den Pocken. Ja, ich bin eine Frau, aber das heisst nicht, dass ich nicht kämpfen kann. Ich kann reiten und schiessen und komme besser als jeder Mann an den deutschen Patrouillen vorbei. Ich will in meinem Heimatland leben.«

Blake seufzte. Er hatte schon zu viele junge Menschen sterben sehen, die für eine fremde Sache kämpften, Liesl hingegen war aus ihrer Heimat vertrieben worden. In gewisser Hinsicht, so überlegte er, war die Situation der Nama mit der der Buren während des Krieges gegen die Briten vergleichbar. Beide verteidigten ihre Lebensweise, auch wenn dies einem fernen Monarchen nicht gefiel. Er verstand sie, konnte aber den Gedanken nicht ertragen, dass dieses liebenswerte Geschöpf, das hübsche Gesicht und die glatte Haut von Kugeln oder Granatsplittern zerrissen werden könnten.

»Vielleicht verstehst du das nicht, Blake – wie es ist, für sein eigenes Heimatland zu kämpfen. Vielleicht magst du Australien nicht? Du hast mir erzählt, dass du von einem Ort am Meer kommst, wo es regnet, und grünes Gras und fette Rinder gibt. Das klingt für mich wie das Eden, von dem die Pastoren sprechen und doch bist du hier, im Land des Durstes. Warum?«

» Liesl, ich habe dir schon einmal gesagt, dass ich zu Unrecht beschuldigt werde, während des Krieges gegen die Buren einen Mann getötet zu haben. Ich muss meinen Namen reinwaschen.« Sie schüttelte den Kopf. »Dein Krieg ist seit vier Jahren vorbei. Du kannst nach Hause gehen oder einen Anwalt nehmen, der deinen Fall vertritt.«

»Dafür brauche ich mehr Geld als ich habe. Ausserdem ist auf mich immer noch ein Kopfgeld ausgesetzt – deshalb bin ich hier, wo mich niemand kennt.«

»Ausser mir. Ich weiss, dass du nicht Edward Prestwich bist. Versuch nicht, mich daran zu hindern, meinen Onkel zu unterstützen, Blake.«

Er hörte die angedeutete Drohung in ihrer Stimme. Sie könnte ihn erpressen und verlangen, dass er ihr half, in den Tod zu reiten. Er sah die Entschlossenheit in ihren bernsteinfarbenen Augen – sie waren golden und schön, aber blickten gleichzeitig hart. In all den Monaten seit jener Nacht in der Bar, bereute er es nicht, ihr seine wahre Identität verraten zu haben. Bis zu diesem Moment.

»Ich glaube, du bist nicht nur wegen des Geldes hier, Blake.«

Sie stand auf und er sah, dass sich das vom Badwasser durchnässtes Kleid an ihren jungen Körper schmiegte. Er erinnerte sich an ihre glatte, süsse, honiggoldene Haut.

Ihr Vater war ein Deutscher gewesen, ein freundlicher Mann, der in Keetmanshoop, in Südwestafrika, beim Sturz von einem Pferd umgekommen war. Liesl hatte die Sticheleien ihrer Verwandten über ihre Herkunft überwunden und sich durch ihre Taten den Respekt und die Gunst ihres bedeutsamen Onkels verdient. Morengo mochte seine Nichte lieben, aber er war auch klug genug, zu wissen, dass sie ihm beim Aufstand helfen konnte, wenn nicht als Spionin, dann in einer anderen Rolle.

»Mein Vater hätte das, was jetzt in meinem Land geschieht, nicht unterstützt. Er hätte gekämpft, sogar gegen sein eigenes Volk. Er glaubte an Gerechtigkeit und daran, dass ein Teil des guten Landes den Nama gehören sollte. Ich glaube, du bist hier, weil du uns helfen willst.«

»Ich bin hier, um genug Geld zu verdienen und aus dieser verdammten Wüste herauszukommen. Ich will meinen Namen reinwaschen, dann ein Boot kaufen und mit diesem an einen Ort segeln, wo es regnet.«

Sie zuckte mit den Schultern. »Wenn du meinst.«

Blake stand auf und stieg aus der Wanne. Das Wasser floss auf den Boden und er ging tropfnass zu ihr. Er überlegte, ob er ein Handtuch holen sollte, aber Liesl stand einfach nur da und sah ihm in die Augen. Sie war jung, aber stur.

Wie Claire.

Aber es war Liesl, die ihre Arme um ihn legte. Sie stellte sich auf die Zehenspitzen, küsste ihn und nun klebte ihr Kleid an seinem Körper. Liesl trat einen Schritt zurück, griff nach dem Kleid und zog es sich über den Kopf. Jetzt war sie genauso nackt und nass wie er und auch sie brauchte jemanden.

Blake führte sie zum Bett und fiel über sie her. Er nahm sie mit der Ehrfurcht eines Verehrers und der zielstrebigen Sicherheit eines Raubvogels. Sie zerkratzte seinen Rücken mit Nägeln, die zu ihren katzenhaften Augen passten. Er musste das Kopfende des Bettes mit einer Hand abstützen, damit es nicht gegen die Wand knallte – schliesslich wollte er nicht, dass Dawies oder Rassies Gesicht am Fenster auftauchte.

Liesl rollte sich auf ihn. Er sah zu ihr auf und seine Hände umschlossen ihre Taille. Sie strich sich die Haare aus dem Gesicht und lächelte ihn an. Als sie zu stöhnen begann, legte er seine Finger auf ihren Mund, doch diesen Versuch, sie zum Schweigen zu bringen, zahlte sie ihm heim, indem sie ihn biss. Der aufblitzende Schmerz löste einen Stoss in seiner Körpermitte aus und sie explodierten gemeinsam.

Danach lagen sie Seite an Seite in der Nachmittagshitze. Müde von den Tagen im Sattel, schlummerte Blake ein und als er eine Stunde später aufwachte, war Liesl fort. Er fiel wieder in tiefen, traumlosen Schlaf.

Ein Klopfen an seiner Tür weckte ihn. Er stand auf, zog die Hose an und schob die Hosenträger über die Schulter. Mit der Besenstiel-Mauser in der Hand öffnete er die Tür einen Spalt. Dawie stand davor und hinter ihm brannte der Himmel in den Rosatönen des Sonnenuntergangs.

»Mister Edward«, sagte Dawie, »Liesl schickt mich. Sie sagt, Sie sollen zum Fluss kommen, zum *Punt*, der Fähre.«

Blake rieb sich die Augen. Wenn er am Nachmittag getrunken

hatte und danach vom Schlaf aufwachte, fühlte er sich immer schlecht.

»Wann?«

»Sofort, es ist sehr dringend, Sir. Sie sagt, ihr Onkel kommt dorthin.«

»Okay.« Das bedeutete, dass es ums Geschäft ging und nicht um den törichten Idealismus des Mädchens. Liesl hatte sich nicht anmerken lassen, dass Morengo noch in der Stadt war – sie spielte ein kindisches Spionagespiel, von dem er befürchtete, dass es zu einer Tragödie führte. Blake zog sich fertig an, ging hinaus und beschloss, zu Fuss zum Treffpunkt zu gehen.

Die staubige Hauptstrasse von Upington war leer. Im Hotel dagegen waren ein paar Bauern bereits so betrunken, dass sie sangen. Blake hatte seinen Mantel angezogen, denn eines hatte er über Wüsten gelernt: Sie war nachts so kalt wie das Herz eines Bankiers.

Blake war Rechtshänder, trug aber seine Mauser in einem umgekehrten Holster an der linken Hüfte. Seine Hand lag unter dem Mantel am Pistolengriff, so dass er sie jederzeit ziehen konnte. Liesl war nicht der einzige Spion im Städtchen. Die Deutschen bezahlten ehemalige Buren-Kämpfer dafür, Informationen über Rebellen aus Deutsch-Südwestafrika zu sammeln, die über die Grenze hin und her zogen. Ausserdem gab es nicht wenige verzweifelte Männer, die das auf Morengo ausgesetzte Kopfgeld nur zu gerne kassiert hätten.

Er ging die menschenleere Schröder-Strasse entlang und an der Kirche vorbei. Ein Weg führte zur mit Pferden betriebenen Fähre hinunter, der einzigen Möglichkeit, den Oranje zu überqueren. Allerdings nur tagsüber, nachts verkehrte sie nicht.

Ein Mann trat hinter einem Baumstamm hervor.

»Mister Blake.« Der Mann tippte sich an die Spitze seines breitkrempigen Hutes.

»Prestwich«, sagte Blake. Ich habe Ihnen bei unserem letzten Treffen meinen Namen gesagt, Kaptein.«

Jakob Morengo lächelte breit. Sein Gesicht war dunkler als das der meisten Nama, die er anführte, denn wie Liesl ihm erzählt hatte, war ihr Onkel zur Hälfte Herero. Er trug einen gutsitzenden, aber vom Reiten staubigen dreiteiligen Anzug. »Ja, das stimmt, aber meine Nichte hat mich über Ihren richtigen Namen informiert.«

Liesl zeigte sich hinter demselben Baum. Er bemerkte, dass sie ihr einfaches Kleid gegen eine Männerhose, ein Hemd und eine alte, khakifarbene Jacke getauscht hatte. Ihr Gesicht lag unter einem ähnlichen Hut, wie der ihres Onkels. Jeder, der sie aus der Ferne betrachtete, musste sie für einen schmächtigen Mann halten, vielleicht sogar für einen Buschmann in westlicher Kleidung. Es schien, als meine sie es ernst damit, sich dem Kampf anzuschliessen.

»Warum bist du gegangen und weshalb hast das getan?«, fragte Blake Liesl.

Sie reckte ihr Kinn vor. »Aus genau den Gründen, die Sie mir genannt haben.«

»Und welche waren das?«

»Dass Sie es satthaben, sich zu verstecken, Blake, und es leid sind, vor dem Gesetz davonzulaufen. Dass Sie, selbst wenn Sie Ihren Namen nicht reinwaschen können, die Maske ablegen wollen, die Sie immer noch tragen.«

»Ist das so?«

Morengo lächelte. »Sie kann sehr gut mit Worten umgehen, finden Sie nicht? Das muss an den vielen Büchern liegen, die Sie ihr geliehen haben. Dafür danke ich Ihnen. Alle haben eine gute Ausbildung verdient, unabhängig von der Hautfarbe, dem Stamm oder dem Geschlecht.«

»Sie denken sehr fortschrittlich«, sagte Blake, »sogar radikal.«

»Mein Onkel spricht sechs Sprachen und ist der erste Kaptein, der Frauen in seinen Ratsversammlungen ein Mitspracherecht einräumt«, erklärte Liesl. »Er hat in Deutschland studiert.«

»Ihre Nichte ist stolz darauf, dass Sie von den Leuten ausgebildet wurden, die Sie nun zu töten versuchen. Das ist ziemlich ironisch, finden Sie nicht auch?«, wandte sich Blake an Morengo.

Jakob lachte leise. »Ich habe in Deutschland gute Menschen getroffen, von denen viele der Meinung sind, dass die Kolonisten die Nama, die Herero und die anderen Völker unseres Landes ungerecht behandeln. Ich habe mich gefreut, ihre Sprache zu lernen und mehr über ihre Kultur zu erfahren. Wenn die Leute, die ich kenne, das ganze Ausmass dessen, was hier geschieht, begreifen, werden sie Druck ausüben und Frieden fordern. Bis dahin müssen wir kämpfen.«

»Sogar junge Mädchen?«

Morengo blickte kurz zu seiner Nichte und sein Lächeln verschwand. »Sie ist eine Frau. Sie hat ihren eigenen Kopf. Und Mut.«

Blake spürte die angedeutete Beleidigung, ging aber nicht darauf ein.

»Ich habe Pferde für Sie.«

»Und ich in den Karas Bergen Rinder, die ich innerhalb von einer Woche in die Kapkolonie bringen kann.«

»Gut«, sagte Blake. »Aber warum sind Sie dieses Mal persönlich gekommen?«

»Ich brauche mehr, Mister Blake, oder darf ich Sie mit Ihrem richtigen Vornamen ansprechen?«

»Ganz einfach Blake.«

»Sehr gut, *Blake*.« Morengo fühlte sich mit dem Weglassen der höflichen Formen offensichtlich unwohl, fuhr aber fort: »Sie dürfen mich Jakob nennen, nicht Morengo. Wie meine Nichte Ihnen bereits sagte, sind die Deutschen hinter meinen Truppen her. Ich rechne bis zum Ende des Monats mit einem Doppelangriff, sowohl von Keetmanshoop im Nordwesten wie auch von Warmbad im Süden.«

»Da bleibt nicht mehr viel Zeit.« Blake sah Liesl an. »Ihr habt überall Spione.«

»Das ist richtig«, sagte Morengo, »aber die Deutschen ebenfalls. Sie wissen, dass unser *Kraal*, in dem sich die Frauen, Kinder und unser Vieh befinden, bei Narudas in den Karasbergen liegt.«

Blake nickte. Obwohl er schon Pferde und Vieh von und nach verschiedenen Orten in den Karasbergen getrieben hatte, war er weder in Morengos Hauptquartier gewesen noch hatte er erfahren, wo dieses sich befand.

»Entweder sind Sie tollkühn, Jakob, oder vertrauen mir sehr.«

Morengo lächelte breit. »Ich bin kein Narr.«

»Das dachte ich auch nicht. Doch warum erzählen Sie mir das?«

»Ich brauche mehr Gewehre und Munition und muss zum *Kraal* zurückkehren. Ich habe weder die Zeit noch die Männer, um ein Treffen an einem anderen Ort zu arrangieren. Ich möchte, dass Sie die Waffen persönlich zu mir bringen.«

»Wie viele Gewehre?«

»Fünfzig. Und hundert Schuss Munition für jedes.«

Blake pfiff leise. »Das ist etwas anderes als Rinder- und Pferdetransporte. Riskanter. Und teurer.«

»Wenn Sie wollen, besorge ich mehr Vieh und biete Ihnen einen Tauschhandel an. Allerdings kostet das Zeit, die wir nicht haben. Oder ich bezahle.«

Blake hob eine Augenbraue. »Womit?«

»Gold.«

»Ernsthaft?«

Morengo griff in eine Ledertasche, die an einem Riemen um seinen Oberkörper hing, nahm einen Goldbarren heraus und reichte ihn weiter.

Blake hob den Barren hoch und wusste aufgrund seines allzu vertrauten Gewichts sofort, dass er echt war. Er hatte mit Claire genug davon herumgetragen. Im Mondlicht betrachtete er ihn genauer. »Südafrikanisch. Woher haben Sie es?«

Morengo lächelte. »Ich habe auf der Suche nach Vieh und Nahrung eine Farm überfallen und das hier in einem Geldschrank in einem Stall gefunden. Die Besitzerin der Farm verschwand eilig. Wahrscheinlich war sie gerade dabei, den Schatz zu verstecken oder zu bergen, als meine Männer und ich dazukamen.«

Sie. Blakes Herz hämmerte. »Wie viele davon haben Sie noch gefunden?«

»Genug für fünfzig Gewehre und fünftausend Schuss. Oder etwas mehr, wenn ich sie brauche.«

»Sie meinen, wir würden eine längerfristige Geschäftsbeziehung eingehen?« Blake wollte Morengo den Barren zurückgeben, doch dieser hielt eine Handfläche hoch. »Behalten Sie es. Unsere Zusammenarbeit soll so lange dauern wie der Krieg, bis mein Volk seine Freiheit hat. Das ist alles Gold wert, das es in Südafrika gibt.«

»Wo ist die Farm, auf der Sie das Gold gefunden haben? Und wie hat die Frau ausgesehen?«

Morengo lachte tief aus seinem Bauch heraus. »Oh, Mr. Blake, Sie sollten auf die Bühne.«

Blake leckte sich über die Lippen. Sein Mund war wieder genauso trocken wie im Hotel, als Rassie erwähnt hatte, dass er eine rothaarige Frau in der Stadt gesehen habe.

Jakob wurde wieder ernst. »Wie lange brauchen Sie, um die Waffen zu besorgen?«

»Vielleicht eine Woche?«

Jakob strich sich über das Kinn. »Fast bis Ende Monat. Ich hoffe, das genügt. Aber die deutschen Kolonnen rücken langsam vor, weil die Wüste sie ermüdet und meine Späher sie aufhalten. So schnell wie möglich, bitte.«

»Ich reite morgen los«, sagte Blake.

Liesl, die hinter ihren Onkel zurückgetreten war, während die beiden Männer verhandelten, trat mit in die Hüften gestemmten Händen nach vorn. »Ist es das, was dich dazu gebracht hat, dich unserem Kampf anzuschliessen, Blake, ein Goldbarren?«

»Ich schliesse mich dem Krieg von niemandem an, Liesl, einer hat mir gereicht. Aber ich glaube, euer Volk hat einen triftigen Grund für den Streit mit den Deutschen und dein Onkel hier und die anderen Nama, mit denen ich gehandelt habe, waren so ehrlich und ehrenhaft, wie Viehdiebe es nur sein können.«

»Ein grosses Lob, tatsächlich« murmelte Jakob.

Liesl wandte sich an ihren Onkel. »Wir sollten reiten.«

Jakob ignorierte seine Nichte.

»Kommen Sie, wenn Sie können, innerhalb von fünf Tagen in die Karasberge, Blake. Ich hoffe, Sie haben die Waffen bis dahin Liesl wird Sie finden und nach Narudas zu unserem *Kraal* führen. Sie wartet zwei Tage – nicht länger. Wenn Sie bis dahin nicht angekommen sind, nehme ich an, dass Sie mit meinem Gold abgehauen sind, und schicke meine Männer, um Sie zu töten.«

»Ich werde innerhalb einer Woche da sein.« Er würde alles dafür tun, um die Frist einzuhalten und obwohl Bluey in die Jahre gekommen war, war er ein zähes, treues Pferd

Als Morengo und Liesl wieder in den Schatten am Ufer des Oranje-Flusses verschwanden, hielt Blake den Barren fest in seinen Händen. Er musste mehr über das Gold und seine Besitzerin erfahren.

31

KAPSTADT, SÜDAFRIKA, IN DER GEGENWART

Als Nick den von hohen Palmen gesäumten Fussweg zum Table Bay Hotel hinunterging, zog er seinen Pullover eng an sich, um den kühlen Meerwind abzuhalten. Er war mit einem Uber zur Victoria and Alfred Waterfront gefahren, dem touristischen Zentrum Kapstadts. Um die Zeit bis zu seiner Verabredung mit Susans Ex-Mann, Ian Heraud, totzuschlagen, schlenderte er zwanzig Minuten durch das Einkaufsviertel.

Das Hotel stand an erstklassiger Lage an der Mole. Als Nick darauf zuging, hob sich das ›Tischtuch‹ aus weissen Wolken kurz und er erhaschte einen Blick auf den majestätischen Tafelberg hinter dem langen, blauen Hoteldach.

Susan hatte Zack, dem Barmann im Vineyard, erzählt, dass Ian als Lebensmittelverantwortlicher im konkurrierenden Dreihundert-Zimmer-Hotel arbeite. Als Nick ihn anrief stimmte er widerwillig zu, sich mit ihm zu treffen.

Als er sich näherte, trat ein gepflegter Mann in einem dunklen Anzug aus der Tür und sah ihm entgegen. An seinem Namensschild erkannte Nick, dass es der Mann war, den er suchte. »Ian? Ich bin Nick.«

»Howzit?« Sie schüttelten sich die Hände. »Was dagegen, wenn

285

wir laufen? Ich brauche eine Zigarette.« Ian nahm hustend eine Packung heraus.

»Kein Problem«, sagte Nick.

Sie gingen den Weg, den Nick gekommen war, bis zur Mole zurück, und Ian zündete sich eine Zigarette an.

»Danke, dass Sie sich mit mir treffen.«

Ian nickte. »Sie haben Susan in Australien getroffen?«

»Ja, in Sydney.«

»Ich wusste nicht, dass sie dort drüben war.«

»Doch, sie recherchierte für eine Geschichte über die Nama und Herero in Namibia, die die deutsche Regierung auf Entschädigung verklagen.«

»Das ist nichts Neues«, sagte Ian, zog an seiner Zigarette und stiess den Rauch aus. Wegen der Kälte gingen sie zügig. »Doch als wir verheiratet waren, interessierte sie sich nie für solche Dinge.«

»Es tut mir leid für Ihren Verlust.«

Er schnaubte. »Ich habe sie vor drei Jahren verloren. Sie hat mich wegen eines anderen verlassen. Obwohl sie sich getrennt hatten, besass der Bastard die Frechheit, bei ihrer Mutter aufzutauchen, als ich sie nach Susans Tod tröstete. Susan stand immer noch in Kontakt mit ihm. Ein reicher Dödel, für den sie arbeitete.«

»Hat sie in letzter Zeit Werbearbeit für ihn gemacht?«

Ian hielt inne, drückte seine halb gerauchte Zigarette in einem Abfalleimer aus, fischte ein Taschentuch aus seiner Tasche und schnäuzte sich die Nase. »Verdammte Grippe und das Rauchen macht es auch nicht besser. Ob sie noch für ihn gearbeitet hat, weiss ich nicht, aber ganz bestimmt zu der Zeit, als sie hinter meinem Rücken mit ihm schlief. Ich habe nie wirklich verstanden, was diese Werbearbeit bedeutet oder bewirken soll. Sie etwa?«

»Ich habe dieses Spiel bis vor Kurzem auch mitgemacht«, sagte Nick. »Jetzt nicht mehr.«

Sie setzten ihren Spaziergang am Rande des grauen Meeres fort. Möwen kreischten über ihnen. »Ich weiss nicht, was sie sonst noch gemacht hat. Wir hatten nie Kinder, also haben wir nach der Scheidung nicht mehr viel miteinander gesprochen. Nachdem sie und

Scott sich trennten, bemühte sie sich, die Dinge zwischen uns wieder in Ordnung zu bringen – nicht wieder zusammenzukommen, aber Freunde zu sein. Sie war ein besserer Mensch als ich und besser als er sowieso.«

»Scott?«, fragte Nick.

»Ja, Scott Dillon. Er war *der andere Mann*. Nachdem sie bei der Zeitung aufhörte, arbeitete sie für Scotts Immobilienfirma.«

Nick dachte einen Moment nach. »Den Namen habe ich schon mal gehört.«

Ian nickte. »Bestimmt. Nach Pam Golding und Seeff ist seine Immobilienfirma wahrscheinlich die drittgrösste des Landes und man sieht überall Plakate. Er verdiente sein Geld mit Immobilien und Susan war zuerst seine Kommunikationschefin, dann seine Geliebte. Dillons Frau fand es heraus, verliess ihn und er musste ihr eine enorme Scheidungsabfindung zahlen. Doch Dillon entschied, er wolle Susan nicht heiraten, oder vielleicht auch umgekehrt. Ich habe gehört, er sei irgendwann bei seiner Buchhalterin gelandet, die er aber wahrscheinlich auch verlassen hat.«

»Wo finde ich ihn?«, erkundigte sich Nick.

»Sein Büro ist in Sea Point, aber er hat Melanie, Susans Mutter, erzählt, er sei wieder in Namibia. Anscheinend macht er dort Geschäfte und ausserdem ist er Meerfischer und Grosswildjäger. Er mag lange Ruten und Gewehre. Eine Kompensation, nehme ich an.« Ian lachte hämisch.

»Es muss hart gewesen sein, ihn im Haus ihrer Mutter zu treffen«, sagte Nick.

»Ich hätte ihn am liebsten verprügelt. Jetzt fühle ich mich nur noch leer. Ich war kein perfekter Ehemann, aber wer weiss schon, warum Menschen tun, was sie tun? Ich vermisse sie.«

Sie waren zurück beim Hotel. *Ich auch*, dachte Nick. Er schüttelte Ian, dessen Schultern zu zittern anfingen, die Hand.

Nick kannte den Mann nicht, aber er legte einen Arm um ihn.

»Gekidnappt und getötet nur wegen eines verdammten Autos.« Ian konnte seine Tränen nicht zurückhalten. »Ich hätte ihr nie gewünscht, dass ihr so etwas zustösst, wissen Sie?«

»Ja«, sagte Nick. »Das glaube ich.«

Ian löste sich von ihm und schnäuzte sich erneut die Nase. »Tut mir leid.«

»Das muss es nicht. Danke, dass Sie sich mit mir getroffen haben, Ian. Ich weiss es zu schätzen.«

Sie schüttelten sich noch einmal die Hände, dann ging Ian die stattliche Palmenallee hinunter und Nick drehte sich um. »Die Beerdigung ist in einer Woche oder so. Sie haben meine Nummer, rufen Sie mich an, ich kann Ihnen die Einzelheiten mitteilen, wenn ich sie habe«, rief Ian ihm über die Schulter zu.

»Danke.«

»Oh und Nick?«

»Ja?«

»Kapstadt sieht vielleicht wie ein Stück Europa aus, aber es ist Afrika. Seien Sie vorsichtig.«

Nick sprach kaum mit dem Uber-Fahrer, der ihn zum Flughafen von Kapstadt brachte. Mit einem Golfwägelchen fuhr er zur Abflughalle. Er fühlte sich schwach und seine Hände zitterten, als er seine E-Mails auf dem Handy überprüfte. Da war eine von Anja, die ihm bestätigte, dass sie ihn in Aus treffen würde, wenn er dort angekommen sei. Sie bekräftigte ihr Beileid zum Tod von Susan.

Nick hatte sich einen Flug nach Upington gebucht, wo er ein Auto mieten und sich ansehen wollte, wo Cyril Blake gelebt hatte. Dann würde er über die Grenze nach Namibia fahren.

Am Flughafen checkte er ein und ging zu seinem Gate.

Sei vorsichtig, hatte Ian gesagt.

Während er auf den Aufruf zum Einsteigen wartete, suchte Nick die Website von Scott Dillons Immobilienfirma. Er musste mehr über Susans letztes Treffen mit ihm erfahren und über ihren damaligen Zustand. Der Einbruch bei seiner Tante, der Angriff auf Anja, die Ungewissheit bezüglich Lili und die Durchsuchung seines Häuschens im Krüger durch seinen verlogenen Nachbarn schienen zusammenzuhängen, aber jetzt wusste er, dass ausserdem ein Mord geschehen war. Nick brauchte Antworten.

Er fand eine Nummer, wählte sie und wurde mit einer frustrierenden Reihe von Anrufoptionen mit Zahlen konfrontiert. Schliesslich gelang es ihm, mit einem Menschen zu sprechen. Er hatte sich gerade zur persönlichen Assistentin von Scott Dillon, einer Lisa Jordan durchgekämpft, als der erste Aufruf für seinen Flug ertönte.

»Hallo, mein Name ist Nick Eatwell. Mr. Dillon kennt mich nicht, aber es ist sehr wichtig. Entschuldigen Sie aber ich habe nicht viel Zeit. Ich muss unbedingt mit Scott Dillon sprechen oder vielleicht können Sie ihm eine Nachricht übermitteln, bitte.«

»Sir, es tut mir leid, aber Mr. Dillon nimmt keine Anrufe von Leuten entgegen, die er nicht kennt. Wenn Sie mir sagen, worum es geht, kann ich Ihnen vielleicht helfen oder Sie an eines unserer Büros verweisen«, sagte die Vorzimmerdame mit der geübten Gelassenheit einer erfahrenen Pförtnerin.

Nick holte tief Luft. »Es geht um Susan Vidler. Ich weiss von ihrer Vergangenheit und dass Scott kürzlich Susans Mutter Melanie besucht hat.«

Es gab eine Pause, vermutlich, weil Lisa sich wieder fangen musste. »Es tut mir leid, Herr Dillon ist im Moment nicht da, er ist auf Reisen ...« »In Namibia, ich weiss. Zum Fischen und so. Hören Sie mal, Lisa?«

»Ja, mein Name ist Lisa, Sir.«

»Können Sie ihm bitte eine Nachricht zukommen lassen? Susan Vidlers Freund, Nick Eatwell aus Australien, muss ihn dringend sprechen. Ich gebe Ihnen meine Handynummer und meine E-Mail-Adresse. Es wäre nett, wenn er mich kontaktieren würde.«

»Das ist ziemlich ungewöhnlich«, sagte Lisa.

Erneut wurde sein Flug aufgerufen. Nick stand auf, klemmte das Telefon zwischen Schulter und Wange und legte seine Bordkarte vor. Er gab Lisa seine E-Mailadresse und Telefonnummer. »Danke, es ist wirklich dringend«, bekräftigte er und beendete den Anruf.

Nick bestieg einen Bus, der ihn und seine Mitreisenden zu ihrem Flugzeug brachte. An Bord schaltete er sein Telefon in den Flugmodus und sah Anjas Übersetzung der nächsten Seiten des Manuskripts. Es schien, als würden sie jetzt offiziell zusammenarbeiten.

Nick lehnte den Kopf gegen das Flugzeugfenster und liess seine

Gedanken schweifen. Was für eine Reise sein Urgrossonkel erlebt hatte. Er stellte sich vor, wie der desillusionierte Ex-Soldat Blake unter seinem Decknamen auf der Flucht war und sich dann mit einem einheimischen Mädchen einliess. Es schien, als habe er dem Rest der Welt und den Konventionen seiner Zeit den Rücken gekehrt. War er ein romantischer Abenteurer oder ein gewöhnlicher Krimineller? Vielleicht ein bisschen von beidem.

Der Nachmittagsflug der South African Airways, einer von zwei Flügen pro Tag, startete um vier Uhr fünfunddreissig und dauerte eine Stunde und zwanzig Minuten. Nick war in der Stadt aufgewachsen und noch nie auf einem Pferd geritten und konnte sich keine Vorstellung davon machen, wie lange er für diese Strecke brauchen würde. Insbesondere nicht, wenn er einen Pferdewagen oder eine Rinderherde mit sich führte. Im Terminal hatte er die Entfernung nachgesehen – offenbar fast achthundert Kilometer auf der Strasse. Er muss gut verdient haben, dachte Nick.

Er wandte seine Gedanken Susan zu. Es war noch zu früh gewesen, um zu sagen, dass er sie liebe, aber er hatte sich sofort zu ihr hingezogen gefühlt. Die Zeit, die sie zusammen verbrachten, machte Spass und er freute sich wirklich darauf, sie im Krügerpark und wo auch immer ihre Reise sie hinführen mochte, besser kennen zu lernen. Er hatte kaum Zeit gehabt, die Nachricht von ihrem Tod zu verarbeiten, geschweige denn, um sie zu trauern. Er nickte ein, wachte aber in Panik auf, weil er im Traum Susan sah, die tot in der Leichenhalle eines Krankenhauses lag.

Der Kapitän verkündete, dass er den Landeanflug auf Upington einleite, und Nick sah auf seine Uhr. In Sydney war es 2 Uhr früh am Montagmorgen und er fragte sich, ob Pippa ihr Versprechen einlösen und nach Lili sehen würde. Er musste noch stundenlang warten und sich Gedanken darüber machen, was mit seiner jungen deutschen Kollegin geschehen war.

Bis anhin zog sich die Landschaft unter ihm gleichförmig goldbraun und leer dahin, aber als der Pilot das Flugzeug drehte, sah Nick in der Ferne die Rottöne der endlosen Sandgebiete der Kalahari-Wüste.

Sie landeten und als Nick die Flugzeugtreppe hinunterging war er überrascht, wie kühl die Luft war. Er holte sein Gepäck, suchte den Schalter der Autovermietung auf und unterschrieb die Dokumente, mit denen er das Fahrzeug auch über die Grenze nach Namibia bringen durfte. Es war schon fast dunkel.

»Können Sie mir bitte eine Unterkunft empfehlen?«, bat er die Frau hinter dem Schalter.

»Es gibt viele Gasthäuser, Pensionen und ein grosses Protea-Hotel«, sagte sie. »Eine Freundin von mir leitet ein Lokal namens Libbys. Es liegt an der Schröderstrasse, der Hauptstrasse in die Stadt. Es ist ein gelbes Gebäude, man kann es nicht verfehlen.« »Danke.«

Das GPS seines Handys führte ihn in die Stadt. Wie die Autovermieterin versprochen hatte, schien es tatsächlich genügend Pensionen zu geben. Er fand Libbys Gasthaus, wurde trotz der späten Stunde freundlich empfangen und in ein Zimmer geführt, das gut aussah. Anstatt einen Imbiss zu organisieren oder in die Stadt zu fahren, nahm er das Angebot an, dort zu essen. Er stellte seine Tasche ins Zimmer und ging durch den Innenhof zum Essbereich, als sein Telefon klingelte. Auf dem Display war ›anonym‹ zu lesen.

»Hallo?«

»Mister Eatwell?«

»Am Apparat.«

»Hier ist Scott Dillon, wie geht es Ihnen?«

»Ah, Mister Dillon ...«

»Nennen Sie mich Scott.«

»Gut. Danke, dass Sie mich so schnell zurückrufen.«

»Meine Assistentin, Lisa, berichtete mir, Sie hätten Susan erwähnt und gesagt, es sei dringend.«

»Ja, das ist richtig.«

»Was passiert ist, ist wirklich sehr schlimm. Ich weiss, dass es häufig vorkommt, aber ich kann es immer noch nicht glauben.«

»Ich komme aus Australien, Scott und habe von der hohen Verbrechensrate in Südafrika gehört. Aber ich denke, ich habe mich bisher in einer Seifenblase bewegt. Dennoch, Scott, Verbrechen gibt es doch überall, oder?«

»Ähm, ja, ich denke schon«, sagte Dillon. »Aber hören Sie, Nick, wenn ich Sie so nennen darf?«

»Sicher.«

»Nick, der Tod von Susan hat mich schwer erschüttert. Lisa sagt, Sie hätten gesagt, Sie seien ihr Freund und ich weiss nicht, was Sie über mich wissen, aber Susan und ich haben sehr eng zusammengearbeitet und ihr Tod trifft mich wirklich. Wie Sie wissen, bin ich gerade auf dem Weg nach Namibia. Es tut mir leid, wenn ich so unverblümt frage, aber was genau wollten Sie mit mir besprechen, das so dringend ist?«

Wenn er ehrlich war, musste sich Nick zugestehen, dass er das selbst nicht genau wusste. Irgendetwas fühlte sich einfach nicht richtig an. Aber als Journalist hatte er die Fähigkeiten erworben, bei einem Gespräch schnell zu denken, anstatt im Voraus eine umfangreiche Liste von Fragen aufzuschreiben. Wie alle Reporter hatte er auch gelernt, Fragen zu stellen, die nicht mit einem einfachen Ja oder Nein beantwortet werden konnten.

»Susan und ich flogen gemeinsam von Sydney nach Joburg. Von dort flog sie nach Kapstadt weiter, wo sie sich mit Ihnen traf, ihrem letzten verbliebenen Werbe-Kunden. Danach wollte sie zu mir in den Krügerpark kommen. Wie ging es ihr, als Sie sie gesehen haben?«

»Sie war Susan. Klug, professionell und effizient wie immer.«

»Schien sie Ihnen nicht durch irgendetwas beunruhigt? Wir sind uns in Australien sehr nahegekommen und ich hatte das Gefühl, dass sie etwas bedrückte.«

»Nun«, sagte Scott, »laut Lisa scheinen Sie zu wissen, dass zwischen Susan und mir mehr war als nur die Arbeit. Nachdem ihre Ehe zerbrach, waren wir eine Zeit lang zusammen. Ich glaube, ich kenne sie mittlerweile ziemlich gut, Nick. Ich hatte nicht den Eindruck, dass sie sich besondere Sorgen machte, als wir uns sahen.«

»Warum hatte sie dann vor, ihre Geschäftsbeziehung mit Ihnen zu beenden?«

Dillon antwortete sofort: »Weil ihr Vertrag mit mir auslief. Ich arbeite an einem neuen Golfprojekt und Susan hat eine Strategie für die Medienarbeit und die Beziehungen zu den lokalen Behörden erarbeitet. Als wir uns trafen, erläuterte sie mir, sie habe zwar die Vorarbeit gerne geleistet, aber keine Lust auf Auseinandersetzungen mit Lokalzeitungen, Anwohnergruppen, Kommunalpolitikern und Bürokraten bei der Weiterführung. Ausserdem wollte sie versuchen, ihre journalistische Karriere mit der Arbeit an einer Reportage über irgendwas in Namibia wiederzubeleben.«

»Ja.« Einige Augenblicke herrschte Schweigen und jeder wartete darauf, dass der andere die Lücke füllte. »Sie erzählte mir, dass sie von Australien nach Südafrika zurückkehren müsse, weil ihr Kunde in einer kniffligen Situation dringend ihre Hilfe brauche.«

»Nun«, sagte Scott und zog seine Antwort in die Länge, »mein Projekt ist ziemlich zeitkritisch und vielleicht habe ich ihr gesagt, ich hätte es eilig, ihre Strategie zu erhalten.«

Nick vermutete, dass Scott Dillon ihm nicht alles sagte und dass Susan selbst vielleicht auch etwas vor ihm verborgen hatte.

»Hatte sie Feinde, Scott?«

»Sind Sie jetzt die Polizei, Nick? Es tut mir leid, dass ich Ihnen die Augen dafür öffnen muss, aber so eine Scheisse passiert in Afrika, mein Freund. Susan war zur falschen Zeit am falschen Ort. Ich verstehe, dass es hart für Sie ist, aber wenn Sie mich nichts Genaueres fragen wollen, möchte ich lieber für mich allein trauern.«

»Wohin in Namibia gehen Sie denn?«, fragte Nick. »Ich bin auch auf dem Weg dorthin. Vielleicht können wir einen Kaffee oder ein Bier zusammen trinken.«

»Nick ... Ich kann verstehen, wie schlimm es für Sie ist, weil Sie gerade erst eine fantastische Frau kennengelernt und dann verloren haben. Aber ich weiss nicht, ob wir uns treffen und einen freundschaftlichen Rückblick in die Vergangenheit machen sollten. Ich habe Susan verletzt, als wir uns trennten und das hat mir sehr leidgetan. Wir haben es trotzdem geschafft, Freunde zu bleiben und eine Geschäftsbeziehung zu führen, vor allem, weil sie ein grosses Herz hatte und sehr nachsichtig war. Ihren Verlust ist für mich sehr schmerzlich und ich brauche Zeit für mich. Zwischen den Besprechungen und Baustellenbesichtigungen werde ich die meiste Zeit beim Angeln unterwegs sein.«

»Wo?«

Scott lachte ein wenig. »Ein guter Angler verrät seine geheimen Plätze nie. Ausserdem denke ich, dass ich Ihnen genug Zeit für etwas gegeben habe, das nicht wirklich dringend ist. Auf Wiederhören, Nick.« Scott beendete das Gespräch.

Entweder hatte Dillon nichts mit den Raubüberfällen und Anschlägen auf Personen zu tun, die Zugang zu dem fehlenden Manuskript hatten, oder er war gewarnt worden, dass Nick ihm auf der Spur war. Ausserdem bestand auch die Möglichkeit, dass Susan tatsächlich Opfer eines zufälligen Verbrechens geworden war.

Nick ging zum Abendessen, war aber zu sehr in seine Gedanken versunken, um sich im Speisesaal mit anderen Gästen zu unterhalten. Keiner von ihnen sah wie ein Auftragskiller oder professioneller Einbrecher aus, dachte er, aber auch ›Chris‹, sein Nachbar von Skukuza, hatte wie ein südafrikanischer Durchschnittsmann ausgesehen.

Ob die Person, die all die Einbrüche und Raubüberfälle angeordnet hatte, so weit ginge, jemanden zu töten? Hatte Susan ihre Meinung geändert, nachdem sie ihn bespitzelt und jemandem verraten hatte, wo sich die Kopien der Dokumente befanden? War es vielleicht sogar möglich, dass jemand anderes als Susan ihm die Nachricht über die Trennung geschickt hatte, um ihn von den Ermittlungsspuren abzubringen?

Nick trank zwei Bier zum Abendessen und ging danach in sein Zimmer. Er schaltete eine Weile durch die Fernsehkanäle, gab dann aber auf, weil er weder etwas Interessantes noch etwas Ablenkendes fand. In Australien war es noch zu früh am Morgen, um Pippa anzurufen und zu fragen, ob sie Lilis Adresse gefunden habe.

Bevor er das Licht löschte, schaute Nick auf sein Telefon und sah, dass Anja noch spät gearbeitet hatte. Sie hatte offensichtlich erkannt, dass die Zeit drängte, denn ihre E-Mails mit Übersetzungen kamen in Strömen. Trotz vieler Tippfehler schien die Geschichte über Blakes Zeit an diesem Ort wichtiger denn je zu sein. Er öffnete das Dokument und begann zu lesen. Während Lili sich die Mühe gemacht hatte, das Manuskript wortwörtlich zu übersetzen, fasste

Anja zusammen, wahrscheinlich um Zeit zu sparen. Sie schrieb, wie sie sprach, klar und direkt.

Es war Claire Martin, die nach Upington gekommen war, angeblich auf der Suche nach Vieh, das ihr von Nama-Rebellen gestohlen worden war.

Sie besass eine Reihe von Farmen in Südwestafrika, jenseits der Grenze und hatte einen Arzt geheiratet, der gleichzeitig Offizier der Landespolizei war – Peter Kohl, den Autor des Manuskripts.

32

─────

1906, KEETMANSHOOP, DEUTSCH-
SÜDWESTAFRIKA

Claire stieg vor dem ›Schützenhaus‹ ab, dem eben fertiggestellten Gebäude des Schützenvereins, das den deutschen Bauern und Militärs in Keetmanshoop als gesellschaftlicher Mittelpunkt diente.

Ein kleiner Staubteufel wirbelte den Sand der Strasse auf und hüllte Claire kurz ein. Sie spuckte Dreck aus. Ein Hauptmann der Schutztruppe, kam die Treppe herunter und schaute angewidert weg. Dann erkannte er sie. Er berührte die Krempe seines grauen Südwester-Filzhutes, der auf der rechten Seite mit einer schwarz-weiss-roten Kaiserkokarde hochgesteckt war und grüsste sie: »Frau Kohl.«

»Hauptmann.«

Sie ging an ihm vorbei und versuchte, seine Verachtung für ihre Manieren zu ignorieren. Manchmal hatte Claire den Eindruck, dass so ziemlich alles, was sie tat – vom Tragen langer Hosen beim Reiten, bis zum Kurzschneiden ihrer Haare, um die Wirkung der drückenden Hitze zu mildern – bei den meisten Menschen, die sie traf, auf Ablehnung stiess. Obwohl sie zur Hälfte Deutsche war, wusste sie, dass man sie als Ausländerin ansah. In dieser Kolonie waren die Leute stolz darauf, deutscher zu sein als ihre Verwandten zu Hause – jedenfalls, wenn sie sich nicht gerade an ihren einheimi-

296

schen Mägden vergingen. Sie stieg die Treppe hinauf und bemerkte weiteres Stirnrunzeln, als sie die Tür zur Bar aufstiess, die ausschliesslich Männern vorbehalten war.

Sie hörte Peters Lachen, bevor sie ihn sah und wusste genau, wo sie ihn um diese Zeit fand: an der Bar. Ihre Augen mussten sich nach der grellen Spätnachmittagssonne an das schummrige Dämmerlicht im Inneren gewöhnen. Einer der vier Schutztruppenoffiziere, die bei Peter standen, bemerkte sie und räusperte sich. Kaiser Wilhelm blickte missbilligend von einem Porträt an der Wand auf sie herab.

»Gnädige Frau, bitte ...« begann der Offizier.

»Oh, halten Sie doch die Klappe mit Ihren dummen Regeln«, sagte sie auf Deutsch.

Peter wirbelte herum. Etwas Bier schwappte aus seinem Glas, als er es auf der Theke abstellte und die Arme weit ausbreitete. »Schatzi! Willkommen zu Hause. Sogar ich habe mir langsam Sorgen um dich gemacht.«

»Mir geht's gut.«

Er ging auf sie zu und nahm ihre Hände in die seinen, dann senkte er die Stimme. »Komm, lass uns draussen sitzen, damit wir diese jungen Kerle nicht stören. Diese Berufsoffiziere, die direkt vom Schiff aus Deutschland kommen, sind so förmlich.«

Alles, was Claire wollte, war ein Drink. In Zeiten wie diesen vermisste sie Amerika.

Peter führte sie nach draussen und auf die Rückseite des Clubs. Dort bildeten ein bewässerter Rasen und einige Bäume eine kleine Oase im ausgedörrten Land der Umgebung und der Ansammlung staubbedeckter Häuser, die man Stadt nannte.

Peter trug seine Uniform, aber auch er sah aus, als wäre er geritten. Ein wenig zerzaust, aber so attraktiv wie immer. Er rief einen Barmann und bestellte ein frisches Bier für sich und eins für sie. Dann beugte er sich vor und küsste sie auf den Mund.

Sie versuchte, ihren mürrischen Gesichtsausdruck aufrechtzuerhalten, aber es gelang ihr nicht. Sie erwiderte den Kuss ohne Leidenschaft, aber Peter lächelte trotzdem. »Es ist schön, dich zu sehen. Hast du deine Rinder gefunden?«

Sie schüttelte den Kopf. »Nein, aber ich vermute, dass sie jenseits der Grenze sind, in Upington.«

»Es wird viel gestohlen, haben mir die Beamten gesagt.« Sie klopfte sich auf den Oberschenkel. »Ich werde selbst eine Bestellung für einen schönen, neuen, englischen Hengst aus Upington aufgeben.«

Sie runzelte die Stirn über sein Lachen. Peter nahm alles auf die leichte Schulter, sogar den blutigen Krieg. »Warst Du im Dienst?«

Der Kellner kam mit dem Bier und sie prosteten sich zu. »Ja, eine Patrouille geriet in einen Hinterhalt von Morengos Nama und einer unserer Jungs wurde verwundet. Wir sind zu ihnen hinausgeritten und ich habe den Mann dort, mitten in der Wüste, operiert. Stell dir das vor.«

Er war ein guter Arzt und der Bezirk konnte sich glücklich schätzen, ihn zu haben.

»Ich glaube, er wird überleben. Wir haben gerade in der Bar gefeiert.« Peter sah sich noch einmal um, dann flüsterte er: »Und das Gold?«

»Auch davon keine Spur«, sagte sie, »aber ich kann ja nicht einfach ins Upington Hotel gehen und fragen: ›Wo ist mein Gold?‹, oder?«

Seine Augen weiteten sich. »Du hast tatsächlich die Grenze überquert? Claire ...»

»Natürlich bin ich über die Grenze geritten. Das macht jeder, Peter. Das ist einer der Gründe, warum ihr den *Schwarzen Napoleon* und seine Truppen nicht fangen könnt. Er tanzt einen fröhlichen Tanz mit euch.«

Peter nickte energisch. »Ja, Morengo, der *Schwarze Napoleon*, ich mag ihn. Weisst du, man sagt, er spricht sechs Sprachen und wurde in Deutschland ausgebildet. Selbst die jungen Kerle in der Bar bewundern ihn, wenn auch zähneknirschend. Ich finde, er ist ein würdiger Gegner.«

»Hmm«, sagte Claire, »das mag sein, aber er hat auch einen beträchtlichen Teil meines Vermögens gestohlen, Peter.«

Er wedelte mit einer Hand in der Luft und nahm einen grossen

Schluck Bier. »Pah. Du hast irgendwo sonst bestimmt noch viel mehr versteckt, aber hoffentlich nicht wieder in den Ställen, oder?« Er lachte und zog sie an sich. »Wir werden nicht verhungern, Claire und wenn du hungrig wirst, verlassen wir den Hof und ziehen in den Busch. Ich jage wie ein Buschmann für uns: im Lendenschurz und mit Pfeil und Bogen. Naja, vielleicht mit einem Gewehr für die Löwen. Und du liegst unbekleidet wie eine Himba am Fluss, rauchst Dagga und ziehst verwaiste kleine Nama-Kinder auf, die dich Mutter nennen.«

Claire löste sich aus seiner Umarmung und gab ihm einen Klaps auf den Arm. »Hör mit den Neckereien auf, Peter. Was weisst du schon von unserer finanziellen Situation?«

»Es tut mir leid.« Er sah aus, als ob er es ernst meinte. »Ich wollte mich nicht darüber lustig machen, dass du nicht schwanger wirst.«

»Ach, das.« Diesmal winkte sie eine imaginäre Fliege weg. »Mach dir keine Sorgen über Babys, die ich bekomme.«

»Ich hätte gerne eines Tages einen Sohn oder eine hübsche Tochter, bin aber auch glücklich, wie es ist.«

Sie schenkte ihm ein kleines Lächeln und seufzte innerlich. Als sie Peter vor drei Jahren geheiratet hatte, galt er als eine der besten Partien der Kolonie, in der es zwanzigmal mehr Männer als Frauen gab. Die deutsche Kolonialgesellschaft bezahlte jungen deutschen Mädchen aus bescheidenen Verhältnissen die lange Seereise nach Südwestafrika und vermittelte sie als Hausangestellte zu Farmern. Dahinter steckte die Hoffnung, dass sich Paare bilden und ›richtige Ehen‹, also zwischen Weissen, geschlossen würden. Allzu oft erfuhren die jungen Mädchen aber nach ihrem Eintreffen, dass ihr potenzieller Freier bereits eine oder mehrere afrikanische Konkubinen hatte. Peter hatte ihr anvertraut, dass Geschlechtskrankheiten zu den häufigsten Krankheiten gehörten, die er unter den Bauern und Soldaten zu behandeln hatte. Peter war so perfekt, wie ein Mann in diesem Teil Afrikas nur sein konnte, war sich dessen aber auch sehr bewusst, genau wie mehrere Damen aus gutem Hause und einige ihrer Töchter. Er hatte zweifellos einen scharfen Blick und Claire wusste, dass er ihr mehr als einmal untreu gewesen war.

Wenn sie ehrlich war, war sie mit ihrem derzeitigen Arrangement weniger glücklich als Peter. Ihre Beziehung war zweckmässig und eine sinnvolle Lösung für ein Problem, denn ohne ihn hätte sie nicht so viele Immobilien in Südwestafrika kaufen können. Ausserdem waren die Leute weniger misstrauisch, wenn ein Arzt zu Geld kam. Sie hatten herumerzählt, eine Grosstante von Peter sei gestorben und habe ihm viel Geld hinterlassen.

Nachdem sie Blake in Portugiesisch-Ostafrika verlassen hatte und mit dem Gold geflohen war, erreichte sie mit dem Schiff den Hafen von Lüderitz in Deutsch-Südwestafrika. Peter war ihr Arzt und er war vom ersten Moment an in sie vernarrt. Sie schlossen Freundschaft, denn mit einem Arzt befreundet zu sein, war immer gut, sagte sie sich. Peter hatte ein paar romantische Annäherungsversuche unternommen, doch sie wartete ein Jahr lang mit wachsender Ungeduld darauf, dass Blake Kontakt zu ihr aufnahm.

Während sie auf Blakes Genesung wartete, erfuhr Claire, dass Captain Llewelyn Walters seine Begegnung mit dem Löwen überlebt hatte. Angeblich erkundigte er sich in geschwächtem Zustand an den Anlegestellen in Delagoa Bay nach ihr und ihrer Fracht. Walters setzte eine phantasievolle Geschichte darüber in die Welt, dass Claire mit einer Bande abtrünniger Buren einen Geldtransport der britischen Armee ausgeraubt habe. Deshalb werde sie in Südafrika von der Polizei und dem Militär gesucht.

Blake erholte sich langsam von seiner Operation, verfiel aber immer wieder in fiebrige Zustände, in denen er das Bewusstsein verlor. Schliesslich wurde es für Claire zu gefährlich, darauf zu warten, dass Blake gesund genug war, um mit ihr zu reisen. Sie hinterliess bei Dr. Machado, der Blake behandelte, eine Nachricht für Blake, in der sie ihn aufforderte, sich, wenn er dies wünsche, über die Hafenbehörden in Lüderitz, Deutsch-Südwestafrika, mit ihr in Verbindung zu setzen

Sie hörte nichts von Blake und die Briefe, die sie an Dr. Machado schrieb, wurden nie beantwortet. So fand sich Claire mit der Tatsache ab, dass Blake nicht kommen würde. So traurig und enttäuscht sie war, sie stellte sich gern vor, dass er glücklich zurück in seiner Heimatstadt Sydney lebte. Die Alternative, dass er sich nicht von seinen Wunden erholt hatte, war zu schwer zu ertragen.

Peter hatte sich unterdessen – zumindest als Verehrer – als treu, aufmerksam und hartnäckig erwiesen.

Bevor sie heirateten, hatte sie Peter eine Mischung aus Wahrheit und Dichtung darüber erzählt, woher ihr Vermögen stammte. Als sie ihm von ihrer Arbeit als Spionin für den deutschen Marine-Nachrichtendienst und von ihren Verbindungen zur Familie Krupp berichtete, war er fasziniert. Sie sagte, sie habe gegen Ende des Krieges ein profitables Waffengeschäft abwickeln können, aber da solcher Handel streng geheim sei, hätten die Kolonialbehörden in Deutsch-Südwestafrika nie davon erfahren. Alle anderen am Geschäft Beteiligten und die Leute, die davon gewusst hätten, seien, mit Ausnahme von Captain Walters und möglicherweise Blake, tot. Selbst ihr armer Cousin Fritz war tot. Nachdem eine deutsche Zeitung von den homosexuellen Orgien erfuhr, die er mit jungen italienischen Männern in seiner Villa auf Capri veranstaltet hatte, beging er 1902 Selbstmord.

Claire fragte sich, ob Walters sie eines Tages finden würde. Sie ging aber davon aus, dass sie frühzeitig erfahren würde, wenn ein von Narben von Löwenbissen gezeichneter britischer Offizier auf der Suche nach ihr in dieser abgelegenen Ecke der deutschen Kolonie herumschnüffelte. Dank ihres ersten Mannes verfügte sie im Hafen von Lüderitz über ein gutes Netzwerk von Kontakten. Ausserdem waren Peter und sie mit den höheren Rängen der Regierung und des Militärs gut bekannt, weil die meisten der von ihnen gezüchteten Pferde im Kriegseinsatz landeten. Wenn Walters es bis hierhin schaffte, würde sie davon erfahren und er die Kolonie nicht lebend verlassen.

Peter hatte keine Ahnung von der wahren Grösse ihres Vermögens. Er wusste auch nichts von dem riesigen Goldvorrat, den sie in Lüderitz hatte zurücklassen müssen, als sie vier Jahre zuvor beinahe erwischt worden wäre, als sie die Kisten voller Goldbarren nach Deutsch-Südwestafrika schmuggeln wollte. Den genauen Ort dieses versenkten Schatzes kannte nur sie selbst und sie wusste, dass das Gold noch immer sicher dort lagerte.

Peter hatte die Erzählung geliebt, mit der sie ihn abgespeist hatte. Sie stellte sich darin nicht als Kriminelle dar, sondern als gerissene Profiteurin, die nicht mehr genommen hatte, als ihr zustand. Peter war als junger Arzt in die Kolonie gekommen und nach einer Reihe von Fehlinvestitionen war ihm wenig mehr geblieben als die Kleider, die er trug. Er scherzte, dass der eifersüchtige Ehemann einer hochwohlgeborenen Dame gedroht habe, ihn bei einer Rückkehr nach Berlin umzubringen. So war es für Peter ein Geschenk des Himmels, eine vermögende Frau zu finden, die an seinem Arm erst noch gut aussah.

Doch mittlerweile fühlte sich Claire in ihrer Ehe einsam. Einer der Gründe dafür war Peters Untreue, ein weiterer ihre Entscheidung, keine Kinder zu haben – etwas, worüber die Kolonialbehörden zweifellos heimlich tuschelten. Damit waren die Pferde das einzige, das ihr wirklich am Herzen lag. »Manchmal denke ich, dass unsere Pferde deine Babys sind«, sagte Peter, der ihre Gedanken, wie so mancher Ehemann, lesen konnte.

»Ich reite jetzt nach Hause und nehme ein Bad«, sagte sie.

Er drückte ihre Hand. »Du scheinst immer irgendwohin wegzureiten, aber diesmal immerhin nach Hause.«

Sie bemerkte den Hauch von Traurigkeit in seiner Stimme. Es klang, als rede er sich ein, man könne ihm nicht den Vorwurf machen, herumzustreunen, wenn sie immer umherzog.

So schrecklich die Tage des Krieges in Südafrika oft gewesen waren, sie vermisste sie. Sie hatte frei über ihr Leben verfügen können. Nun fand sie trotz der drei Höfe, die sie besassen, keine wirkliche Heimat. Sie hatte geglaubt, der Besitz von Land gäbe ihr das Gefühl von Freiheit und Zugehörigkeit, das ihrem fenischen Vater verwehrt worden war. Einen Hof zu bewirtschaften war schon harte Arbeit, aber in Kriegszeiten drei Betriebe mit ihren Bediensteten und deren Familien zu verwalten, bedeutete nicht enden wollende Aufgaben, drückende Ängste und ermüdende Fragestellungen. Selbst wenn hier und da ein Teil des guten Goldvorrat vergraben war.

Aber nicht nur ihr Geschäft war schuld daran, dass sie zu wenig Zeit mit Peter verbrachte. Der neue Krieg mit den Nama eskalierte. In seiner Funktion als Landespolizeioffizier wurde Peter so oft als Arzt gebraucht, dass er fast ganztags bei der Armee beschäftigt war. Wie jetzt in Keetmanshoop, hatte Peter schon immer eine Arztpraxis gehabt. Die *Vorstellung*, Landwirt zu sein, gefiel ihm, doch den Löwenanteil der Arbeit bei der Verwaltung der Grundstücke hatte immer Claire geleistet. Trotzdem hatte seine Abwesenheit durch den Militärdienst die Liste ihrer Pflichten erweitert, denn sie konnte unmöglich überall gleichzeitig sein. So war es kaum verwunderlich, dass die Nama so viel von ihrem Vieh hatten mitgehen lassen, ganz zu schweigen von ihrem Gold, das die Rebellen im Stall gefunden hatten.

Selbst wenn Claire allein oder mit Jonas, dem Nama-Vorarbeiter, der sie auf längeren Expeditionen begleitete, durch die Wüstenlandschaft ritt, hatte sie keine Angst. Jakob Morengo von den Nama hatte gesagt und deutlich gemacht, dass sie es nicht auf deutsche Frauen und Kinder abgesehen hätten. Claire machte sich jedoch zunehmend Sorgen, weil die Deutschen im Umgang mit den Aufständischen nicht den gleichen ritterlichen Kodex befolgten. Jonas hatte ihr erzählt, dass Morengos Dörfer und andere *Kraals* bei Razzien von Angehörigen der Schutztruppe überfallen worden waren. Auf der Suche nach Kämpfern brannten sie Hütten nieder, trieben die Frauen und Kinder zusammen und brachten sie weg. Sie wiederholten in erschreckender Weise die Politik der ›verbrannten Erde‹, die die Briten bei der Niederschlagung der Buren in Südafrika angewandt hatten. In einigen Fällen, sagte Jonas, seien unschuldige Nama auf der Stelle getötet worden.

Claire bestieg ihre Lieblingsstute mit dem guten irischen Namen Roisin, galoppierte die Hauptstrasse von Keetmanshoop hinunter und hinaus in die trockene Leere. Sie liess dem Pferd seinen Lauf und versuchte, alles, was sie beunruhigte, aus ihrem Kopf zu verdrängen. Es gelang ihr nicht. Immer wieder sah sie die burischen Frauen und Kinder in den britischen Konzentrationslagern vor sich, roch den Schmutz und blickte auf winzige Gräber.

Sie befürchtete, dass die Deutschen von ihren Nachbarn jenseits der Grenze gelernt hatten, wie man einen Guerillakrieg führt – indem man die Menschen, die ihnen am nächsten stehen, zusammentreibt und so den Aufständischen die Unterstützung entzieht.

Zugleich empfand Claire den Diebstahl ihres Viehs als persönlichen Affront. Sie hatte sorgfältig darauf geachtet, dass die Nama, die auf ihren Farmen arbeiteten, gut versorgt waren und angemessene Unterkünfte, gerechte Bezahlung und reichliche Rationen erhielten. Sie wusste, dass andere Bauern nicht so fürsorglich und nachsichtig waren. Zu viele ihrer Nachbarn rühmten sich, das Gesetz anzuwenden, das es ihnen erlaubte, widerspenstige Arbeiter mit der Faust oder dem *Sjambok*, der Lederpeitsche, zu disziplinieren. Claire leitete Fälle von Diebstahl oder anderem kriminellen Verhalten an den örtlichen Vorsteher weiter. Damit und weil sie bei Anlässen im Schützenhaus weglief, wenn die Männer anfingen über solche Dinge zu lachen oder damit zu prahlen, hatte sie sich den Ruf erworben, verweichlicht und herablassend zu sein.

Es gab noch etwas anderes, das Claire durcheinanderbrachte. Peter hatte ihr davon berichtet, dass unter den Soldaten die Rede von einem Australier war, der mit Jakob Morengo und den anderen Nama Rinder und Pferde handelte. Es war kein Geheimnis, dass einige der englischsprachigen Farmer in der Kapkolonie jenseits der Grenze mit der Sache der Nama sympathisierten, oder vielleicht auch nur gegen Deutschland waren, wozu anscheinend die meisten Briten geneigt waren. Bei ihrem kurzen Besuch jenseits der Grenze hatte sie den Barmann im Upington Hotel über diesen mysteriösen Australier ausgefragt, aber es war ihr nicht gelungen, dem Mann einen Namen zu entlocken. Wahrscheinlich schützte ein Krimineller den anderen, was sie am allerwenigsten kritisieren konnte.

Als Claire zu Hause eintraf, erschien Sylvia in der Diele, ihre Köchin und Haushälterin. Sie hatte die Schürze umgebunden und der Geruch nach gebratenem Huhn aus dem Holzofen in der Küche begleitet sie. Sie tauschten Höflichkeiten aus und Claire bat sie darum, ein Bad einzulassen.

Als Claire sich auszog, dachte sie an Blake. Sie sagte sich, dass wahrscheinlich viele Australier in Südafrika geblieben waren und in den Goldminen arbeiteten oder vielleicht sogar mit Pferden handelten. Sie hatte keinen Grund, zu glauben, dass Blake noch in Afrika war, und schon gar nicht so nahe an ihrem jetzigen Wohnort. Trotzdem kam die Erinnerung an ihr Liebesspiel unter den Sternen zurück.

Sylvia verabschiedete sich und Claire liess sich in die Badewanne sinken. Die Wärme des Wassers passte gut zu ihren Gedanken. Falls Blake trotzdem auf dem afrikanischen Kontinent war, warum hatte er sich dann nicht bei ihr gemeldet? Sie war bestimmt nicht Blakes erste Frau gewesen, aber hatte sie sich geirrt, als sie spürte, dass in ihrer gemeinsamen Zeit mehr zwischen ihnen war? Vielleicht liessen nur die Kriegswirren und das Risiko, das sie gemeinsam auf sich nahmen, diese Zeit so lebendig, so aufregend, so ... wichtig erscheinen. Ihre Liaison mit Nathaniel war angenehm gewesen und sie hatte sich eingeredet, dass sie ihn mochte, doch gleichzeitig war es eher ein Spiel und sie hatte ihn manipuliert.

Blake dagegen hatte sie gerettet und sein Leben für sie riskiert.

Sie schloss die Augen und versuchte, sich dem wohltuenden Dampf hinzugeben, aber ihre Gedanken drehten sich weiter. *Warum hat er nicht einmal versucht, mich zu finden, um seinen Anteil des Goldes zu holen?*

Vor einer Woche war sie damit beschäftigt gewesen, eine der alten Munitionskisten mit Gold auszugraben, als sie gewarnt wurde, dass sich ein Trupp Nama-Viehdiebe in schnellem Ritt der Farm nähere. Die Rebellenkommandanten hatten zwar angeordnet, dass weisse Frauen nicht angegriffen werden durften, doch Claire wollte sich keiner Gefahr aussetzen, indem sie versuchte, es mit einem Dutzend Männer aufzunehmen. Sie setzte sich mit Sylvia in die Kutsche, rief auch Jonas hinein, damit die Rebellen nicht auf die Idee kämen, ihn als Verräter zu erschiessen und bevor die Nama eintrafen, fuhren die drei weg. Claire war gerade noch Zeit geblieben, das Goldversteck im Stall mit etwas Erde zu bedecken, doch offensichtlich hatten die Reiter ihre schlampige Arbeit bemerkt. Sie gruben die Munitionskiste mit Paul Krügers Goldbarren aus und nahmen sie mit.

Seitdem machte sie sich Sorgen, dass weitere Rebellen auf den Hof kommen könnten, nicht mehr nur auf der Suche nach Vieh, sondern nach ihrem vergrabenen Schatz.

»Schatzi?« Peters Stimme dröhnte durch das Bauernhaus mit den hohen Decken und hallte von den Holzböden wider. »Sylvia, für den Rest des Abends sind wir versorgt, du darfst gehen.«

Die Badezimmertür flog auf und schon grinste er, in der einen Hand eine Flasche Champagner, in der anderen zwei Kristallgläser, zu ihr hinunter. Er stellte sie auf Claires Schminktisch und öffnete die Flasche.

»Ich konnte nicht an der Bar bleiben und mir dich in der Badewanne vorstellen.« Er schenkte ein und reichte ihr ein Glas. »Cheers, wie die Engländer sagen.«

Claire legte ihren Kopf zurück auf den Badewannenrand, schloss die Augen und nahm einen Schluck. Welche Glückseligkeit! Sie verdrängte ihre Sorgen. Mit Peter machte es Spass und ein winziger Teil von ihr wünschte sich, er wäre ihr treu, damit sie lernen könnte, ihn richtig zu lieben und Blake zu vergessen.

Doch für den Moment genügte ihr das gute Gefühl, wenn er ihr einen Krug mit warmem Wasser über das Haar kippte und die Seife einarbeitete und aufschäumte, während sie genussvoll am Champagner nippte.

33

UPINGTON, SÜDAFRIKA, IN DER GEGENWART

Nach dem Frühstück in Libbys Gasthaus deckte sich Nick in der Kalahari Mall mit Proviant für seine Reise ein und kaufte im Buchladen eine Papierkarte von Namibia sowie einen Strassenatlas des südlichen Afrikas.

Um von A nach B zu kommen, mochte er elektronische Geräte, aber um sich einen Gesamtüberblick zu verschaffen fand er sie unbrauchbar. Er wollte sich einen Eindruck über die Entfernungen verschaffen, die er in den nächsten Tagen überwinden musste, und sehen, wie sich alles im Verhältnis zueinander befand. Wie ein Soldat oder ein Rebellenkommandeur.

Im ›Mugg & Bean‹ im Einkaufszentrum trank er eine weitere Tasse Kaffee und studierte die Karte. Als Erstes fielen ihm die enormen Distanzen auf, die Blake im Rahmen seiner Handelstätigkeit in diesem Teil Afrikas zurückgelegt hatte. Das Gebiet, das Steinaeckers Reiter durchquert hatten, war ihm gross vorgekommen, doch die weiten, leeren Landstrichen des Nordkaps und Namibias, waren unglaublich viel grösser.

Er sah, dass Jakob Morengo und seine Rebellen Hunderte von Kilometern geritten waren. Die Karasberge, die aus zwei Gebirgszügen bestanden, dem Hauptgebirge und den ›kleinen Karas

Bergen‹, wie sie auf der Karte genannt wurden, umfassten eine enorme Fläche. Damit liess sich leicht erklären, dass sich Morengo mit seinen Ortskenntnissen so lange in dieser leeren Ecke der weitgehend unbewohnten Kolonie vor den Deutschen verstecken konnte.

Nicks Telefon klingelte und er sah, dass es Pippa Chapman war.

»Lili ist im Royal Prince Alfred Hospital«, sagte sie.

Nicks Magen drehte sich um. »Nein, ist sie …«

»Sie ist okay. Sie wurde in ihrem Haus überfallen. Weil sie nie ans Telefon gegangen ist, bin ich nach Newtown zu ihr nach Hause gefahren. Ihre Mitbewohnerinnen haben mir alles erzählt.«

»Aber geht es ihr so weit gut?«

»Sie wurde bewusstlos geschlagen. Die Ärzte behalten sie noch einen Tag zur Beobachtung, weil sie immer noch ein bisschen benommen ist. Ich habe ihre Eltern in Deutschland angerufen – sie sind entsetzt, wie du dir vorstellen kannst.«

»Aber Lili ist okay?«

»Noch einmal, ja, Nick, aber die Ärzte wollen sichergehen. Sie ist ziemlich aufgewühlt. Ihr wurde der Rucksack gestohlen und die Polizei hat sie befragt. Lili hat mir aufgetragen, dir zu sagen, dass sie es bedaure, nicht auf dich gehört zu haben.«

»Hast du sonst noch eine Nachricht für mich?«

»Ja, sei nicht so ungeduldig. Ich soll dir sagen, es tue ihr leid, aber deine Dokumente seien alle weg.«

Pippa seufzte. »Seid ihr in etwas Kriminelles verwickelt?«

»Nein.«

»Nun, wenn Lili wegen dem, was ihr getan habt, verletzt wurde, denke ich, dass du genau unter die Lupe nehmen solltest, was du tust.«

»Danke, Pippa, ich schätze es wirklich sehr, dass du dich um Lili gekümmert hast. Ab hier übernehme ich. Bye.« Er beendete das Gespräch. Er brauchte seine Ex-Chefin nicht, um ihm zu sagen, dass er sein Leben überdenken sollte.

Er versuchte noch einmal Lilis Nummer, aber es kam nur die Mailbox. Er hinterliess ihr eine Nachricht, in der er sie bat, ihn, egal ob Tag oder Nacht, anzurufen. Sie könne einfach das Telefon klingeln lassen und auflegen, dann würde er sie sofort zurückrufen.

Er schaute auf die Karte und schlug im Atlas die Seite auf, auf der Upington und die Region Nordkap abgebildet waren. Er suchte Keetmanshoop, wo Claire Martin als wohlhabende, mit einem Arzt verheiratete Landbesitzerin aufgetaucht war, das weiter nördlich, in Namibia lag. Das war ein grosser Sprung seit der Spionage für die Deutschen und dem Waffenhandel mit den Afrikanern. Er betrachtete die Gegend von Lüderitz am Atlantik, wo Claire scheinbar einen weiteren Teil ihres geraubten Goldschatzes versteckt hatte. Gold. Seit Menschen es abbauten und schmolzen, stahlen sie es auch und töteten dafür.

Nick brauchte mehr Informationen über Scott Dillon und musste herausfinden, wie er mit all dem in Verbindung stehen könnte. Später wollte er den Mann persönlich damit konfrontieren.

Die Internetsuche unter dem Suchbegriff Scott Dillon war nicht sehr ergiebig. Die meisten Artikel drehten sich um den südafrikanischen und den internationalen Immobilienmarkt, aber ein paar Wirtschaftspublikationen wiesen auf den fallenden Aktienkurs von Dillons Unternehmen hin. Offensichtlich hatte er sich bei der Entwicklung von Golfimmobilien, die scheinbar aus der Mode gekommen waren, übernommen. Nick fand zwei weitere Einträge, die interessant aussahen. Der Titel eines Klatschartikels in der *Sunday Times* lautete:

›*Immobilienmogul verhökert Wertsachen, um Exfrau auszuzahlen*‹, Nick öffnete ihn.

Scott Dillon ist kein Unbekannter, wenn es um Auktionen geht, aber gestern kamen bei einer Versteigerung einige der wertvollsten persönlichen Gegenstände des Immobilienmagnaten unter den Hammer. Das Auktionshaus versteigerte seltene Stücke, die einst Präsident Paul Krüger gehört hatten, darunter Kleider, ein Schreibtisch und ein Tagebuch. Aus Dillon nahestehenden Quellen war zu erfahren, dass die Kasse von ›Dillon Immobilien‹ leer sind. Ein Richter ordnete bei Dillons Scheidung von seiner Frau Joanne nach fünfzehnjähriger Ehe die Bezahlung einer Abfindung in der Höhe von hundert Millionen Rand an.

Bingo, dachte Nick. Erinnerungsstücke aus der Krüger-Ära und eine sehr schlechte finanzielle Lage. Also ein Mann, der sicherlich etwas Gold gebrauchen konnte.

Die andere interessante Lektüre stammte aus einer Online-Ausgabe von ›House & Home‹, die ein paar Jahre früher erschienen war, als Scott und Joanne noch glücklich waren. Es war ein Artikel über das Haus des prominenten Paares und über seinen Lebensstil. Ein Bild zeigte Scott in einem prunkvollen Wohnzimmer. Er sass auf einer Lounge, Joanne am Arm, regelrecht um ihn herum drapiert. Weiter unten stiess Nick auf ein Foto, auf dem Joanne auf ein riesiges Bücherregal deutete. Der Text darunter lautete: *Scott ist ein begeisterter Sammler von Relikten der südafrikanischen Geschichte, vor allem des Zweiten Buren-Krieges und besitzt eine Reihe sehr wertvoller Objekte und Aufzeichnungen.*

Nick schaute auf die Uhr. Zeit, weiterzufahren.

Die Annehmlichkeiten des einundzwanzigsten Jahrhunderts verschwanden bald nach dem Verlassen der Stadt. Er fuhr sehr schnell und schon bald tauchte er in die unendliche Einsamkeit dieser weiten Landschaft. Abseits des Oranje-Flusses waren der Boden steinig und trocken, die Vegetation spärlich und karg. Er stellte sich vor, dass die Farmen hier, genau wie im australischen Outback, riesig sein mussten, um eine gewinnbringende Herde ernähren zu können.

Wie er von Susan wusste und auf der Karte nachgesehen hatte, war Blake viel weiter nördlich von Upington getötet worden. Der Ort lag näher an der Grenze, zwischen dem heutigen Klein Menasse auf der namibischen und Rietfontein auf der südafrikanischen Seite. Susan hatte ihm erzählt, dass die Patrouille, die Blake überprüft und hingerichtet hatte, von Klipdam, auf der deutschen Seite, losgeritten sei.

Nick überquerte die Landesgrenze in Ariamsvlei, näher bei Upington. Auf der anderen Seite lagen die Karas-Berge, in denen der ›Schwarze Napoleon‹ seinen Guerillafeldzug geführt hatte.

Während er fuhr, dachte Nick an Lili. Es tat ihm so leid, dass sie wegen ihrer Arbeit für ihn verletzt worden war, aber immerhin schien es ihr besser zu gehen. Wut begann in ihm zu brodeln und er umklammerte das Lenkrad. Er wusste immer noch nicht, wer es auf ihn und die Menschen abgesehen hatte, die von der Geschichte von Claire Martin und Cyril Blake wussten. Nick war Schlägereien in Bars und Konflikten jeglicher Art immer aus dem Weg gegangen. Doch jetzt wollte er herausfinden, wer für die Serie von Einbrüchen und Überfällen sowie vielleicht sogar für einen Mord verantwortlich war.

Das Karasgebirge ragte aus dem umliegenden flachen, steinigen Land auf, als hätte Gott es nachträglich dort hingestellt. In der Ferne erschienen sie in einem dunstigen Blau-Grau. Auf der Karte sah Blake, dass er von der Hauptstrasse B3 abzweigen konnte und ihn eine Nebenstrasse, die D203, durch die Berge führte.

Er verliess die Teerstrasse, worauf ihn eine gewundene Schotterstrasse dem schlängelnden Lauf trockener Flussbetten entlang und zwischen flachen Tafelbergen durchführte, die aus der Nähe rot erschienen. Es waren eher Hügel, nicht besonders hoch, aber selbst sein nicht-militärischer Verstand hielt diese Landschaft perfekt für Hinterhalte.

Nick stellte sich vor, wie gewiefte, mit dem Land bestens vertraute Aufständische die felsigen Klippen erklommen und das Feuer auf deutsche Reiter eröffneten, die gezwungen waren, den einfachen Weg durch die Täler zu nehmen. Abgesehen von der einen oder anderen Hütte eines Schafzüchters gab es in diesen kargen Hügeln kaum Anzeichen für menschliches Leben. Die spärliche Vegetation zog sich entlang der ausgetrockneten Wasserläufe, in denen nach einem Sommerregen für kurze Zeit Wasser fliessen mochte. Nick hielt an einem sandigen Flussbett an, um sich die Beine zu vertreten, genoss die Stille und sah sich um.

Ihm ging durch den Kopf, dass dies ein guter Ort gewesen sei, um Krieg zu führen, da es nur wenige Zivilisten gab, die abgehärtet oder töricht genug waren, sich hier eine Existenz aufzubauen. Aus den letzten Papieren, die Anja übersetzt hatte, ging jedoch hervor, dass Jakob Morengo sein vertriebenes Nama-Volk und das wertvolle Vieh in genau diese trostlosen Hügel geführt hatte. Er musste gewusst haben, dass das, was seine Leute in ihrem angestammten Gebiet erwartete, weitaus schlimmer gewesen wäre als alle Entbehrungen, die diese raue Natur für sie bereithielt. In ihrer Heimat zu bleiben, hätte Gefangenschaft und höchstwahrscheinlich den Tod bedeutet. Jakob Morengo hatte sein Volk also nicht durch, sondern in die Wildnis geführt. Damit bot er ein lockendes Ziel, dem das deutsche Militär nicht widerstehen konnte. Morengo sorgte sich um sein Volk, war sich aber gleichzeitig der Risiken bewusst und sah nur zwei Möglichkeiten, von denen ihm keine gefiel, nämlich den sofortigen Tod oder einen kurzen Aufschub der Hinrichtung. Denn selbst wenn es Morengo gelang, die deutschen Kolonnen, von denen er wusste, dass sie kamen, zurückzudrängen: Wie lange dauerte es, bis sich die Männer des Kaisers erneut sammelten und zurückkehrten, um sie alle zu erledigen?

Nick freute sich darauf, Anjas nächste E-Mail zu lesen, sobald er wieder eine Internetverbindung hatte.

34

GARUB-WASSERLOCH IN DER NÄHE VON AUS,
NAMIBIA, GEGENWART

Anja fröstelte, obwohl sie einen Fleece-Pullover, ihre Daunenjacke, Handschuhe und eine Mütze trug. Der eisige Wind pfiff durch die offenen Seiten des Beobachtungsverstecks in den Felsen. Es lag ungefähr zwanzig Kilometern nach Aus an der Strasse, die ins rund Hundertzwanzig Kilometer entfernte Lüderitz führte.

Kein Wunder, galt Aus als der kälteste Ort in Namibia.

Durch das Nachtsichtfernglas entdeckte sie die Stute und ihr winziges neugeborenes Fohlen, die sich langsam über die offene Fläche des Wüstensandes bewegten. So kalt und trostlos dieser Teil des Landes war, die Leere der Wüste und der Anblick der Pferde halfen Anja, nach ihrem bisher traumatischen Aufenthalt in Namibia zur Ruhe zu kommen. Ja, ihre Forschungsergebnisse waren gestohlen worden, sie hatte aber eine Kopie von Nicks Manuskript. Vor allem aber standen hier, direkt vor ihr, die lebenden Nachkommen der Pferde, über die sie nachgeforscht hatte.

Die Mutter hielt alle paar Schritte an, senkte ihren Kopf und frass von den kümmerlichen Trieben, die die Wüste hervorbrachte. Jedes Mal, wenn sie stehen blieb, versuchte das durstige Jungtier zu trinken.

In diesem Teil des Landes gab es keine der Löwen, die sich an ein Leben in der Wüste angepasst hatten. Sie waren in Namibia berühmt – und bei den Farmern berüchtigt – für die weiten Entfernungen, die sie auf der Suche nach Nahrung und Partnerinnen zurücklegten. Die grösste Bedrohung für die Wildpferde stellten hier die Tüpfelhyänen dar und Anja interessierte sich speziell dafür, wie wachsam die Pferde nachts waren. Das Letzte, was sie sehen wollte, war, dass ein Fohlen oder ein älteres Pferd von einem Hyänenclan getötet wurde.

Die langanhaltende Dürre der letzten Jahre und der häufigere Beutezug der Hyänen liess die Zahl der Pferde dramatisch sinken. Es gab nur noch weniger als hundert Tiere. Mittlerweile erreichte ein Fohlen selten auch nur annähernd das Erwachsenenalter und so war es für Anja etwas ganz Besonderes, dieses Kleine vor sich zu sehen.

Anja zählte, wie oft die Stute pro Minute vom Fressen aufschaute, um ihre Umgebung zu beurteilen. Ihre Beobachtungen verzeichnete sie im Schein einer Taschenlampe, die mit einer roten Linse abgedeckt war, um die Tiere nicht zu blenden, in ihrem Notizbuch.

Schliesslich entfernten sich die Stute und ihr Fohlen aus der Reichweite des Fernglases, was ihr eine Ausrede gab, ihr neues iPad herauszuholen und sich wieder der Übersetzung des Manuskripts zu widmen.

Hier draussen bei den Pferden zu sein, besänftigte ihren Ärger darüber, dass sie ein kleines Vermögen für neue Geräte ausgegeben hatte und ein neues E-Mail-Konto einrichten musste. Sie verdrängte ihre Ängste und konzentrierte sich auf die Arbeit.

Lautes Wiehern liess Anja aufschrecken und hinausschauen. Ihr Herz klopfte, als sie das Nachtsichtgerät in die Hand nahm. Eine Tüpfelhyäne, deren Kontur mit dem abfallenden Rücken im grünen Schein des Geräts leicht zu erkennen war, suchte sich ihren Weg über die Ebene.

Ein Wüstenhengst trabte in ihr Blickfeld, blieb stehen und warf den Kopf herum.

Anja schwenkte auf der Suche nach der Stute und ihrem neugeborenen Fohlen nach links und rechts und verfluchte sich selbst. Sie war so vertieft in die Lektüre des Manuskripts gewesen, dass sie ihre Feldarbeit vernachlässigt hatte.

Die Stute führte ihr Fohlen in Richtung Wasserstelle und des Verstecks. Vielleicht, mutmasste Anja, assoziierte sie das Versteck mit Menschen und Sicherheit. Anja wusste jedoch, wie dreist Tüpfelhyänen waren – wenn sie nur die geringste Chance bekamen, stahlen sie, wenn niemand hinsah, sogar ein Stück Fleisch vom Grill.

Anjas Herz pochte. Sie hatte die Kadaver von Pferden, die von Hyänen erbeutet worden waren gesehen, sowie Bilder und Videos von einer Hyäne angeschaut, die ein Pferd jagte, war aber noch nie selbst Zeuge solchen Blutvergiessens geworden. Jetzt lag die Aussicht auf einen Riss vor ihr und in ihr formte sich die Mischung von Gefühlen, die Touristen durchleben, wenn sie die Chance haben, ein jagendes Raubtier in freier Wildbahn zu beobachten. Ihr schneller Pulsschlag bestätigte ihre Aufregung, andererseits fühlte sie sich mit den Wüstenpferden verbunden und der Gedanke, eines von ihnen, vor allem ein Fohlen, könnte getötet werden, erschreckte sie.

Die Hyäne umkreiste die drei Pferde, beobachtete und wartete. Sie hielt inne, hob den Kopf und schnupperte am Wind, der von Anja her in ihre Richtung wehte. Wahrscheinlich witterte die Hyäne ihren Geruch, machte aber keine Anstalten, von der Jagd abzulassen.

Anja fragte sich, was passiert wäre, wenn die Hyäne nicht allein gewesen, sondern wenn zwei, drei oder noch mehr von ihnen gekommen wären. Die Tiere galten als Aasfresser, was zweifellos stimmte, waren aber auch geschickte Jäger. Vor einigen Jahren hatte sie im Etosha-Nationalpark gesehen, wie vier Hyänen eine Impala-Antilope erlegten. Der Clan agierte dabei perfekt synchron. Zwei von ihnen liefen beidseits der leichtfüssigen Antilope, so dass sie nicht ausscheren konnte und die beiden anderen jagten sie. Es war in Sekundenschnelle vorbei und eine der schnellsten und effizientesten Tötungen, die Anja je gesehen hatte.

Bei diesen Gedanken fürchtete sie um das Fohlen.

Die Kälte der Nacht war vergessen und Anja stützte sich mit den Ellbogen auf die Felswand des Beobachtungsstandes. Die Hyäne bewegte sich zuerst quer durch ihr Blickfeld, dann hinter ihr um das

Versteck herum. Die Stute wieherte und der Hengst tänzelte auf sie zu, als wolle er nach ihr und dem Fohlen sehen. Das Kleine, das die Gefahr nicht erkannte, versuchte zu trinken, aber die Mutter stampfte mit dem Huf.

Wenn sie jetzt weggaloppierten, dachte Anja, würde die Hyäne sie verfolgen und das Fohlen erwischen, wenn nicht sogar die Erwachsenen. Anja schaute über die Schulter und sah die Hyäne in vier Metern Entfernung. Sie hatte das Maul wie zum Grinsen geöffnet und die säbelartig geschwungenen Zähne schimmerten im Mondlicht. Ein Teil von Anja wollte einen Stein nach ihr werfen, um sie zu verscheuchen, aber so herzzerreissend es auch wäre, wenn das Fohlen getötet oder verstümmelt würde, sie als Wissenschaftlerin durfte sich nicht in die Natur einmischen.

Sie biss sich auf die Unterlippe. *Haben wir das nicht schon längst getan?* Die Wüstenpferde hätten gar nicht erst dort sein dürfen. Die Pferde, egal woher sie kamen, hatten sich an die Wüste angepasst, so wie ihr europäisches Volk gelernt hatte, in Afrika zu leben. In letzter Zeit hatte man versucht, die Entwicklung der Pferdepopulation zu steuern und dabei sogar einige Tiere eingefangen oder entfernt, um die genetische Vielfalt zu gewährleisten. Damit die Pferde jetzt, mitten in der Dürre nicht verhungerten, versorgten Spender sie sogar mit Futter. Sie waren ein anerkannter Teil der namibischen Fauna und eine Touristenattraktion.

Zwischen jenen, die die Pferde unterstützten auf der einen und den Hyänenforschern auf der anderen Seite, tobte eine weitere Debatte. Die Pferdeliebhaber hatten das namibische Ministerium für Umwelt, Forstwirtschaft und Tourismus gebeten, zu intervenieren und ihnen entweder zu erlauben, die Pferde in ein sichereres Gebiet zu treiben oder die Hyänen zu betäuben und umzusiedeln. Letzteres wurde versucht, scheiterte aber, denn Hyänen sind schlaue Tiere und nicht leicht zu fangen oder zu betäuben, und so wurden einige Hyänen getötet. Das wiederum erzürnte die Vertreter der Raubtiere.

Warum also soll ich diese Hyäne nicht verscheuchen? fragte sich Anja. Wer würde es wissen oder sich darum kümmern, wenn sie es täte? Die Touristen, die das kleine Fohlen anhimmeln und fotografieren würden, wären ihr bestimmt dankbar, wenn sie wüssten, dass sie eingegriffen hatte, um es zu retten.

Dann dachte Anja an die Hyäne. Vermutlich war es ein Weibchen, denn diese waren in der Regel grösser als die Männchen und dominierten in der Clanhierarchie. Wahrscheinlich hatte sie irgendwo in einem Bau in den Felsen Junge. Die Kleinen, die als Neugeborene gleichmässig dunkelbraun und niedlich wie kleine Bären aussahen, waren davon abhängig, dass ihre Mutter sie mit Milch versorgte und dafür brauchte diese selbst gute Nahrung. Wer war Anja, dass sie sich einmischte und einer Hyäne eine Mahlzeit missgönnte? Schliesslich war die Hyäne in ihrem angestammten Gebiet, weshalb das Raubtier sicher mehr Anspruch darauf hatte, hier zu sein und zu fressen, als ihre Beute?

Aber gab es mittlerweile mehr Tüpfelhyänen in diesem Teil der Wüste, weil sie sich dank der eingeführten Wildpferde stärker vermehrten? Es war zu kompliziert und ausserdem war die Hyäne auf dem Vormarsch. Sie kam auf der rechten Seite hinter dem Versteck hervor und zeigte sich im Mondlicht. Die Stute warf den Kopf hin und her und das Fohlen schien endlich zu begreifen, dass Gefahr drohte. Es trabte ein paar Meter weiter, aber seine Mutter umrundete es. Der Hengst schoss von der Stute und dem Fohlen weg und galoppierte direkt auf die Bedrohung zu.

Die Hyäne blieb stehen und heulte den Mond an. Der Hengst blieb kurz stehen, bäumte sich auf den Hinterbeinen auf und schlug mit den Vorderläufen nach der Hyäne, die ihn anknurrte.

Anja hob ihre Kamera auf. In ihrer Eile, zur rechten Ecke des Verstecks zu gelangen, stiess sie die metallene Thermoskanne mit heissem Kaffee um, die lärmend gegen die Felswand und auf den Betonboden klirrte.

Vom Lärm erschreckt drehte sich die Hyäne um und rannte davon. Der Hengst verfolgte sie etwa hundert Meter weit. Anja fluchte über ihre Ungeschicklichkeit, blickte aus dem Versteck in die andere Richtung und sah die Stute und das Fohlen in die Sicherheit davon galoppieren.

Als sich ihr Herzschlag wieder normalisiert hatte, widmete sie sich wieder der Lektüre und Übersetzung des Manuskripts von Dr. Peter Kohl.

Bei einem Blick zum Wasserloch entdeckte sie die Hyäne, die zum Versteck zurückgekehrt war und sie anstarrte. Die Gefahr blieb immer in der Nähe und lag auf der Lauer.

35

1906, KARASBERGE, DEUTSCH-
SÜDWESTAFRIKA

Land der Hinterhalte, dachte Blake, als er die mit Gewehren und Munition beladenen Pferde durch die mondhelle Nacht führte.

Er war immer auf der Hut, wenn er die Grenze überquerte, um ein Vieh- oder Pferdegeschäft zu machen. Er verdiente gutes Geld damit und obwohl er versuchte, sein Gewissen mit dem Gedanken zu beruhigen, dass er einer scheinbar guten Sache half, vergass Blake nie, dass er nun ein wirklicher Verbrecher war. Er würde zwar nie einen anderen Menschen wegen einer Viehherde töten, aber er wusste, dass es da draussen Männer gab, die es taten. Wenn Soldaten der deutschen Schutztruppe ihn dabei erwischten, wie er Waffen an die Nama verkaufte, würden sie ihn auf der Stelle erschiessen.

Er betrachtete das Land wie ein Soldat: Wenn er eine Patrouille anführen würde, hielte er sich so weit wie möglich auf der Höhe, aber das war mit seinem Zug von Lasttieren unmöglich. Von seinem Aussichtspunkt auf Blueys Rücken aus suchte er nach Deckung, nach Stellen, an denen er Schutz suchen und das Feuer erwidern konnte, falls auf ihn geschossen wurde.

Als er dem trockenen, sandigen Flussbett entlang ritt, suchte sein Blick die Anhöhe einer natürlichen Wand aus schwarzem Basalt ab.

Ihre Felsen waren so kantig und präzise geschnitten, wie Kacheln, die im Ofen gebrannt und verlegt worden waren. Er fröstelte in seinem langen Ölmantel und legte die rechte Hand auf den Griff seiner vertrauten alten Besenstiel-Mauser.

Er spürte ein wohlbekanntes Kribbeln in den Fingerspitzen, das sich normalerweise bei Vieh- oder Pferdegeschäften nicht äusserte, egal, wie korrupt oder gefährlich die beteiligten Personen waren.

Es war die Aufregung.

Obwohl er es nur ungern zugab, wusste ein Teil von ihm, dass er sich nie so lebendig und selbstsicher gefühlt hatte, wie damals im Krieg, draussen im Veld, als es jeden Moment möglich war, einem Buren-Kommando zu begegnen. Jetzt spürte er sie wieder, diese berauschende Mischung aus Angst und Erwartung, die wie eine Droge wirkte, besser noch als Opium.

»Du bist früh dran.«

Blakes Pferd wieherte und er zog an den Zügeln. Liesl trat hinter einem Felsen zu seiner Linken hervor. Sie hielt ein Mauser-Gewehr in der Hand und der Mondschein liess ihre Zähne beim Lächeln glitzern.

Er berührte die Krempe seines Hutes grüssend. »Beobachtest du mich schon lange?«

»Etwa seit einer Stunde, als du über die Ebene geritten kamst.« Sie senkte ihre Stimme. »Ich bin froh, dass du da bist, Blake. Aber Vorsicht, hier halten sich ein halbes Dutzend Männer meines Onkels versteckt und beobachten dich – und mich.«

Er nickte. Er hatte nicht vorgehabt, sie zu küssen, falls es das war, worüber sie sich Sorgen machte. Ihr Tonfall sagte ihm, dass, was immer zwischen ihnen gewesen war, unwiderruflich vorbei war. Das hielt ihn aber nicht davon ab, sich um sie zu sorgen, wenn sie mit den Rebellen in der Wüste unterwegs war.

Liesl pfiff und zwei bewaffnete Männer tauchten aus dem Tal vor ihnen auf, von denen einer ihr Pferd im Schlepptau hatte.

Sie führten ihn zuerst entlang weiterer Flussbetten durch die Berge, dann langsam durch loses Gestein über schmale Pfade aufwärts. Niemand, der nicht in diesem Teil der Welt aufgewachsen war, hätte die Passagen gefunden. Langsam, leise und vorsichtig trabten oder gingen sie über ein paar Pässe, bis ihnen die Morgendämmerung eine noch bissigere Kälte in die Knochen trieb.

Schliesslich roch Blake Holzrauch und als sie eine weitere windgepeitschte Anhöhe erklommen, sah er unter sich in einer U-förmigen, von felsigen, flachen Bergrücken umschlossenen Senke das Dorf von Jakob Morengos Sippe.

Das Vieh war in *Kraals* aus Dornensträuchern eingepfercht und die Menschen hatten fast tausend provisorische Behausungen aus Ästen, Decken und geflochtenen Grasmatten gebaut. Es war eine armselige Siedlung, aber zumindest war sie bis jetzt ein sicherer Ort gewesen. Als Liesl und ihre Begleiter Blake durch das Lager führten, beäugten ihn Frauen mit Brennholzbündeln auf dem Kopf, Männer, die ihre Gewehre reinigten und Kinder, die mit Stöcken als Waffen spielten.

Sie erreichten ein geflicktes und altes Zelt aus Segeltuch, vor dem Jakob Morengo stand. Er trug eine Anzughose und ein Unterhemd, die Hosenträger hingen seitlich herunter. An einem Waschbecken aus Segeltuch, das an einem Dreibein hing, rasierte er sich vor einem an einer Zeltstange befestigten Spiegel.

Er schaute zu ihnen hinüber, als Blake abstieg. »Mister Blake, willkommen, wie geht es Ihnen?«

»Nur Blake. Gut und Ihnen?«

»Gut, gut, gut. Schön, Sie zu sehen.« Jakob spülte seine Klinge ab. »Erlauben Sie mir bitte, dies hier zu beenden. Ein Soldat sollte sich jeden Tag rasieren, wenn er Wasser dafür hat, oder nicht?«

Blake zuckte mit den Schultern. »Die Buren haben sich in ihrem Krieg nicht rasiert und wir uns auch nicht, zumindest nicht in den irregulären Einheiten.«

»Ganz recht! Nehmen Sie sich einen Kaffee. Liesl, würdest du uns die Ehre erweisen?«

»Natürlich, Onkel.« Sie griff nach einer verbeulten Kanne auf einem Kohlehaufen.

»Ich will damit sagen«, Jakob beendete den letzten Schnitt, spülte die Klinge ab und wischte sich über das Gesicht, »dass es richtig war, den Feind nachzuahmen. Die Stärken der Buren waren ihre Kenntnisse des Landes, ihre Fähigkeit, mit leichtem Gepäck zu reisen und sich schnell zu bewegen sowie hart zuzuschlagen und dann zu fliehen. Zur selben Zeit beluden sich die Briten mit nutzloser Ausrüstung. marschierten in drei ordentlichen Reihen, also Kolonnen und rasierten sich täglich. Erst als ihr Kolonialisten damit begonnen habt, sie mit ihren eigenen Waffen zu schlagen, hattet ihr Erfolg.«

»Danke für die Geschichtsstunde«, sagte Blake trocken, »ich war dabei. Warum rasieren Sie sich dann? Weil Sie im gleichen Licht wie ein britischer oder deutscher General gesehen werden wollen?«

Jakob lachte, nahm sich eine Tasse Kaffee und Liesl schenkte Blake ebenfalls ein. »Nein. Aber weder denke ich abschätzig über die Deutschen, noch unterschätze ich ihre Kräfte.«

Blake trank einen Schluck Kaffee. Er war gut.

»Ihr Gesichtsausdruck sagt mir, dass Sie überrascht sind, im Zelt eines Schwarzen so guten Kaffee zu trinken.« Jakob zog ein weisses Hemd an und knöpfte es bis oben zu.

»Ich bin überrascht, dass der Kaffee im Karasgebirge so gut schmeckt.«

Jakob lächelte. »Ich habe ihn in Europa kennengelernt, bevor ich für eine deutsche Firma in Windhoek als Angestellter in den Minen in Südafrika arbeitete. Der Direktor war ein freundlicher, vorausschauender Mann, der überzeugt davon war, dass Afrikaner eines Tages Aufgaben, die über die eines Hausdieners hinausgingen, übernehmen und unweigerlich in Führungspositionen kommen würden. Ich schloss Freundschaften, stellte aber fest, dass die Deutschen Ordnung und Genauigkeit über alles andere stellen. Regeln müssen befolgt, Projekte abgeschlossen, Bücher geführt und Pläne befolgt werden – alles wird mit Disziplin umgesetzt. Das gilt auch für ihre militärischen Operationen.«

»Das habe ich auch schon über sie gehört«, sagte Blake.

»Ich rasiere mich«, Jakob zeigte mit dem Rasiermesser auf ihn, bevor er es zusammenklappte und in die Innentasche seiner Anzugsjacke steckte, die er dann achselzuckend anzog, »weil es von Disziplin zeugt. Ich möchte, dass meine Männer sehen, dass ich stolz bin auf mein Aussehen und meine Hygiene. Aber die Deutschen bekommen Probleme, wenn Afrika mit ihrer Ordnungsliebe kollidiert.«

»Inwiefern?« Blake trank noch einen Schluck Kaffee.

»Für sie ist das Klima hier extrem. Die Sommer sind heisser als sie es je erlebt und die Winter kälter, als sie erwartet haben oder wofür sie ausgerüstet sind. Die Patrouillen im Feld leiden unter dem Mangel an Wasser und frischer Nahrung und die Männer werden von Läusen geplagt und sind anfällig für Krankheiten.

Meine Männer dagegen sind es gewohnt, in der Wildnis zu leben, aber ich muss sie daran erinnern, auf ihre Gesundheit zu achten, sich sauber zu halten und Selbstdisziplin zu üben. Wenn ich mich rasiere, denke ich nicht wie ein Buren-Kommandant, sondern wie ein deutscher Kommandeur.«

»Und was denken Sie?« erkundigte sich Blake interessiert.

»Die Deutschen befolgen Befehle und diese bestehen nicht nur darin, mich und meine Rebellen auf dem Schlachtfeld zu besiegen. Wenn ihr Auftrag so einfach wäre, würden sie ihre Taktik anpassen. Sie würden kleinere, mobilere Patrouillen einsetzen, mehr verärgerte Buren rekrutieren und diese als vollwertige Kommandotruppen ausrüsten und bewaffnen. Nein, die Deutschen wollen nicht nur meine Männer und mich töten oder gefangen nehmen, sondern sie haben die Absicht, mein Volk vollständig zu vernichten. Sie wollen dem Rest der Kolonie und der ganzen Welt die Botschaft vermitteln, dass Eingeborene es nicht wagen dürfen, sich zu erheben und dass der Preis für eine Rebellion die absolute Vernichtung ist.«

Blake dachte darüber nach. So schrecklich die Konzentrationslager in Südafrika auch gewesen waren und obwohl Tausende an Krankheiten und Hunger gestorben waren, war es nicht Kitcheners Absicht gewesen, die Afrikaner auszurotten, sondern den Kommandos ihre Unterstützung zu entziehen.

»Das klingt ... extrem.«

Jakob nickte. »Es ist Tatsache. Wissen Sie, die Herero haben diesen Aufstand begonnen, während wir Nama, sogar unser bekanntester Kommandant, Hendrik Witbooi, zunächst auf der deutschen Seite gegen die Herero gekämpft haben. Unsere beiden Völker haben sich nie besonders gemocht – meine eigenen Eltern kamen von beiden Stämmen. Sie litten in ihren eigenen Familien unter Vorurteilen, weil sie jemanden aus einer Kultur geheiratet hatten, die in der Vergangenheit bekämpft worden war.

Den Nama-Kriegern wurde befohlen, die gefangenen Herero abzuschlachten und die Deutschen trieben die Frauen und Kinder in die Omaheke-Wüste, wo sie verdursteten und verhungerten. Einige derer, die versuchten, in ihr Land zurückzukehren, wurden auf ausdrücklichen Befehl des ehemaligen deutschen Kommandanten, Lothar von Trotha, erschossen. Als die Nama sahen, wie die Deutschen die im Kampf besiegten Herero behandelten, wechselten sie schockiert die Seite. Noch immer, so hören wir, werden unsere Leute in Lager wie das auf der Haifischinsel bei Lüderitz gebracht und müssen sich dort zu Tode schuften.«

Für Blake hörte sich das barbarisch an. Morengo spielte mittlerweile vor einem grösseren Publikum, denn von der erhobenen Stimme des charismatischen Anführers angezogen, hatten sich seine ranghohen Männer um ihn versammelt.

Ein Teil jedes Krieges bestand darin, den Feind zu dämonisieren, doch wusste Blake aus eigener Erfahrung, dass die Dinge im Krieg nie nur schwarz und weiss waren, und die andere Seite nicht immer so böse war, wie die Politiker ihre Leute glauben machen wollten. »Und was werden die Deutschen jetzt tun?«

»Wie ich es vorausgesagt habe, als ich Sie in Upington getroffen habe, sind sie hierher unterwegs. Zwei Kolonnen, eine aus dem Norden, die andere aus dem Süden. Sie bringen Gebirgsgeschütze – leichte Artillerie – und Maxim-Maschinengewehre mit. Sie wissen selbst, dass man leicht bewaffnete Reiter nicht mit Artillerie und schweren Maschinengewehren bekämpfen kann. Dafür bewegen wir uns zu schnell und ich habe nicht die Absicht, meine Männer auf eine feste Stellung zu schicken, die die Deutschen einnehmen könnten.«

Blake schaute sich auf dem Plateau um und betrachtete die behelfsmässigen Unterkünfte. Eine Frau, die ein Baby stillte, zwei kleine Jungen, die mit Stöcken um sich schlugen und ein junges

Mädchen, das in einem Topf den Brei umrührte. »Kommen sie mit der Absicht, Ihre Leute zu holen?«

»Ja, um uns eine Lektion zu erteilen.« Jakob sah sich um und winkte die anderen Männer heran. »Versammelt euch, lasst uns planen.«

Während Blake im Krieg gegen die Buren kämpfte, hatte er schlimme Dinge gesehen. Einzelne Fälle von Grausamkeit, das Niederbrennen von Farmen und das Einsperren von Zivilisten hatte ihm den Magen umgedreht. Aber er hatte nie davon gehört, dass britische Truppen Unschuldige mit Granaten beschossen oder mit Maschinengewehren bedrohten. Wenn das, was Jakob sagte, tatsächlich stimmte, trieben die Deutschen den Kampf auf eine neue Ebene.

Liesl, die Hände in die Hüften gestemmt, erzwang seinen Blick und starrte ihn an, als wolle sie sagen: ›Ich hab's dir doch gesagt.‹

Jakob rief einen der Jungen zu sich, die Blake beobachtet hatte und als der Knabe vor ihm stand, nahm ihm der Anführer den Stock aus den Händen. Das Kind verzog trotzig das Gesicht und Jakob wedelte mit dem Stock, um seine Wut zu verbergen. »Hör auf, Krieg zu spielen und geh zu deiner Mutter!«

Jakob ging um sein Zelt herum und Blake und die anderen folgten ihm. Morengo deutete mit seinem Stock an, dass sie einen Halbkreis um ein Dutzend oder mehr Steinhaufen bilden sollten, die auf einem Stück kahlen, flachen Boden aufgeschichtet worden waren. Blake fiel auf, dass die Steinhügel ein Hufeisen bildeten und ihm wurde klar, dass er auf eine dreidimensionale Karte blickte, die die Gegend darstellte, in der sie sich befanden.

»Du bist einverstanden, wie ich sehe«, sagte Jakob.

Blake nickte.

»Die Deutschen werden für ihre Waffen, Munition und andere Vorräte viele Wagen brauchen. Also sind die wahrscheinlichsten Anmarschrouten hier und hier.« Jakob deutete auf Täler, die von Norden und Westen in die Karasberge führten.

»Sie werden auf die Anhöhen zu beiden Seiten unseres Standorts steigen und mit den Gebirgsgeschützen das Feuer auf unsere Leute eröffnen.

Blake klemmte sein Kinn zwischen zwei Finger, dann hob er den Blick zu Morengo. »Ist es zu spät, um die Grenze zu Südafrika anzusteuern?«

Jakob begegnete seinem Blick. »Wenn ich hätte fliehen wollen, hätten wir das schon vor Monaten getan. Einige unserer Leute haben die Grenze zur Kapkolonie überquert und befinden sich in britischen Flüchtlingslagern. Mit dem wenigen Essen, das die Engländer für sie erübrigen können, müssen sie um ihr Überleben kämpfen.

Man hat uns von unserem Weideland in diese Hügel gedrängt, aber weiter werden wir uns nicht vertreiben lassen.«

Das war es also, erkannte Blake. Morengo wollte diese Schlacht genauso sehr wie die Deutschen. »Jakob, Sie haben – wie viele, hundert, hundertfünfzig Mann?«

Jakob stützte seine Hände auf den Stock. »Hundertdreiunddreissig.«

»Die Deutschen werden mit nicht weniger als einer Kompanie aus jeder Richtung kommen. So viele Männer brauchen sie für ihre Geschütze und werden entsprechend mindestens zwei, wahrscheinlich eher drei zu eins in der Überzahl sein.«

»Ganz genau. Was würden Sie also tun, Blake? Wo würden Sie versuchen, ihren Vormarsch zu stoppen?«

Blake war kein General und nicht einmal ein Offizier, aber er hatte unzählige Patrouillen geführt, bei denen ihm die Taktik überlassen worden war. Es gab ein paar Binsenweisheiten, die jeder Soldat auf die harte Tour lernte: Bleib auf der Anhöhe, greife eine verteidigte Stellung nicht an, wenn du zahlenmässig nicht mindestens drei zu eins im Vorteil bist und melde dich nie freiwillig zu etwas. Er schüttelte den Kopf. »Ihr habt nicht die Feuerkraft, sie aufzuhalten, nicht einmal eine ihrer Kolonnen ...«

»Was würden Sie mir also zu tun empfehlen? Fliehen?«

Nun war es an Blake zu lächeln. »Ja.«

36

GRÜNAU, NAMIBIA, IN DER GEGENWART

Nick wählte ein B&B mit dem Namen ›Withuis‹, auf Deutsch ›weisses Haus‹, ausserhalb der kleinen Stadt Grünau als Unterkunft.

Sein Zimmer lag im namensgebenden Gebäude des grösseren landwirtschaftlichen Betriebs, dem alten Bauernhaus. Es war 1912 erbaut worden, doch, wenn er über die knarrenden Holzdielen ging, mit dem Finger über den gusseisernen Holzofen fuhr oder über die weite, leere Landschaft Namibias blickte, fragte er sich, ob dies das Paradies war, das Claire Martin vorgeschwebt war, als sie sich von der deutschen Spionin zur respektablen Landbesitzerin und Arztfrau wandelte.

Nick liess sich in einem Ledersessel nieder und wartete auf das Abendessen, das ihm die Eigentümer um sieben Uhr in seinem Zimmer servieren wollten. Er nutzte das WLAN des Hauses und suchte nach weiteren Informationen über Scott Dillon, den Immobilienmogul und ehemaligen Liebhaber der Frau, in die er verliebt gewesen war.

Er fand und las einige weitere Artikel über Scott und Joanne Dillons Scheidung, die, gelinde gesagt, erbittert verlaufen war, da Joanne Scott mehrfache Untreue vorwarf. Einem der Berichte

327

zufolge besass Joanne in Kapstadts wichtigstem Touristenviertel, der ›Victoria and Alfred Waterfront‹, eine Kunstgalerie. Nick googelte danach und fand eine Mailadresse für ›Joanne Dillon Fine Art‹. Da es schon spät war, hatte es keinen Sinn mehr, in der Galerie anzurufen. Doch selbst wenn die Ausstellung noch geöffnet war, bezweifelte er, dass Joanne in den Räumlichkeiten sass und Gemälde an Touristen verkaufte. So klickte er auf die E-Mail-Adresse und schrieb eine Nachricht.

Sehr geehrte Frau Dillon,

mein Name ist Nick Eatwell. Ich bin ein australischer Journalist und besuche zurzeit das südliche Afrika. Ich bin an Informationen über die Geschäfte Ihres Ex-Mannes Scott interessiert und würde mich freuen, wenn Sie bereit wären, mit mir zu sprechen.

Mit freundlichen Grüssen, Nick Eatwell

Was soll's, dachte er, wahrscheinlich ignorierte sie die E-Mail. Wenn sie aber immer noch sauer auf Scott war, meldete sie sich vielleicht. Es schien, als wäre sie bei der Scheidung mehr als bereit gewesen, ihn in den Medien durch den Schmutz zu ziehen. Er fügte ein ›PS‹ hinzu, in dem er schrieb, dass er sich gerade in Namibia aufhalte und gab seine lokale Handynummer an.

Es klopfte an der Tür und der Farmbesitzer brachte das Abendessen auf einem Tablett, das in eine Decke eingewickelt war, um es gegen die kalte Nachtluft zu isolieren. Nick bedankte sich, genoss die Wildpastete und hatte den Malvapudding halb aufgegessen, als sein Telefon klingelte. Auf dem Display leuchtete eine südafrikanische Nummer.

»Ja, hallo, hier ist Nick.«

»Mr. Eatwell?«

»Ja.«

»Howzit. Hier ist Joanne Dillon. Sie haben mir eine Nachricht geschickt.«

Er war überrascht, dass sie antwortete und erst so schnell. »Ja, das habe ich. Wie geht es Ihnen?«

»Halb betrunken, wie es sich gehört. Wie geht es Ihnen?«

Nick lächelte. »Ich bin bei meinem zweiten Bier. Ich habe mich gefragt …«

»Sie wollen etwas über meinen beschissenen Ex-Mann wissen. Schreiben Sie über die Golfanlage, die in Australien scheitert, oder über die, die er den Menschen in Windhoek aufzwingen will?«

Nick wusste nichts über ein Bauprojekt in seinem Heimatland, wollte aber nichts aus der Hand geben, das ihm jemand auf dem Silbertablett servierte. »Unter anderem. Er scheint in Schwierigkeiten zu stecken.«

»Das ist er schon seit Jahren.« Er hörte ein Schlürfen am anderen Ende des Telefons. »Er segelte schon lange bevor wir heirateten hart am Wind. Damals habe ich ihm aus der Patsche geholfen und es nun gerade noch geschafft, unser Haus in Constantia zu behalten. Er schuldet mir immer noch Geld aus der Abfindung, doch ich will ihn nicht ruinieren, nur zur Kasse bitten.«

»Ich verstehe.«

»Wirklich? Sie sehen wahrscheinlich den sanften Geschäftsmann, den Philanthropen, der Geld an Wohltätigkeitsorganisationen wie ›Rettet das Nashorn‹ spendet und Damenbinden für benachteiligte Schulmädchen kauft, damit sie in der Schule bleiben können, aber nicht den verschlagenen Geschäftsmann.«

»Verschlagen?«

»Nun, Scott biegt die Regeln, bis sie fast brechen und hat sich bei mehr als einem Stadtplaner hier in Südafrika beliebt gemacht. Ich nehme an, diese Art von Korruption wird in Australien weniger toleriert?«

»Das glauben wir gerne«, sagte Nick, »aber ehrlich gesagt teilen auch bei uns zwielichtige Bauunternehmer, Stadträte und Mitarbeiter von Kommunalverwaltungen das Bett.«

»Hört sich an wie mein Ex. Er würde mit einer schwarzen Mamba ins Bett gehen, wenn er glaubte, damit freizukommen oder aus dem Schneider zu sein.«

Nick war überrascht, wie offen Joanne mit einem Fremden und erst recht einem Journalisten über ihren Exmann sprach. »Ich habe gesehen, dass er kürzlich einige seiner historischen Stücke versteigert hat.«

Joanne schnaubte. »Er hält sich für so etwas wie einen Experten für Paul Krüger und den Zweiten Buren-Krieg, aber in Wirklichkeit liegt sein Interesse mehr beim Geld als bei allem anderen.«

»Ist das Zeug sehr wertvoll?«

»Krügers Tagebuch und die Papiere, die er versteigert hat?«, fragte Joanne.

»Ja.«

»Für eingefleischte Sammler ziemlich wertvoll, ja. Aber für Scott waren die Papiere nicht von Nutzen, weil er sich weniger für Geschichte interessiert als für Krügers verschwundene Millionen. Haben Sie von Krügers Gold gehört?«

»Ja, habe ich«, sagte Nick, »erst kürzlich. Ihr Ex-Mann ist also ein Schatzsucher?«

»Ein Möchtegern, ja. Er ist besessen davon. Er hat über alle Berichte von falschen Goldfunden Buch geführt, die im Laufe der Jahre aufgetaucht sind. Er schleppte mich ins Lowveld und überall dorthin, wo das Gold versteckt sein könnte. Er wollte es unbedingt finden – und jetzt braucht er dringend Geld.«

»Wie dringend?«

Nick hörte, dass sie einen weiteren Schluck nahm. »Wenn Scott glaubte, etwas Konkretes oder sogar etwas Neues, eine echte Spur zum Gold zu haben, würde er alles tun, um die Information zu bekommen und sie vor allen anderen geheim zu halten.«

»Alles? Was zum Beispiel? Würde er zu Gewalt greifen, vielleicht zu einem Diebstahl?«

Es gab eine Pause. »Seien Sie vorsichtig, Mr. Eatwell.«

»Nick. Warum? Ich recherchiere nur für einen Bericht.«

»Das sagen Sie. Erzählen Sie mir genau, worum es in Ihrer Geschichte geht.«

Er musste schnell nachdenken. »Susan Vidler.«

Sie liess den Namen ein paar lange Sekunden zwischen ihnen stehen. »Was ist mit ihr?«

»Sie war Scotts Werbeberaterin. Sie haben bestimmt gehört, dass sie gestorben ist.«

»Bei einer Entführung erschossen, ja.«

»Ja ... das ist tragisch. Ich habe sie in Australien getroffen.«

»Ach, wirklich? Eine hübsche Frau.«

Er biss nicht an. »Sie hat viele Fragen gestellt.«

»Sie war freiberufliche Journalistin und Werbeberaterin. Und obwohl ich ungern schlecht über Tote rede, sie war auch eine Hure. Sie sind Journalist, also wissen Sie bestens, dass Ihre Leute von Berufs wegen viele Fragen stellen. Für wen, sagten Sie, schreiben Sie?«

Nick zögerte, hielt seine Wut aber im Zaum. »Ich bin freiberuflich tätig. Ich hatte das Gefühl, Susan wollte mehr als nur Hintergrundinformationen für eine Reportage, an der sie gerade arbeitete.«

»Scott hat sie wahrscheinlich dafür bezahlt, sein scheiterndes Golfareal in Sydney in ein positives Licht zu rücken. Er ging davon aus, dass alle Südafrikaner, die in Australien leben, ihre eingezäunten Anlagen und Golfplätze vermissen. Doch die meisten von ihnen versuchten offensichtlich in erster Linie, von dieser Art von Anlagen wegzukommen. Eure Umweltschützer – ich glaube, ihr nennt sie ›Greenies‹ – waren nicht begeistert von der Idee, an der Nordküste von New South Wales Buschland zu roden, um einen Golfplatz anzulegen. Schliesslich ging das Projekt den Bach runter.«

»Darüber hat Susan mir gegenüber nichts gesagt. Sie interessierte sich für Geschichte, vor allem für den Zweiten Burenkrieg.«

»Vielleicht war Scott auf eine neue Spur gestossen. Warum hat Susan Sie wegen dieser Sache kontaktiert?«

»Ich interessiere mich selbst für diese Zeit«, erwiderte Nick.

»Glauben Sie, Scott würde jemanden dafür bezahlen an Informationen zu kommen, die er haben wollte? Und nähme er dafür in Kauf eine Person zu verletzen oder auszurauben?«

Wieder eine Pause. »Wissen Sie, wie billig es in diesem Land ist, einen Auftragskiller anzuheuern, Nick? Erinnern Sie sich an den Fall des Briten, der seine frischgebackene Ehefrau in den Flitterwochen umbringen liess?«

Das tat er, vage.

»Wollen Sie damit sagen, Ihr Mann würde einen Auftragskiller anheuern?«

»Ich will damit sagen, Nick, dass er alles tun würde, um zu bekommen, was er will. Seien Sie vorsichtig.«

»Sie sind nicht die erste, die mir das sagt.«

»Wer sagte es schon?«

Nick schwieg darauf. »Ich bin ein grosser Junge und kann auf mich selbst aufpassen.«

»Das kommt darauf an.«

»Worauf denn?«

»Darauf, wie viel Sie wissen und wie sehr mein Ex-Mann hinter dem her ist, was Sie haben oder hinter dem Sie her sind. Ein Journalist, der in Kapstadt über ihn recherchierte kam bei einem Überfall ums Leben.«

»Wollen Sie damit sagen ...?« Er war schockiert, dass sie andeutete, Scott habe etwas mit einem Mord zu tun, aber überlegte sich, dass es vielleicht nur der Alkohol war, der sie so etwas sagen liess.

»Seien Sie einfach vorsichtig, Nick. Für den Moment auf Wiederhören. Melden Sie sich, wenn Sie etwas Neues erfahren. Und wenn Sie mit Scott sprechen, sagen Sie ihm, dass mir das mit Susan leidtut. Ich habe sie gehasst, aber so zu sterben verdient niemand. Nur komisch, dass ...«

»Was?«

»Sie fuhr wie eine Verrückte, wie ein Formel-1-Fahrer. Und besuchte Ausbildungen für defensives Fahren, Selbstverteidigung und Schiesskurse für Fortgeschrittene. Sie trug, zumindest in Südafrika, immer eine Waffe bei sich. Von allen Leuten, die ich kenne, hätte sie sich am wenigsten kampflos überrumpeln lassen.«

Nicks Gedanken überschlugen sich. »Hat sie mehr für Ihren Ex-Mann gemacht als Werbung?«

»Abgesehen von Vögeln, meinen Sie?«

Er schnitt eine Grimasse. »Ja, genau das meine ich.«

»Sie wissen, dass sie eine Lizenz als Privatdetektivin hatte?«, sagte Joanne.

»Susan, eine Privatdetektivin?« Nick konnte seinen Schock nicht verbergen.

»Ja, während sie als Privatdetektivin arbeitete, machte sie Fahr- und Kung-Fu-Training – zwischen ihren Jobs als Journalistin. Wie Sie wissen, muss jeder gute Journalist in der Lage sein, zu recherchieren und vielleicht sogar manchmal verdeckt zu ermitteln.«

Diese Enthüllung machte ihn sprachlos. Hatte ihn Susan nicht als Reporterin, sondern als Privatdetektivin in Australien aufgespürt? Im Vereinigten Königreich waren Journalisten dafür bekannt, sich entweder als verdeckte Ermittler zu betätigten oder auf Telefon-Hacking zurückzugreifen. Er selbst hatte sich nie auf so etwas eingelassen. *War es tatsächlich Scott Dillon, der Informationen über Blake haben wollte?*

»Nick? Sind Sie noch da?« lallte Joanne.

»Ja. Tut mir leid. Erzählen Sie weiter.«

»Schon als wir verheiratet waren, hatte ich den Verdacht, dass Susan nicht nur mit Scott geschlafen hat, sondern auch in einige seiner zwielichtigen Geschäfte eingeweiht war. In Südafrika nahm sie definitiv an Treffen mit Politikern und Bürokraten wegen einiger von Scotts Immobiliengeschäften teil. Ich vermute, sie war bei einigen dieser Projekte so eine Art Handlangerin.«

Nick konnte oder wollte immer noch nicht glauben, was er da hörte, und es gefiel ihm absolut nicht. *Ermittelte sie gegen mich?*

»Sind Sie noch da, Nick? Oder habe ich Sie erschreckt?«

»Immer noch da.«

»Haben Sie versucht, Scott direkt zu kontaktieren?«

»Vielleicht«, gab er zurück.

»Zieren Sie sich nicht. Aber natürlich war das ein Fehler, denn Scott verachtet Journalisten, ausser wenn sie für Hochglanz-Immobilienmagazine arbeiten. Wenn er Sie zurückgerufen hat, bedeutet das, dass er sich über etwas Sorgen macht. Normalerweise hätte er Sie wie die Pest gemieden und sich nicht in Ihrer Nähe blicken lassen, es sei denn, er würde etwas von Ihnen wollen. Viele haben schon versucht, seine zwielichtigen Geschäfte aufzudecken und sind dabei gescheitert.«

Jetzt wünschte sich Nick, er hätte Joanne kontaktiert, bevor er ihren Ex-Mann anrief, aber dafür war es zu spät. »Noch ein Ratschlag?«

»Denselben wie zuvor. Seien Sie vorsichtig!«

Bevor er eine weitere Frage stellen konnte, beendete Joanne das Gespräch.

Nick überprüfte seine E-Mails. Anja teilte ihm mit, sie müsse eine Pause vom Übersetzen einlegen, weil sie einen ereignisreichen Abend gehabt habe. Er rief sie an.

»Hallo?«

»Hallo Anja, hier ist Nick.«

»Oh, hallo. Ich bin in der Wüste und beobachte die Wildpferde. Ich habe etwas Unglaubliches gesehen. Den Beinahe-Angriff einer Tüpfelhyäne auf ein Fohlen.«

Sie klang atemlos in ihrer Aufregung, mädchenhaft, ganz anders als bei der zurückhaltenden Art ihrer E-Mails und dem förmlichen Englisch bei seinen bisherigen Anrufen. »Interessant. Hören Sie, ich denke, wir sollten uns lieber früher als später treffen. Ich bin im ›Weissen Haus‹, in der Nähe von Grünau. Kennen Sie es?«

»Natürlich. Sie sind nicht weit von mir entfernt.«

»Ich fahre morgen früh wieder ins Karasgebirge, um den Ort zu suchen, an dem die grosse Schlacht zwischen Morengo und den Deutschen stattfand.«

»Narudas. Das liegt auf der Ostseite der Karasberge. Ich habe eine ungefähre Ahnung, wo. Ich erkundige mich bei meinem Kontakt in der Klein-Aus Lodge und schicke Ihnen ein paar GPS-Koordinaten für Ihr Navi.«

»Sehr gerne, danke.«

* * *

ANJA WAR MÜDE und der Adrenalinrausch verflüchtigte sich langsam. Sie verliess das Versteck und montierte eine Kamerafalle an einem

Pfahl in der Nähe des Wasserlochs. Sie kehrte in den Unterstand zurück, schlüpfte in ihren Schlafsack und rollte sich auf dem harten Boden zusammen.

Nach nur ein paar Stunden Schlaf wachte sie bei Sonnenaufgang auf, stieg aus dem Schlafsack, streckte sich und überprüfte ihre Infrarotkamera. Sie war richtig erleichtert, dass keine Bilder aufgenommen wurden, was bedeutete, dass sie nichts Wichtiges verpasst hatte.

Anja putzte sich die Zähne und fuhr sich mit einer Bürste durchs Haar. Dann setzte sie den Wasserkocher auf die Gasflasche mit dem tragbaren Brenner und bereitete Kaffee zu, den sie zum Frühstück trank, das aus einigen Zwieback bestand. Schliesslich packte sie ihre Sachen zusammen. Als sie sich vom Beobachtungsversteck entfernte, trafen bereits die ersten Touristen ein, um Fotos von den Wüstenpferden zu machen. Anja spürte trotz der Kälte eine angenehme Wärme in sich, als sie die Stute und das Fohlen sah, die zum Wasserloch kamen.

Im Auto rief sie Ulli an, den Forschungsleiter von Klein-Aus Vista, der ihr wie erhofft die Koordinaten der Narudas-Farm gab. Anja schickte sie an Nick weiter, der sich dafür bedankte. Sie rechnete aus, dass sie beide ungefähr gleichzeitig dort eintreffen würden.

Sie fuhr, die Sonnenblende gegen die aufgehende Sonne gesenkt, so schnell wie der alte Land Rover es zuliess, auf der Hauptstrasse nach Osten, in Richtung Keetmanshoop. Zu ihrer Rechten tauchten die Karasberge auf. Sie umrundete den Nordrand der Berge und bog auf eine Schotterstrasse ab, die von der Ostseite ins Gebirge führte.

Vor ihr parkte am Strassenrand eine kleine, weisse Limousine, vor der ein grosser Mann stand. Er winkte ihr zu als sie anhielt. Sie stieg aus ihrem Geländewagen und nahm ihr neues iPad mit.

»Ich nehme an, Sie sind Anja, denn es gibt wohl für niemanden sonst einen Grund, hier hinauszukommen.« Sein Lächeln war offen und breit.

»Hallo, ja, ich bin Anja.« Sie streckte ihre Hand aus und er nahm sie. Ihr Händedruck war fester, als er erwartet hatte. Sie hielt ihr iPad hoch. »Ich war gestern Abend, wie gesagt, mit meinen Recherchen beschäftigt, aber wenn Sie möchten, kann ich Ihnen hier und jetzt lesen und übersetzen.«

»Es ist schön, Sie endlich kennenzulernen und sicher, das klingt grossartig.«

»Ja, ich freue mich auch, Sie kennenzulernen.« Sie fühlte sich ein wenig angespannt und unbeholfen.

»Glauben Sie, dass dies hier das Schlachtfeld ist?«

Sie öffnete das Dokument auf dem Bildschirm, sprang im Manuskript vorwärts und überflog Passagen, während Nick auf die karge Felslandschaft starrte.

»Doktor Kohl erwähnt einen kegelförmigen Hügel, der die Form einer Brust hat«, sagte sie etwas verlegen.

Nick zeigte auf ihn. »Nun, der da drüben passt auf diese Beschreibung.«

Sie blickte mit brennenden Wangen auf und über die Landschaft hinweg, nicht gewillt, ihm in die Augen zu sehen.

»Und ein Bergrücken in Form eines Hufeisens. Ich glaube, wir haben Glück, Nick. Wir blicken auf den Standort von Jakob Morengos *Kraal*.«

Nick schaute sie von der Seite an und sagte: »Was Ihnen passiert ist, Anja, tut mir wirklich leid, der Überfall und alles. Ich habe das Gefühl, dass es meine Schuld ist.«

Sie schüttelte den Kopf, berührt von der Aufrichtigkeit, die sie in seiner Stimme hörte und schaute ihm schliesslich in die grünbraunen Augen. Sie dachte, dass er etwas älter sei als sie und auf eine etwas ungepflegte Art gut aussah. »Das ist vorbei. Eine Schande, dass wir uns auf diese Weise kennenlernen mussten, aber ich bin froh, dass ich dadurch die Gelegenheit erhielt, Doktor Kohls Manuskript zu lesen. Mir scheint es sehr unwahrscheinlich, dass alle Vorfälle und Raubüberfälle, von denen Sie berichten, zufällig sind. Offensichtlich muss in diesem Dokument etwas stehen, das für jemanden sehr wertvoll ist.«

»Ich habe eine Idee, wer das sein könnte«, sagte Nick.

Anja hob die Augenbrauen. »Vielleicht jemand, der Claire

Martins Gold sucht? Das ist das einzig Wertvolle, was ich bisher in dem Manuskript entdeckt habe.«

»Paul Krügers Gold«, präzisierte Nick. »Es gibt einen Immobilienmogul in Kapstadt, Scott Dillon, der sich für die Geschichte des Zweiten Buren-Krieges interessiert und angeblich alles tun würde, um den verlorenen Schatz zu finden. Haben Sie schon davon gehört?«

Sie nickte. »Natürlich. Jeder, der in der Gegend des Krügerparks war, kennt die Geschichte, aber sie gilt weiterhin als Mythos.«

Nick zuckte mit den Schultern. »Mal sehen, wohin uns die Geschichte führt.«

Anja schaute wieder auf den Bildschirm und begann zu übersetzen. Sie lächelte. »Doktor Kohl hat sich hier mal wieder in die Geschichte eingemischt.«

Anja begann laut zu lesen, hielt aber inne, als ihr wieder einfiel, was Nick gerade gesagt hatte. »Sie sagen, dieser Mann heisst Scott?«

»Ja, warum?«

»Ich habe in Windhoek einen Südafrikaner namens Scott getroffen. Er sagte, er hätte etwas mit Immobilienprojekten zu tun. Wie sieht er aus.«

»Ich weiss es nicht«, gab Nick zurück, »ich habe nur im Internet ein paar Bilder von ihm gesehen. Dunkles, gewelltes Haar, ein bisschen wie ein hübscher Junge, fand ich. Frauen finden ihn bestimmt sehr attraktiv. Anscheinend plant er eine Golfanlage in der Nähe von Windhoek. Könnte es sich um denselben Mann handeln?«

»Dieser Scott sah jedenfalls gut aus. Ich lernte ihn in einer Bar, Joe's, kennen. Er war sehr offen zu mir und freundete sich auf eine sanfte Art und Weise mit mir an. Er interessierte sich sehr für meine Arbeit und stellte mir eine Menge Fragen darüber.«

»Er scheint oft nach Namibia zu kommen«, sagte Nick. »Glauben Sie...?«

»Ich muss im Internet nachsehen.« Anja nahm ihr Handy hervor und schaute auf den Bildschirm. »Kein Empfang. Ich werde später nachsehen, aber ich mache mir Sorgen, Nick. Ich habe diesen Scott am selben Abend kennengelernt, an dem ich überfallen wurde.

Wenn es derselbe Mann ist, hat er vielleicht nach dem Manuskript gesucht? Vielleicht wusste er, dass wir miteinander in Kontakt standen, und hat mich absichtlich aufgehalten, während die anderen Männer mein Zimmer durchsuchten?«

»Damit könnten Sie Recht haben. Das klingt zu gezielt, um ein Zufall zu sein. Scott Dillon ist die einzige Verbindung, die ich zu Susan Vidler habe und sie wusste, wo meine Tante wohnt und dass Lili ebenfalls eine Kopie des Manuskripts hatte. Ausserdem stand sie mit Ihnen in Kontakt. Sie war es auch, die mich bat, Ihnen zu schreiben. Sie wissen das vielleicht nicht, aber Susan hat für Scott gearbeitet, möglicherweise sogar als Privatdetektivin.«

»Wirklich?« Anja war überrascht, aber es machte Sinn. Die Frau war selbst für eine Journalistin äusserst neugierig gewesen.

»Ja ...«, sagte Nick langsam, offensichtlich noch am Überlegen. »Und wenn es Scott Dillon ist, der hinter den Anschlägen und Raubüberfällen steckt, dann müssen wir davon ausgehen, dass er jetzt das Manuskript hat, das Lili gestohlen wurde. Dann arbeitet er mit denselben Informationen, wie wir. Falls es Hinweise darauf gibt, wo Claire Martin ihren Anteil an Krügers Gold versteckt hat, könnte Dillon ihnen durchaus nachgehen.«

»Was werden Sie tun, Nick? Wollen Sie ihn zur Rede stellen?«

»Ich denke schon. Aber jetzt müssen wir erst einmal herausfinden, was genau an diesem Manuskript so wichtig ist.«

37

1906, NARUDAS, DEUTSCH-SÜDWESTAFRIKA

Dr. Peter Kohl hustete und spuckte sandigen Speichel aus, als er sein Pferd in der Mitte des hufeisenförmigen Bergrückens über dem Tal zügelte. Der lange Ritt von Keetmanshoop lag hinter ihnen, doch Zeit für Erholung gab es keine. Unteroffiziere gaben leise Befehle, um die berittene Kolonne der Schutztruppe für den Angriff auf Jakob Morengos *Kraal* zu formieren.

Der Atem von Männern und Pferden hing in der Luft, die Schnallen der Geschirre klirrten und aus den Reihen ratterten die Verschlüsse von Mauser-Gewehren, die geladen wurden, um einsatzbereit zu sein. Im gespenstischen Licht der Morgendämmerung fiel Peter ein kegelförmiger Hügel auf, der ihn sofort an eine von Claires perfekt geformten Brüsten erinnerte.

Er vermisste seine Frau und sein Leben auf der Farm. Beides hatte er, wie er jetzt feststellte, zu lange als selbstverständlich hingenommen.

Es war kalt, aber immerhin trug er den langen Seemannsmantel aus Ölzeug, den er in Kapstadt gekauft hatte, als zusätzliche Schicht über der Uniform eines Polizei-Reservisten.

Peter war bereits kriegsmüde. Diese eine Woche, die die deutschen Kolonnen gebraucht hatten, um von Keetmanshoop und

339

Warmbad zu diesen gottverlassenen Hügeln zu marschieren und zu reiten, hatte dafür gereicht. Nun befand sich ihr Ziel, die Nama-Siedlung, unter ihnen.

Ein Reiter näherte sich und zügelte das Pferd neben ihm. Peter sah, dass es Hennie du Preez war, einer der Buren-Späher, die mit den Deutschen ritten und die Nama und ihre Sympathisanten für sie ausspionierten. Du Preez hatte im Burenkrieg gegen die Briten gekämpft und sich danach entschieden, lieber nach Südwestafrika zu ziehen, als in einem Südafrika zu leben, das von seinen Feinden regiert wurde. »Guten Morgen, Doktor. Ein guter Tag zum Kämpfen, finden Sie nicht?« Peter nickte leicht, aber er freute sich nicht auf noch mehr Blut und Leichen.

Unter ihnen sah er Hunderte von *Matjieshuise*, Mattenhäusern, hölzernen Konstruktionen, die mit aus Schilf gewebten Matten bedeckt waren. Aus jedem der kleinen Häuser stieg kerzengerade eine Rauchfahne in den blassrosa Morgenhimmel auf. Hier und da, es war noch früh, sah Peter Frauen umherwandern, die Frühaufsteherinnen der afrikanischen Familien. Eine trug beim Gehen ein Holzbündel auf dem Kopf, eine andere rührte in einem Topf. Sein Magen knurrte. Was gäbe er jetzt nicht alles für ein Eisbein und ein kaltes Bier im Schützenhaus. Stattdessen gab es zum Abendessen und zum Frühstück immer Rindfleisch aus der Dose und trockene Kekse.

»Alles sieht ruhig aus«, sagte du Preez, »aber von Deimling muss vorsichtig sein. Dieser Jakob Morengo ist genauso schlau wie Christiaan de Wet. Ich gehe jetzt besser, Doktor.« Du Preez berührte die Krempe seines Hutes und salutierte förmlich vor dem Oberbefehlshaber der tausendköpfigen deutschen Truppe, Oberst Berthold von Deimling, der mit einem halben Dutzend Stabsoffizieren neben Peter stehen blieb.

»Ich hoffe, Sie haben heute nicht zu viel zu tun, Herr Doktor Kohl«, sagte Oberst von Deimling.

Peter zwang sich zu einem Lächeln. »Heute wird der Schwarze Napoleon sein Waterloo erleben, Herr Oberst.«

Von Deimling runzelte die Stirn. »Wären Sie nicht Reservist oder würden Sie öfter mit uns reiten, Herr Doktor, wüssten Sie, dass ich diesen lächerlichen Spitznamen für den gemeinen Verbrecher nicht zulasse.«

»Tut mir leid, Herr Oberst.« Peter fragte sich, ob von Deimling mitgehört und du Preez zurechtgewiesen hatte, weil er den Anführer der Nama mit Christiaan de Wet verglichen hatte, dem gerissenen Burenführer, dessen hochmobile Kommandotruppen den Briten so viel Ärger bereitet hatten.

Morengo hatte jedenfalls bereits Blutzoll von der Truppe gefordert. Die Nama-Guerillas hatten von Deimlings Kolonne auf dem Weg von Keetmanshoop von dort angegriffen, wo sie es am wenigsten erwartet hatten: von hinten. In der untergehenden Sonne waren einige berittene Nama zum Wagenzug mit der Munition und den Lebensmitteln der Schutztruppe geritten und hatten aus dem Sattel auf Männer und Pferde geschossen.

Die Wagenmeister, Köche und Lageristen, die das Schlusslicht bildeten, waren zwar bewaffnet, das nützte ihnen aber nichts, weil ihre Gewehre und Pistolen ausser Reichweite lagen. Ihre Offiziere suchten wohl die Berggipfel und Bergrücken nach Hinterhalten ab, doch das Letzte, womit sie rechneten, war eine sich schnell bewegende fliegende Kolonne, die sie von ihrer eigenen Spur aus angriff. Die Verluste waren enorm.

Bereits in seiner Zeit als Arzt in der Grenzkolonie hatte Peter weit mehr Blutvergiessen gesehen als im wohlhabenden Vorort Berlins, in dem seine Familie lebte.

Abgesehen von einigen kleineren Verletzungen, die er behandelt hatte und dem einen Mal, als er in die Wüste geritten war, um einen jungen Soldaten zu retten, der in einem Hinterhalt verwundet worden war, war der Krieg für ihn bisher weitgehend ein abstraktes Konzept gewesen. Etwas, worüber die jungen Angeber in der Bar diskutierten und von dem sie sich Geschichten über die grausame Wildheit der Eingeborenen und den Mut der eigenen Soldaten erzählten. Aber dieser Angriff erschütterte ihn. Junge Männer starben einen qualvollen Tod. Obwohl er von Opfer zu Opfer eilte, konnte er wenig für sie tun. Achtzehn Männer starben und zwölf weitere wurden verwundet, sechs davon so schwer, dass sie auf einem Wagen nach Keetmanshoop zurückgebracht werden mussten. Peter hatte das Gefühl, die Männer und seinen Kommandeur im Stich gelassen zu haben, weshalb ihn die Rüge des Obersts doppelt schmerzte.

Er war wütend auf die Rebellen. Er hatte viele Nama-Patienten behandelt, die zu ihrer Farm gekommen waren, als sie erfuhren, dass Peter ein Heiler war. Einige der anderen Siedler hielten ihn für töricht und weich, aber für ihn waren die Einheimischen Menschen, die seine Hilfe genauso verdienten, wie jeder deutsche Bauer oder seine Frau. Jetzt aber verfluchte er sie, weil sie sein Vieh gestohlen und sich gegen den Kaiser aufgelehnt hatten. Peter hatte Morengo bis anhin für edel gehalten, weil er für sein Land und seine Freiheit kämpfte. Nun aber fragte er sich, warum die Nama nicht einen friedlicheren Weg gefunden hatten, um ihre Sache durchzusetzen.

Er schloss die Augen und blickte in sein Herz, von wo ihn die flehenden Augen eines neunzehnjährigen deutschen Jungen anblickten, der mit dem letzten Atemzug nach seiner Mutter rief. Peter wurde klar, dass er Rache wollte.

Er betrachtete die Hütten. Wieder fiel ihm auf, dass fast vor jeder ein Kochfeuer brannte.

»Keine Spur von Morengo und seinen Verbrechern«, sagte Oberst von Deimling.

»Sie verstecken sich in den Hügeln«, mutmasste Peter.

»Natürlich, Herr Doktor. Nun müssen wir sie herausholen. Überlassen Sie mir die Strategie und bleiben Sie beim Verarzten.« Der Oberst gab seinem Pferd die Sporen und galoppierte davon, seine grinsenden Stabsoffiziere im Schlepptau.

Peter fühlte sich einmal mehr gedemütigt. Mehr denn je spürte er den Wunsch, sich aufs Heilen und die Landwirtschaft zu konzentrieren und nicht auf das blutige Geschäft des Krieges. Dieser brachte das Beste und das Schlechteste in den Menschen zum Vorschein, doch in seiner begrenzten Erfahrung war er bisher meistens dem Schlimmsten begegnet. Die jungen Männer im Versorgungszug der Schutztruppe waren ohne Hingabe oder Tapferkeit gestorben, es hatte weder einen Gegenangriff noch Heldentaten gegeben, nur Chaos, Blut und Schmerz. Er war zusammengezuckt, als nach dem Angriff ein Offizier der Kolonne entlanglief und strampelnde verwundete Pferde erlöste. Mehr als einer der jungen Soldaten weinte allein bei diesem Akt.«

Peter wandte sich wieder seiner Aufgabe zu und betrachtete den *Kraal* unter ihm durch seinen Feldstecher. Um den Plan des Kommandeurs in die Tat umzusetzen, wurden Reiter zu den verschiedenen Einheiten unter von Deimlings Kommando geschickt.

Peter wandte seinen Blick einem Artillerietrupp zu, der seine Gebirgsgeschütze ausklinkte. Die Mannschaften arbeiteten mit geübter Geschwindigkeit, stellten die kleinen, aber tödlichen Kanonen auf, holten Munition aus den Waggons und stapelten sie neben den Waffen. Offiziere und Unteroffiziere richteten die Geschütze aus und gaben den Befehl zum Laden.

Weiter entlang des Bergrückens wurden ein halbes Dutzend Maxim-Maschinengewehre auf Dreibeinstativen aufgestellt. Diese furchterregende Waffe, hatte Peter bisher nur in der Ausbildung schiessen sehen, wo ihn ein Unteroffizier während einer Übung eine abfeuern liess. Die Vibration in seinen Armen und der Geruch von Kordit und heissem Waffenöl überzeugten ihn davon, dass dieses höchst wirkungsvolle Maschinengewehr eine technische Meisterleistung war. Die Verbindung effizienter Kriegsführung mit moderner Handanfertigung ergab eine Maschine, die schnell und massenhaft töten konnte.

Peter liess seinen Blick über die Felsen schweifen. Sie färbten sich in der Dämmerung rosa, während die Schluchten und Täler noch immer tief im Schatten lagen. Im Geist zeichnete er die Flugbahnen der Geschütze und versuchte, ihre Ziele auszumachen. Noch immer hatte er keinen bewaffneten Feind gesehen, weder zu Fuss noch zu Pferd.

Oberst von Deimling gab den Befehl zum Angriff, als über den flachen Gipfeln im Osten eine rote Sonne durch den Dunst stieg.

Die Hügel hallten von einer Reihe dumpfer Detonationen und einem Geräusch, als ob Stoff zerrissen würde, als die Granaten die

Rohre der Gebirgskanonen verliessen. Peter senkte sein Fernglas, um sich ein Gesamtbild von dem zu machen, worauf die Geschütze gerichtet waren. Überraschung und Entsetzen packte ihn, als er das Krachen entfernter Explosionen von der Hochebene unter ihm hörte und Staubwolken mitten unter den Behausungen des *Kraals* aufsteigen sah. Von Deimling hatte den Befehl zum Beschuss von Zivilisten gegeben.

Peter hörte das Geknatter der Maxims und wartete auf ihre Schussabgabe. Auch hier nahmen die Kanoniere die Mattenhäuser von Morengos Gefolgsleuten unter Beschuss.

Eine Staubwolke zu seiner Rechten verriet Peter, dass eine berittene Kompanie Schutztruppe im Anmarsch war. Die Männer galoppierten einen schmalen Pass hinunter, in Richtung der Hochebene und des unter ihnen liegenden Schlachtfeldes. Die deutschen Soldaten gehörten zur berittenen Infanterie, die nicht durch die Reihen des Feindes ritten, sondern abstiegen, um zu Kämpfen. Peter sah, wie die Männer ihre Tiere zügelten, als sie an den Rand des Plateaus kamen und dass einige der Soldaten die Reittiere ihrer Kameraden einsammelten. Der Rest der Truppe formierte sich eilig zu einer langen Linie und bewegte sich zu Fuss, die Gewehre im Anschlag, auf die Hütten zu.

Peter überblickte das Schlachtfeld, wenn man es so nennen konnte und sah vielleicht fünfzehn oder zwanzig Frauen und Kinder, die vor den Männern davonliefen. Er fragte sich, was mit dem Rest der Zivilisten geschehen war. Wenn Morengos Truppe rund 150 Mann zählte, war die Zahl der Angehörigen sicher ein Vielfaches davon, vielleicht tausend oder mehr Frauen, Kinder und ältere Menschen. Waren so viele im Sperrfeuer umgekommen?

Die Gebirgsjäger und die Maxims richteten ihr Feuer so aus, dass die Reiter der Schutztruppe hinter dem Schrapnell- und Kugelregen sicher vorrücken konnten.

Peter schluckte die Galle hinunter und bereitete sich auf den Anblick schwerverletzter Frauen und Kinder in den zerstörten, rauchenden Überresten der Hütten vor. Er hatte Rache gewollt, aber nicht auf diese Weise. Er liess sein Pferd antraben und folgte demselben Weg, den die Soldaten gerade zurückgelegt hatten.

Sein Herz klopfte mit einer Mischung aus Aufregung, Angst und Schrecken. Peter ritt an den Soldaten der Schutztruppe vorbei, die die Reittiere ihrer Kameraden festhielten. Er registrierte, dass die Geschütze vorübergehend verstummt waren; wahrscheinlich, weil die Gefechtsleute sich über den grössten Teil des Plateaus vorgearbeitet hatten. Er holte zwei Gewehrschützen ein, von denen einer die schwache Tür eines Hauses eintrat, das den Artilleriebeschuss überstanden hatte. Der Mann ging ins Innere des Hauses, kam dann aber kopfschüttelnd wieder heraus und wandte sich an seinen Kameraden.

»Was siehst du?«, rief Peter von seinem Pferd herunter.

»Nichts, Doktor«, sagte der Mann. »Fast alle diese stinkenden Hütten sind leer. Es gibt Kochfeuer, aber kein Essen, keine Töpfe, keine Spur von Menschen. Wir sind auf einige wenige Leichen gestossen, dem Aussehen nach alles alte Leute.«

Peter blickte über das Plateau. Die Härchen in seinem Nacken stellten sich auf. »Geht zurück zu euren Pferden und steigt auf!«

»Die Einheimischen sind alle weg.« Der Soldat steckte sein Gewehr zwischen die Knie, nahm seinen Südwester-Hut ab und griff nach einer Pfeife in seiner Tasche. »Bei allem Respekt, Sie sind der Arzt, wir nehmen unsere Befehle aber von unseren Offizieren entgegen. Uns wurde befohlen, diese Hütten zu räumen und das haben wir getan.«

»Es ist eine Falle«, sagte Peter, als ihm das klar wurde. Von Deimling war so sehr darauf bedacht, den Aufstand niederzuschlagen und Morengo eine Lektion zu erteilen, indem er seine Frauen und Kinder ins Visier nahm, dass er nicht bemerkt hatte, dass das Lager fast verlassen war. »Verdammt noch mal, ich sagte, du sollst auf dein Pferd steigen!« Der Soldat lachte ihn aus und Peter zog seine Pistole. Der Mann griff nach seiner Mauser.

»Seien Sie vorsichtig, wohin Sie mit Ihrem Erbsenschiesser zielen, Doktor«, sagte der Mann und betätigte den Verschluss seines Gewehrs, um eine Patrone zu laden.

Peter blickte prüfend hinauf in die Hügelkette, die das Plateau auf drei Seiten umgab. Er hörte das Knattern von Gewehrfeuer und eine Kugel schlug neben dem Fuss des Mannes, der ihn verspottet hatte, in den Boden.

Der Soldat spuckte seine Pfeife aus und rannte zur Mattenwand der Hütte, die er gerade durchsucht hatte. Die fadenscheinige Behausung bot vielleicht etwas Schutz, konnte aber die Kugel nicht aufhalten, die sich durch das Schilf in die Brust des Mannes bohrte.

Peter stieg ab. Der Kamerad des Mannes liess sich auf den Boden fallen und kroch zu seinem Freund.

»Hilf mir, ihn auf mein Pferd zu heben«, wies ihn Peter an.

Der Soldat hatte den Verwundeten beinahe erreicht, als eine weitere Kugel eine Erdfontäne neben seiner Hand aufspritzen liess. Der Mann stand auf, drehte sich um und rannte zu seinem Pferd. Dieses bäumte sich auf und versuchte, sich von dem Mann, der es bewachte, loszureissen. Eine Kugel tötete den Fliehenden, als sie durch den Rücken ins Herz traf und er stürzte nach vorn.

Peter liess sich neben dem Verwundeten auf die Knie fallen und zerrte den Segeltuchbeutel mit den medizinischen Vorräten heraus, dessen Inhalt beim ersten Angriff stark geschwunden war. Er riss den Uniformrock des verwundeten Soldaten auf. Aus seiner Brust kam ein Pfeifen und um die Einschusswunde schäumte und blubberte Blut. Peter erkannte, dass der Schuss die Lunge des Mannes verletzt hatte, und er wenig für ihn tun konnte. Er überlegte sich, dass wenn beim Loch keine Luft austreten würde, der Mann zumindest leichter atmen könnte.

»Schiessen Sie ... erschiessen Sie mich, Herr Doktor.« Der Mann hustete, seine Lippen waren knallrot. »Lassen Sie nicht zu, dass diese Wilden mich langsam fertig machen.«

Peter schüttelte den Kopf. Er bezweifelte, dass die Guerillas, die auf sie schossen, barbarischer sein konnten, als Männer, die absichtlich zivile Häuser beschossen und mit Granaten bewarfen. Er überlegte, was er verwenden könnte, um die durchstochene Lunge des Mannes zu versiegeln. Idealerweise etwas Wasserdichtes, aber Flexibles.

Er hatte eine Idee. Er nahm das Jagdmesser, das er am Gürtel trug, hob den Saum seines Seemannsmantels an und schnitt einen quadratischen Flicken weg. Er spülte die Wunde und den Stoff mit Wasser aus seiner Feldflasche aus und bedeckte die Wunde mit dem Stoff. Sofort hörte das Gurgeln auf. Die Lunge schien das ölversiegelte Material an die Wunde zu ziehen und sie zu verschliessen. Peter befestigte es mit einer Bandage um den Oberkörper des Mannes.

Um ihn herum rannten die Männer der Schutztruppe entweder zu ihren Pferden und schossen den Hang hinauf, oder ritten an ihm vorbei. Er rief einem Mann, der noch zu Fuss unterwegs war, zu: »Kommen Sie, helfen Sie mir!«

Der Mann gehorchte und gemeinsam hoben sie den Verwundeten hoch. Sie stützten ihn unter den Schultern, trugen ihn zwischen sich und gingen vorwärts. Sie waren fast bei Peters Pferd, als der Mann erschauderte und tot nach vorne kippte.

Peter drehte sich um, zog seine Pistole und schoss blindlings die Hügel hinauf. »Wie könnt ihr einem verwundeten Mann in den Rücken schiessen?«

* * *

BLAKE BETÄTIGTE den Verschluss seiner Lee Enfield und legte eine weitere Patrone ein. Er rief zu Morengo: »Sag deinen Männern, sie sollen aufhören, auf Verwundete zu zielen.«

»Die Deutschen hätten unsere Frauen und Kinder massakriert, wenn sie noch da gewesen wären!«

Blake nickte. »Ich weiss. Aber sieh es doch mal so: Um einen Verwundeten vom Schlachtfeld zu holen, braucht es zwei weitere Männer. Also bindet Ihr mehr Deutsche, wenn ihr sie verletzt, als wenn ihr sie tötet.«

Morengo gab den Befehl auf Afrikaans, in der gemeinsamen Sprache seiner Leute.

Blake zielte auf einen Reiter, der mit einer Hand herumfuchtelte, also wahrscheinlich einen Offizier. Er legte seine Wange an den hölzernen, im Laufe der Jahre durch Berührung und Schweiss glattpolierten Schaft seines Gewehrs, atmete ein, dann halb aus und drückte den Abzug. Im selben Moment bäumte sich das Pferd des Mannes wegen eines Geräuschs auf und der Offizier war ausserhalb der Schusslinie. Blake fühlte nichts, weder Enttäuschung noch Erleichterung darüber, dass er nicht getroffen hatte. Dies war nur ein Job. Umso komischer und beängstigender war, wie leicht er sich wieder ins Jagen und Töten eingelebt hatte. Erneut betätigte er den Verschluss.

Unten organisierten sich die Deutschen. Die meisten der Soldaten sassen wieder auf ihren Pferden und ihre Offiziere suchten einen Weg in die Hügel, um zu den Rebellen zu gelangen.

Sie würden scheitern. Morengo hatte sein unvergleichliches Wissen über diese kargen Hügel genutzt, um den Plan auszuführen, den er mit Blake besprochen hatte. Die meisten Frauen und Kinder waren in der Nacht zuvor evakuiert worden. Ihre Habseligkeiten auf Esel gepackt, waren sie im Schutz der Dunkelheit auf steilen, gewundenen Pfaden, die selbst bei Tageslicht kaum sichtbar waren, losgezogen. Jetzt waren sie eine Meile entfernt und suchten sich ihren Weg einer schattigen Schlucht entlang an einen neuen Ort.

Um den Anschein zu erwecken, der *Kraal* sei noch voll und bewohnt, waren vor dem Morgengrauen in oder vor fast allen Hütten Kochfeuer entzündet worden. Einige wenige Personen, die zu gebrechlich waren, um nachts mithalten zu können, erklärten sich bereit, zu bleiben. Die List funktionierte und wie Morengo vorausgesagt hatte, verschwendeten die Deutschen wertvolle Granaten und Kugeln, um leere Häuser zu zerstören. Einige der Zivilisten waren, entweder durch Artilleriebeschuss getötet oder, zu Blakes Abscheu, von Angehörigen der Schutztruppe aus ihren Hütten gezerrt und auf der Stelle umgebracht worden.

Blake, der von dem, was Kaptein Morengo ihm erzählt hatte, das Schlimmste nie hatte glauben wollen, wurde jetzt Zeuge davon. Er hatte genug vom Krieg und sich diesem Kampf nur widerwillig angeschlossen. Aber noch schwerer wäre es ihm gefallen, wegzureiten, nachdem er mit eigenen Augen gesehen hatte, womit die Nama konfrontiert waren.

Die Zeit, die die Deutschen brauchten, um das Plateau zu durch-kämmen, verschaffte den fliehenden Zivilisten mehr Zeit, um sich weiter aus ihrer Reichweite zu entfernen.

Blake zielte auf einen fliehenden Soldaten, spürte den Rückstoss des Gewehrs an seiner Schulter und sah den Mann fallen. Er suchte nach einem neuen Ziel, als er eine Bewegung in der Schusslinie wahrnahm. Er sah, dass die Gebirgsgeschütze, die für sein Gewehr zu weit entfernt waren, neu ausgerichtet wurden. »Sie zielen auf uns.«

Morengo nickte. »Darauf waren wir gefasst. Macht euch bereit, Männer!«

Blake rutschte auf dem Bauch nach hinten, über die losen Felsen, die von der aufsteigenden Sonne erwärmt wurden. Kurz bevor die Geschütze aus seinem Sichtfeld verschwanden, sah er die erste Rauchwolke aus einem Rohr aufsteigen und hörte das Kreischen einer einschlagenden Granate. Das Geschoss detonierte knapp unter-halb der Felskante und schickte eine Fontäne rotglühender Splitter hoch. Um Blake herum regnete es Felsbrocken und er fuhr sich mit der freien Hand über den dreckbespritzten Hinterkopf.

Zu seinen beiden Seiten machten sich Rebellen auf den Weg zu ihren Pferden. Die deutschen Kanoniere stellten ihr Ziel präziser ein und zwei Granaten der nächsten Salve detonierten auf Blakes Seite des Bergrückens. Ein Mann, den er gerade noch hatte laufen sehen, verschwand, von der Explosion aus Stahl und Feuer ausgelöscht und ein Pferd wälzte sich am Boden.

»Komm«, sagte Morengo zu ihm.

»Wo ist Liesl?«, fragte Blake. Er hatte sie in der Dunkelheit vor der Dämmerung das letzte Mal gesehen, als Morengo seine letzten Befehle erteilt hatte. Sie war mit der Aufgabe betraut worden, sich um die Pferde der Nama zu kümmern und sie auf den Rückzug von der Kammlinie vorzubereiten.

Morengo nahm die Zügel seines Pferdes von einem kleinen Jungen. Er hievte sich in den Sattel. »Ich weiss es nicht, aber sie ist eine erwachsene Frau.«

Blake übernahm die Kontrolle über sein Pferd und wandte sich an den Jungen. »Wo ist Liesl?«

Der Junge wies mit dem Kopf in Richtung des Plateaus, das sie überschaut hatten. »Sie sagte mir, ich solle die Pferde nehmen, weil sie zu den alten Leuten im Lager gehen wolle.«

»Verdammte Scheisse«, sagte Blake. Er sprang auf sein Pferd, gab ihm die Sporen und ritt in die entgegengesetzte Richtung von Morengo und den anderen davon.

»Wohin gehen Sie ...?«, rief Jakob.

»Ihre Nichte suchen.«

Blake wartete Jakobs Antwort nicht ab, sondern konzentrierte sich auf den schmalen Pfad, der in Serpentinen zum Plateau hinunterführte. Er wusste, dass er vorsichtig sein musste. Wenn die Deutschen ihn kommen sahen, würde er ihnen die Stelle verraten, an der die Rebellen vorher gelegen hatten. Sie könnten auskundschaften und ihre Burenkämpfer würden den Weg hinaufreiten und sie verfolgen. Morengos Erfolg hing somit davon ab, dass es ihm gelang, sich vor den Deutschen zu verbergen.

Blake ritt etwa bis zur Hälfte des Plateaus hinunter, hielt an und stieg hinter einem grossen Felsen ab. Er band die Zügel des Pferdes an einem knorrigen Baum fest, der aus einer Felsspalte wuchs, nahm sein Gewehr und kroch weiter hinunter. Von hier aus konnte er die rauchenden Ruinen der Hütten und das Chaos sehen, das unter den Deutschen herrschte, die, sich neu zu formieren versuchten, um Morengo und seine Männer zu verfolgen.

Blake hörte Gewehrschüsse und holte sein Fernglas aus der Ledertasche, die er an einem Riemen an seinem Oberkörper trug. Er sah zwei Männer der Schutztruppe, die auf einem Stein standen und schossen. Als er ihrer Schusslinie folgte, sah er eine schlanke Gestalt laufen. Sie trug Hosen und einen breitkrempigen Hut, aber Blake erkannte Liesl sofort. Sie trug ein Kind auf dem Rücken, so wie es aussah einen Jungen von neun oder zehn Jahren. Blake sah, dass das Blut seines verwundeten Fusses auf Liesls Wildledermantel einen wachsenden roten Fleck hinterliess.

Blake lud eine Patrone, legte seine Lee Enfield in die Spalte zwischen zwei Felsen und zielte auf den Soldaten rechts von ihm. Er atmete ein und drückte ab. Der Mann fiel. Sein Kamerad, der für

Blake durch ein Mattenhaus halb verdeckt war, liess sich auf ein Knie nieder. Blake schoss durch die dünne Wand, konnte aber nicht erkennen, ob er getroffen hatte oder nicht.

Besorgniserregender war ein Mann auf einem Pferd, der Liesls Flucht offensichtlich ebenfalls gesehen und sich anscheinend entschlossen hatte, sie niederzureiten. Mit dem Gewehr über seiner Schulter galoppierte der Mann auf sie zu, zog dann mit der freien Hand sein langes Bajonett aus der Scheide und hielt es wie einen Kavalleriesäbel nach vorne gerichtet.

Blake zielte auf ihn und schoss, aber er verfehlte. Es war immer schwierig, ein sich bewegendes Ziel zu treffen, erst recht zu Pferd.

Der Reiter schaute sich um, versuchte zu erkennen, woher der Schuss kam und galoppierte weiter, als er niemanden entdeckte. Er verringerte den Abstand zwischen sich und Liesl rasch. Blake blickte zum Reiter, berechnete die Geschwindigkeit des Tieres und die Entfernung, die es zurücklegen würde, bevor die Kugel ihr Ziel erreichte und zielte dementsprechend vor das Pferd.

Der Reiter war fast an Liesl und dem Jungen dran und es sah aus, als wolle er das Bajonett durch den Rücken des Kindes in sie spiessen. Als Blake schoss, sah er die grimmige Wut im Gesicht des Reiters.

Der Atem des Pferdes musste den Rücken des Jungen erreicht haben, als der Mann aus dem Sattel stürzte. Das Pferd galoppierte am fliehenden Mädchen mit dem Kind vorbei. Der tote Mann hing an einem Steigbügel und sein Kopf und Körper schlugen immer wieder auf dem unbarmherzigen, felsigen Boden auf. Blake sah, dass sich Liesls Mund vor Entsetzen weit öffnete.

Er stand auf und sprang von Felsen zu Felsen, um hinunter auf die Ebene zu kommen und dort auf Liesl zu treffen, die jetzt weniger als hundert Meter von ihm entfernt war. Zwei weitere Reiter folgten dem Toten, aber Blake würde sie zuerst erreichen, sofern Liesl ihr Tempo beibehalten konnte.

Einer der Reiter gab einen wilden Schuss ab, der sie verfehlte. Instinktiv warf Liesl einen Blick über ihre Schulter, um zu sehen, woher die Gefahr kam und stürzte.

Blake fluchte.

Der Sturz kostete Liesl ihren Vorsprung. Der kleine Junge schrie vor Schmerz auf, als er von ihr weg zu Boden geschleudert wurde. Blake betrachtete die kurze Entfernung zwischen ihnen – es hätten ebenso gut hundert Kilometer sein können. Er hob sein Gewehr und zielte auf den Mann, der Liesl am nächsten war. Der Reiter ritt direkt auf ihn zu und bot ein einfaches Ziel, aber gerade als er abdrücken wollte, sprang Liesl auf und versperrte Blake die Sicht auf Mann und Pferd.

Er schoss nicht, zielte aber sorgfältig weiter, bereit abzudrücken, sobald er diesen Mann oder den, der direkt dahinter ritt, ins Visier bekam.

Blake hätte Liesl gern zugeschrien, sie solle aus dem Weg gehen, aber er war sicher, dass sie ihn im Trommeln der Pferdehufe nicht hören konnte. Sie drehte sich zu den Reitern um und zog den Jungen zu sich hin, um ihn vor der herannahenden Gewalt zu schützen.

Sie ist so mutig, dachte Blake.

Er konnte sehen, dass der eine Reiter, wahrscheinlich ein Offizier, seine Pistole in der Hand hielt. Blake befürchtete das Schlimmste und biss die Zähne zusammen. Wenn dieser Mann ein unbewaffnetes Mädchen kaltblütig erschoss, wollte er ihn töten, auch wenn er dafür sein Leben riskierte.

Liesl hob eine Hand und Blake vermutete, das sei ihr Todesurteil, aber sie riss sich den Hut vom Kopf, so dass ihr langes Haar in einer Kaskade hinunter fiel. Der deutsche Offizier hielt an. Liesl und der Junge verschwanden für einen Moment in einer Staubwolke. Als sie sich legte, sah Blake, dass der deutsche Offizier abgestiegen war und die Pistole auf die Fliehenden gerichtet hielt. Er schien über etwas zu lachen, vielleicht über die List, mit der sich Liesl sich als Frau zu erkennen gegeben hatte.

Blake sah, dass der Hut des Deutschen heruntergefallen war. Sein Haar war blond und gelockt und seine Uniform unterschied sich von der normalen braunen Kleidung der Schutztruppe. Er trug eine grüne Tunika unter seinem offenen Ölzeug-Mantel und Blake erkannte, dass der Mann ein freiwilliger Angehöriger der Landespolizei war. Er strich dem Jungen über das Haar und der Junge schreckte vor der Berührung zurück, doch der Offizier schien keine unmittelbare Gefahr für ihn darzustellen.

Nichtsdestotrotz zielte Blake auf den Polizisten, wurde aber erneut am Schiessen gehindert, weil Liesl ihm unwissentlich in die Schusslinie trat. Inzwischen war der andere Reiter eingetroffen und zwei weitere galoppierten heran. Blake hoffte, dass sie Liesl gehenlassen würden, aber ein Offizier der Schutztruppe gesellte sich zu dem Grüppchen. Auf seinen Befehl hin stieg einer der Soldaten ab, zog ein Seil aus seiner Satteltasche und fesselte Liesl und dem Jungen die Hände.

Blake konnte nichts mehr tun – ihre Überzahl war zu gross. Er ging durch die Felsen zurück zu seinem angebundenen Pferd, schwang sich in den Sattel und machte sich, die Zügel fest in der Hand, auf den Weg, um Morengo und die anderen einzuholen.

Blake tröstete sich mit der Tatsache, dass Liesl nicht auf der Stelle erschossen worden war – scheinbar waren nicht alle Deutschen so böse, wie Morengo sie darstellte. Allerdings zweifelte er daran, dass sie damit den Schwierigkeiten entgangen war. Sie war jung und hübsch und Blake hatte schlimme Vorstellungen davon, was ein Haufen einsamer Soldaten fernab von Ehefrauen, Geliebten und der Ordnung ihrer europäischen Heimat tun würde, wenn sie sie erst einmal in Augenschein genommen hatten. Selbst wenn sie unterwegs nicht vergewaltigt würde, brächte man sie in eines der Lager, von denen die Leute erzählten und würde dort wohl gezwungen, zu schuften, bis sie starb.

Blake wollte Liesl nicht ihrem Schicksal überlassen, doch vorerst musste er mit Morengo die Strategie weiterverfolgen, die sie gemeinsam ausgearbeitet hatten. Sie planten, die Deutschen tiefer in die Berge zu locken, dort zu erschöpfen und dann zu verschwinden. Auf dem Rückweg der nördlichen Kolonne nach Keetmanshoop wollten die Rebellen sie erneut von hinten angreifen. Blake hoffte, dass Liesl bis er und Morengo die Kolonne verfolgten, sicher war. Dann würde er es zu seiner Aufgabe machen, sie zu retten.

Er spornte sein Pferd über eine Anhöhe an und sah die letzten von Morengos Männern in einer felsigen Schlucht in der Ferne verschwinden. Wenn er eine Minute später gekommen wäre, hätte er sie wohl verloren.

Der Schwarze Napoleon war drauf und dran, seine Kolonialherren zu einem Todestanz zu führen.

38

KARASBERGE, NAMIBIA, IN DER GEGENWART

Anja liess ihr iPad sinken. »Mein Akku ist fast leer.«

Nick schaute auf das karge Plateau unter ihnen und versuchte, sich die Geschehnisse der Schlacht vorzustellen. Einschlagende Granaten, das Feuern der Maschinengewehre und listige Rebellenreiter, die auf versteckten Pfaden verschwanden. Heute war Namibia friedlich und es war fast unmöglich, sich das Land im blutigen Kampf um die Unabhängigkeit, wie er in den letzten Jahren des zwanzigsten Jahrhunderts tobte, vorzustellen.

Einen Moment herrschte Schweigen.

»Wissen Sie viel über diesen Doktor Peter Kohl?«, fragte Nick nach einer Weile.

»Ja, er ist schon seit einiger Zeit Teil meiner Forschung. Er und seine erste Frau, Claire Martin, besassen drei Rinderfarmen und züchteten Pferde, von denen offensichtlich die meisten im Krieg eingesetzt wurden. Nach dem Ende des Konflikts widmete er sich wieder der Pferdezucht. Eine Theorie besagt, dass die Wüstenpferde von seinem Bestand abstammen und er sie in den frühen Tagen des Ersten Weltkriegs 1915 freiliess, als südafrikanische Truppen, die auf britischer Seite kämpften, in Deutsch-Südwestafrika einmarschierten.

»Kurz bevor Doktor Kohl im britischen Kriegsgefangenenlager landete?«

»Ja«, sagte Anja.

»Und vom Anfang seines Manuskripts wissen wir, dass Claire kurz vor Blake gestorben ist.«

»Ja. Im selben Monat, im September.«

»Also kurz nach der Schlacht bei Narudas, von der Sie gerade gelesen haben«, überlegte Nick.

»Ja.«

»Kohl sagt, sie sei im Meer ertrunken. Die Küste ist weit weg von hier«, sagte Nick.

Anja nickte. »Ja. Ich habe einen Zeitungsartikel aus dem Jahr 1907 gefunden, der dies bestätigt. Doktor Peter Kohl gab darin bekannt, seine Frau werde immer noch vermisst und sei vermutlich tot. Sie sei im September 1906, zwei Tage vor Blakes Tod, von einem Passagierschiff, das Lüderitz verliess, über Bord gefallen und nie gefunden worden. Vielleicht versuchte sie aus der Kolonie zu fliehen, möglicherweise mit einem Teil ihres Goldes. Kohl sagt, sie habe mit einem Boot auf Blake gewartet und ich frage mich, was sie vorhatten.«

»Ich mich auch«, stimmte Anja zu. »Ich hoffe, wir können dieses Rätsel dank seines Berichts lösen. Wie auch immer, wohin gehen wir jetzt? Wenn Sie wollen können wir nach Aus fahren, wo ich wohne. Ich muss unbedingt mein iPad aufladen. Ausserdem habe ich das Manuskript nach Orten durchforstet, die interessant sind und mehrere Erwähnungen von Aus und Lüderitz gefunden. Ich schlage vor, dass wir in diese Richtung fahren. In Lüderitz befand sich einer der berüchtigtsten Orte der namibischen Geschichte, das Konzentrationslager auf der Haifischinsel, die auch als Todesinsel bezeichnet wird.«

»Das hört sich nicht gut an.«

»Nein«, sagte Anja. »Die Insel ist nicht gross, nur etwa vierzig Hektar und ein Damm, der während des Krieges gebaut wurde, verbindet sie mit dem Festland. Aber es ist ein schrecklicher, dem Regen und den Winden des Atlantiks ausgesetzter Ort. Es ist nicht bekannt, wie viele internierte Nama und Herero dort starben, aber

Schätzungen gehen von dreitausend aus. Die Lagerinsassen starben an Typhus und Skorbut oder mussten sich zu Tode arbeiten.«

»Von nun an liegt es in Ihrer Hand, wohin wir fahren.«

Sie stiegen in ihre Autos und Nick folgte Anja zuerst auf einer Schotterstrasse zur Hauptstrasse, die sie Richtung Keetmanshoop führte. Nick stellte sich vor, wie auf dieser Route, die damals nur eine staubige Piste war, vor mehr als hundert Jahren die deutsche Schutztruppe mit Männern, Kanonen und Maschinengewehren in Richtung Karasberge stapfte. Als sie sich der Stadt näherten, rief Anja Nick auf seinem Telefon an und gab ihm Bescheid, dass sie zum Tanken anhalten müsse.

Die Stadt war viel kleiner und weniger wohlhabend als Upington und bestand aus zweckmässigen, niedrigen Häusern. Hier kauften die Bauern das Nötigste ein und erledigten die Einheimischen ihre Geschäfte. Ein warmer Wind hüllte die Stadt in Staub. Sie tankten und Nick kaufte im Laden Cola für beide. Er versuchte, einen jungen Mann, der bettelte und einen zweiten, der darauf bestand, Nicks Auto zu reinigen, höflich abzuweisen. Anja ignorierte sie, als sie zu ihr kamen.

»Die Nama werden an den Rand gedrängt«, sagte sie, lehnte sich an sein Auto und trank ihre Cola, während sein Auto vollgetankt wurde. »Die Regierung wird von den Ovambo dominiert, einem Stamm, der nicht viel mit dem Kolonialkrieg gegen die Deutschen zu tun hatte. Die Ovambo spielten eine wichtige Rolle im Kampf um die Unabhängigkeit Namibias, der sie an die Macht brachte. Danach würdigten sie die Rolle der Nama beim Aufstand mit Lippenbekenntnissen, indem sie ihren berühmtesten Kommandeur, Hendrik Witbooi, auf der namibischen Hundert-Dollar-Note abbildeten. Dennoch haben die Nama das Gefühl, bei der Regierung in Bezug auf Finanzierung und Infrastruktur zuhinterst in der Schlange zu stehen.«

Nick schaute die Hauptstrasse auf und ab. Hier und da sah man Menschen am Strassenrand, ein Mann sass mit einer Weinflasche zwischen den Beinen vor einem Gebäude. Auf Nick machte das Städtchen einen ungepflegten Eindruck, doch es herrschte reges

Treiben und die Menschen gingen in einem Supermarkt ein und aus. Der Verkehr war, wenn auch nirgends sehr dicht, doch ziemlich chaotisch und Keetmanshoop war offensichtlich die grösste Siedlung im Umkreis von Hunderten von Kilometern.

»Kennen Sie das Schützenhaus? Ich bin mir nicht sicher, ob ich das richtig ausgesprochen habe«, fragte Nick.

»Natürlich«, gab Anja zurück. »Es ist der beste Ort, um in Keetmanshoop zu übernachten und zu essen – und das war sicher auch schon so, als Peter Kohl und Claire Martin hier wohnten. Wollen wir dort schnell ein Bier trinken und einen Burger essen gehen?«

Nick schaute auf seine Uhr. »Es ist erst kurz vor zwölf.«

Sie lachte – das erste Mal, dass er sie lachen sah und es war, als ob ein anderer Mensch in ihren Körper gehüpft wäre. »Wir sind in Afrika, Nick. Hier gelten andere Regeln. Kommen Sie mit.«

»Okay, was soll's.« Er bezahlte den Tankwart und folgte Anja durch die Stadt und eine Seitenstrasse hinunter. An einer Stelle musste er wild nach links ausweichen, um nicht von einem Einkaufstaxi gestreift zu werden.

Anja fuhr zu einer Schranke, sprach mit einem Wachmann und fuhr auf ein umzäuntes Gelände. Das Schützenhaus war ein historisch anmutender Steinbau, an dessen Rückseite neuere Wohneinheiten angebaut waren. Aus dem unbefestigten Parkplatz war ein weiterer Block herausgewachsen und als Nick aus dem Auto stieg, sah er hinter einem mit Stacheldraht versehenen Zaun einen Swimmingpool.

Anja führte ihn durch einen Seiteneingang mit einer Glasschiebetüre in den älteren Teil des Gebäudes. Sie betraten die Bar, was sich wie ein Sprung in alte Zeiten anfühlte. An der Wand hing ein Bild von Kaiser Wilhelm II. von Deutschland, dessen Kolonie Südwestafrika damals war. Während Anja zur Bar ging und mit dem Barkeeper Deutsch sprach, schlenderte Nick langsam den Wänden entlang und betrachtete die Erinnerungsstücke aus der Kolonialzeit.

»Dies war der erste deutsche Club in der Kolonie«, sagte Anja. »Der Name bedeutet eigentlich Schiessklub oder Schützenverein.«

»Ja, davon zeugen diese Wimpel.« Besagte Fahnen stammten aus der Kolonialzeit und zeigten Motive mit Gewehren und Zielscheiben. Sie waren in durchsichtiges Vinyl gehüllt, was auch gut war, denn die Schutzschicht war von den jahrzehntelangen Rauchablagerungen braun verfärbt.

Anja nahm dem Barkeeper zwei Tafelbier ab und reichte eines davon an Nick weiter. »Ich habe uns Burger bestellt.«

Sie stiessen mit den Flaschen an und beschlossen, sich zu duzen. Nick senkte seine Stimme. »Dieser Ort ist wie eine Zeitkapsel.«

Sie lächelte. »Ein bisschen altmodisch, aber die Leute hier sind stolz auf ihr deutsches Erbe. Trotz alldem, was während der Herero- und Nama-Kriege und später in den siebziger und achtziger Jahren im Befreiungskampf passiert ist, kommen die Menschen in Namibia heute gut miteinander aus. Es ist ein harmonisches Land, in dem die verschiedenen Kulturen respektiert werden.«

Während er trank, studierte Nick Fotos von Siedlern aus den frühen 1900er Jahren. »Es ist schon merkwürdig, sich vorzustellen, dass Doktor Kohl und Claire Martin vielleicht genau in diesem Zimmer sassen.«

»Nun«, bemerkte Anja, »das war nicht das ursprüngliche Gebäude. Das Schützenhaus war in seinen Anfangszeiten aus Holz und dieser Steinbau wurde erst später errichtet, obwohl auch er schon sehr alt ist.«

Trotzdem, dachte er, waren sie hier gewesen, vielleicht sogar an dieser Stelle und obwohl es in Keetmanshoop jetzt Supermärkte, Tankstellen und ein paar andere Dinge des einundzwanzigsten Jahrhunderts gab, vermutete er, dass der Ort 1906 genauso staubig und abgelegen gewesen war, wie heute.

Ihr Essen kam und sie assen schweigend, beide hungrig.

Nick starrte in die kühlblickenden Augen des Kaisers. Die Deutschen hatten nur dreissig Jahre lang offiziell über Südwestafrika geherrscht, bis Südafrika es 1915 übernahm – aber unauslöschliche Spuren im Wüstenland hinterlassen.

Er ass den letzten Rest seines Burgers auf. »Wie bist du auf die Geschichte von Cyril Blake und Claire Martin gekommen?«

»Das Pferdegestüt von Claire und Peter war eines von mehreren, die auf Anordnung der kaiserlich deutschen Regierung in den Anfangsjahren der Kolonie gegründet wurden. Die Siedler wussten, dass sie für die Erkundung und Erschliessung des Landesinneren einen guten Bestand an Pferden benötigten und als die Kriege mit den Herero und den Nama ausbrachen, stieg die Nachfrage dramatisch an. Ich suchte in den Archiven in Deutschland nach Erwähnungen der beiden und Claires Name tauchte in Dokumenten aus der Zeit um die Jahrhundertwende auf. Dort fand ich die Depeschen, die sie während des Zweiten Buren-Krieges aus Südafrika lieferte. Ehrlich gesagt dachte ich nicht, dass mir diese Papiere bei meinen Nachforschungen helfen würden, aber ich war fasziniert von der Geschichte einer jungen Irin, die für die deutsche Regierung spionierte und Cyril Blake in ihren Berichten immer wieder erwähnte.«

Nick dachte an sein erstes Treffen mit Susan. »Als ich mich in Australien mit Susan Vidler traf, erzählte sie mir, dass Cyril Blake mit den Nama gegen die Deutschen gekämpft habe. Das war aber vermutlich, bevor irgendjemand von Doktor Kohls Manuskript wusste, welches meines Wissens nicht veröffentlicht wurde.«

»Susan erwähnte Cyril Blake mir gegenüber zum ersten Mal. Sie sagte, Blake habe in Upington gelebt, den Decknamen Edward Prestwich benutzt und mit den Nama Handel getrieben.«

Nick nickte.

»Prestwich kommt tatsächlich in einigen Büchern über die Geschichte Namibias und über die Kriege der Deutschen mit den Nama und Herero vor. Sie erwähnen einen Australier, Prestwich, der mit Jakob Morengo ritt und kämpfte. Er wurde auf deutschen Befehl hin ermordet.«

»Wer hat herausgefunden, dass Prestwich in Wirklichkeit Blake war?«

»Wahrscheinlich Susan. Oder vielleicht dieser Scott Dillon, für den sie gearbeitet hat und der vom Zweiten Burenkrieg fasziniert ist. Es gibt ein Buch über eine irreguläre Einheit, zu der Blake gehörte ...«

»Steinaeckers Reiter, ich habe es.«

»Genau. Hinten im Buch gibt es eine Liste aller Männer, die in dieser Einheit gedient haben und was aus ihnen geworden ist.

Edward Prestwich starb 1902 in Komatipoort an Malaria. Am Tag des Kriegsendes und damit am selben Tag, an dem sich Blake und Claire Martin über die Grenze von Südafrika nach Portugiesisch-Ostafrika schlichen. Susan oder Scott Dillon müssen die Erwähnung von Prestwich in dem Buch über Steinaeckers Reiter bemerkt und zwei und zwei zusammengezählt haben.«

»Und so auf die richtige Antwort gekommen sein.« Nick trank sein Bier aus.

»Ja. Doktor Kohls Manuskript bestätigt diese Theorie. Nun wissen wir noch nicht, ob es Hinweise darauf gibt, wo weiteres Gold versteckt sein könnte, sofern niemand es gefunden hat, bevor Claire Martin auf See gestorben ist. So, ich habe mein iPad im Land Rover aufgeladen und muss mir jetzt Scott Dillon online ansehen.«

Nick sah zu, wie sie Dillons Namen ins Suchfeld tippte und die gleichen Links und Bilder erschienen, die er gesehen hatte.

Anja nickte. »Ja, das ist er.«

»Dann müssen wir ihn zur Rede stellen. Bist du dazu bereit?«, fragte Nick.

»Ja. Wenn er tatsächlich dafür verantwortlich ist, dass ich angegriffen wurde, will ich ihm gegenübertreten.«

Anja machte sich wieder daran, das Manuskript auf ihrem iPad zu übersetzen. Nicks Gedanken kreisten um Susan und den nagenden Verdacht, sie habe sich nur mit ihm angefreundet, um sein Vertrauen zu gewinnen und ihn auszuspionieren. Dennoch fragte er sich, was geschehen war, als sie nach Kapstadt zurückkehrte?

Er war unruhig und ungeduldig, den Rest von Dr. Kohls Geschichte zu hören. Wenn Scott Dillon tatsächlich hinter Claire Martins Versteck mit dem Krüger-Gold her war, durften sie keine Zeit verlieren und mussten schnell handeln.

Aus Kohls Manuskript und von Anjas Nachforschungen wussten sie, dass Claire jung und beinahe zur gleichen Zeit wie Blake gestorben war. Einige Monate davor wurde ihr von Jakob Morengos Männern ein Teil ihres Schatzes gestohlen, von dem gemäss einem weiteren Hinweis ein weiterer Teil in einem verschwundenen

Versteck in der Nähe von Lüderitz lagerte. Dort, wo sie im Meer ertrunken war.

Anja schaute von dem Gerät auf. »Ich habe gerade herausgefunden, woher die Polizei Blakes wahre Identität kannte. Ich meine, dass er nicht Edward Prestwich war.«

»Wie?«, fragte Nick.

»Durch ein Foto deines Urgrossonkels.«

39

KARASBERGE, DEUTSCH-SÜDWESTAFRIKA,
1906

»Was gibt es denn da zu sehen?«, fragte der Schutztruppensoldat Liesl auf Deutsch.

Liesl rollte sich im Sand auf den Bauch, aber sie spürte, wie sich die Finger des Mannes an ihrem Unterarm in ihr Fleisch bohrten. Sie sprach fliessend Deutsch, doch seine Frage wollte sie ihm nicht beantworten.

»Lass mich sehen.«

Sie versuchte, sich zu wehren, aber ihre Hände waren mit Seilen zusammengebunden und ihre Knöchel gefesselt und an das Rad eines Wagens gekettet. Liesl hatte weder eine Decke noch sonstigen Schutz vor den Elementen und ihr war so kalt wie noch nie – bis zu diesem Moment. Der Soldat packte sie an den Haaren, riss ihren Kopf nach hinten und zwang sie, sich umzudrehen. Er setzte sein Gewehr ab und seine Hände wanderten über ihre Brüste, unter ihre Jacke und zwischen ihre Schenkel. Sie versuchte zu schreien, aber er legte ihr eine Handfläche auf den Mund, zog sein Bajonett und hielt ihr die Klinge an den Hals.

»Wenn du schreist, töte ich dich.«

Sie blinzelte die Tränen weg.

Schliesslich fand er das Foto.

»Ein weisser Mann?«

Sie spottete über seine Empörung, woraufhin der Wachmann ihr eine Ohrfeige gab und sie anspuckte.

* * *

DREI TAGE lang ritt Blake an Jakob Morengos Seite. Der ›Schwarze Napoleon‹ zog von Deimlings Truppen tiefer in die östlichen Karasberge, narrte sie mit gelegentlichen Blicken auf seine Männer auf den Bergkämmen und erzürnte sie mit der einen oder anderen Feuersalve und einem Todesopfer hier und da.

Blake ärgerte sich darüber, dass der Rebellenführer darauf bestand, sich konsequent an den Plan zu halten. Dieser sah nicht vor, dass Blake allein loszog, um Liesl vor den Deutschen zu retten.

»Holen wir sie heute?«, bestürmte Blake Morengo in der Morgendämmerung des vierten Tages, als sie anhielten. In einer schattigen Schlucht hatte sich Wasser angesammelt und ein Becken gebildet, an dem ihre Pferde trinken und die Männer ihre Wasserflaschen auffüllen konnten.

»Jetzt umrunden wir die Deutschen und positionieren uns auf der Strasse nach Keetmanshoop«, sagte Jakob, brach eine halbe Stange Biltong ab und reichte sie Blake.

Blake nahm das Stück des gesalzten und getrockneten Oryx-Fleisches und kaute darauf herum. »Warum denken Sie, ist jetzt der richtige Zeitpunkt umzukehren?«

»Sie haben Verwundete und ihre Vorräte sind begrenzt. Der deutsche Befehlshaber wird zurückkehren und einen Sieg melden wollen, berichten, dass er uns aufgerieben hat und dass die Überreste unserer Truppe vor ihrer Militärmacht geflohen sind. Er weiss, dass er mich und meine Leute in diesen Bergen nicht erwischen wird.«

»Sie scheinen sich sicher zu sein.«

Morengo zuckte mit den Schultern. »In der Kriegsführung gibt es keine Sicherheit, das sollten Sie wissen.«

Blake nickte. »Und«, fuhr Morengo fort, »ich kann Ihnen nicht erlauben, Liesl auf eigene Faust zu suchen und dabei eine Gefangennahme zu riskieren. Ich kenne die Deutschen. Sie würden ihren Arzt und ihre Verwundeten niemals allein oder mit einer leichten Eskorte nach Keetmanshoop zurückschicken. Aber auch die Schutztruppe kann hier draussen nicht ewig leben. Das ist ein guter Plan, Blake, den wir beide zusammen ausgeheckt haben, aber Sie müssen mit mir den Kurs halten. Liesl ist von meinem Blut und glauben Sie mir, ich sorge mich auch um sie.«

Blake wusste, dass Morengo Recht hatte. Dass er Liesl nicht hinterhergeritten war, bedeutete nicht, dass Jakob weniger um seine Nichte bangte als Blake. Doch Morengo hatte sich seinen deutschen Spitznamen nicht dadurch verdient, dass er ein ungestümer Romantiker war.

Sie ritten den ganzen Tag über zügig, von den felsigen Hügeln hinunter in die flache Wüste, umrundeten die Gebirgskette und schlängelten sich nach Norden und Westen. Am späten Nachmittag konnten sie in der Ferne eine orangefarbene Staubwolke sehen, die von der untergehenden Sonne angeleuchtet wurde.

Jakob hielt an und die Nama liessen sich zwischen niedrigen, mit buschigem, robustem Gras bewachsen Dünen, nieder. Die Nacht verging langsam, die Temperatur lag unter dem Gefrierpunkt und Männer und Pferde kauerten eng aneinander, um sich zu wärmen. Die Aufständischen konnten es sich nicht leisten, ein Feuer zu entfachen, da die Flammen von den deutschen Wachtposten leicht entdeckt worden wären. Blake sah die Glut der wärmenden Lagerfeuer am Horizont und beneidete seine Feinde.

Er lag, die Pferdedecke über die Nase gezogen, auf dem Rücken und blickte in den sternenübersäten Nachthimmel. Dieser Ort war so wunderschön, doch die Landschaft voller Traurigkeit und der Boden blutgetränkt. Dieses weite Land hatte sein Herz erobert, trotz oder vielleicht gerade wegen aller in ihm vorhandenen Gefahren.

Liesl war da draussen, hoffentlich noch am Leben und unversehrt. Wenn sie den Mut hatte, für ihr Volk und dessen Freiheit zu kämpfen, dann war es nicht an ihm, davonzulaufen. Er sorgte sich um sie, aber seine Gedanken kehrten zu der rothaarigen Frau zurück, die zwischen seinen Streifzügen in die Wüste in Upington gesehen worden war.

Was, wenn es Claire war?

Er hatte immer vermutet, dass sie nach Deutsch-Südwestafrika zurückgekehrt sei, wo sie einige Zeit verbracht hatte, bevor sie nach Südafrika weiterzog. Er nahm an, dass es nicht einfach für sie wäre, eine Wagenladung Gold in einen europäischen Hafen zu bringen. Aber in der deutschen Kolonie Afrika war sie gut vernetzt und hatte dank ihres ersten Mannes Verbindungen zu den Häfen. Wenn sie die richtigen Leute geschmiert hätte, wäre es ihr bestimmt gelungen, den Schatz des alten Paul in die Lüderitzbucht zu schmuggeln.

Welch eine Ironie des Schicksals war es, dass Jakob ihn irgendwann, wenn die Kämpfe vorbei waren, mit Gold, das Blake vielleicht mitgestohlen hatte, für die Pferde, Waffen und Munition bezahlen würde.

Hinter seinem Kopf knirschten Schritte im Sand. Blake rollte sich auf die Seite, warf die Decke ab und hatte seinen Finger bereits am Abzug der Lee Enfield. Im Krieg gegen die Buren hatte er die Erfahrung gemacht, dass ein Gewehr im Frost des offenen Felds festfrieren kann und seither behielt er seine Waffe zum Schlafen bei sich, wo sie warm und einsatzbereit war.

»Ich bin's«, flüsterte Jakob.

»Ziehen wir weiter?«, fragte Blake.

»Nein«, gab der Rebellenführer zurück. »Ich möchte reden.«

Blake setzte sein Gewehr ab. »Worüber?«

»Liesl.«

»Ich hoffe, sie ist noch am Leben«, sagte Blake.

»Das hoffe ich auch. Du machst dir Sorgen um sie.« Es war keine Frage und Blake antwortete nicht, also fuhr Jakob fort. »Wir werden sie am Ende der Kolonne finden und sie, wenn wir können, retten. Aber wenn sie an einen Wagen gekettet ist, werden wir uns nicht die Zeit nehmen, ihre Fesseln zu lösen, während sich die Deutschen neuformieren. Haben Sie das verstanden?«

»Ja«, sagte Blake.

»Ich kann nicht das Leben vieler um einer Person willen aufs Spiel setzen, verstehen Sie?«

Blake blickte Morengo in die Augen, die so kalt und klar wie die Nachtluft waren.

»Ich verstehe.«

»Sie nehmen morgen früh nicht am Angriff auf die Kolonne teil.«

»Was?« Blake war verblüfft.

»Sie wären eine grosse Unterstützung, Blake, weil Sie ein guter Schütze sind. Das haben Sie in den Bergen bewiesen. Aber die Deutschen sollen auf keinen Fall wissen, dass ein weisser Mann mit mir reitet. Wenn von Deimling Sie sieht, ist er verpflichtet, zu melden, dass ein Ausländer mit den Nama kämpft. Anstatt zurück nach Keetmanshoop zu reiten, dort die Wunden zu lecken und über einen falschen Sieg zu berichten, werden die Deutschen alles daransetzen, Sie und mich zu jagen und zu fangen.«

Blake hielt sich zurück. Ihm war bewusst, dass ihn Jakob nicht nur wegen seiner Hautfarbe ausser Sicht haben wollte, sondern auch, weil er befürchtete, Blake würde etwas Dummes tun, um Liesl zu retten. »Wollen Sie, dass ich gehe?«

»Nein. Ich möchte, dass Sie eine Stelle hoch in den Dünen finden und uns Deckung geben, während wir die Wagen überfallen.«

Blake holte tief Luft. »In Ordnung.«

Eine Stunde vor Sonnenaufgang brachen die Nama ihr Lager ab und bezogen zwei Kilometer weiter in Richtung Keetmanshoop in den Dünen versteckte Hinterhalts-Stellungen, aus denen sie die Deutschen umzingeln konnten. Diese brauchten einige Zeit, bis sie sich in Bewegung setzen konnten.

Jakob wartete, bis die Kolonne an ihnen vorbeigezogen war. Blake lag knapp unterhalb des Kammes einer Düne neben ihm. »Da unten ist der Sand weich«, sagte Jakob.

Blake schaute durchs Fernglas. Er sah einen deutschen Fuhrmann am Ende der Kolonne, der seine Ochsen wild peitschte. Die Versorgungswagen mussten auf dem weichen Untergrund Schwerstarbeit leisten. Sie waren immer noch mit genügend Lebensmitteln und Munition für den langen Rückweg beladen, sowie mit Artilleriegranaten, die keine Verwendung gefunden hatten. Wie üblich nützte Jakob die Vorteile des Landes, in dem er lebte und das er so gut kannte, im Kampf gegen den Feind aus.

»Jetzt rücken Eskorten aus«, kommentierte Blake. Der deutsche Befehlshaber hatte wohl erkannt, dass er auf diesem Abschnitt nur langsam vorankommen konnte. Er war klug genug, kleine Trupps von Schutztruppensoldaten zu den Flanken ausschwärmen zu lassen, um nach auf der Lauer liegenden Aufständischen zu suchen.

»Ja«, sagte Jakob. »Ich habe zwei Männer vorausgeschickt, und zwar rechts von der Kolonne. Sie sollten sich bald bemerkbar machen.«

Blake war beeindruckt. Jakob war dem Feind wie immer einen Schritt voraus. Er hatte die gesamte Kolonne an ihnen vorbeiziehen lassen, weil er wusste, dass die Deutschen ihre Flankenkräfte erst losschicken würden, wenn sie bereits in Bewegung waren. Zusätzlich hatte er ihnen einen Köder ausgelegt.

Schon bald hörten sie rechts von der Kolonne Schüsse und die berittenen Männer der Schutztruppen galoppierten los, um die beiden Nama zu verfolgen, die gerade das Feuer eröffnet hatten. Die Deutschen, die die linke Flanke sicherten, durchquerten die Kolonne und schlossen sich ihren Kameraden auf der rechten Seite an, um die beiden Rebellen, die das Ablenkungsmanöver gestartet hatten, zu verfolgen.

»Hendrik und Johan sind zwei meiner besten Männer auf unseren schnellsten Pferden. Die Deutschen werden sie nicht einholen«, sagte Jakob und lächelte. Er stand auf. »Es ist Zeit. Wenn Liesl noch am Leben ist, werde ich sie finden und mein Bestes tun, um sie zu retten.«

Blake nickte widerwillig. »Ich bleibe bei den Wagen.« Er stand auf, schnallte sein Gewehr um und stieg auf sein Pferd. Blake liess Bluey zwischen den Dünen galoppieren und hielt bei den hintersten Wagen an. Er stieg ab, kletterte zwischen den lockeren Steinbrocken den Hang hinauf und richtete seinen Scharfschützenblick auf die schwankende Kolonne unter ihm.

Jakob und seine Bande stiegen auf, galoppierten über den Kamm der Düne und stürzten sich auf die Wagen der Kämpfenden wie Geier auf ein sterbendes Tier. Durch das Fernglas sah Blake, dass die Wagenführer nicht bemerkt hatten, dass hinter ihnen wie ein aufziehender Sturm eine Staubwolke aufstieg, und nichts von der Hölle ahnten, die sich ihnen näherte.

Als die Deutschen von der linken Flanke zu ihren Kameraden auf der rechten Seite ritten, um die beiden Schützen zu verfolgen, teilten sie die Kolonne in zwei Hälften. Fünf Versorgungswagen im hinteren Teil mussten warten und hinkten noch weiter hinterher. Sie waren Jakobs Ziel.

Blake senkte den Lauf seiner Lee Enfield. Mit der geübten Leichtigkeit und müden Resignation, mit der ein Hufschmied ein Hufeisen hämmert oder ein Buchhalter in sein Hauptbuch kritzelt, lud er sein Gewehr und drückte ab.

Der Fahrer des hintersten Wagens drehte als erster den Kopf, vielleicht, weil er das dumpfe, aber eindringliche Schlagen der Hufe im Sand hörte. Es war seine letzte Bewegung. Blakes Kugel riss ihn vom Sitz und die Ochsen, die von der Peitsche verschont blieben, kamen langsam zum Stehen.

Als der deutsche Soldat, der neben dem Gefallenen sass, begriff, was geschah, versuchte er nach seinem Gewehr zu kramen. Allerdings galoppierte bereits Jakob Morengo mit gezogener Pistole neben ihm her und schoss ihm in den Kopf.

Ein Wagen nach dem anderen wurde überholt und die Soldaten auf ihnen erledigt.

Von seiner Position auf der Tribüne sah Blake noch mehr Beweise für das taktische Genie des ›Schwarzen Napoleon‹: Während sich die hinteren Versorgungswagen noch durch weichen, bereits vom Rest der Kolonne aufgewühlten Sand kämpfen mussten, der umso schwieriger zu überwinden war, trafen die Wagen an der Spitze nun auf eine harte, felsige Oberfläche. Hendrik und Johans Schüsse hatten den vorderen Teil des Zuges im Galopp vorwärtsgetrieben. Die Pferde und Wagen, die den sandigen Fleck passiert hatten, gewannen dort an Geschwindigkeit, so dass der Abstand zu den zurückgebliebenen Wagen grösser wurde. Die Wolke aufgewirbelten

Staubs verhinderte die Sicht zu den letzten fünf Wagen, die mittlerweile einen halben Kilometer zurücklagen.

Einige von Morengos Männern waren abgesprungen. Sie durchwühlten die Wagen, schnitten Seile durch, rissen Planen ab, luden Kisten ab und brachen sie auf.

Ein verwundeter und für tot gehaltener Wagenfahrer kam auf die Beine und fand sein Gewehr in der Nähe liegen. Im Schutz eines Ochsengespanns wischte er den Sand von der Waffe und legte eine Patrone ein. Gerade als er auf einen Nama zielte, tötete ihn Blake mit einem Schuss in die Brust.

Blake hielt nach anderen Zielen Ausschau. Einer von Morengos Männern schlug einen Feuerstein an und entzündete etwas Wüstengras. Er hielt die brennende Glut an ein Papier, dieses wiederum an eine Plane und bald brannte der erste der fünf geplünderten Wagen.

Der drittletzte Wagen war mit einer Plane bedeckt. Einer der Rebellen kletterte in den hinteren Teil und schlitzte mit seiner Messerklinge die Abdeckung von innen auf, während zwei weitere Männer von aussen den Stoff wegrissen. Seine Ladung wurde langsam enthüllt: Menschen.

Blake legte sein Gewehr nieder und nahm das Fernglas in die Hand. Als der Baldachin gelöst war, konnte er vier oder fünf Männer mit blutbefleckten Verbänden ausmachen. Verwundete, auf Tragen liegende Schutztruppensoldaten. Ein Soldat mit einer Armbinde, auf der ein rotes Kreuz prangte, hob die Hände in die Höhe.

Der Nama-Kämpfer, der in den Wagen gestiegen war, erschoss ihn. Blake spürte, wie die Galle in ihm hochstieg. Krieg war Krieg, egal wie richtig der Grund war und jeder Konflikt brachte sowohl Engel wie Teufel hervor. Er schloss seine Augen einen Moment, was er bereute, als er sie wieder öffnete. Der Nama auf dem hinteren Teil des Wagens schwang sein Gewehr herum, richtete es nach unten und schoss auf einen verwundeten Deutschen. Methodisch legte er neue Kugeln ein, zielte und tötete weiter, bis er keine hilflosen Ziele mehr fand. Schliesslich kletterte er über einige Kisten nach vorn, wo sowohl er wie auch Blake gerade eine Bewegung wahrgenommen hatten. Ein halbes Dutzend Berittene der Schutztruppe hatten offenbar bemerkt, dass die Kolonne geteilt worden war und machten sich Sorgen um die hinteren Wagen. Sie ritten zurück, tauchten aus einer Staubwolke auf und griffen die Nama an, von denen die meisten zu Fuss unterwegs und leichte Beute waren. Einer der Rebellen wurde erschossen, bevor er sein Gewehr erreichte, das er gegen einen der Wagen gelehnt hatte.

Jakob Morengo, der an seinem breitkrempigen Hut und dem schwarzen Anzug leicht erkennbar war, stieg aufs Pferd. Blake sah, dass er etwas wie einen Stock in der Hand hielt. Er ritt auf einen seiner Männer zu, der gerade einen Wagen in Brand gesteckt hatte und erhielt von diesem ein brennendes Stück Leinenstoff. Was der Kaptein damit wollte, wusste Blake nicht und es kümmerte ihn im Moment auch nicht, da die Hinzureitenden neue Ziele abgaben. Er feuerte auf einen der Männer, verfehlte ihn, lud die Lee Enfield erneut und schoss ihn mit dem zweiten Schuss vom Pferd. Er suchte nach einem zweiten Reiter, doch die verbleibenden fünf deutschen Soldaten befanden sich inmitten der Aufständischen, so dass es für Blake schwierig war, einen sauberen Schuss abzugeben. Er schaute auf den Wagen, auf dem einer von Morengos Männern den Sanitäter erschossen hatte. Derselbe Mann feuerte nun auf einen Deutschen, doch der Soldat nahm Rache, schoss und tötete den Nama, der mitten unter seine Opfer fiel. Der deutsche Reiter suchte nach neuen Zielen. Blake und der feuernde Deutsche sahen gleichzeitig, dass sich im vorderen Teil des ehemals überdeckten Planwagens eine Person bewegte. Obwohl sie eine Hose und ein Männeroberteil trug, erkannte Blake sofort, dass es Liesl war. Er erhob sich, schwang sein Gewehr über die Schulter, sprang auf sein Pferd und donnerte den Hang der Düne hinunter, direkt auf die Wagen zu.

* * *

Liesl war ans äusserste Ende des Wagens gekrochen und schaute sich um. »Nicht schiessen, ich bin Nama«, rief sie Frans, dem Mann, der den Sanitäter und die Verwundeten erschossen hatte, in Afrikaans zu, obwohl sie ihn nirgends entdeckte. Sie erreichte eine Kiste mit medizinischem Material und spähte hinter deren Kante hervor. Als sie über die Seite schaute, sah sie Frans Leiche und neben ihm sein Gewehr. Liesl kroch so nah an die Waffe, wie es ihre Fesseln zuliessen, streckte sich über die Kisten mit Vorräten und schaffte es schliesslich, den Riemen der Waffe zu fassen. Sie zog das Gewehr zu sich, drehte es und befreite ihre Füsse, in dem sie zuerst auf eines der Glieder der Kette, die ihre Knöchel zusammenhielt, schoss, und danach auf die zweite Kette, mit der sie an den Wagen gefesselt war. Sie kroch zum toten Sanitäter und zog dessen Messer aus der Scheide am Gurt. Sie klemmte den Griff zwischen ihre Knie und sägte ins Seil, mit dem ihre Handgelenke zusammengebunden waren. Obwohl sie sich in die Arbeit vertiefte, konnte sie nicht vermeiden, die leblos starrenden Augen der Leichen der wehrlosen Verwundeten und toten Soldaten wahrzunehmen. So sehr sie die Schutztruppe hasste, sie war doch äusserst bestürzt über das, was Frans getan hatte. Das Abschlachten der Verletzten kam wohl einer Rache gleich, denn wie Liesl wusste, war seine Familie von Schutztruppensoldaten abgeführt worden. *Was ist aus uns geworden?* dachte sie und ihr wurde übel.

Erneut brandete rund um sie Gefechtslärm auf und Männer schrien vor Schmerzen und Wut. Endlich waren Liesls Hände frei und sie kämpfte sich zwischen den grässlichen Körpern der Toten im Wagen nach vorn. Liesl erkannte, dass hier viele Vorräte lagen, die für die Nama wertvoll waren. Sie stiess den toten Lenker des Wagens vom Bock, nahm die Zügel der brüllenden Ochsen des Gespanns in die eine Hand und liess mit der anderen die Peitsche hoch in der Luft knallen. Die Tiere, die wohl froh waren, dem Tumult zu entkommen, folgten dem Befehl und bewegten sich langsam vorwärts.

Ein Mann mit einem hohen, schwarzen Hut ritt vorbei und steckte eine Dynamitstange in den hinteren Teil des Wagens vor ihr. Er drehte sich um und ritt, eine Pistole schwingend, vor ihr durch. »Onkel Jakob!«

Er liess seine Pistole sinken und winkte ihr energisch zu. »Runter!«

Aus der sich auflösenden Staubwolke vor ihnen ritt der blonde

Arzt in der Uniform der Landespolizei auf sie zu, der sie gefangen genommen und den sie später bei der Behandlung der Verwundeten beobachtet hatte. Er schoss mit einer Pistole auf Jakob.

Die Ochsen hatten ihre Wende fast beendet und der Arzt erreichte den Wagen von hinten. Er zügelte sein Pferd, sprang aus dem Sattel und kletterte auf die Ladefläche. Er blickte auf die Männer hinunter, die er behandelt hatte und die nun alle erschossen dalagen. »Mein Gott!«

Liesl liess die Peitsche fallen und griff nach Frans' Gewehr.

Der Deutsche richtete die Pistole auf sie. »Du ... du hast diese wehrlosen Verwundeten kaltblütig umgebracht.«

Die Ochsen vollendeten die Wende und der Wagen nahm schwankend wieder Fahrt auf. Der Arzt blickte mit aschfahlem Gesicht erneut auf die Toten hinunter.

Liesl hob das Gewehr bis zur Hüfte und drückte ab, doch nichts geschah.

Der Arzt starrte sie wieder an und richtete seine Pistole erneut auf sie.

»Nein!« schrie Liesl. »Das war nicht ich! Erschiessen Sie mich nicht.«

»Ich habe dich vorhin Morengo rufen hören. Du bist seine Nichte.«

Aus den Augenwinkeln sah Liesl einen weiteren Reiter im Galopp auf den Wagen zureiten. Sie zwang sich, nicht hinzuschauen, um dem Deutschen nichts zu verraten. Als der Reiter sie einholte, erkannte sie Blake.

Der Arzt starrte sie mit eisigem Blick aus seinen blauen, eigentlich schönen Augen, an. »Du Mörderin. Du kommst mit mir.«

Blake ritt neben dem Wagen her und bevor der Arzt den Hufschlag hinter sich hörte, war Blake vom noch laufenden Pferd auf den Wagen gesprungen. Er prallte gegen den Deutschen und dieser fiel kreischend auf die Leichen. Er wollte aufstehen, doch Blake verpasste ihm einen Schlag gegen das Kinn, der ihn erneut rückwärts warf. Blake blickte über die Schulter. Weitere deutsche Soldaten ritten auf sie zu und die Rebellen flohen.

»Der Wagen ist zu langsam«, sagte Blake und pfiff seinem Pferd.

Scheinbar bewusstlos lag der deutsche Arzt inmitten seiner toten Patienten.

»Erschiessen Sie ihn nicht«, wies ihn Liesl an, »er ist Arzt.«

»So etwas tue ich nicht.«

Blakes Pferd trabte neben ihnen her. Er hielt ihr die Hand hin, aber sie zögerte. »Komm schon. Lass uns von hier verschwinden. Ich bringe dich weg von all dem hier, zurück nach Upington.«

Liesl wollte gerade die Hand ausstrecken, als der mit Artilleriemunition beladene Wagen vor ihnen explodierte.

40

AUS, NAMIBIA, IN DER GEGENWART

Nach dem Mittagessen im Schützenhaus fuhren Nick und Anja zur Klein-Aus Vista Lodge, zu der das Desert Horse Inn gehörte. Wie Anja buchte Nick für sich ebenfalls ein Chalet.

Mit der Dämmerung wurde es kühl. Eigentlich wäre Nick gern länger unter der heissen Dusche geblieben, doch er wollte möglichst schnell bei Anja sein, die den Nachmittag in ihrem Häuschen verbracht und an der Übersetzung gearbeitet hatte. Er stieg aus der Dusche, trocknete sich ab, zog bequeme Kleider an und nahm seine Fleecejacke. Nun war er froh, dass er sie eingepackt hatte, obwohl er sich beim hastigen Packen in Australien gefragt hatte, warum er warme Kleider mitnehmen sollte.

Er erinnerte sich, dass Susan es ihm empfohlen hatte.

Beim Gedanken an sie stieg eine Welle von Kummer in ihm hoch und er schluckte. Unter dem kalten, klaren Himmel, an dem bereits zahllose Sterne funkelten, ging er zu Anja, wählte aber einen Umweg und kaufte im Häuschen mit der Bar eine Flasche Rotwein.

Beim Lesen von Peter Kohls Manuskript zeigte sich eine Art Schatzkarte, die sie – oder Scott Dillon – zu dem führen konnte, was von Krügers Gold noch übrig war. Im Bericht wurden mehrere Orte erwähnt, an denen Claire Teile ihrer gestohlene Beute vergraben hatte, nämlich einerseits auf ihren drei Farmen und andererseits im Hafen von Lüderitz oder ganz in seiner Nähe.

Sie wussten nun, dass Blake und Claire Martin innerhalb weniger Tage gestorben waren. Ob das ein Zufall war? Bedeutete es, dass immer noch ein Teil des Goldes fehlte, den Claire nicht ausgegeben hatte? Oder endete Peter Kohls Geschichte damit, dass er das Vermögen seiner verstorbenen Frau für Wein und Frauen verprasste? Nick wartete ungeduldig darauf, die Wahrheit zu erfahren.

Sein Telefon klingelte.

»Hier ist Joanne Dillon«, meldete sich eine Frauenstimme.

»Ah, hallo. Schön, von Ihnen zu hören.«

»Ich habe herausgefunden, wo Scott ist«, sagte Joanne ohne Einleitung. »Ich habe mit einem Freund von ihm gesprochen, dem ich immer noch nahestehe.«

»Okay. Und wo ist er?«, fragte Nick.

»In Lüderitz. Er wohnt im Lüderitz Nest Hotel und sollte für ein paar Tage dort sein, wurde mir gesagt. Wo sind Sie jetzt?«

»In Aus«, sagte Nick.

»Dann sind Sie nicht weit von Lüderitz entfernt, nur etwa hundertzwanzig Kilometer. Was haben Sie vor?«, fragte sie.

»Um ehrlich zu sein, ich improvisiere.«

Es gab eine Pause.

»Falls Sie ihn treffen, Nick, tun sie das in der Öffentlichkeit, mit vielen Leuten um Sie herum, nicht etwa allein in der Wüste.«

»Glauben Sie, er ist so gefährlich?«

»Er ist hinter allem her, was Sie haben, und kommt Ihnen offensichtlich immer näher. Vielleicht weiss er mehr als Sie?«

»Das ist möglich«, räumte Nick ein. »Sagen Sie, spricht Scott Deutsch?«

»Nein, zumindest nicht, als wir verheiratet waren. Scott hat ein paar Kumpel in Namibia. Er hat eine Vergangenheit, über die er nicht allzu viel spricht. Während des namibischen Unabhängigkeitskrieges diente er in der ›Koevoet‹, das heisst auf Afrikaans ›Brechstange‹ und war eine Eliteeinheit der Polizei zur Terrorismus-Bekämpfung. Dort gab es ziemlich viele Deutsch-Namibier.«

»Er war also Polizist?«

»Koevoet war eher eine paramilitärische Einheit. Das waren skrupellose Kerle, Nick, und nicht einmal Scott, der gern angibt, spräche über all die Dinge, die er gesehen und getan haben muss. Das waren Killer, und in dieser Einheit gedient zu haben ist nichts, womit ein wohlhabender Bauunternehmer öffentlich prahlen würde. Täte er das, würden viele Leute nichts mit ihm zu tun haben wollen.«

Nick hatte sich gefragt, ob ein Immobilienmogul wirklich mit der düsteren Welt der Strassenräuber und Auftragskiller zu tun habe. Jetzt, da er ein wenig mehr über Scott Dillon wusste, schien dies nicht mehr so weit hergeholt.

»Werden Sie ihn treffen?«, blieb Joanne hartnäckig.

»Ja.«

»Dann begleite ich Sie«, schlug Joanne vor. »Ich kann morgen in Namibia sein.«

»Ich weiss nicht ...«

»Wenn er einem Goldschatz auf der Spur ist, möchte ich sichergehen, dass ich bekomme, was mir zusteht«, begründete sie. »Ausserdem wird er Ihnen nichts tun, wenn ich bei Ihnen bin. Wenn mir etwas zustossen würde, könnte er seine Beteiligung nicht vertuschen.«

»Das ist sehr mutig von Ihnen, Joanne, aber ...«

»Zum Teufel mit mutig. Ich will nur mein Geld. Und wenn dieser Bastard glaubt, er könne schnell reich werden, indem er einen vergrabenen Schatz findet und dann einfach nach Buenos Aires oder sonst wohin abhaut, hat er sich geschnitten.«

»Ich nehme an, ich kann Sie nicht aufhalten«, sagte Nick.

»Nein, das können Sie nicht. Ich bin morgen in Lüderitz und wir können beim Abendessen im Restaurant Essenzeit unsere Möglichkeiten durchsprechen.«

Joanne beendete das Gespräch und bald erreichte Nick Anjas Chalet und klopfte an die Tür. Sie öffnete mit einem Handtuchturban auf dem Kopf und er roch Bolognese aus einer Pfanne auf dem Zwei-flammenkocher in der Küche.

»Die Ex-Frau von Scott Dillon hat mich gerade angerufen. Wir fahren morgen nach Lüderitz. Scott ist dort«, sagte er.

Anja nickte in Richtung ihres iPads auf dem Bett. »Das wundert mich nicht. Die Leute in Doktor Kohls Geschichte sind auch dorthin unterwegs.«

»Wirklich?«

»Ja. Ich frage mich, wie weit Dillon im Manuskript gelesen hat.«

»Joanne sagt, er habe hier einige alte Armeekameraden deutscher Abstammung. Sie waren zusammen in einer Einheit namens ›Brech-stange‹ oder sowas.«

»Koevoet.« Anja pfiff leise. »Die waren super effizient.«

»Das habe ich auch schon gehört.«

»Er kennt viele Leute, die kaum davor zurückschrecken würden, gegen Geld Leute auszurauben, zu überfallen oder sogar zu töten.«

Nick erzählte Anja von Joannes geplanter Reise nach Namibia.

»Ich schätze, wenn das eine Art Entscheidungskampf ist, kann eine weitere Zeugin nicht schaden«, sagte Anja.

»Kannst du bitte die Spaghetti abgiessen?«

Er bereitete die Teigwaren vor, stellte sie auf den Tisch und sie begannen zu essen.

Anja wies mit ihrer Gabel auf das iPad. »Nun erzähle ich dir, was ich erfahren habe.«

41

DEUTSCH-SÜDWESTAFRIKA, 1906

Als die letzte Wärme des Tages von der kalten Wüstennacht verschluckt wurde, kam Blake zu sich. Bluey beschnupperte ihn.

Er streckte die Hand nach oben, berührte die Nüstern des Tieres und sah sich dann um. Allein das Drehen des Kopfes jagte schmerzhaftes Hämmern durch seinen Schädel. Sie waren allein, nur er und Bluey.

Blake stand schmerzgeplagt auf und klopfte den Staub von seinen Kleidern. Er berührte vorsichtig seine Stirn, wobei er eine klebrige Wunde und eine Beule spürte. Er stellte fest, dass eine Seite seines Gesichts von getrocknetem Blut verkrustet und seine Kleider voller Flecken waren.

Liesl war verschwunden. Er schloss die Augen und versuchte sich zu erinnern, was geschehen war. Die Explosion hatte ihn betäubt und vom Wagen geschleudert. Danach musste er für ein paar Sekunden zu sich gekommen sein. Er erinnerte sich, dass er gesehen hatte, wie der deutsche Arzt Liesl gepackt und auf sein Pferd gezerrt hatte und dann mit ihr davongaloppiert war. Danach wurde Blake wieder ohnmächtig.

Blake fand seinen Hut und seine Lee Enfield und stieg auf. In der

Ferne sah er den Wagen, auf dem Liesl festgehalten worden war. Die Explosion hatte die Ochsen aufgeschreckt und sie waren mitsamt dem Wagen mit seiner stillen Ladung toter Soldaten durchgebrannt. Nun standen sie fünfhundert Meter entfernt und knabberten an ein paar Büscheln trockenen Wüstengrases.

Er stiess Bluey sanft in die Rippen und ritt auf den Wagen zu. Die Ochsen brüllten, schienen aber nicht die Kraft zu haben, zu fliehen. Blake stieg ab und kletterte auf den Wagen. Er untersuchte die inzwischen mit Fliegen übersäten toten Männer und fand einen, dessen Uniform nicht allzu blutbefleckt war. So schnell wie möglich entkleidete er den Mann und zog die Kleider des toten Deutschen an. Er bündelte seine eigenen und band sie an Blueys Sattel.

In der Hoffnung, dass entweder die Deutschen oder die Rebellen die Ochsen holen würden, machte sich Blake auf den Weg nach Keetmanshoop. Er ritt die ganze Nacht durch, um die Kolonne einzuholen und sah die Wachfeuer der Deutschen kurz vor Sonnenaufgang am Horizont brennen. Er band sein Pferd fest, schnallte seinen Schlafsack ab und legte sich hin. Innerhalb weniger Minuten schlief er.

Nach zwei Stunden erwachte er mit der aufgehenden Sonne. Es war nicht genug Schlaf, aber der Gedanke an das, was Liesl erwarten könnte, beschäftigte ihn. Er musste nahe genug an die Kolonne herankommen, um zu sehen, wie und wohin sie transportiert wurde.

Den ganzen Vormittag über verfolgte er die Deutschen und wusste, dass sie sich mit jedem Schritt der deutschen Festung Keetmanshoop näherten. Würden sie sie dortbehalten, fragte er sich, oder in das Lager auf die Haifischinsel an der Küste bringen?

Gelegentlich gab es Zeichen für eine Siedlung, ein bescheidenes Bauernhaus oder eine verräterische Rauchfahne aus einem weit entfernten Schornstein. Blake hielt dauernd Ausschau nach Vorreitern, die umkehrten, um sicher zu gehen, dass die Kolonne nicht verfolgt wurde. Aber selbst mit der Erfahrung, die sie mit Morengos erfolgreichen Hinterhalten gemacht hatten, verhielten sich die Deutschen wie die meisten Soldaten, die sich ihrer Basis näherten: Sie vernachlässigten ihre Deckung. Blake kannte diesen Teil Südwestafrikas recht gut, da er für seinen Pferde- und Viehhandel in der Nähe von Keetmanshoop und in Richtung des Grenzpostens Rietfontein weiter nördlich unterwegs gewesen war.

Blake behielt die Truppe durch die von ihr aufgewirbelte Staubwolke hindurch im Auge, die ihn gleichzeitig vor jedem verbarg, der über die Schulter zurückschauen könnte. Zumindest bis zu dem Moment, in dem er sah, dass ein einsamer Reiter die Kolonne verliess.

Blake lenkte Bluey nach rechts und galoppierte abseits des Trampelpfads in die niedrigen, mit buschigem Gras bewachsenen Dünen. Er zückte sein Fernglas, stieg zwischen zwei Sandhügeln ab und kroch auf dem Bauch zum Kamm des Hügels hoch, der der Kolonne am nächsten lag.

Der Reiter trug die Uniform der Landespolizei und Blake hatte nur einen einzigen Mann in der Kolonne gesehen, der so gekleidet war: Den, der Liesl entführt hatte. Er ritt allein und Blake verfolgte seinen Weg entlang eines schmalen Pfades, der zu einer Baumgruppe führte, durch das Fernglas. Zwischen dem grünen Laub eines Baumes, der von einer Quelle oder einem Brunnen Wasser erhielt, erkannte er das Schimmern von weisser Tünche. Als der Mann verschwunden war, kletterte Blake auf Bluey und nahm einen eigenen Weg durch die Wüste zum selben Ziel: dem Farmhaus.

Er hatte im Sinn, den Mann gefangen zu nehmen und dachte, ein Teilzeitoffizier wäre vielleicht schneller und leichter zu brechen als ein Berufssoldat. Er würde herausfinden, was mit Liesl geschehen war. Wenn sie sie auf die gleiche Weise getötet hatten, wie sie in Morengos *Kraal* kaltblütig Zivilisten umgebracht hatten, könnte er sich in einem gewissen Mass an diesem Mann rächen. Beim Anblick der abgeschlachteten deutschen Soldaten im Wagen hatte sich ihm der Magen umgedreht, aber jetzt kochte seine eigene Blutlust.

Blake stieg etwas entfernt vom Bauernhaus ab und schlich vorwärts.

* * *

CLAIRE SAH den Reiter schon aus weiter Ferne. Sie nahm die Mauser von ihrem Platz an der Mauer und lud eine Patrone.

Es dauerte nicht lange, bis sie Peters Pferd und seinen markanten, kräftigen Körperbau erkannte. Obwohl sie wusste, dass er es war, hatte sie das Gefühl, sich nicht völlig entspannen zu können. Sie behielt das Gewehr in der Hand, als sie ihm auf der Treppe entgegenging.

Normalerweise wäre er vom Pferd gesprungen und angerannt gekommen, doch stattdessen liess er sich müde von seinem Reittier gleiten. Er machte mit hängendem Kopf zwei schwere Schritte.

Claire trat auf ihn zu und schaute sich dabei um. In der Ferne flüchtete ein Trio von Oryx-Antilopen. Vielleicht wegen eines lauernden Raubtiers, mutmasste sie. Als sie ihn erreichte, nahm sie ihm die Zügel seines Pferdes aus den Händen. Er starrte sie an. Von seinem typischen Grinsen war keine Spur mehr zu erkennen. Seine Augen blickten über sie hinaus, in die Ferne. Claire band das Pferd an einem Pfosten fest und legte eine Hand auf seinen Arm.

»Komm, ich bringe dich hinein.«

Er blinzelte und schien sie nicht zu hören. Als er sie ansah, drehten sich seine Augen weg, als ob er sich nicht konzentrieren könnte. »Claire. Es war ...«

Sie nickte leicht und verschränkte ihren Arm in seinen. »Krieg.«

»Nein, ein Gemetzel.«

Sie führte ihn zum Haus und in die Küche. Sie hatte gerade ein Feuer im Ofen angezündet und er stand still da und starrte in die Flammen.

»Unschuldige«, sagte er.

Sie strich ihm mit der Handfläche über den breiten Rücken. »Ich setze Kaffee auf.«

Sie bereitete die Kanne vor, ging ins Wohnzimmer und nahm eine Flasche Schnaps vom geschnitzten Holzgestell. Zurück in der Küche starrte Peter immer noch durch die offene Tür des Herdes auf das kleine Feuer. Sie schenkte ihm ein Glas ein und reichte es ihm.

Seine Augen waren rot.

»Sie – jemand – hat unsere Verwundeten erschossen, sie kaltblütig ermordet.«

Das klingt nicht nach Morengos Stil, dachte sie, sagte aber nichts.
Solide Befehlshaber gingen mit gutem Beispiel voran, aber das hielt
einzelne Männer trotzdem nicht davon ab, dem Teufel in sich nach-
zugeben. Aber eine Frau? »Sie?«

»Morengos Nichte, ein ... junges ... Ding. Ich fand sie auf einem
Wagen, den uns die Rebellen abgenommen hatten. Sie hatte ein
Gewehr und zu ihren Füssen lagen fünf tote Soldaten, alles Männer,
die ich behandelt hatte und die wahrscheinlich überlebt hätten. Das
Blut, Claire ...«

Sie nickte. »Eine solche Tat wird ihrer Sache nicht helfen. Von
Deimling wird dafür sorgen, dass ganz Deutschland davon erfährt
und die Eingeborenen doppelt verdammt sein werden.«

Peter schüttelte den Kopf. »Nein, Claire, das ist es nicht. Wir ... wir
sind genauso schlimm. Von Deimling befahl den Gebirgsjägern, das
Feuer auf Morengos *Kraal* zu eröffnen, obwohl er wusste, dass sich
nur Frauen, Kinder und alte Menschen dort aufhielten. Ich habe
gesehen, wie unsere Männer Frauen aus den Hütten gezerrt und kaltblütig erschossen haben.«

Sie legte ihre Arme um ihn und fuhr mit den Fingern durch sein
lockiges Haar. Dann zog sie sein Gesicht an ihre Brust, wo seine
Tränen ihr Kleid durchnässten. Wenigstens, dachte sie, konnte er
weinen. Er war ein Arzt und trotz seiner Schwächen ein guter Mann.
Sie hätte ihn nicht heiraten sollen, aber ein Teil von ihr liebte ihn
und hielt sie gefangen. Er schniefte.

Als er den Kopf hob, reichte sie ihm den Schnaps und er trank
ihn in einem Zug. Sie setzten sich und sie schenkte ihm Kaffee und
noch mehr von dem Schnaps ein.

Mit der Zeit beruhigte er sich und sah sie an. »Da ritt ein weisser
Mann mit den Nama.«

Claire lief ein Schauer über den Rücken und sie versuchte, sich
das nicht anmerken zu lassen. »Wirklich? Das ist seltsam. Ein
Engländer?«

Peter schüttelte den Kopf. »Von Deimling sagt, er sei Australier.

Das Mädchen, Morengos Nichte, hatte ein Foto von ihm bei sich. Wir wurden vor diesem Mann gewarnt. Sein Name ist Prestwich.«

Die Kaffeetasse glitt Claire aus den Händen und zerbrach auf dem Steinboden.

Peter sprang auf und griff nach einem Tuch. » Claire, geht es dir gut?«

»Mir geht's gut. Ich Dummerchen. Ich kann es mir nicht leisten, gute Tassen zu zerbrechen. Du ... du hast mir noch nie von diesem Mann erzählt.«

Peter zuckte mit den Schultern. »Eigentlich hätte ich dir von ihm erzählen müssen. Er ist aus Upington. Der Colonel sagt, er sei ein Vieh- und Pferdedieb, der mit den Rebellen Handel treibt. Er ist wütend, dass ein weisser Mann mit den Nama reitet und kämpft. Vielleicht hat er unser Vieh?«

Claire wandte den Blick von ihm ab, aber er kam zu ihr. Diesmal nahm er sie in den Arm. »Geht es dir gut, Claire? Du siehst blass aus.«

»Mir geht es gut, Peter, ich bin nur müde, das ist alles.«

Er hielt sie sanft und lenkte sie davon ab, sich über den verschütteten Kaffee aufzuregen.

Sie fragte sich, wie lange Peter den Namen des Mannes, den sie in Portugiesisch-Ostafrika zurückgelassen hatte, schon kannte. Claire hatte geträumt und gehofft, dass der geheimnisvolle Australier in Upington Blake sein könnte, der doch noch gekommen war, um sie zu finden. Und er war es tatsächlich. Er benutzte den Decknamen und die Identität, die sie vor all den Jahren für ihn gefunden hatte.

»Ich weiss nicht, wie viel Geld wir haben, Claire«, sagte Peter und sie musste sich konzentrieren, um seine Worte zu verstehen, »aber ich weiss, dass wir genug für eine neue Kaffeetasse haben, wahrscheinlich für hundert feine Porzellansets. Was ist denn los? Ist etwas passiert, während ich weg war? Ich habe nicht einmal gefragt, wie es dir erging oder was hier los war.«

»Nichts, gar nichts.«

Unvermittelt flog die Küchentür auf und ein Mann in einer schmutzigen deutschen Militäruniform starrte sie an. Seine Augen weiteten sich, als er Claire sah. Er richtete sein Gewehr auf Peter, der die Hände hochhielt.

Claire atmete tief ein.

Er war es, nach all den Jahren.

* * *

BLAKE STARRTE SIE AN. Claire hatte sich die Haare abgeschnitten und ihre Augen waren gerötet, als hätte sie geweint oder wäre kurz davor gewesen. Sie trug Männerreitkleider, die ihre Figur eher betonten als verbargen.

Der Mann in der Uniform der Landespolizei, von dem Liesl gesagt hatte, er sei Arzt, zog sie näher an sich heran und bewegte sich so, dass er sie schützte. Dann sagte er etwas auf Deutsch.

Sie rief nicht Blakes Namen und rannte weder zu ihm noch von ihm weg. Stattdessen hielt sie seinen Blick fest und schüttelte ganz leicht den Kopf, als wolle sie ihm sagen, er solle nicht verraten, dass sie sich kannten. Blakes Gedanken schweiften ab. Er schuldete dieser Frau nichts und doch krampfte sich sein Magen zusammen und hämmerte sein Herz bei ihrem Anblick.

»Sprechen Sie Englisch?«, fragte Blake den Arzt. Seine Gedanken rasten. War er ihr Ehemann?

Der Mann nickte.

»Wie ist Ihr Name?«, fragte Blake.

»Ich bin Doktor Peter Kohl. Und Sie sind der Mann, der mit den Nama-Rebellen geritten ist. Ich habe Sie auf dem Wagen mit meinen Patienten gesehen und Sie haben mich geschlagen.«

»Bitte tun Sie ihm nicht weh«, sagte Claire zu Blake und fügte hinzu: »Wer immer Sie auch sind.«

Blake, dessen Augen immer noch auf Claire gerichtet waren«, erwiderte: »Ich werde ihm und Ihnen nichts tun, wenn er befolgt, was ich ihm sage. Haben Sie verstanden, Doktor?«

»Ja.«

»Ich will Liesl, das Mädchen, das auf dem Wagen sass, als Sie kurz vor der Explosion ankamen«, sagte Blake. »Ich möchte, dass Sie für mich herausfinden, was sie mit ihr vorhaben.«

Dr. Kohl ballte die Hände an seiner Seite zu Fäusten. »Sie hat fünf verwundete Männer ermordet.«

Blake schüttelte den Kopf. »Nein, das stimmt nicht. Ich habe den Angriff beobachtet. Der Mann, der das getan hat, hiess Frans und er wurde von einem Ihrer Soldaten getötet. Damit wurde der Gerechtigkeit Genüge getan, Doktor.«

»Unsinn, auf dem Wagen lagen fünf hilflose verwundete Männer, die abgeschlachtet wurden. Was dieser Mann getan hat, ist unverzeihlich.«

»So wie das Beschiessen unschuldiger Frauen und Kinder in ihren Hütten, mit Granaten und Maschinengewehren?«, konterte Blake.

»Wenn ich mich nach dieser Liesl erkundige«, wechselte Peter das Thema, »oder die Behörden einen Zusammenhang mit meinem Erscheinen und den Fragen sehen, kann es für mich schlecht ausgehen, falls sie später freigelassen wird.«

»Wenn sie in eines von euren Lagern kommt«, gab Blake zurück, »kann sie von Glück reden, wenn sie überlebt.«

Peter richtete sich in eine straffe Haltung auf, als ob er sich auf einem Exerzierplatz befände. »Ich bin mir sicher, dass sie würdig behandelt wird.«

Blake nickte in Claires Richtung, hielt aber das Gewehr auf den Arzt gerichtet. »Wenn Sie Ihre Frau wiedersehen wollen, werden Sie tun, was ich sage. Wo bringen Ihre Leute sie hin?«

Peter schien zu zögern, also hob Blake das Gewehr und zielte zwischen seine Augen.

»Die Gefangenen von Narudas werden vorerst in Keetmanshoop untergebracht, aber dort gibt es nur Gefängniszellen. Ich weiss nicht, wo sie hingeschickt wird und wann.«

»Dann sollten Sie das besser herausfinden«, sagte Blake. »Sie haben mein Wort, dass Ihrer Frau nichts passiert, solange Sie sich an Ihren Teil der Abmachung halten.«

»Ich könnte mit einer Kompanie der Schutztruppe zurückkehren, dann hätten Sie keine Chance«, erwiderte der Arzt.

»Stimmt und Ihre Frau hier hätte auch keine. Es liegt an Ihnen.«

»Peter, bitte hör auf ihn«, sagte Claire in einem flehenden Ton, »wir haben keine andere Wahl.«

Blake biss sich auf die Zunge. Die Menschen hatten immer eine Wahl. Claire hätte bei ihm im portugiesischen Ostafrika bleiben oder ihm irgendwie Bescheid geben können, nachdem er sich erholt hatte. Jetzt aber versuchte sie, ihren Mann zur Abreise zu bewegen und vielleicht wollte sie ihm nach all der Zeit etwas sagen.

Der Arzt starrte sie an. »Du willst, dass ich mein Land für ein junges Mädchen verrate?«

Claire nickte. »Ja. Sie haben kein Recht, ein Kind in ein Lager zu schicken. Du hast selbst gesagt, Peter, dass schon zu viele Unschuldige abgeschlachtet worden sind.«

Blake unterdrückte ein Lächeln. Das klang wieder wie die Claire Martin, die er kannte.

Der Arzt seufzte.

»Verschwinden Sie«, sagte Blake. »Ich werde bei Ihrer Frau bleiben, bis Sie zurückkommen. Vergessen Sie das nicht.«

Peter stellte sich ihm wieder entgegen. »Wenn Sie ihr in irgendeiner Weise etwas antun oder sie anrühren, töte ich Sie.«

Blake nickte. »Machen wir es uns allen leicht. Finden Sie einfach heraus, wo sie das Mädchen hinbringen und wann. Das ist alles, was ich wissen will. Dann können Sie Ihre Frau zurückhaben.«

Peter ging zu Claire und Blake versuchte nicht, ihn aufzuhalten. Er küsste sie und sie umarmte ihn.

»Geh jetzt«, sagte sie, »ich komme schon klar.«

Der Arzt ging mit vor hilfloser Wut gerötetem Gesicht und Blake sah durch das Fenster zu, wie er sein Pferd bestieg und davongaloppierte.

Blake liess sein Gewehr sinken. Er erholte sich noch immer von dem Schock, Claire nach vier Jahren ausgerechnet hier zu finden und seinem Mund entschlüpfte das Erste, was ihm in den Sinn kam: »Warum hast du mich verlassen?«

Claire stemmte die Hände in die Hüften. »Warum, zum Teufel, bist du mir nicht gefolgt?«

Welches Recht hatte sie, wütend auf ihn zu sein? »Weil ich keine Ahnung hatte, wo du hingegangen bist. Als ich fit genug war, bin ich zu den Docks gegangen, habe mich umgehört und mir Arbeit für meine Passage nach Kapstadt gesucht. Aber ich konnte keine Spur davon finden, wo du hingegangen warst.«

Claire liess die Schultern sinken. »Und meine Nachricht, Blake?«

»Welche verdammte Nachricht?«

»Ich habe bei Doktor Machado, der mir ein anständiger Mann zu sein schien, einen Brief hinterlassen. Hat er ihn dir nicht gegeben?«

Blake schüttelte den Kopf. Am liebsten hätte über die Wendung, die das Schicksal genommen hatte, geflucht und geschrien. »Ja, er war ein anständiger Mann, Claire. Doch bevor ich bei vollem Bewusstsein war, gab es im Krankenhaus einen Brand und Doktor Machado kam beim Versuch, einen Patienten zu retten, ums Leben.«

Claire legte eine Hand auf ihren Mund. »Oh nein! Der arme Mann. Ich habe einen Brief bei ihm gelassen, Blake, in dem ich dir mitteilte, dass ich schnellstens weg müsse, weil Walters hinter mir her sei. Er hatte den Angriff der Löwen überlebt und -«

Er nickte. »Ich weiss. Er lebt. Mittlerweile ist er Oberst bei der berittenen Kap-Polizei in Südafrika.«

Sie machte einen Schritt auf ihn zu. »Ich bat dich, mir über das Hafenbüro in Lüderitz zu schreiben, Blake.«

Er hatte sein Herz verhärtet. Sie hatten sich nur einmal geliebt, hatte er sich im Laufe der Jahre eingeredet und sich selbst davon überzeugt, dass sie ihn nur benutzt hatte, um an das Gold zu kommen und es mitzunehmen. Dabei hatte er die ganze Zeit über gehofft, von ihr zu hören.

»Ich habe ein Jahr lang auf dich gewartet«, fuhr Claire fort, »und gehofft, dass du kämst. Dann dachte ich, dass du wohl doch nicht mit einer Diebin zusammen sein wollest. Ich habe mehrmals an Doktor Machado geschrieben, aber natürlich nie eine Antwort erhalten. Ich nahm an, du hättest den Brief gelesen und ihn vor seinen Augen zerrissen. Dann habe ich den Deutschen getroffen, Peter. Er ist ein guter Mann, Blake, aber ...«

Das Wort blieb zwischen ihnen hängen. Liebte sie den Arzt, der gerade geschworen hatte, ihn zu töten, wenn er ihr etwas antun würde, nicht? »Du bist verheiratet.«

»Bin ich.« Sie schniefte und wischte sich über die Augen. »Wärst du zu mir gekommen, Blake, wenn du die Nachricht erhalten hättest?«

Im Handumdrehen, dachte er. Er hätte seinen immer noch verletzten Körper auf das erste Schiff nach Lüderitz geschleppt. Aber das war nun alles egal, denn sie war jetzt eine respektable, verheiratete Frau. Ausserdem war Claire eine Spionin und Diebin gewesen. So sehr ihr Anblick alte Leidenschaften weckte, so kam ihm doch der Gedanke, die Geschichte mit dem Brief sei vielleicht nur erfunden. »Habt Ihr Kinder?«

»Nein. Aber du hast meine Frage nicht beantwortet, Blake.«

Er wollte sie packen, sie an sich drücken und mit ihr schlafen. Er hatte sich verletzt gefühlt, dann wütend, dann verraten und er hatte zugelassen, dass Narbengewebe sein Herz verhärtete. Aber jetzt spürte er, wie es versuchte, sich zu befreien und in seiner Brust auszubrechen. »Ich wäre gekommen, um meinen Teil des Goldes zu holen.«

Ihr Gesicht verhärtete sich. »Aye, nun, das hätte ich erwarten sollen. Zu deiner Information: Es ist nicht mehr viel davon leicht zugänglich. Ein Teil davon wurde kürzlich von den Nama gestohlen und ein beträchtlicher Vorrat ist in der Nähe von Lüderitz versteckt. Wenn ...«

»Was?« Er sah sie finster an. »Gibst du mir einen Anteil, wenn ich dir helfe, es zu bergen?«

Sie kam zu ihm und einen Moment lang bedauerte er seine Worte, weil er dachte, sie würde ihre Arme um ihn legen. Stattdessen schoss ihre Hand so schnell hervor wie eine schwarze Mamba, die Beute schlägt und gab ihm eine Ohrfeige. »Verdammt noch mal, ich habe dir das Leben gerettet,.«

»Damit sind wir quitt.«

Sie starrte ihn an. »Ich werde dir dein Gold besorgen, oder zumindest das, was ich dir geben kann.«

»Wird dein Mann mich verraten?«

Sie schüttelte den Kopf. »Nein, ich glaube nicht. Er ist ein guter Mann und sorgt sich um mich, aber er weiss, dass ich ihn nicht genug liebe, Blake. Er schläft mit Flittchen und ich habe mich nicht darum bemüht, ihn zu ändern oder ihm Kinder zu schenken. Er ist nicht der Mann, den ich wollte, Blake, er ist der, mit dem ich mich abgefunden habe.«

Blake dachte über ihre Worte nach und liess gleichzeitig seinen Blick über sie schweifen. Sie war so schön wie früher.

»Was willst du jetzt tun, Blake? Mich ausrauben?«

»Ich bin wegen des Mädchens gekommen, Liesl.«

»Du und sie ...?«

»Sie liebt die Sache, nicht mich«, erklärte er und das war die Wahrheit.

Sie sahen sich an und alte Leidenschaft, Begierde und die verpassten Chancen von vier Jahren kochten in ihnen hoch.

Er holte tief Luft, um sich und seine Gefühle zu beruhigen. »Bist du sonst glücklich hier?«

»Ich wollte neu anfangen, eine bessere Welt aufbauen«, sagte sie. »Und?«

»Und stattdessen bin ich in einem weiteren Krieg gelandet«, fuhr sie fort, »in dem die Reichen die Armen enteignen. Wie immer, wenn die Habenichtse es wagen, sich gegen die Besitzenden aufzulehnen, werden sie abgeschlachtet, genau wie damals in Irland.«

Blake hob eine Augenbraue. »Ihr besitzt drei grosse Farmen, nicht wahr? Habt ihr den Nama nicht das beste Land weggenommen?«

»Ich habe es *gekauft* und bevor dieser verdammte Krieg begann, habe ich Schulen für die Nama gebaut und Peter, trotz all seiner Fehler, hat in den Dorfkliniken, die ich gegründet hatte, für die medizinische Versorgung gesorgt und von den Buschmännern traditionelle Heilmethoden gelernt. Wir machten Fortschritte.«

»Nicht schnell genug für Jakob Morengo und die anderen Nama, die anscheinend ihr eigenes Land zurückhaben wollen und nicht nur ein paar Almosen von einer Bäuerin. Wenn deine schöne neue Welt darin besteht, anderen ihr Land wegzunehmen, was macht dich dann besser als die Briten?«

Sie seufzte. »Ich weiss es nicht. Ich dachte, dass dieses ganze Land in Südwestafrika so leer ist, verglichen mit Irland und Europa. Ich hoffte, neu anfangen zu können und einen Ort zu haben, der rein ist, mit mehr Gleichheit. Man sagte mir, dass hier draussen niemand lebt, aber es gab sie, die Nama und die Buschmänner und jetzt geht es ihnen allen schlechter.«

Er konnte die Verzweiflung in ihren Augen sehen. Es schien, dass weder Claire noch er dem Krieg und dem Töten entkommen konnten. Er konnte ihr nicht sagen, wie einfach es gewesen war, wieder in ein Soldatenleben zu schlüpfen.

Vielleicht vermisste sie es auch.

Sie hob eine Hand an ihre Stirn. »Oh, Blake, ich bin so froh, dass du mich gefunden hast.«

Er nahm sie in seine Arme und sie nährten einander mit ihren Küssen. Claire öffnete seine Gürtelschnalle und er knöpfte eilig die Knöpfe ihrer Bluse auf und entblösste diese herrlichen, blassen Brüste, die er nie ganz vergessen hatte. Er saugte an ihr, als sie ihn befreite und ihn packte. Sie war unverschämt und er liebte es. »Das Schlafzimmer ...«

»Ich kann es kaum erwarten, Blake.« Claire lehnte sich mit dem Rücken an den schweren, alten Küchentisch aus Holz und rutschte auf die glatte, abgenutzte Oberfläche.

»Dein Mann?«

Claire lächelte. »Er wird ein paar Stunden brauchen.«

Blake zog ihr die Reitstiefel aus, wobei er sich Zeit liess und den lüsternen Ausdruck in ihren Augen genoss, dann zerrte er ihre Reithose und den Schlüpfer herunter. Sie war bereit für ihn und er drang in einer einzigen fliessenden Bewegung in sie ein.

Es gab keinen Grund mehr zu reden, dachte er, nicht jetzt. Sie hatten nur ein einziges Mal miteinander geschlafen, in dieser Nacht im Busch, aber es war anders als alles andere, was er je mit einer Frau erlebt hatte. Sie klammerte sich an ihn und der Schmerz ihrer Finger, die sich in sein Fleisch gruben, erregte ihn nur noch mehr. Er beugte sich über sie und küsste sie gierig, während sie sich vereinigten. Sie löschten die Sehnsucht und den Verlust der verpassten Jahre mit ihren Körpern aus.

Ausser Atem gingen sie zu ihrem Bett, zogen sich vollständig aus und legten sich hinein. Sie lag, ihm zugewandt, auf der Seite und er fuhr mit seinen Fingern ihren Konturen nach, verweilte auf dem Schwung ihrer Hüfte, oberhalb des roten Haarschopfes.

»Es fühlt sich an, als wären wir nie getrennt gewesen«, sagte er.

Sie lächelte. »Das habe ich auch gedacht.«

»Sag, hattest du jemals vor, das Geschäft einzugehen und den Buren im Tausch gegen das Gold Waffen zu verkaufen?«

Sie schaute weg, als ob sie sich erinnern müsste. »Vielleicht. Wenn Nathaniel überlebt und mir das Gold gebracht hätte, hätte ich ihm wahrscheinlich die Gewehre verkauft, aber er hatte selbst Zweifel.«

»Sind die Buren nicht gekommen, um ihr Gold zu holen?«

Claire schüttelte den Kopf. »Ausser Nathaniel wussten nur sehr wenige Leute, wo das Gold war. Hermanus' abtrünniges Kommando bekam Wind davon, dass Nathaniel und seine amerikanischen Jungs Gold transportierten und so überfiel er sie aus dem Hinterhalt. Er tötete alle ausser Nathaniel und Christiaan, den treuen Afrikaner, der bei dem Überfall auf den Handelsposten dabei war. Walters muss von einem gefangenen Buren oder aus einer anderen Quelle einen Hinweis auf Nathaniel erhalten haben.

»Was machen wir jetzt, Claire?«

»Ich weiss es nicht« seufzte sie. »Ich bin hierhin gekommen, weil ich ein Paradies in der Wüste gesucht habe. Es war eine Flucht, aber entpuppte sich als Traum. Stattdessen bin ich in einem Krieg gelandet, der noch schlimmer ist als der, den du in Südafrika geführt hast.«

»Komm mit mir zurück in die Kapkolonie, wenn ich Liesl gefunden habe. Ich habe Geld gespart, um einen Anwalt zu beauftragen, gegen Walters vorzugehen.«

Sie lächelte ihn an. »Klar und jetzt bist du derjenige, der träumt,

Blake. Wenn du dieses Mädchen jemals findest und befreist, wird die halbe deutsche Armee dich durch die Wüste jagen. Sag mir...«

»Ja?«, sagte er.

»Du und dieses Mädchen ...«

»Wir standen uns einmal sehr nahe«, sagte er und er spürte, wie sie sich an ihn schmiegte, »aber wie ich schon sagte, es geht ihr um die Sache, der sie sich verschrieben hat, nicht um mich. Sie ist zu jung, Claire und sie hat es nicht verdient, sich zu Tode schuften zu müssen oder ein langsames Ende als Soldatenhure zu erleiden.«

Claire schien seine Erklärung zu akzeptieren und nickte verständnisvoll, dann küsste sie ihn. Sie rollte sich auf ihn und drückte ihre Brüste gegen seine Brust. Er liebte es, wie sie sich anfühlte, wie jeder Zentimeter von ihr an ihn gepresst wurde und sie doch keine Last war. Er hatte das Gefühl, er könnte so schlafen, mit ihrem Körper, der ihn in der kühlen Wüstennacht wärmte.

Aber sie hatte andere Vorstellungen. Er öffnete den Mund, um etwas zu sagen, aber sie legte einen Finger auf seine Lippen, zog sich hoch und sass rittlings auf ihm. Sie beugte sich über ihn, ihre Brustwarzen streiften seine Brust und er spürte, wie ihre Hand ihn wieder umfasste und ihn in sich hineinführte. Dort war sie noch wärmer und sie verschmolzen zu einer Einheit, wie zwei Metalle, die in einen Tiegel gegossen werden. Claire setzte sich auf, wölbte ihren Rücken und er umfasste ihre Brüste mit seinen Händen, als sie sich miteinander bewegten.

Er betrachtete sie, ihre halb geschlossenen Augen, ihr leicht schiefes Lächeln und hatte das Gefühl, er könnte für immer so bleiben, bis in die Ewigkeit mit ihr verbunden. Die Lust rollte an wie eine Welle, die aus den Tiefen des Ozeans aufsteigt. Der Gipfel erhob sich und er wünschte, diesen Moment einfrieren und für immer schwerelos in der Dünung auf dem Kamm stehen zu können.

Ein letztes Mal bäumte sich Claire auf und schrie.

42

1906, RIETFONTEIN, KAPKOLONIE, NAHE DER
GRENZE ZU DEUTSCH-SÜDWESTAFRIKA

Das Kamel liess sich auf die vorderen Knie fallen und Oberst Llewellyn Walters stieg dankbar und schmerzgeplagt ab. Ein dunkelhäutiger Mann nahm die Zügel des widerspenstigen Tieres und ein weisser Polizist salutierte.

Walters kniff seine Augen zusammen, um sie vor dem grellen Licht zu schützen. Selbst für afrikanische Verhältnisse war dies ein gottverlassener Ort in der Mitte von Nirgendwo. Der Polizeiposten und das Gefängnis bestanden aus Ziegeln und Blech und waren von etwa einem Dutzend anderen Behausungen umgeben. Es waren armselige kleine Hütten aus Lehm und allem möglichen Abfall, den irgendein Händler so weit in die felsige Wüste gebracht und dort liegengelassen hatte. Während der ganzen Reise hatte ihn die Sonne gequält und jetzt versuchte der Boden, ihn von den Stiefelsohlen an aufwärts zu verbrennen.

Die Löwin hatte ihm 1902 einen grossen Teil der Muskeln und Sehnen seines rechten Beins weggefressen und wenn er längere Zeit sitzen musste, litt er unter Schmerzen. Er hatte nur überlebt, weil er einen kühlen Kopf bewahrt und sich totgestellt hatte. Es war die grösste Löwin des Rudels, die ihn angegriffen hatte und sie brauchte einige Zeit, um ihre Schwestern abzuwehren. Dies verschaffte

Walters die Zeit, das in seinem Gürtel versteckte Messer herauszuziehen, das Hermanus' Buren übersehen hatten. Als die Löwin zu ihm zurückkehrte, schleifte sie ihn, seine Schulter zwischen den Zähnen und den Körper zwischen ihren Vorderbeinen, tief in den Busch. Als Walters sicher war, dass sie sich weit genug vom Rest des Rudels entfernt hatten, rammte er ihr das Messer ins Herz. Obwohl er stark blutete, gelang es ihm, auf einen Baum zu klettern. Ausserhalb der Reichweite der anderen Löwen verbrachte er eine qualvolle Nacht und bei Tagesanbruch verloren die Katzen das Interesse. Walters sah eines der Pferde der toten Buren auf dem nahen Weg und lockte es zu sich. Walters gelang es mit grosser Mühe, in den Sattel zu steigen und bis zur Hauptbahnlinie zu reiten, wo eine Patrouille von Steinaeckers Reitern ihn fand und nach Komatipoort mitnahm. Von dort wurde er auf ein britisches Lazarettschiff transportiert, welches im neutralen Portugiesisch-Ostafrika, in der Delagoa-Bucht, festgemacht hatte. Er wurde von den Ärzten zusammengeflickt und hoffte, Claire Martin zu finden, die ihr gestohlenes Gold zweifellos hier verschiffen würde. Er verpasste sie nur knapp. Bevor er ein anderes Schiff nach Kapstadt besteigen konnte, entzündeten sich seine Wunden und nur sein schierer Wille, diese Frau und das Gold zu finden, liessen ihn das Fieber überstehen.

Seine Rekonvaleszenz dauerte lange, aber die Geschichte von seiner Begegnung mit den Löwen machte die Runde und Walters beschloss, diesen Vorteil zu nutzen und in Afrika zu bleiben. Ein Offizierskollege verhalf ihm zur Versetzung in die berittene Kap-Polizei, wo seine Fähigkeit, Gaunereien aufzuspüren, zu bearbeiten und zu zerschlagen, ihm bald Geld und einen höheren Rang einbrachte. In seiner Freizeit forschte er über den Verbleib des Goldes nach und fand bald heraus, dass Sergeant Cyril Blake bei Kriegsende in Komatipoort an Malaria gestorben war, während Claire Martin verschwunden war oder sich irgendwo neu erfunden hatte.

Walters hatte sich mit dem deutschen Konsul in der Kapkolonie angefreundet, der als Gegenleistung für eine stattliche Anzahl von Zigarren, Frauen und besten Weinen des Kaps Nachforschungen für ihn anstellte. Lange schien es, als gäbe es keine Aufzeichnungen über

Claires Ankunft im Vaterland und die Nachforschungen des Konsuls jenseits der Grenze in Deutsch-Südwestafrika ergaben nichts. Aber jetzt, vier Jahre später, gab es zwei neue Hinweise.

Walters tippte mit dem Fliegenwedel aus einem Giraffenschwanz an die Spitze seines Tropenhelms.

»Willkommen in Rietfontein, Sir. Sie wollen sich sicher frisch machen?«

»Das ist die Untertreibung des neuen Jahrhunderts, Constable«, sagte Walters, »Wo sind die Deutschen?«

»Sie warten beim Grenzposten, Sir. Heute Morgen meldeten sie, der deutsche Oberst von Deimling sei gerade erst angekommen. Im Süden, an einem Ort namens Narudas, soll es heftige Kämpfe gegeben haben, Sir. Von Deimling liess den Rest seiner Kolonne nach Keetmanshoop weiterziehen, während er hierher geritten ist, um Sie zu treffen. Vielleicht möchten Sie sich frisch machen und abkühlen, Sir? Danach könnte ich Sie herumführen.«

Der Polizist schien beeindruckt über seinen hohen Besuch. Obwohl Walters in der Kapkolonie über beträchtliche Macht verfügte, wusste er, dass sich ein deutscher Oberst zu weit aus dem Fenster lehnte, wenn er sich mit der Cape Mounted Police traf. Ausser es gäbe etwas für ihn Wichtiges.

»Nein, ich bin hier, um ihn zu treffen.«

Der Constable sah niedergeschlagen aus. »Gut, Sir. Von hier aus nehmen wir Pferde.«

»Gut, machen Sie die Pferde fertig und lassen Sie uns reiten.«

Walters kämpfte einen kurzen, aber aussichtslosen Kampf mit den Fliegen und trank einen Schluck warmes Wasser aus seiner Feldflasche, während Constable Laidlaw die Pferde holte.

Auf einem Pferd zu reiten war nur unwesentlich angenehmer als der schaukelnde Gang des Kamels, das ihn über die längste und schlimmste Strecke seiner Reise bis zu diesem abgelegenen Polizeiposten in der nordwestlichen Ecke der Kolonie gebracht hatte.

Eine Meile weiter trafen sie auf vier berittene Deutsche. Ein Leutnant, der sich als Kurtz vorstellte, salutierte und hiess Walters in Deutsch-Südwestafrika willkommen. Er wurde von einem Unteroffizier und zwei Soldaten begleitet, die Laidlaw kurz zunickten und ihn kühl ansahen.

Kurtz führte ihn eine weitere Meile in die Wüste, zu einem kleinen Lager. Ein älterer Mann mit einem Schnurrbart nach dem Vorbild des Kaisers und eisengrauem Stoppelhaar, trat unter der Markise eines der drei Zelte hervor. Die Reiter stiegen alle ab und der deutsche Offizier stellte sich vor sie hin.

»Darf ich Ihnen Oberst Walters von der Cape Mounted Police, der berittenen Polizei der Kapprovinz, vorstellen, Sir«, sagte Leutnant Kurtz und schlug klirrend die Hacken zusammen.

»Oberst«, sagte Walters. Die beiden Männer schüttelten sich die Hände und von Deimling nickte eifrig mit dem Kopf.

»Willkommen in Deutsch-Südwestafrika, bitte nehmen Sie Platz.« Von Deimling wies mit einer Geste auf einen Safaristuhl aus Segeltuch und Holz. »Ein Getränk? Bier, Wein, Schnaps?«

»Wasser, bitte, wenn Sie welches haben«, sagte Walters.

Von Deimling sprach mit Leutnant Kurtz Deutsch, der daraufhin salutierte und sich auf den Weg zum nächsten Zelt machte. Walters bemerkte, dass Kurtz deutlich hinkte. Von Deimling folgte seinem Blick. »Mein Adjutant wurde im Kampf verwundet«, erklärte er.

»Ein Kompliment für Ihr Englisch, Colonel«, sagte Walters. »Ich habe im Krieg etwas Afrikaans gelernt, aber Ihre Sprache spreche ich leider nicht.«

»Ich hoffe, Ihre Reise war nicht zu beschwerlich«, bemerkte von Deimling.

Walters liess sich dankbar in den niedrigen Stuhl fallen und schlug die Beine übereinander. Ein Soldat reichte ihm ein Glas mit kühlem Wasser, Balsam für seine von der tagelangen Sonneneinstrahlung und dem trockenen, heissen Wind rissigen Lippen. Leutnant Kurtz war ebenfalls zurückgekehrt und brachte eine Mappe. Er stand hinter dem Oberst und falls ihn sein verwundetes Bein schmerzte, verrieten weder seine Haltung noch sein Gesicht etwas davon. »Danke, meine Reise war gut.«

»Dann lassen Sie uns zur Sache kommen, denn ich möchte schnellstens nach Keetmanshoop zurückkehren. Sie haben auf diplomatischem Weg das Telegramm erhalten, in dem ich meine Vorgesetzten darüber informierte, dass ein britischer Untertan mit den Nama-Rebellen reitet.«

»Technisch gesehen«, Walters setzte sein Glas auf einem klappbaren Beistelltisch ab, »ist der Mann Australier und die scheinen die Regierungsangelegenheiten teilweise in die eigenen Hände genommen zu haben, seit sie eine Föderation wurden. Aber ja, der betreffende Mann ist immer noch ein Untertan der Krone.«

»Dieser Mann, Edward Prestwich«, von Deimling schnippte mit dem Finger und Kurtz reichte ihm die Mappe, »beteiligte sich Anfang dieser Woche an der Schlacht bei Narudas und an einem Überfall auf meine Truppen. Diese waren nach einem erfolgreichen Gefecht gegen den Rebellenführer Jakob Morengo in den Karasbergen, bei dem wir den Rebellen schwere Verluste zufügten, auf der Rückkehr nach Keetmanshoop. Mehrere Wagen am Ende unserer Kolonne wurden abgeschnitten und drei davon zerstört. Aber viel schlimmer war die Ermordung von fünf verwundeten deutschen Soldaten durch die Aufständischen. Prestwich wurde zuletzt von einem unserer Offiziere auf der Ladefläche des Wagens gesehen, auf dem die Morde geschahen.«

»Glauben Sie, dass er dafür verantwortlich war?«, fragte Walters.

Oberst von Deimling zuckte leicht mit den Schultern. »Ich habe keine Beweise dafür und hoffe, dass sich kein weisser Mann soweit herablassen würde. Aber Ihre Kolonialtruppen sind ja dafür bekannt, im letzten Krieg Gefangene erschossen zu haben, nicht wahr?«

Walters schürzte die Lippen. »Was wissen Sie sonst noch über diesen Mann?«

Von Deimling lehnte sich in seinem Stuhl zurück und legte die Finger aneinander. »*Unsere* Quellen berichten, dass dieser Australier, Prestwich, im Krieg gegen die Buren in einer irregulären Pferdeeinheit der britischen Armee diente. Er ist uns seit einiger Zeit als Dieb bekannt, der mit Vieh handelt, das die Hottentotten, sie nennen sich selbst Nama, gestohlen haben. Er liefert den Rebellen Pferde und vielleicht auch Waffen und Munition. Es wäre für Deutsch-Südwestafrika hilfreich, wenn Ihre Polizei den illegalen

Handel mit Vieh über die Grenze hinweg mit grösserer Sorgfalt kontrollieren würde.«

Zu einer Sitzung über irgendeinen Schurken aus der Kolonialzeit hätte Walters normalerweise einen Untergebenen geschickt, doch dieser Fall war für ihn von besonderem Interesse. Nach dem Erhalt des Telegramms des Aussenministeriums hatte ein besonders fleissiger Leutnant in seinem Stab grosse Initiative gezeigt und nach der Dienstakte von Edward Lionel Prestwich gesucht. Aus der Zusammenfassung, die der Leutnant für ihn vorbereitet hatte, sprangen zwei Dinge heraus.

Erstens war Edward Prestwich Mitglied von Steinaeckers Reitern gewesen und 1902 in Komatipoort an Malaria gestorben und Zweitens gab es Aufzeichnungen darüber, dass am selben Tag Sergeant Cyril Blake als tot gemeldet worden war.

Erst vor zwei Tagen hatte Walters bei seiner Durchfahrt durch Upington von einem Beamten einen Routinebericht erhalten, in dem von einer rothaarigen Europäerin die Rede war. Sie erkundigte sich vor einiger Zeit in der Stadt nach verschwundenem Vieh. Ihr Name war Claire Kohl und sie war die Frau eines deutschen Arztes und Landwirts jenseits der Grenze.

Vom angeblichen Prestwich fand er in Upington keine Spur und niemand schien zu wissen, wo er sich aufhielt oder wann er zurückkehrte. Deshalb war Walters nach Rietfontein gekommen, um mit seinen deutschen Kollegen jenseits der Grenze über den Mann zu sprechen. Ausserdem wollte er Informationen über die rothaarige Frau.

»Wie soll ich in dieser Sache vorgehen, Herr Oberst?«, fragte Walters und unterstrich sein vorgetäuschtes Desinteresse mit einem Zischen des Giraffenschwanzes.

Von Deimling schenkte ihm ein knappes Lächeln. »Ich bin versucht, zu sagen, dass das Ihre Verantwortung ist, Oberst, möchte aber nicht leichtfertig oder unhöflich klingen.«

Walters ignorierte die Kritik. »Die berittene Kap-Polizei nimmt selbstverständlich alle Anschuldigungen wegen illegaler Aktivitäten ernst und unsere Regierung findet keinen Gefallen an einem britischen Untertanen, der als Waffenschmuggler oder bewaffneter Rebell agiert. Egal ob aus der Kolonialzeit oder nicht.«

Von Deimling strich sich über den Schnurrbart. »Ich selbst habe ein Kopfgeld von dreitausend Mark auf Prestwich ausgesetzt. Er scheint den Eingeborenen übermässig wohlgesonnen zu sein. Es gibt sogar Berichte, wonach er in Upington von Zeit zu Zeit mit einem farbigen Mädchen zusammenlebt. Wenn dieser Mann mit seinen Heldentaten prahlt und allenfalls Unwahrheiten über Morengos Erfolge in Upington verbreitet, könnte er die Saat der Rebellion auch unter Ihren Eingeborenen säen. Ich bin sicher, die Kapkolonie und Ihre Herren in England hätten es nicht gerne mit der Art von Aufstand und Banditentum zu tun, mit der wir konfrontiert sind.«

»Durchaus«, sagte Walters. »Ich sehe, Sie haben eine Akte.«

Von Deimling nickte. »Im Interesse der internationalen Zusammenarbeit würde ich Sie gern darüber informieren, was wir wissen. Im Gegenzug könnten Sie mir vielleicht eine Art Zusicherung geben, die ich an meine Vorgesetzten weitergeben kann.«

Jetzt war es an Walters, zu verhandeln. »Vielleicht können Sie mir bei etwas helfen?«

»Wenn es in meiner Macht steht, gern«, gab von Deimling zurück und breitete seine Hände aus. »Doch ich bin nur ein bescheidener Soldat.«

»Während Sie sich Sorgen um einen Australier machen, der illegal in Ihr Gebiet eindringt, habe ich kürzlich Berichte über eine Frau erhalten, die möglicherweise irischer oder amerikanischer Abstammung ist, rotes Haar hat und, so glaube ich, die Frau eines Bauern ist. Sie kam von Ihrer Seite der Grenze bei Upington in die Kapkolonie.«

Von Deimling legte seine Hände wieder auf der Brust zusammen. »In Südwestafrika gibt es nur sehr wenige Frauen mit diesem Hintergrund. Es gibt überhaupt nur wenige Frauen in der Kolonie und die meisten von ihnen kommen per Schiff aus Deutschland.«

»Das habe ich auch schon gehört.«

»Darf ich Sie fragen, warum Sie sich für diese Frau interessieren?«

»Das geht auf meine Zeit während des Krieges gegen die Buren zurück. Schon damals war ich in Ermittlungen involviert.«

Von Deimlings Gesicht verzog sich zu einem breiten Lächeln, das so angenehm und lebensecht wie die vertrocknete Haut beidseits des Kiefers einer Leiche war. »Kommen Sie, kommen Sie, Herr Oberst, wir wissen, dass Sie während des Krieges Offizier des britischen Militärgeheimdienstes waren. Da dieser Konflikt vorbei ist und sich unsere beiden Nationen nicht mehr im Krieg befinden, bin ich sicher, dass wir offen miteinander reden können. Von einem alten Soldat zum anderen.«

Walters erwiderte das Lächeln nicht. »Es gab eine Frau, gegen die ich ermittelte. Eine halb deutsche, halb irische Fenianerin, die Tochter eines unserer eigenen ›Rebellen‹, namens Claire Martin. Sie hatte einige Zeit in Amerika verbracht, wo sie vom moralischen Verfall des Landes angesteckt wurde. Im Krieg sympathisierte sie mit den Buren. Wir glauben, dass Miss Martin für Ihre Regierung spionierte und als Vermittlerin zwischen einem deutschen Waffenhersteller, ihrem Cousin Fritz Krupp und den Buren agierte.«

Von Deimling schaute teilnahmslos. »Die kaiserliche deutsche Regierung hatte nichts mit Ihrem Krieg gegen die einfachen Bauern Südafrikas zu tun. Aber es ist ein offenes Geheimnis, dass einige unserer Bürger sich durch die Behandlung der Buren so angegriffen fühlten, dass sie auf deren Seite kämpften – natürlich ohne offizielle Zustimmung.«

»Natürlich und selbst wenn Sie wüssten, dass die Dame in Geheimdienstangelegenheiten verwickelt ist, würden Sie mir das sicher nicht anvertrauen.«

Von Deimling legte einen Finger an seine Lippen. »Es gibt da eine Frau, eine Bäuerin mit roten Haaren. Ich habe sie im Schützenhaus, dem Schützenverein in Keetmanshoop, gesehen. Ich glaube, ich habe gehört, dass jemand gesagt hat, die Frau sei Ausländerin.«

Walters hob die Augenbrauen. »Eine bescheidene Bäuerin?«

»Nun, vielleicht nicht ganz so bescheiden. Wenn diese rothaarige Frau die Claire Martin ist, die Sie suchen, dann würde ihr Nachname jetzt Kohl lauten, denn sie ist die Frau des Arztes der Stadt – eines meiner Reserveoffiziere. Sie haben drei Bauernhöfe, die alle recht gross sind, mit Schafen und Rindern und züchten Pferde für das Kaiserreich.«

»Drei Höfe? Ist das nicht ungewöhnlich?«

Er breitete seine Hände aus, als wolle er das Nichts um sie herum umfassen. »Südwestafrika ist ein Land der grossen Möglichkeiten für fleissige Deutsche und solche, die sich von unserer Lebensweise und unseren Ansichten angezogen fühlen. Viele der Siedler aus der alten Heimat und nicht wenige aus Südafrika haben es hier zu Wohlstand gebracht. Aber unter uns gesagt, ich habe gehört, der Doktor habe einen Haufen Schulden und mehr als ein gebrochenes Herz in Deutschland zurückgelassen, bevor er hierherkam.«

»Und in Afrika hat er genug Geld verdient, um drei Farmen zu kaufen?«

Von Deimling zuckte mit den Schultern. »Vielleicht kam die Frau, diese Rothaarige, für die Sie sich so sehr interessieren, aus vermögenden Verhältnissen? Was interessiert Sie denn an dieser Frau, Herr Oberst – Ihr Krieg ist doch schon seit vier Jahren vorbei?«

»Sie hat der britischen Armee eine Menge Geld gestohlen! Sie war Teil einer Bande, die einen Lohnwagen überfallen hat, der unter meiner Aufsicht stand.« Einmal mehr erzählte Walters die Lügengeschichte, die er mittlerweile fast selbst glaubte. »Sie entkamen mit hunderttausend Pfund. Die Diebe wurden von einem Trupp meiner Soldaten aufgespürt und in einen Hinterhalt gelockt. Sie töteten die beteiligten Männer, aber die Frau, Claire Martin, entkam mit dem Wagen. Abgesehen davon, dass sie der Krone eine Menge Geld gestohlen hat, litt meine Karriere unter dem Diebstahl und meiner Unfähigkeit, die Gelder zurückzuholen und die Frau vor Gericht zu stellen.«

Von Deimling nickte. »Ich verstehe, dass Sie sich für diese Angelegenheit interessieren. Aber nach dem, was ich von Doktor Kohl weiss, scheint sie Ihr fehlendes Geld ausgegeben zu haben.«

»Das sollte uns nicht davon abhalten, gegen sie zu ermittelt, da sind Sie sicher gleicher Meinung.«

»Vielleicht«, sagte von Deimling, »aber jetzt ist die Dame eine Untertanin des Kaisers und lebt auf deutschem Gebiet.«

Walters strich sich über den Schnurrbart. »Genau wie Edward Prestwich ein Australier ist, der angeblich in der Kapkolonie lebt.«

»Touché, Oberst Walters.«

»Jede weitere Information, die Sie über Frau Kohl geben können, sogar eine Bestätigung ihres Vor- und Mädchennamens, wäre für die Cape Mounted Police eine grosse Hilfe, Colonel und sehr willkommen.«

Von Deimling schnippte mit den Fingern. »Kurtz?« Der Adjutant trat vor und von Deimling stellte ihm eine Frage.

»Claire, Herr Oberst«, antwortete Kurtz.

Walters konnte sich kaum beherrschen.

Von Deimling reichte ihm schliesslich die Akte. »Das ist der Vorname der Frau des Arztes, Claire.«

Walters versuchte, ruhig zu atmen. Er öffnete das Dossier, aus dem ihm ein Gesicht entgegensah, das er sofort wiedererkannte.

»Einer meiner Männer hat dieses Bild im Besitz einer Farbigen gefunden, die wir in Narudas gefangen genommen haben«, sagte von Deimling. »Sie scheint eine Freundin des Mannes zu sein, wahrscheinlich eine Hure. Unser Arzt aus Keetmanshoop, zufällig der Ehemann der Frau, die Sie suchen, hat bestätigt, dass er diesen Mann während der Schlacht gesehen hat. Die farbige Frau war eine Gefangene, der es gelungen war, sich zu befreien. Prestwich versuchte, sie zu retten, wurde aber weggeschleudert, als der vordere Wagen explodierte. Herr Doktor Kohl nahm die farbige Frau unter seine Obhut und zog sich mit ihr zurück, berichtete aber, er habe gesehen, dass der weisse Mann verletzt gewesen und durch den Sand gekrochen sei.«

Walters starrte auf das Bild und zwang sich, die Hände ruhig zu halten, um beim Deutschen nicht noch mehr Interesse zu wecken. Er lag mit seiner Vermutung richtig: Cyril Blake hatte in Komatipoort die Identität mit dem verstorbenen Edward Prestwich getauscht –, denn der Mann, der ihm von dem Foto entgegenstarrte, war mit Sicherheit Claire Martins Komplize.

Walters erzählte von Deimling der Fairness halber, dass der Mann, den die Deutschen suchten, in Wirklichkeit Cyril Blake heisse und Prestwich ein Deckname sei. Von Deimling winkte Kurtz zu und gab die Nachricht an seinen Adjutanten weiter.«

»Jetzt etwas Wein, Herr Oberst?«, bot von Deimling an.

Walters war in Gedanken versunken. Die mühsame Reise hierher hatte sich gelohnt. Frauen waren Blakes Schwäche und er hatte versucht, seine farbige Geliebte zu retten. Ob er sich auch bemüht hatte, Claire Martin in Südwestafrika zu finden?

Walters war sich jetzt sicher, dass Claire Kohl in Wirklichkeit Claire Martin war – die Geschichte von dem mittellosen Arzt und der rothaarigen Ausländerin, die es sich leisten konnten, einen grossen Teil Deutsch-Südwestafrikas zu kaufen, verriet ihm, dass sie sich tatsächlich mit einem beträchtlichen Teil von Krügers Gold auf den Weg in diese Kolonie gemacht hatte. Die Frage war nur, wie viel davon übrig war und wie er es in die Hände bekommen konnte.

Ein weniger selbstsicherer Mann als Walters hätte sich wohl Sorgen darüber gemacht, dass Blake noch am Leben war und versuchen könnte, zu enthüllen, was er während des Krieges getan hatte. Vielleicht sann der Mann auf Rache? Andererseits konnte er hoffen, durch Blake an Claire Martin heranzukommen, die ihn dann wiederum zum Gold führte. Obwohl Blake gerissen und vorsichtig war, würde er den Deutschen vielleicht in die Hände fallen, wenn die Deutschen die Frau im Auge behielten.

Von Deimling räusperte sich. »Oberst?«

Walters sah auf und merkte, dass sein Gegenüber mit ihm gesprochen hatte.

»Ich habe gefragt, ob Sie jetzt etwas Wein möchten.«

»Oh, ja, natürlich.«

»Sie sehen aus, als hätten Sie gerade ein Gespenst gesehen.«

Nein, dachte er, kein Gespenst, sondern einen bald erledigten Mann und eine Frau, die er zum Reden bringen würde.

43

1906, SÜDLICH VON KEETMANSHOOP, DEUTSCH-SÜDWESTAFRIKA

Sie schliefen eng aneinandergedrängt, aber Blake wachte, wie es sich für einen Soldaten gehört, vor dem Morgengrauen auf, wusch sich und zog sich an. Er kochte Tee und weckte Claire, die ihn lächelnd und mit einem Kuss begrüsste.

Er reichte ihr die Tasse und erklärte: »Wir müssen bereit sein, wenn dein Mann auftaucht.«

Sie winkte mit ihrer freien Hand. »Es ist mir egal, ob er es erfährt. Ich mag ihn immer noch, aber zwischen Peter und mir ist es schon lange vorbei, Blake. Wir leben nur noch aus Bequemlichkeit zusammen.«

»Trotzdem sollten wir im Moment jede Komplikation vermeiden.«

Claire nickte und trank einen Schluck.

Nach dem Frühstück ging Blake nach draussen und striegelte, fütterte und tränkte sein Pferd Bluey. Am Horizont sah er eine Staubfahne und holte sein Gewehr. Dann erkannte er einen Reiter. Der Doktor kam.

Peter ritt mit finsterem Gesicht auf sein Haus zu. »Wo ist meine Frau?«

»Claire ist drinnen.«

»Claire? Sie ist eine verheiratete Frau und es ist unverschämt von Ihnen, ihren Vornamen zu benutzen. Bitte sprechen Sie sie mit Frau Kohl an.«

Claire trat von hinten zu ihm. »Es ist schon in Ordnung, Peter.«

Der Arzt schaute von ihr zu Blake, offensichtlich verwundert, dass der Australier ihr keine Waffe an den Kopf hielt. Als er Verdacht schöpfte, verengten sich seine Augen.

»Ihr ... kennt euch?«

Claire nickte. »Ja, wir haben uns während des Krieges in Südafrika kennen gelernt, Peter. Blake half mir, als die Briten mich verfolgten, insbesondere einer ihrer Offiziere.«

Peter runzelte die Stirn. »Nun, scheinbar ist ein weiterer britischer Offizier auf der Suche nach dir. Ich habe mit Kurtz, einem befreundeten jungen Offizier, gesprochen. Er bat mich, dich zu warnen, dass die Cape Mounted Police dir auf den Fersen ist. Von Deimling hat mit einem britischen Polizei-Oberst vereinbart, dass er Informationen über einen Australier liefert, der mit den Nama reitet, wenn er im Gegenzug Informationen über dich erhält, Claire.«

»Mich?« »Es sei denn, es gibt noch eine rothaarige Claire mit irisch-amerikanischem Akzent in der Kolonie. Der britische Offizier sagte, du hättest einen britischen Militärtransport ausgeraubt und britische Soldaten kaltblütig umgebracht. Kommt da unser Geld her, Claire?«

Claires Augen trafen sich mit denen von Blake. Das war eine gute Tarngeschichte.

»Hat dir Kurtz zufällig den Namen dieses britischen Obersts genannt, Peter?« erkundigte sich Claire.

»Walters. Louis, oder so ähnlich.«

»Llewellyn«, sagten Blake und Claire unisono.

Peter sah die beiden an. »Ihr kennt ihn.«

Blake nickte.

Peter wandte sich an ihn: »Und von Deimling hat dreitausend Mark auf Ihren Kopf ausgesetzt, genau wie für die Ergreifung oder Tötung von Morengo. Sie sind ein sehr gesuchter Mann, Mister Blake.«

»Kennen mich die Deutschen als Blake?«

Peter nickte. »Ja, dieser Colonel Walters hat von Deimling erklärt, Prestwich sei ein Deckname, sozusagen Ihr ›nom de guerre‹.«

»So ein Mist«, fluchte Blake.

»Warum sollte ich Sie nicht verpfeifen, Herr Blake und dreitausend Mark kassieren? Da Sie und meine Frau ... sich kennen ... ist es unwahrscheinlich, dass Sie ihr etwas antun.«

»Es war meine Idee, die Scharade fallen zu lassen, Peter«, sagte Claire. »Ich will ehrlich zu dir sein. Weisst du, was mit dem Mädchen los ist?«

»Ja«, sagte Peter stirnrunzelnd. »Sie wird zusammen mit allen anderen Gefangenen nach Lüderitz auf die Haifischinsel ins Konzentrationslager Shark Island gebracht.«

Claire ging zu ihrem Mann und nahm seine Hände in die ihren. »Peter, dieser Walters ist ein Verbrecher und er will mein Vermögen. Ich habe keinen britischen Geldtransporter ausgeraubt, aber mein Geld auch nicht geerbt. Walters war ein britischer Geheimdienstoffizier, aber vor allem wollte er einen Teil von Paul Krügers Gold, dem Vermögen der Burenrepublik, in die Hände bekommen.«

»Du hast Krügers Gold genommen?« Peter schaute ungläubig.

»Einen Teil davon«, nickte Claire.

Peter schloss für ein paar Sekunden die Augen und öffnete sie dann wieder. »Du bist also eine Diebin.«

»Nun, in gewisser Weise schon, obwohl ich es lieber als Kriegsbeute betrachte. Peter, Walters hat Blake eine Falle gestellt und meinen Kontaktmann bei den Buren ermordet, einen Amerikaner. Er war ... ein guter Freund und Walters hat ihn im Versuch, den Standort des Goldes herauszufinden, gefoltert und erschossen.«

»Und dieser Mann, dieser Amerikaner, hat dir den Standort des Goldes genannt?«

»Ja.«

»Warum?«, fragte Peter.

Claire errötete.

Peter wandte den Blick von ihr ab.

»Komm, Peter, spiel nicht den hochmütigen, gekränkten

Ehemann, der von der schmutzigen Vergangenheit seiner Frau erfährt. Wir wissen beide, dass auch du kein Lämmchen bist. Ausserdem tut es ehrlich gesagt ganz gut, die Wahrheit zu sagen. Vielleicht versuchst du es selbst einmal.«

Peter schaute leicht beschämt zuerst zu ihr und dann zu Blake. »Und der hier, Claire?«

Blake trat näher. »Ich bin auf der Suche nach der jungen Frau, die Ihre Leute entführt haben. Ich bin nicht hinter Ihrer Frau her, Doktor.«

Blake und Peter wandten sich beide Claire zu, die die Stirn runzelte. Blake war froh, dass sie nicht mit ihrer Offenheit fortfuhr und Peter alles erzählte, was passiert war. Der Doktor ahnte es wahrscheinlich sowieso.

»Wir können nichts für sie tun «, sagte Peter. »Man bringt sie und fünf weitere Gefangene unter Eskorte zum Lager auf der Haifischinsel.«

»Wer sind die anderen Gefangenen?«, fragte Blake.

Peters Gesicht zeigte Verlegenheit. »Drei alte Frauen und zwei Kinder, ein Junge und ein Mädchen.«

Blake schüttelte den Kopf. Es war wie damals in Südafrika und ekelte ihn an: Die Frauen und Kinder wurden zusammengetrieben, um dem Feind die Familie und die Unterstützung zu entziehen.

»Ich werde sie holen, Claire.«

»Wirst du es dir nicht anders überlegen und dich wieder über die Grenze schleichen?«, fragte sie.

»Und dich wieder zurücklassen, obwohl ich weiss, dass Walters hinter dir her ist? Nein.«

»Dann komme ich mit«, sagte Claire.

Peters Gesicht lief rot an. »Das wirst du nicht, Frau!«

Claire wandte sich ihm ärgerlich zu. »Nenne mich nicht ›Frau‹, ich bin keine Sklavin und mache, was ich will. Ich habe genug Unschuldige gesehen, die man einsperrte und die verhungerten oder durch Ruhr oder Fieber in ein frühes Grab geschickt wurden. Ich werde nicht tatenlos zusehen, wie es erneut geschieht.«

Peter setzte sich auf einen Stuhl und stützte den Kopf in die

Hände. »Was ist hier los? Verlässt du mich wegen dieser Rebellin, Claire?«

»*Das*«, sagte Claire, »ist Krieg, Peter. Darum geht es. Nicht um die Polizeiuniform, in die du dich kleidest und um Lügengeschichten, die du an der Bar im Schützenverein erzählst, wenn du Hof hältst und über die Eingeborenen lachst. Du hast die Wirklichkeit selbst gesehen. Ehrlich gesagt, habe ich es satt, hier draussen in der Wüste. Die Nama rauben mich aus und das deutsche Militär kümmert sich weder darum, Kranken zu helfen noch die einheimischen Kinder zu unterrichten. Du könntest das nächste Mal getötet werden, wenn du mit der Schutztruppe ausreitest. Das ist nicht der Ort, den ich mir vorgestellt habe.«

Peter sah wütend auf. »Du willst mich, deinen rechtmässig angetrauten Ehemann, für einen anderen Mann verlassen?«

Claire seufzte. »Ich werde dich vermissen, Peter, aber ich denke, wir wissen beide, dass wir als Freunde besser sind, als wir es je als Ehemann und Ehefrau waren. Ausserdem kannst du nicht den ersten Stein werfen, nicht wahr? Das mit Andrea und Helga weiss ich schon seit einiger Zeit.«

Er senkte den Blick. »Was erwartest du von mir? Dass ich mein Land und meine Uniform verrate?«

»Ich möchte, dass du dich wie ein anständiger Mensch verhältst, Peter. Ob du mitkommst oder nicht, ich mache mich auf den Weg an die Küste. Dieses junge Mädchen wird alle möglichen Schrecken erleben und hinter mir sind die Briten her. Ich muss mich sowieso um meine Geschäfte kümmern.«

Peter stand auf. »Ich muss darüber nachdenken, Claire. Du hast Recht, ich war ganz und gar kein perfekter Ehemann, aber das ist ein Schock für mich.«

Sie nickte, sagte aber nichts weiter.

Er holte tief Luft. »Entschuldigt mich, ich brauche ein Bad.«

Als er den Raum verlassen hatte, fragte Blake: »Du hast etwas zu erledigen?«

»Wenn er es nicht jemand anderem erzählt hat, was ich bezweifle, ist Walters ausser dir und Peter der einzige Mensch auf der Welt, der weiss, dass ich mich mit Krügers Gold davongemacht habe. Jetzt weiss er, dass ich in Südwestafrika bin und wird mich jagen.«

»Und nun verschwindest du nach Europa?«

»Irgendwohin.«

»Und was ist mit mir?«

»Wenn du schlau bist, fährst du mit dem nächsten Schiff zurück nach Australien. Ich gebe dir als Dank für deine Hilfe Geld für ein Ticket und genug, um ein kleines Haus in Sydney zu kaufen. Vielleicht können wir uns dort treffen. Was sagst du dazu?«

»Ich bin nicht schlau und du hast schon einmal versucht, mich zu verlassen. Ich lasse dich nicht noch einmal gehen, Claire.«

* * *

BLAKE, Claire und Peter ritten auf der Wüstenstrasse von Keetmanshoop in Richtung Aus. Blake trug immer noch die Uniform der deutschen Schutztruppe als Tarnung und gab vor, die Eskorte des Arztes und seiner Frau zu sein.

Das Klirren von Metall auf Metall und der Schrei einer Frau verrieten Claire, dass sie sich der Eisenbahnlinie näherten, die im südlichen Teil der Kolonie gebaut wurde und Lüderitz an der Küste mit Keetmanshoop im Landesinneren verband.

Vom Kamm einer Düne her erkannte Claire die Ursache des Lärms.

Eine Gruppe von Frauen hatte ein Stück Stahlschiene getragen, wobei eine von ihnen offensichtlich stürzte. Als das Metallstück hinunterfiel, klemmte es das Bein der Frau unter sich ein und sie schrie vor Schmerzen. Die anderen Frauen versuchten vergeblich, ihre Kollegin zu befreien, während in Lumpen gekleidete Männer hinter ihnen die sich abspielende Tragödie ignorierten und Nägel einhämmerten.

Ein uniformierter Wachmann mit einem *Sjambok*, einer Lederpeitsche, ging zur verletzten Frau und schlug sie, als trüge sie die Schuld, am Boden festgeklemmt zu sein.

Peter gab seinem Pferd die Sporen und galoppierte vor ihnen her.

Claire und Blake folgten. »Bleib zurück«, sagte sie ihm über ihre Schulter. Blake nickte und hielt Abstand. Claire erreichte Peter, als er abstieg und seine Medizintasche vom Sattel schnallte.

Der Aufseher entfernte sich von der schreienden Frau und kam Peter zu Fuss entgegen. »Was wollen Sie?«, fragte er auf Deutsch.

»Ich bin Arzt. Warum verprügeln Sie die Frau?«

»Das geht Sie nichts an.«

Claire trat hinzu und wandte sich an den Aufseher: »Dies ist ein Hauptmann der Landespolizei und Sie erweisen ihm den Respekt, der ihm gebührt.«

Der Aufseher, ein ungepflegter Mann, dessen dicker Bauch einen Knopf der Uniform weggesprengt hatte, starrte sie an. Schliesslich richtete er sich aber langsam auf und salutierte träge vor Peter. »Die Gefangene ist absichtlich gestürzt, um den Bau der Strecke zu sabotieren, Sir. Wir haben einen engen Zeitplan.«

Peter ignorierte ihn. Er ging auf die Knie und öffnete seine Tasche.

Claire sah sich die armen Schlucker an, die um die Frau herumstanden. Sie waren in Lumpen gekleidet und grauenhaft mager. Anhand ihrer Gesichtszüge vermutete sie, dass es sich um eine gemischte Gruppe von Herero- und Nama-Frauen handle. Sie wandte sich an die nächststehende Frau und sprach sie auf Deutsch an. »Was ist hier passiert?«

Die Frau warf einen erschrockenen Blick auf den Aufseher, dessen Knurren sie zum Schweigen brachte.

»Sehen Sie nicht ihn an, ich stelle Ihnen eine Frage«, herrschte Claire sie an.

Die Frau wich zurück.

»Hebt dieses verdammte Stück Stahl weg«, ordnete Peter an.

»Sie verschwenden Ihre Zeit, Doktor«, sagte der Aufseher. »Ich habe solche Verletzungen schon gesehen. Sie wird das Bein verlieren und sowieso bald sterben.«

Claire drängte sich zwischen die Frauen und beugte sich vor, um das Gleisstück anzuheben. Es war viel zu schwer, als dass sie es auch nur bewegen konnte. Widerwillig und mit einem wachsamen Auge auf ihre Bewacher kamen die Frauen zu ihr, einzeln oder zu zweit. Schliesslich knieten zwanzig von ihnen vor ihr und hievten das Gleisstück hoch.

Als der Stahl von ihr weggezogen wurde, schrie die verletzte Frau noch lauter. Peter band seinen Gürtel als behelfsmässigen Druckverband um ihren Oberschenkel, legte seine Hände unter ihre Achseln und zog sie unter dem Gleisstück hervor.

Während Peter in der Medizintasche kramte, zog der Aufseher seine Pistole, zielte zwischen die starren, flehenden Augen der Verwundeten und erschoss sie.

Die anderen Frauen zuckten zusammen und eine schrie auf.

»Du Mistkerl!«

Claire ging auf den Wachmann los, der seinen Arm hochhielt, die Pistole aber nicht auf sie richtete. Sie gab ihm eine Ohrfeige.

Peter war wütend, aber er hielt Claire fest und zerrte sie weg.

»Bringen Sie Ihre Frau unter Kontrolle, Sir«, sagte der Aufseher.

»Wo ist Ihr befehlshabender Offizier?«, fragte Peter, ohne seine Abscheu zu verbergen.

Der Mann schaute träge über seine Schulter. »Da kommt er schon.«

Peter und Claire sahen einen jungen Leutnant auf sie zuschreiten.

»Was soll das?« Der Mann blieb stehen, schlug die Absätze zusammen und salutierte, als er Peter sah. »Sir.«

»Ihr Mann ... hat diese Frau kaltblütig erschossen.«

Der Offizier blickte von Peter zum Aufseher, der mit den Schultern zuckte. »Sie wäre sowieso gestorben.«

»Das hätte ich zu beurteilen gehabt«, sagte Peter. »Und überhaupt, welches Recht hat dieser Untergebene, sich zum Richter, Geschworenen und Henker aufzuspielen? Was haben diese Frauen falsch gemacht?«

Das Jungengesicht des Leutnants war mit Akne übersät, aber der Blick in seinen Augen war der eines alten Mannes. »Sie sind Sympathisanten der Herero- und Nama-Rebellen. Wir haben die Aufgabe, diese Eisenbahnlinie zu bauen, und zwar rechtzeitig und um jeden Preis. Wir sind weit von der nächsten Stadt entfernt und können keine Ressourcen für den Transport von Gefangenen in eine Klinik verschwenden, wenn sie auf dem Weg dorthin mit Bestimmtheit sterben würden.«

»Wie viele haben Sie bis jetzt verloren?«, fragte Peter und ballte seine Fäuste in kaum zu bändigender Wut.

Der junge Offizier kratzte sich unter der Schirmmütze am Kopf. »Schwer zu sagen, Sir, vielleicht fünf- oder sechshundert. Auf der Todesinsel in Lüderitz, gibt es noch viele. Es besteht also keine Gefahr, dass wir unser Ziel nicht erreichen. Glauben Sie mir, Sir, diese Frauen sind hier draussen in der Wüste glücklicher als im Lager auf der Haifischinsel – man sagt, manche Herero bringen sich um, wenn sie erfahren, dass sie dorthin geschickt werden sollen.«

Peter fiel die Kinnlade herunter. Er schaute zu Claire, die leicht den Kopf schüttelte, als wolle sie ihm sagen, er solle es sein lassen. Sie hielt ihre Wut im Zaum, zumindest für den Moment.

»Haben Sie in den letzten Tagen eine Ladung von neuen Gefangenen hier durchkommen sehen, Leutnant?«, fragte Claire.

Der Mann nickte, als sei er erleichtert, eine leicht zu beantwortende Frage gestellt zu bekommen. »Ja, Madam, gestern, aus Keetmanshoop. Die Eskorte sagte, sie seien während der Kämpfe gegen den Nama-Rebellen Morengo entführt worden.«

»Ich werde einen formellen Bericht über das, was ich heute hier gesehen habe, verfassen«, sagte Peter zu dem jungen Offizier.

Der Aufseher nickte und salutierte, aber seine Antwort bestand nur aus einem halben Grinsen.

Claire blickte auf die im Sand kauernden Frauen und der Magen drehte sich ihr um. Sie erinnerte sich an das Elend in dem südafrikanischen Konzentrationslager, das sie durchlaufen hatte. Damals hatte sie es als schrecklich und brutal empfunden, aber hier, in ihrer Heimat, drohte diesen unschuldigen Kriegsopfern nicht nur ein Leben in einem Lager, sondern sie mussten sich an der Bahnlinie zu Tode abmühen. Es fiel ihr schwer, sich vorzustellen, dass das Leben auf der Haifischinsel noch schlimmer sein könnte. Zwei Frauen wurden beauftragt, die tote Frau wegzuschleppen und sie einige Meter von der Bahnlinie entfernt abzulegen. Der Aufseher brüllte, die Frauen sollten sich wieder an die Arbeit zu machen.

Claire und Peter stiegen auf und als die drei ausser Hörweite waren, führte Blake sein Pferd neben das ihre. »Was sollte das alles?«

Sie erklärte es ihm und benutzte dabei das Wort, mit dem der Offizier das Lager beschrieben hatte: »Todesinsel.«

44

____

AUS, NAMIBIA, IN DER GEGENWART

Nick und Anja blieben am Abend in Anjas Chalet im Desert Horse Inn bis spät auf, wo sie weiter für ihn las, und übersetzte. Um sieben Uhr morgens trafen sie sich, wie geplant, im Hauptgebäude zum Frühstück.

»Es tut mir leid, dass ich dich gestern Abend wachgehalten habe«, entschuldigte sich Nick, als er zum Tisch kam, an dem sie schon sass.

Er sah traurig aus, stellte sie fest. Obwohl er manchmal sehr lebhaft werden konnte, zum Beispiel, wenn sie zu einem besonders interessanten Teil von Dr. Kohls Geschichte kam, wirkte er meistens besorgt. Aber sie genoss seine Gesellschaft. »Kein Problem.«

Er nahm Platz und sie bestellten beide einen Kaffee.

»Darf ich dir eine Frage stellen, Nick?«

»Sicher«, sagte er.

»Du und Susan Vidler ...?«, sagte sie und liess die Frage offen.

»Es ist schrecklich, was mit ihr passiert ist.« Er gab nicht viel preis.

»Ja, das stimmt. So nervtötend hartnäckig sie sein konnte, ich würde niemandem wünschen, was ihr passiert ist. Nick ...?«

»Ja?« Er sah sie an.

»Standet ihr euch nahe, du ... und Susan?«

415

Er sah weg und sie hatte ihre Antwort. »Ich kannte sie nur sehr kurz, aber ja, wir standen uns nahe.«

Jetzt war es ihr peinlich und sie wechselte das Thema.

Sie selbst wusste, dass sie hier den Beweis für ihre Theorie über den Ursprung der Wüstenpferde zu finden hoffte, aber sie fragte sich, was Nick dazu bewogen hatte, den ganzen Weg hierher zu kommen. »Was erhoffst du dir eigentlich, hier zu finden?«

Er runzelte die Stirn. »Ich weiss es nicht. Ich meine, ich möchte gern mehr über die Geschichte wissen, weil Blake ein Verwandter war. Aber im Gegensatz zu Scott Dillon bin ich alles andere als überzeugt davon, dass irgendwo hier in Namibia ein Vermögen in Gold vergraben ist.«

»Du bist also nicht wegen des Geldes hier?«

Er lächelte ein wenig. »Als ich mich entschied, zu kommen, wusste ich nicht einmal, dass es um Geld oder eben Gold geht. Ausserdem habe ich den Gedanken, als reicher Mann zu sterben, längst aufgegeben. Ich schrieb gern für Zeitungen, aber ich hatte wohl zu wenig Antrieb, weisst du.«

Sie betrachtete ihn. »Ich glaube nicht, dass es dir an Tatkraft mangelt, Nick. Du verfolgst hier eine über hundert Jahre alte Geschichte und bist möglicherweise einem Mann auf der Spur, der rauben und töten würde, um zu bekommen, was er will. Nein, ich denke, wenn dir etwas gefehlt hat, dann eher ein klares Ziel.«

Er schien darüber nachzudenken. Sie hoffte, ihn nicht beleidigt zu haben.

»Es tut mir leid«, entschuldigte sie sich und meinte es ernst, »ich bin schon wieder ins Fettnäpfchen getreten.«

Nick schenkte beiden Kaffee ein. Er sagte ein paar Sekunden lang nichts und je länger das Schweigen dauerte, desto heftiger schlug ihr Herz. Er lächelte. »Du hast vielleicht recht.«

»Puh.«

Sie lachten.

»Im Ernst«, sagte er. »Als ich jung war und im Journalismus arbeitete, war meine Arbeit alles für mich und obwohl ich ein ganz gewöhnlicher Reporter war, dachte ich, ich sei der König. Ich hätte nie bei einer grossen Tageszeitung oder im Fernsehen ein grosser Name werden können, auch weil ich es nicht mochte, mich in die Geschichten der Leute einzumischen.«

»Daran ist nichts auszusetzen, manche Reporter können sehr unhöflich sein.«

»Unhöflichkeit oder Entschlossenheit, nenn es, wie du willst, ich hatte es nicht. Ich glaube, wenn ich noch einmal Zeit hätte, würde ich vielleicht einen Roman schreiben.«

»Warum musst du deine Zeit dafür noch einmal haben? Warum kannst du nicht jetzt beginnen?«

Er zuckte mit den Schultern. »Ich habe Rechnungen zu bezahlen und bin auch nicht mehr jung.«

»Jetzt klingst du mutlos. Wenn wir das hier zu Ende gebracht haben, wirst du eine Geschichte zu erzählen haben. Nein, wir beide.«

»Vielleicht.« Er lächelte. »Als ich dich das erste Mal kontaktierte, wolltest du mich nicht kennen lernen.«

»Ich war töricht, eifersüchtig und übertrieben behütend meiner Arbeit und vielleicht auch mir selbst gegenüber«, begründete Anja, peinlich berührt.

»Du, Anja, wie ist das, wartet irgendwo jemand auf dich?«

Sie spürte, wie sie verlegen wurde. »Nein, nur meine Forschung. Und die Wüstenpferde.«

»So schrecklich es auch ist, was mit Susan, Lili und dir passiert ist, ich fühle mich ... Ich weiss nicht ... so lebendig? Ist das schrecklich?«

»Nein. Mir geht es genauso, es beunruhigt und beschäftigt mich. Ausserdem möchte ich unbedingt wissen, wie die Pferde in das alles hineinpassen«, sagte sie.

»Wirklich?«, sagte er langsam.

Anja sah, dass Nick von ihrer Bemerkung nicht überrascht war. Seine Frage klang eher wie Bewunderung oder Respekt, dachte sie. »Ja.«

»Das zeugt von unglaublicher Hingabe, Anja.«

»Danke. Etwas Gold wäre auch nicht zu verachten.«

Er lachte.

»Wir müssen weitermachen, Nick«, sagte Anja wieder ernst. »Und diesem Dillon zeigen, dass er Menschen nicht so behandeln kann, wie er es getan hat. Wenn er Susan wirklich getötet hat oder sie töten liess, muss er vor Gericht gestellt werden.«

»Ja, da hast du recht. sobald sich unser Verdacht erhärtet, gehen wir zur Polizei, ja?«

Sie nickte. »Ja. Wir sind weder Ermittler oder Selbstjustizler. So sehr ich auch hasse, was diese Männer mir angetan haben, werde ich das Gesetz nicht in die eigenen Hände nehmen.«

»Ich frage mich, wie Blake und Claire Martin mit jemandem wie Dillon umgegangen wären«, sinnierte Nick.

»Mit Mausergewehren, vermute ich.«

Sie fuhren gleich nach dem Frühstück los und auf den langen, geraden Streckenabschnitten schienen sie durch die Landschaft zu fliegen. Als sie an der Wasserstelle für die Wüstenpferde in Garub vorbeifuhren, verlangsamte er das Tempo und Anja drückte liebevoll eine Hand ans Fenster, als sie eine Stute mit einem Fohlen entdeckte.

Die Strasse folgte dem Verlauf der Bahnlinie.

»Es ist schrecklich, an die Menschen zu denken, die beim Bau dieser Strecke gestorben sind«, sagte Nick, »und an den Vorfall mit der armen Frau mit dem eingeklemmten Bein.«

Anja sinnierte schweigend. Sie hatte über die Konzentrationslager und die Arbeitstrupps gelesen. »Es heisst, dass von den zweitausend Herero und Nama, die an der Strecke arbeiteten, etwa dreizehnhundert beim Bau ums Leben kamen.«

Nick schüttelte den Kopf.

Die Landschaft wurde noch unwirtlicher, wenn das überhaupt möglich war. Das stoppelige Gras, von dem sich die Pferde ernährten, wich einem breiten Tal zwischen Sanddünen. Als sie sich Lüderitz näherten, wehte ein wallender Sandvorhang über die Strasse.

»Durch den Sand zu rasen ist gefährlich«, sagte Anja. »Wenn du schneller fährst, um einer Sandbö zu entkommen, verstärkst du die Schleifwirkung der Körner und es wird noch schlimmer.«

Nick nickte und fuhr gleichmässig weiter. Nach einer Stunde und zwanzig Minuten, die sie grösstenteils in Gedanken versunken verbrachten, tauchten auf der linken Seite alte Gebäude auf.

»Das ist Kolmanskop«, erklärte Anja, »eine Diamantenminenstadt aus der Zeit des Booms nach dem Ersten Weltkrieg. Es heisst, dass es in der Blütezeit der Stadt mehr und billigeren Champagner gab als Wasser. Jetzt hat die Wüste alles zurückerobert und es ist eine Geisterstadt.«

Nick blickte auf die ehemals prächtigen Villen und Bergwerksgebäude, deren Türen und Fenster vom Wind aufgebrochen und deren Innenräume zur Hälfte mit Sand gefüllt worden waren. Es war ein bizarrer Anblick.

»Wenn die Wüste eine Stadt verschlucken kann, findet jemand wie Dillon selbst wenn er ganz genau weiss, wo er suchen muss, vielleicht nie ein vergrabenes Goldlager. Diese Gegend ist so trostlos, es ist ein Wunder, dass sich überhaupt je Menschen hier niedergelassen haben.«

»Die Briten beanspruchten Walvis Bay, den besten Hafen an der Atlantikküste, für sich und behielten ihn jahrzehntelang als Enklave«, erklärte Anja. »Die Deutschen mussten sich mit Lüderitz begnügen, obwohl es dort nicht einmal Süsswasser gab und sie mit Kondensatoren Meerwasser entsalzen mussten.«

Lüderitz war eine kleine Stadt, die sich an den Rand der Wüste klammerte und dem Atlantik und Europa den Rücken zuwandte. Offensichtlich hatte sich hier seit den frühen 1900er Jahren in vielerlei Hinsicht kaum etwas verändert.

»Es sieht wie ein vorgefertigtes deutsches Dorf aus, das man nach Afrika versetzt hat«, sagte Nick.

»Genau das ist es auch.«

Anja führte ihn durch die Strassen und zusammengedrängten Häuser des Küstenstädtchens. Normalerweise war ein Ausflug nach Lüderitz, für sie entweder eine angenehme Abwechslung zum Leben in der Wüste oder eine Notwendigkeit. An die düstere Vergangenheit des Küstendorfs dachte sie aber selten.

Sie zeigte auf ein Einkaufszentrum auf der rechten Seite und das Restaurant Essenzeit, in dem Joanne Dillon ein Treffen vorgeschlagen hatte. »Das hier ist die alte Hafengegend. Und dort, dieses historische Gebäude hoch oben auf der Klippe, war früher der

Hauptsitz der Reederei Woermann. Heute ist da ein Café«, erklärte sie Nick.

»Lass uns zu Dillons Hotel gehen«, schlug Nick vor.

Anja schüttelte den Kopf und holte tief Luft. »Lass mich das machen, Nick«, erwiderte Anja. »Ich habe Dillon in Windhoek getroffen und er weiss wohl nicht, dass wir beide zusammenarbeiten. Wenn er alle meine gestohlenen Daten bekommen hat, weiss er, dass ich damals keine Kopie von Peter Kohls Manuskript hatte. Vielleicht ist er also eher bereit, sich mit mir zu treffen.« Nervös zückte sie ihr Handy und einen Bierdeckel und tippte eine Nachricht.

»Was schreibst du?«, fragte Nick.

Anja zeigte ihm den Untersetzer mit der Notiz. »Scott hat mir in Windhoek seine Nummer gegeben und er wusste, dass ich in diesem Teil des Landes sein würde. Ich werde ihm eine harmlose Nachricht schicken, dass ich zur Haifischinsel fahre und ihn fragen, ob er Lust hat, sich mit mir dort zu treffen. Während wir auf ihn warten, können wir das Manuskript zu Ende lesen.«

45

1906, IN DER WÜSTE ÖSTLICH VON LÜDERITZ, DEUTSCH-SÜDWESTAFRIKA

Blake, Claire und Peter mussten ihre Gesichter verhüllen und die Augen zu Schlitzen zusammenkneifen, um den schlimmsten Sand abzuhalten, während ihre Pferde müde durch die Wüste trotteten.

Blake liess sich zurückfallen, bis er neben Peter ritt. »Und Sie und Claire haben Geld bezahlt, um ein Stück von diesem verdammten Gebiet zu kaufen?«

Peter lachte. Er war diese Art von Kerl, hatte Blake bemerkt, jemand, der es schaffte, die meiste Zeit über bei Laune zu bleiben und ein Lächeln aufzusetzen. Allerdings wusste Blake, dass die Kämpfe in und um Narudas den Arzt verändert hatten. Blake fand den Deutschen sympathisch und hatte ihn in den Tagen seit dem Vorfall an der Bahnlinie schätzen gelernt. Die Ermordung der Frau hatte alle erschüttert und sie hatten am Feuer darüber gesprochen, wie auch über andere Dinge, die Blake während seiner Kriegszeit in Afrika gesehen hatte.

»Aber in Australien habt ihr auch Wüste, oder?«, erkundigte sich Peter.

»Ja, aber da gehe ich nicht mehr hin, erst recht nicht nach dem hier. Ich habe für mein ganzes Leben genug Sand gesehen.«

»Und trotzdem bleibst du, Blake. Wirst du Afrika jemals verlassen?«

»So, wie sich die Sache jetzt entwickelt, muss ich das vielleicht. Ich würde gerne an einen Strand gehen. Wasser ist wahrscheinlich das Einzige, was ich von Australien vermisse.«

Peter zeigte nach vorne. »Da wo wir hin reiten, gibt es nichts als Strand! Aber das Wasser ist so kalt, dass du erfrierst und wenn nicht, töten dich die Löwen, die an der Küste umherstreifen und sich von toten Walen, Robben und schiffbrüchigen Seeleuten ernähren.«

Claire schaute hinüber und lächelte den beiden zu. Sie war wunderschön, aber ihr Blick schmerzte Blake. Eine schreckliche Vorahnung stieg in ihm hoch. Diese Reise zur Rettung von Liesl beinhaltete so viel Hilflosigkeit, dass sie sich wie eine Reise ohne Rückkehr anfühlte.

Sie hatten keinen ausgefeilten Plan und Blake hatte gesehen, dass es nicht nötig war, Peter in Schach zu halten oder einzuschüchtern. Er erkannte, dass Peter diese Reise nicht machte, weil er dazu gezwungen wurde, sondern um sich selbst ein Bild davon zu machen, was mit den Nama- und Herero-Gefangenen geschah.

Am nächsten Morgen sah Blake am Horizont jenseits der Dünen eine Nebelwand.

»Dort ist der Atlantik«, sagte Peter. »Wir sind fast da.«

Er klang fast traurig, dachte Blake, als würde es ihm leidtun, dass sie sich ihrem Ziel näherten.

Immer wieder hatten sie Spuren der Nama-Gefangenen und ihrer Begleiter gefunden. Noch warme Glut von Lagerfeuern, Wagenspuren im Sand und, am allerschlimmsten, die Leiche einer jungen Frau, die in der Nacht von Hyänen zerfleischt worden war. Die Männer hatten eine Mulde in den Sand gegraben und das Mädchen begraben. Sie standen eine Minute lang schweigend neben dem Grab und Claire sprach leise ein Ave-Maria, wobei ihr die Tränen über die Wangen liefen. Peter nickte ihm zu und Blake ging zu ihr und legte einen Arm um sie. Sie drehte sich zu ihm und vergrub das Gesicht an seiner Brust.

Peter ging zu seinem Pferd, stieg auf und ritt, ohne sich nach ihnen umzusehen, langsam davon. Sie holten ihn bald ein, aber Blake spürte, dass sie eine weitere unsichtbare Grenze überschritten hatten. Schweigend näherten sie sich der Stadt. Schliesslich nahmen sie neben dem frischen Geruch von Meersalz den Gestank menschlicher Abfälle wahr und trieben ihre erschöpften Pferde den letzten Anstieg hinauf.

»Mein Gott, ist das gross geworden«, sagte Claire, als sie auf der Düne eine Pause einlegten und den Blick über die Landschaft unter ihnen schweifen liessen.

»Ja, wegen des Krieges«, sagte Peter und Blake erkannte, dass das stimmte. Jede zweite Person, die sie auf der unter ihnen liegenden Strasse sahen, trug die Uniform der Schutztruppe. Ein Zug von Soldaten marschierte im Gleichschritt die Strasse hinunter und andere lagerten vor einer Reihe von Geschäften. Irgendwoher hörte man gebellte Befehle, das Iahen eines Esels und den Schrei einer Frau.

Claire zeigte über die Docks und Lagerhäuser, hinter denen sich eine Landzunge ins Wasser streckte. Aufsteigende Rauchsäulen kritzelten schmutziggraue Linien in den klaren, blauen Himmel. »Dort, die Haifischinsel.«

Sie ritten langsam in die Stadt und der Feldwebel und Peter grüssten sich höflich.

Lüderitz war der wichtigste Hafen für die Aus- und Einschiffung von Truppen, den Transport von Nachschub für den Krieg im Süden der Kolonie und für die Heimkehrer. Angesichts der vielen Angehörigen der Schutztruppe wurde Blake nervös, doch die ganze Aufmerksamkeit der marschierenden Soldaten galt der hübschen rothaarigen Frau und nicht ihm in seiner staubigen, fleckigen Uniform. Als sie an den faulenzenden Soldaten vorbeikamen, sah Blake, dass es sich um eine Mischung aus Neuankömmlingen in frischen, sauberen Uniformen und alten Hasen handelte, die vielleicht auf Urlaub oder auf dem Heimweg nach Deutschland waren und deren Kleider ebenso staubig, fleckig und geflickt waren, wie seine.

Peter hielt sein Pferd neben einem Gefreiten in einer aufgeknöpften, sandfarbenen Uniform an. Der Mann salutierte schlampig und Peter sprach ihn auf Deutsch an. Anscheinend wies er ihn zurecht, denn der Mann schloss die Knöpfe und richtete sich auf, bevor er einige Fragen beantwortete.

Als sie wieder losritten, steuerte Blake sein Pferd sanft zu Peter und Claire und ritt neben ihnen her.

»Peter fragte den Mann, ob er eine neue Fuhr von Gefangenen gesehen habe«, sagte Claire leise. »Er berichtete, er habe heute Morgen eine Gruppe gesehen und sie seien zur Haifischinsel gegangen. Wir sind ihnen also ganz nah.«

Blake fluchte. Wenn es ihnen gelungen wäre, die Wagen mit den Gefangenen in der Wüste zu erwischen, hätten sie sich vielleicht nachts an sie heranschleichen und Liesl und alle anderen, die bei ihr waren, befreien können. Jetzt, wo sie in Lüderitz und damit im Lager waren, fragte er sich, ob sie irgendetwas für sie tun konnten.

Peter sah ihn an. »Wir gehen auf die Insel.«

Blake war überrascht. Er hatte Peter gezwungen, sich an der Suche nach Liesl zu beteiligen und jetzt hätte der Deutsche umkehren können. »Warum?«

»Ich bin Arzt. Ich habe längst Gerüchte darüber gehört, was in diesem Lager passiert. Nach dem, was wir an der Bahnlinie gesehen haben, möchte ich es mit eigenen Augen sehen. Ich muss einen Doktor Bofinger suchen.«

Blake schaute zu Claire.

Sie nickte. »Ich möchte die Haifischinsel auch sehen.«

»Es ist riskant«, sagte Blake.

»Ich bin nicht umsonst den ganzen Weg hierher geritten«, beharrte Claire.

Aus einer engen Gasse hörten sie einen lauten, hohen Schrei und Peter spornte sein Pferd an. Als Blake ihn einholte, sah er, dass Peter immer noch im Sattel sass und auf einen Soldaten eintrat. Die Hose des Mannes schlängelte sich um seine Knöchel und ein magerer Junge von höchstens zehn oder elf Jahren lag zusammengesackt vor ihm auf dem Boden und hielt die Hände vor das Gesicht.

Der Soldat stolperte und fiel hin. Peter stieg ab, packte den Mann wütend am Kragen, hob ihn hoch und schlug ihm ins Gesicht. Erneut taumelte und fiel der Soldat und Blake überlegte, ob er betrunken sei. Der Soldat kroch davon und versuchte verzweifelt, zu entkommen und gleichzeitig seine Hose hochzuziehen. Als Peter sich hinkniete, um nach dem Jungen zu sehen, machte sich der Soldat eilig die Gasse hinauf aus dem Staub.

Blake stieg aus dem Sattel. »Verdammte Scheisse.«

Peter sah zu ihm auf, das Gesicht rot vor Zorn und die Augen voller Tränen. Der Junge stand auf, zog ebenfalls die Hose hoch und rannte in die entgegengesetzte Richtung davon. Peter erhob sich.

»Mein Gott. Was geschieht mit meinem Land, Blake?«

Er schnäuzte sich, griff in seine Arzttasche und zog einen Verband heraus.

»Wofür ist der?«, fragte Blake.

»Wir wollen nicht, dass jemand merkt, dass Sie trotz deutscher Uniform kein Deutsch sprechen. Halten Sie still.« Peter wickelte den Verband um Blakes Hals. Um den Effekt zu verbessern, färbte er ihn über dem Adamsapfel mit ein wenig Blut, das vom Schlag, den er dem Soldaten versetzt hatte, an seinen Fingerknöcheln klebte. »Wenn jemand Sie auf Deutsch anspricht, zeigen Sie einfach auf Ihren Mund oder Hals und machen ihm verständlich, dass Sie nicht sprechen können.«

»In Ordnung. Danke.«

»Danken Sie mir nicht«, sagte Peter, »ich tue das nicht für Sie.«

* * *

SIE STIEGEN WIEDER auf und verliessen die Gasse, in der es nach Urin, Erbrochenem und verschüttetem Bier stank. Claire war von dem Angriff auf den Strassenjungen schockiert. Lüderitz hatte dank des Krieges nicht nur einen Aufschwung erlebt, sondern der Zustrom von Soldaten hatte gleichzeitig zu Problemen geführt.

Peter führte sie auf der Hauptstrasse durch die Stadt, auf der sich ihnen mehr oder weniger dasselbe Bild bot: Soldaten, arme Afrikaner, die entweder als Arbeiter oder in irgendeiner Form von Diensten ihren Lebensunterhalt verdienten, Huren und gelegentlich auch Zivilisten. Peter hielt bei zwei nebeneinandergehenden Offizieren an, die den gleichen Rang bekleideten wie er.

»Guten Morgen, die Herren«, sprach Peter sie an.

»Ihnen auch, Herr Polizist«, sagte der näherstehende und stupste seinen Kameraden schmunzelnd an. »Es scheint, wir haben etwas falsch gemacht, Heinz. Das Gesetz hält uns an.«

Peter lachte. »Ganz und gar nicht, obwohl ich etwas Ernstes zu tun habe. Wir sind gerade aus der Wüste geritten und mein Begleiter ist vom Splitter eines Schusses am Hals verletzt worden.«

»Üble Sache«, sagte der Offizier. Er bemerkte Claire und legte eine Hand an den Südwester. »Ma'am.«

Claire lächelte die Männer an. »Vielleicht können Sie uns helfen. Unser tapferer Soldat hier hat uns vor einem Hinterhalt der Rebellen gerettet.«

»Ja« fuhr Peter fort. »Ich bin auf der Suche nach einem Doktor Bofinger. Ich hörte, dass der hier praktiziert.«

Der andere Offizier lachte. »Dann ist Ihnen ihr guter Mann aber nicht allzu viel wert, denn keiner von Bofingers Patienten verlässt dessen Praxis lebend.«

»So schlimm kann er nicht sein«, sagte Peter.

Der Erste Offizier zuckte mit den Schultern. »Nun, er ist einer von nur zwei Ärzten der Garnison und beide sind auf der Insel stationiert.«

»Können Sie uns bitte den Weg zeigen?«

»Natürlich«, sagte Heinz, »und Sie können mir einen Gefallen tun.«

»Mit Vergnügen«, erwiderte Peter. »Worum geht es?«

Heinz griff in seine Uniformtasche und zog einen Zettel heraus. »Ich komme von der Bahnlinie. Bofinger ist immer auf der Suche nach Statistiken und Informationen und glaubt, harte Arbeit an der frischen Luft sei Vorbeugung oder ein Heilmittel gegen Skorbut. Das hier ist der Bericht über die Todesfälle von Häftlingen durch Krankheit und Verletzung.«

»Wirklich«, sagte Peter, »das klingt interessant.«

Die beiden Offiziere sahen sich an und lachten. »Skorbut ist das geringste Problem der Gefangenen in der Wüste! Eher erwischen die Hyänen sie. Hey, wir sollten eine Hyäne erschiessen, dann könnte Bofinger eine seiner wissenschaftlichen Autopsien an ihr durchführen, um zu sehen, ob sie sich bei einem Eingeborenen mit Skorbut angesteckt hat!«

Peter zwang sich zu einem Lächeln, nahm die Liste entgegen und die drei verabschiedeten sich.

»Autopsien?«, fragte Claire, als sie ausser Hörweite waren.

Peter zuckte mit den Schultern.

Die Hufe ihrer Pferde hallten zwischen den Wänden der Lagerhäuser am Wasser und ein fauliger Geruch wehte ihnen entgegen.

Auf einer Anhöhe befanden sich ein Hafengebäude und ein Wachposten und auf der Insel, die jetzt eher eine Halbinsel war, bot sich ihnen ein Bild des Jammers. Ein Arbeitstrupp war damit beschäftigt, mit Spitzhacken, Schaufeln und Schubkarren einen Damm aufzuschütten und zu verbreitern, der die felsige Landzunge mit dem Festland verband. Es wimmelte von Menschen. Claire sah, dass die vielleicht tausend Inselbewohner über keinerlei feste Behausungen verfügten, sondern rudimentäre Unterkünfte aus Matten, alten Decken und anderen Abfällen zusammengeschustert hatten. Die ausgezehrten, knochigen Menschen waren kaum bekleidet und der brennenden Sonne und dem scharfen Wind ausgesetzt, dessen schneidende Kälte die drei trotz ihrer Reitkleidung frieren liess.

Auf der Insel gab es weder Baum noch Strauch und die Menschen mussten sich wohl im eiskalten Wasser des Atlantiks waschen. Claire roch jetzt die Ausdünstung der wimmelnden Gefangenen deutlich.

Auf dem Damm brüllte ein Wachmann einen Arbeiter an und unterstrich seine Anweisung wie auf der Eisenbahnlinie mit dem Hieb einer Sjambok-Peitsche, was Claire zusammenzucken liess.

Peter nahm sie sanft am Arm. »Schatzi, ich kann schon mal vorgehen, diesen Doktor Bofinger suchen und herausfinden, wo Liesl ist. Aber ich habe ehrlich gesagt keine Hoffnung, sie zu retten. Es gibt nur den Zugang über den Damm und dort sind überall Wachen.«

»Nein, Peter, ich komme mit auf die Haifischinsel und will mir diesen neuen Damm ansehen. Er war noch nicht da, als mein erster Mann die Reederei leitete.« Aus Gewohnheit verschwieg sie ihm, dass sie sich selbst ein Bild von der Ausdehnung dieses neuen Dammes machen musste, weil sie auf der Suche nach etwas sehr Wertvollem war.

Aus einer Hütte kam ihnen ein Wachposten mit einem Mauser-Gewehr über der Schulter entgegen und salutierte vor Peter.

»Ich bin auf der Suche nach Herrn Doktor Bofinger«, erklärte Peter.

»Ihr Name, Sir?«

»Doktor Peter Kohl. Ich habe wichtige Papiere für Doktor Bofinger.«

Der Soldat warf einen Blick auf die anderen und berührte zu Claires Begrüssung die Krempe seines Südwesters.

»Das ist meine Frau und der Mann ist eine Eskorte. Ich muss ihn zur Behandlung in Doktor Bofingers Klinik bringen.«

Die Augen des Wächters weiteten sich. »*Klinik*?«

»Ja, Unteroffizier. Beeilen Sie sich, ich habe nicht den ganzen Tag Zeit«, fügte Peter gebieterisch hinzu.

Der Korporal salutierte und rief einen Soldaten herbei. »Bringen Sie den Doktor und seine Leute zu Doktor Bofinger.«

Der Soldat zeigte ihnen, wo sie ihre Pferde anbinden konnten, und bat sie, ihm zu folgen. Dann schien er es sich anders zu überlegen, trat erneut zum Gefreiten und flüsterte ihm etwas zu.

»Sir«, sagte der Korporal zu Peter. »Die Dame ... es wäre vielleicht nicht klug, wenn sie ...«

»Claire?«, versuchte es Peter.

Diese hatte sich von den anderen entfernt und war an den Rand des Dammes gewandert. Sie spähte über den felsigen Rand ins Wasser und schaute zwischen dem ursprünglichen Festland und der Stelle, wo der neue Damm auf die felsige Insel traf, hin und her. Als ihr Name erklang, blickte sie auf.

»Die Dame bleibt bei ihrem Mann, Korporal«, sagte Claire in fliessendem Deutsch.

Der Blick des Korporals war auf Peter gerichtet und er ignorierte Claire. »Sir, ich bin mir nicht sicher, ob Sie sich des Umfangs von Doktor Bofingers Forschung bewusst sind.«

»Ich habe als Pflegehelferin für meinen Mann gearbeitet«, warf Claire ein. »Ich habe Amputationen, Schusswunden und den Tripper in all seinen schrecklichen Formen gesehen, Korporal.«

Der Soldat, der sie eskortieren sollte, kicherte, aber der Korporal weigerte sich standhaft, Claire anzuschauen oder ihr zuzuhören. »Sir, in diesem Gebäude gibt es Krankheiten. Und Schlimmeres.«

»Meine Frau hat ihren Teil gesagt und wir nehmen Ihre Bedenken zur Kenntnis, Korporal«, bekräftigte Peter. Er wandte sich an den Begleiter. »Bringen Sie uns hin. Mein Mann muss behandelt werden.«

Der Korporal zuckte mit den Schultern und nickte seinem Untergebenen zu, weiterzugehen.

Als sie neben einer hochgezogenen Schranke hindurchgingen, hörte Claire, wie der Korporal Blake auf Deutsch fragte, was mit ihm geschehen sei. Blake bemerkte offensichtlich nicht, dass der Mann ihn ansprach und ging einfach weiter. Claire stellte sich dazwischen. »Das ist unsere Eskorte, Korporal«, erklärte sie. Beim Klang ihrer Stimme blieb Blake stehen und drehte sich um. »Er hat aus nächster Nähe einen Nama-Rebellen abgewehrt und dabei den Splitter eines Schusses in den Hals erhalten. Ausserdem ist er von einer nahen Explosion teilweise taub.«

Blake schien zu verstehen, worum es ging und deutete auf den blutverschmierten Verband an seinem Hals. Der Wachmann zuckte wieder nur mit den Schultern.

Der Soldat führte sie an der Arbeitsgruppe vorbei. Claire bemerkte einen finster blickenden, nur mit einem Lendenschurz bekleideten Mann, der schnell zum Graben ging, als sich ein Aufseher näherte. Eine Frau schrie auf und als Claire sich umdrehte, sah sie, wie die fürchterlich abgemagerte Gefangene ausgepeitscht wurde, weil sie ihre Hacke hatte fallen lassen.

Sie erreichten das einzige feste Gebäude auf der Insel, ein Haus

aus Holz und Wellblech. »Das ist die *Klinik* von Doktor Bofinger«, erklärte der Soldat.

Claire spürte einen Schauer. Die Geringschätzung, mit der die Soldaten Dr. Bofingers Praxis bezeichneten, erfüllte sie mit Unbehagen. Am anderen Ende des langen Gebäudes rührten zwei Frauen, ihrem Aussehen nach eine Nama und eine Herero, in einem grossen Topf mit kochendem Wasser oder Essen. Wenigstens gäbe es etwas Warmes für die armen Teufel, dachte Claire.

Sie gingen hinein und Claire hielt sich die Hand vor den Mund. Es roch nach Fäkalien und Erbrochenem. Abgemagerte Patienten lagen auf einfachen Holz- und Seilbetten, welche beide Wände des langen, schmalen Raums säumten. Zwischen ihnen war kaum freier Platz vorhanden.

Ein uniformierter, weisser Mann mit einer chirurgischen Maske vor dem Gesicht und einer Spritze in der Hand beugte sich über einen Patienten, um ihm diese in den Arm zu stechen. Bei ihrem Erscheinen sah er auf und drehte sich um. Er reichte die Spritze einem leichenblassen deutschen Pfleger und kam zu ihnen herüber.

»Kann ich Ihnen helfen?« Der Mann nahm die Maske ab, schlug die Absätze zusammen und nickte Claire zu.

»Doktor Bofinger?«, fragte Peter. »Ich bin Doktor Peter Kohl und das ist meine Frau.«

»Herr Doktor, Frau Kohl.« Er streckte seine Hand aus. »Hugo Bofinger, erfreut.«

Claire nahm seine Hand und nickte. Die Handfläche war feucht und der Händedruck schlaff.

»Und unsere Eskorte.« Peter nickte in Blakes Richtung. »Im Kampf verwundet, aber auf dem Weg der Besserung. Es wird eine Weile dauern, bis er wieder Opern singen kann.«

Dr. Bofinger lächelte über den Scherz. »Was verschafft mir die Ehre Ihres Besuchs?«

Peter griff in seine Uniformtasche. »Zuerst bringe ich Ihnen diese Liste, die mir zwei Ihrer Offiziere, die von der Eisenbahn zurückgekehrt sind, mitgegeben haben. Sie sagten, Sie bräuchten diese Informationen.«

Bofinger rückte seine randlose Brille zurecht, faltete das Papier auseinander und studierte es. »Ja, ja, sehr gut.«

»Die Offiziere sagten mir, Sie forschen über Skorbut?«

»Ja, das ist mein aktuelles Projekt. Verzeihen Sie, Herr Doktor Kohl, aber woran sind Sie interessiert?« Sein Blick huschte zu Claire, die ihn anlächelte.

»Ich? Oh, ich bin nur ein bescheidener Arzt aus den äussersten Randgebieten der Kolonie. Mein Militärdienst bei der Landespolizei hat mich auf der Suche nach einer Ihrer Gefangenen hierhergeführt, aber eigentlich fasziniert mich das Gebiet der medizinischen Forschung. Ich habe von Ihrer Arbeit gehört und würde mich freuen, wenn Sie mir ein wenig erzählten, was hier im Lager vor sich geht.«

Bofinger nickte knapp, doch seine Aufmerksamkeit kehrte immer wieder zu Claire zurück. »Ich würde Sie gerne herumführen, Doktor, aber ich fürchte, dass Frau Kohl ...«

»Ich komme schon zurecht«, sagte Claire und lächelte freundlich. »Auch ich interessiere mich für die Wissenschaft in all ihren Formen. Ich möchte sehr gern mehr über Ihre Arbeit hier erfahren. Ein Leben auf einer Farm in der Wildnis Afrikas hat mich an Strapazen gewöhnt, bei denen andere Frauen in Ohnmacht fallen würden.«

Bofinger lächelte schmallippig. »Dann kommen Sie bitte mit mir.«

Er führte sie weiter an der Reihe der Betten entlang, wo Männer und Frauen im Sterben lagen. Der Gestank war so stark, dass Claire durch den Mund atmete.

»Skorbut ist auf der Insel weit verbreitet und diese Eingeborenen leiden alle daran«, erklärte Bofinger.

Peter blieb bei einem Patienten stehen und sah ihn sich an. »Klassische Symptome. Die Haare fallen aus, das Zahnfleisch blutet und die Zähne fallen bald aus. Was geben Sie diesen Leuten zu essen? Etwas Limettensaft oder Zitrusfrüchte würden ihnen bereits helfen.«

Bofinger schüttelte den Kopf. »Nein, Herr Doktor Kohl, ich glaube nicht an die altmodische Idee, dass Skorbut mit der Ernährung zusammenhängt. Ausserdem ist frisches Obst hier selbst für diejenigen unter uns, die es verdienen, ein Luxus. Ich bin überzeugt,

dass Skorbut eine bakterielle Krankheit ist und durch Keime über-
tragen wird. Ich nehme an, Sie sind mit den neuen wissenschaftlichen Erkenntnissen vertraut.«

»Selbstverständlich«, sagte Peter.

»Ich glaube, dass harte Arbeit und Bewegung bei der Vorbeugung
und Behandlung der Krankheit helfen«, fuhr Bofinger fort. »Ich habe
hier im Lager mit einer Reihe von Behandlungen experimentiert.
Diesem Patienten habe ich gerade Opium verabreicht.«

Zumindest, dachte Claire, durfte der Mann hoffentlich in Frieden
sterben.

Sie gingen weiter durch den Raum und Bofinger zählte die
Krankheiten auf, an denen die Gefangenen auf der Insel litten.

»Die Überlebenschancen und die Produktivität würden sich doch
sicher erhöhen, wenn diese Menschen etwas mehr zu essen bekä-
men, oder?«, sagte Peter. »Alle, die ich gesehen habe, sind unterernährt.«

Bofinger klopfte ihm auf den Arm. »Kommen Sie, Doktor, wir
wissen, dass es viele Herero und immer mehr Nama gibt, die als
Arbeitskräfte für die Kolonie dienen können. Dieses Projekt ist sehr
wirtschaftlich. Die Gefangenen werden für die Eisenbahn und
andere Grossprojekte rund um Lüderitz eingesetzt und erledigen die
Arbeit. Das ist das Wichtigste.«

Ja, das Leben der Menschen ist offensichtlich unwichtig, dachte Claire.
Es schien fast, als hätte diese Insel das doppelte Ziel, Arbeitskräfte
für die Kolonie zu liefern, um Bauprojekte pünktlich abzuschliessen
und gleichzeitig unerwünschte Menschen loszuwerden. Die Lager in
Südafrika waren unmenschlich gewesen und die Menschen waren an
Krankheiten gestorben, aber eher aufgrund von Vernachlässigung,
als in der Absicht, indigene afrikanische Völker auszurotten. Im
Lager auf der Haifischinsel schienen die Menschen dagegen kaum
eine Überlebenschance zu haben. Claire war nicht nur vom Anblick
und den Gerüchen dieses Orte angewidert, sondern noch viel mehr
vom ihnen zugrunde liegenden Übel. Es war schlimmer als alles, was
sie sich hätte vorstellen können.

Peter und Dr. Bofinger gingen weiter auf das Ende des Gebäudes zu und Claire warf Blake einen Blick zu. Er murmelte das Wort »Liesl.«

»Herr Doktor Bofinger?«

Er schaute über die Schulter zu ihr. »Ja, Frau Kohl?«

»Was geschieht mit den neu angekommenen Häftlingen? Die sind doch sicher gesund und werden für Arbeitskommandos gebraucht.«

»Ja«, hüstelte er in seine Hand, »und für weitere Aufgaben, die der Lagerkommandant für angebracht hält.«

Claire schauderte innerlich.

»Zu meinen Aufgaben gehört, sie medizinisch zu untersuchen.«

Als sie sich dem Ende der Station näherten, lehnte sich Bofinger dicht zu Peter herüber. Dieser blieb stehen und wartete, bis Claire zu ihm aufgeschlossen hatte. Er sagte leise. »Bofinger meint, du solltest vielleicht drinnen auf uns warten.«

»Ich bleibe keinen Augenblick länger als unbedingt nötig in diesem Todeshaus«, flüsterte sie auf Englisch, damit Blake sie verstand. »Und überhaupt kann kaum etwas schlimmer sein als der Dreck und das Leid hier drin.«

»Ich weiss es nicht«, sagte Peter. »Aber er sagt: Ich habe euch gewarnt. Es hat etwas mit einem anderen Forschungsprojekt zu tun.«

Claire schritt auf Bofinger zu und tat, als ob sie sich sicher fühle. »Herr Doktor«, sagte sie laut auf Deutsch, »ich weiss Ihre Sorge zu schätzen, aber ich habe eine starke Konstitution. Bitte gehen Sie voran.«

Bofinger nickte und öffnete ihr die Tür. Mit einer Armbewegung geleitete er sie nach draussen und zu den Frauen, die im riesigen, schwarzen, gusseisernen Kochtopf umrührten, der den schilfdünnen Lagerinsassinnen bis zur Hüfte reichte. Die Frauen sahen sie mit leeren Augen an.

»Dieses Projekt, wird von meinem Kollegen, Doktor Eugen Fischer, betreut«, sagte Bofinger zu Peter und Claire.

Blake blieb mit verständnislosem Blick an der Seite stehen, doch Claire bemerkte, dass sich seine Augen ständig bewegten und er alles in sich aufnahmen.

»Er untersucht Rassenmerkmale. Eine bahnbrechende Arbeit, die

die Überlegenheit der weissen europäischen Völker gegenüber den Afrikanern ein für alle Mal wissenschaftlich beweisen wird.«

Claire verstand nicht, was das mit der Essenszubereitung zu tun hatte. Hinter den Frauen am Topf standen ein halbes Dutzend weiterer Frauen, die Rücken den Besuchern zugewandt. An einem langen Tisch bereiteten sie offensichtlich irgendetwas zu oder verarbeiteten etwas. Claire bemerkte, dass eine der Frauen eine in einen Lappen eingewickelte Glasscherbe in der Hand hielt, vielleicht eine einfache Art von Messer oder Schaber.

Noch weiter hinter diesen Arbeiterinnen stapelten vier deutsche Soldaten fussballgrosse, in Leder gewickelte Gegenstände in eine hölzerne Kiste in der Form eines Sarges.

Neugierig ging Claire auf den Topf zu, um zu sehen, was hier vor sich ging.

»Vielleicht nicht zu nahe, Frau Kohl«, warnte Bofinger.

»Unsinn. Was kochen Sie denn da?«, fragte sie die Frauen auf Deutsch.

Eine der Frauen schaute weg und die Unterlippe der anderen begann zu zittern.

»Ich kann nicht sagen, dass es nach feiner Küche riecht, eher fleischig.« *Immerhin*, dachte sie, *können diese armen Leute etwas Eiweiss zu sich nehmen.*

Sie winkte den Dampf über dem kochenden Bottich weg, damit sie besser hineinblicken konnte. Als sie sich vorbeugte und in den Topf schaute, sah sie im kochenden Wasser drei menschliche Köpfe schwimmen.

46

HAIFISCHINSEL, NAMIBIA, IN DER GEGENWART

»Köpfe?«, sagte Nick. »Du verarschst mich doch.«

Anja schaute vom iPad auf. »Leider nein, Nick. Hast du denn gar nichts über die Geschichte der Haifischinsel gelesen?«

»Offensichtlich nicht genug.« Er blickte über den kargen Felsvorsprung. Er konnte sich kaum vorstellen, wie tausend Menschen auf die Landzunge passten, geschweige denn, welche Gräueltaten dort geschehen waren. »Aber es sollte mich nicht schockieren. Etwa zur selben Zeit entwendeten britische Wissenschaftler die Schädel und Skelette von australischen Aborigines zu Forschungszwecken. Die ganze vermeintlich zivilisierte Welt hat eine Menge zu verantworten.«

Shark Island, die mit einem Damm mit dem Festland verbundene Haifischinsel, war jetzt ein Nationalpark. An seinem Eingang stand eine kleine Holzhütte, in welcher Nick und Anja bei einem Parkwächter eine bescheidene Eintrittsgebühr bezahlten. Auf dem gepflasterten Aussichtsbereich einer Anhöhe, wo die ursprüngliche Insel begann, setzten sie sich auf eine Bank.

Den einzigen sichtbaren Beweis dafür, dass dort Grauenhaftes geschehen war, stellte ein weisses, grabsteinähnliches Denkmal dar. Darauf war ein Bild von einem eingeborenen Mann mit einem

435

rauchenden Gewehr zu sehen. Die Inschrift würdigte den Anführer der Nama-Rebellen, Captain Cornelius Fredericks und die Männer und Frauen seines Stammes, der Nama-Bethanie, die auf der Insel gestorben waren. In der Nähe befand sich eine zweite, kleinere Bronzetafel, die den brillentragenden Händler Franz Adolf Lüderitz darstellte, der die Siedlung im Namen Deutschlands gegründet hatte.

Nun war dieser Ort, an dem Tausende zwischen den Felsen, unter Treibgut und alten Decken Zuflucht gesucht hatten und an Krankheit, Überarbeitung und Erschöpfung gestorben waren, ironischerweise ein Campingplatz.

Zwischen den Felsen hatte sich ein südafrikanisches Paar mit einem Land Cruiser und einem Zeltanhänger niedergelassen. Trotz der frühen Stunde – es war gerade elf Uhr – hatte der Mann, der auf einem Klappstuhl sass und in einem Roman las, gerade eine Dose Castle Lager geöffnet.

Sie standen auf und gingen einen Weg entlang, der über die Insel und zu ihrem Ende führte und an dem es weitere Campingmöglichkeiten gab.

»Wie Bofinger sagte, wollte man damals, dreissig Jahre vor Hitler und den Nazis, die Überlegenheit der weissen Rassen mit Studien beweisen. Dafür schickte Doktor Eugen Fischer die Schädel von toten Herero-Gefangenen an deutsche Universitäten. In einem Buch darüber wird die These aufgestellt, dass die Geschehnisse auf der Haifischinsel und in anderen Zwangsarbeitslagern in Swakopmund und Windhoek eine Art Probelauf für den Holocaust waren.«

»Mein Gott«, sagte Nick.

»Die Frauen im Lager mussten die Köpfe der toten Häftlinge kochen und die aufgeweichte Haut wurde von anderen Häftlingen mit Glasscherben abgeschabt. Die Deutschen schickten mittlerweile einige, aber nicht alle Schädel, nach Namibia zurück.«

Sie liefen zügig durch den kalten Wind und Nick stellte sich vor, wie es wäre, ohne Unterschlupf auf dieser Insel zu schlafen, wenn Wind und Regen vom Atlantik herüberheulten. Ganz zu schweigen davon, wie man sich trotz langen Tagen harter körperlicher Arbeit und spärlicher Nahrung bei Kräften halten konnte.

»Wie viele Menschen sind hier gestorben?«, fragte Nick.

Anja zuckte mit den Schultern. »Das weiss man nicht genau. Es kamen und gingen so viele Menschen und starben bei der Eisenbahn und anderen Arbeitsprojekten. Man schätzt, dass die Hälfte der siebentausend Menschen, die insgesamt auf der Insel waren, gestorben sind. Das ist für mich als Deutschstämmige, die hier in Namibia geboren wurde, schwer zu ertragen, aber für die Nama und Herero noch viel härter.«

»Dieses Land«, Nick, hielt inne, schaute sich um und suchte offensichtlich nach Worten, »das, was ich davon gesehen habe, wirkt so friedlich und ruhig.«

Anja nickte. »Ist es auch. Unser Glück ist, dass Namibia heute für afrikanische und sogar für weltweite Verhältnisse ein friedliches, tolerantes Land ist. Die Kultur und Geschichte eines jeden wird respektiert, auch meine.«

Ausser den südafrikanischen Campern war niemand auf der Insel und als sie hörten, dass ein Fahrzeug auf dem Parkplatz hinter ihnen anhielt, drehten sich beide um.

Nick erkannte den Mann, der aus dem BMW stieg. »Scott Dillon.«

»Ja«, bestätigte Anja. »Das ist der Mann, den ich in Windhoek getroffen habe.«

Er schaute sich um, sah sie und kam lächelnd zu ihnen. »Anja.«

»Hallo, Scott«, sagte sie.

»Das ist eine angenehme Überraschung«. Scott streckte seine Hand aus und sie gab ihm ihre. Er schaute zu Nick. »Hallo.«

»Hallo, Scott«, sagte Nick.

»Kennen wir uns?«

»Wenn ich ein bisschen mehr rede, erkennen Sie vielleicht meinen Akzent.«

Dillons Augen weiteten sich.

»Ich bin Nick ... Erinnern Sie sich an mich?«

»Eatwell.« Das Lächeln verschwand aus Dillons Gesicht. Er schaute zu Anja. »Ich wusste nicht, dass ihr euch kennt.«

»Jetzt wissen Sie es«, sagte Nick. »Wollen Sie uns nicht sagen, was hier los ist?«

»Ich bin nur hergekommen, um Anja zu treffen. Aber wenn ihr beide beschäftigt seid, bin ich schon wieder weg.«

Nick hielt eine Hand hoch. »Nicht so schnell. Warum genau sind Sie hier?«

»Das geht Sie nichts an«, sagte er.

»Ich würde es auch gern wissen, Scott« gab Anja zurück. »Wussten Sie, dass ich, kurz nachdem ich Sie in Windhoek getroffen habe, überfallen und ausgeraubt wurde?«

»Oh nein, tut mir leid, das zu hören«, sagte Dillon. »Ich wünschte, ich hätte Sie nach Hause begleitet.«

Nick bewunderte Anjas Gelassenheit und Dillons schauspielerisches Talent. Er spürte, dass er schweigen und sie bei der Befragung von Dillon die Rolle des guten Polizisten spielen lassen sollte. Er war zu wütend – seine Gedanken waren dauernd bei Susan.

»Was führt Sie also nach Lüderitz, Scott?«, fragte sie.

»Es geht um das Bauvorhaben, von dem ich Ihnen erzählt habe.«

»Die Golfanlage? Ich dachte, die wäre in Windhoek.«

»Ist sie auch«, sagte Scott und ignorierte Nick. »Sie ist wichtig für mich. Aber, ehrlich gesagt, habe ich Probleme, eine Genehmigung von den Umwelt- und Planungsbehörden zu bekommen. Ein ... nun ja, ein potenzieller Geschäftspartner hat jetzt einen Plan vorgelegt, der mir den Weg ebnen könnte.« Er sah Nick an. »Es ist ein kleiner Trick, den ich in Australien gelernt habe: Wenn man einen grossen Bauantrag stellt, erwarten die lokalen Behörden dort manchmal eine Investition in eine Art Gemeinschaftseinrichtung, wie beispielsweise eine Bibliothek oder eine Parkanlage. Ich kenne Lüderitz ziemlich gut, weil ich im Mai manchmal zur Flusskrebs-Saison hierherkomme, und ich fand es immer schade, dass es hier nicht mehr Informationen über das Lager gibt und darüber, was auf der Haifischinsel passiert ist.«

»Da haben Sie Recht«, sagte Anja. »Abgesehen von ein paar Tafeln gibt es hier nicht viel für Touristen oder gar einheimische Besucher.«

»Genau«, bestätigte Scott. »Ich werde der Regierung vorschlagen, hier ein Informationszentrum zu errichten. Nichts Grosses oder

Übertriebenes, aber ein nettes, geschmackvolles Gebäude, in dem die Geschichte der Insel erzählt und ihre Bedeutung während der Herero- und Nama-Kriege erklärt wird. Eine Kombination aus Gedenkstätte und Museum die eine Galerie beinhaltet, in der einheimische Künstler und Kunsthandwerker ihre Werke ausstellen können.«

Nick betrachtete Scott. Der Mann sah genauso gut aus wie auf dem Online-Profilbild, war tadellos gepflegt und mit Polohemd, Chinos und Halbschuhen gut gekleidet. Der BMW hatte namibische Nummernschilder, also nahm Nick an, dass er gemietet war. Es hiess, Scott Dillon sei fast pleite, aber Nick vermutete, dass wenn die Regierung und die Investoren seine Entwicklungspläne ernst nehmen sollten, der Mann ein Bild von Selbstbewusstsein und Wohlstand vermitteln müsse. Die Idee mit dem Informationszentrum klang für Nick wie Augenwischerei und schien ihm nicht mehr als ein raffiniertes Stück Werbung. Es erfüllte alle Kriterien: Kulturell sensibel, politisch korrekt und mit Einkommensmöglichkeiten für die örtliche Gemeinschaft. Ausserdem war es wohl massgeschneidert für das Familienunternehmen eines Politikers oder dessen Kumpane, um aus den Bauarbeiten Profit zu schlagen.

»Lüderitz ist weit weg von Windhoek, wo Ihr Golfplatz liegen soll«, sagte Nick.

»Stimmt, aber als Journalist, Nick, wissen Sie, dass die Frage der Entschädigung der Herero und Nama in Namibia wieder in den Nachrichten ist. Selbst mit einem beträchtlichen Beitrag kann ich es mir nicht leisten, das Zentrum hier allein zu bauen, aber mein Mitinvestor meint, die Finanzbeiträge der deutschen Regierung seien fast garantiert. Diese scheint anerkennen zu wollen, was während der Kriege geschehen ist und Wiedergutmachung zu leisten. Dabei werden aber keine Entschädigungen an Einzelpersonen bezahlt.«

»Wo genau würden Sie es bauen?«, fragte Nick.

Scott schaute sich um. »Das ist einer der Gründe, warum ich in Lüderitz bin, um eine erste Bestandsaufnahme zu machen. Wie Sie sehen, besteht die Insel aus Felsen. Um Geld zu sparen, wäre es ideal, sie auf dem flachsten Boden zu bauen, den wir finden.«

»Also dem Damm, der während der Erschliessung von Shark Island als Konzentrationslager gebaut wurde?«, fragte Nick und wies mit weiter Bewegung zu diesem hin.

Dillon sah aus, als hätte er noch nicht daran gedacht. »Vielleicht. Eigentlich keine schlechte Idee.«

»Scott?«, sagte Nick.

Dillon lächelte ihn mit seinen ebenmässigen, perfekt weissen Zähnen an. »Ja, Nick?«

»Warum haben Sie Susan Vidler getötet?«

* * *

OBWOHL ER ZWEIHUNDERT Meter entfernt war, hörte Hannes Nel jedes Wort, das die beiden Männer und die Frau sagten. Es war ein schöner, sonniger Tag. Die kühle Brise, die vom Atlantik her wehte, vermochte den Ton nicht zu verzerren, auf den er in seinen Kopfhörern horchte. Er wurde von einem Richtmikrofon mit grosser Reichweite eingefangen.

Hannes wartete auf sein Stichwort, den Vorwurf des Mordes. Als er es hörte, führte er das Fadenkreuz des Zielfernrohrs seines Sako-Jagdgewehrs mitten auf die Brust des Australiers Nicholas Eatwell.

Hannes kannte Scott Dillon gut. Dillon war ein *Engelsman*, ein *Soutspiel*, einer von denen, die mit einem Fuss in Südafrika und dem anderen in England standen, so dass ihr wertvollstes Stück über dem Atlantik baumelte. In den späten achtziger Jahren hatte er sich als Mitglied der Polizei-Eliteeinheit der Koevoet während des Grenzkriegs in Südwestafrika nicht nur als guter Kamerad bewährt, sondern vor allem als fähiger Killer erwiesen. Hannes und Scott hatten Seite an Seite gekämpft und unzählige der kommunistischen Guerillas getötet, derselben Terroristen, die im heutigen Namibia herrschten.

Hannes war Oberbefehlshaber der Operation und er hatte zusammen mit Wessel, einem anderen von seinen und Scotts alten Kameraden, die Deutsche namens Anja Berghoff in ihrer Windhoeker Pension eingeschüchtert und ausgeraubt. Charl, ein weiterer ehemaliger Kamerad, gab sich in Skukuza als Eatwells Nachbar aus.

Hannes hatte die Aufträge über WhatsApp an Charl geschickt, der mittlerweile in Sydney lebte und dort als Greenkeeper arbeitete. Armer Charl! Seine Frau hatte von ihm verlangt, sie und die Kinder von Südafrika nach Australien zu holen, wo das Leben sehr teuer war. Er brauchte Geld und der Einbruch in das Haus von Eatwells Tante sowie die gewaltsame Bändigung der jungen Deutschen namens Lili boten dem alten Soldaten leichte, gut bezahlte Arbeit.

Wilfried hatte in München den Raubüberfall auf Berghoffs Mutter verpfuscht – für ihn gab es keine Arbeit mehr.

Sie hatten erwartet, Eatwell und Berghoff würden einknicken. Sie dachten, der gescheiterte Journalist habe nicht den Mumm, Scott zu verfolgen und die Wissenschaftlerin habe lange genug in Deutschland gelebt, um ihre namibische Härte zu verlieren und weich und konfrontationsscheu zu werden.

Sie hatten sich getäuscht.

Deshalb war Hannes mit seinem Scharfschützengewehr und seinem Richtmikrofon da. Er atmete ein, zielte, krümmte den Finger und schoss.

* * *

Anja bemerkte vor Nick, dass jemand auf sie schoss.

»Runter!«, schrie sie.

Nick schaute sich um, um herauszufinden, woher das Geräusch kam und was genau passierte. Scott Dillon rannte davon.

»Was ist los?«

Anja packte Nick am Kragen und zog ihn hinter die Felsen.

»Jemand schiesst auf uns.«

Anja kroch weiter und Nick folgte ihr. Die Insel war so verlassen, dass der Schütze auf dem Festland sein musste. Anja spähte um einen Felsvorsprung herum und ein Schauer von Steinsplittern regnete auf sie herunter.

»Irgendwo dort oben«, sagte sie und zeigte hinauf, wo auf einem Hügel, der die kleine Hafenstadt überragte, eine alte Kirche stand.

Sie hörten einen hochdrehenden Automotor.

»Dillon macht sich aus dem Staub«, sagte Nick. »Glaubst du, er hat das angeordnet?«

»Natürlich!«, sagte Anja. »Im selben Augenblick, als du Susans Namen erwähntest, wurde geschossen. Vielleicht hat Scott ein Zeichen gegeben, oder das alles war eine Falle.«

Nicks Telefon piepte. Obwohl sein Herz raste, schienen sie im Moment sicher zu sein, so dass er das Handy herausnehmen und auf den Bildschirm schauen konnte. Joanne Dillon teilte ihm mit, sie sei in Lüderitz angekommen und fragte, wo er sei.

Er tippte schnell: *Ihr Ex-Mann hat uns reingelegt. Wir werden auf Shark Island beschossen.*

Beschossen? fragte sie.

Ja!

ICH BIN AUF DEM WEG!

47

SHARK ISLAND, NAMIBIA, GEGENWART

Wenige Minuten später raste Joanne Dillon in einem Toyota Fortuner auf den Parkplatz. Sie musste ganz in der Nähe gewesen sein, überlegte Nick, doch in Lüderitz war nichts weit weg.

Joanne manövrierte den Wagen so nah wie möglich an sie heran und setzte die Vorderräder auf einen glatten Felsbrocken, um ihnen zusätzliche Deckung zu geben. Nick öffnete die hintere Tür und schob Anja vor sich ins Auto.

Als Joanne zurücksetzte, liessen zwei kurz nacheinander abgefeuerte Kugeln Steinsplitter auf die Karosserie des Geländewagens hageln.

»Los!«, rief Nick.

Joanne beschleunigte über den Damm, vorbei an den Gebäuden der Hafenbehörde und dem Fischmarkt und bog dann mit quietschenden Reifen links in die Hafenstrasse ab.

»Wohin fahren wir?«, fragte Anja auf dem Rücksitz.

»Raus aus der Stadt. Ich glaube, das ist am sichersten, meint ihr nicht?«, fragte Joanne.

»Ja«, sagte Nick.

»Was ist denn los?«, fragte Joanne, während sie auf die Strasse schaute und blinkte, weil sie einen Geländewagen mit Dachzelt überholen wollte. »Warum hat Scott euch eine Falle gestellt?«

»Wahrscheinlich weiss er, was wir wissen«, dachte Nick laut nach. »Wir müssen davon ausgehen, dass er mit denselben Informationen arbeitet wie wir, einem Manuskript, das 1915 geschrieben wurde, aber hauptsächlich von den Nama- und Herero-Kriegen erzählt.«

Joanne nickte. »Und Sie glauben, Scott wolle es, weil er glaubt, darin sei ein Hinweis auf Krügers Gold zu finden?«

»Das Gold wird definitiv erwähnt«, sagte Nick und überlegte, was sie bis jetzt gelesen hatten.

Anja hatte in der Zwischenzeit ihr iPad aus ihrem Tagesrucksack geholt und er sah, dass sie weiterlas.

»Gibt es genaue Angaben zum Ort, wo das Gold ist?«, fragte Joanne.

Anja schaute auf. »Ich bin fast am Ende des Dokuments und hier gibt es weitere Informationen.«

Sie hatten die Stadt verlassen und Joanne beschleunigte auf dem glatten Asphalt der Landstrasse auf Hundertzwanzig.

»Hört euch das an«, forderte Anja die beiden auf.

1906, Lüderitz, Deutsch-Südwestafrika

CLAIRE WOLLTE keine Minute länger in einer Stadt voller betrunkener Soldaten und in Sichtweite des Elends und der Schrecken von Shark Island bleiben. So verliessen Blake und Claire Lüderitz und ritten in die Wüste, wo sie ein Lager für die Nacht aufschlugen. Claire war auf der Insel fast ohnmächtig geworden und Blake begleitete sie zurück aufs Festland. Peter blieb, um mit Bofinger zu sprechen und sagte Claire, er werde sie einholen.

»Bitte, finden Sie Liesl!«, hatte Blake Peter zugeflüstert, als er ging.

»Ja, das verspreche ich Ihnen«, war Peters Antwort.

Die Leere Afrikas hatte Blake manchmal verwirrt und an den Rand des Wahnsinns getrieben, aber jetzt genoss er den sauberen

Sand, den sternenübersäten Himmel und die kühle, frische Luft. In seiner Erinnerung wallte der Geruch auf, der aus dem grossen Kochtopf aufstieg und sein Magen rebellierte. Er sah im Geist in die leblosen Augen der Arbeiterinnen und fragte sich, welches das schlimmere Schicksal für Liesl wäre: In einem Bordell oder auf der Eisenbahn zu schuften, bis sie starb und bestenfalls verscharrt wurde, oder auf der Insel an einer Krankheit zu sterben. Ihn schauderte bei der Vorstellung, ihr würde der Kopf abgeschlagen, ausgekocht und nach Deutschland geschickt, um ihn zu untersuchen.

Sie waren auf eine Düne gestapft, von der aus sie die Eisenbahnlinie und die Sandstrasse, die Aus und Keetmanshoop verband, überblicken konnten. Von hier würden sie seine Ankunft sehen, oder einen Suchtrupp rechtzeitig bemerken, falls Peter sie aus irgendwelchen Gründen verraten hatte.

Blake schnallte die Satteltaschen und die Decke von seinem Reittier ab und legte sie auf den vom Tag noch warmen Sand, der bald kühl werden würde.

Claire hatte während des Rittes kaum etwas gesagt und nur geradeaus gestarrt. Offensichtlich hatte sie das, was sie auf der Insel gesehen hatte, zutiefst erschüttert. Sie kam zu ihm und er nahm sie in die Arme.

»Du solltest dich ausruhen«, sagte er.

Sie schaute ihm in die Augen. »Ich bin kein Schwächling, Blake. Wir müssen etwas tun.«

»Peter wird ...«

»Ich weiss, ich habe euch beide flüstern hören. Peter wird deine kostbare Liesl finden und ...«

»Claire ...«

Claire hielt eine Hand hoch. »Schon gut, Blake. Aber ich muss etwas tun, um mehr als nur einem hübschen Mädchen zu helfen. Ich brauche Pferde und zwar so viele, wie du jenseits der Grenze in Südafrika finden kannst.«

»Ich bin pleite, Claire. Ich wurde von Jakob Morengo getrennt, bevor er mir mit deinem Gold zahlen konnte, was er mir schuldet.«

»Ich habe auf der Farm genug gebunkert, um hundert Pferde zu kaufen. Das ist der letzte Rest.«

Blake war sich ziemlich sicher, dass er diese Frau liebte, aber sie hatte ihn schon mehr als einmal belogen. »So viel kannst du doch gar nicht ausgegeben haben, um Farmen in Südwestafrika zu kaufen.«

»Und um Kliniken für die Eingeborenen zu bauen und Bohrlöcher für ihre Dörfer zu bohren. Aber ja, du hast Recht«, sagte sie. »Damals, 1902, musste ich fast die Hälfte des Goldes in der Bucht von Lüderitz versenken.«

»Warum?«

»In der Delagoa-Bucht hatte ich ein paar Schiffsarbeiter bezahlt, die mir halfen, das Zeug vom Schiff zu holen. Sie transportierten die Kisten in einem Boot an Land und verstauten sie dort in drei Wagen, die ich gekauft hatte. Es war eine ziemlich komplizierte Sache, das kann ich dir sagen. Jedenfalls fand einer dieser Schurken, die Kisten seien für Artilleriegranaten zu schwer und inspizierte eine. Er fand das Gold und bedrohte mich, woraufhin ich ihn erschoss. Das verursachte einen ziemlichen Aufruhr. Der Kapitän des Schiffes war ein Freund meines ersten Mannes, ein guter, loyaler Mann. Er machte sich Sorgen, weil ich einen Arbeiter erschossen hatte und befürchtete, dass die Landespolizei kommen und ihre Nase in die Sache stecken würde. Der Kapitän glaubte mir, als ich ihm sagte, dass ich Piratenmunition transportiere. Er wollte weiter die Küste hinauffahren und sich in Walvis Bay, in britischem Hoheitsgebiet, verstecken. Ich sagte ihm aber, dass ich an Land gehen und mich um meine Wagen kümmern müsse, worüber er nicht erfreut war. Ich wies ihn an, die Leiche des Manns über Bord zu werfen und die restlichen Kisten in der Lüderitzbucht zu versenken. Als ein Boot der Hafenbehörde kam, um nach uns zu sehen, war er zu Recht besorgt, aber da lag das Gold schon zwischen dem Festland und der Haifischinsel auf dem Meeresgrund.«

Nun erinnerte sich Blake daran, wie Claire auf dem Hügel zu Peter gesagt hatte, sie wolle den Damm sehen. Das war ihm seltsam vorgekommen. Und während Peter am Tor des Auslegers zur

Haifischinsel mit dem Wachposten sprach, hatte Claire am Rand der neuen Landbrücke herumgeschnüffelt und ins Wasser geschaut.

»Dort, wo jetzt der Damm gebaut wird?«

»Ja. Ich dachte immer, das Gold sei unter dem Meer sicher und ich könne mir eines Tages, wenn ich es bräuchte, eine Ausrede einfallen lassen, warum ich Männer in Perlentaucheranzügen auf dem Grund der Bucht herumstochern lasse. Der Krieg und die Todesinsel scheinen diesen Plan buchstäblich beerdigt zu haben, denn meine Beute ist jetzt unter ein paar tausend Tonnen Fels und Dreck begraben.«

Mit dem Versinken der Sonne sank die Temperatur in der leeren Wüste und Blake hörte das Klirren des Zaumzeugs eines Pferdes in der kalten Nachtluft. Er erklomm den Kamm der Düne. »Es ist Peter.«

Blake machte sich bemerkbar und Peter ritt die Düne hinauf zu ihnen.

Nachdem er abgestiegen war, erklärte Peter ohne Umschweife: »Ich habe herausgefunden, was mit Liesl geschieht«,

»Wirklich?«

»Ich habe Bofinger erzählt, dass ich sie kenne, weil sie früher einmal Magd auf unserem Hof gewesen sei und dass wir uns sehr nahegestanden hätten. Bofinger beabsichtigte, sie in ein Militärbordell einweisen zu lassen, aber ich sagte ihm, dass ich das nicht wolle. Da schlug er vor, anzugeben, sie habe eine Geschlechtskrankheit und zu empfehlen, sie zur Arbeit bei der Eisenbahn zu schicken. Er erklärte, dass der Tod auf diese Weise schneller käme und angenehmer wäre, als auf der Insel an Erschöpfung oder Skorbut zu sterben oder ...«

»Ich verstehe«, sagte Blake. »Wie schnell wird sie zur Baustelle verlegt?«

»Bofinger sagt, in einer Woche werde eine weitere Ladung Gefangener mit der Eisenbahn dorthin transportiert. Eine Gruppe von fünfzig Nama-Männern und -Frauen, den fittesten, die auf der Insel leben. Bis dahin wird sie überleben, sofern sie sich den Wachen entziehen kann.«

»Danke, Peter«, sagte Blake.

»Hat er dir das alles umsonst erzählt?«, fragte Claire.

Peter schüttelte den Kopf. »Nein, es hat mich mein letztes Geld gekostet. Blake, ich habe sie gesehen.«

Blake nickte. »Ich kann sie nicht sterben lassen.«

»Ich auch nicht«, sagte Peter.

Blake erkannte es in Peters Augen: Liesl übte eine besondere Wirkung auf Männer aus und verdrehte ihnen vom ersten Moment an, in denen sie einen Blick auf sie warfen, den Kopf. Genauso hatte sich Blake damals in sie verliebt und deshalb hatte Rassie recht gehabt, sie von der Bar in Upington fernzuhalten.

Sie war noch so jung und verdiente keines der Schicksale, die auf sie warteten.

»Um Himmels willen, ihr zwei alten Büffelbullen, hört auf, euch gegenseitig anzustarren!«, befahl Claire. »Lasst uns besser einen Plan aushecken, um sie zu retten.«

48

NAMIBIA, ÖSTLICH VON LÜDERITZ IN DER WÜSTE, GEGENWART

Sie rasten über die schwarze Strasse durch die Wüste und Joanne schaute über die Schulter zu Anja, die auf dem Rücksitz ihres Autos sass. »Wohnen Sie normalerweise in Lüderitz?«

»Nein«, erwiderte Anja. »Wenn ich für das Pferdeprojekt arbeite, wohne ich in Klein-Aus Vista.«

»Cool, dann bringe ich euch gleich hin.«

»Nein, unser Auto steht in Lüderitz«, sagte Nick.

Joanne warf einen Blick in den Rückspiegel und schüttelte den Kopf. »Wir können es später abholen. Ich glaube, im Moment wäre das zu riskant. Scott und seine Schläger werden euer Auto überwachen und auf euch warten. Wir müssen die namibische Polizei einschalten und irgendwohin, wo wir gemeinsam einordnen können, was passiert ist.«

»Das klingt vernünftig.« Anja seufzte. »Ich kann kaum glauben, dass jemand in Lüderitz, in einem Nationalpark, auf uns geschossen hat.«

»Wir sind schliesslich in Afrika«, sagte Joanne. Sie warf einen Blick auf Nick. »Ich wette, Sie haben nicht allzu viele Geschichten

449

über Scharfschützen, die auf Touristen schiessen, in ›The Australian‹ gelesen.«

Nick dachte einen Moment darüber nach. »Ähm, nein. Ganz und gar nicht.«

Sie fuhren über einen Hügel und beim Hinunterfahren hörte und spürte Nick, dass Joannes Auto zu stottern anfing, als ob der Strom immer wieder aus- und wieder eingeschaltet würde.

»Oh, da stimmt irgendetwas nicht«, sagte Joanne. »Vielleicht hat eine der Kugeln meinen Benzintank getroffen oder so.«

»Wie sieht es mit Treibstoff aus?«, erkundigte sich Nick und lehnte sich ein wenig vor, um die Tankanzeige zu sehen.

»Ich habe noch reichlich«, sagte Joanne, »doch scheinbar wird der Motor nicht richtig versorgt.«

Nick wusste nicht viel über Autos. Der Ton des Motors stieg und fiel.

»Vielleicht ist eine Kraftstoffleitung beschädigt?«

Er holte sein Handy heraus.

»Was machen Sie?«, fragte Joanne.

»Ich google den unterbrochenen Treibstofffluss.«

»Ernsthaft?«, sagte Joanne.

»Ja.«

»Nun, halten Sie auch hinter uns Ausschau, falls mein verdammter Ex-Mann seine Schläger, die alten *Koevoet-Boeties* hinter uns hergeschickt hat, um Sie beide zu erledigen.«

Nick war jedoch nicht bei Google sondern auf Facebook. Er suchte und fand einen bestimmten Account. Dort drückte er auf ›Freunde‹ und scrollte nach unten. Er schickte eine E-Mail mit seinem Fund an Anja, deren Telefon neben ihm piepte.

»Anja, bitte lesen und übersetzen Sie doch weiter. Ich kann von dieser Geschichte nicht genug bekommen«, bat Joanne und Anja zog ihr iPad hervor.

1906, in der Nähe von Aus, Deutsch-Südwestafrika

· · ·

EINE WOCHE nach ihrem Besuch auf der Haifischinsel versteckten sich Blake, Claire und Peter östlich von Aus zwischen den Felsblöcken eines felsigen Hügels, der die Eisenbahnlinie überragte. Die Morgenluft war vor der Dämmerung beissend kalt. Ein paar von Jakob Morengos Männern warteten am Fusse des Hügels auf der von der Bahnlinie abgewandten Seite. Claire blickte zu ihnen hinunter und sah, dass der Atem von Pferden und Männern im rosafarbenen Morgenlicht für einen Moment in der Luft gefror.

Was sie im Begriff waren, zu tun, war Wahnsinn. Obwohl ihr Mann deutlich gemacht hatte, dass er nur Erste Hilfe leisten, aber kein Gewehr tragen und keinesfalls auf deutsche Soldaten schiessen würde, war es Hochverrat, für den sie und Peter mit dem Tod bestraft würden. Auch Blake würde an einem Seil baumeln oder sich als feindlicher Agent in Uniform einem Erschiessungskommando stellen müssen.

Dank der grossen Leere und der Stille der Wüste hörten sie den Zug aus weiter Ferne kommen.

Blake und Claire schauten einander an und sie küsste ihn mitten auf den Mund und kümmerte sich weder darum, dass Peter sie sah, noch, dass ihre Wange von der schwarzen Schminke, die Blake sich ins Gesicht gerieben hatte, verschmiert wurde. »Pass auf dich auf, mein Liebster.«

Blake lächelte sie zärtlich an, wobei sich seine Zähne weiss von seiner russgeschwärzten Haut abhoben. »Das werde ich. Lauf nicht weg und lass mich nie wieder allein.«

Sie nickte.

In Claires Auftrag hatte Blake die verbliebenen Pferde aus dem Gestüt geholt. Die Tiere machten neben ihrem kleinen Goldvorrat und dem Land einen Grossteil ihres Vermögens aus. Nun waren sie unten, bei den Männern und den anderen Pferden. Claire war sich sicher, dass sie hier in Südwestafrika alle Brücken hinter sich abbrach.

Während Blake von Fels zu Fels sprang und sich seinen Weg nach unten bahnte, schaute Claire zu Peter und sah, dass er sie tatsächlich beobachtet hatte. In seinem Blick lagen Trauer und die Bestätigung, dass damit das Letzte, was von ihrer Ehe übriggeblieben war, vorbei war.

Blake bewegte sich unten über den sandigen Talboden, wobei er sich in Deckung hielt, falls ein adleräugiger Fahrer oder Bediensteter des Zuges seinen Schatten oder seine Silhouette entdeckte. Sie sah, wie er die Bahnlinie erreichte und sich hinlegte.

* * *

BLAKE LAG neben den Schienen und konnte die Vibration des herannahenden Zuges in seinem Körper spüren und die Schienen singen hören. Bereits lag ein Bündel Dynamit mit zusammengedrehten Zündschnüren in einem Loch. Blake hatte während des Burenkrieges von ehemaligen Goldgräbern, von denen es in den Reihen von Steinaeckers Reitern nicht wenige gab, einiges über Sprengstoff gelernt. Er hatte die Lunte so präpariert, dass er zwei Minuten Zeit hatte, sich vom Ort der Explosion zurückzuziehen; er hatte eine Senke zwischen zwei kleinen Dünen ausgemacht, von der er hoffte, dass sie ihm genügend Deckung bieten würde. Der Trick bestand nun darin, die Zündschnur zum richtigen Zeitpunkt zu zünden – zu früh und der Lokführer hätte Zeit, den Zug anzuhalten, die Wachen an Bord aufzurütteln und eine gute Rundumverteidigung zu veranlassen, zu spät dagegen würde die Explosion erst nachdem die Lokomotive und die Waggons das Dynamit überfahren hatten erfolgen. Ein noch schrecklicherer Gedanke war, dass die Explosion die unschuldigen Gefangenen an Bord töten könnte. Blake hatte am Vortag die Annäherung eines Zuges zeitlich beobachtet und seine Berechnungen dementsprechend angestellt. Entlang der Strecke sah er Dampf am Horizont und den schwarzen Fleck einer Lokomotive. Er zückte seine Taschenuhr und genau zehn Sekunden später zündete er ein Streichholz an und hielt es an den Docht. Als er sich vergewissert hatte, dass die Lunte gut brannte, stand er auf und lief gebückt zu der Vertiefung im Boden. Er warf sich hin und spähte über die Kante der Düne. Der Zug tuckerte vor sich hin und es gab keine Anzeichen dafür, dass der Fahrer oder jemand anderes an Bord ihn gesehen hatte. Auf dem Dach des zweiten und des letzten der sechs Waggons sassen Wachen, deren Gewehre aus dem Kokon von Decken ragten, die sie um sich gewickelt hatten. Blake senkte den Kopf. Es hatte keinen Sinn mehr zuzuschauen. Die Explosion durchbrach die Ruhe des Morgens und einen Moment später folgte das durchdringende Kreischen der Bremsen. Blake hob den Kopf und hielt den Atem an, als er Funken von den Rädern der Lokomotive fliegen sah. Einen Moment lang sah es so aus, als käme der Zug noch vor der Unterbrechung der Strecke zum Stehen, doch dann verliess die Lokomotive das Gleis und scherte in den Sand aus. Sie kippte auf die Seite und zerrte den zweiten Wagen mit. Schliesslich kam der ganze Zug zum Stillstand. Eine Sekunde lang herrschte Stille, doch dann spürte Blake eine Vibration ganz anderer Art. Er blickte über seine Schulter und sah die Nama-Rebellen mit gezogenen Gewehren durch die Wüste galoppieren. Blake brachte seine Lee Enfield in den Anschlag und suchte nach Zielen. Der Wachposten, der am nächsten bei der Spitze des Zuges stand, war von seinem Aussichtspunkt geschleudert worden, aber der zweite hatte es irgendwie geschafft, sich festzuhalten und zielte auf die Reiter. Blake zielte und feuerte und der Wachposten stürzte rückwärts vom Dach des Waggons.

Die verstörten Soldaten kletterten von den Wagen herunter, aber einige der Nama-Reiter waren bereits abgesprungen und drängten, aus der Hüfte schiessend, vorwärts. Ein weiterer Aufständischer hatte die Linien überquert und umrundete den Zug. Er fand einen Waggon voller Schutztruppensoldaten, die alle in die andere Richtung schauten und warf eine brennende Dynamitstange hinein. Die Explosion sprengte mehrere Fenster hinaus.

Blake stand auf und rannte nach vorne. Ein Offizier kroch aus dem umgestürzten ersten Wagen und richtete eine Pistole auf ihn, aber Blake feuerte zuerst und der Mann fiel zurück ins Innere. Dann sah Blake einen Mann mit blutverschmiertem Gesicht, in einem schmutzigen Unterhemd und einer verdreckten Hose neben der Lokomotive liegen: offensichtlich der Lokführer. Blake rannte zum nächsten Wagen, einem Viehwaggon. Er hörte Stimmen im Inneren und Fäuste, die gegen die Holztür schlugen.

»Weg von der Tür!«, rief er. Er lud eine Patrone und schoss auf das Vorhängeschloss, das den Wagen sicherte. Das Schloss klirrte und fiel ab und Blake riss die schwere Tür auf. Männer und Frauen begannen herunterzuspringen. »Pferde, dort drüben!« Blake blickte zu den Rebellen und wie geplant führten vier Reiter jeweils fünf weitere angebundene Pferde. Zu seiner Überraschung sah Blake, dass es sich bei einem der Reiter um Peter Kohl handelte, dessen Gesicht nun ebenfalls geschwärzt war. Peter stürmte auf ihn zu. »Der Lokführer ist verwundet«, sagte Blake zu Peter, sobald er in dessen Nähe war. Peter nickte und nachdem er seine Ersatzpferde an die Nama-Gefangenen übergeben hatte, stieg er ab und lief zum Lokführer. Die Schlacht war fast vorbei. Die Nama hatten den Zug überrannt und die Deutschen wurden aus den Waggons getrieben. Der zweite Gefangenenwaggon war geöffnet und seine Passagiere mit Pferden versorgt worden, einige von ihnen zu zweit auf einem Pferd.

Blake fand Gert, den Anführer der Nama-Kriegstruppe. »Bringen Sie die Verletzten auf die andere Seite des Zuges, weg von den anderen Gefangenen – ich will nicht, dass die gesunden Männer später den Arzt identifizieren.«

»Ja, Blake.«

»Haben Sie Liesl Morengo gesehen?«, fragte Blake.

»Nein.«

Blake sah sich um. Aus zwei der Waggons quoll Rauch hervor. »Was ist da los?«

»Ich habe meinen Männern befohlen, den Zug anzuzünden«, sagte Gert. »Diese Bahnlinie wird es den Deutschen sonst ermöglichen, mehr Männer und Waffen dorthin zu bringen, wo sie uns bekämpfen.«

Ein kluger Schachzug, dachte Blake, aber wenn Liesl in diesem Zug gewesen war, befand sie sich immer noch in einem dieser Waggons. Blake kletterte in den ersten der Viehwaggons, in den, dessen Schloss er abgeschossen hatte. Drinnen roch es nach Urin und Schweiss. Seine Augen brauchten einen Moment, um sich an die Dunkelheit zu gewöhnen, aber dann sah er eine Gestalt, die zusammengerollt in einer Ecke lag. Mit klopfendem Herzen ging er zu der

Person und legte sich hin. Er legte eine Hand auf einen kalten Arm und drehte die Frau um. Es war nicht Liesl.

Er kletterte heraus und sah zu seinem Entsetzen, dass aus dem zweiten Wagen mit Gefangenen, Rauch aufstieg. Er ging zur Öffnung, aber gerade als er in den brennenden Wagen hinaufspringen wollte, erschien Peter Kohl in der Tür.

»Hier, übernehmen Sie sie!« Peter reichte ihm eine schlaffe Gestalt.

Es war Liesl. Peter sprang heraus, als die Flammen den Holzwagen verzehrten. »Legen Sie sie hin, Blake.« Er hustete.

Blake entfernte sich von dem brennenden Wagen und legte Liesl auf den Rücken. Peter kniete sich hin, nahm ihre Handgelenke und hob ihre Arme auf und ab, hoch über ihren Kopf. Schliesslich senkte er seinen Mund auf ihren und blies hinein.

»Was tun Sie da?«, fragte Blake erschrocken.

Peter pustete in Liesls Mund und sah dann auf. »Ich habe das schon mit Neugeborenen gemacht, die nicht atmen können. Manchmal funktioniert es.«

»Manchmal?«

»Drücken Sie auf ihre Brust, Blake, versuchen Sie, das Blut in ihrem Herzen in Bewegung zu bringen.«

Bevor er damit beginnen konnte, hustete Liesl und stöhnte vor Schmerzen.

Blake schreckte auf. Trotz seiner Beteuerungen sah Peter ebenso überrascht aus, wie Blake sich fühlte, als Liesl vor ihnen wieder zum Leben erwachte.

»Sie muss bewusstlos geworden sein und dann Rauch eingeatmet haben. Jetzt hat sie nicht mehr geatmet, Blake.« Peter fuhr mit der Untersuchung von Liesl fort und forderte sie auf, so ruhig wie möglich zu bleiben. »Sie hat auch einen gebrochenen Arm. Ich werde ihn jetzt schienen und sie zu mir auf mein Pferd nehmen. Gehen Sie und kümmern Sie sich um die Nama und die Gefangenen.«

Blake wies Gert an, den deutschen Soldaten ihre Waffen, Munition und Lebensmittel abzunehmen und sie zu Fuss die Linie entlang zurückzuschicken.

»Wir sollten sie einfach umbringen«, sagte Gert.

Blake schüttelte den Kopf. »Davon gab es schon mehr als genug.«

Nachdem den Gefangenen alles abgenommen und sie auf den Weg geschickt worden waren, half Blake, die erbeuteten Gewehre auf ein Ersatzpferd zu laden. Als Claire sah, dass die feindlichen Truppen fast ausser Sichtweite waren, ritt sie von den Koppeln herunter. Sie stieg ab und kam zu Blake.

»Gut gemacht«, sagte sie. »Und Liesl?«

Blake, die Arme voller Gewehre, deutete mit einem Nicken zur Seite. Peter hielt Liesl in seinen Armen und führte sie zu einem Pferd. Das Mädchen schaute über Peters Schulter zu ihnen hinüber. Blake übergab die konfiszierten Waffen an einen dankbaren Nama-Rebellen. Claire stellte sich auf die Zehenspitzen, legte einen Arm um Blakes Hals und küsste ihn.

»Wir müssen aus Afrika verschwinden, Blake«, sagte Claire in sein Ohr, als sie den Kuss beendete.

Er sah ihr in die Augen. »Wann immer du willst.«

Sie holte tief Luft. »Da gibt es nur noch eine Sache.«

Er schenkte ihr ein schiefes Grinsen. »Hat es mit Gold zu tun?«

»Wie ich schon sagte, ich möchte etwas tun, um diesen Menschen zu helfen. Es geht um Geld und Pferde.«

Er zog die Augenbrauen hoch. »Bekommst du ein Gewissen, Claire Martin?«

Sie gab ihm einen spielerischen Schlag auf den Arm. »Sicher und du bist derjenige, der gesagt hat, er habe genug vom Krieg und jetzt sprengst du Züge in die Luft und rettest holde Jungfrauen. Unsere Arbeit ist hier noch nicht getan, Blake, nicht, solange ich noch etwas von Krügers Gold übrighabe.«

IN OBERST VON DEIMLINGS HAUPTQUARTIER, **Keetmanshoop, Deutsch-Südwestafrika, eine Woche später**

. . .

OBERST BERTHOLD VON DEIMLING brütete über einer Karte der Karasberge und suchte nach einer Möglichkeit, wieder in die Berge vorzudringen und Jakob Morengos Truppen ein für alle Mal zu vernichten. Ein Klopfen an seiner Tür liess ihn aufblicken. »Herein.«

Leutnant Kurtz, sein junger Adjutant, öffnete die Tür, humpelte herein und salutierte. »Einer der Buren-Späher, du Preez, ist hier, um Sie zu sehen, Sir.«

»Ich bin beschäftigt, Kurtz. Finden Sie heraus, was er will, und vereinbaren Sie einen Termin für heute Nachmittag.«

»Er sagt, es geht um den Australier, der mit den Nama kämpft.«

»Ah, führen Sie ihn herein, schnell, Kurtz. »

Der Adjutant salutierte und ging, Du Preez trat ein und nahm seinen Hut ab.

»Setzen Sie sich, setzen Sie sich«, lud von Deimling ihn ein.

»Ich habe etwas über den Australier Prestwich erfahren«, sagte du Preez.

»Ich habe gehört, dass sein richtiger Name Blake ist, aber fahren Sie fort«, forderte ihn von Deimling auf.

»Unsere Quelle in Upington -«

»Ja, der Barmann. Wie ist sein Name?«

»Erasmus, Oberst. Er sagt, Prestwich – Blake – habe eine ganze Menge Pferde eingesammelt, vielleicht fünfzig Stück. Erasmus hat mir erzählt, dass die British Cape Mounted Police ihn für Informationen bezahlt und ihn mit ihren eigenen Informationen über Blakes Bewegungen versorgt hat. Blake hat die Pferde in Upington gesammelt und plant, sie an einen von Morengos Männern auf unserer Seite der Grenze zu liefern.«

Von Deimling tippte auf seine Lippe. »Wir können ihn fangen.«

Du Preez schüttelte den Kopf. »Bei allem Respekt, Colonel, Blake riecht einen Hinterhalt der Schutztruppe auf eine Meile genau. *Ich* kann ihn fangen, denn ich weiss, wie er arbeitet. Ich habe Blake über Erasmus wissen lassen, dass ich auf dieser Seite der Grenze eine Viehherde zu verkaufen habe. Blake hat gesagt, er sei interessiert und könne mich am achtundzwanzigsten des Monats treffen. Erasmus glaubt, dass der Australier zu diesem Zeitpunkt die Pferde zu Morengos Mann bringen wird.«

»Sie wissen, was von Ihnen erwartet wird, wenn Sie Blake treffen, du Preez?«, fragte von Deimling. »Das Oberkommando wünscht weder einen Prozess, selbst wenn er mit einer Hinrichtung endet, noch eine Einmischung der britischen Regierung oder ihrer Kolonien.«

Du Preez stand auf und nickte. »Dieser Mann ist ein Feind des Kaisers, der in ziviler Kleidung als Spion arbeitet. Er hat gegen mein Volk gekämpft und seinesgleichen hat Freude an der Hinrichtung von Gefangenen, die auf dem Schlachtfeld gemacht wurden. Ausserdem ist er ein Verräter an seinem Volk. Glauben Sie mir, Herr Oberst, Sie werden sich um Blake keine Sorgen mehr machen müssen, wenn ich mich mit ihm getroffen habe.«

Von Deimling nickte knapp. »Sehr gut. Schicken Sie Leutnant Kurtz herein, wenn Sie gehen.«

Du Preez setzte seinen ramponierten Hut auf und ging. Von Deimling verspürte einen Anflug von Aufregung. Prestwich war zum Greifen nahe und laut du Preez hatte der britische Oberst Walters mittels des doppelzüngigen Informanten Erasmus dazu beigetragen, Zeit und Ort des nächsten Grenzübertritts des Australiers zu erfahren. Das bedeutete, dass es für von Deimling an der Zeit war, seinen Teil der Abmachung mit Walters einzuhalten. Der junge Offizier trat ein.

»Kurtz, Sie kennen Frau Kohl, die Frau des Arztes?«

»Ja, Sir.«

»Ich möchte, dass Sie mit dem Kommandeur der Landespolizei sprechen und eine Anzeige wegen Volksverhetzung gegen sie erstatten. Sie hat die Zustände an der Bahnlinie und im Lager Lüderitz sehr scharf kritisiert. Ich verdächtige sie, die Rebellen zu unterstützen und sie wird auf der britischen Seite der Grenze wegen eines historischen Verbrechens in Südafrika zur Vernehmung gesucht. Sie soll bis auf Weiteres in Schutzhaft genommen werden.«

Kurtz sah überrascht aus. »Ah, Sir, sie ist eine Dame, die in der

Kolonie einen gewissen Ruf geniesst. Haben wir vielleicht ein paar Beweise, die ich anführen oder dem Gericht vorlegen kann?«

»Kurtz? Sie wagen es, sich mir zu widersetzen? Ich könnte stattdessen Sie von der Landespolizei verhaften lassen. Gerade Sie mit Ihrem verwundeten Bein sollten kein Mitleid mit denen haben, die unseren Feind unterstützen. Und jetzt machen Sie sich an die Arbeit.«

»Jawohl, Sir.« Kurtz salutierte und ging.

Von Deimling schüttelte den Kopf über die Unverschämtheit von Kurtz. Er würde Walters mitteilen müssen, dass er die Frau in Gewahrsam nehmen würde, aber nicht über Leutnant Kurtz. Der törichte junge Offizier hatte zwar recht, dass die Frau ein gewisses Ansehen in der Gemeinschaft geniesse, aber Claire Kohl war keine reine Deutsche und als solche fehlte ihr die Kraft und die Zivilcourage ihres Volkes. Mit ihren weichen, liberalen Ansichten war sie eine Belastung für die Kolonie, obwohl diese von einigen willensschwachen Menschen in Deutschland geteilt werden könnten. Es würde weder seinem Kommando noch Südwestafrika schaden, wenn sie in die Hände der Briten ausgeliefert würde, um in Südafrika Gerechtigkeit für ihre Verbrechen zu erfahren.

* * *

Leutnant Thilo Kurtz stützte sich auf seinen Gehstock, als er aus dem Hauptquartiergebäude auf die staubige Keetmanshoop-Strasse humpelte. Eine Nama-Frau, die ein dünnes Baby trug, eilte ihm aus dem Weg und überquerte die Strasse, um ihm auszuweichen.

Kurtz war voll von patriotischem Eifer nach Deutsch-Südwestafrika gekommen, um die Interessen seines Landes gegen einen mörderischen, heidnischen Feind zu schützen. Seine Erfahrungen hatten ihn sowohl überrascht als auch ernüchtert. Die Nama waren mehrheitlich Christen, arme Leute, die zunächst auf deutscher Seite gekämpft hatten und denen alles genommen worden war, Land und Besitz. Von Deimling hatte gesagt, Kurtz solle sie hassen, aber er konnte es nicht. An jenem Tag in Narudas sah er mit Entsetzen, wie einige seiner Soldaten unschuldige Zivilisten abschlachteten und wie die Gebirgsjäger die Häuser der Nama ins Visier nahmen. Das, so hatte er gedacht, war keine Art und Weise, wie ein Berufssoldat Krieg führen sollte.

Dr. Peter Kohl war ein freundlicher, jovialer Mann, der Thilo mit seiner schnellen ersten Hilfe und danach mit der Operation das Leben und sein Bein gerettet hatte. Thilo hatte Peters Frau, Claire, einmal kennengelernt und sie war ihm ebenso rechthaberisch und eigensinnig wie schön vorgekommen. Sie erinnerte ihn an ein Mädchen, das er in München zurückgelassen hatte.

Von Deimling hatte ihm gesagt, er solle die Landespolizei von seiner Absicht unterrichten, Frau Kohl verhaften zu lassen. Nun, dachte Thilo, Peter Kohl war Polizist und als Claires Ehemann sollte er über die Verbrechen informiert werden, derer sie angeklagt werden sollte.

Es war schon spät am Tag, die Sonne färbte den Wüstenstaub rotgolden. Dr. Kohl würde in der Bar des Schützenhauses, das zufällig auf dem Weg zur Landespolizei lag, auftauchen. Thilo ging die Treppe des Schützenhauses hinauf.

49

IN DER WÜSTE ÖSTLICH VON LÜDERITZ,
NAMIBIA, IN DER GEGENWART

Der Motor von Joannes Wagen starb ab und sie driftete auf die linke Strassenseite.

Nick schaute Anja an.

»Nick, würden Sie nicht aussteigen und einen Blick unter die Motorhaube werfen?«, bat Joanne. »Ich werde dann, wenn Sie es mir sagen, den Wagen zu starten versuchen.«

»Ich bin ein Stadtjunge und Journalist, kein Mechaniker«, sagte Nick. »Anja hat viel mehr Zeit im Busch verbracht als ich, vielleicht sollte sie auch mal einen Blick darauf werfen.«

Joanne runzelte die Stirn. »Das stimmt schon, aber sie ist doch Akademikerin, nicht wahr?«

»*Sie*«, gab Anja zurück und öffnete die hintere Tür, »hat den alten Landrover ihres Onkels schon oft repariert. Wenn es eine undichte Benzinleitung ist, kann sie sie vielleicht reparieren.«

»Okay, war nicht böse gemeint«, sagte Joanne.

»Schon gut«, sagte Anja.

Nick stieg aus, Joanne öffnete die Motorhaube und Nick hob den Deckel an. Anja gesellte sich zu ihm. Nick warf einen kurzen Blick in den Motorraum.

461

»Ich kann nichts Auffälliges erkennen, Joanne. Vielleicht versuchen Sie es noch einmal?«, rief er.

»OK.«

Nick hörte ein leises Klicken aus dem Inneren des Wagens, aber aus dem Motorraum waren keine Geräusche zu hören.

»Da kommt ein Auto, von der Lüderitzer Seite«, sagte Anja.

Nick spähte durch die offene Motorhaube und schaute in Anjas Richtung. Als das Auto näherkam, erkannte er es. »Das ist Scotts Auto.«

Joanne stieg aus. »Verdammt.«

Nick hörte das Geräusch eines weiteren Motors und schaute zur anderen Seite. Er konnte sehen, dass sich aus dem Osten, der Richtung, in der Aus lag, ein weisser Pick-up mit einem grünen, kastenförmigen Dachzelt näherte. Er sah wie eines der vielen gemieteten Safariautos aus, die er seit seiner Ankunft in Namibia immer wieder gesehen hatte. Der Wagen fuhr schnell, während Scott langsamer wurde.

Nick trat auf die Strasse hinaus, als das Touristenfahrzeug näher kam. Er hob seine Hand.

»Was machen Sie da, Nick?«, rief Joanne. »Kommen Sie zurück.«

Er ignorierte sie. »Anja, komm her.«

Sie ging an seine Seite. Er senkte seine Stimme zu einem Flüstern und winkte weiter. »Lies die E-Mail, die ich dir vor ein paar Minuten auf dein Handy geschickt habe. Wir müssen dieses Auto anhalten.«

Der Fahrer des Leihwagens, der vielleicht befürchtete, dass Nick ihm etwas antun wollte, versuchte auszuweichen, aber Anja trat weiter auf die Strasse hinaus und hinderte den Fahrer daran, an ihnen vorbeizufahren. Das Fahrzeug hielt an.

Nick ging zum Fenster des Fahrers und klopfte dagegen. Anja schob sich schnell vor das Fahrzeug, um den Fahrer am Wegfahren zu hindern.

Ein blonder Mann kurbelte das Fenster herunter.

»Bitte bringen Sie diese Frau nach Lüderitz, zur Polizei. Das ist ein Notfall und es sind Menschenleben in Gefahr!«

»Nick!«, rief Joanne.

Wieder ignorierte er sie.

»Verflixt, ist das dein Ernst?«, fragte der Mann mit englischem Akzent.

»Todernst. Nimm Anja mit, bitte.«

Der Mann blickte zu seiner Begleiterin, die hilflos mit den Schultern zuckte. Nick sah, dass das Fahrzeug glücklicherweise eine Doppelkabine hatte, mit einem Rücksitz, der Platz für Anja bot. Bevor sie protestieren konnte, schob Nick Anja hinein. »Hol die Bullen.«

»OK«, sagte sie zu Nick, dann zum Fahrer, »los!«

Joanne stieg, ihre Handtasche in der Hand, aus dem Auto. Sie griff in die Tasche und zog eine Pistole heraus. Nick schaute ihr in die Augen.

Joanne deutete auf die BMW-Limousine, die hundert Meter von ihnen entfernt angehalten hatte. »Das ist Scotts Auto.«

»Ich weiss«, sagte Nick. »Glauben Sie, er wird versuchen, Sie oder mich zu erschiessen? Er hätte uns auf Shark Island umbringen können.«

»Das ist heutzutage nicht mehr seine Art«, sagte Joanne, »er lässt andere Leute die Drecksarbeit für sich machen. Deshalb hat er einen Scharfschützen das Feuer auf Sie eröffnen lassen. Er hat sich weggeschlichen, damit es so aussieht, als hätte er nichts damit zu tun. Hören Sie einfach zu, was er jetzt sagt.«

Joanne hängte sich den langen Riemen ihrer Handtasche über die rechte Schulter, liess die Waffe ausser Sichtweite in der Tasche, aber hielt sie nach wie vor fest.

Scott stieg aus dem BMW aus, blieb aber hinter der offenen Tür stehen.

»Nick«, rief Scott, »kommen Sie her!«

»Bist du verrückt?«, gab Joanne ihrem Ex-Mann zurück. »Du hast versucht, ihn und die deutsche Frau auf der Haifischinsel umbringen zu lassen.«

Scott schüttelte den Kopf. »Du bist einmalig, Joanne. Nick, ich hatte nichts mit dem Angriff auf Sie zu tun.«

»Was machen Sie denn hier draussen?«, fragte Nick. »Woher

wussten Sie, wo Sie uns finden können? Sie sind gegangen, bevor Joanne ankam.«

Scott schaute zu Joanne, dann zu Nick. »Sie hat mir eine SMS geschickt und mir mitgeteilt, wo ihr hinwollt.«

»Wirklich?« Nick hob in gespielter Überraschung seine Augenbrauen und sah zu Joanne.

»Er lügt, er ist uns gefolgt«, sagte Joanne. »Man kann ihm kein Wort glauben.«

»Ich lüge nicht«, erwiderte Scott.

Nick nahm in seinem Blickfeld eine Bewegung wahr und drehte schnell den Kopf. Er befürchtete, dass ein Scharfschütze aus dem Nichts auftauchen würde. Stattdessen war es eine Gruppe von drei Wüstenpferden – es sah aus wie ein grosser Hengst, eine kleinere Stute und ein winziges Fohlen. Nick erinnerte sich daran, dass Anja ein Neugeborenes gesehen hatte. Er hoffte, dass sie bald mit der Polizei zurückkehren würde. Joanne und Scott befanden sich in einer angespannten Pattsituation und Nick war sich der Waffe in Joannes Hand sehr wohl bewusst.

»Anja ist losgezogen, um die Polizei zu holen, Scott.«

»Gut«, sagte Scott. »Hoffentlich können sie denjenigen schnappen, der auf uns geschossen hat.«

Joanne lachte. »Da kannst du dich nicht rausreden.«

»Ich weiss wirklich nicht, wovon du redest, Joanne.«

Nick unterbrach sie. »Sie haben das Manuskript, Scott, Sie wissen, wo der Rest von Krügers Gold ist. Wo Claire Martin es deponiert hat.«

»Wovon zum Teufel reden Sie? Welches Manuskript? Ich weiss verdammt noch mal nicht, wo das Gold ist, aber vielleicht können Sie mich aufklären, da Sie glauben, dass ich es schon weiss.«

»Das Gold von Paul Krüger ist ... »

Nick hatte Joanne im Auge behalten und als er sah, wie sie ihre Hand aus der Handtasche zog und das schwarze Metall der Pistole erkannte, sprang er auf sie zu, packte ihren rechten Arm und drückte sie zu Boden. »Helfen Sie mir, Scott, sie hat eine Waffe!«

Nick hatte Joanne umgestossen und versuchte, ihr den Arm

hinter den Rücken zu drehen, damit sie die Pistole fallen liesse, aber es war schwieriger, als er dachte und sie war viel stärker, als er sich vorgestellt hatte. Sie drehte sich in seinen Armen, bis ihre Zähne seine Schulter erwischten und sie kräftig zubiss.

Nick schrie auf. Der Griff, mit dem er sie hielt ,lockerte sich und Joanne konnte ihre Hand zwischen ihn und sich schieben.

Dann hörte Nick den Knall eines Schusses.

Es fühlte sich an, als hätte er einen Schlag in den Bauch erhalten.

50

IN DER WÜSTE SÜDLICH DER KLIPDAM FARM, DEUTSCH-SÜDWESTAFRIKA, 1906

Blake überquerte die Grenze im Schutze der Dunkelheit. Neben ihm ritt Dawie, der junge Nama-Mann, der für Rassie arbeitete. Blake brauchte ihn, um die fünfzig Pferde, die sie hinter sich führten, unter Kontrolle zu halten und dann das Vieh, das sie beim Buren du Preez abholen wollten, zurück nach Upington zu bringen.

Blake wollte nicht in die Kapkolonie zurückkehren.

Er hatte das Gold, das Jakob Morengo ihm schuldete – Claires Gold – und einen Teil des restlichen Vorrats in ihrer Farm geholt und die Hälfte davon zum Kauf der fünfzig neuen Pferde verwendet. Mit dem Rest sollte er das Du Preez' Vieh bezahlen. Nach dem Abschluss des Geschäfts mit den Buren, wäre es Zeit für getrennte Wege. Dawie würde das Vieh nach Upington treiben und auf der Spangenberg-Farm an Morengo übergeben. Das Geld, das Dawie mit dem Weiterverkauf der Rinder in der südafrikanischen Kapkolonie verdiente, sollte den Nama-Flüchtlingen in den Lagern auf der britischen Seite der Grenze zugutekommen.

Nach der Trennung von Dawie würde Blake die Pferde ein kurzes Stück weiter zu Gert bringen, Morengos Mann, der eine neue Rebellentruppe befehligte, die der ›Schwarze Napoleon‹ in der Gegend von

Klipdam aufgebaut hatte. Morengo hatte entschieden, es sei an der Zeit, den Krieg gegen die Deutschen zu verschärfen.

Blake und Dawie führten ihren Tross einem Flussbett entlang durch eine Schlucht. Der Weg war dank des sternenklaren Nachthimmels gut zu erkennen. Die Gedanken an Claire liessen ihn die Kälte, die durch sein Ölzeug schnitt, nicht spüren.

Je länger Claire und Blake in Afrika blieben, desto grösser wurde das Risiko, dass die Deutschen oder Llewellyn Walters sie einholten, aber Claire wollte unbedingt eine Art Vermächtnis hinterlassen. Sie hatten darüber gesprochen und Blake hatte sich bereit erklärt, ihr bei der Umsetzung ihres Plans zu helfen und eine letzte Pferdeherde zu Morengo zu bringen. Er wusste, dass ihr dies wichtig war – vielleicht um den Diebstahl des Goldes zu sühnen. So kriegsmüde sie beide waren, sie wussten doch, dass Jakob Morengo und seine Leute den Kampf auch fortsetzen mussten, wenn sie nicht mehr da waren.

Blake und Dawie ritten weiter durch die lange, kühle Nacht. Ihre Strategie war, sich tagsüber auszuruhen, um deutschen Patrouillen auszuweichen.

Blake betrachtete den verblassenden Nachthimmel Afrikas und sinnierte, dass er diesen vermissen würde, ganz zu schweigen von den Sonnenaufgängen. Aber er freute sich auf ein neues Leben, wenn die Pferde abgeliefert waren und Dawie mit dem Vieh unterwegs war. Im Osten sah Blake die rote Sonne über dem Dünenkamm auftauchen und vor ihr die Silhouetten zweier Männer auf Pferden.

Blake blickte zu Dawie, der nickte und damit zu verstehen gab, dass er sie auch gesehen hatte. Dawie nahm sein Lee-Metford-Gewehr, ein älteres, aber gut gepflegtes Vorgängermodell von Blakes Lee Enfield, aus dem Holster am Sattel, lud eine Patrone und legte es quer auf seinen Schoss. Blake öffnete seinen Ölzeugmantel, um sicherzustellen, dass er seine Besenstiel-Mauser gut erreichen konnte.

Die beiden Reiter näherten sich Dawie und Blake. Je näher sie kamen, desto höher stieg die Sonne und Blake erkannte sie.

»Du Preez, de Waal«, sagte Blake und nickte den beiden Buren zu.

Blake zügelte sein Pferd und hielt zwanzig Meter vor ihnen an.

Beide Männer waren Händler wie er und er wusste aus Gesprächen in der Bar, dass sie während des Krieges in Südafrika gegen die britischen und kolonialen Truppen gekämpft hatten. Das war an sich nicht ungewöhnlich für Männer ihres Alters, aber sie waren lieber nach Deutsch-Südwestafrika gezogen, als in ihrem Geburtsland unter britischer Herrschaft zu leben. Sie waren häufige Besucher in Upington und de Waal war der Mann, der Liesl in Rassies Bar belästigt hatte. Er und Blake hatten sich in dieser Nacht zwar einen Schlagabtausch geliefert, dabei war es aber seither geblieben.

»Ich bin neugierig«, sagte Blake. »Wer hat Ihnen gesagt, dass ich Pferde transportiere?«

Du Preez zuckte mit den Schultern. »Es ist schwierig, in einer kleinen Stadt wie Upington die Bewegung von fünfzig Tieren geheim zu halten. Ich habe versucht, selbst welche zu kaufen, um sie diesseits der Grenze zu verkaufen und der alte Stephanou hat mir erzählt, dass Sie seinen gesamten Bestand aufgekauft haben.«

Blake nickte. Die Geschichte stimmte also.

»Wo ist das Vieh?«, fragte Dawie die Männer.

De Waal wies mit einer wagen Kopfbewegung in eine Richtung. »Hinter der hinteren Düne, auf der Weide.«

»In Ordnung«, sagte Blake, »schauen wir es uns an.«

Sie trieben ihre Pferde bis zum Fuss einer Düne.

»Wir müssen hier absteigen«, wies du Preez an, »es ist schneller, über die Düne zu klettern als den ganzen Weg rundherum durch das Tal zu reiten.«

»Nimm dein Gewehr mit«, sagte Blake leise zu Dawie, der nickte.

Blake stieg von seinem Pferd ab und blieb zurück, als du Preez mit Dawie neben ihm losmarschierte. De Waal befand sich zwischen ihm und den anderen. Blake bemerkte, dass die beiden Buren ihre Gewehre auf ihren Pferden gelassen hatten.

»Dein Gewehr gefällt mir, Junge«, sagte du Preez zu Dawie. »Lee-Metford? Alt aber gut.«

»Ja«, sagte Dawie und Stolz zeichnete sich auf seinem jungen Gesicht ab.

»Darf ich es mir mal ansehen?«

»Es ist geladen«, sagte Dawie.

»Ich kann mit so einem Ding fast besser umgehen als mit einer Frau.« Du Preez lachte.

»Dawie!«, rief Blake. Er würde niemals einem anderen Mann seine Waffe geben, es sei denn, sie war ungeladen und gesichert.

Dawie warf einen Blick über die Schulter, reichte aber seine kostbare Waffe bereits an du Preez weiter. Dieser nahm das Gewehr, drehte sich herum, schoss aus der Hüfte und traf Dawie in die Brust.

Der junge Nama wurde rückwärts geschleudert und rollte, sich überschlagend, den Hügel hinunter. Blake griff nach der Mauser an seinem Gürtel, als de Waal sich umdrehte und ihm gegenüberstand. De Waal hob seinen Colt-Revolver. Blake war schneller, feuerte zwei Schüsse aus seiner Automatik und schoss ihn nieder.

Als de Waal zu Boden fiel, sah Blake, dass du Preez Dawies Lee-Metford an seine Schulter gehoben hatte und sorgfältig zielte. Er wartete auf den richtigen Moment. Blake drückte erneut ab, aber du Preez war fünfzig Meter die Düne hinauf, was eine grosse Entfernung für eine Pistole, aber nicht für ein Gewehr war.

Blake fiel auf den Rücken und obwohl er nicht sofort Schmerzen verspürte, färbten sich seine Finger rot, als er sie auf den Bauch legte.

Du Preez kam, halb rennend, halb rutschend, über den losen Sand der Düne hinunter zu Blake. Er blickte auf ihn herab. »Wenn du glaubst, dass ich dich aus deinem Elend befreien werde, liegst du falsch, Blake.«

Blake starrte zu ihm auf und begegnete dem Blick des anderen Mannes. Du Preez kannte seinen richtigen Namen; dies war also nicht nur ein vermiestes Geschäft. Er war verraten worden.

»Du verdienst kein schnelles Ende für das, was du getan hast. Du kannst verbluten, verbrennen oder erfrieren, je nachdem, ob dich die Kugel, die Sonne oder die kalte Nacht zuerst holt.«

Du Preez spuckte ihn an, dann drehte er sich um und ging langsam weg. Blake sprach ein Gebet für Claire und schloss seine Augen.

51

IN DER WÜSTE ÖSTLICH VON LÜDERITZ, NAMIBIA, IN DER GEGENWART

Nick schaute an Joanne vorbei und sah Scott auf sie zukommen. Er hoffte, dass Scott es schaffen würde, sie zu packen und ihr die Waffe abzunehmen, bevor sie auch ihn erschiessen konnte.

Nick hörte ein zischendes Geräusch, wie er es auf der Haifisch-insel gehört hatte, dann schoss eine rote Gischt aus Scotts Brust und er stürzte nach vorne in den Sand.

Joanne stand auf und betrachtete die beiden Männer zu ihren Füssen.

»Es hätte nicht so kommen müssen«, sagte Joanne.

»Sie waren es«, sagte Nick. Er hatte seine Hand auf dem Bauch und als er nach unten sah, konnte er sehen, wie Blut zwischen seinen Fingern hervorquoll.

»Sie haben mich daran gehindert, nach meiner Waffe zu greifen«, sagte Joanne. »Woher wussten Sie es?«

»Sie ... Sie haben vorhin etwas zu mir gesagt, über meine Zeit bei *The Australian*. Ich habe Ihnen nie den Namen der Zeitung gesagt, für die ich gearbeitet habe. Aber Susan hatte über mich recherchiert. Ich war mir nicht sicher – vielleicht haben Sie mich gegoogelt und einige meiner alten Artikel gefunden ...« Er hustete und der Schmerz kam, endlich, aber unwillkommen, »also habe ich im Auto auf Facebook nachgesehen.«

»Verdammtes Facebook«, sagte sie.

Nick brachte ein leichtes Nicken zustande. Er spürte, wie er schwächer und sein Hemd immer nasser wurde. Ich habe mir Ihr Profil und Ihre Freunde angesehen und dabei Ihre Schwester gefunden: Trudy Walters.«

Joanne seufzte. »Ja. Es gibt Millionen von Walters auf der Welt, Nick.«

»Ja, aber Ihr Urgrossvater, oder was auch immer er war, Llewellyn Walters, war der Mann, der den Mord an meinem Verwandten und an Claire Martin geplant hat. Sie, nicht Scott, waren davon besessen, Krügers Gold zu finden und ich nehme an, dass diese Versessenheit über die Generationen an sie weitergegeben wurde.«

Joanne wandte ihren Blick für einen Moment von ihm ab und winkte jemandem in der Ferne zu, bevor sie ihm das Zeichen mit einem Daumen hoch gab.

»Derselbe Scharfschütze, der auf der Haifischinsel auf uns geschossen hat?«, erkundigte sich Nick.

»Ja. Einer der alten Koevoet-Kumpel meines Ex-Mannes, der jetzt für mich arbeitet. Geld ist stärker als jede Ideologie. Er hätte Sie und die Frau dort töten können, Nick. Ihr hättet abgeschreckt werden sollen, wie alle anderen, die das Manuskript in die Hände bekamen.«

»Was ...« Seine Sicht wurde langsam verschwommen, »was ist mit Susan? Sie muss für Sie gearbeitet haben, genauso wie Scott. War sie die ganze Zeit in euren Plan eingeweiht?«

Joanne runzelte die Stirn. »Ich kann Sie nicht am Leben lassen, Nick, aber ich bin nicht so grausam, Sie sterben zu lassen, bevor Sie etwas über Susan erfahren: Ich habe Susan unter dem Vorwand, einen Artikel zu schreiben, nach Australien geschickt. Sie sollte in den Archiven nach einem Nachfahren von Cyril Blake suchen und sehen, ob sie neue Hinweise für den Verbleib von Krügers Gold finden kann. Als sie von Ihrem Manuskript erfuhr, sagte ich ihr, sie solle sich sofort ein Exemplar besorgen oder es stehlen, wenn Sie es nicht sofort herausgeben würden. Sie sagte mir, ich solle warten, sie habe Sie überzeugt, es ihr zu geben. Aber ich wollte nicht warten, bis irgendein deutsches Kind es übersetzt hatte und das Risiko eingehen, dass Sie oder jemand anderes vor mir an das Gold käme. Susan lehnte ab und sagte mir, sie sei Privatdetektivin, keine Kriminelle und würde niemals einen Diebstahl begehen.«

»Sie ... sie ist zu Ihnen geflogen.«

»Ja«, sagte Joanne, »sie kam nach Kapstadt und drohte damit, die Polizei einzuschalten und mich blosszustellen. Abgesehen davon, dass sie meine Methoden ablehnte, glaube ich, dass sie sich wirklich in Sie verliebt hatte, Nick. Schade. Aber ich glaube, sie brauchte Zeit, bevor sie Ihnen mitteilen wollte, dass sie Ihnen gegenüber nicht ganz ehrlich gewesen war. Nachdem sie aus meinem Büro stürmte, folgte ich ihr in meinem Auto, rief sie an und überredete sie, zu stoppen. Sie hat angehalten und wir haben geredet, aber sie hat keinerlei Einsicht gezeigt. Dumm.«

Nick spürte, wie ihm die Galle hochkam und er wusste nicht, ob es seine Wunde war oder seine Abscheu vor dieser manikürten Frau, die über ihm stand und sprach, als würde sie von einem lästigen Geschäftstreffen berichten. »Sie haben sie erschossen.«

Joanne starrte ihn an, sagte aber nichts.

Er konnte es in diesen kalten Augen lesen. »Sie haben es wie einen Autodiebstahl aussehen lassen und mir diese SMS geschickt, in der Sie vorgaben, Susan zu sein, die mit mir Schluss macht.«

Joanne lächelte.

»Fuck you«, krächzte Nick.

»Nein, Nick, fuck you. Sie haben verloren und ich weiss jetzt, wo sich das Gold befindet.«

»Das ... das Museum und das Besucherzentrum auf Shark Island war Ihre Idee, nicht die von Scott. Damit Sie nach dem Gold suchen können, während die Fundamente ausgehoben werden.«

»Mein Ex-Mann war ein ebenso miserabler Liebhaber wie Geschäftsmann. Obwohl wir uns scheiden liessen, war es in meinem Interesse, dass das Projekt seiner lächerlichen Golfanlage in Windhoek weitergeführt wurde; ich habe immer noch Anteile an seiner Firma. Die Baugenehmigung stand auf wackligen Beinen, aber als ich von dem Gold erfuhr, das bei Shark Island verschüttet ist, setzte ich ihm die Idee des Kulturzentrums in den Kopf. Die namibische Regierung war von der Idee begeistert und jetzt, da Scott tot ist, kann ich das Unternehmen übernehmen und sowohl das Projekt wie auch die Ausgrabung des Dammes vorantreiben.«

»Sie haben bekommen, was Sie wollten, Joanne.« Er hustete und zuckte zusammen.

»Ja, das habe ich. Ich würde Ihnen ja anbieten, Sie am Leben zu lassen, aber das ist zu unschön. Sie hatten viele Gelegenheiten, wegzulaufen, aber sogar das haben Sie Versager verpasst. Ironischerweise hat Susan Ihnen mehr Eier zugestanden, als Sie je hatten.

Wenn ich mich jetzt beeile, erwische ich Anja, bevor sie zur Polizei geht. Mit meinem Auto sollte es kein Problem sein, auf der Strasse nach Lüderitz mit zweihundert Stundenkilometern zu fahren. Es wird ein Leichtes sein, den Touristenwagen einzuholen, aber es wird Zeit, dass wir uns verabschieden. Tut mir leid, Nick.«

Joanne hob die Pistole und zielte auf Nick. Er starrte sie an. Die Genugtuung, seine Augen zu schliessen, wollte er ihr nicht geben. Bevor er starb, sprach er ein Gebet für Anja und für Susan.

52

IN DER WÜSTE ÖSTLICH VON LÜDERITZ, NAMIBIA, IN DER GEGENWART

»Halten Sie den Wagen an!«, rief Anja, die den Hilux-Pickup am Strassenrand hatte stehen sehen, aber keinen Menschen in der Nähe. Sie stieg aus. Die Motorhaube war geschlossen und offensichtlich gab es keinen Motorschaden. Eine schnelle Inspektion ergab, dass auch keiner der Reifen geplatzt war.

Ray und Anne, die englischen Touristen, die Anja mitgenommen hatten, hatten kurz bevor sie angehalten wurden eine Reifenpanne. Sie reparierten den Wagen und danach blieben der Wagenheber und der Radmutternschlüssel des Mietwagens auf der Rückbank liegen, erst später wollten sie die Werkzeuge ordnungsgemäss versorgen.

Anja sah auf der anderen Seite des Hilux die Fussspur einer Person in die Wüste führen und war hin- und hergerissen. Möglicherweise gab es eine unschuldige Erklärung dafür, dass das Fahrzeug dort stand, doch das glaubte sie nicht. Sie schaute in die Wüste hinaus und nahm einen Lichtblitz wahr, eine kurze Spiegelung, vielleicht auf Glas.

»Fahren Sie weiter und gehen Sie in Lüderitz zur Polizei!«, wies sie Ray an, griff ins Fahrzeug und nahm den Radschlüssel heraus. »Sie sollen sofort jemanden herschicken. Sagen Sie, dass es sich um

474

Mord handelt. Und dass wir einen Krankenwagen brauchen, nur für den Fall.«

»Was ist mit meinem Schraubenschlüssel?«

»Den gebe ich Ihnen zurück, wenn Sie die verdammte Polizei holen!«

Ray fuhr davon, wahrscheinlich dankbar, sie los zu sein. Sie ging in die Wüste und sah jetzt, warum der *Bakkie* genau dort stand. Vor ihr lag rechtwinklig zur Strasse eine hohe Düne, die einen ungehinderten Blick auf die weniger als einen halben Kilometer entfernte Stelle bot, an der Joanne angehalten hatte.

Für einen geübten Scharfschützen ein leichtes Ziel.

Anja erinnerte sich, wie sie mit ihrem Vater auf die Jagd ging. Tief gebeugt rannte sie so schnell und leise, wie sie konnte und ihre Fussabdrücke verschwammen im Sand.

Sie sah zuerst die Stiefel des Mannes, knapp unterhalb des Dünenkamms. Er hatte sich in den Sand eingegraben und blickte aufmerksam durch das Zielfernrohr seines Gewehrs. Ihr Blick fiel auf seine rechte Hand und sie erkannte die Leberflecke und die Narbe, die ihr beim Mann, der sie angegriffen hatte, aufgefallen waren.

Anja sah das leichte Zucken der Schulter des Mannes und hörte ein metallisches Klicken.

Anja begann zu rennen. Sie hoffte, nicht zu spät zu kommen. Der Mann schaute immer noch konzentriert durch sein Zielfernrohr. Als Anja näherkam, konnte sie über den Kamm der Düne sehen. Joanne stand, eine Hand ausgestreckt, da, während Scott und Nick beide auf dem Boden lagen. Anja spürte eine Welle der Übelkeit in ihr aufwallen. Bedeutete dies, dass sie um Sekunden zu spät gekommen war? Wut überkam sie und sie rannte auf den am Boden liegenden Schützen zu.

Er musste das Quietschen ihrer Schuhe auf dem Sand gehört haben, denn er begann sich zu drehen. Doch diesmal war Anja schneller, schwang den Schraubenschlüssel und schlug ihn ihm kraftvoll gegen die Schläfe. Der Scharfschütze fiel leblos in den Sand. Anja kümmerte sich nicht um ihn, sondern liess sich hinter sein Gewehr fallen und schaute durch das Zielfernrohr. Unter sich sah sie

Gestalten im Visier und erkannte, dass Nick sich ein wenig bewegte. Während eine Hand auf seinem Bauch lag, hob er die andere, als würde er beim Sprechen gestikulieren.

In diesem Moment hob Joanne ihre Pistole und zielte auf Nick.

Die Zeit schien plötzlich still zu stehen.

Ohne etwas zu denken, hielt Anja den Atem an, betätigte den Verschluss des Gewehrs, um eine Patrone zu laden, zielte und schoss.

Joanne stürzte zu Boden und Anja beobachtete sie durch das Zielfernrohr. Ihr Herz raste und ihr Gehirn war nicht in der Lage, zu verarbeiten, dass sie gerade auf einen Menschen geschossen und ihn möglicherweise getötet hatte. Sie beobachtete Joanne ein paar Sekunden lang, doch die Frau bewegte sich nicht. Nick kroch zu Joanne hinüber, die offensichtlich unter Schmerzen litt und nahm ihr die Pistole aus der Hand.

Anja legte das Gewehr ab und ging zu dem Mann, den sie geschlagen hatte. Sie prüfte seinen Puls und stellte fest, dass er bewusstlos war, aber noch lebte. Sie suchte nach etwas, mit dem sie ihn sichern konnte und als sie sah, dass er ein Armband aus geflochtener Fallschirmschnur trug, zog sie es ihm über das Handgelenk, entwirrte es schnell und fesselte seine Handgelenke hinter dem Rücken damit. Dann durchsuchte sie seine Taschen und fand die Schlüssel für den Hilux. Anja hob das Gewehr auf, lief die Düne hinunter zum *Bakkie*, stieg ein und raste die Strasse hinunter zu Nick.

Ihr wurde klar, dass sie etwas brauchte, womit sie ihn behandeln konnte. Sie durchsuchte den Kofferraum des Hilux und fand einen Erste-Hilfe-Kasten, mit dem sie zu Nick eilte.

»Du ...«, flüsterte er, als sie ausser Atem neben ihm auf die Knie sank.

»Ja.« Sie nahm einen Wundverband heraus und wickelte ihn aus. »Drück das Kissen so fest wie möglich auf die Wunde des Einschusslochs.«

»Der Scharfschütze ...?«

»Er ist bewusstlos und gefesselt.«

Anja konnte die Bewunderung in Nicks Gesicht nicht übersehen.

»Wo ... wo hast du gelernt, so zu schiessen, Erste Hilfe zu leisten und einen Schützen zu verprügeln und zu fesseln?«

Sie lächelte. »In Afrika natürlich.«

* * *

WIE ANJA GEHOFFT HATTE, trafen sie auf dem Rückweg nach Lüderitz auf einen Polizeiwagen und einen Krankenwagen mit Blaulicht.

Die Sanitäter hoben Nick vom Rücksitz des Hilux, wo er sich mit Anjas Hilfe hingelegt hatte und luden ihn in den Patientenraum des Krankenwagens. Nachdem sie der Polizei einen kurzen Überblick über den Tatort gegeben hatten, der sie an der Strasse nach Aus erwartete, setzte sich Anja neben Nick auf den Rücksitz.

Während ein Sanitäter ihn untersuchte und eine Infusion in seinen Arm legte, schaffte es Nick, bei Bewusstsein zu bleiben. »Anja ...«

»Ja, Nick?« Sie nahm seine Hand und drückte sie, so fest sie sich traute. Anja sah Nick in die Augen und merkte plötzlich, dass sie ihn nicht mehr loslassen wollte.

»Bitte lies mir das Ende vor«, sagte er, »aber lass meine Hand dabei nicht los.«

EPILOG

1915, IN EINEM KRIEGSGEFANGENENLAGER IN DER EHEMALIGEN KOLONIE DEUTSCH-SÜDWESTAFRIKA, NUN BRITISCHES PROTEKTORAT

In dieser kalten Nacht, mitten in der Wüste, komme ich zum Ende unserer Geschichte.

Der Bure du Preez berichtete Oberst von Deimling, dass er Blake verwundet in der Wüste zurückgelassen habe, um wie ein Hund unter Schmerzen zu sterben. Der Oberst, von Effizienz und Ordnungsliebe getrieben, wollte unbedingt den Beweis dafür, dass Blake, auch als Edward Prestwich bekannt, tatsächlich tot war. Deshalb befahl er einer Patrouille unter seinem Adjutanten, Leutnant Kurtz, in die Wüste zu reiten, zur Stelle, wo Blake in den Hinterhalt gelockt worden war und sich zu vergewissern, dass Blake wirklich gestorben war.

Ich wurde als Arzt der Landespolizei beauftragt, die Patrouille zu begleiten und dafür zu sorgen, dass Blake nicht lebend zurückkehrte. Von Deimling war wütend, dass Claire entkommen war und drohte Kurtz und mir, er würde uns beide köpfen, wenn wir nicht bestätigten könnten, dass Blake tot war.

Ich muss gestehen, dass ich überrascht war, Blake noch lebend zu finden. Ich weiss nicht, wie er fast vierundzwanzig Stunden mit einer höllisch schmerzhaften Wunde im Bauch, aus der Blut quoll, zuerst unter der brennenden Sonne, dann in der eiskalten Wüstennacht, überleben konnte.

Vielleicht war es seine angeborene Stärke, oder die Liebe.

Die Mitglieder unserer kleinen Patrouille, die an jenem Tag vom vorgeschobenen Hauptquartier auf der Klipdam Farm aufbrachen, waren harte Männer und viele von ihnen hatten im Kampf gegen die Nama Kameraden verloren. Bestimmt empfanden sie wenig oder gar kein Mitleid mit Blake, der Waffen und Pferde zu den Rebellen gebracht und damit für den Tod deutscher Soldaten mitverantwortlich war. Doch zum Glück haben nur wenige Soldaten den Mut, einem unbewaffneten Verwundeten in den Kopf zu schiessen.

Obwohl ich ›nur‹ der Arzt und ein einfacher Polizeireservist war, war ich ranghöher als Kurtz. Ich konnte der Patrouille also ankündigen, dass ich nach Blake sehen und tun würde, was getan werden musste. Die anderen Mitglieder der Schutztruppe unterhielten sich, zündeten Pfeifen oder Zigaretten an und kümmerten sich nicht weiter um den Auftrag. Dennoch standen sie nahe genug, um mein Gespräch mit Blake zu hören.

Er war vor Schmerzen und Fieber im Delirium, aber das erste Wort, das er sagte, war »Claire.«

Eher für die Ohren meiner Militärkameraden, die zuhörten, als für ihn, erklärte ich ihm, Claire sei tot, sie sei ertrunken. Ich eröffnete ihm, ich sei gekommen, um ihn zu töten. Und ich gestehe, liebe Leser, dass ich einen Moment lang sogar daran dachte, genau das zu tun. Wie Blake liebte ich Claire. Meine Karriere und vielleicht sogar mein Leben waren in Gefahr, falls meine Vorgesetzten herausfanden, dass ich den Nama geholfen und meiner Frau die Flucht an die Küste ermöglicht hatte. Wenn bekannt würde, dass auch Kurtz uns geholfen hatte, würde er darunter leiden müssen.

Während unserer gemeinsamen Zeit hatte ich einen gewissen Respekt vor Blake entwickelt und war, ehrlich gesagt, neidisch auf die Liebe, die ihn und Claire verband. Gleichzeitig war ich drauf und dran, mich in eine andere Frau zu verlieben und konnte nicht im Wissen zu ihr gehen, einen Mann hingerichtet zu haben, der ihr geholfen und den sie einst sehr gemocht hatte. Ausserdem war in meiner geliebten Ecke Afrikas schon genug gemordet worden.

Meine Wut über alles, was geschehen war, war echt, aber der Wille, mein Ziel zu treffen, nicht. So feuerte ich eine Kugel neben Blakes Kopf in den Sand. Dann griff ich heimlich in meine Medizintasche, zog einen Verband heraus, drückte ihn Blake in die Hand und hiess ihn, diesen gegen das Einschussloch zu pressen. Der junge Kurtz kam herüber. Obwohl er genau sah, dass Blake noch lebte, befahl er seinen Männern einfach: »Aufsteigen!« und sowohl er wie auch ich erzählten Oberst von Deimling, was dieser hören wollte.

In der folgenden Nacht schlich ich mich mit meinem Pferd aus dem Lager, hinter mir hatte ich den von zwei Pferden gezogenen Sanitätswagen und zwei Ersatzpferde angebunden Es hätte mich nicht überrascht, wenn Blake tot gewesen wäre, aber er hatte den Rest des Tages durchgehalten. Die Kugel hatte seine lebenswichtigen Organe wie durch ein Wunder verfehlt und war an der Seite wieder ausgetreten, aber er hatte eine Menge Blut verloren. Ich säuberte seine Wunde so gut ich konnte und legte einen Umschlag aus ›Kraalbos‹ auf, einer Pflanze, die von den Buschmann-Heilern, denen ich begegnet war, mit gutem Erfolg bei der Behandlung von Hautkrankheiten und eiternden Wunden angewendet wurde.

Blakes treues Reittier Bluey und die Pferde, die Blake und Dawie für die Nama mitgebracht hatten, grasten in der Nähe. Ich konnte die Tiere nicht mitnehmen, aber es erschien mir grausam, sie aneinandergebunden zu lassen. So sattelte ich Bluey ab und band die übrigen Tiere los. Eines nach dem anderen galoppierte los, nur Bluey trottete zunächst etwa eine Stunde lang hinter dem Wagen her, als wolle er Blake nicht verlassen. Die anderen Pferde hatten eine lose Herde gebildet und bewegten sich parallel zu uns. Schließlich verliess uns Bluey, schloss sich den anderen an und sie trabten davon. Ich bin sicher, dass zumindest einige von ihnen überlebt und sich fortgepflanzt haben, denn in den vergangenen Jahren traf ich in der Wüste gelegentlich auf Wildpferde und Fohlen.

Ich zog Blake Teile einer deutschen Uniform an und wir reisten erneut gemeinsam westwärts und quer durch Südwestafrika, nach

Lüderitz. In Aus besorgte ich Essen und Wasser für uns und die Pferde und erzählte überall die Geschichte, dass ich den verwundeten Sohn eines prominenten deutschen Politikers nach Lüderitz brächte, um ihn dort behandeln zu lassen und ihm ein Ticket nach Hause zu besorgen.

Blakes Wunde hatte zu schwären begonnen. Er weinte und schrie zwei Nächte lang und immer und immer wieder rief er den Namen der Frau, die er liebte: Nicht etwa den von Liesl, sondern den von Claire. Mit der Zeit zeigte das Kraut der Buschmänner Wirkung. Blakes Fieber sank und die Stiche, mit der ich seine Wunde genäht hatte, sahen sauber aus. Als Blake wieder bei Bewusstsein war, erzählte ich ihm davon, wie ich in Keetmanshoop die Lüge verbreitet hatte, Claire sei im Meer ertrunken. Blake weinte vor Rührung und Erleichterung und hätte mich wohl umarmt, wenn er die Kraft dazu gehabt hätte.

Genau wie Claire früher befragte ich ihn auf dieser Reise über seine Erinnerungen an die Ereignisse in Südafrika und in unserer Kolonie, über Walters und seine Liebe zu meiner Frau. Er erzählte mir alles, so wie Claire mir ihre Beziehung zum Amerikaner Belvedere oder ihre Beweggründe für den Golddiebstahl erklärt und den Ort, wo das Gold vergraben war, verraten hatte: Zwischen der Haifischinsel und dem Festland im Meer. Zu diesem Zeitpunkt war allerdings klar, dass ich nicht damit beginnen konnte, den Damm zum Konzentrationslager abzugraben. So versprach ich Claire, dass ich das Gold, falls ich es jemals bergen könnte, für sie aufbewahren würde. Nun, jedenfalls einen Teil davon.

Am nächsten Tag wich der wogende Vorhang aus Sand und Staub, der vor dem funkelnden, eisigen Blau des Atlantiks gelegen hatte, zurück.

Ich fand Claire in ihrem Versteck in einem der Lagerhäuser unten an den Docks in der Hafenstrasse, die einst ihrem ersten Mann gehörten hatten. Sie hatte mit dem allerletzten verbliebenen Gold von der Farm eine Yacht gekauft und von zwei alten Hasen, einstigen Freunden ihres verstorbenen Mannes, das Segeln gelernt. Sie bezahlte die beiden Matrosen, damit sie sie versteckten, aber den

Hafenbehörden gleichzeitig ihr Verschwinden meldeten, so dass eine Suchaktion eingeleitet wurde.

Als wir ankamen, rannte Claire zu Blake und schloss ihn in die Arme. »Du hast es geschafft«, sagte sie nach einem innigen Kuss.

»Dank Peter«, lobte Blake.

Ich lächelte meine Frau traurig an, umarmte sie dann und sie gab mir einen Abschiedskuss.

Ich fragte Blake, ob er in Australien eine Adresse habe, damit ich ihm und Claire irgendwann, wenn der Krieg vorbei sei, schreiben könne. Er gab mir die Adresse seiner Mutter an und obwohl ich ihr nie schrieb, werde ich ihr eine Kopie dieser Kritzeleien schicken. Nur für den Fall, dass sie nie wieder etwas von ihrem Sohn hörte.

CLAIRE HATTE sich eine schöne Ketsch gekauft, deren früherer Eigner in den Kämpfen gegen die Nama gefallen war. Sie sagte, sie könne sie gut allein segeln, es werde aber alles einfacher, wenn Blake sich vollständig erholt habe.

In dieser Nacht verabschiedete ich mich von Claire und Blake und warf ihnen die Festmacherleine aufs Deck. Die Yacht glitt auf einer gnädigerweise ruhigen See davon und ich habe von keinem der beiden mehr je etwas gesehen oder gehört.

NACHDEM DER KRIEG gegen die Nama und die Herero zu Ende war und das Todeslager auf der Haifischinsel geschlossen wurde, diskutierten meine neue Frau Liesl und ich darüber, was mit dem Gold, das unter dem Damm vergraben war. geschehen sollte. Sie ist eine gute Frau, genauso mutig und prinzipientreu, wie es ihr Onkel Jakob war.

»Nichts«, antwortete mir Liesl. »An diesem Ort ruhen die Geister zu vieler meiner Leute, Peter. Sie dürfen nicht im Namen von etwas so Trivialem wie Gier gestört werden. Gold ist nur ein Metall, kalt und gefühllos und danach zu streben bringt nur Tränen und Tod.«

Die Rebellion ihres Volkes wurde niedergeschlagen, aber sie

überlebte und gebar mir drei wunderbare Kinder, zwei Jungen und ein Mädchen, die alle wohlbehalten durch den Krieg gekommen sind und von ihrer Familie umsorgt werden.

Zu der Zeit, als wir über das Gold sprachen, war Liesl mit unserem ersten Sohn schwanger und ich erinnere mich, wie sie meine Hand auf ihren gewölbten Bauch legte. »Das ist das Wichtigste, Peter.«

»Leben? » fragte ich sie.

»Die Liebe.«

HISTORISCHE ANMERKUNGEN
UND DANK

Ein Grossteil dieser Geschichte ist wahr und einige der Charaktere sind real oder basieren auf echten Menschen.

Während viele der Ereignisse in ›Geister der Vergangenheit‹ tatsächlich stattfanden, war ich mit historischen Daten ein bisschen kreativ, um alle Elemente, die ich in meiner Geschichte verwenden wollte, in einer passenden Reihenfolge unterzubringen.

Die Schlacht von Narudas und die beschriebene Verschwörung, um die wirkliche Person, die als Cyril Blake dargestellt wird, zu töten, fanden in Wirklichkeit 1905 statt (nicht wie im Buch 1906).

Erst 1906 wurden Nama-Häftlinge ins Konzentrationslager Shark Island gebracht und das Schützenhaus in Keetmanshoop wurde erst 1907 eröffnet. Im selben Jahr wurde ein Großteil der Eisenbahnlinie von Lüderitz gebaut. Ich habe beschlossen, die Unstimmigkeit dieser drei Jahre, in denen all diese Ereignisse stattfanden, neu zu ordnen und sie entsprechend im Zweiten Teil der Geschichte der ›Geister der Vergangenheit‹ spielen zu lassen.

Hier sind einige der Fakten hinter diesem fiktiven Roman:

Tatsächlich lag am 24. September 1905 der 24-jährige Edward Lionel Presgrave, aus Hurstville, Sydney, sterbend in der abgelegenen Wüste. Die Stelle lag wirklich südlich von Klipdam in Deutsch-

Südwestafrika, dem heutigen Namibia, in der Nähe der Grenze zur Kapkolonie, heute Südafrika.

Presgrave war von einem der zwei Buren namens du Preez und de Waal, die für die Deutschen spionierten, in den Bauch geschossen, aber nicht getötet worden. Die Deutschen hatten ein Preisgeld auf Presgrave angesetzt, der mit den Nama Waffen und Pferde gehandelt und auf ihrer Seite gekämpft hatte.

Du Preez informierte die Deutschen über den erfolgreichen Überfall auf Presgrave. Von Klipdam aus wurde eine Patrouille unter dem Kommando eines Leutnants Beyer entsandt, um nach dem Australier zu sehen, darunter ein Militärarzt namens Erchardt.

Tatsächlich fanden sie Presgrave zu ihrer Überraschung 20 Stunden nachdem er angeschossen worden war, aus einer Bauchwunde blutend, noch am Leben. Auf Befehl von Leutnant Beyer wurde Presgrave von einem Baster, so nannte man farbige Soldaten, namens Dirk Campbell hingerichtet.

Zu Hause in Australien versuchten Presgraves Eltern, die Angelegenheit zu untersuchen und die Verantwortlichen zur Rechenschaft ziehen zu lassen.

Die Geschichte wurde unter den Teppich gekehrt, woran die Regierungen Australiens, Grossbritanniens und Deutschlands alle in unterschiedlichem Masse mitschuldig waren. Vielleicht war die Angst, wegen der Handlungen einer aufstrebenden Kolonialmacht internationale Konflikte zu schüren, zu gross.

Für diesen Roman habe ich angenommen, dass Berthold von Deimling von der Verschwörung, Presgrave zu töten, wusste, auch wenn der Befehl nicht allein oder direkt von ihm kam.

Ich möchte hier betonen, dass von Deimling später ein engagierter Pazifist und Direktor der Deutschen Friedensgesellschaft wurde. Vielleicht aufgrund der Erfahrungen, die er in Deutsch-Südwestafrika und später als General im Ersten Weltkrieg machte.

Die Figur von Sergeant Cyril Blake habe ich auf der Person von Edward Lionel Presgrave aufgebaut. Wie Blake kämpfte Presgrave im Burenkrieg in einer irregulären Einheit auf britischer Seite, allerdings bei Brabants Reitern. Blakes Einheit, Steinaeckers Reiter, existierte tatsächlich. Wie in diesem Roman dargestellt, waren sie eine bunte Truppe von Jägern, Wilderern, Bergleuten und Händlern, die das von Malaria und Löwen befallene Buschland an der Grenze von Transvaal und Portugiesisch-Ostafrika (heute Mosambik) durchstreiften. Zehn Mitglieder der Einheit sollen entweder von Löwen oder Krokodilen getötet worden sein.

Dass Captain Walters in dieser Geschichte einen Löwenangriff überlebt, basiert auf der wahren Geschichte von Harry Wolhuter, einem Veteran von Steinaeckers Reitern und früheren Ranger im Krügerpark, der mit einer Löwin kämpfte und sie tötete.

Presgrave beschloss, nach dem Krieg in Südafrika zu bleiben und verdiente seinen Lebensunterhalt als Pferde- und Viehhändler in der Kapkolonie, mit Sitz in Upington.

Natürlich weiss ich nicht, was Edward Presgrave über den Krieg in Südafrika dachte. Mehrere Berichte, die ich während meiner Recherchen für dieses Buch gelesen habe, deuten aber darauf hin, dass viele der Australier, die gegen die Buren kämpften, mit der Strategie der ›verbrannten Erde‹ des britischen Kommandanten Lord Kitchener, nicht einverstanden waren. Soldaten, die sich dem Kampf voller patriotischer Inbrunst angeschlossen hatten, stellten während des Einsatzes fest, dass sie wahrscheinlich mehr mit den afrikanischen Bauern gemeinsam hatten, gegen die sie kämpften, als mit dem britischen Oberkommando, das den Krieg führte.

Was mit den Goldreserven der beiden Burenrepubliken Transvaal (Südafrikanische Republik) und Oranje-Freistaat, geschehen ist weiss niemand. Die Legende von ›Krügers Gold‹ und seinem angeblichen Verbleib hält sich aber auch im heutigen Südafrika tapfer am Leben und alle paar Jahre gibt es einen Bericht über jemanden, der behauptet, einen Teil der Beute an einem neuen Ort gefunden zu haben.

Claire Martin und Nathaniel Belvedere sind fiktive Personen, Tatsache ist aber, dass viele Ausländer, darunter Deutsche, Holländer, Iren und Amerikaner, während des Zweiten Burenkrieges von 1899-1902 auf der Seite der Buren dienten.

Während des amerikanischen Bürgerkriegs erfand ein Ingenieur und Offizier der Konföderierten, Gab Rains, den ›unterirdischen

Torpedo‹ und setzte diesen Vorläufer der modernen Landmine ein. Ich habe keinerlei Beweise dafür, dass diese abscheuliche Waffe im Burenkrieg eingesetzt wurde.

Deutschland lieferte viele der von den Buren verwendeten Waffen, vor allem Mauser-Gewehre. Blakes halbautomatische Mauser C96 Besenstiel-Pistole wurde von Soldaten und Offizieren auf beiden Seiten des Konflikts geschätzt. Einer von ihnen war Winston Churchill, der als britischer Kriegsberichterstatter über den Konflikt berichtete. Jakob Morengo gab es tatsächlich und er wurde von seinen Feinden, die widerwilligen Respekt für ihn entwickelten, wirklich als der ›Schwarze Napoleon‹ bezeichnet. Wie im Buch beschrieben, war er gut ausgebildet, mehrsprachig und seiner Zeit voraus. Er gewährte Frauen bei seinen Ratssitzungen das Recht, vor jedem anderen Kaptein zu sprechen.

Edward Presgrave nahm an mehreren Gefechten, einschliesslich der Schlacht bei Narudas im Jahr 1905 mit Morengo, teil. Ich habe versucht, die Ereignisse in Narudas so genau wie möglich widerzugeben. Es ist Tatsache, dass Morengo von Deimling und seine Truppen in die Karasberge lockte, sein Volk wirklich vor dem deutschen Angriff die Mattenhäuser verlassen liess und die deutsche Hauptkolonne auf ihrem Rückmarsch nach Keetmanshoop bedrängte. Von Deimlings zweiseitiger Angriff von Warmbad und Keetmanshoop aus, verfehlte das Ziel, Morengo und seine Anhänger auszulöschen. Stattdessen kehrten die Deutschen müde und blutbeschmutzt zu ihren Stützpunkten zurück.

Ironischerweise waren es die Briten, die Morengos effektiven Aufstand gegen die Deutschen in Südafrika beendeten. Die britischen Behörden verhafteten Morengo auf deutsches Geheiss hin am Kap und sperrten ihn eine Zeit lang im Tokai-Gefängnis (heute als Polsmor bekannt), ein. Morengo wurde später unter der Bedingung freigelassen, nie wieder nach Deutsch-Südwestafrika einzureisen. Er ignorierte dies jedoch und kehrte in seine Heimat zurück, um seinen Kampf fortzusetzen. Auf einem seiner Streifzüge zurück nach Südafrika entdeckten ihn die Briten und er wurde in der südlichen

Kalahari-Wüste von einer gemeinsamen britisch-deutschen Streitmacht in die Enge getrieben und getötet.

Woher ich das alles weiss?

Ich würde gern sagen, dass ich in Südafrika, Deutschland, Australien und Grossbritannien monatelang akribisch recherchiert und alles durchforstet, sowie Nachfahren der realen Menschen, die dieser Geschichte als Vorbild dienten, interviewt habe. Dies alles machte aber jemand anderes. Ich bin Dr. Peter Curson, emeritierter Professor am Department of Health Systems and Population der Macquarie University in Sydney, zu enormem Dank verpflichtet. Er erforschte das Leben, das Umfeld und den vorzeitigen Tod von Edward Presgrave und schrieb ein Sachbuch über die von ihm gefundenen Ergebnisse, ›Border Conflicts in a German African Colony: Jakob Morengo and the Untold Story of Edward Presgrave‹.

Auf Edward Presgraves Geschichte stiess ich zum ersten Mal in kurzen Referenzen in zwei Büchern, die ich über die Geschichte Namibias las, als ich für einen meiner früheren Romane ›An Empty Coast‹ recherchierte, der in diesem Land spielt. Presgrave wird in Casper W. Erichsen und David Olusogas ›Der Holocaust des Kaisers, Deutschlands vergessener Völkermord und die kolonialen Wurzeln des Nationalsozialismus‹, erwähnt, sowie in ›History of Namibia‹, von Marion Wallace und John Kinahan. Ich erinnere mich, dass ich, als ich diese Bücher las, dachte, dass Presgraves Geschichte eine großartige Vorlage für einen Roman wäre.

Auch Peter Curson las diese Bücher vor einiger Zeit und beschloss, seine eigenen Nachforschungen über Edward Presgrave anzustellen und ein Buch über ihn zu schreiben – das mir nun zur Verfügung stand. Als ich anfing, ernsthaft für ›Geister der Vergangenheit‹ zu recherchieren, kontaktierte ich Peter und er schlug mir vor, einen Roman zu schreiben, der auf Presgrave basiert. Der Rest ist Geschichte (Wortspiel beabsichtigt). Peter las einen Entwurf des Manuskripts und gab mir Rückmeldungen, wofür ich sehr dankbar bin.

Ich habe mein Bestes gegeben, um in diesem Roman Leben und Tod in den Konzentrationslagern des Burenkrieges in Südafrika und während der Herero- und Nama-Kriege in Deutsch-Südwestafrika genau zu beschreiben. Diese beiden Konflikte und insbesondere das, was mit den in diesen Lagern internierten Zivilisten geschah, sind bis heute umstrittene Themen in Südafrika und Namibia. Ich habe mich bemüht, eine ›mittlere, moderate Linie‹ beizubehalten, wenn ich über diese emotionalen Themen schreibe. Sollte sich aber durch meine Interpretation der Geschichte jemand gekränkt fühlen, möchte ich diese Gelegenheit nutzen, um mich zu entschuldigen.

Neben Peter Cursons und den bereits erwähnten Büchern profitierte ich von ›Steinaeckers Reiter‹ des verstorbenen William (Bill) Woolmore und ›Scorched Earth‹ (verbrannte Erde), Fransjohan Pretorius' umfassender Analyse von Kitcheners Strategie im Burenkrieg und bezüglich der britischen Konzentrationslager.

Auf seinem letzten Ausflug in die Wüste wurde Edward Presgrave von seinem Freund, einem Dänen namens Frode Sahlertz, begleitet. Frode wurde von den Afrikaaner-Spionen in Gewahrsam genommen und verbrachte einige Zeit in einem deutschen Gefängnis. Über Peter Curson konnte ich mit Frodes Enkelin Lucretia Sahlertz korrespondieren, die in Südafrika lebt. Ich bin ihr dankbar, dass sie ihr Wissen und ihre Dokumente aus dieser Zeit mit mir geteilt hat.

Meine Tante Sue Park ist, genau wie Nick Eatwells fiktive Tante Sheila, eine leidenschaftliche Forscherin bezüglich unserer Familiengeschichte. Ich danke ihr dafür, dass sie mir die ziemlich komplexe Art und Weise erklärt hat, in der Susan Vidler Nick in Australien hätte aufspüren können.

Vielen Dank auch an die Freundin, Autorin und Pferdeliebhaberin Karly Lane, die meine Beschreibungen von Pferden überprüft und korrigiert hat und an den Pferdetrainer Gerald Egan für seine Berichte darüber, wie Pferdeherden durchs Land getrieben wurden.

Die Wildpferde Namibias existieren immer noch, obwohl ihre Anzahl, wie in dieser Serie beschrieben, zurückgegangen ist. Ich habe versucht, ihre Notlage präzis darzustellen. Ich möchte hier betonen, dass die Theorie, die Pferde stammten von Reittieren ab, die bereits während des Krieges zwischen den Nama und Deutschland freigelassen wurden, frei erfunden ist. Die am breitesten akzeptierte

Theorie über die Herkunft der Pferde ist diejenige, auf die ich im Roman auch Bezug genommen habe, nämlich, dass die ersten Pferde während der Bombardierung des südafrikanischen Militärlagers durch ein deutsches Flugzeug im Jahr 1915 entkamen. Ich danke Christine Swiegers von der Namibia Wild Horses Foundation mit Sitz in der schönen Klein-Aus Vista Lodge für die Beantwortung all meiner Fragen zu den Pferden.

Meine gute Freundin in Sydney, die Psychotherapeutin Charlotte Stapf, analysierte meine Charaktere, korrigierte ihr Verhalten und ausserdem gab sie mir einige Beschreibungen über die Stadt München – nochmals vielen Dank.

In Südafrika hat meine Ansprechpartnerin für alle Angelegenheiten Afrikas und Afrikaans, Annelien Oberholzer, das Manuskript noch einmal gelesen und korrigiert. Baie Dankie, liebe Freundin.

Der Schusswaffenexperte Fritz Rabe verdient einmal mehr meinen Dank, diesmal dafür, dass er in die Geschichte eingetaucht ist, um sicherzustellen, dass ich mein Ziel in Bezug auf Schusswaffen und Munition getroffen habe.

Auch mein Freund und ehemaliger Armeegenosse Dave Morley las das Manuskript und ich bin ihm dankbar für seine Korrekturen und Vorschläge, einschließlich des Hinweises auf unterirdische Torpedos.

Ich möchte auch dem Historiker Bruce Gaunson, Autor von ›Fighting the Kaiserreich‹, Epos über Australien im Ersten Weltkrieg, dafür danken, dass er sein Wissen über die frühe deutsche Militärspionage und seine Vorschläge für Claire Martins familiären Hintergrund weitergegeben hat.

In Namibia bin ich besonders meinem guten Freund und Geschäftsführer von HitRadio Namibia, Wilfried Hähner und meinem neuen Freund Charl Viljoen, einem begeisterten Studenten der Geschichte Deutsch-Südwestafrikas, dafür dankbar, dass sie das Manuskript gelesen, Fehler korrigiert und Feedback gegeben haben.

Wie ich in ›Geister der Vergangenheit‹ aufzuzeigen versucht habe, ist Namibia ein Leuchtfeuer des Friedens, der Harmonie und der Stabilität auf einem immer wieder von Konflikten zerrissen Kontinent. Der Konflikt zwischen Deutschland und den Herero und Nama ist bis heute umstritten. Ich kann Ihnen jedenfalls wärmstens empfehlen, diesen atemberaubend schönen und freundlichen Teil der Welt zu besuchen.

Wie in den meisten meiner Bücher haben gute Menschen gutes Geld für gute Zwecke bezahlt, damit meine Charaktere ihre Namen tragen. Ich möchte folgenden Personen und den Wohltätigkeitsorganisationen, die sie damit unterstützen, danken: Claire Martin (via Brett Martin, Friends of Robins Camp, Hwange National Park); Nick Eatwell (via Pete Chilvers, ZANE – Zimbabwe, a National Emergency); Llew Walters (African Icons, zur Unterstützung von Witwen und Waisen des südafrikanischen Polizeidienstes); Scott Dillon (Dine for Rhino/Wild Support/Saving the Survivors); Peter Appleton und Ian Heraud (Juvenile Diabetes Research Foundation); Susan Vidler (via Melanie Oldland, Heal Africa Hospital in der Demokratischen Republik Kongo); die verstorbene Pippa Chapman (via Lauren Chapman-Holle, Breaking the Brand – eine Wohltätigkeitsorganisation, die sich darauf konzentriert, die Nachfrage nach Nashornhorn in Vietnam zu reduzieren); und Sheila MacKenzie (via Greg Hargrave, Heal Africa Hospital).

In Australien geht mein tiefster Dank, wie immer, an mein unbezahltes Redaktionsteam, das mich bei allen 23 meiner Romane und Biografien begleitet hat – Meine Frau Nicola; meine Mutter Kathy und meine Schwiegermutter Sheila. Ohne euch würde ich es nicht schaffen.

Ich möchte mich bei allen von Pan Macmillan Australien und Südafrika für die Veröffentlichung der ersten (englischsprachige) Ausgabe dieses Buches danken, die unter dem Titel ›Ghosts of the Past‹ erschienen ist.

Diese deutsche Ausgabe wäre nicht ohne die harte Arbeit meiner Übersetzerin, Maya von Dach, möglich gewesen. Ich danke ihr und ihren Korrekturlesenden herzlich, Sepp Kohl, Claudia Wittmer, Regula Hürlimann, Bea Häfliger, Manfred Suter sowie Luzia und Thomas Wyss. Maya und ich werden weitere Werke zusammen bearbeiten und Sie finden auf meiner Website laufend aktuelle Informationen über neue deutschsprachige Ausgaben meiner Bücher. Ein Anteil jedes verkauften Buchs geht an WildlifeACT, die grossartige Organisation für Artenschutz in Zululand, Südadfrika, bei der sich ein Freiwilligeneinsatz vielfach lohnt.

Und wenn Sie es so weit geschafft haben, vielen Dank an Sie. Sie zählen am allermeisten.

Tony Park
   www.tonypark.net